Черный Пеликан

Вадим Бабенко

Ergo Sum Publishing

WWW.ERGOSUMPUBLISHING.COM

Литературно-художественное издание

Издательство Ergo Sum Publishing, 2014

ISBN 978-99957-42-24-9 (Электронная книга)
ISBN 978-99957-42-25-6 (Мягкий переплет)
ISBN 978-99957-42-26-3 (Твердый переплет)

Все персонажи являются вымышленными. Любое совпадение с реально живущими или жившими людьми случайно.

www.ergosumpublishing.com
www.blackpelicanbook.com

ЧАСТЬ I

Глава 1

Я и сейчас хорошо помню свое появление в городе М. Оно растянулось во времени – путешествие было долгим, осаждавшие меня мысли переплетались с дорожными картинами, и казалось, видимое вокруг уже имеет отношение к самому городу, хоть до него еще было несколько часов пути. Я проезжал мимо фермерских владений, затерянных в безлюдье, мимо небольших поселков или одиноких поместий с возделанной зеленью вокруг, мимо полей и лесистых холмов, искусственных прудов и диких озер, от которых уже попахивало болотом – затем, около самого города М., оно переходит в торфяники и пустошь, где на многие мили нет никакого жилья. Попадались скромные городки – шоссе ненадолго становилось их главной улицей, мелькали площади, скопления магазинов, потом, ближе к центру, банки и церкви, проносилась колокольня, обычно молчащая, затем вновь мельтешили окраинные пейзажи с магазинами и бензоколонками, и все: город кончался, не успев ни взволновать, ни заинтересовать. Я видел странных людей, которыми кишит провинция – они предстают забавными на короткий миг, но потом, соизмерив их с окружающим, понимаешь, как они обыденны, и перестаешь замечать. Кое-где мне махали с обочин или просто провожали взглядом, чаще же никто не отвлекался на мое мгновенное присутствие, оставаясь позади, растворяясь в улицах, отходящих в стороны от шоссе.

Наконец поля пропали, и начались настоящие болота – влажная, нездоровая местность. Тучи насекомых разбивались о лобовое стекло, воздух стал тяжел, казалось природа наваливается на меня, чуть придушивая, но это длилось недолго. Вскоре я выехал на холм, болота остались чуть восточнее, уходя к невидимому отсюда океану ровной, заросшей диким кустарником полосой. Вокруг теперь были густые деревья, тени скучивались на полотне неразборчивой вязью, а еще через несколько миль шоссе расширилось, и дорожный указатель возвестил, что я пересек границу владений города М.

Все, что я слышал о нем, становилось похоже на правду. Я узнавал – не в деталях, но по существу – побитую, выщербленную дорогу, подверженную частым ремонтам, нищий пригород, мануфактурные склады на подъезде и недостроенный Мемориал, блистающий ненужной арматурой у самой городской черты. Показалась аляповатая арка – памятник маленьким синим птицам – сверкнула позолотой на заходящем сзади солнце и пропала бесследно. Движение замедлилось, начались перекрестки, деревья уступили место дешевым мотелям и антикварным лавкам. Я проехал мимо скромного щита, обозначающего внутреннюю городскую территорию, с полчаса протащился в заторе – и очутился в самом городе.

Сразу все изменилось, пространство сузилось, и взгляду стало тесно. Меня обступили разновеликие дома, их фасады были неопрятны, там и тут чернея проплешинами – то ли от копоти, то ли от влажного климата. Архитектура не впечатляла, и трудно было говорить об общем стиле, но здания глядели с достоинством, не нуждаясь в заезжих оценщиках. Улицы не то чтобы пустовали в этот дневной час, но люди, видневшиеся на них, не выглядели важной частью окружающего пространства. Город вполне мог обойтись без них, и это было справедливо – что они могли ему дать, нищий с пепельной бородой и белым зрачком, скопление бездельников у кинотеатра, разрозненные группы домохозяек или маленькая горстка чужаков – я и мой автомобиль? Ничто не подавало мне знака, быть может даже и не заметив среди прочих, мир не откликнулся на мое появление и не распознал намерение, словно ввозимое контрабандой в чемодане с двойным дном. Я искал знамение или подсказку, изготовясь использовать фантазию на все сто и благодарить за любой самый тонкий намек, но не находил ничего, подходящего для расшифровки, способного дать толчок и взволновать настороженный разум.

Так и должно было быть, успокаивал я себя, ничто настоящее не раскрывается при первом взгляде – но обида и нетерпение все равно свербили в груди, заставляя кривить лицо и вертеть головой по сторонам. Посмотрите на меня, хотелось крикнуть молчаливым зданиям, посмотрите, я вовсе не с пустыми руками. Я привез вам интригу, что подстать самым грозным тайнам – удивитесь мне, такое случается не каждый день. Я способен на многое, и мой замысел небезобиден – что еще нужно, чтобы оживить ваши грезы? Поверьте мне, разглядев наконец: наш контакт неизбежен и наверное совсем уже близок… Но камень не откликался, и жизнь кругом шла своим чередом, так что можно было усомниться и самому – а не лукавлю ли я, заранее набивая цену? Похож ли я на тех, кто совершает поступки, попадая на передние планы и в главные роли? Ничто не докажешь наперед – ни себе, ни другим – хоть разбейся в лепешку и истрать полчища фраз.

Все путалось – раздумья и паутина улиц, повороты и переулки, указатели и магазинные вывески. Мой маршрут сделался неясен, я сбросил скорость и стал мешать движению. Мне сигналили и на меня оборачивались из окон машин, я засуетился, пытаясь сориентироваться поскорее, потом свернул направо без всякой цели, просто освобождая кому-то дорогу, и вдруг оказался в тупике.

Это было кстати – я уже принимал этот город слишком близко к сердцу. Так же, думаю, как и треть всех прочих, впервые приезжающих сюда, а остальные две трети – просто глупцы. Тупик успокоил меня. Я вышел из машины и сел на скамейку у невысокого жилого дома. На веревке меж деревьев сушилось белье, двор был пуст, лишь кошка, по виду бездомная, безучастно разглядывала мою машину из подвального окна. Чуть ниже и в стороне тянулся пустырь, где что-то строили – рыли котлован и возились с бетонными блоками для фундамента. Суетились рабочие в ярких куртках, натужно гудел экскаватор, оставляя за собой безупречную кромку. «Точная работа», – подумал я насмешливо и почувствовал вдруг, как город М. теряет ореол, превращаясь во что-то привычное, пусть пока еще и незнакомое вовсе.

И тут же стало тоскливо на миг, я будто понял, что приехал сюда напрасно, мне нет пути никуда, и нигде не найти того, что я ищу. Но это быстро прошло, я уже был не тот, что прежде, и почти разучился себя жалеть. Каждый город, в который приезжаешь, приносит свои темные мысли – и светлые мысли тоже, пусть не в таком обилии – и я был готов к ним ко всем, к светлым и темным, и поздравлял себя с этим, хоть М., встречая стройкой на пустыре и захолустным двором, не спешил вдохновлять на что-либо. Это устраивало меня вполне – я понял, что не ищу вдохновения извне. Первый порыв прошел, и взгляд сам собой оборотился внутрь, словно устав от окружающих деталей. Там, внутри, всегда отыщется что-то, на чем можно задержаться зрачком – и я стал спокоен, будто позабыв безразличие окружающего, думая о своем без горечи, проходя вновь и вновь по исхоженным тропам – не как путник, спешащий к цели, но будто праздный житель, вышедший прогуляться.

Неспешно и отстраненно я перебирал фрагменты прежних знаний, что достойны равнодушия – тем более, если возвращаешься к ним раз за разом, почти уже помня, в каком порядке лежат. Вот из категорий пространства: гулкие улицы, темный фон, в подворотнях – застывшие группы статистов, содержанье утеряно. После более внятно: старый парк, где деревья скучены и переплетены ветвями, облупившаяся краска скамьи – отклик места, где тебя любили в юности, там теперь никто не живет. Или под ним – стадион и лодочная станция, чья-то рука, загорелая до черноты. Или – маленькая шарада первой квартиры, поделенной на три неравных куска... Но нет, вспоминаем поспешно, это уже из Хроноса: летние каникулы и ворох беспечных планов, время, когда прилетали большие шмели, затем – время, в котором возмужал внезапно, не отдавая себе отчета, что именно теряешь, и – три неравных куска, с соседями и без, с одной, другой женщиной, потом – в одиночестве, без помех...

Я пытался представить, как делал это не раз, точные формы и живые краски – что-то, о чем знаешь не понаслышке, пусть хотя бы цвет листвы, обои на стенах или одеяло на узкой кровати – но порядок прежних знаний неумолим, зацепки непроизвольны, ни одной мысли не прикажешь застыть и не двигаться, чтобы пристальнее осознать.

Спешка, спешка – мельтешенье таксомоторов, странные игры взапуски, как-то связанные с карьерой, лица людей, к которым тянулся, или которые льнули к тебе, добиваясь контакта, убеждая, убеждаясь в тайном союзе, заключенном без ведома всех, обманываясь, обманывая. Чаще ненамеренно.

Вообще, с лицами проще – дольше живут в памяти. Можно всласть умиляться или вновь презирать, вызывать на поединок, не желая зла, или гнать с отвращением, зная, что не уйдет, пока не закроешь потайную дверцу. Но и все же приедаются быстро, не сосредоточишься как следует – все как-то анахронично: бессловесные жесты, немое кино, даже титров нет. Вспоминая же диалоги, привираешь, приукрашиваешь, всякий раз импровизируя по-новому, уж больно велик соблазн. Так и теперь, я сидел, унесясь в прошедшее, проговаривая имена, которых давно не слышал, то и дело ловя себя на слишком смелой лжи, с некоторым стыдом порываясь менять детали, чувствуя, что не умею, не хочу, ленюсь, или просто прежние знания уже почти на исходе, и память выталкивает меня наружу, где – заезженные кадры последних месяцев или последних лет, даже и не отличишь. Все периоды одинаковы, малы они или велики, так что сбиваешься и путаешь номера, а потом машешь рукой – все одно и то же, созерцание тех же картин, собственная персона в: ожидании звонка, ожидании писем, ожидании плохих новостей, получении плохих новостей, ожидании нового звонка – и так по кругу. Но круг этот непрочен, если бояться его не слишком, если решиться разорвать его вдруг – как нырнуть – и вынырнуть уже в: отсутствии удивления, холодной насмешке над собой, нелюбви к себе, потом – опять любви к себе, и наконец – в решении.

Да, в этом-то и отличие, к этому и подвожу – это уже не замкнутая петля. Ты можешь беречь задуманное, как маленькое сокровище или укромную свербящую мысль, но мне нравится по-другому, и я называю по-другому: я называю это «мой секрет», совсем иначе звучит. И с моим секретом уже можно жить, поверьте, и отправляться в город М., что я и сделал, так что все нити разорваны – а это всегда путь к, думают все, отчаянию, но на деле – к спокойствию. Я прилежно рассматривал снова со всех сторон, и сознанию всякий раз являлся не порочный круг, но мой секрет и город М., и я в нем, внутри, тайный лазутчик, проникший через заслоны, разведывательный отряд армии себя самого. Если отбросить условности, то всякий скажет: да, отличие несомненно, совсем другой человек.

И со стороны посмотреть не зазорно: другой человек, незнакомая персона, безработный и беспечный беглец-пилигрим, не имеющий постоянного адреса, не живущий нигде, кроме, разве, своей машины, Альфа-Ромео пятилетней давности, жесткие рессоры, спортивная модель. Это я. Не возбужден обстоятельствами, не имею привязанностей. Имею Гретчен, но это не в счет, объясню потом. Заботиться не о ком, и обо мне – некому. Лучше ли мне так? Сравниваем по списку. Плюс на минус – выходит поровну. Впрочем, многое не учел…

Увлекшись, я перепрыгнул к новым сериям немого кино: другой человек, незнакомый житель столицы выходит солнечным утром из обветшалого особняка, когда-то проданного за долги и превращенного в многоквартирный дом. Его шаг порывист, взгляд чуть затравлен – мимолетным напоминанием. В особняк он больше не вернется, консьержке-сплетнице последнее «прощай». Вещи вывезены и раздарены, ключи оставлены в двери, если поворачивать назад, то жилье нужно искать заново, что не играет роли – разницы никакой. На сомнения нет намека, о сожалении нет речи, и машина уже стоит у подъезда с заправленным баком. Что еще сделать напоследок? Дорогой Гретчен воздушный поцелуй в уме, снаружи – молчок. Счета оплачены – просто по привычке, без умысла, о будущем возвращении все еще нет мысли, о тех, кто забудут, тоже не думает совсем, лишь представляет разные картины, среди которых есть:

Бывший житель столицы, загоревший и безрадостный, выходит на столичный перрон из вагона второго класса, глядя куда-то внутрь – встречающих нет. Багаж его скуден, воротник поднят – туман, сырость. Таксист принимает за приезжего, норовит словчить, пойманный на обмане обижается и замолкает. Приветствие родного города. Вас здесь ждут, добро пожаловать, как вы посвежели, просто другой человек. Куда ехать? В центр, на театральную площадь, к зданию оперы. Площадь пуста. Кто назовет другой адрес? Бывший житель столицы с загрубевшей волчьей шерстью, жесткой на ощупь, озирается насупленно. Что он делал там вдали? Что пережил? Ничего не говорит…

Картины картинами, но некоторые – как живые. Вместо возвращения уехать дальше на юг, жить среди белых домов под солнцем и пальмами, пить с туристами, спать со шлюхами. Заманчиво, как в мельтешащем сне. Или: выиграть шальные деньги, построить усадьбу, завести лошадей, прислугу, много жертвовать местной церкви. Очень скучно… Потому, думал я, потягиваясь, не стоит о будущем, город М. и мой секрет живее всех моментальных картин – несмотря на затхлость двора, приютившего временное малодушие. Но малодушничать не пристало – хоть и нечего скрывать. Даже грим можно смыть, здесь не ловят шпионов. К тому же, я тут не за тайнами.

Сознание успокаивалось, и заезженные кадры меркли понемногу, рассыпаясь блестящей пылью. Прошло уже около часа, а может и больше. Дом почти очнулся от послеполуденной дремы, доносились голоса, из открытого окна надо мной раздавался детский плач. Небольшая группа мужчин собралась у соседнего подъезда – казалось, я улавливал их настороженные раздумья, отсутствие любопытства, всегдашнюю неприязнь к чужаку. Достаточно, чтобы почувствовать себя лишним, пусть даже на тебя никто не смотрит, но и мне не было до них дела – пожалуй, что квиты. Устав сидеть, я встал размять ноги. Гул экскаватора стал громче, натужнее, кошка исчезла, наступал вечер. Постояв немного, я завел мотор и вновь выехал на центральную улицу.

Там стало оживленнее – заканчивалось присутственное время, город взбодрился и повеселел. На мостовой прибавилось машин, а люди на тротуарах слились в одно, теряя лица. Мне не сигналили теперь, мой автомобиль легко влился в общий поток. Проплывали мимо витрины и подъезды, мигали светофоры, задавая ритм движению, привнося размеренность, как первый признак узнавания. Я наслаждался свободой – и, право же, кто еще может похвастаться, тем более что она до сих пор внове – не опротивела и не изжила себя. В первый раз я совершал побег не от чего-то, а за чем-то, и это совсем другое дело – все было в моих руках и зависело лишь от меня самого. Конечно, это «за чем-то» еще предстояло извлечь из собственного сознания – и я предвкушал долгие вечера без помех, благословенное одиночество осмысления, которое всегда можно прервать, отправившись в трактир неподалеку – но основные составляющие были тут, на месте, в ближайшем раздумье, всегда готовом обратиться словами, этими формулами доверчивого приближения, когда спрямляют извилистость, опасаясь увязнуть в надоедливых чередованиях падений и взлетов, и проводят, хорошо если не на авось, жирную линию к конечной точке. Да, предмет получается похожим, на первый взгляд даже не отличить, и это не так уж мало – а в моем случае, может статься, достаточно вполне, ведь слова тут как тут, можно сразу назвать два имени собственных, город М. и Юлиан, что куда надежнее любых нарицательных, которыми по большей части только и приходится пробавляться, а порядок этих собственных, если даже я и ошибся, можно поменять впоследствии. О Юлиане впрочем позже, все еще чересчур будоражит кровь, а город М. – отчего же, вот он вокруг меня, даже и приближающее спрямление может не понадобиться, разве только от лени. Но я – нет, я не ленив.

Задумавшись, я свернул с проспекта, подчиняясь разветвлению, вдруг направившему мою машину в хитроумный разворот, и теперь кружил в мелких поперечных улицах, щеголяющих разнообразием вывесок, магазинов, кафе и баров – то заполненных людьми, то откровенно полупустых. Кое-где проехать было непросто из-за автомобилей, припаркованных с обеих сторон, и я совсем сбросил скорость, пробираясь осторожно, как в густом механическом лесу.

Мысли вновь замельтешили взбудораженно, словно разбуженные очередной загадкой. Здесь легко заплутать всерьез, думалось мне, заплутать и остаться с городскими призраками наедине, чувствуя, как их тени скользят по твоей одежде, выныривая из арок и переулков и скрываясь снова, так что и не успеешь рассмотреть. С ними можно было бы потягаться – как-нибудь на досуге, когда голова еще занята хлопотами уходящего дня, или хоть сейчас, когда нет еще никаких хлопот, но азарт уже бежит вдоль спины чуткой щекоткой. Я будто набрался новых сил и ощутил воздух на вкус, взяв чуть заметный след, как хорошо натасканная гончая. Город М. окутывал своей магией, едва ли различимой каждым или любым, но ведь я-то не каждый и не любой.

Стало ясно вдруг: тут все взаправду, просто не может быть по-другому, хоть доказательств и нет ни одного, а ощущения теряют власть, если их неосторожно высказать вслух. Тем не менее, убежденность росла, с ней нельзя было спорить, а сзади будто выросли крылья – или крылья появились у моей машины. За каждым углом скрывался либо союзник, либо явный враг, моя тайная жертва. Приходилось даже сдерживать себя, чтобы не поддаться дурману и не наделать глупостей просто из желания сделать хоть что-то – я подумал о сигарете, которая была бы очень кстати, потом вспомнил, что последняя пачка давно пуста, и стал высматривать табачную лавку.

Лавка попалась на следующем же углу. Я купил сигарет и, помедлив, зашел в распахнутую дверь кафе по соседству, предвкушая горячий шоколад или, по крайней мере, сладкий кофе с молоком, но внутри ждало разочарование. Пожилой официант известил уныло, но твердо, что из горячих напитков имеется лишь чай, и замер, сложив руки на животе, будто готовый к побоям и унижениям, которые не заставят его отступить ни на шаг. Я кивнул равнодушно, с неприязнью зацепив глазом дешевый перстень из дутого золота на его безымянном пальце. Официант еще раз скорбно глянул, раскрыл блокнот, черкнул что-то туда и удалился, сгорбившись и опустив плечи.

В ожидании чая я закурил и стал разглядывать посетителей. Их было немного – невзрачных людишек, интерес из которых представлял лишь мужичонка лет сорока в мятой одежде, с всклокоченными волосами и двухдневной щетиной на щеках, но с удивительным взглядом, полным ясной печали, пробивающимся из-под густых бровей. Заметив мое разглядывание, он кивнул мне и улыбнулся открыто, от чего лицо его, хоть и покрывшись морщинами, помолодело лет на десять, а глаза, напротив, стали вдруг куда старше, и печаль в них исчезла, уступив место покорной тоске. Меня поразила перемена, и я отвернулся поскорее, лишь чуть-чуть кивнув в ответ, но тот, поерзав немного, вдруг встал и направился ко мне.

Это было ни к чему и вовсе не входило в мои планы. Я выругал себя с досадой, подумав, что придется уйти, не дождавшись чая, но незнакомец не сделал попытки присесть и завязать беседу. Смиренно попросив сигарету и получив ее, он вдруг достал из недр своего плаща маленькую гармошку, отошел на два шага и, отвернувшись в сторону, заиграл на ней отрывок из чего-то торжественного и незнакомого мне – неожиданно сильно и чисто, разом наполнив помещение рыдающими скрипками, так что даже воздух зазвенел, казалось, со стен облетела копоть, а тусклые светильники под потолком обратились сверкающей хрустальной люстрой. У меня закружилась голова, но все кончилось в одно мгновение – сыграв несколько фраз, он остановился так же внезапно, как начал, отрывисто и коротко склонил голову и пошел к своему месту. Кто-то засмеялся, кто-то сделал несколько шутовских хлопков. Вообще, к нему тут видимо давно привыкли, и эпизод никого не удивил. Я же чувствовал странную неловкость и старался больше не смотреть на него, торопясь докурить и отпивая маленькими глотками горячий и почти безвкусный чай, который как-то незаметно оказался у меня на столе.

Вдруг раздались звучные шаги, будто сталь зазвенела по бетону, зацокала подковка, и рассыпалась дробь. В кафе стремительно вошел еще один посетитель – высокий мужчина тридцати с чем-то лет в дорогом черном костюме и элегантном шарфе, с волосами как смоль, зачесанными назад. Он шел, ни на кого не глядя, являя своим обликом полное противоречие прочей публике, что притихла и съежилась при его появлении. Лишь мой невольный знакомец с гармошкой вскочил проворно и бросился к вновь вошедшему, причем лицо его просияло радостью узнавания, совершенно неуместной и для всех вокруг, и для человека в дорогом костюме, который чуть повернул голову, затем выставил руку и вдруг толкнул подбежавшего музыканта в грудь, так что тот едва не упал, в последний момент ухватившись за стол, а его гармошка отлетела в угол, к пружинным дверям, на которых были намалеваны туфелька с башмаком. Вокруг раздались смешки, мой знакомец, не обескураженный ничуть, выпрямился и кротко улыбался смеющимся, а высокий мужчина сел в дальнем конце, спиной ко всем и стал что-то читать, подперев голову ладонью. «Точная работа», – опять подумалось почему-то, но теперь насмешки не получалось, что-то отрезвило меня, город словно поворачивался хмурым, чужим лицом. Некоторое время я размышлял все же, не стоит ли вмешаться, и если да, то каким образом, но потом лишь выругал себя за глупость, швырнул мелочь на блюдце и вышел прочь.

Уже начинало темнеть. Зажглись огни, улица стала выпуклой и объемной. Резкий порыв ветра заставил поежиться, я почувствовал, что с меня довольно впечатлений, нужно было заботиться о ночлеге. Миг проникновения закончился, подумалось с некоторой грустью, пора обживаться и гнать фантазии прочь. Они и так уже отступили в темноту и попрятались по углам со всеми своими демонами, на их месте – нудный список бытовых мелочей, в которые вот-вот уже начнут тыкать пальцем. Недавнее оживление прошло без следа, я был один в незнакомом городе, всецело занятом собой, в жизни которого мне пока еще не находилось роли.

Автомобиль дожидался меня, никем не потревоженный, успокаивающе поблескивая бампером. Тронувшись с места, я обогнул возникший впереди обелиск и отправился на поиски магазина, где можно купить туристический справочник. Но справочник не понадобился: вскоре показалась гостиница, призывно извещающая о наличии вакансий, рядом еще одна, а у третьей я остановился и получил одноместный номер с ванной, окнами во двор. Кое-как распаковав вещи, я лег на кровать и задремал.

Глава 2

Вскоре, впрочем, меня разбудили. Кто-то вежливо постучал и, открыв дверь, я увидел пожилого мужчину в форменном пиджаке, с гвоздикой в петлице и в широких брюках с лампасами, который назвался Пиолином, содержателем гостиницы с очень давним, как он выразился, стажем. Пиолин был в годах, совсем уже не молод, на вид ему можно было дать шестьдесят, потом я узнал, что ему всего пятьдесят пять, но эти цифры – шестьдесят и пятьдесят пять – почти неотличимы с моей стороны сорокалетнего барьера, так что я, можно сказать, не обманулся в его возрасте. Он покивал приветственно, неторопливо вошел и расположился в единственном кресле, а я отошел к окну, встал, скрестив руки, и стал ждать, когда он уйдет, мне было скучно с ним.

Пиолин, однако, уходить не спешил. Он осведомился, как я доехал, не жарко ли мне в номере, что вообще я больше не люблю – жару или холод. Когда я нелюбезно буркнул, что одинаково не терплю ни того, ни другого, он сообщил, что кондиционер работает на пределе, и прохладнее в комнате все равно не станет ни при каких обстоятельствах. «Ни при каких обстоятельствах», – повторил он с чувством. Затем он поинтересовался, какой размер обуви я ношу и какие предпочитаю галстуки и сорочки, подробно описал гостиничный сервис в прачечной и гладильной, который был вполне стандартен, расспросил, каким я привык пользоваться мылом, шампунем и кремом для бритья, сходил в ванную, принес оттуда кусок гостиничного мыла и предложил было мне его понюхать, но вместо этого понюхал сам, наклонив при этом голову, так что я заметил круглую лысину у него на макушке, а понюхав, сказал, что запах дрянной, рассеянно разломил кусок пополам, бросил обе половинки в корзину и сел на кровать.

Разговор перешел на одеколон. Пиолин подробно рассказал о трех сортах одеколона, которые он последовательно избирал в своей сознательной мужской жизни, упомянув еще о всяких побочных линиях, которые не прижились и потому не заслуживают детального рассмотрения. Он попросил меня описать одеколон, которым я пользуюсь, а когда я предложил просто его понюхать, скривился и сказал, что это совсем не то, о чем он спрашивает, к тому же запах ведь очень легко описать словами, запах ведь – это не цвет, вот цвет словами описать прямо-таки невозможно, а запах – вполне, отчего нет.

«Тем более, с вашими талантами, молодой человек», – веско прибавил Пиолин, и я увидел, что он держит в руке регистрационную карточку, которую я заполнил внизу и где написал свою профессию – журналист – которая была придумана, отчего мне стало стыдно. Пиолин, впрочем, как-то сразу скомкал разговор об одеколонах, извинившись за свою настойчивость и объяснив ее тем, что он вообще неравнодушен к запахам, запахи давно и прочно заняли в его жизни особое место и всегда были очень важны, так же, как и женщины, а это ведь очень связанные вещи.

Я решил переменить тему и вообще отвязаться от него, разговор был тягостен мне, неуместен и вял. Я сказал, что голоден, это была правда, но Пиолин лишь пробормотал рассеянно: – «Да, да, голоден – нехорошо…» – и стал рассказывать про свою племянницу Мари, что страдала от голода постоянно, хоть и была невероятно худа. «Да вот, посмотрите сами», – предложил он вдруг, доставая из нагрудного кармана потертую записную книжку, а из нее старую фотографию, но, прежде чем протянуть мне, глянул, нахмурившись, сунул обратно и достал другую. Много, наверное, у него племянниц, подумал я с усмешкой. Мари оказалась некрасивой девицей с тощим вытянутым лицом и глазами навыкате. С Пиолином не наблюдалось никакого сходства, о чем я и сообщил ему, чтобы что-нибудь сказать, на что Пиолин спросил с неподдельным интересом: – «Да неужели?» – и добавил: – «А все говорят, что похожа… Ну, на бумаге конечно не разберешь. Свет, знаете, фокус – на бумаге жизни нет…» Он еще подержал фотографию в руках, вглядываясь недоверчиво, а потом поднял на меня глаза и хитро усмехнулся: – «А ведь она теперь в ваших краях проживает – не встречали случаем?» – «Да нет, не припомню», – откликнулся я ему в тон и тут же услыхал историю о том, как Мари сошлась с учителем из столицы, приехавшим в М. на трехмесячные курсы, но сбежавшим через месяц-полтора от невиданной жары, что измучила город в то лето. «И эта пигалица туда же – укатила, не попрощавшись. Сначала-то она была с ним холодна, а потом – прямо не узнать, тут же и забеременела, как кошка», – шептал Пиолин доверительно, глядя в упор немигающими водянистыми глазами. «Там-то понятно – тот ее побоку, а она все сидит и назад ни в какую», – пожаловался он, сообщив напоследок, что учителю конечно ноги пообломать можно бы и в столице, отчего нет, но это теперь неважно, потому что Мари опять беременна и уже не от учителя.

«Да-а, – протянул я, не зная, что еще добавить. – Интересно, ничего не скажешь… Ну, спасибо, что зашли – я, пожалуй, пойду теперь поужинать, если не возражаете. С утра в дороге и в общем ничего не ел». Я решительно прошелся по комнате, показывая всем видом, что готов проститься с ним немедля, но на Пиолина это не произвело большого впечатления. «Ну да, поужинать нужно, мы вот с вами вместе и поужинаем, – сказал он задумчиво, глядя куда-то в сторону, а потом перевел взгляд на меня и добавил с некоторым даже раздражением: – Но вы не спешите так уж, что это вам на месте не сидится – надо же сначала познакомиться, побеседовать по-человечески».

«Да я вообще-то собирался один…» – возразил я, несколько оторопев, но Пиолин небрежно отмахнулся: – «Ну что вы все – один да один», – и повторил назидательно, подняв вверх палец: – «По-человечески нужно». Потом он прикрыл глаза и важно добавил, что он здесь собственно не просто так, поболтать. То есть поболтать тоже, почему бы и нет, но дело еще и в том, что он обязан задать мне один вопрос – «совершенно, совершенно формальный, вовсе ничего личного», – и что он никак не может этого не сделать, потому что так указано в городских законах, а все содержатели гостиниц обязаны соблюдать законы, как и прочие граждане города М. Что ж до меня, то я не являюсь жителем М., и его законы на меня не распространяются, поэтому я имею полное право на вопрос не отвечать, а если бы и распространялись, то все равно мог бы не отвечать, поскольку, во-первых, нет закона, предписывающего давать ответ, а во-вторых, в этом случае никто бы мне такой вопрос и не задал.

Порассуждав в таком духе еще несколько минут, Пиолин замолчал, приосанился и спросил мягким, вкрадчивым голосом: – «Скажите, любезнейший, а с какой целью вы приехали в город М.?» – и как-то переменился при этом, весь подобрался, и от него повеяло угрозой. Он стал казаться мне хитрым и неприятным типом, я почувствовал, что он напряжен и даже взволнован немного, будто подступил к чему-то, чего ожидал долгое время и дождался наконец. Ничего страшного не было в его вопросе, хоть я и не люблю праздного любопытства, и не было причин не отвечать – то есть не было для кого угодно, кроме меня, потому что у меня-то как раз были причины, и я никак не мог сказать правду первому встречному. Оттого и сам вопрос стал казаться мне гадким – будто кто-то настойчиво лез в душу, норовя добраться до самых ее потайных мест.

Щеки мои загорелись, я понял, что заливаюсь краской, и на лице Пиолина появилось плохо скрытое любопытство – он знал уже, что подловил меня на чем-то. Конечно же, надо было взять себя в руки, не стоило ссориться с этим человеком, да и к своему замыслу пора было бы уже привыкнуть самому, чтобы не краснеть всякий раз, но все же я откровенно смешался – ведь что расскажешь, ничего не говоря, как разыграть небрежность, упоминая о Юлиане, если внутри сразу начинает вибрировать нерв, а другим все равно не объяснить? Пиолин терпеливо ждал, и я, придя наконец в себя, намекнул осторожно, что хотел бы оставить вопрос без ответа, так как моя причина весьма личного характера, но он смотрел выжидательно, вовсе не считая, что мы покончили с этой темой, и тогда я, разозлившись, сказал уже более резко, что к тому же сам вопрос меня несколько удивляет, а после этого обозлился на себя за то, что говорю лишнее и горячусь, потакая ему – и разгорячился еще больше, и наговорил чего-то о том, что и сам параграф в своде законов города М. выглядит странно, потому как от него попахивает ограничением личных свобод и развитием у содержателей гостиниц некоторых неприятных навыков.

Пиолин, все так же сидя на кровати, склонил голову набок и стал нудно разъяснять, что никакого ограничения свобод тут нет, так как закон ничего никому не запрещает, а если что-то и заставляет сделать – так лишь спросить о какой-то мелочи. К тому же, заставляет он это делать весьма малочисленную группу людей – одних лишь содержателей гостиниц, никого больше, и можно было бы конечно говорить об ущемлении свобод содержателей гостиниц, но не стоит, потому что те вовсе не чувствуют себя ограниченными в свободах, они все равно, только дай им волю, первым делом кинулись бы спрашивать то же самое у всех приезжих, как сделал бы любой, потому что – и тут Пиолин поднял палец – потому что, чем еще приезжие могут интересовать жителей М., если не тем, зачем они сюда едут. И это даже, особенно в несезон, приобретает какую-то болезненную форму: лишь только появляется новый приезжий, все так и норовят выпытать у него причину, так что тот в конце концов выходит из себя. И закон-то этот приняли, чтобы как-то все это привести в порядок, а еще – защитить содержателей гостиниц, ну а если не защитить, то хотя бы морально поддержать, потому что они, как правило, с приезжими встречаются одними из первых, и им еще труднее, чем другим, сдерживать свое любопытство, да еще нужно принять во внимание и любопытство соседей, о котором им известно и которое тоже подогревает, толкая на поспешное и неподготовленное вытягивание истины, за что им потом бывает стыдно. А так они это делают, как бы повинуясь закону, их будто бы обязывают другие, так что на них самих приходится совсем небольшая часть стыда, которую уже и стыдом-то не назовешь – так, маленькая неловкость.

И так далее, в том же духе, пока я его не прервал и не начал так же нудно и путано объяснять, что теперь, конечно, мне все это представляется по-другому, все видится естественным и где-то даже логичным, особенно если принять во внимание необычайное любопытство жителей М., – и проч., и проч.

Шли минуты, Пиолин все сидел на кровати, покачивая головой, а когда я закончил, выяснилось, что несмотря на полное понимание ситуации с законом, на его вопрос я все же отвечать не намерен. Тогда он вздохнул и принялся меня уговаривать. Он стал разъяснять, что это коллективное любопытство, эта маленькая слабость города М. не есть что-то оскорбительное для приезжих, это может и должно восприниматься просто как часть местного колорита, познание которого собственно и есть одна из целей всех, кто сюда рвется. При этом, тут же добавил Пиолин, никого не интересуют те скороспелые формулировки, что кое-кому так и лезут на язык. Нет, продолжал он, приезжим не отделаться расхожими отговорками, от них ждут настоящего ответа, а вовсе не всяких там небрежностей типа «ознакомиться с достопримечательностями» или, того хуже, «искупаться в океане». В таких случаях спрашивающий просто чувствует себя оскорбленным, а это, сказать по чести, вовсе не метод – начинать свое пребывание в незнакомом месте пусть с легкого, но оскорбления хозяев – и опять от Пиолина повеяло чем-то неприятным, так что меня даже передернуло невольно.

Я насупился и раздраженно заметил, что вполне можно представить себе таких, которые именно для обозначенных Пиолином целей сюда и едут, более того, таких пожалуй наберется несомненное большинство, но Пиолин замотал головой и дальше понес уже полную чушь, а я вспомнил, что очень голоден, и решил тогда, что терпеть все это больше нельзя. Тут же, словно прочитав у меня в мыслях, он замолчал и превратился в того Пиолина, который вошел в мою комнату два часа назад – пожилого, любезного и очень обычного содержателя гостиницы. Он изысканно извинился за свою болтливость и сказал, что он лично уже очень даже не прочь перекусить и подмигнул при этом. Потом он добавил, что очень сожалеет о своей забывчивости – ведь гость наверное умирает от голода, а его мучают беседами, тогда как давно пора уже расширить знакомство с гостиницей и вообще гостеприимством города М., для чего самое правильное – это пойти в ресторан внизу и как следует поесть.

Он направился было к двери, но вместо двери вдруг оказался у окна и, барабаня пальцами по подоконнику, стал подробно рассказывать о жарком из кролика в красном вине с местным соусом из слив, которое нам сейчас подадут. Конечно, мне нужно было отказаться со всей твердостью, но бесполезная дискуссия истощила силы, и я сказал, не желая больше спорить, что если дело за мной, то я готов идти немедля. Пиолин однако остановил меня осторожным жестом и мягко проговорил, заглядывая в глаза: – «Вот только есть у меня к вам вопросец – по поводу сходства душ, так сказать. Признайтесь-ка…» – и он опять осведомился о цели моего приезда в город М., как будто и не было предыдущего получаса и наших с ним истязающих перепалок, так что я в отчаянии опустился на кровать, где он сидел перед этим, осознавая, что меня оставляет выдержка, и я не могу бороться с этим человеком, а Пиолин с жаром стал объяснять мне, что он не хочет меня мучить и даже напротив рад сделать мне приятное, но это место нам никак не обойти, лучше уж сразу решиться и покончить – причем он даже не настаивает на полном перечне всех мотивов и подспудных причин, но ожидает хотя бы намека, хоть маленькой подсказки.

Потому что каждая подсказка по-своему верна, – говорил Пиолин, – и можно, постаравшись, отыскать компромисс, приемлемый для всех, так что никому не будет обидно. Но для этого нужно приложить усилие, да и добрая воля не помешает, сказать по правде, ведь компромисс не родится на пустом месте. И вот тут уж дело за мной: после того, как он, Пиолин, столько всего уже нарассказывал – и про город М., и про маленькие слабости его жителей – после того, как он был со мной откровенен, если не сказать доверчив, он полагает, что мне не пристало уходить в сторону и захлопывать перед ним дверь, нисколько даже не постаравшись помочь.

«Хорошо, – сказал я, – ваша взяла, Пиолин, я отвечу вам совершенно честно, без всяких намеков, не запираясь более, потому как у меня не осталось на это сил», – после чего, злобно отвернувшись к улице, проговорил кое-как, что приехал разыскать здесь определенного человека, своего знакомого, который, по слухам, живет в М. уже около полугода, и собираюсь пробыть здесь до тех пор, пока его не найду. Пиолин сделал заинтересованное лицо и спросил, как же зовут моего знакомого, если конечно я могу сказать, т.е. если у меня нет оснований не говорить. Я перебил его весьма неучтиво, выговорив имя Юлиана непослушным языком, потом прибавил все так же злобно: – «А теперь, если позволите, я хотел бы наконец поесть», – и сделал шаг от окна, но

Пиолин с неожиданной пряткостью оказался около двери и протянул руки навстречу, как будто удерживая меня в комнате. Я почувствовал, что мне не уйти отсюда, пока он не добьется от меня всего, чего хочет, и он понял, что я это знаю.

«Только одну секунду придется подождать, – поспешно заговорил Пиолин. – Одну крошечную секунду, потому что тут вкралось недоразумение, которое нужно сразу же разъяснить, чтобы оно не мешало потом и не встало неодолимым препятствием между вами и всеми, с кем вам придется столкнуться в этом городе. Это недоразумение очевидно настолько, что как-то даже странно о нем говорить…» – и Пиолин действительно замолчал на мгновение, будто давая мне возможность вмешаться, но я молчал, и он продолжил тут же, разразившись длинной назидательной речью.

«В город М. не приезжают искать 'определенных людей', – вещал он грустно. – В городе М. нельзя найти 'определенного человека', т.е. того, за которым вы приехали и которого знали раньше. Просто безнадежно разыскивать тут кого-то, даже и давнего друга, даже помня его в лицо и зная все про его прошлую жизнь. Пусть вы затвердили имя, оно записано у вас где-то и лежит в укромном месте, соседствуя с фотоснимком, пусть вы в ладах со своей памятью и чувствуете себя во всеоружии – но на самом деле вы абсолютно безоружны, так как такого человека в М. нет! Вы должны понять это, – он тыкал пальцем в мою сторону, – понять и не поддаваться иллюзии. Конечно, проще обманывать себя, чем смотреть правде в глаза, но я скажу вам правду, потому что вижу: вы достойны ее. Вы не найдете тут никого, ни вашего друга, ни женщины, если вам нужна женщина, ни сострадания, если есть за что вам посочувствовать, и уедете прочь из города, не разгадав его загадок, потому что заблуждение помешает вам раскрыть глаза. Ваша цель не ясна мне, но иллюзия видна за версту. Расстаньтесь с ней, откажитесь от бесполезного, и город М. придет вам на помощь, а иначе – иначе вы останетесь чужим, и те, с кем вы столкнетесь тут, будут видеть в вас чужого и отвечать холодностью…»

Пиолин разгорячился, его пиджак топорщился, а гвоздика грустно склонилась, увядая. Даже лицо его переменилось, щеки налезали на подбородок, перерезанный морщиной или шрамом, а глаза запали и смотрели из глубоких ям, как у отшельника, который потерял счет времени. Я подивился его выспренности, столь казалось ему не идущей, и попытался встрять с возражениями, но Пиолина было не остановить, он сделался глух к чужим словам и гнул свое.

«Конечно, все может случиться, – говорил он с напором, – и вы столкнетесь с тем, кого ищете, на улице нос к носу и узнаете его по фотографии в бумажнике, и будете уверены, что вот он перед вами, ошибка невозможна. Тогда есть шанс, что он откликнется на имя, которое вы помните, и вообще согласится, что он – это тот, которого вы так бесцеремонно разыскиваете, может быть вопреки его воле. И вы будете думать, что достигли своей цели, но это – навряд ли, ведь шанс так ничтожен, что даже и говорить о нем не стоит, потому что город М. не так мал, как может показаться с первого взгляда. Он конечно не чета столице, но есть многое в городе М., что не открывается так сразу, и его не окинуть одним взглядом, надеясь выхватить нужное лицо. Если вы глянете в карту – и я принесу вам карту – то станет ясно, как он запутан, какие фигуры можно вычертить, следя карандашом за одной единственной улицей, а улица тут не одна – сотни. И людей здесь немало, и все они разнятся – можно прожить всю жизнь и не понять, кто есть кто, так и случается с большинством, а не все из них глупы, далеко не все. Здесь многие ищут многих, иные из них были когда-то на виду, а сейчас поди узнай про них что-нибудь – ничего не слышно».

«Пусть ваш знакомый и есть что-то выдающееся, – продолжал Пиолин, успокаиваясь понемногу, – но ведь бывают и другие не хуже, бесполезно у всех спрашивать, где тут этот имярек, который из себя то-то и то-то. В лучшем случае вас просто выслушают, да и пойдут своей дорогой, а могут ведь и усмехнуться за спиной, а то и в лицо. И недомолвки не помогут, пусть каждый намек имеет свою цену, но цена невелика, а белые нитки не спрячешь... Конечно, не хотите говорить – не надо, – вздохнул он, – мое дело предупредить – из дружеских чувств, да и по долгу службы, потому что, как знать, сколько вы здесь пробудете. Может и недолго совсем, вы вон и сами не имеете понятия, а время лучше бы потратить с пользой – с вашей же пользой, не с моей. Бывает, бывает обидно, когда с лучшими намерениями, но – натыкаешься, и намерения впустую... Лучше б вы уж не хитрили,

– покачал он головой, увлекая меня к двери и пропуская вперед, – лучше б вы уж сказали сразу, что отвечать не хотите, хотя, впрочем, дело ваше…»

Мы шли по гостиничному коридору, и мне теперь было неловко, я позабыл свое раздражение и думал, что Пиолин обиделся на меня вовсе ни за что, но его лицо не выражало никаких эмоций. Он выглядел теперь точно так же, как в самом начале нашего знакомства, и даже гвоздика в петлице посвежела и приобрела первоначально опрятный вид. Учтиво показывая мне путь к лифту, Пиолин обращал внимание на вычурные люстры в коридоре и новую ковровую дорожку как признаки гостиничного благополучия. Он поблагодарил меня от имени всего персонала за то, что я решил остановиться именно здесь, и заверил, что сервис отличный, служащие вышколены, а горничные тихи и скромны, причем среди них попадаются прехорошенькие. Затем он посетовал, что сейчас на океане ветрено, из-за чего большинство номеров пустует, и сообщил, что в отпускное время комнату здесь не снять. «Все занято, молодой человек, вы не поверите, все занято», – проговорил он и стал несколько рассеян, нажал не на ту кнопку лифта, отвернулся и замурлыкал какой-то мотив.

Внезапно он вновь повернулся ко мне и самым официальным тоном поблагодарил за понимание, с которым я отнесся к его вопросу, являющему собой формальную процедуру, каковой он обязан следовать. Он ценит мое соучастие в вышеупомянутой процедуре, которое выразилось в том, что я, в полном соответствии с правилами для приезжих, отказался на его вопрос отвечать, причем выразил это в ясной и понятной форме. Это приятно, потому что не со всеми так бывает, некоторые норовят хитрить и увиливать, что приводит к обоюдному утомлению и даже недовольству друг другом. Так что нельзя не порадоваться, когда все дело проходит быстро и гладко, потому что ведь в действительности оно не стоит выеденного яйца.

Что же до моей просьбы, – продолжал Пиолин уже в лифте, – просьбы помочь в розысках моего знакомого, некоего Юлиана, человека, по-видимому, завидных дарований и личностных качеств, то весь персонал гостиницы и он, Пиолин, в первую очередь рады помочь любому приезжему, а лучше сказать гостю, в его здешних делах

– например, дать полезные советы или предоставить карты и другие топографические материалы за умеренную плату, – и Пиолин снова отвернулся от меня и стал мурлыкать себе под нос. Лифт, который тащился еле-еле, наконец приехал на первый этаж, мы вышли в холл и двинулись по большому светлому проходу.

«Но, конечно, нужно сразу предупредить, – опять вдруг оживился Пиолин, – сразу нужно отметить, что помощь эта отнюдь не гарантирует результат, особенно в таком деле, как поиски знакомого в городе М., где вообще трудно что-либо найти, даже и неодушевленный предмет, а что уж говорить о человеке. Да, к тому же, еще и так бывает, что ищешь одно, а попадается вовсе другое – вместо человека X находишь какого-нибудь Y и только тогда понимаешь, что тебе был нужен Z. Так и в вашем случае: вы-то думаете, что ищете Юлиана, а найдете какого-нибудь Гиббса – но Гиббса найти значительно легче, потому что Гиббс-то как раз и заведует рестораном, куда мы идем, так что мы его там непременно встретим и хоть в каком-то виде достигнем своей цели, – Пиолин скрипуче посмеялся своей шутке. – А морщиться не стоит, потому что Гиббс вообще знаток океанских дюн, местный, так сказать, следопыт, и кто как не он может нам помочь – в розысках или в чем другом. К тому же, у Гиббса нас по крайней мере покормят, так что нам сейчас нужен Гиббс и никто иной», – и Пиолин вновь отвернулся и стал мурлыкать про себя, будто вдруг совершенно потеряв ко мне интерес.

Глава 3

Так мы и пришли в ресторан к Гиббсу – не глядя друг на друга. Нас встретили почтительно и тут же провели к столику в глубине, и Гиббс подошел к нам почти сразу и с первого взгляда не понравился мне, хоть что-то в нем притягивало, не отпуская, так что приходилось делать усилие, чтобы не разглядывать его слишком откровенно. Конечно, упоминание об океанских дюнах не могло остаться незамеченным, и любая оценка после этого так и норовила стать чересчур пристрастной, но все же, повторяю, общее впечатление оказалось смазано – к вящей моей досаде. К тому же, пока мы сидели одни, Пиолин еще подлил масла в огонь, сообщив по секрету, что Гиббс ко всему прочему повидал и самих черных пеликанов – и не скрывает этого, словно назло приличиям – и тут уж я на самом деле разволновался и уже не жалел, что ужинаю в компании, а не в одиночестве, как намеревался вначале, но потом, когда мы с Гиббсом жали друг другу руки, я подумал довольно-таки кисло, что ожидаю слишком многого и ожидаемого скорее всего не получу. Был он как-то суетлив и нарочит и все посматривал на меня исподтишка – вначале недружелюбно, а потом, когда Пиолин меня представил, преувеличенно радушно. В эту суетливость никак не получалось поверить до конца, как в несколько небрежный маскарад, и разочарование, остро кольнувшее внутри, долго не давало мне покоя.

«Это непростой человек, – шептал мне Пиолин, пока Гиббса не было с нами, – непростой и впечатление производит странное – если не сказать похуже. Что и поделом – вечно его на всякое заносит, а другие недоумевают, с чего да как. Взять хоть эту историю с черными пеликанами, когда у него не стало половины лица… – Пиолин пожевал губами, посмотрел куда-то вбок и добавил после небольшой паузы: – Н-да, не стало и все тут, ничего не попишешь».

«Как это?» – удивился я, почувствовав себя неловко. «А вот так это! – отрезал Пиолин сурово, а потом добавил уже чуть мягче: – Да вы сами увидите, когда придет, только спрашивать не вздумайте – про это спрашивать не годится. Мне-то он про них не говорил никогда, но другие болтают, может и слышали чего, хоть тут и не поймешь что правда, а что небылицы. Дураку понятно, что с ними надо быть начеку, даже когда они поодиночке, а он будто бы набрел на целую стаю и вдруг пошел к ним сам без всякой причины. Не знаю, что ему взбрело в голову – блажь какая, или просто от жары ударило – но прямо вот так сам и пошагал, как на веревке поволокли. Он тогда был не один, а со спутником, который сразу все понял – и что их целая стая, и что Гиббс сейчас пойдет туда к ним, – и, не будь дурак, лег ничком в песок, хорошо еще, что не кричал дурным голосом, а когда тот вернулся, его уже не было – он полежал-полежал и побрел оттуда, да и, правду сказать, от черных пеликанов скоро не возвращаются… Так что, Гиббс потом плутал один, все северные дюны исходил и не встретил никого, тогда тоже сезон еще не начался, и это к лучшему – успел он сам к себе привыкнуть, а это непросто наверное без половины лица. Поэтому, когда он опять объявился, никто на него большого внимания не обратил, он давно не был такой уж новостью, подзабыли про него, хоть Гиббс тут человек известный. Ну и сам для себя он ничем новым уже не был, хоть и изменился после того…» – а как изменился, Пиолин рассказать не успел, потому что тут уж Гиббс подошел к нам собственной персоной, и я поглядел на него вначале с некоторым страхом, но ничего страшного не было: конечно, если смотреть с той стороны, то странно, кажется, что лица у него нет вообще, хоть все части на месте, и спереди тоже как-то необычно, ну а с другой – ничего не заметно, профиль как профиль.

Мы познакомились и расселись, потом появился официант, и все принялись обсуждать меню, а как только с меню было покончено, те двое занялись непосредственно мной. Особенно усердствовал

Пиолин – говорил без умолку, балагурил и довольно-таки плоско острил, посматривая при этом на меня исподтишка. Гиббс все больше поддакивал и хмыкал, но иногда тоже вступал с сентенциями, и только мне не давали сказать ни слова.

Так и не уловив, отчего моя персона оказалась вдруг в самом центре, я с удивлением прослушал историю своей прошлой жизни, сочиненную ими тут же на месте на основании скупых сведений из регистрационной карточки. Гиббс сразу предположил, что я учился в … университете, это хороший университет, и народ там бойкий – не мудрено, что некоторые идут в журналисты, которых лично он не жалует, но и среди них встречаются порядочные люди. Они потолковали о том, преуспевал ли я в учебе и сошлись во мнении что, наверное, преуспевал, «потому что себя любит больше, чем девок» – не совсем понятно подытожил Пиолин. Потом Гиббс наудачу прикинул несколько побочных занятий, что могли б меня увлечь в университетские годы, отвлекая от приобретения знаний, а Пиолин, подумав над каждым, принимал его или отвергал. Там мелькали дорогостоящие мотоциклетные забавы (отвергнуто Пиолином), различные игры с мячом (с некоторым сомнением принято), музицирование (принято с воодушевлением) и даже умеренный политический экстремизм, на котором Пиолин зевнул, и Гиббс сразу прекратил эту игру, отвернулся от меня и стал задавать Пиолину вопросы типа: «а как устроился тут молодой человек?» – на что Пиолин отвечал, что устроился прекрасно – или «а молодой человек знает, что лифты не работают по ночам?» – и Пиолин говорил, что, да, знает, хоть про лифты меня никто не предупреждал. И так они продолжали в том же духе, пока не принесли еду, а под конец Гиббс принялся рассказывать длинную историю о том, как он раз застрял в лифте с двумя горничными, но закончить не успел, потому что как раз тогда на столе появился салат, и все занялись салатом.

Салат был недурен, а принесенный за ним кролик и вовсе хорош. Мы почти не говорили за едой, лишь Гиббс бурчал что-то время от времени, а когда с кроликом было покончено, Пиолин обратился ко мне с вопросом о десерте, от которого я отказался, потому что был сыт и меня уже тянуло в сон. Тогда Пиолин движением ладони отослал официанта прочь и сказал, что теперь наконец пора поговорить о деле.

Прямо сказать, первым моим желанием было расплатиться и уйти. Не желал я иметь с ними никаких дел, и помощи мне от них было не нужно, а неумелое радушие обоих и какой-то безостановочный напор не могли не показаться неуместными. Мы были едва знакомы, а я не слишком-то привык доверять кому-то после первого же ужина и собирался им на это намекнуть, но на лице Пиолина появилась такая целеустремленность, а Гиббс так вдруг напрягся, что я оробел и сдался, успокоив себя тем, что покинуть их всегда успеется, а торопиться мне некуда. Пиолин тут же сделался официален и важен, начал называть Гиббса «уважаемый друг», а меня не иначе как «наш гость», или «наш дорогой гость», и я, будто завороженный, стал покорно их слушать.

«Так вот, уважаемый друг, – веско говорил Пиолин Гиббсу, – наш гость, знаете ли, ищет тут кой-кого, то есть пока еще не ищет, а просто осматривается, но вскоре обязательно начнет искать, можете мне поверить. Дело это трудное, вы сами знаете, и лучше бы ему от своей затеи отказаться – вот прямо тут, на месте – но наш гость не робкого десятка (Гиббс остро и быстро глянул на меня) и отказываться от своих намерений не любит. Да-с…» – он помолчал несколько секунд, и Гиббс тоже молчал, ожидая продолжения.

Пиолин шумно отхлебнул воды из бокала и заговорил непонятно про наш с ним договор, которого я не припоминал, про товарищество и опеку, а Гиббс все кивал с рассеянным видом, будто тоже не вполне понимая, лишь в одном месте у него сделалось удивленно-сочувственное лицо, и он вдруг повернулся ко мне другой своей половиной, где не было ничего и стал ожесточенно чесать шею, а Пиолин остановился и ждал, пока тот закончит. Гиббс как-то сразу успокоился и снова стал слушать Пиолина, сев, как раньше, но всякое выражение с нормальной части его лица уже исчезло. Я знал, что мне надо бы вмешаться и возразить – опять выходило нелепо, опять Пиолин нес какие-то небылицы, куда-то при этом клоня, но мне все было безразлично, я устал и тупо ждал, чем это кончится – глядя на происходящее будто со стороны. Моих собеседников, судя по всему, это устраивало вполне – они будто и не ждали от меня ничего другого, что, наверное, должно было меня насторожить, но почему-то не насторожило.

«Да, затащил он нас в это, затащил, и ведь не скажешь, что сплутовал, – продолжал Пиолин, шутливо погрозив мне пальцем, – сплутовать-то каждый может, да за это потом бьют. Нет, заманил он меня в открытую, без всякого лукавства, а как он при этом еще и про вас пронюхал, уважаемый друг, я ума не приложу. То есть, понятно, как пронюхал – я сам ему сказал – но как он меня сказать заставил, это загадка, н-да. Как бы то ни было, своего он добился, и нам теперь, Гиббс, деваться некуда. И уж пожалуй лучше начать, не откладывая, потому что увиливать поздно и лучше разделаться с этим побыстрей, ведь задержки только вредят – лица, знаете, забываются, имена стираются, а то и помрет кто ненароком, так что я предложил бы, – Пиолин еще посерьезнел, – шутки в сторону, и – к делу, к делу!»

Гиббс положил локти на стол, повернулся ко мне и вновь весь напрягся. Мышцы вспучились под пиджаком, и на шее выделились жилы, но он спросил довольно-таки доброжелательным голосом: – «Имя?»

«Юлий, – тут же встрял Пиолин, ответив за меня, хоть никто его об этом не просил, потом поправился: – То есть, почти Юлий… Юлиан, а не Юлий… Юлий, Юлиан, какая разница», – и глянул на меня ободряюще с кривой полуулыбкой. Я промолчал, лишь состроив недовольную мину, а Гиббс немного поразмыслил, затем полез под стол и вытащил оттуда небольшой саквояж. Наверное он принес его с собой, только я не заметил тогда, хоть и мог бы поклясться, что в руках у него ничего не было. Загадки, загадки, подумалось раздраженно, а Гиббс порылся внутри, достал фото пожилого мужчины, что стоял, чуть склонясь набок и болезненно улыбаясь в камеру, и положил его на стол. «Он?» – спросил меня Пиолин, разворачивая фотографию к себе и жадно в нее всматриваясь. «Да нет, ничего похожего», – ответил я, пожав плечами, и Пиолин сразу оставил фото в покое, откинувшись на спинку стула, а Гиббс удовлетворенно кивнул, забрал саквояж и куда-то ушел.

Пиолин тут же наклонился ко мне и, дыша в лицо, стал говорить, что Гиббс конечно мастер своего дела и вообще следопыт, но нельзя же ждать результата прямо вот так сразу, не сходя с места. Все-таки задача-то непростая, даже для Гиббса, да еще надо иметь в виду, что Гиббс, хоть и мастер, не всегда быстро ухватывает суть и решает правильно, у него много времени уходит на раскачку, так что кажется даже, что он вообще только морочит голову. Ан нет, нельзя недооценивать Гиббса, Гиббс очень опасен, особенно когда к нему не относятся всерьез, так что нам надо набраться терпения и подождать немного, он сейчас придет, а, смотрите-ка, вот уже и он.

Гиббс тем временем подошел к нам с бумажным пакетом в руках, подсел, подозвал официанта и заказал кофе. Мы последовали его примеру. Бумажный пакет оказался сложенной в несколько раз картой города, которую Гиббс пытался развернуть на столе, но карта на стол не влезала, и в результате мне так и не удалось увидеть ее в полностью развернутом виде. Карта была расчерчена квадратами, Пиолин с Гиббсом стали подсчитывать их количество и насчитали четыреста шестьдесят – двадцать линий в ширину и двадцать три в длину, а каждый квадрат включал в себя, по словам Гиббса, несколько кварталов, так что был великоват, и разметку на квадраты нужно было переделать – нынешняя была сделана для другого случая и оказалась слишком крупной. Пиолин предлагал увеличить частоту линий раза в полтора, но Гиббс убедил, что будет все еще слишком крупно и предложил больше – один и семьдесят пять сотых, – на чем они и остановились, принявшись тут же перечерчивать линии жирным карандашом, причем новые линии иногда совпадали со старыми, а чаще всего нет. В результате на карте оказалось такое количество новых и старых линий, что, по-моему, ничего нельзя было толком разобрать, но Гиббс удовлетворенно сказал, что теперь мол карта размечена в самый раз, и Пиолин тоже выглядел вполне довольным работой.

Тогда Гиббс стал излагать план, сразу предупредив, чтобы мы не удивлялись – он намерен начать с самого простого, в этом залог успеха, а всякие усложнения нужно оставлять на потом. План Гиббса состоял в исследовании каждого квадрата подробно и обстоятельно – сначала на карте, а потом и «в натуре» – и таким образом неминуемой локализации Юлиана в одном из них, так как больше тому некуда деться, если он действительно находится в городе. Если же его здесь нет, в чем мы убедимся, закончив последний квадрат, то тогда в действие вступает вторая часть плана, которая есть просто многократное повторение первой – мы снова начинаем с квадрата номер один и двигаемся в той же последовательности, потому что ведь если Юлиана сейчас в городе нет, то ничто не мешает ему появиться тут в любую минуту. Конечно, также ничто ему не мешает и убраться прочь из города до конца наших поисков, и мы вновь окажемся там же, где начали, но от этого не застрахуешься – ведь с тем же успехом он может перебираться из квадрата в квадрат, и его путь вовсе не обязан пересечься с нашим. Так что эти соображения, живет ли Юлиан в М. или давно уехал отсюда, а если уехал, то появится ли вновь и когда – все это нисколько наш план не меняет и не делает его лучше или хуже, в чем он, Гиббс, видит основное этого плана достоинство – практически ничто в мире не может помешать его осуществлению.

Осталось, сказал Гиббс, обсудить детали, то есть саму технику работы, и здесь он может предложить давно известные приемы, к каковым относятся постоянное дежурство в местах массового скопления народа, таких как питейные заведения, кинотеатры и трамвайные остановки, а также разговоры с людьми, постоянно проживающими в квадратах, причем тут не исключена возможность материального поощрения, которое способствует развязыванию языка. Правда, добавил он с некоторым сомнением, тут надо не перестараться, чтобы поощряемый в порыве усердия не наговорил лишнего, чего на самом деле вовсе и нет.

Таким образом, продолжал Гиббс, действуя методично и настойчиво, мы будем постоянно продвигаться вперед, что будет отражено на карте вычеркиванием соответствующих квадратов или лучше заклеиванием их кусочками липкой бумаги, потому что никакой квадрат, если только он не привел к успеху, нельзя выбрасывать из рассмотрения навечно – ведь мы можем вернуться к нему позднее, проходя одним и тем же путем по нескольку раз. И наверняка вернемся, потому что, между нами, шансы на то, чтобы найти Юлиана с первого круга, а лучше сказать с первых кругов, весьма и весьма малы. Но заклейка квадратов будет по крайней мере показывать нам, что мы не стоим на месте, а напротив делаем все, что можем, и это в свою очередь даст нам повод не унывать и не опускать руки, а именно уныние, по его опыту, и есть причина неудач во всех мало-мальски непростых начинаниях.

Гиббс замолчал, вполне довольный собой. Пиолин, ворча – следопыт, следопыт – поглядывал попеременно на меня и на Гиббса, и руки у него тряслись, от старости наверное, и тогда я понял что больше ничего путного от них не дождусь, и нужно уходить отсюда прямо сейчас. В нескольких словах я поблагодарил обоих за помощь, Гиббс воззрился на меня задумчиво, а я достал бумажник, положил на стол несколько купюр и приготовился встать.

Но встать не удалось. На локоть мне легла каменная ладонь и без всякого усилия пришпилила меня к столу. Я почувствовал себя бабочкой, распластанным жуком, верхний свет опрокинулся надо мной от неожиданности, потом покачался и снова встал на место, а ладонь осталась пока на локте, ослабив правда нажим. «Не надо спешить, дорогой гость, – сказал Пиолин ласково, снимая наконец руку с моего локтя. – Не нужно спешить, ведь мы еще не закончили. Вы видите, Гиббс не спешит уходить, и я не спешу, а мы ведь занимаемся вашим делом, а не моим и не гиббсовым. Мы теперь должны держаться вместе – как партнеры держатся друг друга, ведь мы партнеры теперь, и мы с Гиббсом столько сил уже извели на этого вашего знакомого, на наш план, да и на вас, скажу я вам, что назад-то уже и не повернешь. Никто не любит, когда отступают с полдороги, и мы с Гиббсом не любим, поскольку отступать не выучены. Не так ли, уважаемый друг?» – обратился он к Гиббсу, и тот энергично покивал.

«А план-то наш того, дрянной, – неожиданно продолжил Пиолин, вновь обращаясь к Гиббсу и не глядя на меня совсем, хоть я и чувствовал настороженность его руки, лежащей в сантиметрах от моего локтя, – дрянной, потому что квадратов слишком много, и если их все перебирать, заклеивая, то ничьего терпения не хватит. Так что о плане этом надо забыть, и вообще о городе надо забыть, потому что в городе Юлиана искать бессмысленно, а идти надо в дюны, там все на виду, да и, скорей всего, там-то мы его и найдем, где же ему еще быть?»

«А что, – протянул Гиббс – тоже идея», – а у меня в голове пронеслось: – «Дюны – опять дюны… Случайно или неспроста?» Все происходило как-то слишком быстро, я чувствовал себя основательно сбитым с толку. Даже и сам город М. еще вчера был знаком мне только по слухам, что уж говорить о тех местах, куда я и вовсе не мечтал попасть. О них вообще предпочитают умалчивать, словно не желая забредать на ненадежную почву, а Пиолин вон не стесняется ничуть – ему что дюны, что не дюны, болтает и глазом не моргнет. Даже странно: совсем пропадает пиетет, будто можно прямо тут сговориться, как о загородной прогулке, и – вперед, на самый край света, не имея сомнений, без которых казалось бы никак. Ну хорошо, сомнения вообще присущи не всем, но все же неясно – туда что, так каждого запросто и зовут?

Я посмотрел на Пиолина, потом на Гиббса, как будто ожидая разъяснений, но они были заняты друг другом, принявшись обсуждать новый абсурдный план – и не просто план, а конкретный маршрут, словно наш поход был уже решенным делом. Ну нет, подумал я, это вы зря, это уж вы погорячились. Сами-то идите куда хотите, а меня не трогайте, покорно благодарим. Юлиан – дело исключительно мое, и займусь я им сам и не далее как завтра. Дюны тут скорее всего ни при чем, и в любом случае начинать нужно с города, да и, прямо скажем, слишком многое наворачивается с самого начала – и без дюн голова кругом. И не надо думать, что рукой на локте можно меня запугать – нет, не на того напали…

Тут же я прислушивался невольно к названиям, звучащим чудно и тревожно, и жалел в глубине души, что все это зря, и зовут меня конечно же не всерьез. А что, если всерьез? – От этих двоих можно ждать чего угодно… Какое было бы приключение! – Обидно, что мне с ними не по пути. Они-то, наивные, считают, что я не смогу отказаться, что я уже поддался и согласился, да и многие согласились бы на моем месте, но я занят, занят, поймите – придется как-нибудь в другой раз. Конечно, неплохо было бы утереть Юлиану нос – пусть он очутился в городе М. раньше меня, но если, скажем, первым забраться в дюны, то это явно перевесит. Или не перевесит? И кому докажешь? А вдруг он и в дюнах уже побывал…

Последняя мысль была неприятна, и я заерзал на стуле, так что Гиббс повернулся ко мне и глянул в глаза весело и жестко, как бы проверяя мгновенным импульсом. Это длилось один лишь миг, и он тут же отвел взгляд, словно в разочаровании, но мне вдруг захотелось убедить себя самого – а почему бы и нет, почему бы и не пойти с ними, хоть даже из одного упрямства, просто из независимости или из любопытства, пусть никакого Юлиана мы там не найдем в помине? Конечно, это уводило в сторону и вообще вносило много лишнего – я удивлялся сам себе, но никак не мог придумать достойного возражения. Взгляд Гиббса все чудился тенью в зрачке, да еще и Пиолин стал доказывать настойчиво, что этот-то план – что надо, не чета предыдущему, «да и дюны заодно посмотрите, дорогой гость, и, глядишь, человека вашего разыщем». Он все бормотал и бормотал – про Юлиана, про следопыта Гиббса, потом опять про новый план, который не то что прежний, а лучше в сотни раз, так что он, Пиолин, даже жалеет, что не может с нами, дел многовато, гостиница – это вам никакая не шутка. «Ну да не беда, – поспешил он меня успокоить, – с вами пойдут еще люди, наши с Гиббсом знакомые – хорошие знакомые, в дюны, знаете, чем больше людей, тем лучше», – и только он начал про них, как дохлый осьминог прилетел из глубины зала и попал Гиббсу в плечо, затем кто-то крикнул, мы вскочили, и началась драка.

Все произошло так быстро, что я не успел заметить, откуда взялись двое загорелых мужчин в черных куртках, от которых будто пахло болотом, и целая группа юнцов за ними – никак не меньше человек десяти. Когда я поднял глаза, загорелые пятились к стене справа от нас, а юнцы медленно надвигались от стены слева, где был выход, громко ругаясь и швыряя в тех двоих всякой дрянью, которую они хватали со стойки бара и прямо со стоящих на пути столов. Мы очутились в центре происходящего, юнцы шли прямо на нас, двигаясь по-хозяйски, и мне стало не по себе.

Я оглянулся на преследуемых. Те озирались по сторонам, но в общем выглядели вполне спокойными, хоть отступать им было некуда, и положение их казалось незавидным. Прошла секунда, не более, но, повернувшись назад, я вдруг увидел, что юнцы уже тут, прямо у нашего стола, Пиолин смотрит на них снизу-вверх, глупо раскрыв рот, а Гиббс стоит и говорит что-то. Потом один из них, приземистый блондин, подскочил сбоку и нанес свистящий удар чем-то черным, от которого Гиббс увернулся, как кошка, а после все завертелось, словно в беспорядочном сне. Я помню, как Пиолин держал блондина стальным захватом за горло, упираясь коленом ему в позвоночник. Блондин хрипел, а Пиолин косил на него налившимся кровью глазом и приговаривал: – «Сейчас я тебя полечу, сынок, полечу…» Двое в черных куртках внезапно оказались в самой гуще и раздавали мгновенные страшные удары, пол сразу стал забрызган кровью, несколько юнцов лежали вниз лицом, не двигаясь, остальных, избивая, гнали к выходу. Я кинулся к Пиолину, чтобы спасти блондина, мне казалось, он сейчас его задушит, но кто-то навалился на меня сзади, и мы упали на пол, прямо на склизкого осьминога, причем я проехался по нему лицом, цепенея от отвращения. Державший меня шептал прямо в ухо: – «Погоди, погоди, дай позабавиться», – а я вертелся в его руках и никак не мог повернуться, а когда вырвался, то свет внезапно погас, и ничего не стало видно.

Послышался страшный вопль, я не сомневался, что кричал блондин, и так оно наверное и было, потому что когда свет снова зажгли, блондин сидел, заслоняясь руками от высившегося над ним Пиолина, и одно ухо у него было почти оторвано и болталось, как на нитке, а потом он плюнул в Пиолина кровавой слюной, а тот вдруг схватил стоящий рядом стул и, крякнув, обрушил его блондину на голову. Все вокруг застыли, и в тишине явственно прозвучало короткое ругательство, произнесенное голосом Гиббса, который тут же оказался рядом, косо глянул на размозженный череп и стал выталкивать Пиолина к дверям.

Я бросился в туалет, где меня сотрясла рвота. Потом я долго стоял около умывальника, смывая следы осьминога с лица и непонятно откуда взявшуюся кровь с рукава. В комнату заходили серьезные, сосредоточенные мужчины, никто не смотрел в мою сторону, пока я не набрался мужества и не спросил у одного: – «Скажите, там уже убрали?» – но он лишь приблизился ко мне, внимательно заглянул мне в лицо и ушел, ничего не сказав. Я еще постоял перед зеркалом и нетвердой походкой отправился в зал.

Там уже было убрано. Гиббс сидел одиноко за нашим столом и курил. «А где Пиолин?» – спросил я, и сам поразился своей глупости, Гиббс же не удивился ничуть и ответил скучным голосом, что наверное на работе, дел у него всегда невпроворот, гостиница работает в обычном режиме, хоть и несезон, за всем нужно приглядывать. Я согласился – мол, да, конечно – и сел. Гиббс протянул мне сигареты.

«Мне сейчас нужно уйти, – сказал он. – Жаль, что мы не успели договорить, но думаю, вы ухватили суть – не так ли?»

«Суть?..» – переспросил я рассеянно.

«Ну да, ну да, – нетерпеливо закивал Гиббс, – дюны там и вообще… Подумайте на досуге, поприкиньте. Когда придет время выезжать, вам сообщат. О счете за ужин не беспокойтесь – плачу я». Он встал, коротко поклонился мне и собрался уйти.

«Скажите, – умоляюще обратился я к нему, – скажите, кто это был, за что их так избили? И кто эти двое?» – я оглянулся к правой стене, где давно уже не было мужчин в черных куртках. «И еще я хотел спросить, а Пиолин точно не поедет с нами – то есть, если вы соберетесь-таки и если я соглашусь?»

Гиббс повернулся, изучающе, без улыбки посмотрел на меня и, ничего не сказав, пошел прочь.

Глава 4

Это был мой первый день в городе М. – казалось, после всего и не заснуть, но я спал, не просыпаясь, в омуте, в темном безвестии. Утром все вчерашнее отодвинулось далеко назад, а к полудню я понял, что окружающий мир забыл обо мне и едва ли вспомнит когда-то. В гостиничный ресторан я не пошел, завтракать отправился в кафе на углу и не встретил до самого вечера ни одного знакомого лица.

Хотелось действовать, не откладывая, хоть в голове до сих пор было мутно и недоставало практических идей. Конечно, стоило поразмыслить без спешки, но мне не сиделось на месте – пройдясь вокруг гостиницы, я внимательно оглядел несколько рекламных тумб, увешанных посланиями разного толка, надеясь сразу отыскать зацепку. Это не привело ни к чему и только удручило обилием подробностей, не относящихся к делу, а чтобы прогулка не оказалась совсем уж бесполезной, я приобрел буклет, посвященный правда не розыску, а заурядной купле-продаже, и, разжившись ножницами у консьержа, аккуратно вырезал из него проштампованный купон-заготовку.

В этом было что-то от малодушия – сводить контакт с внешним миром к анонимному оклику, но начинать нужно с малого, успокаивал я себя, а первый шаг часто бывает труден и неказист. К тому же, анонимность анонимности рознь, в моем случае она где-то даже походит на открытый вызов – и, не сомневаясь более, я стал корпеть над лаконичным известием, способным перекинуть от меня к Юлиану пусть хлипкий, но совершенно необходимый мост. Потратив час и основательно утомившись, я остановился на вполне стандартном: «Разыскивается Юлиан такой-то. Спорное наследство. Вознаграждение за срочность». Внизу я добавил номер гостиничного телефона и, посчитав задачу выполненной, засунул купон в гостиничный же конверт. «Посмотрим, посмотрим, – приговаривал я, спускаясь по лестнице и потом, покупая марку в киоске у входа, – посмотрим, посмотрим…» Что-то происходило, мой замысел сдвигался с мертвой точки, пусть пока на самую малость, и это горячило кровь. Тут же пришла в голову мысль попробовать еще и адресные бюро, и я, расспросив случайных прохожих, успел побывать в трех, находящихся неподалеку – правда, без всякой ощутимой пользы. Наконец, к вечеру, устав и изголодавшись за день, я почувствовал, что начальная лихорадка сходит на нет, и скомандовал себе остепениться, покончить с суетой и навести в своих действиях некоторый порядок.

Прежде всего, следовало ознакомиться с географией города М., точнее – с его топологическим устройством. В памяти тут же всплыл Гиббс и принесенная им карта с жирными карандашными линиями. Я подумал было о ней с завистью, но потом понял, что завидовать нечему – его карта слишком велика, да и чужая разметка едва ли мне сгодится, к тому же я и сам могу купить что-то подобное без всякого труда. Именно это я и проделал в тот же вечер – причем, потоптавшись у прилавка, приобрел сразу две карты – большую и поменьше, умещавшуюся в сложенном виде в кармане брюк – и потом изучал их до поздней ночи, запоминая названия главных улиц, расположение перекрестков, гаражей для парковки и прочих интересных мест. Это было конечно же ни к чему, но я не мог остановиться, взволнованный ощущением, что где-то тут, в закоулках условных символов, скрывается моя мишень – и уснул едва-едва, уже различая сквозь дремоту первые утренние автомобильные гудки.

Следующие два дня я посвятил изнурительным прогулкам, исхаживая городское пространство вдоль и поперек, словно обогащая память новой сетью маршрутов, по которым можно сновать бездумно, не боясь заблудиться и не страшась каверз. Ничего каверзного не происходило впрочем – быть может потому, что город М. устроен весьма нехитро. В самом его центре находится площадь, сплошь вымощенная брусчаткой, на которой обосновался здешний официоз

– мэрия, полиция и серые блоки администраций, соединенные аркадами в мрачный прямоугольник. От площади, как лучи, отходят бульвары – несколько основных, что тянутся ровной линией до самых окраин, и еще другие, скоро начинающие петлять и раздваиваться. Планировку не назовешь продуманной или строгой – стоит отдалиться от центра на какую-нибудь милю, как любой поворот заводит в сеть узких улиц, которые соединяют бульвары между собой, образуя порой настоящие лабиринты, особенно на севере, в бедняцких кварталах. Но к строгости очевидно и не стремились – по крайней мере, тут гордятся вовсе не этим, а городское своеобразие уж конечно не тускнеет без нее ничуть, даже наоборот, и в этом нетрудно убедиться – нужно только знать правильные места. Одно из них известно любому: рядом с главной площадью, где уныло царит голый камень, есть еще одна, рыночная, и неподалеку от нее – большой сквер. Там-то и кипит городская жизнь, рождаются новости и слухи, и я проводил там немало времени, наблюдая, рассматривая и просто греясь на солнце.

В целом, если глянуть сверху, город М. похож на аккуратно вытканную паутину – с проплешинами по краям, но крепким ажурным остовом. Прочность ее нелегко проверить, но она, по всему судя, сделана на совесть – в нее попадались слишком многие, и слишком разные запутывались в ней, не умея потом ни выбраться, ни даже толком позвать на помощь. Небольшой, даже по европейским меркам, безнадежно провинциальный по меркам любым, М. давно превратился в пристанище незваных визитеров, едва ли способных объяснить, что и куда их влечет. Существует поверье, о котором знают все: мир устроен здесь по-другому, непонятнее и сложнее; траектории, пусть не видные никому, отклоняются от прямых и замыкаются в петли, проходят сами через себя, отражаясь, как в кривом зеркале, разбегаются прочь и встречаются там, где их никто не ждет. Это не та картина, которую легко себе представить, и никто наверное не скажет, положа руку на сердце, что уж он-то определенно знает, о чем идет речь, но поверье живет, и все будто согласны с тем, что именно здесь можно узнать о себе больше, чем где-либо еще, пусть механизм узнавания неясен и противоречив. Познание вообще сложная штука, разобраться с ним не больно-то кому удавалось, а обращаясь к фактам, нельзя не отметить, что в М.

рано или поздно попадают почти все, кому не сидится на месте – по своей ли воле или по случайному стечению событий – хоть никто и не брался проверить это всерьез, да и любой факт тоже можно принять за домысел и вполне обоснованно усомниться. Так же и со всеми легендами о случавшемся здесь – кажется, что так не бывает, потому и рвешься в этот город, чтобы убедиться воочию, а приехав, видишь его собственную жизнь, что похожа и непохожа на другие, как случается всегда, и теряешься: что тут тайны, а что разгадки? Видел ли уже это, знал ли или только выстраивал мыслью, как воздушный замок, из наговоров и сплетен, негодуя, надеясь, трепеща?

Да, думал я, топология проста, но даже расчертив на квадраты, не всегда знаешь, с чего начать. Ясно, что легенды стоит отложить пока, поскольку дело не в них, и чужие загадки мне сейчас ни к чему, но мысли все равно сбиваются с пути, потесненные картинками с окружающей натуры, которые так и хочется выстроить в ряд и рассматривать без спешки, рассчитывая на проникновение куда-то вглубь. Если конечно у них и вправду есть двойное дно, а город М. – не фикция, в которую просто слишком хочется верить.

Кто рассказал мне про него в первый раз? Сейчас уже не вспомнить, как не вспомнить зарождения других знаний, что становятся потом открытиями из открытий, первенство которых так и хочется приписать себе. Был ли это кто-то из университетских приятелей или одна из подруг, желавшая казаться взрослее своих лет, не суть важно теперь, когда я уже сжился с мыслью о нем не меньше, чем любой из моих знакомых, способный к независимому восприятию вещей. Важно лишь представить его в деталях, которых не видел, и, додумывая, ощущать, как дрожит сердце, едва только палец, прослеживая маршрут на карте, доберется по нитке шоссе до желтого пятна. Важно решиться и отправиться туда, пусть и не разрушив за собой мосты, но основательно затруднив обратный шаг, хоть об этом никто и не знает, кроме тебя. И пусть ты не первый и даже ведомый в каком-то смысле, причем ведомый тем, о ком не можешь думать без немедленного протеста, но все же ты здесь, и это само по себе стоит слишком многого, чтобы искать причины для умаления, тем более, что их, всякий знает, всегда можно насобирать в достатке.

Что до меня, к умалению я не склонен – с малыми величинами трудно иметь дело, они норовят ускользнуть меж пальцев, не даваясь ни памяти, ни мысли. Но если разделить на каждого одну всеобщую убежденность, много ли достанется на руки? Быть может потому и сам миф о городе М. удручающе невнятен, а побывавшие там или настаивающие на этом не умеют гордиться по-настоящему, хоть пытаются изо всех сил. И много еще тех, что не пытаются вовсе, так что и не разберешь, кто в самом деле там был, кто не был и может не будет никогда, а кто побывал, но решил смолчать. «Радуйтесь, вы уже там, куда все стремятся» – гласит дорожный щит на въезде, но заявить легко, признаешься самому себе, несколько смущенный такою прямотой. И меняешь маршруты в поисках подтверждений, и вздрагиваешь от неловкости, натыкаясь на рваную трещину в бетонной плите, похожую на вопросительный знак, на взрослый безжалостный взгляд мальчишки-газетчика, которому отвечаешь сквозь зубы, или на вовсе уж откровенное: «Город М. – это Черный Пеликан» – краскою на стене, где-нибудь в глухом переулке. Так легко тогда отчаяться и замкнуться в себе, не рискуя разочаровываться более, хоть наверное неизвестный вестник-граффити рассчитывал на обратное. Соглашаешься: то ли ты не понял с первого раза, то ли он так и не смог объяснить толком. Проклинаешь чью-то небрежность, а внутри грызет: вдруг ничего больше и нет? Почему так зыбки здешние поверья? Кто пророки их, проповедники, кто их разносит по свету? У кого ни спросишь, лишь покачают головой, уходя от разговора, и только немногие скажут с сомнением: может быть, маленькие синие птицы? Жаль, что их давно уже никто не видел…

Я бродил по улицам до темноты, свыкаясь с городом и будто поддаваясь его власти, кружил в запутанных переулках, готовый на любое ребячество чуть только появится повод, и, за неимением такового, просто всматривался в камень зданий вокруг, словно испрашивая совета или интересуясь праздно: они знают, что я уже тут? Откликов было не различить, но унывать не приходилось – ожидания связывались не с ними, а осмысленность действий придавала достаточно сил. Я уставал и сбивал ноги, но относился к этому легко, а на третий день решил наконец, что новая территория изучена неплохо, и вот тут-то приуныл по-настоящему – осознав вдруг, что цель моя от этого не становится ближе, а главное – мне никак не приходит в голову, что бы такого предпринять еще. Тут правда подоспела хорошая новость – в одной из газет я увидел свое объявление, перепечатанное из купона, и загорелся моментальной надеждой, но результат оказался смехотворен: на мой сигнал откликнулся лишь один человек – моложавый проходимец, вызвавший меня в холл и потративший зазря битых полчаса, пытаясь продать сначала книжонку с пособиями по врачеванию, а потом еще и какую-то жидкость, обладающую будто множеством целебных свойств. На мой прямой вопрос о Юлиане он забормотал что-то невнятное, и я, не дослушав, пошел прочь под пристальным взглядом портье, весь в негодовании и расстройстве.

Других желающих прийти на помощь так и не нашлось, и ближе к полудню стало ясно, что мое намеренье заходит в тупик. Даже воздух вокруг словно преисполнился отчужденности, в которой, как в рыхлом облаке, могут увязнуть любые порывы. После, слоняясь по городу, я пытался вернуть себе уверенность, но безуспешно – адресные конторы все так же не давали ответа, иных способов разжиться информацией я не знал, и розыски Юлиана стали представляться очень тяжелым делом – почти столь же безнадежным, как о них предупреждал Пиолин.

Воспоминание о Пиолине вовсе испортило настроение, я даже выругался вслух, застыв посреди улицы – выругался и воровато оглянулся по сторонам, морщась от неловкости. Никто не расслышал или просто не подал вида, все спешили мимо по своим делам – от трамвайной остановки к бакалее и молочной, из аптеки – дальше по тротуару, из здания банка… Стоп!

Перед глазами словно блеснула молния: мне показалось, что из банка напротив вышел не кто иной, как Юлиан – вышел и теперь спешит прочь, не дожидаясь, пока я очнусь от столбняка. Я сделал глубокий вдох, потом еще один и, почувствовав, что прихожу в себя, бросился за ним прямо перед носом у трамвая, вглядываясь и сопоставляя на ходу. Все было похоже – и походка, и разворот плеч; жаль конечно, что не видно лица, но я и так способен узнать его без ошибки. Плащ не по погоде – что это, камуфляж? Да еще и сумка на плече, довольно вместительная – интересно, что в ней?

Юлиан или его двойник шел, не скрываясь и явно не подозревая о преследовании. Его длинный шаг заставил и меня прибавить ходу, я порой неловко семенил, чуть не переходя на бег. Глупая погоня, вертелось в голове, прямо как в дурном кино. Мы наверное выглядим смешно со стороны, если глянуть, к примеру, с какой-нибудь крыши – два незнакомца, будто связанные нитью, синхронное движение, согласие во всем… Но нам-то совсем не смешно – особенно мне.

Юлиан внезапно остановился у витрины, и я отпрянул в сторону, за газетный киоск, чуть не сбив кого-то и пробормотав торопливое извинение. Он по-прежнему стоял ко мне спиной, разглядывая что-то за стеклом, а я гадал напряженно – тот, не тот – и сжимал кулаки, стараясь справиться с волнением. Потом мы снова двинулись вперед, след в след, хоть и на приличном расстоянии друг от друга, и я все думал, что же делать, как не упустить, вдруг – такси, и все, поминай как звали. Нужно было решаться на что-то – я стал понемногу сокращать дистанцию, подбираясь ближе и ближе, и нагнал-таки его у светофора, удачно славировав меж спинами. Еще за несколько метров закралось сомнение – что-то фальшивило, плащ сидел не так и брюки слишком пузырились при ходьбе. Быть может Юлиан сделался провинциален вдали от столицы, и вкус его опростился в угоду местным нравам? Или может он и есть таков на самом деле, а былой столичный шик – вовсе наносное? Но нет, вскоре стало ясно: слишком уж этот, в плаще, с серой спортивной сумкой, органичен окружающей толпе. Он из местных, не иначе, подумалось уныло, хоть надежда еще теплилась едва-едва, так что я подошел вплотную, задел будто ненароком, потом, извиняясь, заглянул в лицо и отвернулся с досадой – ничего похожего, да и что собственно было ждать, шанс безнадежно мал. Незнакомец зашагал дальше вместе со всеми, спешащими на зеленый, а я посмотрел ему вслед и удивился сам себе – с Юлианом никакого сходства, что за странное наваждение?

Было обидно, и щеки горели от стыда – хорошо еще, что никто вокруг ничего не заметил. Впрочем, случай не прошел даром: я понял, что не готов к встрече и не знаю, что буду делать, если мы и вправду столкнемся лицом к лицу. Как поступить тогда, какой сценарий избрать – разыгрывать удивление и откладывать на потом или решать все сразу, пользуясь внезапностью момента? Но у меня нет с собой необходимых средств, все осталось в номере гостиницы, да и можно ли сделать то, что я хочу, прямо так, экспромтом, да еще и на виду у всех? Да, секрет мой прост, но вовсе не безобиден, а я не трус конечно, но и не из отъявленных смельчаков. В решимости мне не откажешь, но и она не всегда под рукой, а теперь осталась одна лишь ее оболочка – быть может драка в ресторане стала тому виной, или просто мысли рассеялись, уживаясь с незнакомым местом. В любом случае, нужно было брать себя в руки и вновь настраиваться на серьезный лад, иначе не мудрено и провалить все дело, даже если замысел кажется безупречным.

Пора признаться, чтобы стало понятнее: я замышлял убийство. Звучит наверное дико, но нет смысла скрывать: я хотел найти и убить Юлиана, будто прояснить что-то раз и навсегда – прояснить или признать, или доказать, или опровергнуть. Не суть важно, что именно из этого и зачем, не всегда можно разобраться и разложить по полочкам. Нужно ведь когда-то верить собственному чутью, хоть оно и подводило не раз, что опять же ничего не значит – чутью верят не оттого, что не подводит, а оттого, что не дает спуску. Так и я, проснувшись как-то в своей столичной квартире, понял без обиняков – довольно, никаких полумер, я должен сделать это, как перейти границу, чтобы уже ни шагу назад. Дико это или нет, но Юлиана должно не стать вовсе.

Помню, как я ходил по комнатам, словно сомнамбула, в полураспахнутом халате среди холостяцкого хлама, пренебрегая утренним ритуалом, не отвлекаясь ни на блеклые репродукции в холле, ни на скрипучие старые часы, так что движущиеся фигурки посматривали на меня обиженно. Но мне было не до них, я привыкал к своему решению, и чем больше оно мне нравилось, тем осторожнее я о нем размышлял, боясь как бы, что кто-то проникнет в мои мысли, чтобы выведать и помешать. Тогда-то я и окрестил его «мой секрет», так чтоб даже формальный ярлык не позволял разжать губы, отрядив ему место в узком ряду непроизносимого вслух, даже не вызволяемого наружу, если кто-то еще есть рядом – чтобы не угадали по теням на лице, по замутненному взгляду. Помню, как вдруг зазвонил телефон, и я отпрянул в ужасе – будто боясь, что уже подобрались лазутчики – но тут же заставил себя успокоиться и ответить, как ни в чем не бывало. И как легко было лгать, зная, что охраняешь не пустое место – договариваться о встрече и уверять во всяком вздоре, говорить любезности и выслушивать что-то в ответ, каждый миг помня, что теперь можешь быть каким угодно на слух. Все равно тебя не раскусить, если не забраться глубоко внутрь, а туда – туда не пустят. И когда невидимый собеседник растворился в шумах и потрескивании электричества, словно устав от бесполезных попыток и расписавшись в бессилии своего шпионства, я бросился на кухню и налил себе на два пальца джина, салютуя собственной хитрости, чувствуя себя больше, объемнее – что-то распирало меня изнутри, устроившись там надолго, защищенное от других, от их неумного любопытства и пошлых слов.

Это была удача, и это был успех. Я не пошел в офис в тот день, сказавшись больным, празднуя наедине с самим собой. Замки моей темницы рассыпались в прах, и свобода опьяняла сильнее джина – нужно было научиться справляться с этим, не выказывая растерянности. Я решил тогда, что каждый тупик имеет потайную дверь – потом-то пришлось узнать, что это вовсе не так, но город М. был еще далек, как реальность далека от мечты о ней. Я проживал события пока лишь в своих фантазиях, не имея препон в прямой видимости – самый счастливый период, медовый месяц настоящей идеи. Множество деталей приходило на ум, и все их нужно было подвергнуть испытанию, все еще торопея при этом от предельности самого замысла – и я ведь всегда был нетерпим к насилию, что же случилось, как объяснить? Впрочем, колебаний не припомню и страха тоже – лишь горячечные раздумья над, собственно, планом и – опять, опять – ощущение свободы: ничто не держит.

План, надо сказать, так по существу и не составился – лишь прояснились общие черты. Право, чего ожидать от взявшегося за такое в первый раз – чуть станешь прилежно размышлять, как нервы начинают приплясывать, и голова горит огнем. Сразу перед глазами встают ужасные картины, в ушах звучат крики, подстегивающие воображение, и ничто не распишешь по пунктам, события сбиваются в беспорядочный ворох. Я пытался вновь и вновь – всякий раз получалось плохо, но горевать было недосуг, моя жизнь и так изменилась до неузнаваемости. Дни заполнились лихорадкой стремления, хоть стремиться было еще некуда, знакомые удивленно читали в моем лице нечто, заставлявшее их поглядывать с уважением, а на службе разнеслись слухи о моем скором уходе. Я будто приобрел странную власть над окружающим миром – власть, которой у меня не было никогда и которой я стыдился бы пожалуй, если бы задумался о ней всерьез. Но меня одолевали иные хлопоты, не дающие спокойно спать, будоража, словно в страшном кино из детства.

Чем пришлось озаботиться немедля, так это необходимым орудием – и я перебирал в уме имена приятелей, что могли б помочь достать пистолет, не задавая лишних вопросов. На время я заболел пистолетами, они снились мне в разных видах и формах – от больших дуэльных до маленьких дамских, черные, серо-стальные, с инкрустациями из бронзы, с деревянными рукоятками и рукоятками из кости, с вращающимися барабанами и взведенными курками, предваряющими немедленный взрыв, дым и огонь – аккорды, достойные финала любого замысла. После двух недель осторожных поисков мне улыбнулась удача – напарник по юношеским приключениям, скользкий тип, теперь торгующий подержанными автомобилями, обнадежил обещанием, ничуть не удивившись, и вскоре свел меня с тремя серьезными мужчинами, вывалившими на стол такую гору оружия, что у меня зарябило в глазах. Я остановился на простом и надежном кольте – хоть цена и показалась несуразной, но отступать не хотелось, и мы совершили быструю сделку, расставшись без улыбок, как и подобает заговорщикам. Не утерпев, я опробовал его в тот же вечер, уехав далеко за город. В первый миг меня неприятно поразил грохот, я даже подумывал о глушителе с винтовой нарезкой, но уродливая длинная трубка явно портила картину, а еще через несколько пристрелок я привык и к шуму, и к отдаче ребристого металла, так что кольт стал казаться мне образцом совершенства.

Хуже было с остальной экипировкой – прикидывая, как бы ускользнуть безнаказанным, я прокручивал в голове десятки сценариев, с досадой ощущая себя безнадежным любителем, бессильным перед реальной опасностью. Не с кем было посоветоваться, а детективные романы, написанные дурным языком, не вызывали доверия, но иных источников я не знал, и фантазии мои не шли дальше париков, накладных бород и каблуков с сюрпризом, вызывающих мнимую хромоту. В конце концов пришлось положиться на везение, лишь для очистки совести запасшись некоторым количеством бутафории. Самонадеянность не моя черта, и я отдавал себе отчет, что рискую, но, пожалуй, мой секрет требовал риска, и немалого, потому что иначе пропадал ореол свершения, а без него смысл затеи терялся начисто.

Собственно, говоря о смысле, я прохаживаюсь по очень тонкому льду – не то чтоб его не было вовсе, как раз напротив, версий наберется целый букет, и разобраться в них не так-то просто. Лишь одно несомненно: все события последних лет, все обиды и неудачи так или иначе замыкаются на нем, Юлиане – или на подобных ему, что не меняет дела. При этом нужно оговориться – подобных да не совсем; будучи правилом, он же и исключение, причем редчайшее из редких, что, кстати, еще раз оправдывает замысленное мной: случай уникален, а значит и все средства могут оказаться хороши.

Бывает так, что, собирая по крохам, вдруг натыкаешься взглядом на целую россыпь и видишь в изумлении: вот она мозаика, вся здесь, если чего и недостает, то лишь незначительных деталей. Так и Юлиан, войдя в мою жизнь, сразу ошеломил полнотой картины. Будто все, что так отвращало меня от привычного мира сослуживцев и сверстников – их радостей и ссор, их семейных дрязг, их желаний и страхов – мира, где все они, думал я, бродят с завязанными глазами, натыкаясь на острые ветви, не понимая звуков, не отличая дня от ночи и не зная пути – будто все, что составляло их сущность, позволяло им притираться один к другому, сносить друг друга, огрызаясь то и дело, замалчивать отчаяние, если способны на отчаяние, радоваться успеху, если могут отважиться на успех – это и многое другое, что не перечислить, не вспомнить и не назвать, собралось в Юлиане, органично переплетясь, избрав его своим знаменосцем, наделив невиданной плавучестью и уверенностью в себе. Я оторопел вначале, наблюдая его умение нравиться всем, только потом разобрав, что это вовсе не от того, что глаза его развязаны – они не развязаны, нет, ничуть. Он так же плутал и натыкался, задевал других и огрызался в ответ, жизнь его не была безоблачной и отличалась не слишком от более-менее удачливой части прочих, но никто как он не был чужд сомнению, уверившись раз и навсегда, что настоящий мир именно таков, каким он, Юлиан, видит его, а значит – хорош и строен, правилен и незыблем.

Слепота слепотою, но, доведенная до абсурда, и она – нешуточная сила. Глядя на него, каждый обыватель должен был воспрянуть духом; он мог стать своим в любом кругу, пусть в его открытости мельтешило плохо скрытое двойное дно, никого однако не смущая. Да, я такой, но и все мы такие, будто говорил весь его облик, утверждал его напористый голос, всегда готовый неискренне стушеваться, что находило отклик во всех сердцах, заставляя прощать его подлости – ведь и сам он легко прощал, широко улыбаясь навстречу. Он был вовсе не глуп, но на редкость терпим к глупости других, что открывало многие замки не хуже заветного слова. Он знал свою силу и пользовался ею, от него так и веяло душевным здоровьем и осознанием правоты, притягивающим и друзей, и женщин. Он был на редкость целен, Юлиан, даже трудно было поверить – потом я поверил все же и возненавидел было его, но после окончательно прозрел и отрешился от эмоций, разглядев в нем объект приложения не чувств, но действий, движимых не азартом, а холодной решимостью, проникшись которой, уже не нужно бравировать ни отвагой, ни благородством – все равно других не убедишь, да я и не хочу казаться лучше. Тем более, что случай не тот, чтобы выносить на обозрение – ближайшему конфиденту и то не расскажешь, если допустить, что таковой имеется, а перед самим собой уж и вовсе нечего красоваться, да я и не хочу восторженных оценок, от них все равно не бывает пользы. А хочу я лишь одного – чтоб меня освободили от моей ноши, и жалею только, что нельзя перепоручить другому – я должен сделать это сам.

Каждый спросит: отчего такие крайности? Ответ прост: а где другой выход? И не стоит списывать на личную месть – все сложнее, я не дам сбить себя с толку. Ведь он, Юлиан, будучи везде, настолько примелькался настороженному взору, что поневоле превратился в символ, в главнейшее объяснение моего дискомфорта, от которого уже не отмахнуться. И взбаламученное сознание, принимая подсказку, соглашается: да, уберите это, и станет легче. Потому что, наверное, не может не стать.

Конечно и тут можно углядеть слабое место – ведь подвох был всегда, а Юлиан появился сравнительно недавно. В сердцевине подвоха, как в центре водоворота, сомнение и злополучные вопросы, но позвольте:

пора тех вопросов давно прошла, а Юлиан – Юлиан остался. Пусть простит, что так вышло, быть может ему просто не повезло, но теперь уже не на что направить неистовость, кроме как на него. Он будто стал барьером, отделяющим меня от обычного мира, от доходчивых радостей и желаний, что непонятны лишь мне одному, барьером, не позволяющим сделать шаг туда, ко всем прочим, и сказать, улыбаясь приветливо: да, я с вами, я ваш! Им-то ведь не становится невмоготу от того, что действительность так убога, а что же я, может неправильно смотрю? Мне никто не подскажет и не объяснит – я знаю уже, вместо сострадания лишь тычки и тычки, но почему ж я никак не смирюсь и не признаю, что больше нечего ждать? Может оттого, что все насмешки звучат его голосом, и это дает мизерный шанс: а ну как без Юлиана все окажется по-другому, ну как что-то изменится неуловимо, нарушив шаткое равновесие, и мир станет чуть-чуть иным – лишь чуть-чуть, многого мне не надо.

Так что нет, не стоит изыскивать слабости в том, что уже окончательно решено, а если кто-то скажет, что порыв слишком мелок и похож на бурю в стакане воды, то я лишь отвернусь в сторону, прикинувшись, что не слышал. Мелок он или нет, но для меня в нем – глубокая пропасть. Иные даже и не поймут, в чем фокус, а я – я квитаюсь с мирозданием за явный перекос. Оно конечно станет делать вид, что и не замечает вовсе, но я не поверю – Юлиан потому-то и выбран мною, что в нем всего чересчур; исключение, повторимся, редчайшее, не поверить нельзя. Меня больше не смутить играми в кошки-мышки, пусть даже выпячивая свое могущество наружу и навязывая мнение без надежды на пересмотр, нс признавая, что я особенный и имею право быть таковым. Мне не нужно почета, я быть может надеюсь как раз на обратное, но признайте право – и я соглашусь, что мы квиты. У вас не выцарапать благодушия за бесплатно, только в обмен на смирение и ложь, а я не хочу скрывать свое естество – так хорошо же, пусть силы невелики и вызов смехотворен, запишите мне мою ставку. Я расправлюсь с Юлианом, как бы кто ни рассматривал под лупой, как бы кто ни брюзжал, пеняя на громоздкость замысла. Согласимся хотя бы на том, что вокруг уж очень мерзко, если не закрывать глаза, и кто как не Юлиан постоянно напоминает мне об этом? Чем не причина? На мой вкус, причина из причин –живучая, неистощимая, предостаточная!

Так убеждал я сам себя, направляясь в гостиницу после глупой погони, которая завершала еще один день, ни на шаг не приблизивший к цели. Слова были знакомы, я повторял их множество раз, изгоняя неуверенность и тоску, но помогали они не часто – и в них жила скрытая ложь, замалчивать которую было не так уж просто. Начал накрапывать дождь, город будто сгорбился и отвернул лицо. Мысли, как угрюмые незнакомцы, спешили каждая своей дорогой, не замечая друг друга и не связываясь в одно. Что есть сегодняшняя неудача, крутилось в мозгу, очередная насмешка мироздания? Или это знак, намек, расплата – но за что?.. Мне казалось, что я упускаю главное, проглядываю что-то, лежащее перед самым носом, и это злило несказанно, будоража нервы. Вздохнув, я вошел в отель, покосился на лифты, около которых толпились люди, и стал медленно подниматься по лестнице.

Если попал в тупик или западню, учит древняя восточная игра, обратись к самым простым вещам и не делай резких ходов. «Начнем сначала, – бормотал я сам себе, одолевая ступеньку за ступенькой, – начнем сначала и выстроим все по порядку – быть может следующий ход прояснится сам собой». Это смахивало на отговорку, придуманную наспех, но чтобы отвлечься порою годится любой повод.

«Да!» – согласился я вслух сам с собой, обнаружив, что стою уже на нужном этаже, потом перевел дух и направился к своему номеру, что стал казаться вдруг средоточием комфорта и уюта. Навстречу попалась смешливая горничная, и мы раскланялись церемонно, уступая друг другу путь. «Да, да», – повторил я, убедившись, что горничная скрылась за углом, потом помедлил самую малость, задумчиво глядя ей вслед, и, словно подводя какой-то итог, захлопнул за собою дверь, исправно щелкнувшую автоматической задвижкой.

Глава 5

«Выстроить по порядку» значило «обратиться к начальной точке» – то есть отступить далеко назад, что не составляло труда, ибо ванильно-сладкое воспоминание из детства – то, что можно принять за начало отсчета – давно сделалось затверженным наизусть. В нем не было подвоха, лишь печаль по ушедшему безвозвратно, свыкнуться с которой – невеликий труд, но и все же я медлил и кружил по комнате, а потом и вовсе сделал что-то странное: подсел к телефону, подпер голову ладонью и так просидел с полчаса, зная, что звонить некому, любая связь давно прервана, а сигнал в пластиковом наушнике – не что иное, как обман, химера, неумело выдающая себя за реальность. В какой-то миг я даже стал набирать номер, но тут же швырнул трубку на рычаг и больше уже за нее не брался.

Мой единственный всегдашний абонент был недоступен – то есть доступен-то был легко, но ему стало не до меня. Начальную точку, впрочем, это не меняло ничуть – лишь придавая картинке горчащий миндальный привкус наряду с прежним ванильно-сладким. Я по-прежнему легко вызывал ее на свет, словно всемогущего джина, у которого нечего было попросить, и она не выцветала с годами: вот я, ребенок лет двенадцати, и со мною моя милая Гретчен, моя сестренка, что была годом старше, как считали все, но я-то знал, что она взрослее на целую вечность. Собственно, вечностью тогда казалось многое, мы передвигались во времени большими скачками от одной поры к другой, а меж ними не счесть было одинаковых дней, выпадающих из рассмотрения, оставляя пропасти и провалы между яркими вспышками, которые едва получалось потом пригнать друг к другу. Но этот день я помню отчетливо, он непохож на все остальные, в чем конечно ее заслуга – и неудивительно, она всегда была впереди на правах старшей, пусть всего на один только год.

Сам по себе, день проходил как обычно, и вечером у нас были гости, что тоже ничуть не ново, но почему-то именно в тот вечер нам захотелось спрятаться от всех в сервировочной под большим столом, на котором стояли блюда с десертами, и мы залезли туда, укрывшись за полами длинной скатерти, невидимы и неслышимы, с гулко бьющимися сердцами, предвкушая новую игру. В комнату заходили люди, и тогда мы затаивались, переставая возиться и шептаться, наблюдая сквозь узорчатые кружева, как они затворяли дверь, думая, что она спасает их от посторонних взоров, и вели себя как дети – то гримасничали перед зеркалом, то тайком таскали со стола вкусные кусочки, то бормотали сами себе что-то невнятное, быть может исполненное тайного смысла. Я запомнил доктора Робертса, которого мы боялись из-за его черной бороды, он долго стоял посреди комнаты, дергая себя за нос и слегка покачиваясь на каблуках – это было так смешно, что мы зажимали рты руками – а потом дверь распахнулась, впустив нашу экономку, которая замерла, увидев доктора, прижала ладонь к губам и выбежала стремительно, бросив через плечо что-то вроде: – «Вы везде… Ах, это ужасно, ужасно» – и мы поняли, что она тоже испугалась его бороды, а доктор еще постоял с минуту, мечтательно улыбаясь, потом самодовольно прошептал: – «Чертовка…» – и вышел, скрипя своими огромными ботинками. Ему на смену дверь впустила герра и фрау Ларсен, которые, чуть войдя, стали злобно шептать друг на друга, неловко тыча пальцами, потом фрау Ларсен обозвала герра Ларсена неизвестным мне словом, и Гретчен, слушавшая внимательно, вцепилась в мой локоть, а герр Ларсен вдруг замахнулся будто бы для удара. Но мы знали, что он не может ударить даже мухи – жаль, что фрау Ларсен этого не знала, потому что она вся сжалась, закрываясь обеими руками, прошипела что-то невнятное и ушла с исказившимся лицом, а он долго ходил по комнате кругами, пожимая плечами и изредка хватая что-то со стола – наверное, вишни или клубнику.

Затем его кто-то спугнул – по-моему, один из молодых людей нашего дяди, которых он таскал с собой на все обеды, утверждая, что многие из них наверняка прославятся в будущем, а пока им нужно пообтесаться на людях. Насколько я могу судить теперь, ни один так и не удосужился прославиться или уведомить об этом дядю, но тогда мы внимательно следили за молодым человеком с вороватыми повадками, еще не зная, как к нему относиться и будучи настороже. Потом еще какая-то дама долго разглядывала себя в трюмо, подойдя к нему вплотную, и ушла, сказав громко: – «Я так и думала!» – будто обвиняя непонятно кого, а после нас наконец хватились, и по всему дому зазвучали голоса наших родителей: – «Витус, Гретчен» – и, как бы вдогонку им, крик истеричной сеньоры Элоизы: – «Вирджиния!» – но мы-то знали, что гадкая Вирджиния никуда не делась, подтверждением чему тут же явился ее вопль где-то в дальних комнатах. Нас нашли, хоть и не сразу, но выходить все равно не хотелось, уж очень уютно было в темном укрытии, и мы долго еще сидели там, вцепившись друг в дружку, чувствуя себя единым целым, зная, что странная чужая жизнь в доме продолжается, нисколько не смущаясь нашим отсутствием, пусть теперь никто не заходил в сервировочную, кроме прислуги. Потом пришла мама с бокалом шампанского и нагнулась к нам, обдавая запахом духов, которые я любил больше всего на свете, но и тогда мы не вышли наружу, а когда ее позвали, и она ушла, Гретчен обняла меня и стала целовать в лицо жадными губами, хранящими вкус ванильного крема, и я не отворачивался, понимая, что так нужно, потому что мы с ней – одно.

После, в детской, когда мы лежали в своих кроватях, слушая гул голосов и музыку за стеной, Гретчен вдруг вскочила, прибежала ко мне, забралась под мое одеяло и прильнула всем маленьким телом, как горячий зверек. «Не бойся, никто не увидит», – шептала она, но я вовсе не боялся, тоже зная, что нас уже не потревожат до утра, поскольку вечерний ритуал никогда не нарушался, и никому не пришло бы в голову заглянуть в детскую, откуда не доносится ни звука. Так и должно быть, потому что нам надо становиться большими, говорила мисс Гринвич еще до наших взаимных разоблачений, а в ночных домовых верят только очень глупые дети, совсем не такие, как я и

Гретчен. Да, так и должно быть, соглашались мы с ней, но, думаю, и она, и наши легковерные родители несказанно удивились бы, узнав случайно, какими большими мы незаметно стали, как мы судили их с нашей детской прямотой, как подражали их словам и привычкам, передразнивая и не давая поблажек, безжалостно высмеивая все, что казалось нам фальшью, не зная еще, что такое настоящая фальшь, и чего стоит мир, в который нас не пускали до поры. А в эту ночь Гретчен открыла для нас еще одну потайную дверь, взломав замки запретов, столь ужасных, что их никогда не произносят вслух, и мы проникали в нее все чаще – сначала в оторопи преступного сообщничества, а потом с уверенностью необъяснимой правоты, не задаваясь вопросом «почему?», но будто получив уже на него ответ.

Тогда, в темноте детской, хоть и зная, что некому застать нас врасплох, мы были неловки и неумелы. Но нет никого смелее моей дорогой Гретчен, любимой сестренки, маленького медвежонка – и нет никого изобретательнее, когда дело доходит до шалостей, пусть даже и незнакомых поначалу. Она трогала меня, становясь все откровеннее, и в этом не было ни страсти, ни жалкой похоти, на которые тогда мы еще не были способны, а было утверждение близости, что давно переполняла нас – тем больше, чем более странной казалась чужая жизнь вокруг – и чтобы найти ей выход или осознать ее полнее, можно было делать любые вещи без всякого стыда. Гретчен осыпала ласками нас обоих, вовлекая меня в сладостную игру, и я делал все, что она хотела, дрожа от волнения, в котором не было ничего чувственного, не зная, что со мной происходит и пугаясь самого себя чуть не до слез. Но она всегда находила верные слова, чтобы успокоить меня, будто разуверить в ночных домовых, и мы продвигались дальше и дальше в нашем с ней лабиринте, открывая его для себя часть за частью, понимая все яснее смутно ощущаемое и до того – то, что мы с ней одно целое, почти и не разделенное на половинки.

«Никто не будет любить тебя так, как ты любишь себя сам», – говорила она мне, и я, как бы ни был глуп тогда, понимал, что это она про себя – не будучи еще уверенным до конца и лишь подозревая ее в скрытой слабости. Потом я узнал это точно, но гораздо позже, когда она и не скрывалась уже, и рыдала у меня на плече, делясь страшным открытием, которое было и не открытие вовсе, просто она боялась признаться себе до того. «Никто, никто не сможет любить меня так, как я люблю себя сама», – и я знал, что это значит – так, как любим друг друга я ее или она меня, потому что мы с ней одно, а все прочие немыслимо, неизмеримо чужды.

Впрочем, слова пришли, когда нам было уже за двадцать, и мы давно научились уживаться с действительностью поодиночке, лишь изредка соединяясь в сумрачной нежности, не ревнуя друг друга, но лишь сочувствуя разочарованиям и горьким уколам, достававшимся нам в избытке, тем более, что внешние покровы никак не хотели грубеть, размягченные нашим с ней единением, так счастливо найденным в детстве. Я-то думал, что всегда будет так уютно, и никто не отберет у меня ванильно-сладкой картинки, но мудрая Гретчен знала, что кривая не может вывозить бесконечно, а после и сам я неохотно это принял, хоть и прикидывался обиженным, так что наши вылазки на незнакомую территорию, краткие поначалу, удлинялись и учащались, в конце концов превратившись в более-менее сносное существование. Я даже дружил с ее кавалерами, иные из которых получали временный статус женихов, ни разу не подтвержденный впоследствии – пока на горизонте не появился Брет, но это уже другая история. Мне было легко с ними – я наблюдал свысока, как заведомый победитель. Мы смотрели на доску с разного ракурса – с моего было гораздо лучше видно – да и к тому же у меня над ухом не тикали незримые часы, заставляя поторапливаться, я лишь следил, как истекает чужое время, толкая на поступки, заводящие в никуда. Гретчен тоже привечала моих подруг, но женщины не столь простодушны – мне приходилось слышать неискреннее «как же все-таки дружны брат с сестрой», от которого попахивало двусмысленностью, что, однако, пропадала втуне, оставляемая нами без внимания.

Да и то – никто так и не поймал нас за руку, кроме несчастной мисс Гринвич, которая сама и поплатилась потом, хоть я, признаться, запаниковал вначале, когда она открыла дверь нашей спальни в самый неудачный момент. Однако, Гретчен рассчитала все точно, полагая, что увиденное не даст нашей воспитательнице спать спокойно в ту же самую ночь. После она призналась, что давно уже подозревала мисс Гринвич в некоторых странностях, улавливая своим острым слухом то, что я не различал среди ночных звуков, но тогда просто разбудила, ничего не объясняя, взяла за руку и привела к ее двери, а я лишь переминался с ноги на ногу, не понимая, что она затеяла. Тут же впрочем все разъяснилось: Гретчен распахнула дверь, и мы увидели мисс Гринвич в такой непристойной позе, что я непроизвольно отвел глаза – и наткнулся взглядом на предметы, разбросанные по кровати, тускло поблескивающие в свете ночника. «Посылочки из Лондона», – проговорила Гретчен негромко, но внятно, и несколько секунд все молчали, будто оцепенев, а потом лицо мисс Гринвич исказила гримаса, и Гретчен бросилась к ней и обняла за голову, жестом приказывая мне исчезнуть, что я и сделал с несказанным облегчением. После ни мы, ни она никогда не упоминали вслух об этих маленьких казусах, хоть мисс Гринвич и розовела поначалу, встречаясь с нами по утрам, а никто другой так и не приблизился к тому, чтобы пронюхать что-то – чем дальше, тем более мы становились осторожны, оберегая наш сокровенный мир.

Да, сокровенный, и иначе не назовешь – это был сферический кокон, выросший из начальной точки, безупречный по форме и все еще непроницаемый для других. Многое зарождалось там и пестовалось бережно, укрытое от внешних вихрей и перепадов температур – мои сумбурные сны, склонность к пугливым рифмам, так и не переросшая в сочинительскую страсть, совместные фантазии, полные бесстыдства и ласки, цифры и знаки, служившие нам шифром… Только с Гретчен я делился восторгами отроческих открытий, именно ей принес первое свое стихотворение, что стало потом нашей общей тайной, наделенной иносказательным смыслом – грустную песенку про Маленького Мальвинуса, которую я теперь уже позабыл. В памяти не осталось ни одной полной строфы, ведь это она хранила его для нас, зная мое упорное нежелание переносить придуманное на бумагу. Там было что-то про пыльный двор, про дом, похожий на наш и населенный невидимыми существами, а начиналось все очень весело:

… а Маленький Мальвинус
беспечно распевал

на пару с Крысоловом –
ля-ля, ля-ля, ля-ля.

Потом, однако, веселье тускнело, и Мальвинусу приходилось все хуже и хуже. Его, как и всех приятелей-невидимок, шпыняли из угла в угол – без всякого умысла, просто не желая замечать – а когда он нашел-таки способ раздобыть себе плотскую оболочку, к ним тут же прилетела хищная птица и утащила Мальвинуса неведомо куда. Стихотворение кончалось так:

И кто о нем заплачет –
ля-ля, ля-ля, ля-ля –
в заснеженную зиму
в безвестном декабре? –

и Гретчен чуть не всякий раз и впрямь проливала нечаянные слезы, а я утешал ее с оттенком покровительства, столь редкого в наших отношениях, где негласно, но твердо верховодила она.

После были другие строки и другие тайны, но не это составляло содержание того, что под коконом – а уловить содержание непросто и еще труднее назвать его словом. Быть может, главное было в том, что никакая мелочь нашего мира не пропадала даром, не выбрасывалась второпях и не забраковывалась по недостатку терпения. Терпения у нас было хоть отбавляй, и любопытства тоже имелось в достатке, так что из любой частности выстраивалось нечто большее – до тех пор, пока кокон мог это вместить. Мы не могли наскучить один другому, наши измышления, нагроможденные вповалку, оставались желанны, всегда имея наготове слушателя, способного внять и вникнуть. Из каждого сравнения могла родиться целая повесть, самый тихий звук мог зазвучать аккордом и поведать о далекой грозе, камнепаде или страшном звере, а краски и очертания оживали повсеместно, дразня многообразием, даже и не снящимся никому другому. Так легко было придумывать свое, зная, что тебя не оспорят и не одернут, так заманчиво мерцали вдали россыпи блестяшек, каждая из которых могла оказаться золотой монетой, что даже и повода не находилось усомниться в реальности нереального – благо, никого вокруг не нужно было убеждать в том же.

Оглядываясь назад, я вижу там, под коконом, первые ростки беспечных еще усложнений всего и вся, склонность к которым развилась потом в полной мере – пусть лишь у меня одного. Гретчен предпочла свой путь – и это ее выбор – но тогда ничто не хмурилось на горизонте, мы резвились как дети, представляя и переиначивая по-своему названия и формы, следствия и причины. Конечно, суждения наши были еще незрелы, и, усложняя в каком-то смысле, мы упрощали в смысле другом, более безжалостно-верном, не изыскивая обратных путей от фантазии к действительности за окном. Но действительность не трогала нас, нам не было до нее дела, а всякого рода истины заботили куда меньше смешливых полудетских радостей и затейливых игр.

Не трогала, заметим, до определенного времени. Любая обособленность чревата своей тревогой, и неуязвимость нередко обращается паранойей – кажется, что снаружи поджидает нечто, без чего дальше никак. Никто не виновен, ты сам начинаешь томиться теснотой затвердевших стен и стучишь, стучишь – выпустите меня. Там опасно, увещевают тебя, там плохо и страшно, но ты не слушаешь, преисполнен упрямства, и стены разрушаются – иногда на удивление легко. Так и наш мир: хоть он и был взаправду, но, взрослея, каждый из нас ощущал угрозу – все острей и острей. Что-то было неладно между нами и прочими, обретавшимися вне его, какие-то сигналы, даже посланные по правилам, отчего-то прерывались на полпути. Создавалось ощущение, что нас не слышат или не хотят слышать и зачем-то несут бессмыслицу в ответ, на которую, хоть умри, нечем откликнуться, даже под угрозой прослыть чванливыми невежами. Самые лучшие намерения увязали в трясине непонимания, и острые коготки стали царапать уже не по-детски, так что пришлось стать осмотрительней и осторожнее в маскировке.

Почему было так? Каждый из нас мог бы назвать сотни причин, но это все равно, что обсуждать, отчего выпадает снег – там, конечно, где он вообще выпадает, ведь не видевшие его могут и не понять вопроса. Все еще не желая по-настоящему ломать голову, мы отмахивались от ответов, а сказочный дворец, миг пространства, если можно так выразиться, сдвигался в сторону, наводя аберрации в линзе скошенного зрения. Становилось все яснее, что каждое новое разочарование лишь утверждает неизбежность пересмотра границ – либо примирения с обычной жизнью, либо отторжения ее, что ничуть не лучше. Мы честно пытались быть как все, заводя любовников и друзей, отыскивая по мере сил надежные пристани, к которым нам разрешат прибиться со всем нашим подозрительным скарбом. Гретчен беспокоилась за двоих – и бросалась, будто на баррикады, на штурм невидимых бастионов, торопясь воздвигнуть мосты между нашим островом и недвижимым материком, которым были бы не страшны любые бури…

Все кончилось полным конфузом, и о том эпизоде вспоминать хочется куда меньше, чем о ванильно-сладком дне, но и его не отогнать – тем более, что они отчего-то соседствуют в секретном ящике, где картинки из прошлого уложены в ряд. Как всегда, задним числом так и тянет обвинить чью-то слепоту, но едва ли это имеет смысл – все равно, словам, что зрели на языке, нужен был выход, нужен был кто-то, произнесший бы их вслух, донося таящуюся угрозу. Я видел сейчас всю неизбежность случившегося, как неизбежны бывают беды, разбивающие жизнь на этапы, или все неосознанные порывы, в конце которых – пропасть или стена. Удивительно лишь, что именно Гретчен оказалась слабым звеном, но с другой стороны ничего удивительного тут нет – это в ее аккуратно постриженной головке велась вся огромная работа, вертелись и скрежетали механизмы, оценивая, подсчитывая, отвергая и принимая, и наконец вынося вердикты внешней среде и нам, барахтающимся в ней, стараясь удержаться на плаву. Я покорно следовал в фарватере, и это было куда безопаснее – по крайней мере я стал так думать, когда случился Брет, и наши пути разошлись, вынудив каждого плутать своим собственным курсом. Гретчен же, которую некому было предостеречь, когда навигация дала сбой, утеряла вдруг способность противиться ходу вещей, будто позабыв о враждебности окружающего или поверив, что враждебность заменили наконец на милость – и увидев в этом то ли выход из тупика, то ли признание самой себе, что так больше нельзя, и порочный круг должен быть разорван.

Ничего не скажешь, мудрая Гретчен дала промашку, пусть теперь я знаю, что не доверчивость двигала ею, а отчаянное желание доказать от противного. Надо впрочем признать, что обмануться было нетрудно – мужчина ее жизни, как она восторженно называла его, был чертовски красив и готов обожать ее бесконечно, предугадывая желания и почитая за долг исполнение каждой прихоти. Редкостная находка, что и говорить, к тому же – внушителен на вид и надежен, как скала, несмотря на смущавший меня порой тягучий взгляд с поволокой, в которой угадывалась глубоко запрятанная печаль. Его мужественность, быть может чуть-чуть показная, никак не вязалась с кроткой покорностью, неизменно выказываемой в присутствии моей сестры. Доходило до смешного, но он, Брет, казалось, не замечал удивленных глаз, бросаясь надевать ей боты или сдувать несуществующие пылинки, так что все вскоре свыклись с происходящим – свыклись и решили, что пусть его, бывает всякое.

Гретчен очень изменилась тогда, мигом усвоив покровительственный тон, и мы с ней отдалились друг от друга к моей ворчливой досаде. Все же, чувствуя себя обделенным, я признал, что принимаю ее такой, и что она права по-своему – кому, как не ей, должен поклоняться самый завидный из всех самцов, находящихся рядом, имеющий все, чего можно требовать от мужчины, и при том готовый служить, не прекословя. Их идиллия набирала ход, и я в общем радовался за нее, не тая ненужных обид, да и она, насколько я мог судить, отдалась вполне своей новой роли, лишь изредка застывая молчаливо, словно всматриваясь в себя, но затем вновь оживляясь и принимаясь повелевать с удачно найденного престола.

«Это все не то, не то, и я не такая, и он», – жаловалась она мне в нечастые теперь минуты откровенности, кривясь от собственного неумения разобраться в происходящем, но скоро это проходило, и тон ее менялся. «Я вижу, как он меня боготворит, – задумчиво говорила она. – Вижу и не верю сначала, но потом заставляю себя и верю – почему, собственно, нет? Ведь и я ничем не хуже других, и мне нужно такое же счастье...» Я лишь кивал, несколько смущенный заурядностью темы.

От разговоров об обычном счастье веяло душком неискренности, но Гретчен явно поставила все монеты на приглянувшуюся карту. «Я сделаю его идеальным мужем, – убеждала она меня. – Я и сама стану идеалом – чем не свершение, и реально вполне! Как ты не понимаешь, это – почти то, что было у нас с тобой. Брет, Брет – кто бы мог подумать… Видишь, попав к нам в сети и заплутав в лабиринтах, уже не вырвешься так просто!» – и она смеялась знакомым смехом, в котором, однако, появился какой-то новый вызов. А потом на ее лицо вновь набегала тень, и она спрашивала меня нетерпеливо, дергая и теребя: – «Вот только… Как ты думаешь, во мне нет ничего такого – ну, знаешь, что может отпугнуть ненароком? Иногда я смотрю на себя, и думаю – не пугаются ли другие?» И опять мне нечего было ответить, и я отшучивался осторожно, не углубляясь в материи, не имевшие в моих глазах особой цены.

Так или иначе, все шло к счастливому концу. До бракосочетания оставалось совсем немного, когда вдруг грянул гром. Сначала Брет исчез на неделю, а потом случились и вовсе странные вещи – анонимное письмо, смешки по телефону и наконец еще одна записка от неизвестного доброхота, где был лишь адрес и какой-то издевательский значок в углу. Гретчен тут же бросилась ловить такси, и я поплелся с нею, понимая, что ничего хорошего мы там не встретим.

Детали ожидавшей нас картины лучше опустить – они достаточно гнусны и не играют большой роли. Брет оказался любителем однополых забав с атрибутикой явно нездорового толка. Гретчен он заявил, что она надоела ему до чертиков, и еще добавил кое-что, приведшее мою сестру в настоящее бешенство, так что произошла отвратительная сцена с участием нас двоих и бритых наголо партнеров Брета, от которых не очень хорошо пахло. В конце концов, мы оказались на улице, где Гретчен стало дурно, и на нас оборачивались прохожие, потом я привез ее домой, она поплакала немного и прогнала меня к себе – я тогда уже жил отдельно, снимая комнату на окраине у стадиона. «Все верно, – сказала она мне на прощание бесцветным голосом, – к нашему уродству может тянуться лишь уродство. Все потому, что нас нельзя любить, нас можно только использовать – это и есть та любовь, которая принята у всех…» И добавила еще, выталкивая меня за дверь: – «Кто уже знает, тот не плачет. И я не буду больше».

На другой день, когда я пришел к ней, готовый к терпеливому состраданию, Гретчен встретила меня с сухими глазами, оживленная, но далекая безмерно и не скрывающая своей отчужденности. Мы болтали о пустяках, и только один раз я заговорил о Брете, как о чем-то пройденном и забытом – чтобы убедиться, что моя дорогая сестренка не страдает чересчур. Она преспокойно оборвала меня на полуслове, и я ощутил тогда с горечью, что какая-то трещина зияет между нами, увеличиваясь на глазах. Мы стали разными всего за одну ночь, и нашим мыслям уже было не пробиться друг к другу.

«Что нам Брет, появился и пропал, не он, так другой – забудь о нем, – говорила она рассеянно. – Я, например, уже забыла – он и нужен-то был, чтобы доказать недоказуемое…» – И, помолчав, она бросала в сердцах, все же задетая за живое: – «Все эти наши лабиринты, все наши сети – какая чушь! Какая я дура – и ты вместе со мной. Никто не будет приспосабливаться к нам – лишь только захотят играть в нас, как в забавные игрушки, с которыми надо держаться настороже: чуть что – и отбросить, как бесполезную вещь, устроенную слишком хитро, сложно, плохо… Но и мы всегда готовы оттолкнуть или оттолкнуться – так что, квиты, не так ли? Нужно лишь прикидываться дурой и плыть по течению. А что касается мужчин, то от них просто воротит!»

Что-то мешало ей быть искренней до конца, но этим она не хотела делиться – ни со мной, ни с кем угодно другим. Я видел, что единение пропадает навсегда, прошлое уходит, и мир распадается на множество отдельных частей; мне было больно, но нужные слова не приходили на ум. Все, что я смог сделать тогда – это прочесть ей свое последнее стихотворение, придуманное будто для нее, но уже таящее внутри намек на неизбежность разлуки и жалость к себе самому.

Поздней ночью сверчок
вешает на крючок
деревянный смычок
и смешной башмачок,

свитый из бересты –
вещи его просты… –

бормотал я, глядя в сторону, чувствуя, как это меня, а не обманутую Гретчен, гложет бессильная обида. Она не говорила ничего, лишь трепала мне волосы и улыбалась задумчиво, а затем завела речь о другом, как ни в чем не бывало, и я понял, что больше никогда не прочитаю ей ни одной строчки.

Мы почти не виделись с ней потом – очень скоро она перебралась в провинцию преподавать в детском пансионе, лишь изредка появляясь в столице и еще реже беспокоя меня поздним звонком. Я не забыл ее прежнюю, и ближе нее у меня никого нет, но она не хочет более ни о чем вспоминать, а нынешней ей не о чем говорить со мной – потому и звонки нечасты, а сопереживания удручающе неглубоки. Я знаю, что потерял ее навсегда, а как думает она, неизвестно никому, но у меня осталась хотя бы картинка с привкусом ванили, а ей самой, отбросившей все без сожаления, наверное и того хуже. Как бы то ни было, жалобы напрасны – отобранное принадлежало не мне, даже и злобствовать нет причины, тем более, что главное – то, что началось с картинки – уже никак не переделать и не изменить. Картинка задала тон, а потом, как выяснилось, и ракурс – поворот головы и прищур век, определяющий фокусировку – а приучившись смотреть со стороны, не больно-то перестроишься на взгляд прямой и короткий, как бы ни раздражало видимое в данный момент. Потому я не злобствую, я лишь ухмыляюсь по привычке, а телефон пусть молчит, его лучше не трогать.

Аппарат на столе, послушный моим мыслям, не подавал признаков жизни, хоть мысли тут были и ни при чем. Кто еще мог бы откликнуться на том конце? – прикидывал я по возможности равнодушно, избегая внезапных сожалений. Память лихорадило, полузнакомые образы приходили и уходили, Гретчен мелькнула и пропала, махнув рукой напоследок и шепнув что-то на ухо, как в минуты нашей детской близости. Я видел другие годы, в которых мы существовали уже порознь, и других женщин – всех, в ком я искал участия и тепла, навязывая им свою непохожесть, что конечно же была до смешного чужда их инстинктам нормальных самок, предпочитавших, пусть неосознанно порою, всем понятные вещи, о которых не зазорно говорить вслух. Я морщился, вспоминая, но не мог отвести взгляда, утешаясь лишь тем, что и им нечего было с меня взять – все ограничивалось краткими историями, исключая два-три стоических опыта совместного проживания, и заканчивалось легко, со взаимным, думаю, облегчением – по крайней мере, пока не появилась Вера, затребовавшая чуть не всего меня и завладевшая большей частью моей души. Но это было после, а до того, быстро научившись держаться настороже, ограждаясь по возможности непреклонно от ответственностей, которые мне пытались навязать, я принял правила игры, в которой мне отводилась аутсайдерская роль, как постороннему материалу, утекающему меж пальцев во имя собственной свободы, каковая является строжайшим табу. Но, право же, вокруг было столько всего, увлекающего неокрепший разум и дающего пищу фантазиям, пробудившимся в полной мере, что даже и некогда было переживать по-настоящему, так что я списывал быстротечность своих романов на недостаток времени и сил, гоня прочь горькие слова моей сестры, что изредка лезли в голову в ночные часы…

Да, в отличие от дорогой Гретчен, я не ставил многого на романтическую сторону вещей – опять же до поры, поправит меня внимательный соглядатай, но та пора случилась не сразу. Поначалу же, если что и не давало покоя, так это странные свидетельства повсеместной тесноты – намек за намеком, сообщавшие вполголоса, что мир будто бы не столь велик, как это кажется со стороны, и большинство ютится в очень малой его части, а остальные просторы отданы без сожаления одиночкам вроде меня. Конечно, умница Гретчен осознала это раньше и переживала сильнее, стараясь опровергнуть как могла, чем наверное и объяснялись ее поиски, окончившиеся полным провалом, но я был куда более толстокож, а если грезил о чем-то всерьез, изобретая способ доказать недоказуемое, то это были куда менее осязаемые вещи вроде бескорыстного геройства мирового масштаба или мировой же славы, завоеванной в кратчайшие сроки. Средства достижения оной представлялись незначимыми деталями, на которые не было времени отвлекаться, а результат окрылял безмерно, так что бесплодные мечтания, что были чем-то сродни иным юношеским грешкам, без устали будоражили воображение, лишь иногда сменяясь острым чувством стыда и удручающего бессилия. Что же до изъянов личной жизни, то я махнул на них рукой, относя надрывы любовных мук к уделу тех, кто ютится в малой части и кому в общем больше нечем заняться, так что и милая Гретчен скорей удивляла меня, чем заставляла сопереживать. «Никто не будет любить тебя так, как ты любишь себя сам», – повторяла она вновь и вновь, имея в виду конечно же другое, гораздо большее, чем доносили слова, но я был слеп и не придавал значения, видя лишь буквальный смысл, в который попросту не верил. К тому же, хоть изъяны и надрывы отвергались бесцеремонно, в душе, в тайне от себя самого, я лелеял надежду на встречу с ясноглазой незнакомкой, что опровергнет все уныние моих поспешных открытий. Надежда была невнятна, но и ее хватало, чтобы не обращать внимания на тычки и неудачи, обманываясь вновь и вновь мнимой женскою тайной – ужимками и грацией, окраской и оперением, всеми черточками гармонии, в которых так хочется видеть глубину, но которые, приходилось всякий раз признавать, служат на деле лишь выполнению нехитрой программы, общей для всех, как в муравейнике или пчелином улье.

Конечно, чем дальше, тем становилось тревожнее – особенно когда Гретчен унеслась в свое добровольное изгнание. Я стал больше оглядываться вокруг, с удивлением наблюдая, как даже лучшие из моих приятелей и подруг споро находили партнеров, подходящих по достоинствам, спаривались, размножались и погружались в рутину своего очага, вполне успокаиваясь на этом. Пусть их, думал я, отворачиваясь поспешно, это все лишь примеры дурного толка, не идущие впрок. «Мир не может быть так плох, все еще впереди, дай только срок», – шептал я сам себе и выпускал фантазию на волю, будто в погоню за страусиными перьями – изящными атрибутами утонченных манер, или за мушкетами и пищалями, прорывами через крепостные стены, безумными по своей смелости, решающими исход многодневных осад, а то – за ослепительной магниевой вспышкой, выхватывающей из темноты библиотеку или лабораторию, стол с голубоватой лампой, внезапное озарение, что способно изменить судьбы миллионов, за которым немедленно следовали рукоплещущие трибуны, черные мантии и белые парики, плюс какая-то атласная лента через плечо… Иногда прагматическое сегодня брало вверх над романтическим когда-то, и сознание тешилось более скромными картинами, не уходя дальше профессорских регалий или одинокого, но самоотверженного сочинительского труда, венцом которого все же представлялся хоть один, но несомненный шедевр; однако потом, распаляясь, я утрачивал рассудительность и вновь переносился в области немедленного признания чуть ли не всем человечеством, представляя себя то великим первопроходцем, то гениальным лицедеем, заставляющим массы страдать и ликовать – и тут на ум опять вдруг приходили ясноглазые незнакомки, хоть я и не понимал толком, что мне в них за нужда, желая лишь избавиться от странного ощущения почвы, уплывающей из-под ног, как предчувствия опасности, что посещало вначале так редко, а потом все чаще и чаще.

«Мир не плох и не хорош, он таков, каков он есть, и впереди не исполнения надежд, впереди – город М. и черный пеликан», – мог бы я сказать теперь любому, пусть кое-кто знает это и без меня, а все прочие не хотят знать вовсе, заранее отвергая истины, к которым я должен приходить так мучительно. Тогда же впереди было больше, чем я мог себе представить – и каким же обманом оказывалось это все, в какую рутину превращалось стремительно, теряя блестки и обнаруживая внутри себя все то же скучное сообщество особей, сходных по духу, правящих там бал. Быть может, исключением была лишь моя краткая карьера в игре Джан, приобретшей в столице невиданную популярность, доходящую до истерии, так что вовсю создавались клубы, культивирующие самую сложную версию на ста сорока четырех полях, к которой у меня обнаружились изрядные способности. Наряду с другими новоявленными воителями я просиживал вечера в баталиях за деньги, неуступчивых и исполненных духа отчаянности, переполняющих ощущением одиночества на виду у безмолвной толпы – одиночества, милосердного тем, что оно не навсегда. Каждый из нас, гладиаторов современного цирка, был сам за себя, и нечем было возразить явному таланту, поскольку белые линии, вычерченные на черном аккуратными прямоугольниками, не поменяешь местами в угоду чьему-то настроению – пусть даже все очевидцы опустят вниз большие пальцы – и любой сладкоголосый вещатель неминуемо спасует перед тихим, безучастным, но совершенно неопровержимым «Джан кхат!», каковому найдется слишком много свидетелей, чтобы надеяться, что никто не услышит или все вдруг согласно простят. Все было по мне на залитых светом сценах, никакая пошлость не могла достать и безнаказанно уколоть, но тут мой организм коварно подставил ловушку, обнаружив неспособность к нагрузкам, которые, увы, неизбежны в серьезной игре. Я переживал это куда больше, чем крушения своих коротких романов, но поделать ничего было нельзя и пришлось искать утешения во всех прочих пространствах, что открывались перед глазами, с которых только-только начинали спадать юношеские шоры – беспорядочно метаясь от одного к другому, меняя друзей, характеры и привычки, с беспримерной настойчивостью желая уцепиться за поручни обыденного мира, стремясь доказать и Гретчен, и всем вокруг, что даже не будучи им обласкан, я стою многого, чего не променять на привычное счастье, от которого таким, как я, нет особого толка.

Надо признать, что шоры, спадая, не открывали ничего захватывающего – и сейчас, как множество раз до того, я морщился досадливо, наблюдая давно знакомые кадры: вот большие шмели, вот моя комната у стадиона, вот я сам. Вокруг меня – ровесники, непринужденные и раскованные, беззаботные и недоученные, утверждающие себя посредством поверхностного бахвальства, нисходящего к незамысловато-плотскому, от чего я быстро устал – а большего там было не найти, да и сам я ничем не отличался от них, кроме неприятия идеи панибратского компанейства, что почиталось там за «братство», и в каковое братство я так и не был допущен до конца. Вялые университетские годы вообще не радовали ничем, кроме короткого Джан-периода, но он завершился, не успев начаться по-настоящему, и снова я окунулся в изучение мертвых наук, в растерянность и скуку, то и дело помещаемый под мощную линзу в яркое световое пятно, и профессора качали головами, хмурясь на мои потуги, вынося поспешные вердикты – «средне» – показывая всем видом, что нет, из меня не выйдет ничего путного, лучше бы наверное заняться чем-нибудь другим. Я и пытался, как мог, беда была лишь в том, что единственный мой талант в ту пору, если не считать восточной игры, состоял в неприятии установленного порядка, да и к тому же я был слишком рассудителен для бунтарства в открытую, которое быть может дало бы выход нерастраченной неистовости, что накапливалась, не вызволяемая на свет. Вместо этого я следовал по проторенным дорогам, хоть и старался делать вид, что всячески их избегаю – вступая в какие-то общества и выходя из них с отвращением, изобретая несуразные механические изыски и охладевая на полпути, порываясь удивить мир то тем, то этим, и разочарованно отмечая всякий раз, что попытка не удалась.

Нет, я не жаловался и не искал виновных, но я был несчастлив, по-другому не назовешь, окружающая действительность не устраивала меня. Какая-то червоточина, поселившись внутри, грызла и грызла, подбираясь уже к жизненно важным центрам, впрямую отвечающим за способность управлять собой и сдерживать проявления несуразных эмоций. Только с моей дорогой Гретчен было хорошо и покойно, но мы отдалились друг от друга, и я стал забывать, что такое покой и согласие с собой самим, все растеряннее оглядываясь по сторонам.

Что мешало мне бездумно упиваться молодостью, подражая легиону своих сверстников? Спросить легче, чем ответить. Я тянулся к ним, но был излишне мнителен, я увлекался их идеалами, но тут же подвергал сомнению все до самых основ, я страдал от каждой мелочи, которую больше никто и не замечал, и видел в каждом обрывке множество разнообразнейших смыслов, что удивили бы любого, решись я поведать об этом вслух. Мироздание словно мстило мне за привычку беспечно усложнять, что развилась у нас с Гретчен в пору нашей счастливой обособленности от всех. Теперь-то уж ни у кого не хватало терпения, чтобы выслушать хотя бы до середины, а мое восприятие происходящего страдало такой избыточностью измерений, в которой я и сам ориентировался не слишком, так что даже и подумать было нельзя о поисках единомышленников, да и само понятие «единомышленник» звучало издевательски, как злая пародия, нарочитый гротеск. А оставаясь в одиночестве – пусть невольно, без всякого зловредного намерения – я терялся в бесконечных пространствах кривозеркальных отражений, ощущая сильней и сильней какую-то ущербность в себе или в мире, что уводила все дальше от понимания простых вещей, с такою естественностью дающихся другим.

Любомир Любомиров, мой напарник по игре Джан, жаркий насмешник и чрезвычайно циничный тип, любил говорить, невыносимо при этом гримасничая, что только я один способен поверить в возможность взлететь под потолок, дергая себя за волосы, причем поверить искренне, а не разыгрывая из себя простачка, чего он понять не может никак, ибо не способен постичь, как во мне уживаются таковая откровенная глупость и, скажем, цепкая хватка в проведении какого-нибудь «обратного клинча», когда большая часть фишек противника заманивается на свободные поля на самом привлекательном участке доски, а потом отрезается двумя-тремя неожиданными жертвами, и когда малейшая неточность или недостаток терпения могут свести все на нет, предопределяя стремительный проигрыш. Взлететь под потолок или нет, но, говорю без смеха, я действительно мог бы поспорить, куда дерганье за волосы способно в конце концов завести, особенно если приложить к этому достаточно усилий. Разве не бывает, что ставя перед собой задачи, невыполнимые со всей очевидностью, достигаешь пусть едва лишь половины задуманного, но куда большего при том, чем мог бы добиться, двигаясь шажок за шажком от одной разумной цели к другой? Это-то я как-то раз и пытался втолковать ему, но он так веселился, поднимая меня на смех, что мы чуть не подрались, хоть я до сих пор убежден, что в каком-то смысле мы смотрим на вещи одинаково, не зря же за доской из ста сорока четырех полей я и он понимали друг друга с полувзгляда. Ну а если так даже и с ним, то что уж говорить о других – и с другими действительно было еще хуже: едва я загорался, забывшись, и начинал излагать какое-нибудь многоугольное видение, как всем немедленно становилось скучно, если только не оказывалось под рукой записного насмешника, а сам я тут же вновь замыкался в себе и готов был лишь петушиться, давая зарок за зароком – больше мол никогда и никому.

Наверное каждый скажет, что таковыми вырастают все книжные

дети, то есть те, кто начитался написанного другими, поначерпав оттуда неживых представлений, и я конечно же был одним из них. Но, право, не нужно винить литературу в чужих грехах – при всех пороках, истинных и ложных, ей не под силу воспитание умов, поищите иных причастных, хоть, готов спорить, не найдете. Чтение же книг, среди которых, признаться, нередко попадалась откровенная дрянь, лишь приучило вслушиваться внимательней, выявляя неискренность и фальшь, да еще быть может насытило речь цветистыми оборотами, вносящими свою лепту в неприятие моего слишком вычурного «я» наиболее прямодушными сотоварищами. Попытки же подладиться под речевой стандарт вызывали все ту же усмешку, как слишком наивный фокус, которым не выманить у публики ни пряника, ни даже завалящего пятака.

Словом, из множества улик создавалась весьма подозрительная картина. Я переживал втайне и огрызался все менее сдержанно, проходя по порядку от опостылевшей гимназии до самого конца университетских мытарств разные стадии в утверждении меня «пятой колонной», чужеродным агентом, символом высокомерия и бесполезности, неспособным уживаться с другими и совместно преуспевать. Впрочем, когда университет остался позади, я стал довольно быстро продвигаться по службе, что было удивительно само по себе и даже увлекало какое-то время. Видимо природная живость ума сыграла свою роль, а воображение странным образом озарялось при виде многотонных стальных конструкций и бетонных опор, напоминающих издали деликатные творения древних ваятелей, не имея ничего общего с тем примитивным и грубым, что сразу бросается в глаза, чуть вознамеришься глянуть вокруг. Меня ценили и, ценя, терпели, хоть наверное никто не испытывал удовольствия, находясь поблизости или вступая в непосредственный контакт: юношеской неистовости, так и не излившейся ни во что, уже становилось тесно, да и волчья шерсть начинала отрастать понемногу. Я, однако, быстро достиг ближайших высот, обретя отдельный кабинет, право на секретаршу и относительную свободу перемещений, чем и пользовался беззастенчиво, пока моя первая помощница, очаровательная Алина, не подступила, как с ножом к горлу, с требованием немедленной женитьбы, пугая всякими ужасами и оглаской, как она выражалась, «всего». Я не очень понимал свою вину, но отнесся к ситуации с чрезвычайной тщательностью, утихомирив и Алину, и ее неуемных наглых братьев, и очистив свое служебное помещение от всяких напоминаний о неприятном.

После этого, сразу как-то выучившись осмотрительности, я не преступал границы разумного, стараясь не смешивать служебное с личным – опять же, пока не появилась Вера, но Вера тут конечно же не в счет. Жизнь текла ни шатко, ни валко, меня перестали повышать и вообще как-то подзабыли, хоть и отмечали порой завидную полезность. Сочувствующие коллеги списывали все на интриги и бюрократизм, но я не поддерживал разговора, зная, что интриги интригами, но все равно не замаскируешься и не пролезешь на открытое место, где уже как бы видно – тем более, что мне и не хотелось вовсе. Меня вполне устраивал отдельный кабинет с непрозрачными стенами, где всегда можно укрыться от любопытствующих глаз, да и с секретаршами я научился ладить, не создавая взрывоопасности, а карьера как таковая навевала тоску одною мыслью, одним своим прозвищем – сразу хотелось кривиться, как от зубной боли. Постепенно все привыкли к моей извечной локальности, но тут появился Юлиан, одновременно с чем, как назло, освободилось место на этаж выше моего – место, на которое у меня были несомненные права.

Да, Юлиан... Я вздрогнул, увидев его теперь, как живого – вздрогнул и не сумел сдержать волны удушья, сдавившего горло. В нем сосредоточились мои беды и моя ненависть, но тогда никто б не мог предугадать. Он был таким, как и все вокруг, и повел себя, как повел бы любой из них – то есть, споро осмотревшись и белозубо отулыбавшись всем подряд, засучил рукава и ринулся в борьбу – а я наблюдал спокойно, стараясь не поддаваться на подначки и сочувствие с разных сторон. В результате, вопреки логике, Юлиана продвинули вперед меня, о чем он сам пришел сообщить мне с детской непосредственностью, а встретив мою насмешку, принял ее за глубоко затаенную обиду в соответствии со своим кодексом реального, в верности которого он не сомневался никогда. После этого мы сделались врагами – точнее нас сделала таковыми местная молва, разочарованная вялым соревновательным дерби и затаившая на меня зуб – и Юлиан принял это всерьез, огрызаясь и ощериваясь при случае, но при том одаривая улыбками по всем правилам служебной культуры. Тогда-то наверное что-то сдвинулось во мне, юношеская неистовость прорвала-таки какую-то плотину и стала сочиться наружу, превращаясь в холодное расчетливое неприятие.

Конечно, карьерные перипетии были лишь ширмой, фоном, подсвеченной простыней экрана, на котором зловредное мироздание явило наконец что-то похожее на свое истинное лицо. Нужно было лишь не пропустить и не отмахнуться, и я не пропустил, хоть и нельзя, положа руку на сердце, подсовывать одного лишь Юлиана, словно послушного джокера, во все места, где хочется навести мосты между тем, что разрозненно, и связать воедино то, что расползается по сторонам. Его появление – случайность, его участие в моей судьбе – череда таких же случайностей, происходящих от общей событийной скудости и недостатка действующих лиц. От этого не уйти по трезвом размышлении, но я все равно предпочитаю гнать скучную мысль подальше – иначе, чуть начни сомневаться, уж и вовсе некого будет обвинить. Да, пусть он случайность, но случайность случайности рознь, говорю я себе, и кто-то невидимый кивает ободряюще – достаточно, чтобы поверить, что так оно и есть. Потому что: бывают случайности, которым не может не представиться случая, чтобы случиться – и я вовсе не пытаюсь скаламбурить, просто по-другому не скажешь – и от них не отмахнуться, не приписать им облегченного, невинного свойства, как ни старайся преуспеть в объективности. Будто все, что происходило ранее, готовило уже почву для их появления на свет, расчищало сцену и создавало антураж, так что, когда они наконец выпархивают небрежно, так и тянет подмигнуть им, будто старым знакомым, или по крайней мере понимающе покивать – да, мы ждали, ждали.

Вообще, подбирать объяснения с глубокими корнями – не такая бессмыслица, как может показаться со стороны, и залатывать ими бреши тоже бывает вполне сподручно, даже если никогда и не сподобишься за эти корни подергать и потыкать в эту глубину. Особенно, когда объяснение само так и лезет в глаза – а Юлиан, объявившись раз, уже не исчезал с переднего плана. Чем дальше, тем больше я видел в нем не просто зловредного себялюбца, каких тьма, но символ серости, не дающей дышать, выделял его в пунктирный контур, в абстрактную категорию, вобравшую наконец в себя все тусклое и мерзкое, окружавшее меня и выталкивавшее прочь, так что не находилось опор и поручни скользили из рук. А колесо вращалось все сильнее, я сползал на внешнюю часть – стискивая челюсти, пытаясь преодолеть центробежность, но чувствуя острей и острей какой-то скрытый подвох, глубоко замаскированную ловушку, таящуюся неподалеку, так что уже можно дотянуться и потрогать, а потом различил подвох воочию – то ли во сне, то ли в кратком безумии сосредоточенного раздумья, на которое сделался способен – он был не в Юлиане, но в проклятых вопросах: «И это все? То, что я вижу перед собой? Больше ничего и нет в мире?», нагло пролезших вперед, подвергающих сомнению отсутствие границ, расставляющих эти границы там, где я никак их не ждал, ибо все еще верил тайком в безбрежность поджидающего меня и жил этой верой, как ни смешно было бы признаться. Но в страшном «И это все?» уже начинал подрагивать вопросительный знак, намекая как бы и на ответ, приводя порою в ужас, в отчаяние, которые я гнал от себя, призывая фантазии на помощь, создавая, где только можно, свои иллюзорные замки, чтобы оградиться ими от навязчивых, пылающих в сознании букв. Но решение еще не пришло тогда, и мой секрет не родился, лишь приятели стали коситься с опаской, и женщины предлагали себя не так охотно, сторонясь и осторожничая, словно распознавая чуждые флюиды за много шагов, а я ощеривался, выдавая за улыбку свои гримасы, стараясь не напрягать лицевые мускулы больше, чем необходимо – вдруг появятся следы, которые не изгнать, по которым каждый сумеет распознать что-то скрытое, стыдное, тайное.

Глава 6

Взбудораженный воспоминаниями, я вновь плохо спал, а разбудил меня телефонный звонок – только чтобы разочаровать еще одним бесполезным откликом на мое газетное объявление. Бросив трубку, я натянул одеяло до подбородка и валялся какое-то время просто так, примериваясь к новому дню. Потом закурил сигарету, покосился на пепельницу, полную вчерашних окурков, и почувствовал вдруг, что день не нравится мне с самого начала, а необходимость предпринимать что-то удручает заранее, как давно наскучивший ритуал.

Все же, выйдя из отеля, я решил довольно-таки твердо, что нужно составить наконец подходящий план, но вскоре сокрушенно признал, что плана как не было, так и нет, а мои поиски не продвигаются никуда. Более того, отчего-то теперь я не мог сосредоточиться ни на чем насущном, всякий раз находя повод отвлечься и унестись в беспорядочные раздумья, а потом и вовсе смирился с бесцельностью прогулки и просто бродил по улицам, безучастно наблюдая прохожих, вглядываясь во встречные взгляды – чужие, закрытые для меня. К ним не подходили ключи, я был посторонний, маскировка помогала лишь на поверхности – но мне и не нужно было вглубь, мои зрачки, хотелось думать, точно так же были заперты на надежный замок.

Так прошло несколько дней. Все мои намеренья пребывали в забвении, а давние призраки ожили и воспрянули духом, терзая порой и подбираясь вплотную, будто чувствуя свою безнаказанность. И впрямь, я был покорен и вял, словно опутанный по рукам и ногам паутиной городских улиц, которая не дозволяла ни резких взмахов, ни прыжков в сторону – от одних солнечных пятен к другим, от привычных полутеней к трещинам на мостовой, что могли б удивить странной формой, смутить и сбить с толку или настроить мысли на новую волну. Время утекало сквозь пальцы, и я не жалел о нем, больше оглядываясь назад, чем пытаясь рассмотреть ожидающее впереди, и непривычное оцепенение, как ни странно, не было в тягость – хоть, наверное, еще не так давно я непритворно удивился бы самому себе.

К вечеру город мрачнел, будто тень усталости, накопившейся за день, набегала на здания, резче оттеняя выбоины и морщины, выдавая торопливую ретушь, которой пытаются прикрыть изъяны – следы то ли возраста, то ли порока. Становилось зябко, незнакомые шорохи приводили в смущение, а сами сумерки, исполосованные рекламными сполохами, навевали гнетущие мысли. Тянуло укрыться где-нибудь в людном месте, и я спасался в уличных кафе, с облегчением слыша, как за мной захлопывается дверь, будто отделяя скромную порцию пространства, которую любому по силам освоить.

В эти часы трудно было найти свободный столик, но чаще всего мне везло, и тогда я подолгу просиживал где-нибудь в углу, потягивая светлое пиво и разглядывая соседей, пока официант кружил в отдалении, наверное досадуя втихомолку. Уходил я лишь когда начинали слезиться глаза, не выдерживая пытки табачным дымом, витавшим повсюду, или когда острое чувство голода сгоняло с места, подвигая на поиски более-менее приличного ресторана. Окружающие не заговаривали со мной – лишь здоровались изредка и окидывали равнодушным взглядом, за что я был молчаливо им благодарен, тут же уходя в себя, будто медитируя в приглушенном свете под ровный гомон чужих голосов.

Потом опять наступало утро, после неторопливого завтрака я пробирался к рыночной площади и там либо сидел в сквере, либо шел бродить по одному из бульваров. Время заполнялось без напряжения – не так уж трудно себя обмануть, делая вид, что действия осмысленны, а окружающие детали полны знаков, ждущих своего часа. Я сворачивал в незнакомые дворы, петлял в переулках без всякой цели, лишь прикидываясь, что выбираю самый многообещающий маршрут, останавливал встречных зевак и спрашивал у них что-то, часто совершенно невпопад. Несколько раз я заговаривал с женщинами, одну даже провожал до дома и неуклюже целовал в теплые, ускользающие губы. Она была доверчива и мила, ее волосы пахли осенью и сырой травой, но я, легко разжившись номером телефона, не стал звонить потом, не желая сдаваться оживающему прошлому, отрицая будто, что она напомнила мне Веру, как бывает нередко, когда призраки берут свое, и как многие женщины напоминали мне ее – манерой смеяться, привычкой быстро откидывать челку, смелой походкой, беспечной молодостью.

Чужие города похожи друг на друга – в них ищешь тайный путь, выводящий из кельи, в них бежишь от одиночества и, наткнувшись на стену, утираешь кровь с разбитого лба, а после грустно презираешь себя и слышишь знакомые слова утешения – веря и не веря, торопясь обмануться. Их шепчут дома и деревья, подсказывают вывески, порой перевирая, подбрасывают ненароком рекламные афиши. Говорят их и женщины, что тоже походят одна на другую – в них тщишься разглядеть какую-то из прошлого, если еще не забыл, или одну из будущего, если удосужился придумать, не находишь ни той, ни другой, зато, присматриваясь, различаешь черты грядущих предательств, жалкую хитрость, равнодушие и косность. Хочешь бежать, но не бежишь, потом видишь красоту и ласковую лень – и шепчешь нежности, упиваешься душным теплом, предаешь первый, забываешь, потом не хочешь придумывать снова…

Как знакомый сон, дни приносили одну и ту же последовательность узнаваний. Город М. открывался мне, я видел знакомые лица – газетчиков, зеленщиков, продавцов воды. Они узнавали меня – почтовый клерк в ярко-синей форменной куртке, пожилая дама с фокстерьером, полицейский на углу – я же, кивая им и будто подхватывая эстафету, вдруг видел Веру – выходящую из такси, выходящую из парадного через улицу, выходящую из хлебной лавки (заглянешь, а ее там нет), отворачивающую лицо (не от меня, от ветра), стоящую в профиль (ко мне, к другому, ко всем), как бы говоря беззлобно: это не я.

На рыночной площади торговки кричали хриплыми голосами,

перекрикивая клаксоны автомобилей, отстаивая свой мир, где – лишь жалкие медяки и грязь, гниль и яркие краски. Я покупал розовый виноград, ел тут же, сплевывая косточки. Вера выбрала бы сливы, но не было крупноносого продавца-турка, что смотрел на нее, цокая языком – и слив не хотелось, их вкус забылся. Я проходил дальше, к бульвару, где уличные художники рисовали портреты – желающих хоть отбавляй, остановись мгновение, быстрая кисть щедра и льстива. Заглядывал через плечо – нет, не так, рот крупнее и шаловливей взгляд, локон не туда, это не она, ты бездарен, художник, задача не по тебе. Вихляющийся паяц крутил обруч, бросал и ловил, не глядя, острые ножи – солнце, трико все в пятнах от пота, хромой мальчик, помощник, смотрит, разинув рот, потом, спохватясь, обходит кучку зевак с соломенной шляпой. Я швырял им свою монету, уходил в тень, сидел на скамейке, куря, разглядывая женщин, противясь воспоминанию, борясь с воспоминанием, потом цепляясь за него изо всех сил, чуть ли не умоляя – не оставляй меня, пожалуйста, не оставляй!

Вера, резвый ребенок, я не забыл тебя. Я уехал не от тебя, и здесь я не за тобой, но я не забыл тебя. Я люблю дорогую Гретчен, но Гретчен – это другое, не похоже ни на что, говорить об этом нельзя, стыдно вслух. Я не думаю о ней сейчас, я узнаю тебя здесь, как в любом городе, чуть начнешь привыкать. Ты не откликнешься мне, и казнить себя – что толку, ничего не меняет, уже прошел через это, летел среди склизких стен, умер, родился вновь, уже другой человек. Понравился бы он тебе? Едва ли. Помнишь ли ты того, прежнего? Как его звали? Чем притягивал он тебя, какими именами называл, зачем оттолкнул?..

Реалии передо мной – чужой, незнакомый город, солнце, влажный ветер, липкий виноград. Реалии внутри меня – инженерная контора в старом особняке, обитель прозябания, начало нашей истории. Веру прислало бюро по найму – временным помощником взамен приболевшей Юлии, и я глянул было с интересом, но тут же отвернулся разочарованно – что взять с молодой новобрачной, сияющей свежим счастьем. Ей было не до меня, и я был равнодушен вполне, лишь однажды переступив барьер безразличных любезных фраз. Вечер и усталость были виной, не моя изощренная настойчивость – хоть я желал ее, конечно, как желал всякую женщину, но с чужим свежим счастьем не поспоришь, я не строил планов. Тогда же, словно по чьей-то каверзе, мы остались в кабинете допоздна, вечер с усталостью притупили бдительность, и обстановка поддразнивала простоватым романтизмом. Мы сидели на полу посреди исчерканных листов, я чувствовал ее запах и хотел ее как никогда, а потом она сбросила туфли, оставшись в темных чулках, и я вдруг погладил узкую лодыжку и подъем ступни, легко сжал ступню в руке и тут же отпустил – все это, не глядя на нее, говоря о делах – и она не обернулась с удивлением, не отпрянула прочь, как будто знала уже, и это сразу все сказало нам обоим, и после было бесполезно притворяться. Мы не сближались больше до конца ее двухнедельного пребывания в нашей фирме, и новобрачный образ не померк, казалось, но я видел вопрос в ее походке, в губах, в смехе, и это был вопрос «когда?», и «когда» наступило вскорости, положило конец ее свежему счастью, отобрало мой покой и мою уверенность, но – не жаль, не жаль.

Первое время она не говорила своему мужу, оберегая его или просто не решаясь, но он догадывался конечно, как всегда знаешь, любя. К своему стыду, я подсмеивался над ним про себя, посылая безмолвный привет с чуть заметной ухмылкой снисхождения, иногда часами думая о нем с каким-то болезненным любопытством, как о слишком покорной жертве, слишком слабом сопернике, не способном ни на какой ответ, которого хочется за это унижать и унижать, так что даже приходится одергивать собственную прыть, чтобы не выглядеть недостойно. Стараясь не злословить сам с собою без нужды, я лишь представлял его субтильную фигуру, скользящую в полумраке их большого дома – из комнаты в комнату, из холла в библиотеку, в сад, на террасу. Я видел, как он неслышно ступал в мягких тапочках, разглядывал корешки книг, всплескивал маленькими ручками, склонял голову набок: что-то было не так. Вверх-вниз по лестнице, вверх-вниз, не сидится на месте, что-то толкает ходить, ходить. Одевал теплую кофту – почему-то познабливало, не было комфорта, не было покоя. Брал в руки журнал со стола, пролистывал бездумно, оставлял на кресле. Брал любимую книгу с полки, вчитывался в абзац, закрывал, заложив закладкой, которая ни к чему – все равно не открыть на том же месте, не связать со следующей главой, возвращение невозможно. Выходил прочь, глядел в темноту, счастливый молодожен – все впереди, забыть сомнения, ты просто еще не привык. Но что-то было не так, ему не у кого было спросить – и не у чего, ни один предмет не выдавал тайны, не помогал ни кивком, ни намеком. Подходил к телефону – кому позвонить, никто не подскажет разгадки, оставалось бродить по комнатам из конца в конец: бессрочное путешествие, бесконечный путь.

А мы тем временем предавались страсти в моей мансарде, не ведая ни вины, ни сожалений, зная лишь, что только так возможно, как у нас сейчас – на влажной простыне, под влажной простыней, в борьбе, в ласке, в мгновенных обидах и примирениях, в объятиях и осторожном покусывании, в судороге, в полудреме. Чего боялись мы тогда? – ничего. Упивались страстью, пили холодное вино, говорили много, бестолково, разводили теории, ссорились и мирились, проживали жизни, построенные тут же – дом на берегу океана, минимум прислуги, трое детей, собака. Упрекали друг друга в безразличии, ревновали к прошлому, обменивались уколами – не всерьез, Вера плакала иногда – не взаправду, потом снова осторожное покусывание, упреки забыты, мы опять вместе – бессовестные сластолюбцы, пробравшиеся туда, где хранят самое вкусное, не открывая непосвященным. Казалось, не было сил, способных изгнать нас оттуда – мы бы не заметили угроз и не испугались чужих страхов. Следящие за нами – из ниоткуда, из воздуха, изнутри – так и остались бы сбитыми с толку, не услыхав ни звука, не различив ни одного подозрительного взмаха или силуэта за плотной шторой: тот закоулок времени и пространства был открыт лишь нам одним, не принимая в себя ничего чужого, да и не существуя вовсе на сторонний взгляд. И теперь можно поминать его бесконечно, не опасаясь спугнуть очарование неосторожным словом – то что умерло, не спугнешь, как фальшива ни была бы панихида. Моя как правило безыскусна и коротка – а больше, думаю, никто и не помнит.

Не являйся мне, моя горечь, моя мука, наша история мертва теперь, и я брожу меж обрушившихся стен, чьи обломки обветрены, не пощажены временем. Прошли века и тысячелетия – то-то радости мерзавцу-археологу, ройся в черепках, представляй прошлое. Мы оставили эту местность, потомки наши в нее не вернулись, язык забылся, книги сгорели. Я брожу по заброшенным дорогам, встречая путников других племен – они говорят нашим голосом, смеются твоим смехом, но в них не наша кровь, их лица стираются из памяти, чуть стихнет шаг за спиной. Я приезжаю в чужие города, не смущаясь непохожести, обживаю скверы и площади, узнаю улицы по угловым кафе, маскируюсь под праздного гуляку, но от воспоминания не скрыться, оно приходит, опустошающее, как тайфун, и отступает медленно, неохотно, неся в волнах стволы пальм и обломки деревянных крыш.

Неверная Вера… Трудно сказать, почему именно ей суждено было так всколыхнуть мою жизнь, вызволив наружу темные страсти и светлые муки, которых я в себе не подозревал, думая, что лишен их, как лишен многого другого. Это не должно было случиться со мной, и никак не могло случиться с ней, только что обретшей столь завидное замужество, но однако же случилось с нами обоими, не спросив ни одного из нас, и так бывает у других, я видел, но ведь я-то безоговорочно стою особняком… Было бы естественнее заполучить очередную короткую связь, что-то из серии сменяющихся секретарш, к чему я привык, не желая большего, но нет, меня вдруг закрутили в водовороте безумств и смятений, выдали мне, словно выигравшему в коварную лотерею, целую гору призов, применения которым я не знал, погребли меня под градом богатств, просыпавшихся с неба, и имя им всем была она, мое спасение и моя гибель…

Очень хочется выбрать легкий путь и отделаться каким-нибудь «просто пришла пора» или кивать на слепой случай, привлекая на помощь голый фатализм – лекарство для обессилевших. Можно еще наскоро подыскать аналогию, сравнивая, например, с Гретчен и ее Бретом, со всем, что произошло у них тогда, заведя мою сестренку в тупик кромешных разочарований, тем более, что на первый взгляд действительно похоже. Но все же я склонен подозревать специальную хитрость, мудреный эксперимент мироздания, сведший вместе всех действующих лиц, описав их будто классической фигурой, в которой явно просматривается традиционный треугольник, но на деле добавив еще немало катетов и гипотенуз, исключительно с познавательной целью – но тогда: кто возьмет на себя и запишется в познаватели?..

Конечно, моя дорогая Гретчен, и ее собственный небезобидный

опыт, сыграли немалую роль, но все же и без них я был орешком покрепче, хоть это именно ее тень, постоянно присутствуя где-то в верхнем углу полотна, заставляла держаться чуть-чуть настороже – едва видимая, прозрачная и бесплотная, но предостерегающая безмолвно: помни, помни, помни. Потому, быть может, я оказался менее потопляем, отказавшись воспринять случившееся как конец света или безапелляционный вердикт, как отметку на прошении о принятии в перенаселенный клуб: «не годен». И все же, я поверил, да, поверил и надеялся, что скрывать, и готов был отринуть предостережения всех бесплотных теней, оставив лишь крохотную зацепку, тончайший спасательный шнур на случай, если что-то пойдет не так – тем отличаясь от дорогой Гретчен, которой не нужны были спасательные средства, если уж она решилась и бросилась в стихию наобум. Да к тому же у нее и не было таковых, а я имел в своем распоряжении всю изощренную логику восточной игры («извращенную» цедил Любомир Любомиров), которая способна запутать, состарить и обесцелить любое отчаяние, что и было доказано впоследствии. Так что, поставив многое на кон, я все же утаил какие-то крохи, но за это не стыдно, ведь она, неверная Вера, тоже оставляла кое-что про запас, и потом, разойдясь по своим полюсам, мы с облегчением вздохнули, убедившись, что прибереженное цело и невредимо – она, свернувшись калачиком на любимой софе, я, балансируя на тонком шнуре с завязанными глазами. Естество мое осталось не задето, и фантазии не поджали хвост, лишь последние покровы спали с внешнего и внутреннего зрения, не преломляя более свет тусклых стекляшек, чтобы превратить их в драгоценные камни, не освежая унылых красок, не размывая очертаний с милосердным намеком на потаенную глубину. Я научился видеть без прикрас, но об этом чуть позже, а еще я понял тогда, что хотела сказать мне Гретчен, облекая это в мягкотелые словесные формулы – то ли из сострадания, то ли из суеверной осторожности – понял и признал наконец, что пора нерешительных проб и ошибок прошла безвозвратно, освобождая сцену следующим актам, где едва ли удастся словчить, уповая на двоякость трактовки – если конечно не отсиживаться за кулисами, не обращая внимания на гневные окрики распорядителя и его большие глаза.

Но не будем забегать вперед, город М. только еще привыкает ко мне, а воспоминание, как всегда и везде, наступает и отступает, привычно теребя заезженными кадрами – въедливыми и не дающимися зрачку, четкими до рези и небрежно размазанными по мутной подложке. Что угодно сгодится в качестве декорации – рыночная площадь, залитая солнцем, или галечный пляж с ластящимися мелкими волнами, или дебри каких-нибудь непотребных трущоб. Разницы нет, и претензии не к ним; но и к себе нет больше претензий, отвергнутых по здравом размышлении, есть только стыд, но о нем ни слова.

Можно ли верить в Веру? Спросите что-нибудь попроще. Все тогда начиналось так радостно и завершилось в конце концов так гадко. Каждый день щедро дарил новизной – только чтобы перейти вскоре в месяцы отчаяния и отвращения к себе. Нет, я не перечеркиваю поспешно, отказываясь и отрекаясь, я помню все долгие часы, горячечные ожидания и восторги, я храню их, так же, как и она наверное бережет до сих пор тот слегка потрепанный багаж – интерьер в шкатулке, пышный сад под стеклом в комнате, куда никого не пускают более. Но, право, бездарные финалы – это то, что врезается в память крепче всего, и живые картины норовят проскочить пейзаж монотонно-счастливого свойства, предпочитая задержаться и увязнуть в рытвинах и ухабах неприглядных потрясений. Так и теперь – я зажмуривался крепче, но видел все яснее и охлаждение, и откуда-то взявшуюся боязнь, видел робость ее, столь смелой поначалу, и оценивающий взгляд, порой замиравший на моем лице. Я боролся всеми силами души, но сил у меня было – одни слова, и они не поправляли дела, лишь пугая без нужды или подтверждая что-то, что она и так уже начинала для себя понимать.

Нет-нет, нас не лишили обещанного, все было взаправду – пряные запахи и мягкие губы, мансарда, укрывающая нас, бесстыдных счастливцев, от посторонних взоров, и все декорации запутанного действа, где переплелось столько нитей, желаний и бесстрашных надежд. Но теперь будто кто-то невидимый сдирал верхний слой, как старые обои, открывая растрескавшуюся штукатурку – взаимное самодовольство, хищный порыв и урчащую сосредоточенность насыщения, и следом – то же безразличие и лень, чуть прикрытые маской раскаяния.

Ничтожные плагиаторы, возомнившие о себе чересчур – так наверное припечатал бы нас общественный обвинитель, случись таковой поблизости. И нечего возразить, доказывая без толку, даже и нечего ответить всем обвинителям, сгрудившимся в тесном пространстве своим бессчетным множеством – всем ничтожным, не способным глянуть дальше соседского крыльца. Как заставить присмотреться к полутени, в которой и затаилось содержание, что швыряло нас из вселенной во вселенную, отправляло парить над крышами и перекликаться неизвестным языком? Никто не озадачится, будут видеть лишь молодую новобрачную, скользнувшую в объятия другого через три недели после удачного замужества – будут видеть, покажут и нам, бездумно содрав верхний слой. И мы поверим сами.

Вера, Вера, если только сдуть пылинки, то уже искажается образ, лучше бы и не смотреть на нее такую – пусть она была горда, но и виновна тоже, и чувствовала себя виновной, несмотря на изощренные старания представить все более возвышенно. Старания стараниями, но каждый понимал про себя слишком уж простую подоплеку происходящего, замалчиваемую упорно, будто бы из боязни грубого слова. Оттуда же – ее ярость, когда я предлагал ей, в полушутку, но однажды и всерьез, оставить своего едва существующего мужа и уйти ко мне насовсем; оттуда ее испуганный взгляд и поспешное благородство по отношению к тому, кого она обзывала до того самыми обидными для мужчины прозвищами, ее страх потерять тихую гавань, куда всегда можно вернуться, устав от пиратских набегов в чужих морях. Да, мы строили из воздуха и самозабвенно лгали друг другу, или это только пытаются доказать мне теперь, зная лучше меня, из чего состоит окружающее – из каких банальностей и отбросов, в которых не разглядеть затерявшиеся жемчужины. Как бы то ни было, чуть случилось копнуть поглубже, как мы оказались в разных углах с выпущенными когтями – тем более, что и влечение поутихло, и новый объект уже появился на горизонте. Жаль, что не на моем. Впрочем, не важно.

Да, всего противнее – причина, хоть это было уже следствие, а не причина, но тогда уж очень хотелось выявить что-то, как корень всех зол, и оно не замедлило материализоваться, подсмотренное мною постыдно в духе сыщиков и обманутых мужей. И сейчас еще лицо искажается судорогой, но кадр не медлит, как ни сжимай уставшие веки – вот он передо мной, и, право, похвала тем, кто уже догадался, хоть конечно же догадаться нетрудно – уж больно заманчива замкнутость линий. Да, это вновь был Юлиан со своим белозубым оскалом, Юлиан, переступающий мне дорогу везде, где только нас удавалось свести торжествующему случаю, бездарный паяц, выхватывающий у меня из-под носа главные роли, неунывающий, вездесущий, непобедимый.

Можно было винить себя самого – действительно, сам же и подыграл невольно, столкнув их вместе в первый раз. Кто знает, как все повернулось бы, не притащи я Веру на компанейский пикник, ежегодное мероприятие официального толка, не явиться на которое считается дурным тоном. Все являются и скучают – ибо не придумать ничего тоскливее обсасывания надоевших тем на лубочном пленере в компании всех тех, от которых так хочется отдохнуть. Лишь иной раз мелькнет какая-нибудь незнакомая мордашка – чья-то жена или подруга, или быстро повзрослевшая дочка – но и то, обстановка не располагает вовсе, и остается лишь поглядывать с сожалением, прислонясь к дереву и мучая свой бумажный стакан.

На этот раз, желая уберечься от скуки, я уговорил Веру составить мне компанию, хоть та и отнекивалась, ссылаясь то ли на двусмысленность и эпатаж, то ли на обычную головную боль. Ерунда, никаким эпатажем не пахнет, уверил я ее, и впрямь, никто даже бровью не повел, лишь Юлиан вскинулся, как сеттер, но я не обратил внимания – а зря. Чересчур зловредно не бывает – пора бы уж запомнить, там не знают этого слова «чересчур» – а тут и я еще помог немного: надувшись на Веру за что-то, отошел в сторону и намеренно ее избегал, будто освобождая пространство сами понимаете кому. А потом – несколько быстрых взглядов на прощанье, посеявших в душе неосознанную тревогу, приступы рассеянности и внезапные исчезновения из доступных мне сфер, когда телефоны не отвечают, и объяснение не находится, и – жалкая слежка, оторопь узнавания, бессилие и гнев.

Я мог бы принять многое, но это было слишком – почему-то от реалий никогда не ждешь той глубины коварства, на какую они на самом деле способны. Мой разум отказывался верить, а поверив, требовал немедленного мщения, но я проживал все в себе, не вынося наружу, боясь показаться смешным или уязвленным чрезмерно, будто оставалось еще что-то, для чего стоило беречь самолюбие. Я даже виделся с Верой, не выдавая своего знания, ощущая странную власть над ней, на один шаг более близорукой, но в какой-то миг защитная оболочка не выдержала и лопнула, будто воздушный шар, в который ткнули иглой – то ли фальшивой улыбкой, то ли слишком небрежной лаской – и мир померк, оглушенный моим негодованием, огорошенный обличениями, которым лишь чуть-чуть не хватало куража, подмененного язвительной желчью.

О да, признаю, я был отвратителен тогда – отвратителен и невыносим – и Вера сполна излила на меня свое презрение, но ведь никто ей и не обещал, что я другой – я, по крайней мере, не обещал. «Презирай лучше своего мужа, – посоветовал я ей тогда, – или презирай Юлиана, подбирающего за другими», – и это было не вполне справедливо, чем она и не преминула воспользоваться, с удовольствием продлевая склоку, как торговка, не успевшая накричаться за день. Я многое услышал про себя – и, право же, нет пристрастнее судьи, чем уязвленная тобою женщина – но что поразило по-настоящему, так это новые нотки в ее голосе, даже и следа которых я не замечал до того. Это было странно и дико, все будто переворачивалось с ног на голову, Вера, гордая сообщница, стремительно переходила в другой лагерь. Я вдруг увидел, что нас не двое, противостоящих всем остальным, а лишь я один – как это стало после отъезда Гретчен и как будет теперь всегда…

«У тебя нет души, – говорила она мне, и глаза ее сверкали истинной страстью. – Твоя душа не здесь, она витает неведомо где и лишь наблюдает свысока, вся занятая собой. Все вокруг тебе плохо, а кто ты такой, чтобы быть недовольным? Ты не умеешь жить, так не завидуй тем, кто умеет…»

Другое лицо проглядывало сквозь грим, то, которое я не знал, и чужие губы шевелились на нем, желая уколоть побольнее. «Ты думаешь, я счастлива с тобой? – спрашивала она с усмешкой. – Ты просто не знаешь, как я от тебя устала. Ты весь – как незнакомая местность, где тупики на каждом шагу, и всегда нужно выбирать, куда ступить, чтобы не оказаться в ловушке… А Юлик – он такой удобный, – добавляла она со вздохом, сверля меня зрачками, – я вся отдыхаю с ним… И не трогай моего мужа, – вдруг вскрикивала зло, – он святой, он страдает, но никогда не бросит меня. Ты-то, уж конечно, бросил бы, не задумался…»

Так продолжалось долго, и потом она ушла, оставив меня среди развалин и сгоревших трущоб, меж которыми я бродил, не различая дороги, позабыв уже Веру и не имея больше ничего, что стоило бы помнить, тщетно изыскивая место для призрачного замка, где можно было бы укрыться на время. А после что-то сжало мне горло так, что стало трудно дышать, и я провалился в колодец со склизкими стенами, который, я думал, и есть конец, но оказалось, что и оттуда выбираются рано или поздно – с почерневшим лицом и затравленным взглядом, но в общем в относительной целости – конечно, если волчья шерсть отросла уже хоть немного.

У меня отросла, да, но что толку? Я смотрел тогда в зеркало и отбрасывал его в сердцах, я видел свои отражения в дверцах буфета или в застекленных рамах, и страшные ругательства слетали с моих губ. Лишь одно отпечатывалось в сетчатке – это были знакомые буквы, но что-то изменилось в них, что-то ушло, оголив уязвимое место, самый ненадежный фланг. «Пусть их, – торопливо шептал я вперемешку с бранью, – пусть, я не хочу сейчас», – но буквы горели перед глазами, не отступая. «И это все?» – вопрошала надпись, но теперь я ясно видел, что именно было в ней не так, что пропало без следа, будто отмерев за ненадобностью – да, я чувствовал, холодея, зачем-то проговаривая вслух, что больше нет в конце вопросительного знака, как ни упражняйся с интонацией, понапрасну мучая голосовые связки. «И это все», – утверждало сознание; знак вопроса, походящий на изогнутый ключ, на который я водрузил свои надежды, исчез, словно не выдержав их бремени, позорно побежденный правотой большинства, и мне, проигравшемуся в прах, предъявляли счета к оплате, показывая факты, как они есть на сторонний безучастный взгляд, не давая уйти в сторону и разъяснить скороговоркой: – «Нет, нет, не спешите с выводом, все ведь может быть совсем иначе…»

До сих пор еще может стать по-настоящему жутко, особенно если нахлынет в ночные часы или даже и днем, когда взгляд замирает, безотрывно устремленный внутрь, будто нашедший наконец мишень там, внутри, на которой не зазорно задержаться надолго, отвлекаясь с неохотой – что-то, мол, еще могут предложить?.. Это бывает и с другими, пусть не со всеми – я знаю, хоть никто не рассказывает об этом – но от этого не легче, все равно жальче всех самого себя, когда какой-то понукающий окрик терзает душу, заставляя смотреть внутрь сосредоточенно и пристально, смотреть и видеть все то, чему никто из видевших не удосуживается подобрать названия, потому что название не важно – важно лишь, что когда-то становится не под силу не верить намекам, и ты выговариваешь сам себе страшные вещи, от которых отгораживался столько лет: ты чужой, надежды обманчивы, есть смерть… Слова приходят в разном обличии, может быть все что угодно той же безжалостной природы, чему сдаешься, с некоторым облегчением признаваясь: больше невмоготу. Но сдаваясь, я все же цеплялся за ускользающую реальность, изобретая фальшивые мосты – и тут законы игры Джан тоже пригодились вполне – и реальность шла на уступки, предлагая взамен призрачные веревочные лестницы, так что я выкарабкивался наконец, иногда весь в холодном поту, а затем – затем пришло нежданное облегчение. Этот кадр легко вызывается на свет, в каком бы месте я не находился, в каком бы городе не обживался наспех. И тут, на бульваре у рыночной площади, он то и дело застывал перед глазами, заслоняя все предыдущие и поражая четкостью деталей: солнечное утро, и я, осчастливленный внезапной идеей, способной снова перевернуть все вверх дном, то есть, поставить на место, если судить по-моему, придавая действительности новый смысл, плутовато изыскивая дополнительное измерение. Я и мое решение, «мой секрет» – конечно, что может быть проще: превратить себя в полномочного представителя, поквитаться за всех одиночек, которых обкладывают кольцом, загоняя в силки и безлюдные земли, отбирая надежду и не давая ничего взамен. Пусть никто не просит меня сводить счеты, но у меня свои счеты, и этого довольно, а если другие не понимают или не верят, то и бог с ними – право же, я так устал объяснять!

Но тут же ракурс менялся, будто откликнувшись мне и моей браваде, и все представало с другой стороны. Тонкий лед трещал под ногами, я видел, что все мотивы переплетены друг с другом, и клубок не распутать, хоть напрягай все силы. Конечно, Веру лучше отставить в сторону и сосредоточиться на вопросительном знаке. Земля уходит из-под ног – это довод посолиднее, с ним так легко не поспоришь. Однако, стоит признаться – секрет мой родился не вдруг сам собой, а последовал за пьяным вечером и ночью, полной тяжких раздумий – после того, как я узнал накануне, что Юлиан отбыл в город М.

Это было немыслимо, это было невероятнее, чем Юлиан и Вера – ну что, скажите, ЕМУ делать ТУТ? Это я, мучимый припадками дознания, задающий вопросы, которые задавать не стоит, должен был устремиться сюда, чуть сомнение набрало силу. Это Гретчен могла бы уехать к океанским пескам вместо неудачных затей с семейным счастьем. Но что понадобилось в М. презренному Юлиану, столь далекому и от сомнений, и от вопросов ненадежного толка? Как случилось, что он опередил меня вновь, будто походя выиграв тендер на очередное свободное кресло? До этого нужно докопаться, но тогда что ж – выстрел откладывается на потом, даже если я его и найду?

В общем, смыслов не счесть, просто голова кругом. Быть может, оттого я и топчусь на месте – все-таки в нагромождении причин должна быть какая-то мера, а тут меру явно превзошли. На ум просятся компромиссы: в конце концов, город М. – не последняя станция, я могу шагнуть и подальше. Меня зовут, между прочим, хоть наверное уже и забыли. И более того, во всем может быть совсем иной порядок: я, к примеру, в городе М. как бы сам по себе, Юлиан – всего лишь приманка, чтобы не догадался сразу, а потом – и Юлиана побоку, и мои секреты, цена которым, признаемся, не ясна. А есть ведь еще и служебные счеты, и Вера-Венера – от них никуда не деться, они порою и вовсе норовят пролезть на передний план. В чем потайная цель? В чем самый главный намек и повод?..

Гадать можно было целую вечность, но гадания – дело пустое, от них не становится легче. Проведя в М. неделю и не продвинувшись в поисках никуда, я стал подозревать всерьез, что в моих планах что-то не так. Слабое место нащупать не удавалось – иногда я злился, но чаще оставался равнодушен, пребывая в странном оцепенении и отдаваясь воспоминаниям, будто бы оправдывающим безделье.

Уже и столица снова стала вспоминаться понемногу, и даже мелькали предательские мысли о досрочном бесславном возвращении, но вдруг все переменилось наконец, разом взбодрив и разогнав кровь. Декорации сдвинулись и смешали действие: как-то, придя к себе, я нашел записку от Гиббса – он предлагал встретиться в том самом ресторане, где мы познакомились в первый вечер. Странный зуд прошел у меня по всему телу, я понял отчего-то, что прелюдии окончены, начинается настоящее, для чего я и приехал сюда, чего ждал все дни – да, ждал Гиббса, его сигнала, все остальное было для отвода глаз, даже Юлиан отошел на второй план. Тут же вылетели из головы и столица, и ненужные раздумья; призраки, скуля, забились в дальние норы; захотелось действовать немедля. Я торопливо побрился и отправился в ресторан, желая только одного – чтобы там не оказалось Пиолина.

Глава 7

Ресторан сверкал и гремел – там был праздник. На ярко освещенном помосте надрывался оркестр, с десяток танцоров выделывали замысловатые па, суетились официанты, раздавались пьяные голоса и хохот. Я пытался найти Гиббса, но в суматохе трудно было что-либо разобрать, метрдотель только поморщился и отвернулся прочь, когда я прокричал ему свое имя. Потом он все же проявил интерес и отвел меня к пустому столику в стороне. Я просидел в одиночестве с полчаса, а затем появился Гиббс и сразу направился ко мне, не обращая внимания на шум и суету вокруг.

Мы поздоровались очень даже чинно, и я поймал себя на мысли, что его внешность не удивляет меня теперь, будто мы знакомы уже многие годы. «А вы ничуть не изменились, – заметил Гиббс в свою очередь, – впрочем, в вашем возрасте уже не меняются так быстро. А в моем – тем более…» Он покряхтел, усаживаясь, потом прищурился и добавил: – «И, смотрите-ка, все еще назад не сбежали – не иначе, нравится вам тут». «А почему, собственно…» – начал я с обидой, покоробленный фамильярным тоном, но Гиббс вдруг вскочил, поймал за рукав проходящего мимо служителя в ливрее и стал что-то втолковывать ему вполголоса, сделав шаг в сторону и отвернувшись – так, чтобы мне не было слышно. Тот лишь моргал, вытянувшись и замерев, потом рьяно кивнул и потрусил прочь спорой рысцой, а Гиббс вновь оказался на своем стуле, коротко извинился, закурил тонкую сигару и заговорил довольно-таки сурово, уставившись мне в переносицу.

«Собственно, не почему – это я так, шучу, – уточнил он с непонятным холодком, – отсюда кстати сбегают не многие, а иных и силой не выставить – ни силой, ни пинком… Однако, шутки шутками, а я к вам за ответом. Вы как, улавливаете, о чем речь?»

«Что ж тут не уловить? – буркнул я все так же обиженно. – Значит все-таки идете? И приглашение в силе?»

«А то как же, – Гиббс сделал удивленное лицо и повторил нетерпеливо: – Я к вам за ответом, все пока в силе – давайте, решайте. Я сейчас встречаю людей, тут у нас общий сбор – все обсудим и распишем по нотам. Так что, либо представлю вас, либо нет – и нет уже насовсем, подыщем тогда кого другого, невелика потеря».

Он помолчал, будто размышляя, потом ухмыльнулся мне через стол и продолжил вкрадчиво: – «Только вот дурака я из себя делать не привык – если решитесь все же, то прошу уж потом не вилять – заметьте, не пугаю, нет, а просто прошу. А то случается, знаете – робеют, но признаться стыдятся. Так что вы не стыдитесь лучше – признавайтесь и разойдемся – а если уже надумали, то тогда конечно дело другое, считайте, что протекция у вас в кармане, никто и не пикнет. Я обещал и слово держу», – добавил он патетически, потом откинулся на спинку стула и запыхтел дымом, выжидательно глядя на меня.

«Интересно, – протянул я, – почему это сразу ‘робеете’? Быть может у меня дела неотложные и другой план, а в дюны мне и не хочется вовсе. Я конечно понимаю – если уж сказал, то сказал, я сам не люблю, когда темнят да оговариваются раз за разом, но все же, согласитесь, вы меня вызвали так внезапно и хотите теперь как с ножом к горлу…»

«Много-то вы понимаете, – бесцеремонно перебил меня Гиббс, – а все туда же – к горлу, да с ножом…» Он глубоко вздохнул, затушил едва начатую сигару и растопырил перед собой освободившуюся ладонь. «Во-первых, – загнул он указательный палец, – в дюны хотят все. Кроме тех конечно, кто про них не знает, но таких мы исключаем и вычеркиваем сразу. Во вторых, – он снова загнул палец, – если уж не робеете, то значит… – Гиббс подумал, посмотрел на ладонь и загнул еще один, – то значит просто трусите, это уже в третьих, и тогда вам с нами не по пути, сами понимаете почему. И наконец, – он сжал всю ладонь в кулак, – наконец, в-четвертых и в-пятых – ну при чем тут другой план, скажите на милость? Вы тут ищете кого-то – так? – Я кивнул. – Еще не нашли, раз до сих пор в городе – так? – Я снова кивнул. – Ну вот видите, – махнул рукой Гиббс, – а вы – план, план… Небось даже и не знаете, где искать – ни где, ни как – вот и начните с дюн, вместе поищем, я вам обещаю. К тому же, ведь если он там, то здесь рыскать совсем уж глупо», – он скорчил сочувственную гримасу и хитро на меня посмотрел.

«Ну да, – мрачно согласился я, с досадой осознавая, что мне нечего возразить ни на один из косноязычных доводов, – это да, все глупо, я только вот не знаю, что умно. И вас, Гиббс, не знаю, и люди ваши мне незнакомы…»

«Ерунда, познакомитесь, – Гиббс небрежно махнул рукой, – не вопрос. Вопрос в другом – мы еще вокруг да около бродим, или вы уж ответите мне наконец? Поразмыслить-то у вас время было, а меня ждут, прошу заметить».

Он снова стал смотреть в упор, теперь уже в самые зрачки, не моргая, и я не выдержал взгляда. Губы сами собой растянулись в безвольную усмешку, а голова поникла, как у виноватого школьника. Хотелось сказать ему многое – и разъяснить что-то, и спросить – но, как и всегда, на разъяснения не было времени, да и слушать их он конечно не стал бы. «Иду, иду с вами», – проговорил я покорно, потом поднял на него глаза и еще утвердительно кивнул. «Вот и хорошо», – сказал Гиббс совершенно спокойно и с некоторой даже ленцой. Взгляд его потух и устремился куда-то поверх меня, не фокусируясь ни на чем. «Хорошо, – повторил он без всякого выражения, – подождите тут с четверть часа, сейчас я их приведу», – после чего крепко пожал мне руку и поспешил к выходу, а я остался сидеть без движения, ощущая непонятную усталость и прикидывая неохотно, как же все вышло на самом деле – сделал ли я то, чего и впрямь желал подспудно, или же просто поддался напору, позволив смутить себя, запутать и просто-напросто сбить с толку.

В любом случае, раскаиваться было поздно. Оно и к лучшему, уверил я себя, по крайней мере, одной занозой меньше. Побываю в дюнах, диковинных и недоступных, поставлю полноценную галочку в списке – и переменных поубавится, и, глядишь, прояснится кое-что по части множества смыслов. Интересно, может ли и Юлиан оказаться там?..

Гиббс привел компаньонов очень скоро – очевидно, они действительно ждали неподалеку. Это была живописная группа – на них оглядывались, когда они пробирались через весь зал. Сам Гиббс вышагивал впереди, уверенно прокладывая путь, за ним следовали двое молодых мужчин явно не городского вида, а сзади, отставая и оглядываясь по сторонам, шли две женщины, одна из которых, постарше, куталась в длинную темную шаль. Увидев меня, Гиббс выразил шумный восторг, будто это не с ним мы расстались совсем недавно, а спутники его сбились в кучу, пристально нас разглядывая. Потом, после короткого замешательства, начались знакомства. Женщина в шали назвалась Сильвией и подтолкнула вперед свою подругу Стеллу, что была гораздо моложе и выглядела смущенной. Та неловко сделала что-то похожее на книксен и снова стала глядеть в пол. Мужчин представил Гиббс. «Кристофер», – сказал он, указав на первого, повернулся ко второму и вновь повторил: – «Кристофер», – широко при этом ухмыльнувшись. Оба Кристофера тут же прыснули со смеху, а Сильвия взяла второго за руку, заставила раскрыть ладонь и пропела низким голосом: – «Кристофер-два, не путать…» – и мужчины снова засмеялись, а на ладони и впрямь была нарисована чернилами жирная двойка. Отсмеявшись, все уселись и приняли серьезный вид, хоть второй Кристофер еще несколько раз показывал свою ладонь первому, и оба они при этом беззвучно хихикали, а я заметил во рту у Кристофера-первого большой золотой зуб и подумал, что так и буду их различать, если не придумаю ничего получше.

Пока заказывали еду, я присматривался к ним ко всем. Кристоферы вблизи еще более походили на сельских парней – оба крупные, круглолицые, очень крепкие на вид, с толстыми шеями и большими руками. Первый был одет в вязаную кофту фиолетового цвета и яркую синюю рубашку, а второй – в широченный пиджак, топорщившийся на плечах, и черный свитер под ним. Оба – темноволосые и коротко стриженные, туповатые и неусидчивые; они вертелись на стульях, оглядываясь и подмигивая, от них мельтешило в глазах. Женщины, напротив, сидели очень спокойно, положив руки на колени и глядя прямо перед собой. Сильвия, та что постарше, лет сорока, сняла шаль и осталась в темном шерстяном платье с длинными рукавами, смягчающем ее крупные, несколько расплывшиеся формы. Когда-то она наверное была красива острой, быстро увядающей красотой и сейчас еще сохраняла ее следы – чувственные губы, большие темные глаза, шикарные волосы рыжеватого оттенка без малейших следов седины. Многое в ней говорило, что она знавала лучшие дни и лучших людей, но теперь покорилась времени, отобравшему молодость, не простив ему, однако, и затаив обиду. Рядом с ней Стелла выглядела простушкой, но что-то в ее скуластом лице притягивало взгляд – какая-то северная холодная прелесть, вечный ледник, отшлифованный снежный наст. Ее светлые волосы растрепались небрежно, серо-голубые глаза смотрели без всякого выражения, а рот был сжат в линию, будто проведенную карандашом, но некая глубинная сила угадывалась за внешней оболочкой, и я, засмотревшись, даже прослушал вопрос, с которым ко мне обратился Гиббс.

Извинившись, я переспросил, и Гиббс глянул на меня с издевкой, а потом перед нами поставили закуски, и разговоры прекратились совсем. Было слишком шумно, оркестр казалось стал еще громче, так что за ним почти уже не было слышно пьяных криков. Я заметил, что Стелла ела очень мало, лишь для вида ковыряясь в тарелке, а Сильвия, сидевшая рядом с Гиббсом, что-то говорила ему в ухо, шептала и шептала, изредка поглядывая на меня, пока тот не сморщился и не отвернулся. После кофе Гиббс что-то сказал официанту, и нас отвели в соседний зал, где было немноголюдно и гораздо тише. Мы вновь расселись, и Гиббс заказал бренди.

«Мы выходим завтра, – заявил он веско, – надо быть наготове рано утром, я еще не знаю точного часа. Растолкуйте ему, что взять – если вдруг чего нет, так захватите для него», – обратился он к Кристоферам, и те, посмеиваясь и переглядываясь, стали довольно толково перечислять: мыло, спички, сигареты, мазь от комариных укусов, мазь от песочного лишая – нету? – теплую куртку, теплый свитер – нету? как это вы без него, ладно, прихватим – и т.п. Я старался запомнить все это, потом стал было записывать карандашом на салфетке, но устыдился Сильвии со Стеллой и бросил, а с Кристоферов тем временем уже слетела глуповатость, они теперь говорили с Гиббсом, обсуждая маршрут – и говорили коротко и здраво. Я вслушивался, повторяя про себя незнакомые мне слова, будто пытаясь представить расстояния и ландшафты, вновь поддаваясь очарованию неизвестного, как и неделю назад, едва познакомившись с Гиббсом и узнав про путешествие, в которое меня так внезапно вовлекли. Все звучало очень правдиво, я верил каждой фразе и поневоле проникался уважением к моим будущим спутникам – при всей простоватости их облика и комичности манер – незаметно свыкаясь с мыслью, что и впрямь отправлюсь куда-то вместе с ними, уверенными и сильными, доверившись им в чем-то таком, в чем сам ничего не смыслю. Каковы они на самом деле – из тех ли, не находящих себе места, что остро ощущают неприкаянность и оттого стараются держаться один другого? Тогда они выбрали меня по праву – наугад, но метко – ведь и я из той же породы, и значит это не случайность, что я сижу тут с ними сейчас. Или может напротив, они просты и обычны, неотличимы от прочей человеческой массы, пусть им, как порою и мне, отчего-то не сидится дома? Но если так, и они как все, лишь только непоседливей немного, то есть ли мне место среди них?.. Или нет, не нужно упрощать – ведь почему-то мы идем как раз туда, куда такие, как все, не добираются вовсе, а меня еще и ведут чуть ли не насильно или во всяком случае вопреки моим планам. Значит что-то все-таки в них не так, в этих пятерых – я-то думал, что погорячился в своем подозрении, ан нет, если копнуть поглубже, то все еще более странно – а значит что-то не так и во мне… Конечно, это совсем не новость, но, согласимся, она никогда не звучала утвердительно без обиняков, всякий раз оставляя лазейки-сомнения, с которыми как-то легче – потому каждое новое подтверждение тревожит и бередит. А еще бередит и совсем другое – смогу ли я сжиться с ними, влиться в маленькую группу и стать своим? Как ни крути и ни бравируй, но этого тоже хочется отчего-то – хочется каждый раз, хоть разочарования всегда тут как тут. Быть может я просто еще не научился? Вдруг в этот раз все получится, и меня оценят как должно?..

Так или иначе, предприятие, еще сегодня днем казавшееся фикцией, стремительно обретало реальные черты. Я хотел произвести впечатление получше – сидел и слушал с неослабным вниманием и даже кивнул несколько раз на какие-то вопросы, обращенные вовсе не ко мне. Один из Кристоферов – тот что с золотым зубом, без двойки на ладони – посмотрел на меня хитро, и по лицу его скользнула ехидная усмешка, но я не обиделся, подумав про себя, что ни у кого из них еще не было повода принять меня всерьез, чтобы считаться со мной по-настоящему, но это дело поправимое, случай представится, а одернуть насмешников я сумею не хуже любого. Да и не стоило с самого начала заводить склоки на пустом месте и выказывать свою неуживчивость, пусть даже и миролюбивую вполне.

Заскучавшая Сильвия повернулась ко мне и спросила негромко: – «Как тебя звать, красавчик, я не запомнила?» Я назвался, несколько смущаясь, а она взяла мою руку в свою и проговорила мягким голосом: – «Ну, будем знакомы, ты мне нравишься», – и посмотрела долгим прямым взглядом, а я не отвел глаза, думая о ее теплых пальцах и о том, смогу ли я ее соблазнить за время нашего похода.

Сколько, кстати, он продлится? – Мне никто не сказал – и я отнял руку, неловко пробормотав что-то в ответ. Сильвия усмехнулась понимающе, зная свою власть, а я обернулся к Гиббсу и спросил, перебив одного из Кристоферов, на сколько мы уходим из города. Гиббс однако не обратил на меня внимания, занятый исключительно Кристоферами, которые рисовали какую-то схему на клочке бумаги. Еще одна карта, любят здесь карты, подумал я, а Сильвия опять взяла меня за руку и сказала успокаивающе: – «Не очень долго, не волнуйся, неделю может быть или две», – и мне не хотелось убирать руку в этот раз, она сама положила ее на стол, всмотрелась в нее, провела пальцем по линиям у запястья и показала что-то Стелле, но та отвернулась, не проявив интереса. «Что вы хотели?» – вдруг обратился ко мне Гиббс, разделавшись видимо с Кристоферами, которые снова стали ерзать и переглядываться. Я повторил вопрос, и Сильвия встряла недовольно: – «Неделю или две, я ему уже сказала», – а я заметил, что все еще держу руку на столе, раскрыв ладонь, и, смутившись, убрал ее и сунул в карман брюк.

«Значит так, – сказал Кристофер I, оглядев всю компанию, – подводим, как говорится, черту и сумму. Ничего лишнего не брать, вы уже знаете (Сильвии со Стеллой) – туриста касается (мне). Понесем много, как всегда, всем придется помогать. Которые белоручки, потерпят», – он глянул на Стеллу и подмигнул. Та спокойным, чуть презрительным голосом произнесла страшное ругательство. «Ну да, я и говорю, потерпят», – подтвердил Кристофер, ничуть не смущенный. «Так, босс?» – спросил он Гиббса, но тот только вяло кивнул, глядя рассеянно и думая о чем-то своем. Все замолчали. Кристоферы туповато смотрели в свои рюмки, их грубые черты расплылись, II почесывал небритую щеку. Я заметил вдруг, что у них глаза разного цвета – у первого коричневые, а у второго голубые, ярче чем у Стеллы, причем второй немного косил. «Коньячок-то недурен, – лениво процедил Кристофер II, перестав чесаться, – балуешь нас, босс». Гиббс усмехнулся, ничего не сказав, а Стелла заявила, что коньяк – дерьмо, и я глянул на нее с уважением, но она все так же не смотрела в мою сторону, будто меня и не было здесь.

Плевать на нее, подумал я сердито, что возьмешь – девчонка из простонародья, рыбья кровь. Мои мысли были заняты не Стеллой, а Сильвией, чья мягкая рука и большая грудь не давали покоя, тревожили и будили воображение. Я посматривал на нее украдкой, а она избегала моих глаз, но знала конечно, что я смотрю, и это волновало само по себе, как занятный поединок, происходящий у всех на виду, но незаметный никому другому.

Потом, ночью, мне приснился стыдный сон, и Сильвия была в нем, но до того пришлось о ней забыть – более властные силы смешали вдруг мои мысли. Утомившись молчанием, я пошел в туалет, и со мною отправился Кристофер II –не знаю, случайно или не совсем. Он стоял у писсуара, бормоча что-то вполголоса, будто и не замечая меня, а потом наклонился к умывальнику, пиджак его чуть задрался, и под ним тускло блеснула рукоятка пистолета, засунутого за пояс. Кристофер, поняв, куда я смотрю, обернулся и осклабился, как ни в чем не бывало, а у меня сразу вылетели из головы и Сильвия, и Гиббс – не потому, что я испугался, просто мой секрет ожил вдруг, напомнив мне, зачем я здесь, и что лежит у меня в чемодане у самого дна, под рубашками и бельем.

«Что, нравится штучка? – Кристофер достал пистолет из-под пиджака и держал его на ладони, придерживая пальцем за спусковую скобу. – Не бойся, не заряжена», – он глупо хохотнул, отошел к высокому матовому окну и поманил меня к себе. Я приблизился нехотя, стараясь держаться по возможности независимо, и сказал тоном знатока: – «Да, штука неплоха, но мне револьверы больше по вкусу, – потом подумал, что выказывать свои скромные познания очень недальновидно, и прибавил, вздохнув: – Впрочем я не очень разбираюсь, да мне и ни к чему».

Кристофер окинул меня быстрым взглядом и подтвердил насмешливо: – «Ну да, тебе-то ни к чему. А мне – так в самый раз...» Он поднес пистолет ближе к свету и добавил: – «Смотри». Я послушно вытянул шею. Это был «Глок», превосходный австрийский экземпляр, довольно-таки новый, судя по типу предохранителя. Я и сам хотел такой, но за него заломили бы вовсе несусветные деньги, да и мой кольт ничуть не менее надежен, если на то пошло. По крайней мере, так уверяли авторитетные издания, которые я перечитал во множестве, но сейчас вовсе не собирался демонстрировать свою осведомленность.

«Хорош, – уважительно кивнул я головой, – далеко бьет? Прицельно?»

«Близко не покажется, – Кристофер вновь издал глуповатый смешок. – Читай вот здесь».

У основания рукоятки был выбит штамп завода-изготовителя «Штейер-Даймлер-Пух», похожий на детскую считалку, а чуть выше виднелись вытравленные кислотой буквы «НВГ» – не иначе, инициалы какого-то амбициозного владельца. «Именной, – уважительно протянул Кристофер, – не просто так – чей-ничей. Именные – они ценятся ого-го как».

«Ты его вместе с именем купил?» – спросил я холодно, желая уколоть его и несколько одернуть. Уж очень самодовольно куражился он на пустом месте, да и безапелляционное «тебе ни к чему», брошенное на основании одного беглого взгляда, задело меня больше, чем казалось поначалу. Кристофер насупился было, но потом вновь ухмыльнулся и сказал спокойно: – «Я не купил, я отобрал. Могу тебе продать, если деньжата водятся. Не желаешь? Ну, как знаешь...» Он взял пистолет двумя руками, направил на противоположную стену и проговорил дурашливо: – «Штейер, Даймлер... Пух-х-х!» – после чего снова сунул его за пояс, и мы пошли назад в ресторанный зал, причем уши у меня горели, а в голове вертелось что-то лихое и мужественное, больше всего походящее на бравурный марш.

Все уже собирались уходить, ожидая только нас. Гиббс сказал еще несколько фраз, вновь пожал мне руку, пытливо глядя в глаза, и мы распрощались – без лишних слов, но со значением и чувством. Сильвия, проходя мимо, слегка задела меня тяжелым бедром и усмехнулась в сторону. Второй Кристофер еще раз показал украдкой ладонь с нарисованной двойкой, и я вежливо улыбнулся, понимающе подняв бровь, чувствуя себя принятым в новую компанию, пусть пока еще на временных, очень шатких правах.

Тем же вечером, запершись в номере, я достал со дна чемодана свой кольт, осмотрел его, как следует смазал и переложил в дорожную сумку вместе с запасной обоймой и кое-какими мелочами. Ближе к полуночи в дверь постучал посыльный от Кристоферов и передал мне увесистый пакет, в котором оказались свитер из грубой шерсти, водонепроницаемый плащ и два тюбика зеленоватой мази. Сборы были закончены. Я представлял себя первопроходцем в преддверии вояжа, но было неспокойно, что-то теребило внутри, я ощущал чужую волю, влекущую меня, но не имел сил противиться. Предмет беспокойства не давался раздумью, я был слишком возбужден, и мысли перескакивали с одного на другое, не выстраиваясь послушной цепочкой. Вновь замерцал перед глазами вопросительный знак, перекочевавший теперь в другое место, и я цеплялся за свой секрет, как за средство, что поможет избавиться от него или уж сжиться с ним навсегда. Но хватка моя слабела невольно, какая-то сила перетягивала меня к иному – к неизбежности, к грозной власти, что, я знал, имеют отношение и к секрету, и к вопросительному знаку, но не подчиняются мне ни на малую малость. И я стремился туда, непреодолимо желая играть с огнем, хоть, быть может, стоило поостеречься или хотя бы спросить совета – например у моей дорогой Гретчен, которая не обманула бы меня, если бы вообще захотела понять, о чем я веду речь.

Но Гретчен не было со мной, и не было ни одной из давнишних подруг, щедрых в объятии и милой болтовне. Ночь дарила одну лишь пустоту, а потом еще и призраки обрели лица под покровом тьмы – казалось, надо мной склоняются два звероподобных Кристофера в клочьях свалявшейся шерсти, а сзади Гиббс с козлиной бородкой науськивает их, играя плетью. Я не чувствовал к ним злобы, хотел говорить с ними и силился подать знак, но видел острые клыки и отворачивался, негодуя. Потом, очнувшись от дремы, шел в ванную и глотал воду с привкусом железа, глазел в темноту, в сторону океана, будто силясь понять, что там меня ждет. Снова засыпал и просыпался в поту, пока наконец в одном из беспорядочных сновидений мне не явилась большая мягкая женщина со знакомым лицом, в которой я растворился без остатка, успокоившись до утра.

Глава 8

Гиббс постучал мне в дверь не так уж рано – было около девяти. Я давно успел собраться и слонялся по комнате, маясь от безделья. Ничего не хотелось, мучала мысль, что меня решили не брать – к горлу подступала обида, и опускались руки. Увидев же Гиббса, я отчего-то подумал вдруг, что лучше бы мне не ехать с ним, но отступать было поздно, уже никак нельзя было отказаться, и я приветствовал его нарочитой ухмылкой.

Мы выехали в двух больших лендроверах. Гиббс сел за руль первого, куда еще уместился первый же Кристофер и почти вся поклажа – ее и впрямь оказалось немало. Кристофер II вел второй джип, где сидели все остальные. Я предложил было сменить его, когда он устанет, но Кристофер только весело глянул и ничего не сказал, так что я насупился и больше к нему не обращался. Сильвия со Стеллой, похожие на нахохлившихся птиц, тоже молчали, будто завороженные гулом двигателя и равномерным покачиванием, мы двигались в скучной тишине, чужие друг другу. Я хотел было задремать, но не смог, в голове путались сотни мыслей, утомляя и раздражая, так что пришлось отвернуться к окну, чтобы отвлечься.

Мы уже выбрались из центра города и кружили в широких улицах незнакомого мне района, сплошь застроенного добротными частными домами. Каждый был огорожен высоким забором с живой изгородью – надежно, без единой щели, можно было лишь догадываться о происходящем там. Вдруг, справа от меня, из проема распахнувшихся ворот, за которыми мелькнула зелень кустарника и дорожка, огражденная белым камнем, выскользнуло что-то приземистое и черное, целиком состоящее из закругленных линий. Кристофер коротко ругнулся и крутнул руль влево, сзади вскрикнули женщины, а черное авто, не обращая внимания на вильнувший джип, унеслось вперед и скрылось за поворотом. «Пижон», – процедил Кристофер сквозь зубы, без особой впрочем злобы, скорее с завистливым уважением, а я вспомнил свой столичный двор и такой же автомобиль, проводящий часы у меня под окнами, не имевший конечно прямого ко мне отношения, но впечатавшийся в память, как постыдная слабость или беспечно упущенный шанс.

Собственно, окна, под которыми он стоял, принадлежали не мне, а Катарине Полонской, жившей тремя этажами выше. Все знали ее, как смешливую Кэт, что ни день обегавшую подъезд в поисках хозяйственных мелочей, радостно признаваясь в собственной бытовой беспомощности. Я не знал, кто она и откуда, чем занималась и где проводила дни, а пересуды, доходившие до меня, были посвящены лишь ее любовникам, что сменялись из месяца в месяц с устойчивым постоянством. Прочие подробности существования Катарины не интересовали любящих посудачить соседок, да и личная ее жизнь, будучи наполненной весьма, все же разочаровывала отсутствием интриги – мужчины возникали и пропадали строго последовательно, не пересекаясь один с другим, так что даже в пристрастных глазах обывателей Кэт считалась по-своему добродетельной, лишь немного смущая чрезмерным свободолюбием.

Черный лакированный автомобиль появился под нашими окнами года три назад, еще когда не было Веры, и Юлиан обретался в иных пространствах, не пересекающихся с моим. Я подолгу рассматривал его украдкой, притаившись за шторой. Что-то неудержимо притягивало меня – хищная плавность маневра, сдержанность повадки или бесстрастность тонированных стекол – а потом волею случая, лишь чуть-чуть спровоцированного собственным старанием, я познакомился и с владельцем, мистером МакКарти, сухощавым самодовольным шотландцем.

Я столкнулся с ним у дверей подъезда и намеренно замешкался

с сигаретами, сделав вид, что забыл зажигалку, а когда он протянул мне свою, задержался на ней взглядом, различив значок известной инвестиционной фирмы, отпечатанный на бледно-желтом корпусе. «У нас с вами один брокер», – бросил я ему небрежно, стараясь казаться старше своих лет, что едва ли могло обмануть цепкий серо-стальной прищур, но мистер МакКарти, улыбнувшись слегка, еще более небрежно возразил, что нет, это не так, он просто владеет существенной частью этого хищника, от которой кстати подумывает избавиться, а личные дела ведет совсем через других людей. «Вот вам, на всякий случай», – предложил он мне визитку, уже держась за ручку входной двери, и рассеянно сунул в карман мою, протянутую в ответ в попытке соблюсти высокомерное статус-кво.

Я скоро забыл об эпизоде, но он получил неожиданное продолжение. Мистер МакКарти позвонил мне как-то, пригласил на ланч и, без особых церемоний, предложил незаконную и весьма соблазнительную сделку. Не буду утомлять деталями, речь шла о том, чтобы тайно добыть, а попросту выкрасть кое-какую информацию о переговорах нашего предприятия с гигантами-конкурентами. Информация эта проливала свет на дальнейшие действия неповоротливых гигантов, а значит и на грядущие зигзаги в загадочном мире ценных бумаг, что явились бы сюрпризом для широкой публики, таковой информации не имевшей. Просто и старо как мир, к тому же вполне безопасно, на чем мистер МакКарти сделал особый акцент, нудно разъясняя, как и почему на меня не падет тень подозрений. Я раздраженно заметил ему, что не страшусь риска, если уж решаюсь играть по-крупному, но он с тонкой насмешкой разъяснил, что именно поэтому играть по-крупному меня и не берут – ведь о риске и о том, как к нему относиться, я очевидно не имею должного понятия. В общем, мы говорили чуть не до вечера, и я наверное переборщил с вопросами, испытывая терпение невозмутимого шотландца, а потом попросил время подумать и через пару дней позвонил ему с отказом. Мистер МакКарти откликнулся безразличным о-кэй и тут же дал отбой, а я еще неделю лелеял в воображении иной сценарий – совершенно, признаюсь, неосуществимый – с коварно соблазненною ассистенткой директора, вскрытием неприступного сейфа, белыми перчатками и сверхчувствительной миниатюрной фотокамерой.

После, из любопытства, я стал внимательно поглядывать в биржевые хроники и не мог не заметить, как целая сеть новоявленных агентов, появившихся из воздуха, стала вдруг скупать одного из гигантов, упомянутых шотландцем. Не было сомнений в том, чья это рука – и, не скрою, мне доставил немало удовольствия внезапный скандал, широко освещенный в прессе, в результате которого глава вышеназванного гиганта бежал из страны куда-то ближе к экватору, прихватив с собой золотоволосую бухгалтершу и изрядную сумму наличными, а сам гигант попал под микроскоп контрольных органов, скоро обнародовавших неутешительный вердикт. Акции его упали почти до нуля, и можно только гадать, сколько потеряли ошарашенные скупщики – я искренне надеюсь, что мистеру МакКарти не пришлось пожертвовать своим шикарным автомобилем.

Я вскоре забыл о нем, как о представителе чуждой среды, куда мне в любом случае заказан доступ. Единственное, что врезалось в память, кроме авто, сияющего благородным блеском, это его слова, приоткрывающие ненароком плотный бархатный занавес над миром обретений и потерь, куда с неохотой допускают новичков. Они напомнили мне что-то – так что я несколько оторопел, словно застигнутый врасплох знакомым пейзажем там, где его никак не ждешь встретить, а еще – поразили намеком на причинность моих собственных потуг, не говоря уже о принципах игры Джан, о которой конечно я и не подумал обмолвиться шотландцу.

«Бывают неучи, – говорил МакКарти, – и бывают дураки. В целом они похожи, разница лишь в том, что первые вовсе не знают правил, а вторые следуют им везде – и где можно, и где нельзя. Оттого и те, и другие теряют деньги – первые, налетая с размаху на железное правило и разбивая себе лоб, а вторые – попадая рано или поздно в ловушку исключения, без которых любое правило немыслимо… Исключений, впрочем, столько, и они так часты, – добавлял он, пожевав тонкими губами, – что их очень даже тянет принять за правила, и тогда в дураках оказываются как раз те, кто в каждом правиле склонен видеть подвох – ведь тогда и исключения маскируются под обычные недосмотры или зловредности судьбы, теряя свою формальную сущность. Потому, проигрывают в общем все – кроме тех, кто наживается на чужой глупости, а не выставляет напоказ свою. И никак не убережешься – можно поставить хоть сотню этих новых машинок и решать себе уравнения сколько угодно душе, а то и просто, как раньше, откладывать точки на частой сетке – вон, мол, как здорово получается: сначала вверх поползло, потом вниз, завтра небось опять начнет расти… И так оно и бывает, опускается и поднимается исправно, пока не прикупишь миллиончиков этак на пять. Вечером ждешь, сам не свой, ночь почти не спишь, а утром к ленте чуть свет и – нате вам, как чувствовал, все упало на восемь пунктов сразу – поминай как звали, ничем уже не поднимешь. Всякий временный взлет иллюзорен, а крах неотвратим – это единственное правило, которое работает на все сто, но поди используй его себе на пользу. Потому и в выигрыше только те, кто рискует чужим, а свое припрятывает понадежнее, но до чужого-то еще надо добраться, а это, Витус, непросто…»

Я согласился с неожиданной пылкостью, удивившей и шотландца, и меня самого, а все оттого, что его самодовольные сентенции вдруг связали вместе то, что и сам я чувствовал так остро, пусть неосознанно и совсем в ином свете. Да, говорил я про себя, каждый взлет иллюзорен, как ни старайся рассылать флюиды, убеждая всех вокруг, что победа уже за тобой. Легко двинуть все вперед, но желаемого не добьешься – соперник будет себе отпихиваться, и вскоре иссякнет пыл. Легко создать сеть, проходя через два на три и чередуя правые и левые скобки – об этом твердят во всех учебниках, да и маститые советуют, не стесняясь – но потом сам же и запутаешься в ней, а об этом-то как раз все и помалкивают. Стоит только отчаяться – и шанса нет, а как не отчаяться, когда тупик видится везде. Стоит занять поле, как оно оказывается никчемным, но что толку корить себя – никогда ведь не угадаешь заранее… И далее, и далее, доходя до того, что быть может сама жизнь создана по восточной игре, во что, бесспорно, иногда очень хочется верить. Любомир Любомиров высмеял бы эти философствования, не оставив камня на камне, но я цеплялся за них довольно долго, пока наконец не поостыл, развернувшись в обратную сторону: это, мол, игра Джан намеренно напоминает кое-что из жизни – с неуловимым дополнительно привнесенным коварством.

Все это, впрочем, было бесполезно и надуманно, черный автомобиль, урчащий со скрытой трехсотлошадиной мощью, все равно оставался самой прочной реальностью. Но и он давно скрылся, презрительно мигнув тормозными огнями – прошло уже больше часа, а мы все кружили среди изгородей и особняков, коротко разгоняясь и затем притормаживая у перекрестков, так что и меня, и женщин швыряло вперед-назад. Сильвия со Стеллой не жаловались и не проявляли недовольства, но мне это порядком надоело. Можно было спросить Кристофера, но не хотелось заговаривать с ним, и я молча полез в карман куртки, вытащил карту города, которой запасся еще в первые дни, и демонстративно углубился в нее. Пусть знают: у меня тоже есть карта – я был горд собой, и Стелла, мне показалось, впервые посмотрела на меня с интересом. Кристофер тоже покосился, издал губами неопределенный звук, но ничего не сказал.

К моему стыду, я не многого добился. То, что выглядело таким доступным на бумаге, на деле оборачивалось немалым пространством – я сверялся по названиям улиц и не находил изъяна в маршруте – а многие тупики и вовсе не были обозначены, прямая линия вынужденно превращалась в целую сеть объездов, так что я сбивался и потом с трудом находил верную точку. К тому же, мы выехали на окраину города – тут уже были не особняки, а бараки, и запутанность улиц еще возросла. Почему-то Кристофер повернул вовсе не на восток, как следовало бы, но в другую сторону, будто намереваясь объехать город по часовой стрелке. Я заметил это и не понял маневра, но стеснялся спросить, чтобы не попасть впросак, тем более, что он поглядывал на меня с издевательской хитрецой. Заметают следы, подумал я неуверенно, или может хотят меня запутать, чтобы я сам не нашел дороги? И первое, и второе звучало нелепо, а других объяснений в голову не приходило. Пожав плечами, я сложил бесполезную карту и раздраженно сунул ее назад в карман.

Солнце было уже высоко, и в кабине стало душно. Кристофер открыл окна, ветер шумел и трепал нам волосы. Сильвия и Стелла, как по команде, достали и повязали себе одинаковые розовые платки, сделавшись похожими на сестер. Одна – старшая, нелюбимая, гулящая и хитрая, другая – младшая, нелюбимая, холодная и гордая. Кто мне больше по нраву? Обе хороши.

Я все же задремал на какое-то время и очнулся, лишь когда наш лендровер внезапно остановился. Мы уже выехали из города, по сторонам дороги была теперь болотистая местность со скудной растительностью, в воздухе звенели насекомые. Передний джип стоял на обочине, из него тяжело выпрыгнули Гиббс и Кристофер-первый и вразвалку направились к нам.

«Перекур, – сказал Гиббс весело, – поесть и оправиться». Женщины тут же захлопотали над сумками, а я вылез из машины и медленно побрел к ближайшим кустам. Было жарко и влажно, одежда липла к телу, я проклинал собственное безволие и хотел назад, в город, но о возвращении, конечно же, не могло быть и речи. Почва под ногами пружинила, я вяло подумал, что могу и провалиться.

«Эй, турист, – закричал мне кто-то из Кристоферов, – далеко не ходи». Я, не оборачиваясь, помахал рукой и вдруг почувствовал на себе чей-то жадный взгляд.

Я замер и осторожно осмотрелся. Прямо передо мной, метрах в трех, сидело на задних лапах странное существо – небольшой зверек со светлой грудью и круглой, чуть склоненной набок головой, пристально смотревший мне в зрачки. Его фиолетовые глаза были широко раскрыты, но в них не было испуга, скорей – печаль и покорность всезнания. Поодаль расположился еще один, по сторонам – еще и еще. Я стоял в перекрестье взглядов, неотрывных и серьезных. Меня изучали без стеснения, но и без любопытства, словно угадывая вперед, на что я способен, и давно уже не надеясь на сюрпризы. Я прищурил глаз и глянул в ответ, но будто натолкнулся на холодное стекло, и тогда, чтобы преодолеть наваждение, глубоко вздохнул и быстро шагнул к ближайшему из них, ожидая всего и готовый ко всему.

Миг – и зверька не стало. Я шагнул к другому – он тоже исчез. Я замер на минуту, оторопев от такой прыти, но потом решительно направился к месту, где тот только что сидел, будто желая убедиться, что фокус легко объясним – надо только присмотреться внимательней

– и действительно, в буро-коричневой почве обнаружилось небольшое отверстие. Я наклонился и, не слишком понимая, что делаю, попытался заглянуть внутрь. Там было темно, я вглядывался пристальнее и пристальнее, мне уже казалось, что сейчас я увижу их убежище с подземными ходами и глухими потайными нишами, но тут что-то предательски чавкнуло, болотистая почва качнулась подо мной, я оперся рукой о землю, чтобы сохранить равновесие, и зашелся в крике от страшной боли в ладони – будто ткнули тупой раскаленной иглой, ввинчивая дальше и дальше. Меня подбросило на месте, краем глаза я заметил что-то мерзкое, мохнатое, размером со спичечный коробок, боком улепетывающее к кустарнику. Боль нарастала, глаза вылезали из орбит, так что я уже не видел ничего вокруг и скорее почувствовал, как рядом вдруг оказался Гиббс, схватил меня за здоровую руку и потащил к машинам, ругаясь сквозь зубы.

Помощь оказали быстро – Гиббс нажал где-то около локтя, и боль отпустила, осталась только тупая тяжесть. Потом меня заставили помочиться на место укуса, положили туда остро пахнущую мазь и замотали чистой тряпкой. Рука онемела, но больше не болела. Кристоферы посмеивались, один из них изобразил болотного паука растопыренными пальцами и все показывал, как тот удирает вбок, но Гиббс был очень зол, повторяя вновь и вновь, что мы потеряли время, и вдобавок больная рука – это последнее, что нужно в дюнах, хуже было бы только если б я сломал ногу, но и так уже тоже отвратно вполне. «Всем нужны няньки», – резюмировал он кисло, на что мне нечего было ответить. Сильвия поглядывала на меня сочувственно, но я видел, что становлюсь обузой с самого начала похода. «Ничего, – уверял я себя, – они сами потащили меня с собой», – но это мало помогало, никто конечно не ждал, что я сразу начну делать глупости. Гиббс замолчал, и меня больше не упрекали, но на душе все равно было довольно-таки скверно.

Остальную часть пути я помню смутно. Голова кружилась, я то и дело проваливался в дремоту, а за окном машины было одно и то же – бурые торфяники, кое-где поросшие мхом и редкими кустами, марево влажного воздуха и дорожная пыль. Вновь дорога оказалась длиннее, чем предвещала карта – по моим подсчетам уже давно должны были начаться дюны, но на них не было и намека. Кристофер II, бессменно сидевший за рулем, теперь косился на мои упражнения неприязненно, заметно нервничая, а потом сказал недобро: – «Убрал бы ты свои бумажки, турист», – и я видел, что он не шутит. Я хотел было возмутиться, но решил не связываться и только пожал плечами. Женщины все так же молчали – похожие на сестер и безучастные ко всему – мне это показалось странным, но было, в общем, все равно. Стелла много курила и смотрела в окно, отвернувшись от всех, я тайком поглядывал на ее отстраненный профиль – но и только, заговаривать с ней мне было не о чем.

Проснувшись в очередной раз, я увидел, что уже темнеет. Машина стояла с заглушенным мотором в пяти метрах от первого джипа, где топтались трое вооруженных людей в форме и с рациями. Рядом с ними вдруг возник Гиббс и стал убежденно доказывать что-то, потом все они рылись в наших вещах, откинув багажник, а потом Гиббс и один из тех отошли в сторону, в густеющие сумерки. Я занервничал, но Кристофер сидел безмятежно, зная, по-видимому, что бояться нечего. «Что это?» – все же спросил я, не слишком надеясь на ответ, но он охотно пояснил, что это – океанский надзор, особый полицейский отряд, вылавливающий, по замыслу, браконьеров и контрабандистов, но на деле лишь собирающий мзду с тех, кто кажется подозрительнее других.

«Конечно, если сети найдут, то по головке не погладят», – задумчиво прибавил он, а Сильвия порывисто вздохнула. «Дилетанты», – холодно сказала Стелла, закурив новую сигарету. «Дура», – невозмутимо отреагировал Кристофер, но продолжать они не стали – вернулись Гиббс с полицейским, на вид довольные друг другом. Люди в форме отошли в темноту, где-то залаяла собака, будто подавая сигнал, и мы вновь тронулись за передним джипом.

Голова перестала кружиться, но за окном теперь ничего не было видно. Сделалось прохладно, окна давно закрыли, и в кабине стоял запах табачного дыма. От долгого сидения затекли все мышцы, очень хотелось выйти и размять ноги. «С полчаса осталось», – вдруг сказал Кристофер ободряюще, и я ему благодарно кивнул. Он высился за рулем, походящий в темноте на грубого сфинкса, невозмутимый и не знающий усталости – я позавидовал его выносливости, зная, что никогда не смогу с ним тягаться. Дорога стала ровнее, наш лендровер прибавил ходу. Женщины зашуршали чем-то сзади, засуетились нетерпеливо, словно очнувшись от забытья. Потом с обеих сторон стали мелькать огни далеких ферм, и вскоре мы въехали на освещенную площадку перед серым приземистым зданием. «Мотель Оазис» – увидел я покосившиеся буквы, и все внутри возликовало, предвкушая отдых, но мы еще долго сидели в машине – наш Кристофер не разрешил выходить, пока Гиббс с Кристофером-первым ходили куда-то. Наконец они вернулись, и все стали выгружать вещи.

Это был странный мотель, не похожий на те, что я знал до сих пор. Мы оказались единственными постояльцами, но меня не оставляло ощущение, что все комнаты заселены недовольными жильцами, чье дыхание явственно слышно в ночи, а шаги в коридоре лишь чуть-чуть приглушены ковровой дорожкой. Всякий раз получалось, что это был кто-то из нас, но в это верилось с неохотой, как в торопливое объяснение на каждый случай, и тут же новый шорох настораживал: кто, кто там еще?

Снаружи неказистое здание походило скорее на склад или гараж, не выделяясь ничем – разве только высокой лестницей, ведущей ко входу, что почему-то был на верхнем ярусе, хоть все комнаты располагались внизу. Почти весь второй этаж занимала большая гостиная, через которую нужно было пройти, минуя регистрационную стойку справа, и взгляд сам собой замирал на медвежьих шкурах и серебряных кубках, старинных подсвечниках и кинжалах, в изобилии развешанных по стенам и расставленных в углах. Еще там был настоящий камин, горевший день и ночь – в мотеле не жалели дров, но в комнате неизменно царил зябкий полумрак, хотелось обхватить руками плечи и подсесть к самому огню.

Гостиная служила также и столовой, общей для всех, в центре ее громоздился дубовый стол, опоясанный скамьями. Когда мы вошли, втащив поклажу и задыхаясь от подъема, за ним сидел хозяин – маленький круглый человечек с безумными глазами – и что-то быстро писал. Услышав нас, он помахал рукой, не поднимая головы, и подошел только через несколько минут, перед этим наскоро перечтя написанное. Гиббс очень разозлился на такую нерадивость, сделался груб и язвителен, но остальные мирно разбрелись по просторной зале, разглядывая предметы вокруг, так что и он вскоре присмирел, не найдя поддержки.

Комнаты, отведенные нам, не в пример гостиной, оказались просты и обычны. Войдя, я упал было на продавленную кровать, думая, что уже не смогу подняться до утра, но спустя несколько минут обнаружил, что голова моя ясна, и туман перед глазами исчез. Я еще полежал, вспоминая долгий день, тряску в машине и зверьков с фиолетовыми глазами, потом вскочил как ни в чем не бывало и отправился гулять.

Конечно, после дневного происшествия я не собирался уходить далеко, но ноги сами понесли меня в обход здания, мимо беседки и высохшего фонтана, а потом – по заброшенной аллее, освещенной редкими фонарями. Вскоре она перешла в едва заметную тропу с одинокими деревьями и кустарником по бокам, фонари кончились, но яркая луна давала достаточно света, чтобы различать путь, и я брел все дальше, радуясь свежему воздуху после прокуренного джипа, одиночеству и покою. Вдруг будто чья-то ладонь уперлась мне в грудь: тропа повернула, резко вильнув вправо, огибая перерубленный ствол, чернеющий в темноте, и кончилась внезапно. Впереди простиралась равнина, где не было ни троп, ни дорог, не росло ни единого дерева или куста, только блики лунного света жили на ней причудливой жизнью, вспыхивая в строгом порядке, перемещаясь и меняясь местами, разрешая свои вечные загадки. Как зачарованный, я глядел на живые картины, непредсказуемые и неизведанные – они никогда не повторялись, всякий раз находя новые сочетания, пульсируя в своем особенном ритме, занятые только собой, равнодушные ко всей остальной вселенной. Я понял, что это безупречнее всего, что я видел до сих пор, лучше калейдоскопа моей памяти, где лишь цветные стекляшки с редким намеком на имя, лучше россыпи слов на листе бумаги и назойливой мелодии в голове. Я судорожно прятал свой секрет в складках сознания, не выпуская наружу, чтобы совершенство чужой гармонии не разрушило его сущность, оказавшись убедительнее и строже – пронзительнее вороненой стали, громогласнее приглушенного хлопка. Музыка рождалась во мне и влекла меня куда-то, и я, не сознавая, что делаю, хотел шагнуть туда, к картинам и бликам – чтобы проследить их контуры неуверенной рукой, ощутить ладонью ледяной свет, лечь и поплыть в звенящих волнах – и почти уже сделал шаг, как вдруг грубый окрик ворвался в слух, убивая волшебство, я вздрогнул и оглянулся, с трудом сохранив равновесие.

«Вы с ума сошли?» – холодно осведомился неизвестно откуда взявшийся Гиббс. В лунном свете его лицо отливало хищным серебром, крючковатый нос изогнулся, как крепкий клюв, глаза блестели зло и цепко. «Зыбучие пески – не игрушка, – уже спокойнее продолжил он, – несколько шагов – и ничто не спасет, ни ваши, ни мои молитвы». Он наклонился, поднял с земли толстую сухую ветку, – «смотрите» – и швырнул ее прямо в световые блики. Ветка вонзилась в песок, прочертив чернилами вертикальную ломаную на серебристо-палево-сером, застыла на минуту или две, потом стала укорачиваться, покачиваясь и дрожа, и исчезла бесследно. Мне показалось, что поверхность маслянисто блеснула, и по ней пробежала легкая рябь, но может лишь моя впечатлительность была тому причиной.

«Понимаете?» – спросил Гиббс с легкой насмешкой. Я промолчал. Какое-то время мы стояли и смотрели на изменчивые узоры, но они уже не окрыляли так беспечно, в них притаилась ловушка, пренебрегать которой было нельзя.

«Много, много тайн», – сказал вдруг Гиббс неизвестно к чему. Я посмотрел на него. Он переменился здесь, вдали от города – будто расправил плечи и сбросил несколько лет. Исчезла сутулость, голос стал глуше и тверже. Во всей его фигуре будто подтянули крепления и завели невидимые пружины – он был готов к прыжку, к борьбе, и я не позавидовал бы хищнику, решившему помериться с ним хваткой.

«Многие тайны кончаются тут, – пояснил Гиббс, поморщившись, – нет ничего, что менее на виду, чем похороненное, как эта ветка – очень, знаете, бывает сподручно». Он лукаво глянул и подмигнул. Мне стало жутковато. Я прочистил горло и спросил не совсем своим голосом: – «Для тайника, вы имеете в виду?»

«Ну да, для тайника, вы это хорошо сказали, – подхватил Гиббс, и опять я почуял насмешку, – разные, знаете, получаются тайники. К некоторым потом и возвращаться не хочется – лучше б и забыть, где они…» Он отошел на два шага в сторону, звучно расстегнул молнию на штанах и стал, посвистывая, справлять нужду. Какая-то птица вспорхнула неподалеку, тревожно и отрывисто крикнув несколько раз. Что-то зашуршало, я всмотрелся под ноги, боясь змеи, но ничего не заметил.

«Я-то хорошо знаю это место, – продолжил Гиббс, вернувшись ко мне. – Рос здесь неподалеку, – он махнул рукой куда-то в сторону. – Ну и, бывало, все излазим, досюда доберемся, заляжем и смотрим – иной раз страшно. Всякие люди приходили и прятали всякое. Только тут уж так – спрячешь, а найти уже не найдешь, бесполезно. И спросить не с кого, только ящерицы рыскают. Кто не знает конечно, тому в новинку, ну а мы и рады. Или – приведут кого, ткнут ружьем в спину, говорят – сам иди. Тот и идет, что делать, а потом кричит, да уже поздно…» Гиббс помолчал. «Папаша мой тоже тут лежит, – добавил он вдруг невпопад, – пойдемте, ждут небось…» – и первый зашагал назад, по направлению к дому.

Там уже был готов ужин. Маленький хозяин сидел во главе стола, нервно сцепив руки на скатерти и улыбаясь приклеенной улыбкой. Вся наша компания тоже была здесь, женщины, переодетые и причесанные, сидели прямо, несколько церемонясь, Кристоферы о чем-то болтали вполголоса. Прислуживала лишь одна худая девица неопределенных лет – племянница хозяина, как мы узнали потом.

С приходом Гиббса общество оживилось. Кристоферы встретили его шумными возгласами, да и хозяин как-то сразу успокоился и потянулся к большой бутыли вина. «Местное, не откажитесь отведать», – приговаривал он, наливая, но никто и не думал отказываться, каждый ел и пил за троих. Не знаю, что на нас нашло – я и сам чувствовал зверский голод, стремительно опустошая тарелку. Стол был неплох – паштеты из дичи, тушеная утка, крупно нарезанные овощи и много еще всего, а в центре возвышалась зажаренная целиком задняя часть барана. Вина тоже было вдоволь, и все это съедалось и выпивалось с поразительной быстротой – девица-служанка еле поспевала за нами. Хозяин, казалось, был очень доволен – он раскраснелся, щеки его расползлись, на лоб упала жирная прядь и осталась там нелепым пятном. Он все подливал своего вина, особенно выделяя Гиббса, и улыбался еще более умильно.

Наконец все наелись, девица собрала посуду и с трудом притащила старомодный металлический чайник. Я достал сигареты и отошел к открытому окну, подальше от стола – хотелось побыть одному. Вино шумело в голове, путая мысли, в ногах ощущалась тяжесть. Я смотрел в темноту и скучал по зыбучим пескам, зная, что уже не захочу пойти туда снова – даже если и позабыть о страшных тайнах. Вдали грохотало – собиралась поздняя осенняя гроза. Луну затянуло облаком, ночь стала еще непроглядней.

Вдруг чей-то тихий голос вывел меня из оцепенения: – «Огоньку вот не желаете?..» Хозяин мотеля подобрался бесшумно и протягивал спички, моргая, заглядывая мне в лицо нездоровыми зрачками и переминаясь с ноги на ногу. Я пожал плечами и отказался, щелкнув своей зажигалкой, но он не отходил, повернувшись теперь к окну и вместе со мной рассматривая невидимое. «Слава богу, – расслышал я его шепот, – слава богу, все с вами обошлось. Я уж и не знал, что думать – как сказали мне, что он за вами пошел, так сердце и замерло – почему, говорю себе, всякий раз тут, у меня?..»

Я поглядел на него в упор, вопросительно подняв брови, но он, не обращая внимания, шептал и шептал. «Целый год, бывало, живешь – все спокойно. Ну заедут охотники или, скажем, господа полицейские наведаются – поедят, попьют, иногда подебоширят немножко, Ганну вон потискают – и уедут, скатертью дорога. Этого же, как принесет нелегкая, так и отдувайся – черт знает, кто потом ездит, все расспрашивают, когда был, да с кем, да уехал куда, а я почем знаю – мое дело маленькое. Хоть и чувствую: страшный, страшный человек, недаром так его пометили, но напраслину не возвожу, молчу молчком, только душой про себя тоскую – почему покоя нет? Сегодня вот за вас переживал – но нет, пронесло, а в прошлый-то раз…»

Я отвернулся от него, не дослушав, выбросил сигарету и пошел назад, к столу. Он был неряшлив и неприятен мне, взор его плутал и суетился, сбивчивый шепот вызывал гадливость. Слушать же я больше не желал никого, подозревая угрюмо – все они лжецы. Сев, я не удержался и посмотрел на Гиббса. Мне показалось, что тот понимающе ухмыльнулся, но тут же его лицо повернулось ко мне своей отсутствующей частью. Кто-то предложил вина, и я выпил залпом целый стакан, зная, что опьянею, и желая этого, прогоняя из сознания и болотного паука, и вооруженных людей на дороге, и сумасшедшего хозяина с маслянистой улыбкой. Лишь песчаная западня, оттененная лунным светом, манила и манила, втягивая в себя, но я не боялся и не признавал угрозы, будто зная наверняка, что соблазн преодолен, и больше мне там никогда не бывать.

Мы разошлись по комнатам глубоко заполночь. Я был пьян, и в мозгу роились пьяные фантазии, разжигая плоть. Как всегда в такие минуты, я вспоминал Гретчен – какой она была много лет назад, ее маленькое тело, жадное до откровенных ласк, оторопь мисс Гринвич, невольно угодившей в нежеланные свидетели, и как ловко Гретчен выручила нас тогда, отплатив ей тем же и удивив меня своей прозорливостью. Странно – думая о Гретчен, представляя ее нагой за закрытыми шторами век, я незаметно перекинулся мыслью на мисс Гринвич, о которой тайно мечтал год или полтора, пока она не уволилась и не уехала от нас. Ей наверное смешны были мои вздохи и жадные взгляды, но и все же она замечала меня, откровенно дразня порой своей бледно-розовой, белокурой статью – рубенсовская нимфа, даром что англичанка – все эти пеньюары по вечерам перед сном, распахнутые полы халата, открытые сорочки. Моя мать заставила ее уйти, думая, что она крутит с отцом, но это была неправда, клевета и ложь, хоть отец и пытался за ней приударить, что уж говорить. Но она всякий раз давала ему отпор, незабвенная мисс Гринвич, чопорная кокетка с британским выговором – я в тайне гордился ею, представляя, что она бережет свою верность для меня, обращаясь к ней с безмолвными речами через стены, что разделяли наши спальни. Даже когда Гретчен рассказала о ней свою правду, я не был разочарован – напротив, что-то еще сильнее заставляло ее желать, и я искренне плакал, когда она зашла попрощаться, бледная и серьезная, со смешливыми голубыми глазами, где притаился тщательно скрываемый порок. Она поцеловала меня в губы на прощанье, мимолетно прильнув взрослым телом, я ощутил ее аромат сквозь дешевые духи, и долго еще это воспоминание заставляло краснеть, даже и потом, когда я вполне уже вырос.

Сейчас я думал о ней, борясь со сном, представляя ее в своей постели, не отвлекаясь на скрип двери и легкие шаги, и вдруг ощутил ее около себя, крупную и мягкую, бесстыдную, как в моих детских грезах. Я открыл глаза, встрепенувшись – да, это была не мисс Гринвич, это была Сильвия, вошедшая через незапертую дверь, но разницы уже не существовало: бывает, что нужен хоть кто-то рядом, а остальное можно додумать. Пахло вином, я зарывался лицом в ее тело, словно спасаясь от видений затянувшегося дня, а она направляла меня порывисто и властно, требуя больше, чем обещая, но затем будто покоряясь неизбежному и уже не желая ничего взамен. Скрывая свою слабость, она не просила у меня защиты – будто напротив, я нуждался в утешении, и она добровольно пришла на помощь. Я пытался спрашивать что-то, но она коварно ускользала, я настаивал – она лишь смеялась, притягивая меня к себе и дурачась, как девчонка.

После, становясь серьезной, она молча глядела мне в глаза, поглядев – отворачивалась равнодушно, будто обнаружив ошибку, и через минуту опять становилась игривой и щедрой. Я тонул в ее вздохах и проваливался в быстрый хмельной сон, из которого меня вновь вызволяли недвусмысленными прикосновениями. Потом я проснулся один и увидел лишь солнечный луч на полу и истерзанную подушку. Начинался новый день – я мельком подумал о нем и тут же сморщился от жажды и головной боли.

Глава 9

Через несколько часов к головной боли добавилось ноющее плечо, в которое врезался ремень громоздкого рюкзака. Мы шли пешком, плутая по едва заметной тропе, как группа беглецов, давно утративших связь с покинутым местом. Вчерашний пьяный ужин вспоминался с неловкостью, а ночь после него и вовсе забылась – утром за завтраком Сильвия спокойно встретила мой взгляд, равнодушно улыбнувшись и поздоровавшись без намека на близость. Теперь я бездумно считал шаги, не имея больше повода для фантазий. Казалось, мы бредем уже целую вечность, но солнце было еще в зените, и день вовсе не думал клониться к вечеру.

Гиббс шел впереди, порой оглядываясь, но не говоря ни слова. Он вообще был молчалив с самого утра – неприязненно оглядел нас, собравшихся у входа перед грудой вещей, быстро показал, что кому взять, лишь изредка поясняя короткими понуканиями, и все так же молча зашагал прочь от мотеля к зарослям кустарника, обступившим пологий округлый холм – первый из тех, что нам предстояло одолеть. Я чувствовал себя скверно – вчерашняя попойка давала себя знать, да еще и рука, укушенная болотным пауком, отвратительно ныла, отдавая в спину при малейшем усилии. Я не мог поднять ею ничего серьезного, как вчера и предрекал Гиббс, сетуя на мою нерасторопность, так что мне повесили на другое плечо пресловутый рюкзак, который показался совсем не тяжелым, но уже через час от него одеревенели все мышцы. Основная часть поклажи досталась Кристоферам, ничуть против этого не возражавшим. Сильвия и Стелла тоже несли кое-что – без споров и жалоб, хоть я и видел, что им нелегко. Гиббс был нагружен меньше всех – и бодро вышагивал во главе, постукивая деревянным посохом. Я подивился было такой несправедливости, но потом решил, что так надо – несколько раз он замирал на месте, делая нам знак остановиться, потом вдруг срывался и отбегал вбок шагов на пятьдесят, внимательно что-то высматривая под ногами, потом возвращался, бежал в другую сторону и лишь затем снова вел нас вперед, чуть заметно свернув и вновь угадывая неуловимую тропу с множеством развилок.

Перед выходом, едва спустившись во двор, я стал вертеть головой в поисках наших лендроверов, но их нигде не было видно. Потом стало ясно, что дальше мы продвигаемся своим ходом, и это изрядно меня расстроило. Улучив момент, я даже спросил у Кристофера-второго, с которым, мне думалось, мы стали ближе после вчерашнего переезда, в целости ли джипы, и где они кстати, а главное – почему мы оставили их сегодня? Мне не хотелось выказывать слабость, но перспектива пешего похода не радовала ничуть, тем более, что наезженная дорога вовсе не кончалась у мотеля, а вела куда-то – мне казалось в нужную сторону, на восток – и я даже увидел, оглянувшись, проехавший по ней автомобиль. Кристофер ухмыльнулся и, подозвав Кристофера-первого, пересказал ему мой вопрос, после чего тот ухмыльнулся точно так же, и они стали подшучивать надо мной, зная свое превосходство и изъясняясь глупыми загадками, как зарвавшиеся клоуны. Ничего интересного я, впрочем, не услышал, все подковырки сводились к тому, что дорога, пусть проезжая и даже очень, ведет совсем не туда, чего я конечно знать не знаю – ведь она не обозначена ни на одной карте, как и любая другая дорога в дюнах, потому что и карт-то таких не существует по причине давнишнего категорического запрета. Эту нехитрую мысль они повторяли на разные лады, и я покраснел в конце концов, мне показалось, что Кристоферы намекают со всей откровенностью на мои недавние топографические усилия. И впрямь, ухмылялись они довольно-таки гадливо, так что язык чесался от желания поставить их на место.

Мне тоже было, что сказать – и про дюны в том числе – я не только болтался без дела в ожидании похода, да валял дурака в столице, пристреливая свой кольт. Я б легко мог процитировать им путеводитель Блонхета и еще пару-тройку источников, которые, хоть и теряли апломб очевидцев, чуть речь заходила о «приокеанских территориях», но все же честно старались просветить постороннего насчет мест, куда, по их единодушному мнению, соваться не стоит. Про карты – точнее, про их отсутствие – там тоже было, хоть какие-то старые, чуть не рисованные планы местности по-видимому сохранились, и одна из книжек приводила такой план в качестве иллюстрации, честно предупреждая, что доверять ему нельзя: во-первых, он, наверное, был неправилен с самого начала, а во-вторых, вся местность с тех пор успела неузнаваемо измениться, причем не один раз. «В связи с местными географическими особенностями» – невнятно пояснялось у Блонхета, и потом та же формулировка не раз еще мелькала там и тут беспомощным вестником неведения, лишь кое-где сменяясь суровой прямотой, как например в безапелляционном: «Местная флора и особенно фауна изучены плохо!» – пеняйте мол на себя, а к Блонхету не лезьте.

Все это пронеслось у меня в голове моментальным вихрем, и, поверьте, я мог бы кое-что ответить Кристоферам, чтобы они не слишком задирали нос, но не хотелось связываться, особенно после казуса с болотным пауком. «Да, я знаю, карты отсутствуют, – сказал я только и добавил по возможности небрежно: – В связи с местными географическими особенностями», – о чем тут же и пожалел, но было поздно.

«Какими-такими особенностями? – заинтересовался Кристофер I. – Просвети нас, турист, а то мы живем тут живем, да и знать не знаем».

«Ну, внезапные изменения рельефа, – стал я натужно вспоминать. – Атмосферные явления всякие, экстремального характера… – я нарочито зевнул. – Разное имеется в виду, так просто не объяснишь».

«Ну да, если в дюнах не был, то просто не объяснишь, это ты прав, – насмешливо сказал Кристофер. – А книжек поначитавшись, так вообще ничего не объяснишь, каждый знает. Тебя б здесь бросить одного денька на три, так потом, глядишь, все понятно бы объяснил, если б конечно захотел».

«Ты за себя говори, а за меня не нужно», – ответил я ему

холодно, и мы снова зашагали в молчании, глядя то под ноги, то на Гиббса, неутомимо выискивающего верный путь. Тропа тут была широкой, и я по-прежнему шел рядом с Кристоферами, а потом к нам присоединилась и Сильвия, что-то спросившая у одного из них. Лишь Стелла шагала за Гиббсом, не оборачиваясь, и я подумывал уже, не пристроиться ли к ней, чтобы познакомиться наконец поближе, но тут Кристоферы, очевидно заскучавшие, затеяли громкий спор, и я стал прислушиваться поневоле. Потом и Сильвия тоже вмешалась, что только подлило масла в огонь, так что Гиббс даже обернулся и окинул спорщиков странным взглядом, от чего они немедленно стушевались и перешли на яростный шепот.

Особенно горячился Кристофер-первый, он даже посматривал порой на нас с Сильвией, будто призывая в союзники, но мы мало чем могли ему помочь, и он отворачивался с досадой, неслышно ругаясь в сторону. Второй отвечал врастяжку и с ленцой, но стоял на своем с бычьим упорством, которое ничем не перебить. Спорили они о человеке по имени Джим, что, по мнению первого Кристофера, не стоил доброго слова, а Кристофер II, напротив, считал его весьма оборотистым парнем, которому не стоило класть палец в рот. Главная же путаница и предмет разногласий заключались в прозвании Джима, и тут оба были непоколебимы каждый в своем, из чего потом вытекали и прочие расхождения, рассудить которые я, увы, не мог.

Первый доказывал с пеной у рта, что Дикий Джим только и знал, что задираться к кому ни попадя, отчего и бывал бит не раз, но все равно терся и терся у кабаков в поисках ссоры или просто косого взгляда, а что нрав имел крутой, то это не новость, тут бывали еще и покруче, только вот с мозгами не у всех хорошо. Второй же утверждал, что это был вовсе не Дикий Джим, а самый что ни на есть Джим Дикий, и темная слава, что тянулась за ним, пришла из таких мест, где пьянчугам и задирам нипочем не прижиться, мигом очутятся в болоте с проломленной головой. Джим Дикий, крупный и неторопливый в движениях, с застывшим тяжелым взглядом, как у большой рептилии, обретался где-то среди беглых, что знали толк в настоящем деле и не разменивались на пустяки, отчего к ним и не совалась всякая шушера, среди которой как раз и нашлось бы место Дикому Джиму, если б тот существовал взаправду – в каком-нибудь усатом, широкоплечем и коротконогом обличии. А Джим Дикий был там своим среди своих, от него веяло такой силой, что и не снится тем, что вертятся среди мелкоты, тем более, что дюны тогда еще были другие, и случалось в них куда больше всякого, чем теперь…

Так они и гнули каждый свое, но последняя мысль оказалась близка и Кристоферу-первому, так что, чуть только речь зашла о дюнах, спор стал иссякать, и горячность обоих пошла на убыль. В конце концов они и вовсе помирились, сойдясь на том, что нынешним дюнам далеко до прежних, и в них, как выразился Кристофер I, «почти что жизни и нет – так, видимость одна». Заявив это, он будто сразу исчерпал все поводы для раздора, и разговор принял другой оборот, куда более занятный с моей точки зрения.

«Да, было время, шатался в них разный народец, – поддакивал второй Кристофер, – сейчас не то конечно, измельчали. И тогда-то, по большей части, порядочная тут обреталась дрянь, но и беглых было немало, а беглые тогда случались не чета нынешним, к ним и соваться никто не смел. Так и писали в протоколе, что мол мертвы, утонули в болотах или еще что – кто-нибудь из младших подмахнет, как вроде свидетель, а те уже в дюнах, среди своих таких же, ищи-свищи. Потому их и путали по именам – не хватало на всех, живых было больше, чем оставалось прозвищ – так и приписывают напраслину немногим, кто еще на виду, героев из них делают напропалую, хоть каждый понимает: не больно-то и узнаешь, кто на самом деле старался…»

«Ну, это ладно, – перебивал первый Кристофер, махая рукой, – своя рубаха, пусть она поближе будет, им может чужого тоже было не нужно, да и не суть. Я о чем толкую – дюны были другие, обретался там всякий люд, и проехать туда было – раз плюнуть, пусть и по грунтовым дорогам, асфальт в то время зазря не клали. Так и таскались в эти места темные компании – кто на лошаденках, а кто и на авто – а власть не усердствовала, не до дюн тогда было власти. Это теперь-то…»

Кристоферы покивали синхронно, достигнув уже полного взаимосогласия. Очевидно, старание нынешних властей давно стало беспроигрышным пунктом совпадения мнений. Они даже пошли чуть ли не в ногу, очень похоже косолапя и размахивая руками.

«Тогда и город-то был небольшой, – продолжал первый, покровительственно косясь в мою сторону, – ни рекламы тебе, ни туристов, кругом одни степи, да пара-тройка заводишек. Одно название, что город – и власть в нем была слабая, в себя не больно-то верившая. Это уж потом настроили всего, как с цепи сорвались, и за дюны решили взяться, чтоб пространство попусту не пропадало – с этого-то неприятности и начались. Уж так оно всегда, как на чужой кусок рот разинешь, так и своим начнешь давиться – а реформаторы подобрались прыткие, понаехали из столиц, иностранцев поназвали почем зря. Тут уж ясно стало, что добром не кончится, но поздно – завертелась машина, не остановишь. Дед мой сразу сказал: коль столько иноземных ртов кормиться притащились, то перво-наперво у местных начнут отбирать...»

Он ругнулся и сплюнул, и дальше мы продвигались в угрюмом безмолвии. Стрекотали насекомые, что-то потрескивало в густых зарослях по сторонам, вдруг сменявшихся неровными проплешинами, поросшими длинной стелющейся травой. Кочковатая почва затрудняла движение – приходилось все время смотреть вниз, чтобы не оступиться. Стелла все же споткнулась один раз, но все обошлось – она лишь несильно подвернула ногу и пошла дальше, чуть прихрамывая, получив суровый нагоняй от Гиббса. Сильвия тяжело дышала, и мне тоже было нелегко, так что я вновь невольно вспомнил о наших лендроверах, оставленных где-то возле мотеля, злясь про себя на неразумность происходящего.

«Слушай, а почему дорог-то здесь нет? – спросил я второго Кристофера. – Я так и не понял до конца. Ведь на джипе очень даже можно проехать...»

«Не понял ты, это да, – процедил тот лениво, – но не расстраивайся, ты не один такой, есть и другие непонятливые, почище тебя».

«А из понятливых – это ты конечно? – поинтересовался я, не собираясь больше терпеть подначки. – Что-то не похоже, извини».

Кристофер скосил на меня глаза, подумал немного и ответил довольно-таки мирно: – «Похоже, не похоже, а я в дюнах с самого детства, тут понимать не нужно, все и так видно. Так что ты, турист, со мной не равняйся, если обидеть захочу, то я по-другому обижу, а дорог нет потому же, почему и санатория нет, я ж говорю – ясней ясного».

«А санатория почему?» – глупо спросил я, пропустив мимо ушей его самоуверенное «если захочу обидеть».

«Ну ты даешь, – хохотнул Кристофер II, – тебе ж сказали – потому же, почему и дорог, ты совсем что ли? Дело с дорогами – оно ж с санатория началось… Ты-то знаешь?» – обратился он к Сильвии. Та помотала головой. Второй Кристофер еще раз усмехнулся, привычно переглянулся с Кристофером-первым и стал рассказывать, похлопывая себя по бедру в такт ходьбе.

«Реформаторы реформаторам рознь, – говорил он назидательно, со значением и расстановкой, – одни сразу дурью маются, а другие потом только, когда первая прыть сойдет на нет. Ну а наши из шустрых оказались – еще и месяца не прошло, как порешили построить на океане санаторий для помутившихся рассудком. Место подходящее выбрали, ничего не скажешь, все тогда потешались – психов только, говорили, там и не хватало, хоть может для психов оно было бы и ничего, тут уж как рассудить. Но только не видать им было санатория, как своих ушей – один вышел полный казус, если по-ученому выражаться, а если по-нашему, то просто смех и конфуз», – и Кристофер II покрутил в воздухе рукой, состроив физиономию с кривой ухмылкой.

«Строить начали, как водится, с дороги, – продолжил он после паузы, насладившись вниманием. – Дело нехитрое, всем знакомо: нагнали техники, людей побольше и повели туда бетонку – широкую, ровную, честь по чести. Шуму было, деньжищи опять же вложены, но только ее отстроили и отправились закладывать первый санаторный камень, как она возьми и обвались посередине. Прямо как в кино – едет себе торжественная процессия, губернатор с главным архитектором в лимузине, перед ними – два мотоциклиста с мигалками, сзади – корреспонденты и прочая шваль, настроение у всех торжественное, предвкушают, значит, речи и пикник по полной программе. Только не доехали они до океана – миль через десять поднялись на холм, а за холмом – дыра. Шофер-то лимузинный успел по тормозам вдарить – только нос расквасили архитектору – а мотоциклисты аккурат в нее и покатились. Один окочурился, а второй ничего – вытащили его, откачали, по мозгам потом надавали за отсутствие должной бдительности: просмотрел, мол, опасность, чуть из-за него губернатора не угробили. Однако, ищи, не ищи виноватых, а пятьдесят метров дороги провалились в глубокую яму и лежат себе, водичкой прикрыты. Почва просела, объяснял потом архитектор – уже не главный, из главных поперли – внезапный сдвиг подвижных, так сказать, пластов. Взялись чинить, мост поставили, гравия кое-где подсыпали – только закончили, как она зараза в другом месте провалилась, но уже без жертв, народ поумнее стал, на мотоциклах без оглядки не летели. Так ее и бросили, не стали связываться, и про санаторий забыли – дороги нет, и санатория нет, одно к одному...»

«Да нет, – возразил первый Кристофер, – санаторий-то еще хотели, но кишка была тонка, да и дюны стали пошаливать всерьез. Уже и по прежним дорогам проехать стало нельзя: ломались машины, что старые, что новые, а лошади дуреть взялись – станут и не сдвинешь с места, хоть назад поворачивай. Так и возвращались, не солоно хлебавши, машины бросали прямо там – никто за ними ехать не хотел, хоть озолоти – плохие слухи поползли, народ стал роптать. Но все бы ничего, если бы не новый начальник полиции – дед мой в сыщиках служил, но как того назначили, так сразу и отслужился, сам ушел, без пособия, почуял старый хрен, что жареным запахло. Ну да нюх у него был что надо, другим на зависть, а про нового начальника он сразу сказал – таких мол упертых наш город еще не видывал, а с упертыми ему не по пути, от них одна смута и суета, никакого дохода. Так оно потом и получилось, хоть поначалу полиция круто за дело взялась – блошиный рынок разогнали, и наркоты на улицах не стало, умел начальник заворачивать гайки, нечего сказать...»

Он вдруг замолчал, замер и принялся рассматривать что-то у себя под ногами, а потом свистнул и помахал рукой Гиббсу. Тот подошел, и они, присев на корточки, стали вертеть в руках какие-то камни, лежавшие рядом с тропой. Так прошло несколько минут; наконец, Гиббс отрицательно покачал головой и снова повел нас вперед, а Кристофер постоял, присматриваясь, и запустил камнем в дальние заросли, спугнув большую серую птицу.

«Ну и что начальничек? – спросила Сильвия, когда он догнал нас и зашагал рядом. – Жил себе поживал, и вас малолеток до поры не трогал?»

«Начальник-то? Да больно мы ему были нужны, – откликнулся Кристофер благодушно. – Тогда-то какой с нас толк, он таких и не замечал вовсе, шустрил себе и шустрил. Все бы ничего, но был у него сынок-оболтус, известная личность: со шпаной якшался, травку покуривал, покуражиться был большой любитель, пока не взялся за ум и не заделался, натурально, гордостью города – первым нашим курсантом гвардейской академии, куда по слухам сам начальник полиции попасть в свое время так и не смог, хоть старался изрядно. Не знаю уж, какими правдами его туда запихнули, но возгордиться им успели основательно: в местной газете пропечатали – с фотографией, как положено – медаль преподнесли с позолотой, а папаша на радостях подарил новый автомобиль – открытый верх, никель везде блестит, таких тогда еще и не видали почти, роскошная считалась вещь, не для юнца-курсанта. Ну да папашины деньги считать охотников не было, длинные были у того руки, обжился он уже в наших местах, так что разъезжал его сынок по городу, гудком собак гонял, и все было бы ничего, но больно он, видать, о себе понимать стал – на приключения его потянуло, захотелось, значит, хлопот на свою задницу. Ну а с этим, все знают, нужды никакой: уж коль ищешь, то непременно найдешь, дай только срок».

Кристофер-первый остановился, чтобы глотнуть воды из фляжки, и тут же второй Кристофер поспешил вступить за него. «Машина-то была 'Морган', – говорил он со знающим видом, – дорогая, понятно, но он ее не жалел, газовал вовсю, прохожих пугал по молодой дури, ну и дружки его вместе с ним – орут все, гогочут, никого не стыдясь. Но по улицам носиться – это всякий может, куражу тут немного, да и приедается оно быстро, так что стало им скучновато, и собрались они как-то раз в дюны всем обществом – слушать, как океанские совы кричат. Очень это было принято тогда у дурных голов – в дюны забраться на ночь и слушать. Кричат-то они страшно, мороз по коже, и привыкнуть нельзя, всякий раз оторопь пробирает – ну и те, как вроде герои, тоже отправились. Девок взяли, выпивки, в 'Морган' новенький набились всей компанией и поехали себе, как стемнело. Им бы пешком – так нет, упрямство пересилило, а упрямство, сами знаете, до добра не доводит, так что, в общем, как заехали они в самую глушь, так и сломался их 'Морган' подчистую – ось пополам или что-то вроде. Побрели они назад – ноги сбили, ужасов натерпелись, девка одна, профессорская дочка из приезжих, сутки потом в истерике билась – но выбрались наутро, все живые. Им бы забыть про это, да помалкивать, но нет, сынок тот же час к папаше, жаловаться, а у папаши тут же и мозги набекрень. 'Моргана' подаренного жалко ему стало или еще что, только стал он весь красный, ногами затопал и закрылся у себя до самого вечера, а на другой день в газете выступил с пространной статьей, что весь город переполошила. Хватит, написал, натерпелись – объявим мол теперь всем этим домыслам войну, да и наведем в дюнах порядок, чтобы каждый ездил туда безбоязненно, хоть на 'Моргане', хоть на подводе, и глупостей чтобы никаких ни с кем не случалось».

«Что-то я вспоминаю, – сказала Сильвия, – звали его еще как-то не по-нашему – не то Сулливан, не то Салливан… Или может Факир или Факер…»

"Скажешь тоже, Факер, – Кристофер снисходительно ухмыльнулся, явно чувствуя себя на высоте. – Звали его, натурально, Салмон Фукс, и был он бывший капитан морской пехоты, если конечно не врут, хотя я думаю, что врут. Но, капитан, не капитан, а войну объявил, да сам же ее и возглавил. А где война, там и трофеи, так что первым делом потащились они на фургоне полицейском брошенный 'Морган' спасать, ну и как водится – сначала колесо прокололи, потом другое, а после рессору погнули и встали в песке. Дальше больше – начальник пешком пошел, а тут буря, не видно ничего, он и заблудился, нет его и нет. Стали было искать вертолетами – чуть людей не угробили: туман налетел, вихри песчаные – вернулись от греха подальше. Сидят значит, ждут, что делать никто не знает. Только через три дня начальник объявился – все в дюнах плутал, – оборванный, глаза навыкате, но не сдается, упертый. К тому же, пока он там болтался, жена ему сделала ручкой – с журналистом сбежала, да еще и письмо написала прощальное: не желаю мол больше быть рядом с солдафоном и сатрапом, хочу наконец счастья личной жизни и красивой физической любви. Записочку ту домработница первой нашла, ну и скоро весь город про красивую любовь языки чесал. Совсем главного полицейского затравили – каждый так и скалил зубы из-за угла – так что тому только и оставалось, что войне своей придуманной всем нутром отдаться...» – Кристофер II покачал головой, явно не завидуя незадачливому Салмону Фуксу.

«Ну да, – снова подхватил Кристофер-первый, – крепко дюны у него в печенках засели. Только и он не дурак: решил действовать по системе, без ненужной спешки, тем более, что спешить теперь было некуда – ни жены сбежавшей не вернешь, ни 'Моргана' новехонького. Выписал он картографов целый полк, те все дюны пешком излазили – сделали ему подробные планы местности: где выше, где ниже, где мокро, где сухо, куда легко можно пройти, а куда лучше и вовсе не соваться. Послали потом дорожников – размечать дюны на участки, чтобы каждый участок своим забором оградить для дальнейшего полезного устройства – да только те недалеко ушли: где была сушь помечена, там в болота угодили, где как бы равнина, там сплошь овраги, и понять ничего нельзя – дорожники на картографов грешат, картографы на дорожников, все без толку.

Переделали было карты – и вновь все сдвинулось, только теперь уже целые деревни в болота ушли, да в пески зыбучие, а иные овраги к городским домам подобрались, к тем, которые поближе. Тут уж все струхнули не на шутку, начальника полиции на пенсию отправили по состоянию здоровья, комиссию специальную назначили – для проверки, так сказать, настораживающих фактов. Сам губернатор за дело взялся, не просто так, два месяца факты проверяли, да в затылках чесали, а потом постановили: под страхом тюрьмы никаких больше карт не делать и на подвижных средствах в дюны не ездить. В связи с местными, как ты говоришь, турист, географическими особенностями. А кому не нравится, там дальше было прописано, тот пусть из города вон в двадцать четыре часа – не нужны мол нам такие горожане, одни от них вредительства и бедствия. Ну а народ уже и сам прочухал, что дело плохо – никто туда больше не совался, только самые отчаянные ходили, но и их не очень-то жаловали. А беглые и ссыльные из дюн в другую сторону потянулись, в степи – там, говорят, спокойнее, и болот нет, а нет болот – нет и мошкары, уж очень она летом донимает...»

«А что ж с начальничком стало?» – спросила Сильвия сострадательно.

«А и впрямь умом тронулся, – весело сказал Кристофер I. – Ушел, говорят, в дюны, да там и сгинул. Не видали его больше – ни в городе, ни где еще… А дороги только вокруг оставили, – добавил он, – для туристов, издали дюны показать. Только их издали не посмотришь – что там смотреть, глупость одна. Еще на юге остались деревни, и к ним дорога идет, но туда нам несподручно – и в стороне, и полиция докучает…» – и он опять ухмыльнулся, озорно глянув на нас и блеснув своим золотым зубом.

Гиббс скомандовал привал только после полудня. Позади остались подъемы и спуски по неровным тропам, колючие заросли и начавшиеся за ними болота, мы вышли на сухое, чуть холмистое место. Все изрядно устали, мое плечо разламывалось, шея и спина затекли и потеряли чувствительность. Другим тоже досталось – и женщины, и Кристоферы повалились в траву с короткими стонами, лишь Гиббс, осмотревшись, легко отбежал в сторону и исчез за холмами. «Это уже дюны?» – спросил я у ближайшего Кристофера, и тот равнодушно кивнул. «Можешь побродить, турист, тут пауков нет, ящерицы одни», – лениво сказал другой Кристофер, но я не удостоил его ни ответом, ни взглядом.

Песчаные холмы густо поросли жесткой темной травой и хвойным кустарником. Кое где виднелись проплешины, ящерицы действительно сновали во множестве, прочерчивая быстрые траектории на светлом песке. Некоторые грелись на солнце, застыв неподвижно, думая те же думы, что и миллион лет назад, запасаясь терпением на следующий миллион. Казалось, время замерло здесь, и всякая суета неуместна, как фальшивый повод отвлечься от сути. Изредка проносились птицы, названий которых я не знал, некоторые подлетали совсем близко, садились на землю рядом, не боясь нас, может быть вовсе не замечая или не желая замечать, как что-то ненужное, о котором стараешься не думать, втайне надеясь, что оно исчезнет само.

«Дюны… – думал я. – Чуть только свыкся с мыслью – и вот я уже здесь. Стремительно, стремительно все. Так я и вовсе ничего не успею понять». Если есть, что понимать, – тут же вмешивался занудный шепоток, – сколько раз уже обманывался на пустом месте. Здесь тоже, может статься, одна бутафория…

Но что-то подсказывало – нет, бутафория не бывает такой цельной, такой замкнутой в себе и равнодушной к наблюдающим со стороны. «Ждите, ждите, – будто говорили холмы, – но ответят вам едва ли». Спорить было бессмысленно и глупо, оставалось лишь смириться, свыкнуться с ожиданием и не таить обиды. Песок и кустарник не возражали, казалось, и выглядели вполне невинно, словно сойдя с иллюстрации к путеводителю – лишь изредка трава шевелилась, подчиняясь слабому ветру, по ней пробегала рябь, будто мышцы подрагивали под кожей, и ящерицы вдруг сигали в стороны пугливо, освобождая пространство чему-то, не дающемуся глазу. Наши силуэты в траве, наверное, вызывали у них досаду, как помеха, не имеющая даже имени. Мы были чужаками тут – и я отметил со странным удовлетворением, что на этот раз ничем не отличаюсь от других.

Через полчаса Гиббс вернулся. Из сумок появилась скудная еда, мы наскоро поели и снова расселись в траве, куря сигареты и наслаждаясь покоем. Сильвия и Гиббс сидели в стороне, негромко что-то обсуждая, волосы Сильвии растрепались, одежда была измята – я не видел в ней теперь ничего привлекательного, но знал, что снова буду ждать ее этой ночью. Стелла, напротив, выглядела прохладной и свежей, она отодвинулась от Кристоферов, которые пытались было ее задирать, и смотрела в одну точку куда-то за горизонт. Ее отрешенность пугала – уж больно неприступными казались стены той вселенной, в которой она обреталась. Что если каждый захочет себе невидимую оболочку? Странная тоска навалилась на меня, я словно заглянул за запретный занавес, куда не пускали до того. Захотелось человеческого голоса или смеха, чего-то, чтобы уцепиться и протянуть живую нить, и, повинуясь порыву, я встал и пошел к Стелле, еще не зная, что сказать ей и как вообще завести разговор.

Она посмотрела на меня безучастно, скосив чуть настороженный глаз. «Скучаешь?» – поинтересовался я как можно беззаботнее. «Не то чтобы», – ответила она после небольшой паузы, будто нехотя, но я видел, что начало положено, и меня не гонят. Мы еще обменялись фразами без содержания, примериваясь друг к другу, словно слепцы, а потом я спросил: – «Ты уже бывала здесь раньше?» – просто так, без особого любопытства – и оторопел от злобной гримасы, исказившей вдруг ее лицо.

Стелла, впрочем, быстро справилась с собой и взглянула, прищурившись, в первый раз быть может всмотревшись в меня по-настоящему, а потом проговорила негромко: – «Как ты это сразу – бывала, не бывала… Да, я уже ходила с ними. Тебе рассказали? Какое твое дело?» Голос ее дрогнул, и она добавила тут же: – «А сам-то что, в первый раз? Новичок непонятливый?» – словно защищаясь наивным выпадом, которым никого не обманешь.

Я присел с ней рядом и взял сигарету из ее пачки. Она подвинулась ближе и вопросительно заглянула мне в лицо. Что-то сблизило нас вдруг, как сообщников, еще не знакомых с содержанием заговора, но уже готовых беречь его от других. Нить, о которой я грезил только что, оказалась натянута, как струна – сама собой, без всякого моего старания.

«Нет, я ничего не слышал про тебя», – сказал я просто, зная, что она знает, что я на ее стороне – случайный встречный, временный союзник, еще не успевший разочаровать.

«Ну да, я ходила с ними – у меня не было выбора…» – стала она рассказывать все так же негромко, наклонившись вперед и обхватив руками колени. Я рассматривал исподволь ее тонкую шею и длинные пальцы, сцепленные в замок, узкие запястья и загорелые предплечья, дорисовывая в уме все, что было скрыто от настойчивого глаза. Вожделение не просыпалось пока, но я чувствовал, что сон его не крепок, и лишь необычность обстановки мешает ему властно напомнить о себе.

«Мой брат, – говорила Стелла, осторожно подыскивая слова, – мой брат задолжал этим двум, – она кивнула на Кристоферов, – и, в общем, нам нечем было платить. Тогда они предложили отработать, а он не смог, вот мне и пришлось…»

«Ты пошла сюда вместо него?» – спросил я, чтоб что-нибудь сказать.

«Да нет, – она глянула на меня досадливо, – зачем он им здесь?

Они хотели его в своих городских делах, для отвода глаз, чтобы самим сбежать, если что, а его оставить – пока там разберутся… Только он раз попробовал и сказал – нет, не могу больше, что хотите со мной делайте, я вам не помощник. Вот мне и пришлось из-за него, хоть я ничего ему не должна, и так он всегда на шее, не знаю почему», – лицо Стеллы стало злым и замкнутым. Она замолчала, сорвала травинку и стала ее сосредоточенно покусывать. «Вообще он неплохой, – прибавила она как бы нехотя, – вот только пользы от него нет».

У меня вертелся на языке вопрос, который нельзя было задать, я загонял его внутрь, пока от него не осталось лишь легкое беспокойство, и вместо того спросил про Кристоферов – что же они делали такого, что нагнали на ее братца столько страха. «Карты, – коротко обронила Стелла, – а брат был нужен как утка подсадная». Она вздохнула и, может для того, чтобы переменить тему, стала говорить о своем детстве, о том, как они хулиганили в лесу родового поместья с братом-погодком и старшей сестрой, как после все пришлось продать и переселиться в обычный многоквартирный дом, где мать быстро зачахла, так и не пережив перемены, а отец взял другую женщину, сварливую и грубую, которую они доводили до истерик своим высокомерным неприятием. Ее сестра вышла замуж за начинающего врача, но дьявол неудачи, неусыпно бодрствующий за их спинами, объявился и тут – врач вскоре попался на неправильном диагнозе богатому фабриканту, потерял лицензию и спился, а сестра уехала за границу без связей и денег, и они уже несколько лет не имели от нее вестей.

«Каждый из нас с самого детства слишком хорошо представлял свое будущее, так что потом непросто было признать, что оно не собирается сбываться, – говорила Стелла с невеселой усмешкой. – Так мы и жили в ненаступившем будущем, удивляясь на убогое настоящее, что совсем нам не подходило… Мы с братом даже не смогли учиться – нужно было зарабатывать на жизнь. Я в этом преуспела больше, а он досадовал и злился – ну а что ему еще оставалось делать? У меня стали появляться богатые мужчины, но я была груба с ними, и эта полоса быстро прошла. Теперь мои любовники бедны и неустроенны, я лучше их и сильнее, хоть еще и совсем молода. Я сильнее своего брата, и мне нравится это; я в тысячу раз сильнее своего отца, и я его презираю. Но мне далеко до той, что была в моем будущем – до нее не дотянешься, как ни вытягивай шею. Я стараюсь не думать о ней – ведь и с собой, такой как сейчас, тоже можно жить – я знаю, как, у меня есть свои секреты. И любить себя можно не меньше, чем ту, только нужно стараться куда сильнее…»

Стелла покусывала травинку и смотрела невидяще прямо перед собой, а потом вдруг сбросила оцепенение, рассмеялась и игриво толкнула меня плечом: – «Не переживай, все не так плохо. Это мой предпоследний поход сюда – потом еще один, а потом уж все, я буду свободна от них и от брата тоже. Я знаю, что делать, я уже решила…»

Она еще раз глянула хитро и больше ничего не сказала, несмотря на мои подначки, только прибавила с лукавым видом: – «Ты не должен знать про меня слишком много – погоди, сам поймешь почему. – И внезапно призналась с чувством: – Ненавижу дюны!»

Вскоре Гиббс дал сигнал подниматься, и через несколько минут мы вновь шагали по узкой тропе, вытянувшись цепочкой. Жара спала, идти стало легче. Ящерицы уже не сновали под ногами, попрятавшись перед наступлением вечера. Через час я заметил, что Кристоферы принюхиваются – и впрямь, воздух изменился, в нем появились ожидание и тревога, заставляющие забыть об усталости. Мы поднялись на очередной невысокий холм, и в лицо вдруг пахнуло солью и водорослями. Все встало на свои места – невнятный гул, что будоражил уже давно, обратился шумом прибоя, а перед глазами раскинулось безбрежное пространство – мы вышли к океану.

Он дышал равномерно, как огромное животное, подчиняя своему ритму и завораживая им, вибрируя поверхностью, будто в такт мириадам сновидений. В набегах волн, при всей неторопливой суете, угадывался властный замысел – и воплощался с уверенностью, в которой не усомниться. Казалось, каждое движение подчинено общему плану, о котором не ставят в известность непосвященных – все равно его не объять слабосильным разумом. Можно отмахиваться от него и отрицать громогласно, можно не верить и натужно язвить, но суть неизменна, и каждый знает втайне или в открытую – замысел есть, просто не для всех в нем отведено место.

Был отлив, и мы пошли по мокрому песку невдалеке от границы, где умирают волны. Вначале идти было приятно – легче, чем по тропе в дюнах – но вскоре поднялся встречный ветер, усиливаясь с каждой минутой, швыряя в глаза то песок, то брызги. Пологий песчаный откос, зализанный серыми языками, простирался впереди насколько хватало глаз, вдали не было видно ни маяка, ни пирса, ни каких-либо жилых построек. Вскоре я потерял счет времени – казалось, мы бредем уже многие часы, но и будто лишь краткий миг истек в наших жизнях, их малая незначительная часть. И то – себя не одурачить, соизмеряя жизни, как моментальные фотоснимки, с протяженностью берега, что не кончается нигде, в ропоте волн, у которых достанет форм на всякую бесконечность. Сознание само подсовывает числа, не знакомые до сих пор, ориентиры, на которые страшно замахнуться – их не поместишь в знаменатель, правило трапеции не сработает, слишком много нулей. Остается гнать из головы все цифры, убеждая себя в их лукавом бессилии, отучаясь от привычки глядеть на циферблат и уже не сожалея об утраченном, как бы смирясь с несоразмерностью масштабов – и милосердной, и жутковатой одновременно.

Солнце садилось в дюны, подступали скорые сумерки. Все выбились из сил, Сильвия заметно хромала, Гиббс забрал у нее почти всю поклажу и по-прежнему вышагивал впереди, как грузный флагман небольшого кортежа, изрядно потрепанного штормом. Мысли сновали беспорядочно, не желая успокаиваться, множество историй завязывалось у меня в голове и пропадало прежде, чем я мог уловить их смысл. Картины из прошлого перемежались с кадрами из будущего, о котором я не имел понятия в отличие от Стеллы, так уверовавшей в предназначенное ей. Я оглядывал своих спутников и любил их каждого в отдельности, видя в них то лучшее, что подсовывали мне фантазии, и о чем они сами не подозревали, борясь поодиночке со встречным ветром и усталостью, накопившейся за день.

Наш отряд представлялся мне теперь не кучкой беглецов, едва знающих друг друга, но сплоченным ядром единомышленников, выступивших плечо к плечу навстречу неведомым бурям. Каждый был достоин восхищения, каждый был готов на геройство и не ждал ни похвал, ни наград. Да, думал я, мы дали тайный обет, и наш орден не признает ренегатства. Мы знаем свою участь – пусть кому-то она покажется незавидной, но наша вера даст веру и им, а отвага наша удесятерит их силы. На нас обрушатся клеветники, и лавровые ветви достанутся другим, но мы лишь усмехнемся всезнающе, не отвлекаясь на суету, думая уже о новых лишениях и новых походах. Многие будут помнить наши фигуры в светлых плащах и волосы, развевающиеся на ветру, но никто не сможет понять нас, отсиживаясь в стороне, не умея шагнуть за черту, отделяющую избранных от прочих. Наши женщины навсегда останутся для них загадкой – возвращаясь снова и снова теребящим напоминанием, отбирая покой и сон – и все блага мира, что мы презрели, не утешат так и не проникнувших в наши тайны. Их не жаль, не проникнувших, но мы их понимаем – и забываем тут же, давно отучившись помнить о других, вовсе не нужных нам…

Вспышка света ослепила меня и вернула к реальности – это Гиббс обводил группу лучом мощного фонаря, проверяя видимо, все ли на месте. Кто-то из Кристоферов грубо выругался, и Гиббс прикрикнул на него. Стало уже совсем темно, я с трудом различал песок под ногами, только набегавшие волны слабо поблескивали в звездном свете. «Почти пришли», – сказала мне Сильвия, оказавшаяся рядом, и зябко поежилась.

Гиббс повернул в сторону дюн, светя фонарем себе под ноги. Минут пять мы с трудом пробирались по рыхлому песку, а потом из темноты вынырнули вдруг темные силуэты двух бесформенных построек. Первый Кристофер вложил в рот два пальца и громко свистнул, дурачась, будто оповещая невидимых хозяев. Второй хотел было последовать его примеру, но тут страшный скрежещущий звук возник из ниоткуда, нарастая и усиливаясь, разрывая перепонки и пробираясь к самому мозгу. Я замер, цепенея от ужаса, в голове застучали костяные трещотки, учащая и учащая безумный ритм, а потом все стихло, так же внезапно, как и началось, уши словно заложило ватой, сквозь которую невнятно доносились лишь ругань Гиббса и негромкое всхлипывание кого-то из женщин.

Глава 10

Рассмотреть наше новое прибежище снаружи мне удалось только утром, когда сонный и вялый, с ломотой во всем теле, я выбрался из спальни, с трудом отворил входную дверь, намучившись со ржавой задвижкой, и глубоко вдохнул влажный воздух, пахнущий, как и вчера, солью и морской гнилью. Океан мерно шумел метрах в ста от меня. Я побрел к нему, волоча ноги в светло-сером песке, пересыпанном обломками раковин, дошел до самой линии прибоя и только там оглянулся, словно пытаясь прочитать по своим следам, клинопись которых, пришлось отметить с сожалением, вышла откровенно бессвязной. Позади стояли два дома – один сгоревший, полуразваленный, бессильно чернеющий угольным остовом, и второй – недавно отстроенный, свежевыкрашенный и неприветливо-хмурый, как близнец, которому больше повезло. Оба они были типичными южными резиденциями – одноэтажными, приземистыми и длинными – но если в первом угадывалась какая-то изощренность линий, то второй казался совсем уж незатейливо-грубым, словно в отместку за собственную бренность, за свидетельством которой не нужно было далеко ходить.

Я был один на берегу, и два дома, будто сцепленные вместе, возвышались одни перед целым светом – глаз не различал другого жилья в обе стороны до самого горизонта. Песчаный берег поднимался от воды ровной пологой полосой, переходя в поросшие травой волнистые дюны, что начинались почти сразу за сгоревшим домом-собратом.

Далеко на юге угадывалась большая коса, дерзко врезавшаяся в океан, но ее было не рассмотреть, очертания расплывались, и через несколько минут хотелось спросить себя – уж не чудится ли? Я тряхнул головой, еще раз жадно вдохнул океанский ветер и неторопливо зашагал назад.

Накануне вечером, едва оправившись от потрясения, мы кое-как распаковали поклажу, побросав в углы большую часть вещей, и сели ужинать на скорую руку. Гиббса не было с нами – войдя в дом и убедившись, что все там в порядке, он взял из стенного шкафа короткоствольный карабин и исчез в темноте. Я вопросительно посмотрел на первого Кристофера, у которого время от времени подергивалась щека. «Сову убить пошел», – хмуро процедил тот, разыскивая что-то в карманах куртки и не глядя на нас. «Так уж и убить?» – недоверчиво спросила Стелла. «Ну или гнездо разорить... Тебе-то что за дело?» – повернулся он к ней, и Стелла виновато замолчала. «Ладно тебе, успокойся, – примиряюще проворчал Кристофер II. – У всех, видишь, душа не на месте, ты не один тут такой. Не в городе, небось – тут, знаешь, люди пугливые...» – и потом еще долго бормотал, что сове – ей деться некуда, как не станет здесь у нее гнезда, так она и улетит куда подальше искать другие, запасенные когда-то, а новое тут строить не будет – уж ясно, что место нехорошее, и покоя ей не дадут. Я едва слушал его, унесясь в свои мысли, представляя большую белую сову, оторопевшую в ужасе при виде разоренной обители – как и мы оторопели, застигнутые врасплох ее зовом, как наверное может оторопеть каждый от нежданного сюрприза – очень редко когда хорошего. Кажется, я начинал понимать угрюмую логику здешнего мира: от сюрпризов никто не застрахован, так что лучше подбрасывать их самому, чтобы опередить прочих и не оказаться сбитым с толку неожиданностями, от которых не увильнуть, которые на каждом шагу. Натыкаясь на них нельзя не попасть впросак, но можно в отместку тиранить своими, как бы состязаясь – кто устанет первый? Трудно сказать, как потом распознать победителя, ясно лишь одно: горе тем, кто не умеет удивлять...

За ужином говорили мало – все очень устали, и каждый думал о своем. Женщины суетились на кухне и носили скудную еду, а Кристоферы по-хозяйски развалились на стульях, явно чувствуя себя как дома. Они больше не стеснялись своих пистолетов – на поясах у каждого висело по кобуре, что придавало им зловещий вид, несмотря на добродушно-туповатые деревенские физиономии. Их осанка стала внушительнее, и в движениях появилась скрытая готовность – наверное, оружие всегда придает веса, так что я с гордостью вспомнил о своем кольте и о самом секрете, ощущая горячую волну у затылка и мгновенно возносясь в сознании над спутниками, наивно полагающими, что видят меня насквозь. Так легко обмануться при поверхностном взгляде, думал я, обозревая себя со стороны, мысленно щурясь в уходящий конус ствола, следя за Юлианом, не подозревающим о возмездии – но тут же обрывал неуемное бахвальство, вспоминая, что другие – хоть эти вот, сидящие за столом рядом со мной – тоже горазды на хитрость. Никого нельзя сбрасывать со счета – в конце концов, я сейчас в их руках, и никто не знает, зачем они повели меня с собой. Так что, неизвестно, кто достоин посматривать сверху и на кого, шептал я неслышно, гоня прочь самонадеянность и сверля глазами Кристоферов, безмятежно зевавших и, казалось, не способных ни на какое коварство. Но меня было не убедить так просто, и я еще раз дал себе слово оставаться настороже, глядеть по возможности зорко и не болтать лишнего.

Ночью ко мне опять пришла Сильвия. Я не ждал ее, полагая, что ей будет не до меня после утомительного похода, да и мне самому хотелось только спать и спать, не просыпаясь до следующего полудня, но что-то внутри возликовало, едва я, еще не вполне вынырнув из сновидения, почувствовал рядом ее тяжелое тело. Сильвия, впрочем, была отстраненна и задумчива, будто вовсе и не зная, где она, и зачем здесь я. После торопливых ласк она попросила сигарету и отсела на край кровати, завернувшись в одеяло, как большая птица с грустным наклоном взлохмаченной головы. Мы молча курили, далекие друг от друга, а потом она заговорила монотонно и безучастно, рассказывая незначимые вещи, раскрывая свои владения, но не пуская в них дальше порога, словно давая посмотреть издали и не заботясь ничуть о приглядности обозреваемого.

Оказалось, она содержит небольшой ресторан на окраине города, прямо у главной дороги – я должен был его видеть, когда въезжал в М., но наверное не обратил внимания. В ресторане всегда полно народу, но еда отвратительна – на поварах экономят, ведь клиентура все равно состоит из одних приезжих. К тому же и прислуга подворовывает, и Сильвия порой ловит за руку особо наглых, но что сделать – так принято в этом городе, где давно уже нельзя никому верить на слово, как впрочем и в других местах – по крайней мере в тех, в которых она бывала. Ей нужна компаньонка – а где найти хорошую компаньонку? Разве что предложить Стелле, но и ту она знает без году неделя – никогда нельзя быть уверенным в этих гордячках из обедневших семей…

Я хотел ее еще, хотел владеть ее телом, забываясь в объятиях и пылкой неге, но слова возводили барьер, перенося нас обоих из спасительной темноты в скучный мир дневных забот и тягот, так что я думал с тоской, что, наверное, больше не прикоснусь к ней по-настоящему этой ночью. Наконец, заскучав, я прервал ее каким-то вопросом невпопад, и она замолчала, лишь посматривая искоса сквозь сигаретный дым. Время остановилось, словно сомневаясь, в какую сторону двинуться теперь, и мы, казалось, не могли пошевелиться без его команды.

«Нравлюсь тебе?» – спросила вдруг Сильвия, докурив. Я кивнул утвердительно. «Почему не говоришь? Боишься?» – поинтересовалась она. Я не нашелся что ответить. «Да, ты робок, робок, пусть и не новичок, – протянула она насмешливо. – Ты не можешь повелевать, можешь лишь просить, хоть тебе самому наверное представляется по другому… – Она расхохоталась. – Признайся, видишь себя покорителем? Соблазнил меня, да? А я и не устояла, дуреха?»

Я хотел сказать правду, но Сильвия отмахнулась небрежно: – «Да какая разница, не трать попусту слов – разве ты не видишь, что со мной тебе не тягаться? Тебе нужна не женщина, а подруга, я не гожусь, да и ты мне подходишь не очень, сказать по правде…»

«Подруга?..» – начал было я обиженно, но Сильвия только посмеивалась, будто вовсе не желая меня слушать. «Что ты станешь делать с женщиной? – говорила она лукаво. – Мучать любовью? Это скоротечно, а к остальному ты не сможешь даже и подступиться. Чем ты заткнешь ей рот, когда она бранится? Где наберешься силы, чтобы скрутить ей руки и швырнуть на кровать, когда она холодна и не хочет знаться с тобой? Сможешь ли отвернуться к стене, когда она пристает с расспросами, не понимая, что ты хочешь молчать?.. Нет, ты не из той породы, ты спасуешь при первом же случае – станешь юлить и путаться, не умея проявить твердость, как могут те, к кому женщины тянутся, к кому они льнут. Признайся, так уже было? Ну, ну, признайся…»

Я молчал раздраженно, а Сильвия рассматривала меня, блестя в темноте глазами. «Обиделся, – рассеянно проговорила она, – нечего обижаться, я старше, я тебя поучаю. А ты еще мальчик для меня, ты совсем еще глуп…» Она сбросила одеяло, встала с постели и прошлась по комнате нагая, едва различимая в ночном мраке – лишь от окна брезжил чуть заметный свет, не позволяющий видеть многого. Но и одного силуэта было достаточно, чтобы вновь грубо ее захотеть – я вскочил следом и бросился к ней, но она ускользнула неуловимым движением, оставив мне лишь пустоту. «Птица в клетке, птицы нет. Пуста ловушка, – услыхал я ее смех где-то сзади. – Поиграем в игру? Ну ладно, иди сюда…» – и она сама повлекла меня к кровати, сама набросилась на меня, не давая опомниться, нападая и заставляя подчиняться, а потом, пока я еще приходил в себя, отодвинулась, как ни в чем ни бывало, поправляя волосы, и вновь закурила.

«Хочешь знать, почему еще женщины тянутся не к тебе?» – спросила она деловито.

«Нет, – покачал я головой, – что мне за печаль».

«Ну и правильно, – согласилась Сильвия. – К тому же, кое-кому ты нравишься – тем, которым претит животное, пусть до поры. Если вывести тебя на свет, ты такой пушистый, такой легковерный и безвредный… Кажется, что можно убедить тебя в чем угодно, даже придумывая о себе кучу небылиц. Можно разжалобить тебя и жаловаться подолгу, можно врать напропалую, а ты и будешь слушать – не мудрено, что некоторых тянет прислониться, когда они сыты другим по горло. Подруги… Но не обольщайся, когда-то и они сбегут прочь. В каждой подруге живет женщина, не забывай – те соки, что бродят, не смиришь до конца. Самые верные бросают порой, становясь вдруг похотливыми кошками, шарящими по сторонам… Знаешь с кем они уходят? Опасайся улыбчивых. Твои подруги сбегают с улыбчивыми проходимцами, у которых только и есть, что жесткие усы и тигриная походка…»

Темнота чуть заметно пульсировала биением черной крови, в нее мягко падали звуки, очищенные от милосердной шелухи. Сильвия сидела на краю кровати, будто огородившись крепостной стеной. «Ты зла и разобижена, – сказал я ей, – на кого? Думаешь, все виноваты перед тобой? Это не ново, но я тут ни при чем». Она надоела мне, очень хотелось заснуть, но я не мог выгнать ее просто так. «В чем-то она права про меня и женщин», – подумалось с досадой.

«Вовсе я не зла, – спокойно ответила Сильвия, пожав плечами. – Никто не виноват, но и я не причем, если все мерзости видны в открытую. А если про меня, то и я не лучше других. Посмотри, кто я по-твоему? – она докурила очередную сигарету и повернулась ко мне затененным лицом. – Отчего я отдаюсь тебе – от страсти, от обреченности, от желания нового?.. Наверное, нелегко себе представить, что у меня больше нет желаний, и они есть, что лукавить, только я и сама уже не знаю их природы».

Ее тон изменился, повеяло усталостью, от которой у меня стали слипаться веки, но Сильвия не собиралась уходить. Она набросила простыню на плечи, завернулась в нее, словно улитка в раковину и сразу стала казаться беззащитной и хрупкой, хоть я и понимал, что это иллюзия, обманчивая донельзя. «Потерпи меня еще, – говорила она, – я сейчас не могу спать, я тебе расскажу… У меня были мужчины как ты, были и другие – не думающие обо мне, пользующие меня, как вещь, как игрушку. Таких как ты, хотелось обманывать, а тем другим – делать больно, не заботясь об обмане, не прикрываясь ложью. Я швыряла им в лицо свои измены, и они сходили с ума от бессилия, иногда – били меня, унижая как могли, но я чувствовала свою силу, и они видели ее, не признаваясь в открытую. Я не зла, просто я не знаю, что думать… Какую силу я могу почувствовать в себе с тобой? Для нее нет названия, ее нужно объяснять долго и нудно, так что не хватит терпения, и станет уже все равно. Потому-то я всегда предпочитала грубость – и оба моих мужа были настоящие мужланы, самодовольные и тупые. Я принадлежала им и видела их насквозь, но мне было радостно от себя, непокорной невольницы, тайной хозяйки. Со вторым я жила бы и до сих пор, если б он не свихнулся на всяких штуках, которые мне совсем уж не по нутру. Сам виноват – полюбил хлысты и уздечки, а я не лошадь, чтобы с таким смириться, есть пределы, за которые меня не затащишь. Потому я теперь одна – одна и не жалею, хоть это и тягостно, как ты конечно знаешь сам – знаешь, только мне не говоришь».

Она опять курила, запустив свободную руку в свои густые темные волосы, красивая и жестокая, жалкая в своих откровениях и свободная от жалости к другим. Ее убежденность раздражала – казалось, ей вовсе незнакомо сомнение – так что хотелось оскорбить ее и сделать ей больно, но это было то, чего я не умел и чему не хотел учиться сейчас. Повисла вязкая тишина, настороженная упоминанием об одиночестве, стало тревожно, и не хотелось лезть дальше в эти дебри, где, я знал, нет ответов, и – капкан на капкане. Но все же нужно было что-то сказать, чтобы разорвать молчание, и я спросил наудачу: – «А как же Гиббс?» – не имея ничего в виду, просто гадая на пустом месте.

Сильвия опять повернулась и внимательно осмотрела меня, словно выискивая подвох, потом протянула руку и сжала мне плечо больно и зло, впившись ногтями. «Не говори о том, чего не знаешь, – сказала она холодно, – Гиббс – это оттуда, куда тебе нет хода. Это там, где страсть, где звериная тяга, а не робкая ласка. Жаль только, что большинство мужчин – такие скоты…»

Мы помолчали. «Если хочешь, я расскажу конечно, – вновь заговорила Сильвия через минуту. – Гиббс – это взрыв, это вулкан и смерч. Знаешь его полное имя? Ну нет, я не могу тебе его открыть. Так вот, он такой, как его имя, все, что ты слышишь в нем!»

Я почувствовал, что меня зовут в другие тайны, про которые вовсе и не собирались упоминать. «Почему все вертится вокруг него?» – уколола иглой нечаянная мысль, но я и сам мог бы себе ответить, тем более, что всякая ревность выглядела неуместной, и соперничать было не с кем. Все же я провел ладонью по ее гладкому бедру, словно торопясь убедиться, что она еще здесь, со мной, но не получил отклика и отодвинулся к стене, насколько это позволяла узкая кровать.

«С Гиббсом у нас многое было, он еще девочкой меня соблазнил, когда и сам был подростком, – говорила Сильвия безучастно, будто пересказывая всем знакомый сюжет. – Брал меня с собой, мы уходили в дюны и занимались любовью на берегу океана – сначала он заставил меня и развратил, а потом уж я сама учила его, как нужно: женщины всегда умеют лучше. Я тогда была бесстыдной и ненасытной, он и сам оторопел поначалу, мне все было мало – я его измучила… У меня потом было достаточно мужчин, теперь-то я знаю, что есть куда поспособнее, но это все равно был вулкан – оттого, что первая страсть, и в ней целая жизнь, а потом уже только остатки не растраченного в первой, когда понемногу начинаешь жалеть и экономить. Так что я была влюблена в него по уши, а он меня терпел – от меня случалось много пользы, я была одна у него такая, остальные только шпыняли или висли на шее, как ненужный балласт. Однажды он прятался в дюнах целый месяц, много народу его искало – и домашние, и полиция, и еще другие, похуже – а я носила ему еду, и ни разу никто не выследил. Он тогда сильно повзрослел – жался ко мне, когда я приходила, но рассказывать стал меньше, а к вечеру гнал от себя. Я всегда хотела остаться, а он отталкивал, говорил – иди мол, хватятся – я и брела себе назад сама не своя, но перечить ему не могла, знала: что скажет, то я и сделаю…»

Сильвия огляделась кругом и опять потянулась к сигаретной пачке. «Ты много куришь», – заметил я ей, но она махнула рукой: – «Это я только здесь, в городе не так. А тут дюны давят, неуютно мне и остальным тоже, кроме сам знаешь кого, но он не признается все равно».

«Ну и что, его так и не поймали тогда?» – вернул я ее к рассказу про Гиббса.

«В конце концов нашли и поймали, – кивнула она. – Потом отпустили конечно, но он многого натерпелся. С того-то времени и ко мне стал охладевать, я сразу почувствовала – видно понял, что и я не принесу ему удачи, даже стараясь изо всех сил. Потом-то я уже никогда так не старалась, а получалось получше…» – Сильвия невесело рассмеялась, но тут же шутливо потрепала меня по коленке и завозилась как шалунья-школьница. «Утомила тебя? – спросила она участливо, – Еще, еще потерпи», – и, не дожидаясь ответа, стала рассказывать дальше.

«Наконец, я стала стара для него – мне уже исполнилось двадцать три – и он меня бросил. Просто прикрикнул и исчез – ничего нельзя было сделать, моя первая жизнь кончилась, и начались другие. Гиббс уехал из города, а мне было все равно, чем себя занимать – я вышла замуж в первый раз и много чего узнала про мужчин, гораздо больше, чем при нем. Даже злорадствовала иногда, да что толку – его не было, он не видел, а одной было скучно. Изредка до меня доходили слухи, но я не особо интересовалась – что было, то прошло, какая разница – и только когда с ним случилось *это*, – Сильвия провела ладонью по лицу, – я почувствовала, что должна его видеть, будто снова время пришло – даже если и помимо моей воли. У меня уже был второй муж – и уже я от этого второго натерпелась всяких вещей, не знала, куда деться, и как-то раз собралась и пошла к Гиббсу, хоть боялась ужасно. Все от него шарахались, а я сама объявилась – он наверное был рад, хоть и не показывал вида, во всяком случае, не гнал меня и не кричал, как раньше. Я рассказала ему все – и про себя, и про мужа – и Гиббс обещал с ним поговорить, так что вскоре тот примчался домой, собрал кое-что, на меня не глядя, и пропал навсегда, будто сдуло его. Я, признаться, несколько растерялась, но потом решила – мне-то что за печаль, это их мужские дела, пусть сами и разбираются, а с Гиббсом после того мы снова стали видеться…»

«Видеться – это как, как любовники или просто?» – косноязычно выдавил я из себя. Сильвия не поняла вопроса: – «Ну как, как – и просто, и пообедать иногда, и как любовники, в чем разница-то? Он конечно опять мной завладел, но теперь уже не разбрасывался, как раньше – а нужна я ему была меньше, чем когда-то, и на счастливую звезду уж вовсе не походила. Наверное, прыти у обоих поубавилось, старше мы стали, спокойнее… – она передвинулась и села, опустив ноги на пол и опершись о колено одним локтем. – У него случались разные женщины, и я не очень-то монашествовала, но это, знаешь ли, не много значит – над другими можно смеяться, их можно водить за нос, и никто из них не понимает толком, чего он от меня хочет. Только Гиббс знает это всегда, потому и я с ним буду всегда, тут уж ничего не изменить».

«Почему ж ты со мной сейчас? – спросил я угрюмо. – Иди к нему и люби его», – но Сильвия отмахнулась небрежно: – «Не глупи, я давно уже его не люблю. Он не делает для меня ничего, только все берет, а любовь кончилась тогда, в двадцать три… Ты тоже не обольщайся, – она вскинула голову, – я с тобой не оттого, что краше тебя нет. Подумаешь, захотела узнать, какой ты под одеждой, да услышать, как ты меня хочешь, а ты и не сказал ничего толком».

«Что уж тут скажешь…» – подумал я про себя. «Но я ведь нравлюсь тебе? Ты мной доволен?» – спросила она вдруг с искательными нотками в голосе. Я, не зная, что ответить, издал утвердительный звук, а Сильвия уже опять смеялась и возилась беспечно, прильнув ко мне мягкой грудью. «Я знаю, ты теперь хочешь Стеллу, – шептала она, щекоча губами, – ты хотел меня, а теперь ее – все вы такие. Но я не буду ревновать – я не ревнивая вовсе, а со Стеллой у тебя тоже получится, не сомневайся…» – и она внезапно выскользнула из моих рук и стала одеваться, шурша в темноте. «Ты еще придешь?» – спросил я, но она ничего не сказала, будто забыв про меня, и лишь бегло прикоснулась поцелуем перед тем, как уйти.

Утром я увидел, что мы остались втроем – Гиббс и Кристоферы куда-то пропали. Женщины накормили меня обильным завтраком и ушли к себе, пообещав, что скоро все вернутся, и тогда-то начнутся настоящие дела. Пока же я скучал, заняться было нечем, к тому же и погода испортилась – за окном сыпал мелкий дождь, день был неприветлив и хмур. О прогулке нечего было и думать, так что, повалявшись у себя в спальне, я пошел слоняться по дому, не имея определенной цели.

Дом был одноэтажный, но большой, с отдельным крылом для кухни и столовой, множеством спален, выходивших в два симметричных коридора, и гостиной с каменным полом, в которой казалось до сих пор гулко перекликались все звуки, когда-то ненароком забредшие туда. Начинаясь у гостиной, спальные коридоры заканчивались хозяйственными помещениями, где была свалена всякая утварь и из которых можно было подняться на чердак по скрипучим, но крепким лестницам. Я полез было туда, но увидел лишь пыльные доски и кружева паутины, которую наверное не тревожили многие месяцы. Зато в одной из кладовых обнаружились пожелтевшие газетные пачки, перевязанные шпагатом, – старые выпуски местного

«Хроникера», в основном посвященные происшествиям и сплетням. Я стал развязывать их одну за другой, бегло просматривая содержимое, и постепенно меня увлекли далекие судьбы, скупо высвеченные репортерским пером, так что я просидел над ними несколько часов, додумывая героев и переносясь в чужие горести и заботы, милосердно оставшиеся в чьем-то прошлом.

Это развлечение я любил с детства – кое-кому может показаться скучнейшим делом, но у меня захватывало дух от воссозданных чуть ли не заживо картинок, переносимых в мой мир из потрепанных книг, из старых газет и журналов. Взрослея, я становился ленивее, и реалии, наступая решительно, отбирали территорию пядь за пядью, но все же и потом я увлекался порой, а теперь и старый «Хроникер» задел те же струны, заставляя уноситься в придуманное. Примеров хоть отбавляй, чуть ли не на каждой странице – девочка, потерявшая щенка и выкравшая другого у более счастливой соседки, беглый мошенник, проживший неделю в голубятне, или обычный скромный клерк, попавший в неожиданное приключение – знай себе, запускай воображение на полный ход, дорисовывая за сухими строками, создавая что-то, будто бы достойное аплодисмента, но и вместе с тем – эфемерное, как узор на крыле или невнятное, короткое воспоминание. Я и старался, не жалея сил – перебирал шелестящие листы, отсеивал рутину и выискивал лакомые кусочки, пригодные для того, чтобы вглядеться в них попристальнее.

Вот перед глазами господин Р., банковский служащий средних лет, женат, полагаем, с молодости на невзрачной серой мыши, родившей ему двоих детей и давно переставшей следить за собой. Интересы его стандартны: умеренная игра на скачках, бридж по вторникам с сигарами и портвейном, разговоры о политике и погоде, подглядывание за смазливыми секретаршами без надежды на что-то существенное – Р. трусоват и нерешителен, слишком дорожит установившимся распорядком, да и вряд ли умеет обращаться с девицами. Все партнеры по бриджу старше как на подбор, все секретарши – моложе и привлекательнее опостылевшей супруги. Р. завис посередине в свои сорок с небольшим и от того не замечает, как стремительно проходит жизнь – задумается после, когда облысеет и состарится, станет стесняться одышки и скрипов в суставах. Пока же вполне доволен собой, знает, что все происходит в точности так, как нужно –достаточно оглянуться, и сомнение исчезнет, наголову разбитое бесчисленными примерами.

Неожиданный сдвиг кадра – у Р. отпуск на океанском побережье. Быстро мелькают привычные атрибуты: много солнца и желтый песок пляжа, дружеская компания – «все свои», бильярд «по маленькой», плескание в теплых волнах… И вдруг нечто нелепое – взявшийся из ниоткуда черный треугольный плавник, который Р., полезший в воду, чтобы еще раз окунуться перед обедом, замечает последним из благодушных курортников. Кинопленка замедляет бег – теперь важна каждая деталь. Какая-то женщина кричит истерично, подавая сигнал ко всеобщей панике, незадачливые пловцы спешат к берегу, только Р. все еще ничего не понял – оглядывается в недоумении, вытянув голову над водой и едва касаясь ногами дна. Наверное, кто-то утонул, мелькает мысль, какой кошмар… Тут же приходит другая, эгоистично-успокоительная: слава богу, это не про него, он-то в безопасности, правильно, что далеко не заплыл. И в следующий миг – внезапный страх, треугольный плавник мелькает прямо перед глазами, что это, где-то он про это читал?.. Еще отказывается верить, но уже знает, знает – это акула, совершенно невероятно, как могло случиться с ним, таким обычным, таким похожим на остальных? Судорожно оглядывается: никого вокруг, все уплыли, все бросили, вот она – настоящая цена солидарности, сытые трусливые твари, ненавижу… Пляж и крики в тридцати метрах – как в другом мире, до которого не дотянуться; он здесь один, совсем один.

Случайная волна плещет в лицо, сбивает дыхание, он кашляет и отплевывается, силясь вдохнуть, но тут что-то твердое и шершавое, как терка, задевает бедро, и он кричит в ужасе остатками воздуха, заставляя смолкнуть людей на берегу, словно извещая: развязка близка. И впрямь, черный плавник уже кружит совсем рядом, вода пенится, и – боль, тиски, темнота, слабый стихающий звон в ушах, чей-то голос – зовущий, пропадающий, теряющий нить…

Потом вдруг снова голоса, яркий свет в лицо, вспышка возвращающегося сознания – где я? Р. в больнице, местная знаменитость, везунчик, каких мало – каждый хочет подойти, дотронуться, обменяться парой слов. Ему рассказывают, что он отделался пустяками – просто сильный шок, да несколько ссадин, акула выплюнула его, слегка пожевав, и уплыла прочь, а спасатели подоспели как раз вовремя, он не успел захлебнуться. Р. нарасхват – даже телевидение проявило интерес, где впрочем он лишь статист, главная роль – у ихтиолога-специалиста в мятой одежде и с измятым лицом, что вещает занудно о привычках и повадках водных хищников, далеко не всегда, оказывается, использующих свои челюсти для еды и зачастую просто собирающих ртом всякую всячину в целях познания окружающего. «Как дети, – повторяет специалист, – прямо как дети», – и Р. обидно, он-то видел свою роль совсем по-другому…

Приходит время возвращаться в родной город. Там с ним тоже носятся поначалу, расспрашивают, что и как, горя жадным интересом. Впервые в жизни Р. важен и многословен, он не жалеет цифр, подслушанных у специалиста с измятым лицом, сообщая всем, например, сколько известно случаев нападения акул на людей за последние годы (459) и сколько из них закончились фатально (лишь 65), делится ощущением от сжимающихся акульих челюстей (будто тебя прихлопывает гаражная дверь) и даже пытается тяжеловесно шутить, но окружающие слушают неохотно, все лишь откровенно глазеют на счастливца, которого бегло потрепала по плечу фортуна, и, наглядевшись, отходят прочь. Вскоре Р. опять становится никому не нужен, лишь маленькая корректорша из соседней конторы подолгу задерживает на нем свой взгляд, сталкиваясь в коридоре, но он так и не может набраться смелости с нею заговорить…

Поучительная история, думал я с усмешкой, стоит позавидовать растяпе – и вновь возвращался мыслями к ужасу внезапной атаки, а после – к растерянной радости воскрешения, когда любишь всех и готов все простить. Интересно, простил ли бы я Юлиана?.. Мне снова представились его профиль и открытый взгляд, в котором – лишь превосходство поначалу, а что потом? Выбирай на вкус: неуверенность? сомнение? зависть? И тогда моя затея бессмысленна?.. Да, можно было бы воссоздать Юлиана, глядящего на вещи с другой стороны, но лучше честно признать: нет, сомнения ему чужды, а для зависти он недостаточно гибок. Ничья вина, что ему не под силу стать другим, чего кстати он и сам не пожелал бы даже в страшном сне. Потому – он у меня в прицеле, и нас не разжалобить, покорно благодарим.

Я курил, и кольца сигаретного дыма, поднимались к потолку, свиваясь иероглифами. Насмотревшись на них, я вновь вернулся к старым газетам. На этот раз достойного материала долго не попадалось – «Хроникер» грешил пустяками, не вызывавшими никакого отклика. Я досадовал и злился, переворачивая страницу за страницей, но потом наткнулся-таки на нечто стоящее, разглядев в коротком абзаце, забавнейший клубок переплетенных линий, за который не мог не уцепиться мой наметанный глаз.

Кинопроектор воображения вновь закрутился, стрекоча: гражданке ЛЛ нет еще и двадцати пяти, представлял я уверенно, радуясь, что меня некому поправить. Она скромна и деловита, близорука и склонна к полноте. Ей наверное пора на диету – она это знает и оттого болезненно-неуверенна с мужчинами. Последний любовник быстро охладел, подбавив горечи в ночные раздумья, а новый не появляется никак – есть от чего упасть духом. На службе она внимательна и серьезна, делает быстрые успехи – ее ценят, угадывая редкую самоотверженность. Тут же конечно и зависть подруг-сослуживиц: – «Из таких-то и получаются старые девы», – шепчут они за спиной, но она не замечает колких взглядов – то ли от близорукости, то ли от сосредоточенности на другом. Ее мысли – о чем-то большем, пусть непонятном пока, тем более, что кое-что у нее уже есть, например отдельная квартира – настоящее убежище, которым можно гордиться, равно как и новым, с трудом купленным автомобилем. Они вносят устойчивость в существование, наглядно показывая, что она не из последних, особенно, если позабыть о пустяках.

Серый ноябрьский день начинается как всегда – кофе, тосты с джемом, быстрое прихорашивание в прихожей. Утренний распорядок несколько сбит телефонным звонком – это старая тетка хочет рассказать тревожный, ни на что не похожий сон, но ЛЛ некогда, она слушает кое-как, каждую минуту порываясь извиниться и оборвать обстоятельный монолог. Тетка обижается, но делать нечего, ЛЛ кладет трубку и спешит вниз, торопливо сбегая по лестнице, однако у подъезда ее ждет сюрприз – стоянка пуста, сверкающий темно-синий Пежо, радость и любимая игрушка, исчез бесследно, как последний любовник. Сначала она мечется от подъезда к подъезду, надеясь тут же разыскать потерянное, думая, что ошиблась местом накануне, но чем дальше, тем отчетливее ощущает, что случилась настоящая катастрофа, в которой нет уже никаких сомнений. Теперь она в отчаянии – звонит подруге, звонит в полицию, потом, не зная, что сделать еще, просто сидит на ступеньках у подъезда, закрыв лицо руками, ожидая, чтобы появился хоть кто-то. Приехавший полицейский толст и глуп, вспыхнувшая было моментальная надежда рассеивается в один миг, она внезапно начинает рыдать в середине разговора, так что тот неловко топчется, поправляет без нужды дубинку у пояса и при первой возможности спасается бегством.

Проходит несколько дней. Боль притупляется, но кража любимого Пежо надломила ее, она чувствует, что какая-то пружина внутри, туго заведенная до того, теперь сломалась, и весь механизм стал вял и разболтан. ЛЛ не хочет видеться ни с кем, ее мутит от пустых разговоров, все вокруг, в унисон ноябрьской погоде, кажется унылым, мокрым, серо-коричневым. Троллейбус норовит обрызгать грязью, неприветливые лица навевают тоску, действительность убога и безрадостна. Ничто не приносит хороших новостей, но как-то, возвращаясь с работы, она натыкается взглядом на объявление, приколотое на дверь подъезда, где весьма толково предлагается помощь дипломированного мага в общих проблемах быта, таких как недомогания и сглазы, разбитые сердца или потеря сна, и где, среди прочего, указаны розыск давно потерянных вещей и услуги по возвращению краденного. ЛЛ не верит, потом колеблется и борется с собой, потом, не выдержав, звонит. Низкий вкрадчивый мужской голос обещает помочь, вселяя непонятную уверенность, и она, удивляясь сама себе, быстро собирается и едет по названному адресу.

Дверь открывает красивый черноволосый мужчина. Сеанс стоит недешево, но она готова платить – очень уж хочется разыскать свой автомобиль, да и незнакомец, тронув потайные струны, разбудил что-то в ее сердце. Они долго беседуют, он берет ее руку сильной теплой ладонью, ЛЛ все больше теряет голову. Маг назначает второй сеанс, она не спит всю ночь, черноволосый красавец чудится ей в ее квартире, в комнате, рядом в постели. Сама не своя, она приходит к нему опять, смотрит ему в лицо побежденным взглядом, но теперь он холоден и деловит: с минуту рассматривает ее задумчиво, затем вновь берет деньги – больше, чем в первый раз – и вручает бумажку с планом местности, нарисованным от руки, где небрежным крестиком помечен ее Пежо. У ЛЛ наворачиваются слезы, она хочет объяснить, оправдаться, но слова не идут на язык, а он молча ждет, пока она уйдет, не предлагая никакой помощи, бесстрастный, бездушный. Все кружится перед глазами, она послушно уходит, автомобиль оказывается в точности там, где обещано, но радости нет – красавец-маг околдовал ее неведомыми чарами, ей нужно видеть его, смотреть в глаза, слышать его голос. Промучившись три дня, она едет по знакомому адресу, готовая к унижению, но застает лишь опечатанную дверь и двух строгих мужчин неподалеку, которые забирают ее с собой и опрашивают, как жертву, разъяснив, что группа мошенников, промышляющих кражами машин и вымоганием денег за, якобы, их находку, уже давно на крючке. Скоро все будут пойманы, не сомневайтесь, ободряют ее, но ЛЛ убита горем и больше не желает ничего слышать. После, дома, она долго сидит уставившись в одну точку, вспоминая черноволосого красавца с вкрадчивым баритоном и повторяя про себя: – «Жизнь – это обман, обман, обман…»

Впрочем, может все было и не так – рассматривая с некоторой дистанции часто ошибаешься в деталях. Потянувшись, я отложил в сторону очередную газетную пачку и взялся за следующую. День уже клонился к ранним сумеркам, и свет от окна слабел, но мне не хотелось ни уходить, ни зажигать электричества, будто мое занятие несло в себе что-то от постыдного порока, и нужно было прятать его от всех. Рассеянно перебирая газетные листы, я наткнулся было на еще одну заметку, способную разбудить фантазию, затем, читая, перевернул страницу – и замер. В середине выпуска лежал листок из другого издания – наверное, попавший туда случайно и гораздо более старый, судя по желтизне. Это был не «Хроникер», а что-то иностранное; язык, по виду скандинавский или немецкий, был вовсе мне незнаком, но не это заставило меня застыть – прямо в середине страницы красовалась большая фотография Пиолина, я сразу его узнал, хоть он и был на ней куда моложе, чем теперь. Пиолин смотрел не в камеру, а куда-то вбок, ощерясь и недобро хмурясь. Не оставалось сомнений, что его разыскивали за что-то, но я не понял ни слова из текста, набранного мелким шрифтом, да и, по правде, не хотел понимать. Старый «Хроникер» вдруг тоже потерял для меня интерес. Я с трудом разогнул ноги, затекшие от долгого сидения, и отправился в столовую посмотреть, не исправилась ли погода.

Глава 11

За окном столовой было все так же – сыро, ветрено и стыло. Природа будто замерла в состоянии тревожной тоски, выйти из которого у нее не было сил. Холсты поблекли и палитры почти опустели – лишь несколько красок предлагали себя, упорно сочетаясь в однообразных картинах, словно торопясь захватить пространство, на которое никто больше не претендовал.

Так может пройти вся осень, думал я отрешенно, усевшись за стол и выводя пальцем бессмысленные фигуры. Пролетят месяцы, и ничто не изменится – ни песок, ни ветер, ни мрачное небо – потому что удобно и так, а меняться и незачем вовсе. К чему суетиться, если можно оставаться как есть, и никто не теребит? К чему выдумывать что-то, когда все уже пройдено, к чему повторяться, то и дело набредая на чужие следы? Кто, в конце концов, оценит по достоинству, уловив нюансы, оттеняющие новизну? У каждого наблюдателя найдутся свои отговорки, прикрывающие страсть к неподвижности или обыкновенную лень, и суждения его будут неглубоки, а оценки поверхностны. Да, погода отвратительна, скажет он, тучи нависли, и ветер пробирает да костей, того и гляди снова заморосит – и в этих сентенциях не будет ничего, кроме брюзжания и боязни простудиться, будь он, наблюдатель, хоть стократ умнее и любознательнее среднего. Пропадет всуе и серо-лиловое облако, походящее на грустного осьминога, подобравшего щупальца и склонившего голову набок, и пронзительная музыка поскрипывающих рам, которой вторит аккомпанемент редких капель, и ажурная мелодия, и грозный вековой рокот. Прогулка немыслима – весь итог. Я – наблюдатель, не желающий усложнять. Подайте мне чего-нибудь попроще, я буду как все…

Взгляд рассеялся, и палец замер, словно обессилев; казалось, я могу задремать прямо тут на стуле, брошенный всеми – задремать и не проснуться до самой весны – но снаружи вдруг послышались мужские голоса, и я тут же очнулся, вскочил и вновь прильнул к стеклу. Это были Кристоферы – они стояли неподалеку, метрах в двухстах, и лениво переругивались друг с другом. В руках у них я заметил лопаты, а на песке валялась длинная мачта, и еще какие-то снасти, рассмотреть которые издали было трудно. Потом один из них отошел в сторону и подбоченился, а другой принялся ожесточенно копать, вздымая тучи песка и залихватски покрикивая.

Не раздумывая ни минуты, я бросился в спальню, схватил свой плащ и поспешил к ним. Кристофер I – тот, что прохлаждался в стороне – присвистнул, увидев меня, и второй Кристофер тут же бросил работать и воззрился в мою сторону с удивленной гримасой. Некоторое время все молчали, а потом первый проговорил лениво: – «Глянь-ка, турист пожаловал. Ты что, подсобить?»

«Ага, – кивнул я, поглядывая чуть искоса и подозревая подвох, – если нужно, конечно».

«А то, – воскликнул Кристофер I, – нужно, и еще как. Вон, смотри, приятель наш как старается – аж взмок весь…» Он достал из кармана пачку сигарет, понюхал ее для чего-то и, вновь подбоченясь, благодушно спросил: – «А ты, к примеру, что умеешь делать?»

«Да почти все, – осторожно ответил я. – Могу вот помочь ему копать, если требуется».

«Копа-ать… – протянул первый Кристофер. – Копать – это дело!» – Он не торопясь закурил и швырнул лопату в мою сторону, так, что она воткнулась в песок в метре от меня. – «Вот тебе, действуй. Как держать, знаешь?»

Я взялся за черенок двумя руками и осмотрелся с лопатой наперевес. Кристофер II сплюнул под ноги и вдруг глупо захихикал. «Где копать-то?» – спросил я сердито. Их манеры раздражали меня чрезвычайно, и я уже жалел, что навязался в помощь. – «Где копать, и что вообще тут будет – что-то вроде флага?»

«Флаг-то мы тебе в руки дадим, – осклабился первый Кристофер, – ты у нас прыткий, вот и будешь с флагом. А где копать – пошли, покажу». Он отвел меня шагов на тридцать вправо, постоял, осмотрелся, отошел еще немного и ткнул себе под ноги. «Тут значит и копай. Утомишься – мы тебя подменим. Сам, лично подменю, – он стукнул себя кулаком в грудь, подмигнул мне и добавил, – а тебе – флаг…» – и быстро потрусил к прежнему месту, где Кристофер-второй уже принялся за работу, все так же вскрикивая и швыряя песок себе за спину.

Я примерился, взял лопату поудобнее и стал орудовать ею, не поднимая головы – вначале медленно и натужно, а потом, войдя в ритм, методично и в хорошем темпе. Очень скоро, правда, заныла поясница, да и ладони как-то сразу оказались стерты, но я не сдавался, стискивая зубы и не обращая внимания на острую боль. За полчаса я накопал не так уж мало и позволил себе передохнуть, поглядывая на Кристоферов и утирая пот с разгоряченного лба.

Те, пыхтя и чертыхаясь, устанавливали мачту, на верхушке которой тускло блестела какая-то жестянка. Я подумал и пошел к ним, намереваясь помочь, но едва приблизился, как услышал обидное «отойди, турист, зашибет», отчего вновь надулся и остался стоять неподалеку, наблюдая за их манипуляциями с холодным достоинством. Наконец мачта встала на место, и Кристофер I спросил меня язвительно: – «Ну что, наработался? Перерыв-перекур?»

«Я просто хотел спросить, насколько глубоко копать», – сказал я неприязненно, и он тут же сменил тон, протянув: – «Ну-у, это дело другое. Пойди-ка, залезь туда – примерим». Я подумал, что это шутка, но и один, и другой глядели совершенно серьезно, так что мне ничего не оставалось, как и в самом деле залезть в выкопанную яму, обвалив при этом на дно изрядное количество песка. «Маловато! – крикнул Кристофер I, – Еще копай. Вот посюда, – он показал себе на грудь, – и пошире, пошире…»

Я хмуро кивнул и снова взял лопату. Ладони горели, и поясница болела; работа пошла гораздо медленнее. Я промучился еще с полчаса, несколько расширив свой колодец и углубившись почти до пояса, а потом выбрался наружу и обессиленно сел на сложенный плащ. Кристоферы тем временем забросали мачту песком, укрепили растяжками, вбив вокруг специальные колышки, и теперь, очень довольные собой, направлялись в мою сторону.

«Отдыхаешь? – громко спросил второй Кристофер. – Прохлаждаешься? Смотри, кто не работает, тот не ест...» Они рассмеялись, и Кристофер I добавил еще что-то – наверняка язвительное и обидное.

«Сейчас закончу», – буркнул я со вздохом, но мои напарники повернули к океану и медленно удалялись, не обращая на меня внимания и болтая о своем. Я заметил, что вторая лопата осталась лежать у мачты, больше не нужная никому, и тут же страшное подозрение закралось мне в душу. «Эй, – крикнул я, – послушайте, а для чего вообще нужна эта яма? Вы что-то притащите сейчас или как?»

Кристоферы остановились и обернулись ко мне с серьезными и даже суровыми лицами. «Копай-копай, – начал первый, – яма нужна, как воздух...» – но тут второй Кристофер не сдержался и захохотал, бормоча сквозь смех: – «Как воздух океанский, для психов...» – а за ним и первый стал смеяться заливисто, всхлипывая и повизгивая. «Сейчас притащим, – приговаривал Кристофер II, – притащим и засунем, если влезет... Давай-ка, турист, залезь, примерь еще», – и они вновь заходились от хохота, хлопая друг друга по спине.

«Для чего нужно, ты сам придумай, – с трудом выговорил первый Кристофер, отсмеявшись и утирая слезы. – Согрелся – и то хорошо, а яма вещь полезная, для чего-нибудь да пригодится». Он издал еще один короткий смешок, и они вразвалку зашагали прочь, а я просто смотрел им вслед какое-то время, а потом отшвырнул лопату и побрел к дому.

Странно, но во мне не было особой злости, чувства онемели, будто угодив под ледяной душ. Я бродил до темноты по пустым коридорам – не зажигая света, порою лишь на ощупь находя дорогу, налетая на выступы и дверные косяки и ругаясь вполголоса, чтобы не растревожить спящие вещи. Знакомые голоса произносили знакомые слова – я спешил согласиться и отогнать их прочь, но они не отступали так просто, упиваясь собственной правотой. Ничего не случилось,

– уговаривал я себя, пытаясь вернуть душевное равновесие, – я сам по себе, и все остальные тоже. Мир груб и пошл, самодоволен и недобр к любому – я не стану в нем своим, но мне и не нужно вовсе…

Темнота сгущалась, раздумья становились беспокойнее, серые контуры за окнами, в которые я всматривался подолгу, ускользали из фокуса, не даваясь зрачку. Опять вдруг вспомнилось фото Пиолина, попавшееся некстати, и это тоже добавило волнений – то ли невнятной угрозой, то ли просто намеком на чужую жизнь, окружившую со всех сторон, в которой мне не будет места, как бы я ни пытался в нее проникнуть. Слишком много непонятного чудилось в каждом ее проявлении, слишком много незнакомых судеб переплелось в ее ткани, и нельзя было надеяться на попадание в нужную точку, примериваясь наспех и наугад. «Кто объяснит мне?» – вопрошал я безмолвно, выискивая глазом что-то, за что можно было бы уцепиться, но ночь не откликалась, выжидая или просто не желая замечать.

Наконец, проведя бесцельно несколько часов, я очутился на кухне и обнаружил, что ужин закончился, и все разошлись, не дождавшись меня. Это не расстроило ничуть – мне все еще не хотелось никого видеть. Впрочем, может ужина и не было как такового – я не слышал ни Гиббса, ни Кристоферов, а женщины вполне могли и не выходить из своих комнат. Я наскоро поел ветчины и сыра, пахнущего плесенью, запил все это холодной водой, не найдя в себе сил даже вскипятить чая, и отправился в спальню.

Спать не хотелось, но я разделся и лег, ожидая, что быть может Сильвия придет ко мне, прокравшись тайком, как и вчера. Это было бы кстати, но время шло, и никто не появлялся. Я подумывал, не постучать ли к ней самому, но что-то удерживало – наверное, холодок равнодушия во вчерашнем ее прощании.

Минуты тянулись медленно и не хотели кончаться, обвивая сознание цепкими щупальцами. Вместо Сильвии, мягкой и теплой, в темноте чудились бесплотные силуэты, по-хозяйски населившие пространство. Непонятная робость сковывала меня по рукам и ногам, я боялся пошевелиться, чтобы не выдать себя неосторожным звуком – и казалось, мне не уснуть никогда и никогда не дождаться утра. Наконец я все же задремал, но вскоре очнулся, вспугнутый неприятным сном, что тут же позабылся, но оставил саднящую занозу, так что я, не желая его повторения, стал думать о Гретчен и о Вере, а потом и о других женщинах, случайных и неслучайных, объединяя всех их в одно – в одну, не существующую, но могущую существовать и наверное ждущую где-то, все больше и больше отчаиваясь получить от меня хоть какую-то весть.

Я беседовал с ней теперь, жалуясь и сетуя, бахвалясь и обещая. Меня тянуло к ней, но в этом не было ничего плотского, я хотел другого тепла и был готов одаривать взамен. Слова искали в себе новую глубину и сами собой складывались в строки, сцепляясь рифмами, словно помогая друг другу, выбираться на свет.

Под заветное слово
в вожделенье тону,
зачарованный снова,
как столетья тому... –

обращался я к далекой незнакомке, окликая ее негромко, пробуя голос на легком аллюре. Обласкивал четверостишие на языке, заглядывал дальше, в новую строфу:

торопливою вестью
рукокрылою мглой... –

и вдруг охладевал, предчувствуя напрасность усилия, заранее заскучав на следующей рифме (лестью? местью? – очень легко увязнуть) – и опять возвращался к первым четырем строчкам, в общем и не желая продолжать: нечего и незачем, понятно и так. Незнакомка, впрочем, может не понять, и это обидно, хоть и не привыкать.

Последняя мысль настроила на грустный лад. Я поворочался и повздыхал, потом сел на кровати, подложив подушку под спину. Никогда не знаешь, стоит ли надеяться на сочувствие, у каждого в душе свои печали, и бессмысленно гадать наперед, что заденет какую струну. Может и не задеть никакой, а то и откликнуться фальшивой нотой – страшно ошибаться, но по-другому не бывает. Так же и понимание – очень уж зыбкая вещь, все его ищут, а оно утекает сквозь пальцы или обращается фарсом, жалкой уродливой карикатурой. Что и неудивительно – ведь ищут, как правило, вовсе не то, лишь называя по привычке знакомым словом. Понимание – это фантом, недоступный ленивой массе, в нем – расточительная гибкость и широта взгляда, придающие смысл неслыханному ранее, в нем – напряжение мысли и внутренняя борьба. Это я быть может ищу такового, но я – одиночка, о чем каждый норовит сообщить при случае, и мои повадки не распространишь на других. Что ж до них, других – полно, понимание в их понимании вовсе не достойно моего понимания, любой, надеюсь, поймет. Обидно лишь за само слово, ибо – что, скажите, там у них понимать? И почему они не хотят признаться сразу?

Вот-вот, думал я удрученно, поделись этим с кем-то, как ты пытался порою, так могут и палками побить – посягаешь, мол, на самое святое. А сами только и могут, что поддакивать друг другу, соглашаясь с очевидным, пережевывая банальности, теплея сердцем от множества похожестей вокруг – уютно, не страшно. А мне – страшно, тоска и трясина, лучше одному.

Я прикрыл веки и увидел, как наяву, Кристоферов с лопатами в руках, а потом их же, хохочущих надо мною, клюнувшим на дешевую приманку. Пришлось очнуться и уставиться в темное окно, гоня неприятное прочь. Я глядел в него и будто видел другую жизнь, «рукокрылая мгла» обретала очертанья, я слышал шелест одежд, обвивающих стройные фигуры, угадывал движение, глубокую тайну танца, недремлющий эрос и неприступную грацию. Как выразить, с кем поделиться? Вдруг никто и не станет слушать?

От бессилия наворачивались слезы, захотелось жалеть себя, холить свое одиночество, а не добиваться взаимности. Из окна будто потянуло степным ветром, возвращая неловкие юношеские мечты – поиски необъяснимого, скорые разочарования, как первые признаки грядущих скитаний. Вожделение и рукокрылая мгла сменились отрезвляющей прохладой серого утра, хоть до утра было еще далеко – тут, теперь, в царстве ночи. С удивлением я почувствовал, что стихотворный порыв не иссяк на незаконченной строфе, он жил во мне, утверждался и креп. Слова приходили в избытке, хоть и не всегда сочетаясь как должно, а строки приуныли отчего-то, и размер сменился, дозволяя лишний вздох дополнительным безударным слогом.

Даль недобрая, хмурая,
невеселая быль.
Звуки падают в бурую
придорожную пыль.

С облетевшими ветлами
гомонят до утра
гастролеры залетные,
городские ветра… –

рассказывал я все той же незнакомке, застывшей вдалеке с серьезным лицом, глядящей на меня вполоборота – сострадая ли, упрекая, помня или не помня совсем. Да, это из какого-то прошлого, давнего, не иначе. К нему нет зацепки, но воображение, разогнавшись, не желает останавливаться, и строфы строятся без напряжения, будто кто-то читает с уже написанного:

Давят запахи пряные
ощущеньем беды.
Сорняками-бурьянами
зарастают сады.

Словно холст из запасника,
надоевший пейзаж.
Мы чужие на празднике,
этот праздник – не наш.

И дальше:

Даль недобрая, стылая,
невеселый рассвет,
не жалея, не милуя,

перекрестят вослед.

Мы сгрудимся на пристани
над притихшей рекой,
чьи-то женщины издали
нам помашут рукой.

В бесконечное плаванье,
дружно снявшись с мели,
не обретшие гавани
отойдут корабли.

Сдавит сердце пророчество,
будто горло – петля:
скоро молодость кончится,
и не чья-то – моя.

Последние строки скособочились неловко, но все равно очень понравилось самому, хоть и знаю, что за это никто не полюбит. Что поделать – я и сам на месте смотрящих со стороны отвернулся бы от чужих сетований, лишний раз напоминающих о тщетности потуг, обратив взор и устремясь объятием к чему-нибудь улыбчивому и пренебрежительно-мужественному. Но – не лгать же себе, если сейчас именно так и чудится настоящее, и на полпути не остановиться, даже когда уже и совестно выставляться напоказ…

Я встал и прошелся по комнате, но тут же замерз и вновь юркнул под одеяло, чувствуя, как колотится сердце. Да, рифмы возбуждают почище жаркой плоти и иногда одолевают так, что нет спасения, но если подумать трезво, то толку в них никакого – по крайней мере, для меня. Да и благодарному человечеству не очень-то навяжешь – знаем, знаем, вовсю будет воротить нос. Так что, казалось бы, не стоит и мучиться, но ведь не отвяжешься, когда накатит настроение – и мучаешься сильнее прежнего, и дрожишь в предвкушении, и терзаешь внутренний слух…

Я перевернулся на живот и накрыл подушкой голову, словно

отгораживаясь от помех. Что поделать, внутренний слух – ему не очень-то прикажешь, даже если и хочется разнообразить слышимое. Где вообще она прячется, светлая сторона вещей? Уж никак не в зазеркалье, в котором рыскают мои посланцы, наследники руин, тут требуются примеры из среды потверже, но и с ними надо быть начеку: у каждой монеты две стороны, у любого примера – и подавно. Чего, казалось бы, проще – вообрази себе кого-то, удачливого и счастливого, стащи пару-тройку картинок с лицевой части и колдуй над ними в свое удовольствие: мир безгрешен, справедливость торжествует, смерти можно считать, что и нет – очень еще нескоро. На нет, как говорится, нет и суда, и проклятые вопросы не мучат, изматывая – пользуйся, обобщай, соединяя не сходящиеся части хлипкими мостиками, как делает целая армия других, пачкающих бумагу. Право же, основа оптимизма – терпимость к скороспелым обобщениям. Если надергать нужных фактов, как фраз без контекста, то можно любого выставить дураком, а при желании – и наоборот. Даже дух захватывает от перспектив – нужно только, чтобы мостики продержались хоть немного, и вся конструкция не развалилась бы еще до обращения в чернильные строки.

Но мне легче – нет ни чернил, ни читателей, а с собой в общем-то можно договориться. Потому, сказано – сделано, безысходность прочь… Я поворочался с боку на бок и попытался настроить себя на оптимистический лад. Даже и полстрочки сразу возникло: «… к чему казнить себя?» – выстукивали молоточки, и я бросился в дальнейшие поиски, рассчитывая на скорую удачу, но тут же привычно натолкнулся на стену. Наверное, виной всему был вопросительный знак в конце – я вообще с ними не в ладах, достаточно прокрасться и намеку, чтобы разом все испортить. Так или иначе, но на вопрос нужно было отвечать, а ответить было нечего, обретаясь в розово-голубых пространствах, так что сознание стало без стеснения шарить вокруг, захватывая соседние территории. Вдруг пришла прилипчивая рифма – «погубя» – и ни в какую не желала уступать место, а потом и вся строка дорисовалась, утверждая нечто, вовсе не радостное. Тогда, махнув рукой, я заглянул назад, в самое начало, малодушно соглашаясь с банальным обобщением, и наконец заделал безжизненную область между этими двумя какой-то непритязательной многосложной тканью, собирающейся в складки на шипящих или скорей жужжащих, и обозрел все четверостишие, а за ним и следующее, не ожидая ничего хорошего:

Заплатят все, к чему казнить себя
за доброту и за пренебреженье
той добротой, что выросло в сближенье,
на полпути сближенье погубя.

Заплатят все, я к этому готов,
суров вердикт насмешницы-природы,
прошелестят растраченные годы,
как корешки оплаченных счетов…

Ничего хорошего и не вышло – и на стихи не похоже вовсе, чересчур уныло и застревает на языке. Но если есть слова, родившиеся сами и связанные в одно, все не может быть однозначно-плохо… Неужели кому-то пришлось бы по сердцу? Где вы, мои долготерпеливые судьи? Мой оптимизм сдается так легко, подскажите мне, заметен ли хоть след? Умею ли я подбодрить кого-то или все впустую – в забвенье, в мусорную корзину?..

Продолжать не стоило, стоило попытаться заснуть, но заснуть не выходило никак. Будто из упрямства, фантазия разыгралась еще пуще, подстегивая память и прочие субстанции, творящие из ничего. Ракурс расширился, и цензура ослабла, мне стали представляться места, где я может и не бывал никогда, но поклялся бы, что знаю их, спроси меня любой встречный. Старый каменный дом – наверное, барский особняк – большой сад, местами запущенный, едва различимый в поздних сумерках, тусклые отсветы из окон, глухо кашляющий филин, шорохи и всхлипы неведомых тайн… Другая судьба дразнила издалека, высвечиваясь пока лишь отдельными бликами, смутным предчувствием чего-то, подобающего более, неуловимыми сполохами событий, зачем-то стертых из памяти. Как же трудно теперь пробиться к ним, погребенным под толщей обыденностей, как же жаль их, канувших, не случившись, или случившихся не здесь, не со мною, отыскавших в свой срок моего двойника – того самого быть может, о ком я тоскую, задыхаясь от одиночества. Но я смотрю сейчас своими глазами и узнаю детали осязаемо до дрожи – и формы, и запахи, и рассеянный свет. Мои собственные рифмы роятся в голове – все это было, было когда-то, пусть со мною другим, и я должен лишь вспомнить того, другого, который писал:

…Допив вино, выходит в сад.
Кричит сова, дробятся тени
нелепых, вычурных растений
загадкой сказочных шарад

и образуют письмена,
сцепленья слов, чья многозначность
всю жизнь была ему верна,
даря ночных безумий мрачность,

лепя из них плоды потуг,
что равнодушно, без участья
к стыду перенесенных мук
уходят, не оставив счастья… –

И еще:

В саду туманится, сова
самодовольно-бестолково
грешит бессмысленностью зова,
не обращенного в слова.

Деревья прячутся в туман,
их тени брошены под ноги,
как отрицавшие обман
и уличенные в подлоге… –

или что-то вроде того. Он был неплох – тот, другой – наверное, лучше меня, увереннее, сильнее. Да и стихотворение могло б понравиться мне нынешнему, пусть не до конца – слишком изощренно на мой вкус…

Воображение тем временем дорисовывало картину: глубже в сад – выйдешь к озеру, вид из окна – туманная гладь, и еще – скрипучий коридор, запущенное крыло дома, в котором не осталось хозяев. Здесь прошли несколько жизней, в том числе и моих, и моего двойника – всех моих двойников, если он был не один. Совсем не сложно различить сущность: уединение – лучше не назовешь, и не стоит путать с одиночеством. От одиночества бегут, уединения ищут. Его взращивают и холят, превращают в привычку столь устойчивую, что избавить от нее не сумеют уже ни женщины, ни смертельные страхи. В уединении размышляют о своем – пробираясь дальше, дальше, закапываясь глубже, все полнее осознавая бессилие мысли, предательство слов. Но своя судьба уже не отпустит, как не избавит от тягостных привычек. Прочий мир – побоку, чтобы не сбивал с толку; из внешней суеты, чуть вырвешься поразвеяться, тут же тянет назад в поместье, за глухой забор, где, на выбор – кабинет, обшитый прокуренным дубом, берег озера, росистый луг или тот самый сад, в котором могут встретиться и тени из прошлого, и добровольные сокамерники, делящие с тобой тяжеловесный уют заключения, которое, ты знаешь, уже навсегда. Жутко, жутко… Можно исписать многие тысячи листов – и не приблизиться к свободе, излиться океаном нот или полчищами красок – и даже не облегчить вериг. Сочувствовать некому – те, что с тобой, знают тяжесть проклятия не хуже тебя и сживаются с ним, не жалуясь вслух и не замечая ничьих жалоб. Даже и говорить вам уже не о чем почти – все давно понятно и так. Их лица мелькают порой в проемах окон, силуэты угадываются в неосвещенных беседках, а вот и одна из них – женская фигура, удаляющаяся по аллее – это она, незнакомка…

Я понял, что должен докричаться до нее, иначе не будет ни сна, ни покоя. Должен стать расслышанным ею, может быть даже узнанным мимолетно, почти уже понятным ей со всей своей душой, перевернутой наоборот, и тогда она оглянется и вглядится в меня пристально, в смутной надежде высмотреть что-то, нужное ей. Откуда-то появилась решимость, я взялся за строчки всерьез, перебирая их десятками, тасуя, переставляя, отбрасывая посторонние слова, доводя до того состояния, когда не стыдно. Но от себя было не убежать, по крайней мере в эту ночь, и уже первое восьмистишие задало привычный безрадостный тон:

Черная темнота позади стола –
место, в котором прячется твой упрек,
ты от меня едва ли того ждала,
чтоб на беду себе я его навлек
этим скупым посланием – посмотри,
видишь: сонное озеро, камыши,
или – большая комната, я внутри.
Полное запустение. Ни души.

Я, однако, не сдавался и предпринимал попытку за попыткой, заглядывая с обратных сторон, пробуя разные ходы – извилистые и длинные, сулящие перспективу и ложные изначально. Выходило по-разному:

Пара зрачков расширенных – два ствола.
Зеркало, неприступное, как броня.
Ты от меня едва ли того ждала,
что второпях придумала про меня… –

и потом, где-то в другой строфе:

Спущен курок, и снова подранен зверь
пулею, отскочившею от брони.
Если придет видение, ты не верь,
если оно прицепится – прогони… –

отчего у меня самого в гортани возник комок, и я бросил бороться, покоряясь неподатливому стиху, что дооформился вскоре до самого последнего утверждения, до неоспоримого финала:

Можно признать, наверное – ты права:
нет ничего за масками, все обман.
Эта моя история не нова,
тот, кто ее придумывал – графоман.
Хищная пустота, никого вокруг.
Тусклая лампа. Выщербленный штатив.
Хочешь, я от руки нарисую круг? –
Это моя история. Примитив.

Помнишь – большая комната через дверь,
старое кресло, брошенные ключи.
Если придет видение, ты не верь,
если оно прицепится – закричи.
Черная темнота, перелив гардин.
Стол и листок. Оборванные края.
Видишь, как рядом ходит мертвец один?
Можно с ним познакомиться – это я.

Утро. Тихое озеро, березняк
и туман – не туман, а, скорее, тлен.
Надоевшая комната – пыльный знак
повторения пройденного. Рефрен.
Губы лелеют только бездумный свист,
взгляд размазан по стенам и этим горд.
Не за что уцепиться, лишь стол и лист.
Полное запустение. Натюрморт.

Да, натюрморт, думал я обессиленно, не пейзаж, а именно она – натуралеза муэрта. Но в строках ведь есть жизнь, даже если они и о смерти… Я повторил про себя понравившиеся места, поморщившись лишь на отвратительном пассаже про мертвеца. От некоторых сочетаний замирало внутри, и по спине пробегала горделивая дрожь. Я понял, что и никакую незнакомку не оставило бы равнодушной – ну, хоть на миг, на миг – доведись любой из них и в самом деле меня услышать. Сразу захотелось большего: поработать над стихотворением всласть – пару дней, а то и неделю – убрать все, что мешает, добиться простоты, чистоты. Да, мне по силам маленький шедевр, убеждал я себя горячечно, и фантазия, оставив картины из прошлого, занялась воображаемым будущим: долгие часы за письменным столом, полчища слов, как огромные соляные глыбы, и тонкий резец автоматического пера, начинающий всегда так робко, а потом – дым и грохот, отлетающие куски и выверенный профиль. Новое стихотворение, только что отпечатанное на тонкой бумаге – что может быть радостнее сердцу, что способно взволновать сильнее, окрылить, вознести?..

Но следом – следом начиналось то, что отвращает, от чего опускаются руки. Я не боялся одуряющего усилия, пусть веки трясутся и слезятся глаза, но вся моя природа противилась его бессмыслице, сопротивлялась напрасности, очевидной с полувзгляда. Да, я не родился творцом, им-то небось даже и не объяснить, о чем я, а мне – мне лишь завидовать порой, да еще сетовать, раздражаясь без причин, на все то же неблагодарное человечество или на собственное мелкое тщеславие, смотря что перевесит. Да, вслед за усилием я немедленно захочу всего – и чтобы другие видели и восхищались, замирая, как замираю я сам, и оценок по достоинству, и известности, и – ха-ха – денег… Рассмеяться бы самому себе в лицо – извиняет лишь то, что, право, я все понимаю и жалуюсь вовсе не всерьез, не нужно думать обо мне плохо. Какая уж там слава, когда я безвестен изначально, и чем начинать с нуля, лучше уж и не начинать совсем – слишком трудно достучаться, донести, убедить кого-то, позевывающего тайком, а потом другого, третьего и сколько их еще… У всех свои дела и свои заботы, а я и без того бываю стеснителен донельзя, что же будет, когда придется заговорить о столь хрупком и беззащитном, да еще и убеждать без устали: я хорош, хорош, присмотритесь, пожалуйста… Столько красоты пропадает в строчках – и у меня, и у других, не известных мне – и все зазря, покажешь кому-то, а тот только кивнет, раскроешь с трепетом, а в ответ – пустые зрачки. Наверное, никто даже и не прочтет, а прочтут – так тут же и позабудут, списав непонятное волнение на что-то другое, а если и не забудут сразу, так через день-два уж точно не вспомнят, замотавшись в привычной суете. Друзья будут похлопывать по плечу и переводить разговор на другую тему, а незнакомка – незнакомки и нет вовсе, думал я со злостью, уставившись в невидимый потолок широко раскрытыми глазами.

Здесь я лукавил впрочем – незнакомка была, и я даже узнал ее наконец, но это не меняло сути. Все теперь представлялось мелким-мелким и скучным-скучным, разжеванным до приторности. Мои недавние переживания промелькнули робкою чередой, заставив лишь поморщиться с досадой. Туманный сад и старый особняк растаяли бесследно, женскую же фигуру я опознал по узким плечам и походке, которую не могло скрыть даже старомодное платье – это была моя университетская пассия, субтильная еврейка с чуть кривыми ногами и кротким, незлобивым нравом, с которой я прожил около полугода все в той же комнате у стадиона. Не помню, почему мы расстались, наверное, я просто устал от чьего-то постоянного присутствия – повсюду были ее вещи и ее странный запах – а на прощанье она подарила мне морскую раковину, выловленную неподалеку от обетованной земли – вполне символично, если предположить, что таковая действительно существует, а не есть просто чья-то шутка.

Я теперь вспоминал ее волосы и ее раковину, сожалея о всех своих несостоявшихся судьбах, скорбеть по которым безнадежно вполне. Где ты, мой двойник, где ты, Лилия, послушная и ласковая? Каким еще стихом дотянуться к вам? И последнее стихотворение, спокойное и печальное, звучало в голове, как соглашение с безнадежностью, осознанной и почти уже привычной:

Ты на меня взгляни,
как через призму, сквозь
полуслепые дни,
меж каковыми врозь
втиснуты мы, а не
вместе – среди гримас
темной судьбы, вдвойне
перехитрившей нас.

Лгавшей вдвойне. И твой

взгляд все равно добрей… –

и еще что-то, размеренное и усыпляющее, обращенное ко всем, кто мог еще обо мне думать.

Строчки завораживали, хотелось дослушать дальше, но дальше не было сил. Перед глазами пульсировали зигзаги, комната переполнилась обломками слов, и сквозь их гомон уже почти ничего не получалось разобрать. Совершенно измученный, с ледяными ладонями и пылающими висками, я отвернулся к стене и провалился в сон, успев лишь подумать, что, наверное, почти ничего не вспомню следующим утром.

Глава 12

Так оно и вышло – наутро, проснувшись с тяжестью в затылке, я не помнил ни одной из лихорадочных строк, лишь несколько заблудших рифм слонялись в пустоте, будто не зная пути наружу. Я не стал цепляться за них, клубок все равно не распутать, вытягивая случайные нити – тем более, что и похвастаться едва ли найдется кому, а у самого не было ни сил, ни охоты начинать восторгаться заново. Все знакомо – внезапный жар и стихотворное похмелье, если бы записывал, то, наверное, не захотел бы взглянуть на следующий день. Интересно, как у других, сочиняющих взаправду? Ни разу не доводилось спросить.

За окном лил дождь, разошедшись вовсю, заштриховав небо и океан косыми струями. Я позавтракал в одиночестве, с неохотой сжевав пару бутербродов и запив их мерзейшим кофе. Впереди простирался длинный день, заранее раздражавший отсутствием содержания. Конечно, все могло измениться в любую минуту, достаточно было бы команды, сигнала или просто жеста кого-то из тех, кто соображал, что к чему, и знал, зачем мы притащились сюда, но пока время проходило впустую и текло едва-едва.

Повалявшись в спальне и покурив, я понял, что так можно затосковать всерьез и прикрикнул на себя строго, отгоняя ненужные мысли. Обман – не обман, говорил я себе, никто ничего не обещал; глупость – еще не глупость, посмотрим, что и как развернется дальше. Что там еще? – Кристоферы и их вчерашняя хитрость? Сам виноват, в другой раз не подставляйся… Вообще, лучше считать, что нынешнее безделье есть просто затишье перед бурей. А уж если буря, то все заодно, и никого не станут отписывать в посторонние.

На этом я заставил себя встать и отправился слоняться по дому. Беглый осмотр подтвердил то, что было ясно и так – и Кристоферы, и Гиббс опять пропадали неизвестно где, их комнаты были заперты наглухо, и на мой стук никто не ответил. Женщины были у себя, Сильвия, отворив дверь, сказала, что у нее дела, и что она знать не знает, где остальные, а Стелла даже и не откликнулась, хоть я и слышал ее шаги и звон каких-то склянок. Чертыхнувшись, я стал убивать время как придется – полистал Хроникер, но не возбудился им ничуть, излазил еще две неисследованные кладовые, найдя лишь упаковку мышиного яда, да пустую птичью клетку посреди рухляди и хлама, к которым не хотелось даже и подступаться. Потом ноги сами понесли меня к чердачной лестнице, и я полез наверх, с омерзением смахивая клейкую паутину.

Чердак был почти пуст, лишь в дальнем углу, около окна, стояли два покрившихся комода с наполовину выдвинутыми ящиками. Стараясь ступать бесшумно, но все равно скрипя расшатанными досками, я подошел к ним и стал наскоро просматривать содержимое.

Круглое окно, запылившееся донельзя, давало совсем немного света, но кое-что можно было разобрать, и я вяло перебирал предметы, преданные забвению их прежними владельцами, оставленные и забытые без всякого сострадания. Они смирились со своей участью, не надеясь на перемену, и не откликались рукам, замкнувшись в себе или вовсе утратив собственную сущность. Там были старые навигационные приборы с заржавленными стрелками, наверное снятые с отслуживших свой срок морских посудин, целый ворох карт, которые я поспешно отложил в сторону, будто обжегшись, куски бурого камня с крупными порами, тяжелого и холодного – если долго держать его в ладони, то вверх по предплечью ползут мурашки, и рука словно немеет. Я сунул было один из них в карман, но камень неприятно холодил бедро, и пришлось оставить его в комоде.

Затем я нашел большой фотографический альбом и, придвинувшись ближе к окну, раскрыл его в предвкушении новых открытий, но внутри оказалось лишь несколько карточек одной и той же женщины, всякий раз сидевшей в неловкой напряженной позе и упрямо сверлящей глазами объектив. Женщина была молода, и я подумал, не Сильвия ли это лет пятнадцать назад, но никакого сходства не наблюдалось, да и карточки, судя по коричневому налету, были сделаны куда раньше. Долистав альбом до конца, я обнаружил клочок бумаги, неаккуратно вырванный из разлинованного блокнота. На одной, чистой стороне было старательно выведено печатной латиницей: «MEMENTO MORI», а на другой тянулись выцветшие прописные строчки почти нечитаемого текста. Я разобрал лишь: «Рассмотрим внимательнее траекторию одной капли. Слеза рождается в углу глаза и сползает по веку, размывая синюю тушь...» «Синяя тушь – какая чушь», – пробормотал я тихо и сунул листок назад в альбом.

Больше исследовать было нечего, и идти было некуда – надо мной нависали грубые стропила, и стены окружали со всех сторон. Я положил альбом на пол у окна и сел на него, наклонившись вперед, подсознательно стараясь занимать как можно меньше чердачного пространства. Дождь не прекращался, мутная пелена застилала горизонт, безответно поглощая в себе и мысль, и взгляд, не откликаясь ни на единый порыв. Все это было знакомо до боли, повторяя сценарии, не раз прокрученные в голове; утренние сомнения нахлынули вновь, тут же вспомнились грубости и насмешки, Кристоферы и заносчивый Гиббс, абсурдность происходящего стала вдруг видна без прикрас. Невозможно было обманывать себя более – я понял, что попал в ловушку, и теперь уже не важно, забрел ли я туда сам или поддался чьей-то хитрости, не догадавшись сразу. Итог был налицо, и оставалось только надеяться, что он не навсегда.

Так делаешь один поворот, другой, третий, полагая наивно, что в голове все еще держится целостная картина, и вдруг утыкаешься в барьер, на котором нет указателей, а тропы, уходящие в обе стороны, заворачивают назад уже через несколько шагов. Надо бы спросить кого-то, но ты здесь совсем один, а если кто и встретится вдруг, то ему не объяснить, что ты ищешь: название цели неизвестно, да и страшно признаться, что ты заплутал – сразу все слабости выставятся наружу, уже ничего не скроешь. Можно лишь метнуться в одну из сторон, лихорадочно убеждая себя, что любое перемещение осмысленно, а потом, вернувшись к только что пройденному перекрестку, застыть на месте, не двигаясь вовсе, осторожно осматриваясь и не находя опоры, признавая, что пресловутая картина, увы, распалась на множество отдельных фрагментов, которые не собрать воедино, как не склеить из осколков лопнувшее оконное стекло.

Хуже всего, когда не имеешь понятия даже и о протяженности лабиринта, о его запутанности и степени коварства – тогда собственные фантазии грешат все более удручающими предсказаниями, подливая воды на мельницу неведомого врага. Кажется, что все пути открыты, можно шагнуть наудачу и искать боковые выходы, если уж не получилось пересечь напрямую, но тут же внутренние голоса взовьются в унисон – мол не смей, не верь, только сделаешь хуже. Тогда попадаешь в свой собственный замкнутый круг, в сравнении с которым любой лабиринт покажется просторным, и неподвижность не преодолеть, кто-то позади верховодит, будто стискивая плечо железными пальцами: стой, нет хода, нет смысла…

«Попался, хитрый кот», – сказал бы наверное Любомир Любомиров, злорадно подмигивая, как он делал это не раз за доской, восседая, правда, рядом со мной, а не позади и не напротив. Да, играя в Джан, мы с ним знали толк в ловушках, но и сами, надо признать, не всегда могли уберечься – где-нибудь в середине затянувшейся партии, когда внимание ослабевает, расхоложенное чрезмерной уверенностью, и ты вдруг понимаешь, что соседние поля уже контролируются не тобой, и почти не осталось ходов, над которыми можно раздумывать – кто-то основательно подумал за тебя. На сей раз подумавшие улизнули куда-то, оставив меня в одиночестве, но западня от этого не стала безобидней – так ждут, пока мышь в мышеловке уснет от слабости, а в моем случае – кто знает, быть может ожидают первых признаков безумия, чтобы тут-то уж и избавиться от меня навсегда? Недурной замысел и вполне может удаться – здесь, среди безмолвных комнат и упорствующей непогоды…

Я тряхнул головой и, желая отвлечься и прекратить непристойное нытье, снова стал думать об игре Джан, изобилующей опасностями и подводными камнями, не всегда очевидными с первого взгляда. Потом, когда комбинация становится ясна, и больше не остается хороших ходов, каждый новичок неминуемо паникует, и, право, есть от чего: перестав двигать фишки, становишься обречен на медленную гибель – или гибель быструю, кому как повезет. Бывает обидно, особенно, если начало складывалось многообещающе, но сделать, как правило, ничего не удается – чужая воля сминает, как снежная лавина, которой невозможно противостоять. «Покатило…» – тянул Любомир Любомиров как бы про себя, и у него загорались глаза, когда мы с ним зажимали в тиски какую-нибудь пару неопытных выскочек, безжалостно вытесняя к губительному краю. «Погоняй, посвистывай», – приговаривал он невинно, почесывая переносицу и глядя, как оторопевшие соперники шныряют глазами из стороны в сторону, пытаясь отыскать спасение в недоступных им патовых углах, а потом, когда все кончалось, заключал с противной усмешечкой: – «Вот и обделались», – или еще что-нибудь в этом роде, не забывая прибавить свое обычное: – «Извращенцы», – словно вынося финальный вердикт.

Но, затягивая петлю, нужно быть начеку – также как и, угодив в нее, нельзя опускать руки: мы с ним очень хорошо это знали, усвоив с ранней юности основной закон игры Джан, в котором собственно и кроется вся ее сложность. Первая его часть гласит: «Инициатива – это все», что справедливо – только тот, кто заказывает ходы, может надеяться на выигрыш. Но тут же есть и вторая, которая даже и не часть закона, а выражение самого, что ни на есть, философского принципа. «В игре Джан, – утверждает принцип, – не надо захватывать инициативу, если в ней нет необходимости», – и это еще справедливей, ибо нет ничего нелепее, чем ломиться в открытые двери и выставлять себя на смех там, где стоит лишний раз подумать, взвесить и даже быть может усомниться в собственной правоте. Здесь-то и кроется ловушка для расставляющих ловушки, и брезжит спасение для уже угодивших в них – эти два краеугольных камня просто не могут быть пригнаны друг к другу без зазора, так что всегда есть шанс соскользнуть с проторенной дороги в необитаемое пространство, где начинаются потемки, и невозможно разобрать, кто кошка, а кто мышка. Нужно только не промедлить с решающим усилием – и все может поменяться на доске, а еще – выделить из всех своих фишек одну, способную на отважный прорыв, выявить сильнейшее звено в путанной толпе одиночек и поставить на него, более уже не колеблясь, сделав выбор, что может показаться странным любому, кроме тебя самого…

Так я размышлял, сидя у чердачного окна, пока у меня не затекли все мышцы, и спина не одеревенела от неподвижности. Дождь стучал в пыльное стекло, стены поскрипывали негромко, словно беседуя о своем, а я ломал голову, прикидывая так и сяк собственную позицию в партии, разыгрываемой экспромтом, тугодумно соображая, кто за кого, и как расчерчены поля, и стараясь не промахнуться в определении своей сильнейшей фигуры – будь то пожелтевшая фотография Пиолина или мой секрет, или хотя бы пристрелянный кольт, ждущий своего часа в дорожной сумке. Жаль, что рядом не было Любомира Любомирова – вместе мы всегда оказывались куда эффективнее, чем по отдельности. Впрочем, тут и он вряд ли смог бы помочь – даже если бы я и сумел доходчиво все разъяснить.

Потом боль в спине и острое чувство голода погнали меня вниз. На двери спальни я обнаружил записку, извещавшую, что обед, он же и ужин, состоится в пять часов пополудни. С трудом дотерпев до назначенного времени, я умылся и поспешил в столовую, где, едва ступив внутрь, не сумел сдержать вздоха разочарования – за столом сидели лишь Сильвия со Стеллой. Меня дожидалась единственная нетронутая тарелка – по всему было видно, что ужинать нам предстоит втроем.

Я пробурчал приветствие и обреченно уселся на низкий табурет. Ловушка схлопывалась, это было понятно. Быть может, скоро и эти женщины доделают здесь все, чем их оставили заниматься, и тоже исчезнут, улизнут под покровом ночной тьмы, даже не попрощавшись, а та, что дарила меня своей лаской, лишь улыбнется задумчиво при мимолетном воспоминании где-нибудь на полпути к следующему приюту?.. Картина не радовала ничуть, и я снова вздохнул, уставившись в пол.

«Чего грустим? – спросила Сильвия несколько рассеянно. – Или вспомнилось что?»

«Да не происходит ничего, – раздраженно пожаловался я. – И Гиббса нет, и даже эти ушли куда-то…»

«А мы чем не компания? – поинтересовалась Сильвия, улыбаясь. – Что уж прямо все Гиббс да Гиббс…»

Я глянул на нее через стол. Она сидела спокойно, аккуратно сложив руки и не притрагиваясь к еде. Улыбка ее бередила душу – чем-то неуловимо порочным и неприступным одновременно – будто очерчивая границы желаний, за которые так и тянет переступить. Я вдруг остро вспомнил нашу недавнюю близость и заерзал на табурете. Нет ли здесь какого-нибудь сигнала, мелькнула быстрая мысль, в конце концов, мы ведь не ссорились, а если бы и ссорились, то помириться тоже недолго. Да и про Стеллу она тогда сказала, наверное, не просто так…

За этой мыслью пришла другая, за ней третья – и еще, и еще. Им ведь тоже должно быть тоскливо тут до одури, еще больше, чем мне, доказывал я сам себе. Вообще, женщины часто бывают лучше мужчин – тоньше, приветливей, наблюдательнее наконец – почему бы и этим двум не оказаться на моей стороне или хотя бы не увидеть во мне нечто по-настоящему притягательное? Может получиться неплохо – это конечно не выход, но все же разнообразие как никак. Маленький гарем на океане, у самой границы грозных дюн – очень романтично звучит. Они такие разные – интересно, на что они способны вдвоем?..

Перспектива завлекала. Мир вдруг заиграл красками, я почувствовал охотничью дрожь, пробежавшую вдоль позвонков, а вслух сказал лишь: – «Нет, вы конечно компания неплохая», – и развалился на сиденье с показной уверенностью, насколько это было возможно при отсутствии спинки. Сильвия поощряюще кивнула, и я продолжил, воодушевляясь: – «Компания неплохая, только вот сидим мы все по своим комнатам, можно б было и повеселее время провести».

«Как, например?» – ласково спросила Сильвия, потупив взгляд. Артистка, подумал я восхищенно и совсем взбодрился, изготовившись к тонкой пикировке, которая может далеко завести. Перед глазами мгновенно пронеслось несколько сцен, одна заманчивее другой, и я уже прикидывал про себя, как бы поудачнее ввести в разговор грубоватую двусмысленность, направляющую в нужное русло, но тут Стелла перебила нас, заявив бесцеремонно: – «Где нам еще сидеть – с тобой что ли? Ты, кстати, не очень-то рассиживаешься – все утро по чердаку топал… После того, как ко мне стучался», – уточнила она, покосившись на Сильвию, и та понимающе вздохнула.

«Топал, не топал – что ж мне, порхать? – буркнул я недовольно, чувствуя, как волшебство рассеивается, и игра заканчивается, не начавшись. – Там расшаталось все давно. А в комнате маяться, так со скуки свихнешься. Ты вот сама-то что делала весь день?»

«Мечтала», – отрезала Стелла и, повернувшись к Сильвии, стала говорить с ней о какой-то ленте с заколкой и брошью. Та отвечала с едва уловимой иронией, но Стелла не отставала, и я опять стал ощущать себя лишним. Будто сговорились все, и эти две туда же, – подумалось язвительно, – будто специально демонстрируют тут… Я нарочито потянулся и спросил как можно развязнее: – «О чем же ты мечтала, не обо мне ли вдруг?» Стелла лишь глянула недоуменно и вновь повернулась к Сильвии, но я опять грубо перебил ее: – «Или о своем женихе – у тебя есть жених? А как вообще у тебя с этим делом – ну, ты понимаешь о чем я?..»

Тут они обе замолчали и уставились на меня, а я понес уже вовсе какой-то вздор, стал дурачиться и ерничать, добиваясь хотя бы одного смешка, называл Сильвию цыганкой и просил погадать мне на хлебном мякише, а еще хотел показать фокус с проглатыванием ложки, но неловко двинул пальцами и оконфузился. Так продолжалось с четверть часа, но все мои усилия не приносили успеха – Сильвия поглядывала на меня все печальнее, а Стелла дулась, хмурилась и крикнула, наконец: – «Да прекрати ты кривляться, хоть тут не будь идиотом. Кому это нужно, нам с ней что ли?.. – И добавила с сожалением, неизвестно к чему: – Совсем ты не знаешь, что такое женщина».

Я как-то сразу сник – и в самом деле, она была совершенно права. Не хотелось даже уточнять про не совсем понятное «хоть тут». В молчании мы закончили ужин и разошлись, едва пожелав друг другу доброй ночи.

«Не будь идиотом», – бормотал я сам себе, как обычно запоздало злясь на собственную глупость, и, вернувшись уже в спальню, все никак не мог успокоиться, представляя себя в унизительных видах и едва справляясь с желанием немедленно пойти к Стелле и нагрубить. Я им про тоску и невыносимость отчуждения, а они все про одно и то же, где уж им хоть что-то понять, думал я раздраженно, сознавая, что винить некого и злясь от этого еще сильнее…

За окном уже вновь сгустилась тьма, день кончился, не порадовав ничем. Мир сузился до размеров комнаты, в которой становилось невыносимо тесно. «Чем меня поманили, на что я купился?» – спрашивал я и отвечал понуро: – «Что-то было непродуманно или сорвалось. Хотели использовать, вот и взяли с собой, но планы поменялись, и я стал не нужен…» Все ясней ясного – так что ж я делаю здесь? У меня есть цель, забывать о которой – стыдно!

Я бросился к окну и опустил тугую раму. Было темно и ветрено, но дождь, лививший весь день, теперь почти перестал, сменившись мелкой, едва заметной моросью. Ну вот, – подумал я, – мне подают знак, не иначе, – и, больше не медля, стал собираться в путь. Конечно, стоило подождать до утра, но нетерпение терзало все сильнее, и просто невозможно было усидеть на месте. К тому же, я надеялся, что ветер вскоре разгонит тучи, и луна, приближавшаяся по моим подсчетам к самой полной фазе, даст достаточно света. Пусть ночь, но я не собьюсь с курса, – уверял я себя, – и потом, другие же выбирались, судя по рассказам… Быстро побросав вещи в сумку, я произвел в голове кое-какие подсчеты и прикинул направление наикратчайшей дороги назад, к мотелю. Очень помогла бы схема, нарисованная на бумаге, но я твердо помнил: никаких схем – и удержался даже от того, чтобы начертить пальцем на пыльной поверхности подоконника два катета предыдущего маршрута и гипотенузу предстоящего. Сборы были окончены, да и можно ли назвать это сборами – легок на подъем, нигде ничто не держит… Посидев пару минут на кровати и прикинув про себя, не попрощаться ли с Сильвией, я погасил свет, зашел на кухню за галетами и водой и бесшумно выбрался наружу.

Мокрый ветер хлестнул в лицо, сразу захотелось вернуться, но я преодолел мгновенную слабость и, нагнув голову, зашагал по жесткому песку, удаляясь и от дома, и от океана, оставляя за спиной нераскрытые загадки и спутников, не ставших мне ближе за то время, что мы были вместе. Свист ветра и шум прибоя за спиной скрадывали прочие звуки; в душе у меня не было страха – одно лишь сожаление о чем-то, не доведенном до конца, робко шевелилось порой, не имея смелости перечить в открытую. Я гнал его прочь, весь во власти упрямой решимости, и бормотал про себя грубые слова, словно упреждая сомнения, спрятанные глубоко внутри.

Уже через час, однако, стало ясно, что моя затея непосильна. Оставшись за гребнем первых песчаных холмов, океан сразу смолк, и на смену размеренному рокоту пришли нервные звуки ночных дюн – скрипы, шорохи, поспешное бегство и жалобный плач, торжествующий вопль вдали, в котором отчетливо слышалась угроза, или обреченный вздох, будто признающий бессмысленность дальнейшего упорства. Сначала мне было просто не по себе, но чем дальше, тем становилось тревожнее и хуже, мысли начали путаться, и со всех сторон чудились затаившиеся монстры, так что я брел, пригнувшись, петляя так, чтобы обогнуть каждое темное пятно, то и дело застывая на месте и оглядываясь – не крадется ли кто-нибудь за спиной. Я сознавал, что прошел лишь самую малость, и едва ли таким темпом доберусь до цели, но ничего не мог с собой поделать – нервы были натянуты, как струны, и в голове звенело от избытка адреналина, не дающего рассуждать спокойно.

Каждый возглас и каждый вздох, разраставшиеся в воображении громогласными раскатами или визгом, пронзительным до дурноты, будто спешили сообщить что-то и от чего-то предостеречь, но, срываясь на полпути, лишь сигналили, казалось: поздно, поздно, не успеть. Нет ничего хуже намеков, не дающихся пониманию – мне представлялось уже, что почва дрожит со всех сторон в преддверии неотвратимых катастроф, а я не знаю, не вижу главнейшей опасности, глаза мои завязаны и разум бессилен. Я понимал: прошлая суета напрасна, и худшее еще впереди, но – где оно, в чем? Быть может, мне пытаются подсказать, но я не могу довериться вслепую окликам неведомых сил, источники которых скрыты во мраке, а голоса столь бесчеловечны. Почему их так много? – Так не бывает, и это страшнее всего…

Впрочем, страхи страхами – рано или поздно, думаю, я совладал бы с собой – но с направлением дело обстояло куда плачевнее. Луна то выходила из облаков, то исчезала вновь, и весь ландшафт неузнаваемо менялся с каждым ее появлением, так что я, замечая по всем правилам топографии характерные ориентиры, всякий раз оказывался в сомнении, тот ли это холм и тот ли это куст, что еще четверть часа назад служили точками притяжения, и вообще, на той ли самой равнине нахожусь я теперь – все тени будто изменили очертания, и ничего не узнать. Я понял, что не уйду далеко – скорее всего совершенно собьюсь с курса и буду петлять кругами. Нужно было возвращаться, как ни противна была эта мысль моей еще не до конца иссякшей решимости. Лишь для вида поспорив с собой еще немного, я остановился, признав с облегчением, что вот-вот окончательно заблужусь, и стал дожидаться очередной порции лунного света, чтобы определиться с дорогой назад.

Это оказалось непросто. Я слишком долго простоял, озираясь в темноте, так что все контуры слились в одно и явили собой совершенно незнакомую местность, когда серебряное сияние вновь залило пространство. Я судорожно рыскал взглядом от возвышенности к возвышенности, отбегал назад в поисках своих следов, но никак не мог увериться в правильности картины, что была у меня в голове. Наконец, от моих метаний все следы перепутались и сделались бесполезны. Усилием воли я заставил себя не паниковать, присел на корточки и стал чертить на песке дюны и океан, свой предполагаемый маршрут и неуловимую луну, прикидывая, куда она могла сместиться, и как теперь должны лежать тени, и еще вспоминая, с какой стороны свистел ветер, что, впрочем, не имело большого смысла – ветер вполне мог и поменяться. Вдруг, как молния, пронзило: что я делаю, это же готовая схема, почти что карта – быть может я уже нарушил запрет, и дюны сейчас начнут мстить, меняясь и сдвигаясь, не щадя ни селения, ни одиноких путников. Я поспешно разровнял песок, аккуратно стерев все линии, и зашагал быстро, как только мог, туда, где по моим представлениям находился столь легкомысленно покинутый дом.

Через некоторое время, измученный неуверенностью и новыми приступами ночных страхов, я выбрался-таки к океану. Невыразимое облегчение, испытанное сразу, как только я услышал шум волн, быстро сменилось новым сомнением: дома не было и в помине, нигде не угадывалось ни огня, ни светящегося окна, очевидно, я здорово промахнулся в своих прикидках, и нужно было снова принимать решение. Поколебавшись, я повернул направо и побрел вдоль воды, ежась от ветра, задувающего под куртку.

Океан рокотал рассерженно, ночь нависла надо мной бескрайним шатром, расстояния казались огромны и непосильны ни разуму, ни зрению. Я был столь мал и значил столь мало, что не мог даже удивляться равнодушию пространства кругом – право, не в моих силах было хоть чем-то его смутить. Город М. и грозные легенды, дюны, из которых я едва выбрался только что, мои спутники и даже неуловимый Юлиан – все ушло куда-то на задний план и продолжало уменьшаться в размерах.

В эти минуты я понял вдруг, как приходит безумие – и даже представил чуть не воочию тончайшую грань, по которой бежит некто, стерегущий мой разум: бежит, не отвлекаясь и не поворачивая головы, глядя строго перед собой – с каждой стороны обрыв. Ему нельзя останавливаться – на месте не устоишь; даже и замедлиться страшно – сразу потеряешь устойчивость. Он бежит, дыша ровно и глубоко, энергично работая локтями, в том же темпе, в том же ритме из года в год, но порой что-то случается вдруг – и темп меняется, и пропадает ритм…

Я представлял: вот он пугается и прибавляет хода, тонкие ноги мелькают все быстрей; вот уже и не разобрать деталей, все сливается в одно расплывчатое пятно. Тут уж так – если начал, то назад пути не бывает; лишь перейди границу – и к размеренности не вернуться. Теперь только и кажется, что не угнаться за чем-то, не дотянуться, не успеть, и частота движений становится вовсе невыносима, а потом вдруг все – раз и нет, на лезвии пусто, а из пропасти вопль. Тут же голоса, оставшиеся без надзора, станут галдеть каждый свое, из углов полезут химеры, призраки заполонят пустоту – и уже не отделаться, не скрыться, ничего не вернуть…

По спине поползла струйка ледяного пота. Что ты делаешь, прикрикнул я на себя, так и вправду недолго сойти с ума. Ноги сами несли меня вперед, а в мозгу все звенело от натуги. Нужно было отвлечься, уцепиться за что-то и успокоить воспаленные нервы. «Рассмотрим внимательнее траекторию одной капли, – стал я бормотать монотонно, – слеза рождается в углу глаза и сползает по веку...» Это было бессмысленно, но я бубнил и бубнил, старательно представляя дождь на стекле и влагу на щеке, потом почувствовал, что у меня самого текут слезы от соленого ветра, и странным образом успокоился вдруг, смирившись разом с бесконечностью, равнодушием и собственной незавидной судьбой. Вообще, словесные формулы очень сильны, признавал я хмуро, всматриваясь в ночь, всегда нужно иметь одну-две про запас. Особенно таким, как я, устроенным слишком хитро, сложно, плохо, как говорила моя дорогая Гретчен.

Время шло, а впереди по-прежнему простиралась сплошная тьма. Перспектива ночевать на берегу не радовала ничуть, я проклинал свою глупость последними словами, понемногу сдаваясь тупой обреченности, столь наверное знакомой записным неудачникам, к каковым правда я никогда себя не причислял. Что ж, еще не поздно, – язвительно приговаривал кто-то у меня в голове, – еще немного, и, глядишь, на тебя начнут поглядывать с брезгливой жалостью, уже не удивляясь, а воспринимая как должное каждую новую несуразность. Что посеешь... Каждый сам кузнец... Я даже крикнул в ответ что-то негодующее и злое, но тут вдали вдруг затеплился слабый отблеск, заставивший немедленно прибавить шагу, а вскоре и знакомый дом вырос громоздким очертанием, погруженным во мрак, в котором яркими прямоугольниками горели лишь два окна.

Дойдя до входной двери, я почувствовал, что меня шатает от усталости. Все эмоции остались в дюнах и на океанском берегу, хотелось лишь броситься в постель и уснуть. Стараясь не шуметь, я шагнул в темную прихожую и увидел желтую полосу под кухонной дверью – значит, это там кто-то оставил свет. Захотелось пить. Бросив сумку на пол, я вошел на кухню в полной уверенности, что там никого нет, и оторопел – за столом сидел незнакомый человек.

Он бесцеремонно разглядывал меня несколько секунд, потом отвернулся и стал смотреть в стену напротив. Лицо его было обветрено, но молодо, только глаза казались слишком запавшими, словно от чрезмерного напряжения сил. Что-то в осанке его, в повороте головы и линии плеч говорило, что он старше, чем кажется поначалу, может быть руки выдали бы возраст, но он не вынимал их из карманов бесформенного балахона, распахнутого у шеи.

Я неуверенно поздоровался, на что незнакомец лишь сухо кивнул, не поворачиваясь ко мне. Тогда, решив, что обмен любезностями завершен, и не обращая больше внимания на странного гостя, я налил себе воды, жадно выпил и хотел уже уйти, как вдруг неожиданная мысль приковала меня к месту. А что, если это не гость, – взорвалось в голове, – что, если это кто-то чужой, восседающий здесь без всякого приглашения? И тут же по цепочке – а где Гиббс и Кристоферы, они что, так и не появлялись? А где женщины – не случилось ли с ними чего?..

Я похолодел. Быть может, меня оставили защитником – и дома, и Сильвии со Стеллой, – а я сбежал – пусть не от трусости, но как это теперь докажешь? Что, если… И мне стали представляться совсем уже страшные картины в духе киношных триллеров про маньяков-убийц, одним из каковых – да, не мог ли оказаться и человек, сидящий позади?..

Так я соображал лихорадочно, не оборачиваясь и вспоминая его лицо, которое почему-то расплывалось и ускользало. Я бессмысленно перебирал что-то на полке, оттягивая момент, когда нужно будет встретить прямой кровожадный взгляд, цепенея при этом от мысли, что незнакомец, быть может, уже неслышно подобрался сзади, и вот сейчас на меня обрушится сокрушительный удар. Или нет, наверное он держит меня на прицеле, ожидая только, чтобы я осознал безнадежность сопротивления, чтобы потом, перед тем, как спустить курок, вдоволь насладиться моей беспомощностью, повелевая и унижая?.. От больного мира можно ждать чего угодно, он горазд на такие гнусности, что и не снились воображению, ко всему надо быть готовым, но как?

Тянуть дальше было уже невозможно. Я собрал воедино остатки сил и повернулся, стараясь казаться спокойным. Никто не таился за спиной, мужчина в балахоне сидел в той же позе, по-прежнему глядя в никуда, но на лице у него, показалось мне, обозначилась какая-то новая складка, будто он собирался ухмыльнуться всезнающе, но остановился на полпути. Контакт, – подумал я, – надо установить контакт, иначе ничего не прояснится. Но контакт – это как раз то, что мне не дается и всегда выходит вкривь и вкось…

«Позвольте представиться», – проговорил я как можно безразличнее, назвал свое имя и нарочито зевнул, строго смотря при этом незнакомцу в глаза. «Да уж знаем, знаем…» – ответил вдруг тот голосом Гиббса, глянул на меня искоса и подмигнул. Будто пелену сорвали с моих глаз – я стоял, оскалившись неловко, поражаясь собственной слепоте, и недоумевал, почему это я не узнал его сразу, как только увидел. Ни с чем ведь не спутать – и осанка, и фигура, и манера сидеть. Только лицо – но что лицо? Мало ли я видел переменчивых лиц?

«Прогуливались? – спросил Гиббс с издевкой, явно наслаждаясь эффектом. – Погода располагает».

«Да, гулял, – буркнул я сердито, – чем еще заняться? Бросили тут меня, понимаете ли, одного…»

«Ну уж не одного, да и всему свое время, – возразил Гиббс, покачав головой, а потом добавил назидательно: – Гулять, кстати, с пользой нужно, со смыслом. Вы вот со смыслом гуляли?»

«Ну да», – ответил я, не понимая, куда он клонит.

«Вот и хорошо, – похвалил Гиббс. – А то, если гулять без смысла, то может потянуть на бессмысленные поступки. Вообще, глядя на вас, я все больше начинаю подозревать, что по части бессмысленных поступков вы большой мастак. Как, угадал?»

Мне хотелось ответить грубостью, но усталость пересилила, к тому же он был прав, если напрямоту. «Может быть, – пожал я плечами, – но и осмысленные тоже могу, что уж так сразу со счетов меня списывать».

«Ну да, списывать… – Гиббс рассеянно пробарабанил пальцами по столу. – Списывать не стоит, да и невыгодно вовсе – пусть уж все будут на счету… А интересно, что вас все-таки в М. привело?» – спросил он вдруг, блеснув глазами и разворачиваясь ко мне всем корпусом.

Вопрос мне не понравился. «Я ж говорил уже, найти нужно кое-кого», – ответил я недовольно, разглядывая его новое лицо, к которому никак не мог привыкнуть.

«Найти можно, а как найдете, потом-то что?» – не унимался Гиббс.

Я вдруг ощутил острое желание рассказать ему все – и про Юлиана, и про заряженный кольт – и лишь боязнь выставить себя на смех удержала меня от откровенности. Гиббс с удовольствием наблюдал за моей внутренней борьбой, а когда я выдавил из себя неловкое «потом и видно будет», широко осклабился, будто добился, чего хотел.

«А вы-то что, новым обличьем обзавелись? – спросил я в ответ несколько воинственно. – Вас прямо и не узнать».

«Да ну, что вы, это ж просто маска, кого она может обмануть, – отмахнулся Гиббс. – Вот, пожалуйста… – Он поднял руку, щелкнул чем-то у себя на шее, и лицо вдруг оказалось у него в ладони, сложенное пополам и вывернутое наизнанку. – У меня их несколько. Эта вот швейцарская, они умеют делать».

Я кивнул неуверенно, исподлобья глядя на прежнего Гиббса в его таком странном, но уже привычном для меня естестве. Потом потоптался еще, выговорил через силу: – «Ну, я пойду…» – и повернулся к двери, но почувствовал на себе его острый ответный взгляд.

«Что это у вас? Куда вы вообще ходили? – Гиббс смотрел на мои ноги. – Не иначе, в сусличье дерьмо вляпались?»

Я быстро опустил глаза. На внешней стороне правого ботинка отчетливо выделялась ярко-зеленая полоса.

«Может и к удаче… – протянул Гиббс насмешливо. – Видите, прав я был, гулять нужно со смыслом!»

Я кивнул, будто соглашаясь с шуткой, но заметил, выходя, что разглядывал он меня при этом очень даже недобро.

Глава 13

Следующие несколько дней прошли вяло и скучно – я, казалось, никого не интересовал, Гиббс и Кристоферы не обращали на меня внимания, да и появлялись в доме не так уж часто. Неудачный побег поумерил мой пыл, предпринимать что-то еще было глупо – оставалось лишь смириться с покорным ожиданием. Я пробовал заговаривать с Сильвией, но та вела себя со мной, как чужая – отвечая ласково, но отстраненно, показывая всем видом, что мне лишь чудилась наша недолгая близость. Я показал ей фотографию Пиолина, так встревожившую меня, но она не проявила ни малейшего интереса, равнодушно сказав, что не читает по-иностранному, а этого человека видит впервые. Тогда, в отчаянии, что время уходит впустую, я разыскал на дне дорожной сумки любительское фото Юлиана, которое лежало там у меня, спрятанное вместе с кольтом, и как-то за обедом небрежно выложил его на стол. Но ни женщины, ни оба Кристофера, в тот день обедавшие с нами, не выказали узнавания, лишь Кристофер-первый сказал небрежно: – «Пойди у соседей спроси», – неопределенно показывая рукой вокруг, и оба они рассмеялись. «Когда Гиббс придет?» – холодно спросил я, но в ответ получил лишь очередную ухмылку: – «Придет, не бойся, дела свои закончит и придет…» – и мне не оставалось ничего, кроме как уткнуться в свою тарелку, подавляя острое желание выкрикнуть что-нибудь злобное.

Гиббс, кстати, объявился в тот же вечер, но разговора с ним не получилось. Он был без маски, смотрел все больше в сторону и одет был как-то странно – в грубые сапоги до колен и широкий плащ-балахон, свисающий с плеч к самому полу. Мне пришло в голову, что, наверное, он так в нем и ночевал под открытым небом, но спрашивать было неудобно – любопытство такого рода могло показаться слишком навязчивым. К тому же, он как пришел, так и засел на кухне, уединившись там с Сильвией, и я никак не мог найти повод потревожить их тет-а-тет, а когда поймал-таки его одного у входной двери, то по всему было видно, что он уже спешит, и ему не до меня. Тут еще и Сильвия выскочила из своей спальни, явно намереваясь что-то сказать вдогонку, но смешалась, увидев меня, и стала рядом, не произнося ни слова. Возникла неловкая сцена, так что Гиббс поморщился с досадой, открыл дверь и кивком пригласил меня за собой наружу. Я моментально продрог на ветру без верхней одежды, а Гиббс выговорил отчетливо и сердито: – «Ну, что вам неймется? Что вы суетитесь, как барышня на перроне?» – и у меня не нашлось нужных слов, было ясно, что вот так, наспех, мы все равно не сумеем ничего обсудить. «Вы помните наш уговор, – осведомился Гиббс холодно, – уговор не делать глупостей? Вас ведь предупреждали – дурака я строить из себя не люблю…» – после чего говорить и вовсе стало не о чем, я лишь хмуро кивнул, почему-то чувствуя себя виноватым, а он завернулся в плащ и зашагал прочь от дома.

Этот эпизод, понятно, не добавил бодрости, а на душе и так было не очень весело. Меня то и дело мучило подозрение, что наш поход – напрасная трата времени, а здешние места не таят ничего нового и не раздвигают границ – ни в каком из возможных смыслов. Тут же на смену приходила другая мысль – о том, что границы, как их не раздвигай, все равно окружат тесным кольцом: пусть пространство бесконечно, но я заточен в четырех стенах, без которых не больно-то могу обходиться, а если пойти еще дальше, то и эти стены просторны чересчур, настоящая темница где-то внутри меня, и с нею пока, увы, не сладить, как не сбросить смирительные бинты. Ну а следом накатывало и совсем иное – я чувствовал, что буря все же подступает неотвратимо, неведомые события копят силы и сгущаются вдалеке. Даже лица незамысловатых Кристоферов становились будто бы хитрей и зловредней, среди ночных шорохов то и дело чудились грубые голоса, и заоконный пейзаж тоже вносил свою лепту – погода не улучшалась, по небу торопливо ползли низкие тучи, похожие на батальоны оборванных войск, привыкших к бесконечному отступлению. Ветер то усиливался, завывая и швыряясь мелким дождем, то стихал совершенно, и тогда над всеми звуками властвовал гул рассерженного океана, далеко захлестывающего волнами привыкший ко всему берег, будто напоминая о своей силе всем, рискующим усомниться.

Лишь одно развлекало меня и не давало упасть духом – наши отношения со Стеллой становились теплее с каждым днем, она была теперь куда мягче и приветливей со мной, хоть и казалась временами несколько пугливой. Мы часто болтали о всяких мелочах, я узнавал ее все лучше, и она все больше нравилась мне. Я убеждал себя, не без самодовольства, что ее резкость и грубость в первые дни происходили от стеснения, а то и от ревности, и даже размышлял порою, не есть ли Стелла та самая фигура на доске, моя счастливая карта, на которую стоит делать ставку. Что это значит и как, в голову пока не приходило, но ощущение крепло, будто в пику сомнениям и тревоге, нашептывая чуть слышно: плевать на остальных, тут, быть может, настоящая находка – не пропусти, не спугни…

Как-то ночью был шторм, и я не мог уснуть до рассвета, а наутро ветер стих, небо прояснилось, посветлев и повеселев, и Стелла, чуть не насильно, потащила меня на прогулку. Мы пошли вдоль самой воды, рассматривая песок под ногами, на котором волны оставили неряшливые следы ночного буйства. Всюду валялись дохлые крабы и моллюски, темнели окаменевшие обломки дерева – не от пиратских ли шхун, думал я – попадались пучки спутанных водорослей и россыпи ракушек странной формы, наполовину сточенных, но с острым, как бритва краем, сверкающим нетронутым перламутром. Берег преобразился, но не утратил безучастности – неведомые варвары пришли и ушли, не успев или не сумев обжиться, побросав свой скарб и житейский мусор, не нарушив уединения здешних мест на какой-либо мало-мальски заметный срок.

Стелла выглядела неважно, черты ее лица заострились, под глазами залегли темные тени. Я пробовал было завязать разговор, но он не клеился – мы были неловки, как незнакомцы, полагающие неуместной любую откровенность. Даже когда я спросил ее о брате, она лишь отмахнулась небрежно, не желая, видимо, вспоминать нашу беседу на привале, и я замолчал, решив не навязываться и сожалея про себя, что не пошел один.

Потом, однако, Стелла оживилась и затеяла игру с ракушками, которые до того собирала в ладонь, старательно выискивая нужные в мокром песке.

«Как ты думаешь, что это?» – показывала она мне одну, вытянутую и закругленную на концах с узкой извилистой трещиной посередине.

«Похоже на треснувшее блюдо», – неуверенно отвечал я, и Стелла сердилась: – «Примитив! Сколько тебе лет – семьдесят? Не будь такой занудой, напряги мозги».

«Может, тропа в ущелье?» – гадал я наудачу.

«Слишком просто, каждый может, – опять не соглашалась она, – давай по серьезному – уж если взялся, то не увиливай».

«Ну ладно, это стена твоей комнаты с лопнувшей по шву штукатуркой, которую ты видишь, просыпаясь, и день сразу кажется несчастливым», – фантазировал я многословно, втайне надеясь, что меня похвалят, но Стелла лишь кривилась: – «Нет, бесполезно, ты даже не присмотрелся как следует. Я думала, ты внимательнее, а ты такой же ленивый, как все прочие. Думаешь, обе половинки одинаковые? Разве не видно, это же Гиббс…» Она сунула мне раковину, и, повертев ее на свету, я увидел, что, действительно, трещина разделяла две разные поверхности – одна была покрыта матовой патиной, словно иссеченная песчинками, а другая казалась глянцевой и нетронутой, невозмутимой и безликой.

«Да, похоже», – признавал я важно, стараясь сохранять достоинство, а моя спутница, не слушая, уже вертела у меня перед глазами следующую шараду. Эта ракушка была сточена в глубину посередине, словно греческая омега, а ее края завивались круглыми несимметричными локонами.

«Давай-ка что-нибудь поинтереснее», – деловито требовала Стелла, заглядывая мне в лицо.

Я честно размышлял какое-то время, но ничего остроумного не

шло в голову. «Парик на монахине», – предложил я наконец, но Стелла лишь отрицательно помотала головой.

«При чем тут монахиня? – пробормотала она чуть слышно. – Кто тут монахиня?..»

«Две волны подряд – большая и поменьше», – старался я ее убедить, настаивая и поясняя жестами, и Стелла верила казалось, признавая, что, да, это близко, но все же не то, не то. «Что связывает твои две волны? – горячилась она. – Посмотри, вон их много, выбери похожие на это. Сам видишь, каждая отдельно, просто не хочешь постараться».

«Ну ладно, не знаю», – сдавался я тогда, и она говорила непреклонно: – «Это – ночь между двумя днями – дни, видишь, одного свойства, хоть похожи и не до конца. А между ними – перемычка, ночь, изогнутая вверх, грациозная и хрупкая, в ней нельзя задержаться надолго, тут же скатишься – то ли в какой-то сон, очнувшись уже впереди, то ли назад, в воспоминание, и тогда прошедший день словно и не захочет с тобой расставаться. У тебя такое бывало?»

«Может и бывало», – отвечал я, готовясь защищаться. Что-то внутри ощеривалось воинственно, но нет, никто не нападал, выискивая слабые места, мне уже снова предлагали ракушку на ладони – походящую на вытянутый плавник, острый и длинный, на другом, широком конце закругляющийся спиралью, рисунок которой сужался и сужался, стягиваясь в точку.

«Ну а с этим как?» – Стелла хитро смотрела на меня, и я почувствовал, как что-то откликнулось во мне, будто ударили по клавишам невидимой рукой, всколыхнув застоявшуюся память.

«Это – как рвануться прочь, – сказал я не очень уверенно, не зная, поймут ли меня, и повторил еще раз: – Рвануться в сторону, отважившись на побег. Вот тут – прямой путь, сворачивать некогда, а позади водоворот – закружит и не вырваться...»

Стелла перебила, закивав, очевидно довольная мною: – «Вот видишь, в чем-то мы с тобой схожи – и я думала про это. Но там, позади, не только водоворот, но еще и чей-то внимательный глаз – присматривает, чтобы не отпустить...» Она еще что-то говорила, а у меня завертелось в голове: Гиббс-ночь-побег – случайно или нет? Недавняя постыдная попытка вспомнилась тут же, и жутковатые трели ночных дюн зазвучали в ушах. «Гиббс-ночь-побег», – начал было я вслух, но Стелла уже бежала вперед вприпрыжку, веселясь и не слушая меня. «Поиграли и будет, теперь – купаться!» – кричала она, океан шумел грозным фоном, и я понял, что расспрашивать не стоит – мне все равно не скажут больше, чем хотели.

Идея с купанием не вызывала воодушевления – было вовсе не жарко, ветер пробирал даже сквозь плотную куртку. «Слабак! – определила Стелла. – Смотри», – и быстро сбросила с себя всю одежду, вовсе меня не стесняясь. Ее худое мальчишеское тело тут же покрылось гусиной кожей, но она смело шагнула в воду и через миг уже плыла прочь от берега, сильно взмахивая руками и подныривая под набегающие волны. Я стоял и смотрел, то и дело теряя ее из вида, боясь за нее, но почему-то зная, что океан не причинит ей вреда. «Иди ко мне…» – крикнула Стелла, переворачиваясь на спину, но я лишь помахал рукой, чувствуя себя смешным и неловким.

Она купалась долго, потом, выбравшись на берег, стояла на ветру, обсыхая, наблюдая с усмешкой как я отвожу глаза, не решаясь глядеть в открытую на ее узкие бедра и маленькую грудь. «Если бы ты разделся, – сказала она лукаво, – то мог бы меня обнять, но раз ты такой мерзлявый и скучный, то ничего тебе не будет». Я улыбнулся растерянно, а она показала мне язык и стала не спеша одеваться, потряхивая мокрыми волосами.

Мы пошли назад. Стелла посвежела и раскраснелась после купания – казалось, все ее горести позабыты, она резвилась, как девчонка, бросалась в меня ракушками и визжала, спасаясь от слишком резвых волн, грозящих захлестнуть песок под ногами. Вокруг по-прежнему не было ни одного человека – я подумал даже, что, быть может, сюда никогда до того не добирались люди. Приятно было ощущать себя первооткрывателем, безраздельно владеющим теперь и этим берегом, и свинцовыми волнами, и счастливой дикаркой с мокрыми волосами – если знать, что никто не отнимет, то можно много отдать взамен. Столицу и Гретчен? – Пожалуй. Юлиана? – Почему бы и нет?..

«Отвернись, я хочу пи-пи», – протянула Стелла детским голоском, притворно потупившись. Я повернулся к ней спиной, всматриваясь в океанскую даль, уходящую к едва заметному горизонту, где небо, вновь нахмурившееся и сплошь покрытое облаками, смыкалось с безграничной водной поверхностью. Ветер еще усилился, вероятно предвещая новую непогоду. Обрывки темных туч стремительно неслись с севера на юг, проплывая под облачной завесой хлопотливыми вестниками грядущих бедствий, не имеющими минуты для передышки. Я тщетно искал порядка в их рядах, пытаясь разгадать сбивчивые знаки, чтобы откликнуться своим языком, но посланники, очевидно, не рассчитывали на меня, и одинокий разум пасовал перед невнятной чужеземной волей. Несколько раз мне казалось, что вдали мелькали какие-то точки, то сбивавшиеся в стаю, то опять расходившиеся веером, и я вглядывался в пространство до рези в глазах, но опять и опять оказывался обманут океанской рябью и грязно-серыми клочьями сгустившейся влаги.

«Что ты высматриваешь там?» – спросила Стелла, неслышно подойдя и испугав меня, так что я обернулся порывисто, с трудом возвращаясь к действительности.

«Черных пеликанов, – грубовато пошутил я в ответ. – Их от меня будто прячет кто, ни одного еще не видел…»

Однако, шутки не получилось. Стелла отшатнулась, словно ее ударили, отвернулась от меня и насупилась. Ее плечи опустились безвольно, лицо сморщилось и постарело. Какая-то пугающая безысходность проглянула на миг во всем ее облике, я почувствовал, что сказал что-то очень неприличное, и тронул ее за руку виновато, но она злобно отдернула руку и не оглядываясь пошла вперед. Я пристроился рядом, чуть сзади, пытаясь взять в толк, что же произошло, и ругая себя за что-то, чему не знал названия.

«Черных пеликанов не высматривают, – сказала наконец Стелла после того, как мы прошли в молчании несколько минут. – Каждый знает, они сами тебя высмотрят, если нужно – неужели я выгляжу такой дурой, чтобы не понимать?» Она остановилась, обернулась и сердито посмотрела на меня: – «Ты думаешь, ты можешь говорить такие вещи вслух при мне, поддевать своими шуточками, потому что никто не вступится? Думай, что хочешь, но мне не нужны эти намеки, и потом – кто ты мне, что ты мне?.. Вы все можете провалиться с этой вашей взрослой жизнью, с этими играми вашими, от которых воротит, а меня не трогайте, мне и так неплохо!» – и снова отвернулась и пошла вдоль берега к дому, не глядя на меня и больше не говоря ни слова.

К вечеру, впрочем, мы помирились. Стелла сама подошла ко мне на кухне и сказала, взяв за руку и глядя в сторону: – «Ладно, я знаю, ты не хотел. Ты ничего не понимаешь, но это не твоя вина. – И прибавила, заглянув в глаза: – Не запирай дверь сегодня ночью…» Я кивнул, вспоминая ее хрупкую фигурку на берегу и даже не удивляясь внезапной перемене. Сильвия хитро посматривала на нас, наверное усмехаясь про себя, но я был на нее обижен и не хотел ничего замечать. Более же всего мне хотелось, чтобы поскорее вернулся Гиббс – чтобы поговорить всерьез и избавиться наконец от ощущения, что меня водят за нос.

Вскоре после наступления темноты ожидание было вознаграждено – Гиббс и оба Кристофера шумно ввалились в дом, внеся с собой напористую грубоватость хозяев и запах океанской соли. Второй Кристофер сбросил с плеча пластиковый мешок и вывалил на стол двух больших рыбин. Одна из них была еще жива и тускло глядела неподвижным злым глазом, изредка пошевеливая жабрами. Ее хищный рот с загнутыми книзу углами, как у печального сатира, был приоткрыт и полон мелких зубов. Во всем ее облике угадывалось такое презрение ко всему, включая выловивших ее мучителей и собственную участь, что я позавидовал втайне, чувствуя превосходство древности. Она не ждала пощады от нас, как сама не знала снисхождения к своим жертвам в неведомых океанских глубинах, и это было честнее всех натужных терзаний, что накопили за миллионы лет возникшие после нее двуногие, оказавшиеся, к несчастью, изворотливее и хитрее, заполонившие сушу назло всем прочим, а теперь бесцеремонно вторгавшиеся в ее владения, хозяйничая там по своим законам, так что прежней знати оставалось лишь смириться и терпеть. «Посмотрим, кто придет главенствовать на смену вам, и сможете ли вы тогда умереть с достоинством», – будто бы говорил безучастный глаз, и я подумал, что ее молчание стоит многих речей.

«Что, турист, хороши? Это я поймал, – довольно сказал подошедший Кристофер II, что-то громко жуя. – Эти двое, они впустую прогулялись, а я обеих-то и зацепил. Уж вторая упиралась – жуть, руки содрал чуть не в кровь…»

«Что впустую? – обиделся первый Кристофер. – Это я впустую? У меня вспомни какая сошла. Как у меня сошла, тебе такая во сне не привидится – не то что твои недомерки. Просто снасти наши – дерьмо!»

«Сказал – недомерки, – фыркнул второй Кристофер с видом победителя, – от таких недомерков мурашки по коже. Ты-то небось ската поймал, вот и оборвал – смеху бы было, если б дотащил – а теперь тебе и завидно…» – и они долго еще не могли успокоиться и препирались, наскакивая друг на друга, пока Сильвия не прогнала их с кухни, бесцеремонно заявив, что они тут лишние.

Женщины быстро разделали и зажарили рыбу, все уселись за стол, но мне было не до еды. Зайдя перед ужином в свою спальню, я захватил кое-что, способное, мне казалось, если и не смутить Гиббса, то уж наверняка сбить с него спесь, показав ему, что и другие тут чего-то стоят – и теперь выжидал удобного случая, чтобы пустить свою хитрость в ход. Мне неожиданно помог тот же второй Кристофер, все еще не переживший свой успех и трепавший языком больше других.

«Что поделывал, турист?» – спросил он, изготовившись к насмешке.

«Да так, газеты читал», – равнодушно ответил я, весь внутренне подобравшись.

«Ну и что пишут?» – продолжил тот, развернувшись ко мне и явно намереваясь съязвить.

«Разное пишут, – сказал я уклончиво, – вот, например, нашел тут вчера…» – я вытащил из кармана сложенный вчетверо желтый листок с фотографией Пиолина и, осторожно развернув, положил перед Гиббсом. Тот, не переставая жевать, бегло глянул на листок и отвернулся, не проронив ни слова.

«Что там?» – потянулся было к листку Кристофер II, но Гиббс, не глядя, накрыл его ладонью. «Не для тебя, – сказал он глухо, – тут по-тирольски, ты не поймешь. Ты и по нашему-то не очень…»

Все замолчали, и я тогда сказал негромко, с развязной ленцой, подражая кому-то, может тем же Кристоферам: – «Личность-то вроде знакомая, а, Гиббс? Где это он, никак в Альпах? Далеко же его заносило».

Гиббс недовольно поморщился и внимательно посмотрел на меня, так же почти, как в гостиничном ресторане, в первый вечер знакомства. Я не отвел глаза. «Для кого знакомая, для кого и нет, – проговорил он строго. – Я, к примеру, его знать не знаю, и другие тут тоже». Он был явно недоволен теперь и будто что-то прокручивал в голове, а я не отставал: – «Ну как же, мы ж вместе ужинали как-то – это ж Пиолин из гостиницы, вы ж с ним друзья как будто…»

Услышав имя Пиолина, первый Кристофер присвистнул и перевел глаза на Гиббса. Женщины молчали, уткнувшись в тарелки и сосредоточенно занимаясь своей рыбой. Гиббс подумал еще секунду, потом, видимо решив что-то для себя, вздохнул и развалился на стуле. «Ну это вы придумали, – сказал он скучно, взял со стола зубочистку и стал копаться ею во рту. – Какой же это Пиолин, это же… – он повел пальцем по строчкам, – это же Юрган, Юрган Морс, тут же написано, почитайте», – он брезгливо взял листок двумя пальцами и развернул в мою сторону.

«Да нет, я тоже не понимаю языка, да и неважно, может это и был какой-нибудь там Юрган, но сейчас ведь это Пиолин, ведь видно же», – забормотал я, чувствуя, что инициатива уходит, и опять что-то решили за меня, не спросив, и тогда Гиббс изо всей силы грохнул кулаком по столу, так что зазвенела посуда, и сказал ледяным голосом: – «А не понимаете, так и нечего лезть, куда не просят». Он быстро сложил листок и сунул его в карман. «Нечего лезть», – повторил он так же холодно и наклонился к тарелке, а Кристофер I вдруг уставился на меня в упор и протянул угрожающе: – «Да он же шпик…» В комнате снова повисло молчание, слышно было, как Гиббс работает челюстями, а первый Кристофер снова сказал: – «Ну да, шпик, ты что, босс, шпика нам подсунул?..» – и сделал движение, как будто собирался встать из-за стола. Я напрягся, готовый обороняться, чем придется, хоть шансов против него у меня было немного – можно сказать, что и не было вовсе, но сдаваться я не собирался. «Шпиков я не люблю, я их самолично в сортире топил», – приговаривал Кристофер I, угрожающе шевеля плечами и сверля мне глазами переносицу, но тут второй Кристофер заявил громко: – «Да какой он шпик – он турист просто. А с туриста что за толк – один пшик…» Он еще раз повторил свой каламбур, подмигнул мне и сам расхохотался шутке, а вслед за ним и первый Кристофер противно захихикал, все еще поглядывая злобно, но явно растеряв задор.

Напряжение спало. Мужчины занялись едой, Сильвия со Стеллой вполголоса заговорили о своих женских делах, и вечер снова потек размеренно и мирно. Я не знал, нужно ли считать себя оскорбленным, и, подумав, решил, что не нужно – что взять с недоумков. Гиббс неожиданно встал и вышел, но вскоре вернулся, неся что-то за спиной. «Сюрприз, сюрприз», – проворчал он, ставя на стол большую бутылку настоящего шотландского скотча, и все тут же завозились оживленно, вовсе казалось позабыв о случившемся.

Скотч, надо признать, пришелся кстати. С бутылкой разделались быстро, честно разделив на всех, а потом, расслабившись, стали болтать ни о чем, лениво посматривая вокруг. Я, стараясь не особенно задерживаться на каждом, обводил взглядом своих невольных компаньонов, думая о том, как заблуждался вначале, смешивая их в одно, бездумно объединяя по скупым признакам и не желая замечать различий, очевидных, если мало-мальски присмотреться. Взять хоть Кристоферов – от них в первые дни двоилось в глазах, а теперь они для меня – два совершенно разных человека, лишь волею случая застигнутые вместе. Один – как злобный волк, а второй – добродушный сторожевой пес, который однако без раздумий вцепится в ляжку любому зазевавшемуся интрудеру. Сильвия и Стелла тоже хороши, я их видел совсем другими – и хуже, и в чем-то лучше – а сейчас понимаю, что был просто слеп. Ну а Гиббс – про него вообще разговор отдельный…

Моя мысль, сделав круг, снова вернулась к Кристоферам. Тот, первый, представлял я себе, не обучен манерам, был гоним отовсюду и частенько бит. Он вполне мог затеряться в самых низах и остался на плаву лишь благодаря своей физической силе и завидной решимости, корни которой – в одиночестве и отчаянии. Нелюбимый никем, он вырос неприветливым пасынком, легко возбуждающим страх даже не в самых слабых людях, пособником, умеющим служить за хороший кусок, но всегда помнящим свой интерес…

Да, думал я, наверное с ним нелегко тем, кто держит его при себе – лучше не поворачиваться спиной и всегда иметь под рукой свистящий арапник – но и стоит его терпеть за презрение ко всему, убивающее чувство опасности и порой заставляющее лезть в самое пекло. Когда-то оно его задушит, толкнув на что-то страшное, и горе тем, кто окажется под рукой, пока же он управляем, поскольку разумен, как может быть разумен отрегулированный автомат. С ним можно справляться и даже говорить об отвлеченных вещах, но вокруг него – ореол безжизненного пространства, до которого страшно дотронуться, не зная наверняка, заразно ли оно, и что может случиться при случайном контакте. Женщины сторонятся таких, видя наперед их больное будущее, да и сами они, зная в себе изгоев, чураются любых сближений, не стоящих усилия в их глазах, не способных приоткрыть заржавленные ставни душ, загрубевших с рождения, если допустить, что таковые вообще у них есть. Потому он, первый, злобен и угрюм, завидущ и опасен, как водяная змея, хоть его никак не отличить от второго, когда они сидят тут вместе, но второй – это совсем другое дело и вполне благополучен при взгляде со стороны, если, опять же, не дразнить его зря.

Он рос рубахой-парнем, – вновь фантазировал я увлеченно, перейдя к соседнему персонажу, – был почитаем сверстниками за широту разгула и провел всю юность в бесшабашных компаниях, о чем теперь вспоминает с удовольствием и чуть свысока, почитая себя остепенившимся и повзрослевшим. Его уличный кодекс чести не лишен стройности – пожалуй, на него можно положиться, когда опасность нешуточна, но он куда менее надежен в пору затишья и скуки – нужно держать ухо востро, чтобы вовремя одернуть, чуть он начнет делать глупости, не зная, куда себя деть. Он беззлобен на вид, но, вглядевшись, легко заметить что-то темное внутри него, способное излиться потоком бездумной жестокости, удивляющей и окружающих, и даже его самого. Он очень опасен в драках – ибо не теряет хладнокровия – и ценим предводителями – ибо всегда уравновешен и смел. Но не стоит и пробовать втянуть его в предприятие, безнадежное изначально – крестьянская хитрость, идущая еще от прадедов, не позволит вляпаться туда, откуда нет выхода. Потому он удачлив – на свой манер – жаль, что нельзя научиться быть таким же…

Два Кристофера тем временем швырялись друг в друга скомканными салфетками, снова вспомнив рыболовные дрязги и обвиняя один другого во лжи и неоправданном бахвальстве. Гиббс изредка покрикивал в их сторону, и они послушно затихали на время, пока кто-то из них вновь не начинал занудного спора. Глядя на все это, легко было усомниться в изощренности образов, что вертелись в моей голове, но я не позволял себе пораженчества – кто сказал, что окружающее на самом деле так просто, как хочет казаться? Зачем же тогда все усилия тех, что не дают себе передышки, проникая в него глубже и глубже? Нет, у айсберга реалий должны быть и скрытые части, не доступные неумелым, несущие в себе сущности, о которых можно лишь догадываться по едва заметным следам на поверхности.

Я перевел глаза на женщин. Сильвия и Стелла сидели вполоборота друг к другу и увлеченно беседовали, не прерываясь ни на секунду. Яркий свет от лампы над столом, безжалостно выхватывающий детали, не портил их умиротворенных лиц – казалось, они нашли для себя место, где покой милосерден, и душа тянется к нему, раскрываясь и смягчая внешние черты. Все в них двоих контрастировало разительно – страстное и сдержанное, темное и светлое, готовое немедля выплеснуться наружу и скрытое глубоко внутри – но и все же они были чем-то схожи, как две разные копии одного замысла, меж которыми утекло немало лет, полных поисков и сомнений.

Контраст, впрочем, был мне более по душе. Я видел одну из них разочарованною фавориткой, всегда искавшей больше, чем можно надеяться найти, и не устававшей порицать негодную судьбу. Зависть окружающих не принесла бы ей облегчения – чего стоят сварливые голоса торговок, не видящих дальше собственного прилавка на той ярмарке, где обязаны быть чудеса покраше? Наталкиваясь на непонимание, она лишь гордо поднимала бы голову, а прощая подлости, думала б о себе с грустью, замечая острей, чем когда-либо, неумолимость отсчета круглых и некруглых дат, памятных в основном несбывшимися надеждами. Я мог бы заинтересовать ее на время – не то чтобы она когда-то уравняла себя со мной, даже в минуты слабости, но, наверное, снизошла бы до меня, признав, что в разную пору довольствоваться следует разным – за недостатком подходящих фигур или просто ввиду всеобщего несовершенства. Так что интрига была возможна – и даже вероятна по ряду причин – но это был бы непрочный союз: едва ли я стал бы терпеть всегдашний безмолвный укор, тем более заметный, чем ласковее слова, прячущие его за перегородками с потайным окошком – на случай, если кто-то заинтересуется истинным положением вещей. Да, я бунтовал бы, уверенный в своей правоте, а она бы искренне недоумевала, рыдая по ночам, спрашивая себя, отчего мир так слеп, что не может оценить ее как должно, а мужчины столь упрямы – ну что им стоит, ведь от них хотят совсем немногого. Дело шло бы к печальной развязке – я предвидел свои измены, беспорядочные и неловкие выражения протеста, не могущие никого убедить, но при том ранящие всерьез, и ее измены в отместку, наносящие не меньший урон, за которыми в полный рост маячило бы унылое «зачем», никогда не произносимое вслух. В конце концов мы расстались бы, разведенные по разным углам ринга доброхотами-секундантами, оглушенные ударом гонга, утверждающего, что можно перестать мучать друг друга и вернуться к занятиям, подобающим нам более, но еще долго не могли бы избавиться от томительных воспоминаний, в которых каждый видел себя победителем, признаваясь себе порою, что и я, и она успели рассмотреть слишком мало один в другом, и взаимное притяжение, возникшее из ниоткуда, так и осталось неутоленным, обратившись в свою противоположность, но не пропав совсем. Ей было бы обидней, чем мне, ведь она старалась сильнее, а я, приобретя дополнительную толстокожесть, научился бы избегать женщин, подобных ей, лишь изредка раздражаясь оттого, что подобные ей почему-то не встречаются мне больше.

Раздражение можно преодолеть конечно, стоит только подобрать разумный довод, и нет лучше довода, чем подходящая альтернатива – это всегда помогает, более или менее. Никогда не вредно сменить ракурс и объект в объективе – так и я теперь, отведя глаза от одной, раздражающей условно, тут же занялся другой, обещавшей гораздо больше, если позволить себе додумать за нее. Предпосылок вполне достаточно – взять хотя бы тонкую шею, будто умоляющую о прикосновении, или напоминание о поре невинности во всем ее облике, хоть, наверное, по походке каждый распознал бы, что та пора позади. Дело впрочем не в лживости того или иного признака – каждый волен заблуждаться по-своему, равно как и вводить в заблуждение – я могу представить, как она околдовала бы меня, в пору невинности или нет, пряча довольную улыбку в закушенных прядях светлых волос, проверяя на мне свою силу, осознанную может быть впервые. Я научил бы ее разным вещам – хорошую ученицу, жестоко переживающую неудачи, не признающуюся в неумении, готовую повторять бесчисленное количество раз; я владел бы ею, норовистой и диковатой, но странно послушной твердому голосу, источающему уверенность – даже не всегда доподлинную. Постепенно ее вдумчивый взгляд наловчился бы проникать внутрь меня, в самые глубины моего существа, выискивая там что-то, скрытое от меня самого, будто доказывая, что ставка сделана верно. Она становилась бы терпимее ко мне, чем я сам, находя нужные слова в минуты моих отчаяний, привязывая к себе, подкупая наивной верой в мою исключительность – нет, не наивной, уверял бы я себя, она знает, она мудра, как никто…

Так наши роли менялись бы со временем – из ученицы она б превращалась в хозяйку моих настроений, не смущаясь сообщать мне об этом, требуя признания заслуг, что конечно же было бы справедливо – лишь на них фокусировалась энергия ее души, сознательно или бессознательно отвернутой от остального мира или, скорее, обращенной к нему небрежным полуоборотом. Мы ссорились бы, порою всерьез, но она сама не давала бы ссорам зайти дальше того барьера, где наносятся ссадины, не проходящие быстро, так что опасности, казалось угрожавшие нам, оставались бы мнимыми, не материализуясь в поступки. Постепенно она избаловала бы меня, но и сама уже не могла бы обходиться без власти надо мной, приобретенной за долгие годы нешуточным усилием, которое уже не удастся повторить снова – и теряла бы покой, становясь все более ревнивой, скрывая ревность, мучаясь и страдая втайне от меня, чем дальше, тем больше увязая в путах, которые сама себе создала. Но ее северное лицо не выражало бы ничего, оставаясь бесстрастным, как чистый бумажный лист, лишь глаза сверкали бы ярче и ярче – синим, пронзительно-синим – так что я удивлялся бы порой, будто не узнавая ее, и лишь пожимал бы плечами, не находя достойных объяснений…

Я прервал сам себя, заметив, что Стелла смотрит на меня в упор, очевидно не понимая, отчего я сам не отвожу от нее взгляда, и требуя участия в этом чем-то, ей не ясном, но вероятно касающемся впрямую. Я виновато ухмыльнулся, подмигнул ей и отвернулся к Гиббсу. По всему чувствовалось, что скоро все разойдутся по комнатам, а я еще и не приблизился к тому, чтобы добиться какой-то ясности касательно наших планов. Может быть, стоило оставить эти попытки и ждать что все разрешится само собой, но дни, проведенные среди старых газет, в скуке и томительной праздности, прибавили нетерпения, так что теперь, видя, что момент все не настает, я решил действовать напролом.

«Еще одно фото, Гиббс, – сказал я громко, достал из кармана фотографию Юлиана и подтолкнул к нему. – На этот раз мой знакомый, не ваш…»

Гиббс, сидевший до того с отрешенным и задумчивым видом, воззрился на нее с явным недовольством, по всей видимости ожидая нового подвоха.

«Нет, нет, тут никаких намеков, – стал я поспешно пояснять. – Вы не знаете этого человека и, верно, не захотите знать. Но, вспомните – мы говорили о нем в ресторане, и вы ведь меня сюда за этим повели, чтобы его найти, а мы никого не ищем… Я понимаю, у вас свои дела, но, согласитесь, я тоже не могу сидеть в безвестности просто так – я не хотел беспокоить, но время идет, а вы – ничего… Хотелось бы узнать в конце концов, когда мы этим займемся, и вообще, что дальше?» – закончил я несколько сварливо.

Пока я говорил, сбиваясь и понемногу раздражаясь сам на себя, Гиббс смотрел на меня все безмятежнее и наконец закивал понимающе. «Ну конечно, – начал он вкрадчиво, чуть ли не ласково, – помню, помню. Закрутились мы просто – давно надо было вам сказать. Но так уж получилось – то сова, то еще отлучиться пришлось, да и погода подпортилась…» – он вздохнул. «Да уж…» – неопределенно произнес кто-то из Кристоферов.

«Но вы очень вовремя спросили, – продолжил Гиббс, опять оживившись. – Точка в точку, я сам собирался с вами переговорить. Ведь как раз завтра, – он сделал многозначительную паузу, – завтра мы перебираемся в другое место – и по большей части из-за вашего протеже… Вот он там уже был сегодня, – Гиббс кивнул на второго Кристофера, – посмотри-ка, не видал кого похожего?» – и он бросил ему фотокарточку. Кристофер долго рассматривал снимок, держа его на расстоянии, как опасную игрушку, и наконец сказал неуверенно: – «Кто его разберет, может он и был, а может и нет, там много было таких… С собой забрать можно?» – спросил он меня с простодушным видом. Я покачал головой, и Кристофер тут же перебросил фото назад ко мне, очевидно больше им не интересуясь.

«Ну вот видите, – снова заговорил Гиббс, – может он его уже и видел. А не видел, так мы завтра поищем как следует – уж непременно найдем, если он там».

«А что за место-то?» – спросил я нарочито-небрежно. «Место-то? – в тон мне переспросил Гиббс. – Место-то известное, Белый Пляж называется. Там у нас колониями живут, все больше из приезжих – добровольцы, осваивающие приокеанское пространство. Их сначала приманивают только, да вербуют на год, ну а многие и еще остаются – жизнь-то здесь своеобразная, может и понравиться, если привыкнуть. Да и платят им неплохо… – Гиббс зевнул. – В общем, завтра сами увидите. А сейчас, я думаю, уже и на боковую пора», – он стал шумно вставать из-за стола, и все остальные тоже зашевелились, будто с уходом Гиббса вечер терял свое содержание, и не оставалось ничего, кроме как последовать его примеру.

Глава 14

Я лежал без сна, закинув руки за голову, и ждал Стеллу. Северный ветер, пробиравший до костей, перешел в западный и свистел теперь на другой ноте, небо стало ясным, показались звезды, лишь кое-где прикрытые обрывками побежденных туч. Луна тяжело нависала над волнами, освещая берег неверным светом и позволяя видеть очертания вещей в темноте спальни. Повсюду залегли тени – даже самые незначимые предметы отбрасывали их в избытке, будто получив в эту ночь право потягаться в еще одном измерении, где все равны изначально, и видимое днем не играет роли. Шорохи, что прятались в доме, словно очнулись от спячки, предчувствуя скорое исчезновение незваных гостей, и устроили перекличку, которой не могли помешать ни шум прибоя, ни завывание ветра. Тесный комнатный мир оказался вдруг безграничен, открыт для любых тайн, что оживали во множестве, без оглядки, не желая знать, что наступит утро и отрезвит, оставив лишь каркасы и сморщенные покровы, которым не придать объема, так что лучше вовсе о них забыть, как о случайном капризе, кончившемся ничем.

Время шло, я слушал звуки и гадал, почему Стеллы нет так долго, но вот наконец скрипнула дверь, и я узнал ее по легким шагам. Пришла, не обманула, подумал я, хорошо, что ей можно верить – ведь больше, наверное, некому… Через мгновение я уже чувствовал Стеллу рядом с собой. Сильная и гибкая, она знала, что ей нужно, лучше меня. Ее тело привыкало ко мне быстрее моего, оно уверенно находило путь в лабиринте, и я следовал за ним, стараясь не отстать и не потеряться. Ее пальцы переплетались с моими, руки обвивали мою шею, притягивая, или упирались в грудь, отталкивая с неискренней силой, везде был ее аромат – аромат нетерпения и бесстыдства, так что и сам я становился нетерпелив и не знал стыда. Лицо ее было строго-серьезно в холодном свете, глаза закрыты, губы плотно сжаты. Она не говорила ни слова, только вздыхала порывисто и глухо постанывала, когда ее сотрясали судороги, а потом лежала, откинувшись навзничь, все такая же серьезная и будто ушедшая в себя, но уже ставшая ближе на тысячи миль, хоть и стоило признать, присмотревшись – нет, еще не дотянуться.

Так продолжалось целую вечность, и я был готов молить о пощаде, когда она вдруг успокоилась, открыла глаза и стала смотреть на меня, опершись на локоть, чуть заметно улыбаясь и думая о чем-то своем. Мне хотелось, чтобы она осталась до утра, хотелось проснуться с ней рядом, но я стеснялся сказать об этом, словно выдать какую-то слабость, для которой в нашей истории еще не хватало места. На слова вообще не было сил, и мы долго молчали, разглядывая друг друга с новым интересом, словно перейдя в иное качество и понемногу привыкая к нему.

Стелла заговорила первая. «Ты лучше, чем я думала, – сообщила она мне признательно. – Я спрашивала у Сильвии, с которой ты лег в постель с такой охотой – можно было подумать, у тебя тяга к пожилым – но она ничего не сказала, а я люблю знать заранее».

«Заранее? Зачем? – спросил я, несколько покоробленный ее тоном. – Я вот не люблю знать ничего заранее, гораздо занятнее открыть самому».

«Что открыть – бывает что-то новое? – поинтересовалась Стелла насмешливо. – Или, как там нам говорили, 'каждый интересен по-своему' – да? Ну нет, это не для меня – такая скука...» – она повернулась на спину и замолчала, будто задумавшись.

«Понимаю, – сказала она потом, – ты, как и все, считаешь себя центром мира, думая, что да, ты – это ты, не что-нибудь там тусклое и блеклое, каждому должно быть любопытно, что у тебя внутри – ты ведь сам для себя такой особенный внутри. А я для тебя не особенная, я обычная, но знаешь ли ты, какая я для себя?..» В голосе звучала обида, я обнял ее, чтобы утешить, как ребенка, но Стелла отвела мою руку. «Нет, не убеждай меня теперь, не нужно, мне даже лучше так, – сказала она с чуть развязной хрипотцей. – Я сама не хочу знать ни про тебя, ни про остальных, пусть уж будет баш на баш. Лишь одно забавно: наблюдать за собою, какая я с другими – даже смешно порой. Вот я и наблюдаю, а до них-то мне что за дело… Хоть, конечно, ты – особый случай, – добавила она, улыбнувшись хитро и вновь прижимаясь ко мне, как довольная кошка. – С тобой, должна признаться, все как-то по-другому… И не думай, что я должна это говорить – я могу уйти сейчас и вообще не говорить ничего – но ты меня подкупил чем-то, так что хочется даже заботиться о тебе и оберегать тебя, неумелого, что вообще-то не про меня, я же женщина – вот пусть обо мне и заботятся…»

Мы помолчали. Я хотел думать о ней, но никак не мог подобрать нужный ключик. Ларец не открывался, мысли, как неметкие стрелы, шныряли, не попадая в цель, уносились в пространство и витали где-то вдали. Тогда, в раздражении, я отвлекся на совсем другое и вдруг, сам не зная почему, заговорил о себе и Юлиане, рассказывая Стелле то, чем еще не делился ни с кем, защищая свой секрет от нападок, хоть никто не нападал, проговаривая его вслух, будто желая убедиться, что он существует на самом деле, а не почудился мне, как пыльная оболочка, сделанная из шорохов и лунных теней, внутри которой – пустота. Я говорил, что завтра снова начну действовать наконец, мне быть может повезет, и мы действительно найдем Юлиана на Белом Пляже. Понижая голос, я спрашивал Стеллу, не обманул ли Гиббс, и сам отвечал себе, перебивая, что с Гиббсом мы договоримся рано или поздно, пусть она не волнуется за меня. Я даже вытащил свой кольт и показал ей, сам придя в возбуждение от прохладной стальной тяжести, и Стелла с опаской трогала его своей хрупкой рукой, а потом хотела подержать и прицелиться, но я не дал, сказав, что это не шутка, и она обиделась было, но потом вновь повеселела и попросила воды. Я сунул кольт назад в сумку и пошел на кухню, ощупью пробираясь по коридору и вспугивая клочья темноты, засевшие в углах.

Когда я вернулся, Стелла сидела, завернувшись в одеяло, почти так же, как Сильвия несколько дней назад. Напившись, она, опять же как Сильвия, вдруг заговорила про Гиббса, недовольно хмурясь и страдальчески морща лоб. Слова теперь давались ей с трудом, что было вовсе на нее не похоже, и даже голос сделался мрачен и глух.

«Ненавижу таких, как он, – говорила Стелла, – самоуверенных и строящих из себя невесть что. Все в них апломб – и Гиббс такой, с апломбом, но при этом он всегда знает, что ему нужно от других. Я даже не могу его ослушаться – когда он смотрит, ему так и тянет подчиниться, да и к тому же у него есть ответ на любой вопрос, его не перехитрить. Он будто видит наперед – видит все твои хитрости и заранее к ним готов. Даже когда он ошибается и попадает впросак, ощущение таково, что он знал, что ошибется, и уже имеет – нет, всегда имел – план и на этот случай…»

Стелла изъяснялась невнятно, я не очень ее понимал. Гиббс, утверждала она, бывает будто ясновидящий или что-то вроде того. Он никогда не сомневается, что все выйдет по его правилам, или вовсе не желает думать о каких-то еще правилах, кроме собственных. Если случилась промашка – значит, новое правило наготове, из своего запаса на каждый случай, а если другие думают, что он кругом неправ, то это их, других, дело. Он всегда прав, в этом его главное свойство. Такая вот уверенность, как тут не позавидовать…

«Прямо, как Юлиан», – проговорил я невесело, но потом подумал, что нет, сравнение неправомерно. Даже и близко поставить нельзя – Юлиан не выживет в одиночку, ему нужен мир вокруг, чтобы найти верные ходы, чтобы слиться с ним и раствориться в толпе, а Гиббс… – Где взять толпу похожих на Гиббса? «Нет, мой Юлиан не таков», – сказал я вслух, но Стелла лишь пожала плечами. «Я не знаю твоего Юлиана, – откликнулась она равнодушно, – но Гиббса-то я знаю, и Гиббс тебе не по зубам».

«Я жалею его, – призналась она потом, – мы обе жалеем его по-женски, он одинок куда больше, чем ты, потому что он отважней, чем ты. Но мы и боимся его – никак нельзя не бояться. Он наверное единственный, кто внушает мне страх, потому что он непонятен, я не знаю, чего ждать и на что он способен – то есть я знаю, что он способен на большее и на более страшное, чем я могу себе представить, потому что я не могу себе представить, чтобы я сама пошла туда, куда он однажды пошел – ты понимаешь, о чем я – и все, кого я вижу вокруг, не смогли бы даже подумать о том в здравом уме. Потому что потом, говорят, уже не прикинуться и себя не обмануть, придумывая отговорки – поставят отметку, и все уже будут видеть, какой ты есть. И еще – никто ведь не скажет, что будет с тобой после, как никто не скажет, что будет после смерти, оттого все так страшатся смерти, пусть жизнь не всегда приятна и даже отвратительна чаще всего. А пройдя через это – от чего у него отметина – тоже, думаю, не вернуться назад, и кто знает, что он чувствует теперь, помнит ли, что было до того, или может та его жизнь не существует для него больше, а эта нынешняя куда несчастнее… Я не могу назвать себя счастливой, но вдруг дальше будет хуже – так страшно, когда нельзя повернуть все вспfive, сказав про новые земли, куда тебя занесло из любопытства, или про новых людей, с которыми по глупости связался – нет, увольте, мне тут никак, мне с вами не по пути. Потому я никогда не сделаю такого шага, а на тех, кто сделал, мне жутко смотреть, хоть, признаться, к ним всегда влечет – и меня, и всех – и я слушаю его беспрекословно, хоть он неотесан и груб, потому что – пусть страшная тайна, но иногда любопытно до дрожи. Конечно, мне никогда не разгадать, я могу лишь прикидываться, обманывая себя, будто этих, – она хотела выговорить слово, но замялась и не смогла, – ну, их, ты понимаешь, вовсе не существует, будто это придумали, чтобы строить из себя невесть что. И другие, конечно, тоже так хотели бы – прикинуться и поверить – но только обманом ничего не изменишь, особенно когда перед тобой живое напоминание…»

«Ты спала с ним? – спросил я вдруг, почувствовав острый укол ревности, потом устыдился и добавил: – Нет, если не хочешь, то конечно не говори…»

Стелла рассмеялась и шутливо подтолкнула меня ногой: – «Вот что тебя волнует больше всего… Нет, не спала, он не нравится мне, и он для меня старый. Впрочем, он и не предлагал», – призналась она с непонятным смешком. Я насупился, не очень-то веря, а она все смотрела на меня насмешливо: – «Боже мой, вы, мужчины, способны отравлять себе жизнь такой ерундой. Какая разница, тебе совсем о другом теперь нужно думать!»

«О чем, о другом?» – насторожился я. Стелла вздохнула и отвернулась. В комнате стало темнее – наверное, луна скрылась за облаками. Я теперь различал только тонкий профиль, в котором хотелось видеть неискренность и упрямство – без всяких на то причин.

«О чем, о другом?» – повторил я настойчиво, взяв ее за руку и перебирая покорные пальцы.

«О чем, о чем, – передразнила Стелла с внезапной тоской. – Не могу я тебе рассказывать, мне потом не простят».

«Пожалуйста, – попросил я, сжимая безвольную кисть. – Это то – Гиббс-ночь-побег? Ну, не молчи, это то?»

Стелла опять вздохнула, отняла руку, сбросила одеяло с плеч и вытянулась рядом со мной. «Обещай, что ты меня не выдашь, – прошептала она мне в ухо, щекоча дыханием. – Мне тогда будет плохо, ты же не хочешь мне зла?»

«Ну конечно, обещаю, – сказал я нетерпеливо. – Говори, что они замыслили, что происходит?..»

Стелла стала рассказывать, запинаясь и подбирая слова. Чем больше она говорила, тем сильнее мне хотелось смеяться над собой, расписываясь в собственной слепоте, но я слушал молча, боясь спугнуть ее сбивчивый шепот, зная, что тогда уже не добьюсь от нее больше ничего. Понемногу, она поведала мне всю историю от начала до конца, точнее, ту ее часть, которую знали она и Сильвия.

«Гиббс и эти двое, они торгуют сонной травой, – шептала Стелла чуть слышно, словно боясь соглядатаев, засевших в растрескавшихся стенах. – Привозят им ее другие люди, я про них даже и знать не хочу, а эти тут забирают и доставляют в город. За сонную траву, сам знаешь, могут дать на всю катушку, и в М. полно полицейских и сыщиков переодетых, только там уже не Гиббс орудует, городская полиция ему не страшна. Но сюда, в дюны, их тоже порядочно отряжено, многие места под наблюдением, особенно те, куда можно пристать на шхуне, потому что зелье привозят на рыбацких лодках и сбрасывают у берега, а потом уже перекупщики забирают – Гиббс или другие, кто как сговорится. Понятно, что если полиция рыщет, то на шхуне близко не подплывешь, да и не выловишь ничего – заграбастают в один миг. Поэтому каждый изгаляется, как может, придумывает свои штуки – и тут остальным до Гиббса далеко, он всех хитрее и берег знает лучше, как ни тягайся. Так что те, кто привозят, предпочитают иметь дело с ним – другие завидуют конечно, только и он не дурак, всем дает заработать, никто особо не ропщет. Сыщики, те с ног сбились, но как шла трава в город, так и идет, ничего с ней не сделать. Но сама я не пробую, ты не думай, – вдруг забеспокоилась она. – Я не из таких, мне только деньги нужны, и потом брат…»

«Да, но я-то тут причем? – перебил я ее. – Я ж в этом не смыслю, даже и деньги мне не нужны, зачем им со мной возиться? А если я возьму и струшу или, скажем, захочу в долю войти или выдать их потом?»

«Глупый ты, – улыбнулась Стелла, – в долю войти, кто тебя пустит?» – и помолчала еще, а я больше не перебивал, терпеливо ожидая разъяснений.

«Ты тут при том, что без тебя им требуемое не забрать, – заговорила она наконец. – Не то чтобы прямо без тебя лично, но без таких, как ты – ничего тут не знающих, которых вокруг пальца обвести – раз плюнуть. Ведь Гиббс потому и держит все в руках, что траву забирает там, где никто другой не рискнет. Есть место, куда полиция не суется – туда все равно никто не ходит, а на лодке там пристать – легче легкого, и ни одной человеческой души вокруг… Ты, наверное, уже понял почему: да, они там то ли живут, то ли кормятся – это их место на несколько миль, и его все обходят стороной еще за многие мили, чтобы случайно не набрести. Местные все знают и про Гиббса знают, что с ним лучше не связываться, так что местных туда не заманишь. Вот Гиббс и находит таких, как ты, туристов любопытных, и тащит их за собой, чтоб была этим, – Стелла приблизила губы вплотную к моему уху и выговорила еле слышно: – ‘черным пеликанам’ – забава, пока другие занимаются делом. Потому что, Гиббс говорит, если уж им кто один попался, то других они нипочем не тронут, у каждого, говорит, свой шанс или свой час, но всякий раз лишь у одного кого-то. Так что, если найти, кого первым послать, то тогда уже всем остальным дорога открыта – вот тебя и пошлют, за этим и взяли…» – Стелла отвернулась, нашарила сигареты внизу около кровати и закурила. Я лежал и молчал, не двигаясь, переваривая услышанное.

«Ну хорошо, Кристоферы понятно, им поклажу тащить туда и обратно, а вы-то с Сильвией зачем?» – спросил я ее потом, тоже взяв сигарету и жадно затянувшись.

«Ну ты совсем непонятливый, – удивленно сказала Стелла, всплеснув руками. – Мы тут по твою душу, чтобы ты потом послушался и не брыкался, ведь тебя же туда не потащишь силком, ты можешь лечь лицом в песок и все, толку от тебя ничуть, я бы так и сделала на твоем месте. Вот Гиббс с Сильвией и придумали трюк – оставляют не тебя одного, а с нами вместе, чтобы увильнуть не мог. Ведь кто-то же должен достаться *им*, – Стелла опять чуть слышно и невнятно проговорила кому, – а если не ты, то значит кто-то из нас, ну и Гиббс уверен, что такие как ты нипочем не допустят, чтобы женщины страдали слабые. Сами на себе, он говорит, рубашку разорвут и побегут на подгибающихся ногах туда, где опасно, хоть какая от них защита, если разобраться – кроме, конечно, нашего конкретного случая. Так что мы – это чтобы подстраховаться, чтобы уж точно знать, что никуда ты не денешься, поняв, что повязан по рукам и ногам. Потому мы и в постель с тобой ложились – для полноты картины, чтобы, когда выбирать придется, не случилось у тебя внезапных прозрений. Тут Гиббс верно рассудил, – с непонятной злобой прибавила она, – такие, он говорил, идейные, они вас ни за что не бросят, все на себя возьмут, думая, что головы-то у вас от них закружились, чему постель – самое непременное доказательство… Я, признаться, в первый раз не поверила в такую чушь, но потом увидела сама – работает, прав он был. И с тобой бы сработало, – она презрительно сузила глаза, прикуривая, на мгновение выхваченная из темноты огнем зажигалки, – сработало бы, как по маслу, если бы мне самой вдруг не стало противно… Теперь не знаю, что ты сделаешь, только меня не выдавай, я не заслужила».

«Я тоже пока не знаю, – сказал я примирительно, – завтра подумаем», – и хотел обнять ее, заслонившись от всего ее телом, что пахло миндалем, сладостью и тревогой, но Стелла отодвинулась порывисто. «Еще чего – *подумаем*, – она была искренне уязвлена. – Думай сам, я тут ни при чем, у меня своих проблем хватает!» Я не стал спорить и закрыл глаза, вдруг почувствовав себя очень уставшим, а еще через минуту уже видел сон, где огромные обезьяны танцевали танец, взгромоздившись одна на другую, и где не было ни Гиббса, ни Юлиана, навсегда исчезнувших из моей жизни, а был остров, сплошь покрытый высокими пальмами, узкая полоса берега вдоль моря, гладь бухты и желтый песок, блестевший все сильнее и сильнее, раздражая сетчатку и не давая сосредоточиться ни на одной мысли.

Проснулся я поздно. Стеллы не было рядом, яркий солнечный луч, отражаясь от никелированного кофейника, светил прямо в глаза. За окном опять свистел ветер, требовательно и надрывно, будто желая завладеть сознанием тут же по пробуждении, враз возвращая из мира неторопливых призраков в грубую суету, где нет милосердия к нерасторопным. Я долго лежал на спине, слушая визгливые гаммы, и думал о том, что вот опять кто-то влечет меня за черту понятного, куда я и сам стремился сунуть нос, но теперь, когда толкают насильно, что-то во мне противится, и страх проникает из ниоткуда, хоть я и не знаю, чего бояться, потому что никто не может предсказать, что случится там со мной. Было ясно одно: буря, что грезилась, подступает неотвратимо, и первый шквал уже совсем близок. На ум вновь пришли рассказы Стеллы и ее восхищение этим мерзавцем Гиббсом, ее слова об отметке и о невозможности вернуться назад, что вовсе не пугают, когда слышишь их, не примеряя к себе, но обдают внезапным холодом, когда понимаешь вдруг: это про тебя – и начинаешь судорожно перебирать детали теперешней жизни, цепляясь за них, как за соломинки, чтобы еще и еще раз спросить себя – как мне тут? можно ли сбежать навсегда?

Впрочем, кто, кроме Стеллы, сказал мне, что возвращение невозможно? Никто не говорил, ободрял я себя, а Стелла – откуда ей знать, вон и Гиббс вроде живет вполне обычно, так же, как до того, поди разбери, в чем состоит перемена. Но что-то охолаживало внутри, не допуская маленькой лжи самому себе, возражая, что Гиббс – никакой не контрпример, а самое что ни на есть прямое доказательство, раз взглянув на него, уже не обманешься. Все равно, один случай – это не вся картина, – говорил я себе упрямо. – Кругом лишь слухи и ни одного надежного мнения… – а потом опять, незаметно для себя самого, сбивался мыслью на лихорадочные воспоминания, словно примериваясь к прощанию с ними, оказавшимися бесполезными теперь и, наверное, вовсе ненужными там, куда меня затягивают, почти не давая шанса отступить.

Отступать, кстати, я не собирался, так что шанс, мизерный или нет, был мне ни к чему. Я лежал, размышляя, перескакивая мыслью от прошедшего к будущему – от столицы и Гретчен к Сильвии и Стелле, от Юлиана к Гиббсу, от своего секрета к секрету чужому, впутавшему меня в свое хитросплетение – и чем больше я думал, тем невозможнее представлялась сама суть отступления, тем призрачнее становились нагромождения причин и следствий, намерений и упорств, еще недавно связанных воедино и неразрывно сцепленных, так что, казалось, они-то и образуют сложную ткань существования, тогда как на деле –они лишь химеры, наспех призванные объяснить необъяснимое. Это не я заманивал Юлиана в свои сети, чтобы подстеречь и уничтожить, он сам заводил себя в тупик, не ведая, что движется по кругу. Это не Гиббс увлекал меня туда, где правит неизвестность, способная расколоть надвое любую жизнь – все мое прошлое, понимал я теперь, исподволь готовило ту же ловушку, подсовывая вопросительные знаки в конце казавшихся безобидными фраз, провоцируя бессмысленностью, в которой так хотелось видеть множество смыслов, распаляя воображение и скрадывая коварно те границы, за которые его не следует выпускать. Знал бы заранее – мог бы поостеречься, но теперь поздно, нужно делать свой ход, а правила – правила беспощадны.

Но, право, мне ли было к этому привыкать? С чем, с чем, а с беспощадностью правил, писаных или нет, я был неплохо знаком. Главное, что итог все равно не предскажешь, а любопытство неминуемо возьмет вверх, так что, чуть подвернется случай, рука сама двинет фигуру, не обращая внимания на занудные предостережения о глупостях, которые кончаются плохо. И теперь я готов был рисковать вслепую и делать глупости, как бы они ни кончались, назло желающим предостеречь и, заодно, наперекор всем вопросительным знакам. Лишь только бесцеремонный луч вырвал меня из сна, я почувствовал, что у меня в голове есть план, родившийся там сам собой, простой и ясный, вооружившись которым можно было бестрепетно глядеть в глаза надвигающемуся дню. Все складывается не так уж плохо, – убеждал я себя, гоня прочь назойливый шепоток неуверенности, – те, кто хотят меня использовать, видя во мне лишь инструмент, не подозревают даже, что играют мне на руку. Пусть ведут меня, куда хотят – я прикинусь послушным, не подавая вида, что знаю о подвохе, но когда дойдет до главного, до решающего шага, им придется с удивлением признать, что и я замыслил кое-что, и у меня есть намерение, в котором другим отведена подыгрывающая роль. Им хочется укрыться мной от опасности – хорошо же, я укрою их от опасности, но только не в одиночку, тут они просчитались на пару-тройку ходов. Кому-то еще придется разделить эту участь – пусть страшась неизвестности, как и я, но понимая ее лучше меня, умея примирить меня с ней – своим примером или просто присутствием тут же рядом. Мне нужно иметь кого-то под боком, обремененного тем же человеческим естеством, пугающегося, когда стоит пугаться, и лишь усмехающегося, когда бояться не стоит, молящего о спасении, когда участь невыносима, цепляющегося за мой локоть, когда и любому хочется вцепиться в кого-нибудь, чтобы убедиться: да, мне ужасно, но я не один. Я хотел туда, к тем, о которых Стелла говорила, боясь назвать словом, и я не боялся этих слов, зная, что все равно не смогу отступить, но мне нужен был кто-то, решившийся вместе со мной, и этим кем-то мог стать только Гиббс, нельзя было представить никого другого.

Да, я решил заставить Гиббса пойти со мной вместе. Подробности вырисовывались смутно – я отдавал себе отчет, что его-то очень непросто склонить на что-либо силой, тем более, что преимущество явно не на моей стороне: два Кристофера будут серьезным препятствием, да и сам Гиббс способен справиться с любым, не то что со мной. «Гиббс тебе не по зубам», – говорила Стелла ночью, и я знал, что она права, но я знал также и то, что нет ничего невозможного, если очень хотеть и употребить толику решительности, тем более, что никто ее от меня не ждал. Как и в случае с Юлианом, создавая свой секрет, который теперь потерял первенство, я так и не смог продумать всех мелочей, лишь представляя отрывочно себя с револьвером, направленным Гиббсу в грудь, свой краткий, но внятный монолог, к которому, я надеялся, нельзя будет не прислушаться, и который сразу должен расставить все по местам. В конце концов, никто ничего не теряет, – мысленно доказывал я им всем, – мы с Гиббсом вернемся вместе, и я помогу им с поклажей или же пойду своей дорогой, не вспоминая более о них и не мешаясь у них на пути. Мы будем квиты – они используют меня, как смогут, и я получу от них свою пользу, не встревая в дела, что меня не касаются, но не умея при том удовлетворяться ролью бессловесной наживки. Они должны понять, что это единственный выход – никто ни на кого не затаит зла и не будет потом искать удобного случая для мести – а если не поймут, то я уж постараюсь их убедить.

Тут, в убеждении, мои действия были не слишком ясны – я не был уверен, помогут ли пальба в воздух или грозный крик с раздуванием жил на шее. И Кристоферы, и Гиббс, пожалуй, могли крикнуть не хуже моего, не говоря уже об их пистолетах и очевидном умении вести переговоры такого рода, которым я, к слову, не очень-то мог похвастаться. Но я не позволял себе раскиснуть – ведь у меня не было другого плана, да и времени оставалось всего ничего. К тому же, на моей стороне могло оказаться что угодно, от изворотливости ума до нежданной поддержки со стороны – и тут я, не смея надеяться в открытую, тайком думал о Стелле, вспоминая ее ласки и ее шепот, почти уже веря в пылкость возникшего между нами и лишь из суеверной осторожности не признаваясь себе в этом во весь голос. Она пленила меня чем-то, и я, наверное, тоже разбудил что-то в ее душе – что-то, от чего не отмахнуться так просто, – думал я, потому что мне хотелось так думать, чтобы забыть о Гиббсе и Кристоферах, помня лишь о стройной, гибкой женщине, почти девочке, с северным лицом и светлыми волосами, что решилась предостеречь меня, рискуя собственной судьбой. Я жалел ее и любил той быстрой влюбленностью, что проходит без боли, и еще размышлял, как она поведет себя, когда я и они ополчимся друг против друга – не наделает ли глупостей, и смогу ли я уберечь ее от опасности, если таковая возникнет.

С этими мыслями я вышел к завтраку. Все остальные уже сидели на своих местах, поедая яичницу с беконом. Сильвия ласково улыбнулась мне, а Кристофер II салютовал вилкой, промычав приветствие набитым ртом. Вся теплая компания казалось заждалась меня, проспавшего так долго, и теперь радовалась мне, как недостающему звену, к которому привыкли. Но я-то знал, что кроется за показным радушием, я видел их теперь насквозь, хоть и был любезен со всеми. Всюду мерещились мне фальшь и скрытая настороженность, каждое слово коробило потайным смыслом и намеками на скорую развязку, к которой так долго и терпеливо подводили. Одна Стелла сидела, не глядя на меня, молча изучая что-то в тарелке, и я не обращался к ней ни взглядом, ни словом, радостно ощущая зыбкую общность, связывающую нас в пику намереньям всех прочих – словно проводник, по которому можно послать сигнал, зная, что кто-то откликнется на другой стороне.

«Подкрепляйтесь, – приветливо сказал Гиббс, – сегодня трудный день. Сильвия, дай ему еще кофе...» Он сидел во главе стола, благодушно обозревая свое маленькое войско, очевидно уверенный, что все складывается в точности так, как задумано.

«Когда пойдем-то?» – поинтересовался я обыденно.

«Счас доедим и пойдем, – буркнул первый Кристофер. – Тебя небось ждали, не кого-то».

«Могли бы и разбудить, – пожал я плечами и зевнул. – Тут, у океана, хорошо спится».

«Ничего, – успокоил меня Гиббс, – еще не поздно, в самый раз. Глядишь и ветер поутихнет к тому же...»

«А что, против ветра пойдем?» – спросил я с интересом, как будто это было единственное, что беспокоило меня.

«Да, и против ветра тоже, – ответил Гиббс рассеянно. – И против ветра, и против солнца... Ну ладно, давайте собираться», – скомандовал он Кристоферам, после чего встал и вышел из столовой.

Вслед за ним поднялись и остальные. Я тоже торопливо дожевал яичницу и вернулся к себе. Моя спальня, неуютная и безликая, теперь показалась такой привычной и обжитой, что я сел на кровать, обводя стены растерянным взглядом, будто спрашивая себя – неужели я покидаю их навсегда? Мне представились тысячи занятий, которыми я мог бы увлечься тут, не выходя наружу, лестница на чердак, так и не исследованный до конца, и желтые пачки «Хроникера», где можно было отыскать еще немало забавного. Вспомнились Сильвия со Стеллой, делившие со мной постель, и свист ветра за окном, встречавший по утрам, обещая простор и бесконечность, другие материки, другие страны. Я не хотел уходить отсюда, но, как и почти всегда, выбор был не за мной. Иная действительность ожидала впереди, наверняка худшая, чем до того, и я, вздохнув, стал укладывать сумку. Фото Юлиана отправилось на самое дно – что-то подсказывало мне, что оно не понадобится в ближайшее время – а тяжелый кольт, холодящий ладонь, напротив, занял место сверху, едва прикрытый одеждой. Я подержал его в руке, прежде чем сунуть под аккуратно сложенный свитер, и сердце вдруг забилось гулко, словно в преддверии решающей минуты. Меня охватила дрожь и потемнело в глазах, но я быстро справился с собой, не имея времени на слабость, и, закончив сборы, закурил сигарету, бездумно глядя в окно.

Вскоре мы уже шли вдоль океана навстречу ветру, который, как и предрекал Гиббс, стихал понемногу, но был все еще упорен и порывист. Я заметил, что количество вещей уменьшилось чуть не вдвое – очевидно, часть была оставлена в доме, куда они, наверное, предполагали вернуться. Женщины вообще шагали налегке, неся лишь по одной небольшой сумке, а у Гиббса за плечами тяжело болтался тот самый рюкзак, что я тащил в начале похода. Кристоферы держались позади, так что я все время был между ними и Гиббсом, который, как всегда, возглавлял шествие. «Охраняют, – подумал я с усмешкой, вспоминая внимательный глаз в центре ракушки, завивающейся спиралью. – Как будто мне есть, куда сбежать».

Бежать и впрямь было некуда – мой недавний опыт доказывал это со всей очевидностью. Я понятия не имел о местности вокруг и наверняка заблудился бы очень скоро, а мысль о возвращении в оставленный нами дом казалась нелепой – и дом, и моя спальня стали вдруг химерами, забытыми напрочь, к которым нельзя вернуться, как невозможно шагнуть назад в уже прожитые годы, чтобы изменить там что-то. Будто невидимая черта отделила меня от места, бывшего таким близким еще пару часов назад, и оно не существовало для меня теперь, передав эстафету океанскому берегу, скрывающему то грозное и непонятное, что, наверное, ожидало впереди.

Через несколько миль мы свернули в дюны. Здесь было почти безветренно и сразу сделалось жарко, хоть солнце светило едва-едва, пробиваясь сквозь облачные покровы. Капли пота стекали у меня по спине, но я не обращал на них внимания, осматриваясь вокруг, словно пытаясь запомнить дорогу. Это было бессмысленно: вымерший, будто лунный, слегка холмистый пейзаж не баловал приметами, и я не понимал, как Гиббс находит правильный путь. Мы петляли между холмами без намека на какую-либо тропу, все больше удаляясь от берега или может опять приближаясь к нему – я не мог сказать с уверенностью, давно запутавшись в многочисленных поворотах. Солнце стояло теперь прямо над головой и не помогало в ориентировке, так что я бросил напрасные потуги и лишь рассматривал окрестности, тщетно выискивая признаки чего-то живого.

Дюны молчали. Глядя вокруг, трудно было представить себе недавний ночной кошмар, разголосицу жутких нот и сумятицу страхов. Окружающее замкнулось в себе, отталкивая безучастностью, почти нарочитой, словно говоря: «Тебя предупреждали. Вини себя сам». За одним из холмов мы наткнулись на выгоревший остов автомобиля, скорее всего джипа, подобного нашим лендроверам, полузанесенный песком, но все еще поражающий своей несуразностью в этих диких местах. «Туристы, – сказал второй Кристофер, кивнув на него и озорно подмигнув. – Покататься решили без провожатых». Он подошел ближе к сгоревшей машине и хотел было заглянуть внутрь, но вдруг отпрянул и чуть не упал, коротко ругнувшись. Из груды железа выскочил степной заяц с длинными задними ногами, ошалело повертел головой и понесся прочь, вскидывая пятнистую спину и прижав уши. Все захохотали, кто-то улюлюкал вслед – наверное, сам Кристофер, быстро оправившийся от испуга. Он погрозил кулаком в никуда, но к автомобилю больше не полез, и мы зашагали дальше.

Моя рубашка слиплась от влаги, и ноги устали от ходьбы по неровной, рыхлой почве, но я не задавал вопросов, не подавая вида, что мечтаю об отдыхе. Сильвия тоже страдала от жары, а остальные будто и не замечали пройденного пути. Наконец, воздух посвежел, пахнуло океанским запахом, и через несколько минут мы вновь вышли к воде, встреченные грозным рокотом прибоя и криками нескольких одиноких чаек. Гиббс сбросил рюкзак на плотный песок, с удовольствием потянулся и повернулся к нам.

«Вот теперь и перекусим», – сказал он весело, с удовлетворением человека, завершившего что-то важное и готового принимать благодарности. Мы расселись кругом, Стелла достала сэндвичи и, не поднимая глаз, раздала каждому. Я намеренно сел рядом с Гиббсом, поставив свою сумку поблизости, так, чтобы в любой момент она была под рукой, а Кристоферы расположились напротив, разлегшись на песке и подложив поклажу под головы, что сразу придало мне уверенности. Они не подозревают ничего, – думал я, неспешно жуя и не замечая вкуса. – Они обычные деревенские парни, привыкшие выполнять поручения не из сложных и не способные глянуть дальше своего носа. Их я перехитрю, главное – справиться с Гиббсом… Тот, тем временем, разглагольствовал о чем-то обыденном, подначивая Сильвию, которая отвечала тихо и коротко, не разделяя оживления. Гиббса это не смущало. Он много жестикулировал, роняя крошки в песок, но лицо его было повернуто ко мне своей ложною половиной, так что я не видел, что на нем – победная ухмылка или фальшивое благодушие, или может тень напряженного ожидания, подобного моему.

Поев, Гиббс отряхнул ладони и обвел нас взглядом, задержавшись на мне. «Теперь так, – сказал он деловито, – у нас тут дело есть небольшое, на пару часов, так что мы отлучимся с этими», – он кивнул на Кристоферов, вдруг оказавшихся на ногах со своими рюкзаками наготове. «Как это я их проморгал?» – подумал я невольно, а Гиббс продолжал, все так же не спуская с меня глаз: – «Вы тут, значит, отдыхайте пока, воздухом дышите, Сильвия за старшую побудет, а мы подойдем, как управимся…»

Стараясь сохранять безразличный вид, я притянул свою сумку, залез рукой под свитер и нащупал ребристую рукоятку. Гиббс не спешил вставать и все глядел в упор, время от времени почесывая щеку. «Что еще за дело? – протянул я недовольно, не вынимая руку. – Мы не договаривались ни о каком деле. Вы говорили, на Белый Пляж пойдем, потому я с вами и согласился, а теперь что же, все откладывается? Вы ведь небось только к вечеру вернетесь, вон солнце уже вниз пошло, тогда наверное на Белый Пляж поздно будет – что нам, возвращаться? Я не для того полдня по жаре шагал…» – бормотал я занудно, чувствуя, как меня раздирают на части яростные сомнения

– пора, не пора – не смея решиться и выдать себя, но отчаянно боясь, что момент уже упущен, и инициатива потеряна. «Гляди, солнце вниз – ну прямо следопыт», – хохотнул Кристофер I, толкнув второго Кристофера локтем в бок. У Гиббса в глазах заиграли озорные огоньки, он перестал почесываться и изобразил на лице любопытство.

«Вы что же это, за командира у нас теперь хотите? – поинтересовался он серьезно. – Ну, давайте, ведите тогда – на этот, Белый, как его, Пляж...» Наступило молчание, только Кристоферы сопели и фыркали, ожидая продолжения. «Ну что же вы молчите? – не отставал Гиббс. – Взялись указывать, так командуйте». Любопытство пропало в его взгляде, и глаза сузились недобро. На лице, там, где ничего не было, чудились глубокие морщины, которые уже не разгладить ни весельем, ни сном. «Или может страшно стало? – все больше заводился он. – Может у вас только и достанет прыти, чтобы фотографиями раскидываться, да подначивать занятых людей, которые тут с вами возятся, как с дитем?»

Гиббс говорил все громче, в его голосе слышалась уже неприкрытая злоба. Он будто чувствовал свою власть надо мной и куражился, пусть пока еще вполсилы, приглашая других почувствовать то же. «Вы просто слюнтяй, – говорил он, раздельно выговаривая слова, – возомнили о себе невесть что, а вас ведь можно прихлопнуть одним щелчком...» Он сделал неопределенное движение пальцами и поглядел на притихших, растерянных Сильвию со Стеллой. «Вон ими покомандуйте – и то ведь не сможете, – добавил он насмешливо, – а ко мне не суйтесь, пока не просят. Ведь предупреждал же вчера – нечего лезть, а вы все лезете, как назойливая муха...»

Тут что-то случилось со мной, страх пропал, и сомнения исчезли. Больше не размышляя, я выхватил кольт и, держа его двумя руками, направил Гиббсу в грудь. Сразу стало очень тихо, пространство сделалось пустым и огромным, лишь океан мерно рокотал вдали.

«Я-то не лезу», – начал я в тишине, и мой голос предательски дрогнул. «Я-то не лезу, – повторил я уже тверже, – это вы влезли в мою жизнь и хотите хозяйничать там, как в своей. Только не на того напали!»

Гиббс замер и в недоумении уставился на револьвер. Потом

он медленно поднял глаза и посмотрел на меня уже без злобы, но с некоторым интересом, словно удивляясь неожиданному открытию. Краем глаза я заметил шевеление со стороны Кристоферов и крикнул, что было силы: – «Всем стоять и не двигаться, а то я его застрелю. Слышите, вы двое?»

«Ну, что разорались? – спросил Гиббс спокойно, с легкой досадой, стряхнув оцепенение и, очевидно, вновь ощущая себя главным, несмотря на направленный в него ствол. – Хотите стрелять, так стреляйте, никто не мешает».

«Я не хочу стрелять, но выстрелю, если нужно, – проговорил я быстро, поглядывая на Кристоферов и стараясь, чтобы слова звучали убедительно, – выстрелю и не задумаюсь. Вы хотите мной играть, но я не позволю – уж давайте играть вместе, коли так. Давайте уж с вами вместе пойдем...»

«Куда пойдем?» – так же спокойно спросил Гиббс.

«Сами знаете, куда! – снова закричал я. – Не стройте из себя дурака, вы ж этого не любите, не так ли? Пойдем туда, куда меня хотели одного отправить – я все понял, не думайте. И я пойду, хорошо, но не один, а с вами, Гиббс – с вами, понятно вам?»

«А, теперь понятно, – кивнул Гиббс, подобравшись. – Только мне там делать нечего, придется уж вам одному...» Он как-то очень быстро оказался на ногах, продолжая внимательно глядеть на меня, и я вскочил, не опуская револьвера, следя и за ним, и за Кристоферами, у одного из которых в руке уже тоже матово отсвечивал черный предмет. «Эй, турист, брось игрушку», – раздался его хриплый напряженный голос, но я в ответ лишь щелкнул взводимым курком, чувствуя во всем теле пьяную дрожь и думая отстраненно, что, неужели, мне придется выстрелить в человека – я не хочу, не хочу...

«Ладно, хватит баловств, – сказал Гиббс негромко, сверля меня зрачками, – пошутили и будет. Давай-ка, друг, оружие на землю и будь паинькой, а то еще пристрелят тебя».

«И тебя заодно», – ответил я с ненавистью, но тут Стелла вдруг крикнула пронзительно: – «Замолчи, идиот, у тебя ж нет патронов, я их вытащила ночью... Они же тебя убьют сейчас!»

Как молния, у меня в голове пронеслось: Стелла одна в моей

комнате, пока я ходил за водой, Стелла и пистолет – вот оно что. Я затравленно глянул на нее – она сидела прямо, как бледная статуя, показывая мне на раскрытой ладони несколько блестящих гильз. Я перевел глаза на Гиббса, тот лишь усмехнулся. «Значит, вы знали...» – начал было я, но тут Кристоферы задвигались, будто заскользили по тонкому льду, обходя меня с двух сторон, и Гиббс стал смещаться куда-то вбок, так что я уже не мог держать их всех в поле зрения. Мы закружились в странном танце, приседая и мягко перешагивая с места на место, я размахивал ненужным кольтом, устрашая непонятно кого, понимая уже, что проиграл, но не желая признаться в этом, даже под страхом смерти. Перед глазами мелькали наши разбросанные вещи, Сильвия со Стеллой, в отчаянии глядящие на нас, сосредоточенные лица окружавших меня мужчин, снова ставших мне совершенно чужими, будто я увидел их в первый раз. Один из Кристоферов держал свой пистолет наготове, другой прятал что-то за спиной, и я не знал, которого из них нужно опасаться больше. Я медленно отступал к дюнам, ловя взглядом то одного, то другого, судорожно пытаясь уследить за обоими, да и еще не потерять из виду Гиббса, но кольцо стягивалось неумолимо, а потом я почувствовал кого-то сзади, в шаге от меня, и не успел обернуться, как что-то взорвалось у меня в голове, огненные круги вспыхнули и померкли, звук исчез, и я провалился в темноту.

Глава 15

Не знаю, сколько прошло времени, прежде чем пелена перед глазами рассеялась, и я очнулся, лежа на песке. Во всяком случае, Гиббса и Кристоферов уже не было видно – очевидно, они успели собраться и уйти. Все вышло-таки по их плану – смешно уже было пытаться с этим спорить. Моя голова покоилась на чьем-то свернутом плаще, рядом сидела Сильвия и молча наблюдала за мной. Стелла тоже стояла неподалеку, отвернувшись к океану и обхватив плечи руками. Сосчитав до десяти, я сел и потрогал затылок. Там подрагивала тупая игла, но в общем чувствовал я себя сносно. Крови не было, и голова не кружилась – мне явно не захотели причинить больше вреда, чем это было необходимо. И на том спасибо, – подумал я с горечью, – гуманизм по расчету. Лучше, чем ничего.

«Ну как ты, красавчик?» – спросила Сильвия негромко. Я глянул на нее – она была невозмутима и вежливо-холодна, явно не сострадая мне ничуть и думая о своем, но я не мог сердиться на нее, хоть и знал, что она обманывала меня вместе со всеми с самого начала. «Скоро все пройдет – морской воздух лечит, – добавила она, вздохнув, – хочешь мокрую повязочку?» Я помотал головой, криво улыбнувшись, и, вспомнив что-то, стал беспокойно осматриваться по сторонам. Мой кольт валялся в песке метрах в пяти от нас, и, увидев его, я вспомнил все подробности недавней сцены, чувствуя неловкость и внезапное облегчение от того, что все уже позади, и воевать больше не с кем.

Я попросил у Сильвии чистый платок, кряхтя, поднялся и

сделал несколько шагов. Мне и впрямь становилось лучше с каждой минутой, лишь когда я нагнулся за револьвером, кровь прилила к больному месту, так что я застонал невольно, но и это быстро прошло. Расстелив на песке свою куртку, я разобрал кольт и стал методично протирать каждую часть, внимательно следя, чтобы не осталось ни одной песчинки. Время от времени я посматривал на Стеллу, все так же стоявшую к нам спиной, будто спрашивая себя, кто она мне теперь и как о ней думать, но всякий раз не находил ответа, ощущая лишь раздражение и поспешно отводя глаза, словно боясь, что она обернется, и я окажусь в дураках, оскорбив ее чем-нибудь поспешно-грубым в бессильной обиде, которую она все равно не сможет понять. Потом Сильвия подошла ко мне и присела возле, задумчиво поглядывая на мои руки. Я не возражал, с ней было покойно и лучше, чем одному.

«Не сердись на Гиббса, – проговорила она низким грудным голосом, – что он еще мог сделать? Все остальное кончилось бы куда хуже». Ага, значит это Гиббс меня ударил, подумал я про себя, но ничего не сказал вслух, лишь хмуро кивнул и промычал что-то согласительное, не желая спорить. «Он вовсе не так жесток, как кажется со стороны, – продолжала Сильвия, – просто у каждого свое дело, а что ни делай, всегда бывает и хорошо, и плохо. Он просил тебе это передать – что все бывает плохо, но тут же и хорошо, кому хуже – не разберешь, а по-другому все равно не будет, как ни старайся».

«Ладно, ладно, – проговорил я быстро, – передала и спасибо, ему тоже передай – мы с ним это еще обсудим при встрече. И что хорошо, и что плохо, и кому...» – я осекся, тут же вспомнив, как легко Гиббс и Кристоферы пресекли мое непослушание, и подумал, что не стоит махать кулаками после драки, в которой тебя побили. «Нет, не в смысле чтобы квитаться, но кое-что мы друг другу недосказали, это уж точно. Через тебя передавать – удобно конечно, но и со мной тоже побеседовать придется. Так, чисто детали уточнить...» – стал я пояснять многословно, глядя в сторону.

Сильвия покивала, как кивают ребенку, когда он обижен, протянула руку и вскользь погладила меня по щеке. «Разберетесь, разберетесь... После как-нибудь – город маленький, все друг на друга натыкаются, – сказала она примиряюще. И потом добавила громче, чем нужно, очевидно желая, чтобы Стелла ее услышала: – На нее, кстати, тоже не обижайся – девчонка еще, сама не знает, что делает».

Стелла порывисто обернулась и уставилась на нас широко раскрытыми глазами. Лицо ее было бледно и некрасиво, тонкие губы кривились и подрагивали. «Ты – дрянь! – выкрикнула она Сильвии. – Ненавижу вас всех, провалитесь вы с вашими делишками и с Гиббсом вашим ненаглядным. Подумаешь, герой – и на него найдутся другие, покруче, уж будь уверена...»

Сильвия молчала, улыбаясь снисходительно, а Стелла подошла ближе и повернулась ко мне. «Ты тоже хорош, – сказала она зло, – просто размазня, а не мужчина. Теперь думаешь, что я тебя обманула – я обманула, да, а чего ты хотел? Я и так рисковала дальше некуда, намекала тебе изо всех сил, но толку ноль: если ума нет, то намекай, не намекай – не поможет. Ты еще спасибо должен сказать, что так все кончилось. Мне спасибо должен сказать, не кому-нибудь, а то выпалил бы ненароком, и все – конец тебе, да и мне заодно. И так они меня больше с собой не возьмут, где я теперь деньги раздобуду – на панели? Сама дура, поблагородничать решила, – горько закончила она. – А все напрасно, ты только спал, да сны видел, все мои усилия зазря, и себе же хуже».

Сильвия лишь покачала головой и стала перебирать что-то в стоявшем рядом пакете, а я тем временем закончил возиться с кольтом и задумчиво разглядывал пустую обойму. «Сильвия, спроси у нее, где патроны», – попросил я, не желая обращаться к Стелле. Та приблизилась молча, высыпала горсть гильз на мою расстеленную куртку и, не проронив ни слова, отошла в сторону, отвернувшись к горизонту и больше не обращая на нас внимания. Я деловито зарядил револьвер и сунул его в сумку. Сильвия посмотрела на часы.

«Пора прощаться, – сказала она твердо. – Нам идти далеко, красавчик, и тебе тоже».

Она вдруг глянула мне в глаза, будто пытаясь прочитать в них что-то, но я хотел лишь уйти поскорее, зная, что мы больше не нужны друг другу, и любое промедление будет в тягость. «Куда мне?» – спросил я, вставая и прилаживая сумку на плечо.

«К воде и направо, вдоль берега, – ответила Сильвия. – Там потом сам увидишь. Иди и ничего не бойся...» – она еще хотела что-то добавить, но замешкалась и промолчала.

Я кивнул, сделал рукой прощальный знак и зашагал к набегающим волнам. Пройдя около сотни шагов, я все же оглянулся один раз – Сильвия и Стелла лежали на песке лицом вниз, две хрупкие фигурки на бесконечном желто-сером холсте, и что-то кольнуло внутри, как при всяком расставании, предвещающем разлуку навсегда. Это длилось всего один миг, а потом я снова уже шагал вперед, не оборачиваясь более.

Я шел и шел, бормоча что-то, потом посвистывая, потом вновь принимаясь беседовать сам с собой. Свежий воздух успокоил меня, хоть в голове еще вертелись злые фразы, которые я с наслаждением бросил бы в лицо каждому из недавних спутников – и, конечно, в первую очередь Гиббсу. Я не хотел повернуть все по-другому, но жалел всеми силами души, что не высказал и малой доли мстительных вещей, рвавшихся теперь на язык. Как бы я мог насмеяться над ними – над самоуверенностью его, главного обманщика, над ограниченностью Кристоферов, над мелкой сутью их распутных женщин... Я пытался убедить себя, что не все потеряно, и мы еще встретимся когда-то по закону той высшей справедливости, в наличие которой так часто хочется верить, но это не помогало, досада переполняла меня, как горькая желчь.

Город М., шептал я язвительно, ставка на выигрыш, другой человек... А на поверку – впутываешься в знакомый переплет, связываешься с теми, кого подбрасывает случай, слепой, как и всегда, и видишь потом – все то же, даже и здесь для меня не припасено иного. Или именно здесь иного и не могло быть припасено? Тут сгущаются тени, и полутонов все меньше, почти уже и нет. Остаешься один, и приходится признавать с неохотой: очередная попытка опять не удалась, попутчики не приняли к себе – ты вновь оказался лишним, отвергнутым ими без сожаления, как неподходящая деталь.

Да, неподходящая как есть, пусть по их меркам в ней и был какой-то толк. Я был нужен им, но в этом крылся обидный смысл, я удивлял их порой, но вовсе не так, как мог бы, присмотрись они ко мне повнимательнее. Внимательный глаз – о, нет, его не достанет на взгляд без пользы, на прищур праздного любопытства, не обремененный прагматической целью. Меня лишь использовали без особого разбора, до моего «я» никому не нашлось дела – не нашлось и не могло найтись. Все заняты собой, к черту чужие «я», разбираться в них недосуг. Как наивен я оказался – снова! снова! – и как жестокосердна действительность, которую, увы, не перехитрить. Но это – в последний раз, говорил я себе, больше я никогда никому не поверю, хватит уже, в самом деле…

Что-то сдвинулось во мне – закрылись какие-то шлюзы, и жалость к себе иссякла без следа. Чем дальше я уходил, тем отстраненнее становились мои раздумья. Гиббс и Кристоферы отодвинулись куда-то, я вспоминал лишь Сильвию, думая о ней с неясной тоской, словно утратив что-то, чего у меня и не было вовсе. Обиды рассеялись, я ощущал странную легкость, как будто тяжкий груз был сброшен наконец с моих плеч, а на смену мытарствам пришла долгожданная свобода – от всех и почти уже от всего. Прежние заблуждения сделались вдруг смешны, без них было тревожней, но и естественней, и проще. Больше не стоило притворяться, не было причин оправдываться и юлить – никто не мешал мне теперь быть самим собой.

Забудь прочих, посторонних, чужих, – словно говорил я себе, – забудь и вычеркни, от них больше нечего ждать. Довольно и своего содержания, оно одно не способно подвести. Нужно лишь прикинуть, представить… – и я прикидывал и представлял, вызывая на свет образы и картины, проникая взглядом все дальше вглубь, не встречая никаких загадок – все давно уже было решено. Мне нужен мой давний недруг: в мерзких ликах – его лицо. Мир щерится его ухмылкой, а значит и мой секрет единственно верен. Даже и здесь я теперь из-за Юлиана, скорее чем из-за чего-то еще, желание разделаться с ним – последнее, что у меня осталось, но и это совсем не мало, все зависит лишь от меня самого…

Я поймал себя на том, что считаю шаги, стараясь попасть в такт рокоту прибоя, задающего неотвязный гипнотический ритм. Голова чуть кружилась, веки подрагивали, будто в лихорадке, я чувствовал запахи и звуки остро, как никогда. Музыка океана восхищала меня, я даже приговаривал – «раз-два-три» – или еще лучше – «Ю-ли-ан», чтобы твердо держать в голове главную мысль. Потом и этого показалось мало, я стал чередовать ненавистное имя с вовсе уж запретным словом, будто посмеиваясь над легендой, в которой мне, быть может, вот-вот предстояло удостовериться самому. «Пе-ли-кан» – скандировал я вполголоса, чуть удивляясь собственной смелости, и размышлял тут же, забывая даже о своем секрете, что за событие ждет меня впереди, и не обман ли это, подобно почти всему остальному.

«Ну, что же? – вопрошал я, обводя взглядом пространство. – Что же, я здесь, вы добились своего. Где ж те силы, которыми пугают, где он, тот, о котором не решаются даже упомянуть вслух? Я готов показать, на что я способен, бросив вызов неправильности мира; я не скрываюсь уже, те, кто скрываются, лежат сейчас вниз лицом не в силах поднять голову, и даже если они правы, то мне не нужно быть правым, напрасное разумение опостылело, я не желаю его больше. Меня избрали жертвою, наживкой, но я не жертва – я сам, быть может, хотел сюда наперекор прочим. Не стоило так стараться, заманивая меня в силки, я здесь по доброй воле – по своей воле, слышите, вы, грознейшие?»

Никто не откликался – ни жестом, ни звуком. Время остановилось, будто найдя укрытие, которое нет сил покинуть. Пейзаж вокруг не менялся, ничто не притягивало взгляд – песок справа и серый океан слева, сливающийся с таким же серым небом у горизонта, составляли всю картину, знакомую до мельчайших подробностей и все же таящую в себе больше, чем может охватить разум. Я искал слова, которыми мог бы назвать себя, но все они казались негодными – их срок измерялся смехотворными величинами, и я знал, что они умрут еще раньше, чем я пропаду из окружающего мира, не говоря уже об этом береге и этих волнах, что, пусть и не вечны, но долгоживущи настолько, что можно принять их за наглядный пример вечности, чтобы знать, к чему стремиться, лишь чуть-чуть обманываясь допущением. Я искал слово или имя, достойное каждой волны, перерождающейся в другую с такой легкостью и с такой верой в непрерывность своего бытия, о каких можно лишь мечтать, напрягая воспаленную мысль в тщетных потугах создать свою веру, но пасуя на дальних подступах к ней. Если же нельзя ухватить одним словом, обращался я неизвестно к кому, то пусть мне расскажут сколь угодно длинно – я согласен запастись терпением, мне некуда спешить, ибо только в этом и состоит суть, все остальное мелко и двулично. Чтобы позабыть о вопросительных знаках, нужно наконец найти ответы. Почему я всегда плыву против течения? С кем сравнить себя, сопоставить, чтобы отыскать хоть один намек? Если собратья, сгрудившиеся в толпу, гонят прочь, закрывая границы и отказывая в пропусках, то дайте мне другое – дайте небо и океан, желтые песчаные холмы и нависшие тучи, я готов поставить себя в один ряд, только укажите место…

Потом я перестал слушать волны, желая освободиться от их власти, порываясь вернуться мыслью к знакомым вещам, выручавшим не раз, но шаги сами собой попадали в найденный ритм, и океан не отпускал, наваливаясь всей мощью. Я снова вслушался растерянно – незнакомый голос у меня в мозгу звал без имени, лишь намекая на знание. Он звучал монотонно, порой затихая до шепота, но от него нельзя было отделаться ни на миг – он владел моим существом и жил в моем существе, как хозяин, изгнавший временных обитателей. Я придумывал разные уловки, так и сяк перетасовывая растерянные мысли, призывая на помощь то ворохи воспоминаний, то враз оробевших призраков, но все кончалось ничем – мой разум стремительно терял власть, сдавая полномочия чему-то неясному и грозному.

Вскоре призраки попрятались по углам, и воспоминания померкли вовсе, а голос внутри усилился и окреп, становясь все отчетливее, все громче. Я судорожно вертел головой по сторонам, пытаясь найти его источник, но все та же действительность окружала меня, не предлагая ни зацепки, ни подсказки. Я винил было ветер, свистящий в ушах, но ветер слабел, вздыхая и умирая, а голос все набирал силу. «Что это?» – вертелось в мозгу, по спине пробегала быстрая дрожь, ужас неизвестности холодил кровь. Я остановился невольно, не имея мужества идти дальше, всматриваясь в горизонт и ничего не видя.

Потом ветер вовсе стих, бессильно толкнув в грудь последним порывом, а океан, напротив, разошелся сильнее прежнего, накатывая на берег водяными валами. Устыдившись себя, я собрал всю волю и снова двинулся вперед, глубоко вдыхая неподвижный воздух. «Кто это?» – произносил я вслух, и казалось мне никогда не дадут ответа, но потом шаги вновь попали с волнами в один ритм, океан свыкся со мной, и пришла разгадка: черный пеликан.

Он летел с юго-юго-востока. Вначале это была лишь точка на сером пасмурном фоне, потом – темный, едва заметный силуэт, но я уже представлял его всего, будто различая хищный профиль с острым изгибом шеи и топорщащимся хохолком, грозный массивный клюв и размеренные взмахи крыльев. Прикованный к месту, не в силах отвести взгляда, я стоял на мокром песке, не замечая волн, что порой захлестывали мне ноги до щиколоток. Все мысли смешались, и вопросы потеряли смысл – я не мог бы описать теперь, что я вижу и чувствую, зная лишь, что происходящее неотвратимо, и ни страх, ни отчаяние не заставят меня бежать прочь.

Скоро их собралась целая стая. Они охотились вблизи от берега, как армада штурмовиков, соблюдая строгую очередность, взмывая в воздух на десяток метров, зависая на несколько мгновений карающими фигурами, сплошь состоящими из острых углов, а потом – бросаясь отвесно вниз, взрывая воду с гулким всплеском и показываясь на поверхности уже с добычей. Их было много, похожих друг на друга, будто росчерки черной туши, но я видел только того, что выбрал меня, как свою мишень, разглядев через бессчетные мили. Он теперь владел моей душой – даже и не поворачиваясь в мою сторону, но, я знал это твердо, неотрывно думая обо мне, пробуя на моем податливом естестве страшную силу заклинаний, которые, пусть непонятны мне, но властны настолько и так способны порабощать, что даже собрав все сомнения воедино, их нельзя отбросить, отмести, как что-то ненужное или придуманное на авось, как нельзя оспорить существование океана, когда он перед тобой – уж скорей усомнишься в собственной жалкой сути.

Сознание будто раздвоилось, мир расслоился в многогранной призме. Я знал, кто я есть, помнил дюны и город М., мог представить себе воочию недавних спутников и самых старых знакомцев, но и в то же время все, пережитое когда-то, пусть хоть одно мгновение назад, отодвинулось в безмерную даль. Лишь росчерки крылатых бестий и чужая непреклонная воля составляли реальность, в которую стоило верить. Происходящее отзывалось внутри ясным откликом, словно камертон или выверенная струна; мои желания и стремленья, сомнения и надежды вдруг зазвучали в унисон каждому звуку, приходящему извне. Мы существовали вместе и хотели одного – черный пеликан и я, то есть часть меня, новая половина, отрицающая увещевания прежних стражей, желающая слиться со всей стихией и познать что-то, не ведомое никому.

Пеликаны охотились, и волны пенились, изрытые воронками, а голос в моем мозгу звучал резче и резче, становясь невыносимым, как скрежет металла по стеклу. Я знал теперь, кто его хозяин, не задаваясь больше глупым «Кто это?», будто покончив с ним раз и навсегда. Вместо него с языка просилось растерянное «Кто ты?», но я твердо сжимал челюсти, не пуская наружу лишние слова, бесформенные осколки безвольных раздумий, столь же далеких от правоты, сколь и любые ярлыки, произвольно выбранные в минуты слабости.

Голос скрежетал, голос рос и креп, словно предлагая помериться с ним мощью. Он звал меня куда-то, и я хотел туда, за ним, хоть остатки косного благоразумия пытались еще бороться с неизбежным. Я знал, впрочем, что им не продержаться долго, силы были неравны – еще чуть-чуть и раздастся чужой победный клич, я опущу голову и побреду, куда меня влекут. Вот уже и глаза закрываются, что-то подталкивает в спину, и я делаю шаг наощупь, вытянув руку. Вот рука падает бессильно, ощущая лишь брызги и пустоту. Ну да, все верно, там же одна лишь пучина, крутое дно и беспощадные волны…

Очнувшись на миг, в страхе, почти в панике я разжал веки и обнаружил, что по-прежнему стою на берегу, не переместившись ни на сантиметр. Тут же ярчайшие блики ослепили и заставили вновь зажмуриться, голос взвыл, взревел оглушительно, я успел еще подумать что-то про гипнотический бред и ядовитый дурман, а потом пошел, пошел вперед, не видя ничего вокруг, будто следуя тайным командам и не беспокоясь более о своей судьбе. Тот новый, призрачный во мне победил; его нервическая дрожь оказалась сильнее спасительного инстинкта. Я будто переступил границу и попал в середину изощренного сна с собою самим в заглавной роли. Ничего не оставалось более, лишь следовать его течению, и я следовал послушно, презрев осторожность. Свет не проникал сквозь сомкнутые веки; казалось, я невидим и неуловим, и ничто не способно причинить мне вред. Это было наивно и до невозможности глупо, мой одурманенный разум силился вскричать и предостеречь, но все его попытки безнадежно запоздали, в чем мне очень уже скоро предстояло убедиться.

Глава 16

Дальнейшее произошло очень быстро, хоть и тянулось бесконечно, как и положено сну. Впрочем, едва ли это был сон – никакая явь не в силах отпечататься глубже, перевернуть сознание и изорвать в клочья все мысли. Я прожил новую жизнь – ту, которой был достоин – зная, что мог бы предугадать ее сам, если бы только имел мужество видеть все без прикрас и лжи. Мне не дали пощады и ничего не скрыли – достаточно ли, чтоб поверить и не считать малодушно, что реальность искажена?..

Поначалу было легко – шаги давались без усилий, ноги не вязли в песке, и соленая вода не подступала к горлу. В дальних уголках сознания я отдавал себе отчет, что как будто и не двигаюсь с места, но при этом бреду на неотступный зов, чувствуя его всей кожей. Ветер свистел кругом, разыгравшись вновь, подгоняя и стращая мимоходом; где-то шелестел прибой – справа, слева, позади? В голове роились видения, но суть их оставалась неясной, а на язык просились длинные фразы, путаясь одна с другой, словно куски разноцветной ленты.

Потом пронесся миг, и все вдруг стихло. Мои глаза были открыты, руки пусты, мысли растеряны и беззащитны. Я увидел, что нахожусь в большом зале с колоннами грубой каменной кладки, высоченным потолком и гладким мраморным полом. Три стены окружали меня с трех сторон, а на месте задней зияла пустота, отозвавшаяся в сердце невнятным холодком. Голос почти смолк, но не пропал совсем, угадываясь чуть слышным окриком и внутри меня, и снаружи, будто сочась из мрачных стен и с полукруглого свода. Он не звал за собой более и не влек никуда – меня будто бросили, предоставив самому себе, и это почему-то обижало до слез.

«Где вы, всесильные?» – спросил я вслух, позорно сорвавшись на дискант, и конечно же не получил ответа. «Глупые шутки!» – выкрикнул я тогда стенам, – «Глупые!» – потолку. Мой крик всколыхнул воздух, отразившись от каменных глыб, и тут же что-то заклокотало и ощутимо толкнуло в грудь, так что я отлетел на несколько шагов к пустоте и провалу за спиной. Ого, пронеслось в голове, с этой штукой надо поосторожнее. Все тут гораздо на фокусы, хоть никого и нет. Кто же заманил меня сюда? Пусть появится на свет – уж если схватка, так схватка…

Тут я увидел вдруг, что кто-то вышел прямо из стены справа и пересекает зал чуть подпрыгивающей походкой. «Эй, – крикнул я ему, – эй, погоди-ка». Человек не обернулся, будто и не слышал меня вовсе, а окликать его вновь почему-то не хотелось. Был в нем какой-то тайный подвох, что-то слишком узнаваемое сквозило во всем его облике, что-то близкое, зыбкое и неуловимо стыдное. Помучившись немного, я вдруг понял – ну да, это ж я сам и есть, я сам или кто-то, совершенно от меня неотличимый. Экая неожиданность – но в душе не было ни удивления, ни радости, я хотел было позвать незнакомого знакомца еще раз, но тут же передумал опять, а он по-видимому и вовсе меня не замечал, словно я был прозрачен и бесплотен. Слепец, подумалось сердито, какая-то негодная копия, и я отвернулся прочь, но тут из другой стены выбрался еще один мой двойник, потом – еще и еще, и скоро вся зала заполнилась одинаковыми человеческими фигурами, не обращавшими внимания ни на меня, ни друг на друга, снующими туда-сюда, отражаясь от бугристых поверхностей и выписывая сложные траектории каждый со своей скрытой целью. Они были неприятны мне, всем им недоставало чего-то, и глядеть на них со стороны было тягостно и неловко.

Дубликаты, дубликаты, приговаривал я в сердцах, – казалось бы, верный способ заполучить себе друга, но вот подружиться-то и не с кем… Фигуры по-прежнему не замечали моего присутствия, это было возмутительно, я все же был первый и, наверное, лучший из них.

Экие невежи, думал я раздраженно, а их становилось все больше, они теснили меня и теснили, и приходилось отступать все дальше назад, к страшному провалу, от которого по спине ползли мурашки.

Мелькнула совсем уж тревожная мысль: этих не остановить, я даже не знаю, откуда они берутся – так что же, меня вообще не принимают в расчет? Неужели так бывает и в придуманной жизни – или мне хотят сказать, что только так и бывает всегда?.. Почва уходила из-под ног, абсурд набирал силу, точки опоры исчезали в пугающем темпе. Я переминался с ноги на ногу и понемногу уступал пространство, не желая оказаться у кого-нибудь на пути, хоть этот кто-то, бесстыдный фантом, наверное с легкостью прошел бы и сквозь меня. Именно этого мне и не хотелось, так что приходилось топтаться уже на самом куцем пятачке, уворачиваясь от проворных локтей, а мои неказистые копии все прибывали, не только заполняя место, но и будто выпивая весь воздух. Только дай волю, думал я уже с ненавистью, тут же везде понабьется народу, и эти, похожие, ничем не лучше непохожих – все та же неблагодарность и неприязнь. Неужели меня так вот и вытеснят прочь?.. Я вдруг почувствовал, что уже задыхаюсь по-настоящему. Голова мотнулась вверх, рот раскрылся, судорожно втягивая воздух, я потерял ориентировку и сделал неосторожный шаг, а потом мой башмак внезапно шаркнул по краю, я споткнулся и полетел вниз, успев лишь взмахнуть руками и подумать обреченно – все, конец.

Но это был не конец. Будто со стороны, я услышал звук падения, мое тело пронзила острая боль. За провалом оказалась ступень, неширокая и чуть наклоненная вниз. Я упал всего лишь с метровой высоты, но удар оглушил меня, сбил дыхание и всколыхнул невнятные страхи, словно поднял со дна души застарелый осадок, мутную взвесь, сквозь которую плохо видно. Кое-как, полуползком, я подобрался к основанию ступени, прислонился спиной к гладкой стене и стал осматриваться кругом.

В помещении, нескончаемо-огромном, царил полумрак, все границы пропадали во тьме, лишь откуда-то снизу светили факелы, рассыпая красноватые блики. За краем зияла новая пропасть, а напротив, метрах в пятидесяти, раскинулись полукругом отвесные трибуны, образуя гигантский зрительный зал. Тысячи глаз глядели на меня – кто с интересом, кто с откровенной скукой – из пропасти тянуло гарью и затхлым духом, я был растерян и вовсе не понимал теперь, чего от меня хотят.

«Это мой замок! – раздалось вдруг в ушах оглушительным скрипом, грохотом, лязгом. – Мой, и ты у меня в руках. Посмотрите, – голос разносился, как небесный гром, обращаясь ко всем сразу, – посмотрите и поприветствуйте гордеца!»

Раздались вялые хлопки, я обводил взглядом ряды зрителей, замечая там будто и знакомые лица, и вжимался все сильнее в холодный камень. Это и есть мой вызов, хорохорился кто-то внутри меня, но другой, трусливый и жалкий, бормотал неразборчиво про расплату и воздание по заслугам. Каким-то третьим зрачком я словно видел себя со стороны, различая заострившиеся черты, капли пота на лбу и гримасу мучительного раздумья. Сообразить, что к чему, было непросто, я не мог понять этих фокусов с пространством, разобрать, где правда, а где оборотная сторона – чей-то зловредный вымысел, коварная ловушка. Решимость, которой я щеголял когда-то, растворилась бесславно, следы ее стерлись, да и мутная взвесь никак не опускалась, путая мысли.

«Защищайся, гордец! – вскричал вдруг голос и злобно захохотал. – Защищайся, посмотрим, на что ты способен!» Я судорожно сглотнул, широко раскрыл глаза и сжал кулаки. Решающий миг приближался, это было ясно; я ждал его и дождался наконец, ко времени или нет. Он представлялся мне совсем иным, но не всегда получается так, как хочешь, да и к тому же – мне ли не знать, сколь изменчивы бывают знакомые формы, переиначиваясь негаданно, без предупреждения и спроса…

Снизу выстрелила петарда и прочертила полукруг, рассыпая искры. Потом она погасла, зашипев смрадным дымом, а передо мной, будто повинуясь знаку, тут же замелькали какие-то тени, проносясь все ближе и порой чуть не задевая волосы и одежду. Вот оно, началось, подумал я заполошно, вскочил на ноги и в ужасе замахал руками. Это разъярило нападавших, в которых я с отвращением узнал крупных летучих мышей, они заметались быстрее, набрасываясь и гадко попискивая, подбираясь ближе и ближе. Я отмахивался, как мог, стараясь удержаться на ногах и не сползти к краю, за которым была новая бездна. «Давай, давай…» – подгонял голос с каким-то едким торжеством, и теней становилось все больше, они выпархивали сверху и пикировали прямо на меня. К горлу подкатывал горячий комок, хотелось просто упасть на пол и завыть от ужаса, но я не падал, я уворачивался, стиснув зубы, заслоняясь ладонями и локтями.

«Смотрите, смотрите, – рокотал голос, – он попался, купился!» Зрительские ряды зашевелились, там наметилось оживление, и послышались смешки, а я продолжал отбиваться от летучих призраков, метящих мне в голову. «Это ж все чучела, чучела и пустышки, только ребенок может принять за чистую монету», – загремело обличающе, и по трибунам пронесся вздох разочарования. Какие ж это чучела, хотелось крикнуть мне, все взаправду, они наступают, вот царапины и кровь на руках – но слова застревали в горле, я будто знал, что мне не поверят все равно. Было обидно и жаль себя, было мерзко, я не мог понять, кто придумал эту забаву и зачем. Тут одна из мышей вцепилась мне в воротник, я сорвал ее со страшным воплем, и вопль, сгустившись, отразился от стены и толкнул меня к обрыву, к отвесному краю. Я закричал вновь, стараясь ухватиться руками хоть за что-то, но опоры не было и не было защиты, мыши шелестели перепонками у самого лица, ужас и гадливость захлестнули душным туманом, в котором ждали, я знал, падение, обморок и вновь невыносимая боль.

Так и получилось. Следующая ступень не отличалась от предыдущей, удар был так же силен, и так же остро пронзил все тело. Постанывая и хрипло дыша, весь в липком поту, я с трудом сел и привалился к стене. Трибуны успокоились и смолкли, лица напротив не выражали ничего, кроме вежливой скуки, там и тут я видел снисходительные ухмылки и плохо скрытые зевки. У них антракт, подумал я с тоской, они наверное знают всю программу наперед, а битва с мышами, отчаянная донельзя, быть может и не имеет для них никакого смысла. Со стороны, небось, даже и тени не разглядеть как следует, и поди теперь опровергни этот поклеп про чучела – доказательств у меня всего ничего, только ссадины и засохшая кровь, и ведь уже и не убедишь, что их не было раньше… Я морщился от бессилия и ощущал себя достойным презрения. Вызов не получается, мелькнула растерянная мысль, со мной играют бесчестно, как будто совсем нет правил. Да, никто не обещал, что будет по-другому, но и так мне не нужно, я отказываюсь, я выхожу…

«Бесчестно», – сказал я хрипло и не услышал сам себя. «Выхожу…» – произнес я отчетливо и громко, но лишь невнятный лепет нарушил тишину. «Что, что, что? – раздалось под сводами. – Защищайся, гордец!» В тот же миг маленькая деревянная стрела оцарапала мне лицо, в руках оказался меч из шершавой фанеры, и я принялся отбиваться от шайки хищных гномов, подступающих с обеих сторон с луками и дубинками.

Это могло б быть смешно, но было, поверьте, совсем не смешно. Острые наконечники кололи всерьез, и я испугался вновь – ведь мое орудие не причиняло никакого вреда. Даже зрители будто притихли и затаили дыхание, но тут голос вновь заклокотал, ввинчиваясь в уши: – «Смотрите, смотрите, он опять за старое…» Пот заливал мне глаза, я утирался рукавом, махал бесполезным мечом и ругался сквозь зубы, уворачиваясь от стрел и ударов, а громовые раскаты раздавались один за другим.

«Он охраняет свои земли, – неслось со всех сторон, – но от кого? Не от тех ли, с кого и так нечего взять? Им и самим нет никакого прока, а ему кажется, что все взаправду! Посмеемся над ним – ха-ха-ха…»

Ха-ха-ха, вторила послушная аудитория, публика уже вновь покачивала головами и вздыхала разочарованно, а некоторые даже вставали и исчезали или просто отворачивались в сторону. Я понимал, что скоро ко мне потеряют всякий интерес, и отчего-то страшился этого больше всего на свете.

«Их и самих-то нет, – не смолкал голос, – их нет, а он машет, как заведенный. А случись настоящие – небось сразу и побежит…» Ха-ха-ха, подпевали зрители, дыхание с хрипом вырывалось у меня из груди, и сердце бухало, словно сердечный молот, а подлые гномы оттесняли к краю и орудовали палицами с удвоенной силой. «Они настоящие!..» – завопил я отчаянно, не желая мириться с несправедливостью, и тут кто-то дал мне под колено, другие приноровились и толкнули в бок, я опять полетел вниз в тошнотном головокружении, и очнулся от все той же боли, полулежа на скользком камне…

Так продолжалось целую вечность – падения и дурнота, нестерпимая боль и холодный мрамор. Я был игрушкой, беспомощной щепкой, которою вертели, как придется, в угоду изощренным капризам. Новые и новые мерзости повергали в отчаяние и ужас, порой казалось, что близка уже и самая настоящая гибель. Я сражался из последних сил, зрительские ряды пустели понемногу, а голос дребезжал и гремел железом, осмеивая меня прилюдно и не желая поверить ни одному моему крику.

Противники становились все изощренней – право, чья-то фантазия расстаралась не на шутку. Время текло и не имело конца, в подземелье проходили будто целые века. Одни отчаяния сменялись другими, пропадали, потом возвращались вновь; мысли то скакали суматошно, то текли едва-едва, утеряв всякую прыть. Сначала я искал в происходящем какой-то смысл, пытаясь сообразить, куда же ведут ступени и что будет, если добраться до самого дна. Быть может, достигших его пускают в ряды напротив, и это – почет, награда, если не сказать победа? Или же там, на дне, лишь бесславный финал, запустение и забвение? В редкие минуты передышки я всматривался в лица, белеющие в темноте, пытаясь поймать чей-то взгляд, уловить сочувствие, если уж не поддержку, но сочувствия не было и в помине, надежда таяла, не оставляя следа, а потом я разуверился вовсе, осознав со всей безысходностью, что сидящие на трибунах никогда и не бывали по эту сторону, они из другого теста, и их равнодушие – не наигранная маска, как бы мне ни хотелось думать по-другому. Тогда я понял, что никакого смысла нет и не может быть, что все мучения напрасны и не ведут ни к чему, и тут же толпа напротив сделалась ненавистна мне, как и все кругом, как голос, рвущий душу на куски, и как злобная нечисть, что наступает со всех сторон.

Мне пришлось привыкнуть к бессилию и испытать, не раз и не два, вязкий удушающий стыд. Меня выставляли посмешищем – во всей подробнейшей сути – казалось, когда-то я уже представлял себе такое, но тут все было страшнее во много крат – и мучительней, и безысходней. Твердо решив держаться до конца, я бился и бился, отстаивая пядь за пядью и тут же теряя их навсегда. Отчего-то, остановиться было невозможно, хоть все резоны давно сошли на нет. В физической боли выявились оттенки, я научился различать их и раскладывать по полочкам, словно соизмеряя наказания с мнимой виной, придуманной из ничего. Я даже признал нескончаемость страдания и смирился с нею, но вот бессмысленность его ранила сильней и сильней. Словно гигантский нарыв рос у меня внутри, а публики становилось все меньше – там и сям зияли пустые места, словно слепые глазницы. Наконец лишь единицы остались в каменных креслах, а очередное падение вышибло из меня всю душу, весь ее последний жалобный стон – и тогда что-то лопнуло будто, лопнуло и разлилось свинцом в закостеневшем теле. Я лег на спину и уставился вверх, в тьму, в неразличимый купол, не имея более в душе ни сил, ни страха. Даже для ненависти не осталось места – мое естество было выжато до последней капли.

«Он наш, он сдался!» – возликовал голос, и, вторя ему, послышались жидкие хлопки, но я не слушал, словно отгородившись прозрачной стеной. Не могу, вертелось в голове, кончено, это мой предел. Я все понял про копии, я разгадал вашу шутку, не так уж сложно в конце концов, но доказывать мне нечего больше, и больше нечем бороться. Вызова не получилось, мир сильнее меня – вот вам пожалуй и ответ. Я не верил ему, каюсь, но теперь, теперь…

«Четырнадцать ступеней! – бушевал голос, отражаясь гулким эхом. – Четырнадцать ступеней – вот его цена! Прямо скажем, немного, недостойно, ничтожно! Что скажешь, гордец – сдаешься навсегда? Или встанешь, как подобает смельчаку?»

Я лежал, не двигаясь и даже не поворачивая головы. К свинцу во всем теле добавилась могильная сырость, исходящая от камня подо мной; мышцы застыли, и мысли застыли, словно скованные вечным льдом. «Отвечай! – не отставал голос. – Отвечай и не уходи от возмездия, беспримерный трус!»

С огромным трудом я разлепил губы и проговорил заплетающимся языком: – «Я не трус. Я не встану. Я проклинаю вас…» Слова были едва слышны и мне самому, но хитрое эхо тут же разнесло их во все стороны, добавив страсти и надрыва. Звуки метались, наталкиваясь друг на друга, беспомощные, как мольбы.

«Ха-ха-ха», – зашелся в смехе весь зал, зрители веселились, сбросив оцепенение, будто узрев наконец что-то по-настоящему забавное. «Он проклинает нас! – передразнивал голос с невыразимым презрением.

– Проклинает и предает анафеме! Это как раз на него похоже, это то, что он умеет делать лучше всего… Что ж, довольно фантазий – он и сам мог бы придумать не хуже. Проверим теперь, кто он таков на самом деле!»

Где-то вверху застрекотали невидимые трещотки, постепенно обращаясь барабанной дробью. На трибунах затопали тысячи ног, отбивая торжественный ритм, факелы вдруг погасли, и наступила полная темнота. «Открой глаза! – завопил голос, и я понял, что веки у меня и в самом деле сжаты. – Открой глаза и возьми настоящее оружие!»

Я сделал, как мне сказали, и стал осматриваться, моргая и привыкая к свету. Силы вернулись вдруг, хоть и не все, и не сразу. Вокруг высились знакомые уже колонны самого верхнего зала, где не было теперь ни одной посторонней копии. Я стоял в центре, довольно далеко от края без стены, а у моих ног валялся блестящий предмет.

Неужели… – подумал я оторопело, наклонился, зыркнув по сторонам, и взял его в руки. Это и впрямь оказался револьвер – настоящий, с длинным дулом, но побольше и потяжелее моего кольта. В его реальности не возникало сомнений, я крутанул барабан и увидел, что он полон патронов. Меня сотрясла нервная дрожь – что ж, будем квитаться, подумал я лихорадочно, квитаться или отстреливаться до конца. Шанс еще есть, пережитое в подземелье можно перечеркнуть, если уж не забыть. Надо мной смеются – но не слишком ли рано?..

Стало ясно, что теперь все пошло всерьез, без фокусов и шуток. Я щелкнул предохранителем, обхватил рукоятку обеими руками и стал осторожно поворачиваться кругом, высматривая врага.

Враг появился все из той же стены справа. Два человека в свободных плащах с капюшонами, неуловимо похожие друг на друга, вели третьего со сведенными за спиной руками и черной повязкой на глазах. Уж он-то точно был мне знаком – не мой ли это очередной двойник, спросил я себя в растерянности, но потом заметил, что мы разного роста, человек с повязкой был выше на полголовы. Стихшая было барабанная дробь вновь усилилась, сделалась резче и суше, пленника подвели к колонне в пяти метрах от меня и прислонили к ней спиной. «Страхи в сторону, пусть сбудутся мечты!» – прогремело с потолка. Я глянул внимательнее и понял со всею ясностью, что передо мной не кто иной, как Юлиан.

«Стреляй», – сказал голос буднично, без обычного своего напора; слово разнеслось тысячей перевертышей и затихло умирающим «ай-ай-ай». «Стреляй! – повторил он через несколько секунд, уже с грозным нажимом. – Убей его, он твой!» Юлиан стоял, чуть припав на одну ногу, иронично осклабясь и будто вовсе не понимая, что происходит. Ну да, куда ж ему, у него и воображения не достанет, чтобы представить себе такое, подумал я мельком, сжимая револьвер онемевшими пальцами. Двое стражей расположились по бокам неподалеку от пленника и глядели на меня надменно и строго.

«Ну же!» – хлестнул по лицу свирепый окрик. Стражи медленно распахнули плащи, достали из-под них взведенные арбалеты и направили мне в грудь. Во рту мгновенно пересохло, я понял, что сейчас все кончится и кончится очень страшно. Мысли замелькали, засуетились, сбились в беспорядочную кучу. Жажда мести накатывала горячей волной, хотелось победы и хотелось правоты, но тут же сомнения сковывали разум, и цена чужой жизни душила тяжким бременем, справиться с которым отчего-то не было сил. Я ощутил каждым своим нервом, что времени на раздумья больше нет, почувствовал, как скатывается в никуда последняя секунда, понял с неумолимой ясностью, что не могу ничего решить – и, будто со стороны, услышал свой собственный крик. «Беги, Юлиан!» – вопил я отчаянно и палил вверх и вбок, по стенам, по колоннам, в высоченный сводчатый потолок, куда угодно, только чтобы не попасть ни в жертву, ни в стражей, замерших с арбалетами в руках. Пули свистели и рикошетили от камня, барабанная дробь сделалась нестерпимой, а потом грянул далекий гром, что-то взорвалось в моем мозгу, содрогнулось и раскололось, не причинив однако никакого вреда.

Глаза открылись и заморгали часто-часто, словно не веря сами себе. Гулкий зал, стражи и Юлиан исчезли, как обморочное видение, никакого револьвера больше не было в руках, и пустота не манила отблесками горящих факелов. Я вновь стоял на океанском берегу, наваждение спадало понемногу, сознание очищалось, и стихала дрожь. Все осталось, как было. Те же волны захлестывали мне ноги, рокот прибоя одушевлял пространство, и пеликаны бросались в воду, охотясь, лишь тот, что владел мной, сидел теперь неподвижно и смотрел, не отрываясь, словно желая проникнуть в душу изуверским щупом, от которого ничего не скрыть.

Я переступил с ноги на ногу и чуть не упал, потеряв равновесие. Мне было плохо – плохо и страшно. Стало ясно, что воевать больше не с кем, но это не успокоило вовсе – как раз наоборот. На руках не осталось ни крови, ни царапин, но я помнил недавнюю боль всем измученным телом, помнил унижение и стыд, растерянность и насмешки. Ни одна пуля не задела меня, но их рикошетный визг навсегда въелся в память. Было ясно, что меня обыграли и провели. Мне казалось, я постарел на десяток лет, побывал на войне и лишился накопленных сокровищ. Совсем другие люди бродят теперь в моих владениях, а мне, наверное, больше нечем владеть, да и что делать с накопленным, если в любой миг может нагрянуть неумолимая сила, способная смять, уничтожить…

«Что это было? – спрашивал я себя безмолвно, а потом произнес и вслух: – Что? Что это было? – и еще подумал с оторопью и беспокойством: – А что же будет теперь?»

«Ты смирил гордыню?» – раздалось у меня в ушах вместо ответа. Голос вновь говорил со мной, слова звучали веско и раздельно, словно падая с высоты и застревая в плотном песке. Я молчал, не желая ничего отвечать. Его вопрос был бессовестной шуткой, как наверное и все, что случается на этом берегу, словно в малой части мира, населенной большинством, не знающим пощады. Вот только берег не мал, он огромен, и горизонт бесконечно далек – знают ли они об этом? Я больше не в замке и не под замком, я вновь на свободе – у океана, на пронизывающем ветру. Что это значит – я помилован, отпущен? Или же изгнан – с позором и навсегда?

«Четырнадцать ступеней! – язвительно пророкотал голос и потом проблеял, передразнивая мой отчаянный крик: – Беги, Юлиан!» Я молчал, свесив голову понуро, а он повторил, леденея с каждым звуком: – «Ты смирил гордыню? Отвечай, не медли!»

Меня передернуло. Я вспомнил, как брел сюда, исполненный ожиданий, наивный и не знающий еще, что все усилия рассчитаны наперед, и даже случай бессилен изменить уготованный итог

– вспомнил, сдавленно застонал и закрыл лицо руками. Негодная копия, подумалось вдруг, а мой мучитель подытожил довольно: – «Молчишь! Молчишь и точка. Бывают вопросы, на которые не нужны ответы. Но вот тебе другой, не из таких: теперь ты знаешь, кто я?»

«Нет», – ответил я, сглотнув вязкую слюну, ответил чуть слышно, только чтобы не подумали, что я онемел от стыда или страха. Вновь все смолкло, безмолвие повисло над берегом, простираясь на многие мили. Я подумал уже, что разговор окончен навсегда, но тут голос зазвучал опять, подтверждая: – «Ты не знаешь… – растягивая многоточие с жутковатым присвистом и обрывая его внезапно новым вопросом, полным скрытой угрозы: – Ты не знаешь, но ты верил, что я существую?»

«Да! – поспешил я признаться, не успев даже подумать, так ли это, роясь судорожно в завалах памяти, словно страшась поймать себя на невольной лжи. – Да, да, да…» – а голос уже рокотал недоверчиво: – «Верил всегда? Всегда?»

«Да», – повторил я негромко, ощущая, что сползаю в пропасть, сжимаясь внутренне, словно в предчувствии падения на скользкий камень, и тут же в ушах прогремело обвинительно: – «Ты лжешь!»

Он был прав, и нечего было возразить, я хотел отвернуться и не мог, снова утеряв способность двигаться, а пеликан вдруг крикнул резко, властно, недобро, будто подавая сигнал, и тут же у меня перед глазами замельтешило что-то стремительной каруселью. Я съежился и похолодел, подумав о летучих мышах, но нет, на этот раз мелькало разноцветное, а не грязно-серое, передо мной проносились картины моей собственной жизни подобно кадрам немого кино – от нынешней точки бездумного восхождения назад, к «секрету», как к маленькой хитрости, заведшей в тупик, потом – к торжествующему Юлиану, к Вере, способной на визгливые ноты, к лицам сослуживцев, косящихся обвинительно, и дальше – к университету и комнате у стадиона, к чьей-то угрюмой фигуре, бесцельно слоняющейся из одного места в другое, неловкой и не знающей, куда себя деть.

«Смотри, смотри, это и есть ты, – скрежетало у меня в голове, – укажи мне, если не солгал – где твоя вера, где твое бравое знание?..» Мурашки ползли у меня по коже, я видел, что мне вовсе не во что ткнуть пальцем. Пленку вновь отмотали вперед и пустили помедленнее, чередою проплывали мои судорожные метания от встречи к встрече, нагромождение препятствий на своем пути и преодоление их с невероятным усилием, досадливые жесты глядящих со стороны и их недоумевающие взгляды… Сразу вспомнилось подземелье, ряды одинаковых лиц, насмешки и равнодушные глаза, но тут лента остановилась, явив начало, обратившееся финалом – мою дорогую Гретчен, оторопевшую и растерянную, передающую мне свое открытие, будто сдаваясь чему-то, на что мы замахнулись так самонадеянно, не рассчитывая силы, не думая о возмездии.

«Посмотрим, посмотрим», – приговаривал голос, и камера надвигалась на мою сестренку, заполняя ею весь кадр. Мы стояли лицом к лицу, глядя друг на друга и не глядя, чувствуя и не чувствуя один другого, занятые будто каждый своим, но горевавшие об одном и том же. «Никто не будет… как ты… себя сам…» – вновь шептала она мне. «Четырнадцать ступеней… боль… пули в никуда…» – шептал я в ответ, и нечего было добавить, между нами зияла пропасть, и мы оба сознавали бессилие слов.

«Посмотрим, посмотрим… – звучал во мне скрежещущий металл. – Она-то знала, только тебе не говорила, невежде. Где, где твоя вера?..» Картинка сменилась наконец, и пропасть исчезла. Гретчен теперь была со мной, мы казались неразделимым целым, восставшим против всего света, против голосов и равнодушных трибун, против лжи и чужеродной сути. Мир словно застыл на месте, целую секунду я пребывал в безмятежности и покое, а потом вновь ударил медный гонг, все рассыпалось и разлетелось в клочья.

«Ты солгал мне! – загрохотал голос, сминая меня и пригибая к земле. – Солгал, и тебе не будет пощады! Кто слаб – тот слаб, что не доказано в свой срок – то забыто!.. Четырнадцать ступеней – оставляем как есть. Ты все ответил себе сам!»

Собрав все силы, я хотел выкрикнуть что-то, но язык не повиновался мне. Невидимый проектор вновь заполыхал ртутным светом, и кадры перед глазами заскользили, задвигались все сразу, соединяясь друг с другом причудливыми нитями, замыкаясь сначала в фигуры с переизбытком острых углов, как в черные кляксы на серо-голубом фоне, а потом – в общий контур, в непрерывный бесконечный путь. Теперь-то я знал, почему пеликаны прилетели целой стаей – и подмечал с минутным тщеславием, что, бросаясь из стороны в сторону, тоже можно достичь чего-то, хотя бы и одним количеством – но тщеславие мелькнуло и пропало, сменившись глухой тоской. Я вспомнил каменные ступени, унижение и бессмысленную боль, вспомнил отчаяние и ужас, ждущие любого, попавшего в сводчатый зал с хитрым эхом, увидел вновь, будто в остановленном кадре, себя, тратящего выстрелы впустую, и понял вдруг, что все мои цели бесконечно далеки, а сам я слаб и попусту самонадеян. У меня словно вынули линзу из глаза: очертания обрели четкость, а предметы – свой обычный размер. Намеренья спутались в бестолковый клубок, страх и стыд вернулись на облюбованные места, я был брошен всеми и совершенно никому не нужен, а мой секрет – высмеян и оболган, вывалян в пыли и позабыт в стороне. Как-то сразу стало ясно до слез, сколько рыхлых пространств нужно пересечь для достижения любой малости, сколько ложных путей ждет на каждом шагу, и как ничтожно пройденное уже – можно сказать, что и не заметно вовсе.

Да, соглашался я со своим мучителем, на иное нет и не может быть расчета. Кто глуп – тот глуп, что не доказано в свой срок – то упущено навсегда, а что доказано, пусть не тобой, с тем уже бесполезно спорить. Да, хотелось крикнуть теперь моей милой Гретчен, да, ты права тысячу раз, просто мы были так слепы, что не замечали этого, играя в свои игры, придуманные еще в детстве. Да, мне нечем тебя утешить, и другие не подскажут рецепта – им вообще нет до нас дела, они видят все так, как смотреть невозможно, ибо можно задохнуться от скуки. Но они не задыхаются, и это не их вина – просто им достаточно увиденного, и предложение устраивает вполне – а что до нас, то ни один из них не виноват, что мы отделены непроходимою пустотой, и наш удел – тратить слишком много сил, чтобы сблизиться с ними хоть на малость, хоть на короткий шаг. Но не тратить нельзя, пусть мы презираем их сонную сытость и слепоту – иначе одолевает центробежность, и поручни вырываются из рук. Среди одиночек слишком разреженно и страшно – вновь и вновь мы сомневаемся и отступаем назад, надеясь, что со стороны не видно, но как же видно, оказывается, со стороны, и как же мы смешны, неловки, жалки…

Я смотрел сквозь серый свет в угольные зрачки того, кто выбрал меня, и слезы текли по моему лицу, не примиряя и не принося облегчения. Пеликаны охотились, ликуя незнакомой жизнью, земля уходила из-под ног, а Гретчен поворачивала ко мне лицо, и я ласкал ее запретными ласками – все было можно, потому что запрет придуман теми, кто враждебен нашим душам и не огорчен ничуть отсутствием вопросительных знаков. Им не нужно надеяться и спасаться в фантазиях, их устраивает все, как есть, когда-то они заманивают тебя на берег океана, куда прилетает твой черный пеликан и скрежещет по стеклу – и ты обретаешь то же знание, которым так сильны прочие, даже и никогда не бывавшие здесь. Ты обретаешь его и отбрасываешь прочь – будто спасаешься, обжегшись, непригодный ему, неподходящий, ненужный – и понимаешь, что это навсегда, опровержения нет и не может быть. Ты думал, что можешь все, грозят тебе пальцем, проживи же по чужой воле – хоть сон, хоть целую жизнь – проживи и отбрось иллюзии, довольно обманывать себя. Вот твой предел, говорят тебе, когда уже видишь, что не способен на большее. Это – жизнь, говорят тебе потом, ты просто ее не знал. А химеры ранят всерьез, хоть никто и не верит, и одиночество безбрежно, и каждая ступень – это страшная, страшная боль… Пусть кто-то называет взрослением, но мы-то видим, что это лишь уловка, чтобы отобрать надежду, мы не можем взрослеть, как взрослеют они, ведь и они не умеют стать с нами наравне, и им не оказаться наедине с бушующей стихией, глядя в зрачки известно кому. Не оказаться может быть никогда, до самой смерти, а мне ведь еще столько осталось жить, и как же теперь жить с этим?..

Ветер засвистел бравурный марш, где-то вновь затрещали барабаны, и растерянная мысль пропала, не кончившись ничем. Свет вдруг померк, заслоненный гигантской тенью – черный пеликан взлетел и распластался надо мной, все увеличиваясь в размерах. Я затравленно озирался, в ужасе глядя на огромные крылья и кривой чудовищный клюв, готовый обрушиться и сокрушить, а пеликан издал воинственный клич и завис на мгновение, сжимаясь в пружину, изготавливаясь к броску. Тогда я закрыл глаза, не в силах даже закричать, а потом неведомая сила оторвала меня от земли и перевернула в воздухе. «Теперь ты веришь в мою власть?» – зазвучало у меня в голове дребезжащим железом, и я изыскивал последние силы, чтобы заставить язык сознаться обреченным «да», но услышал вдруг в изумлении, как что-то или кто-то внутри упорствует безрассудно – «нет, нет, нет!» – бросая последний вызов, так и не научившись сдаваться ни на одном из ста сорока четырех полей – и как сам я, помимо собственной воли, произношу нелепое «нет» запекшимися губами. Снова раздался громовой хохот, будто ссыпались камни по жестяной трубе, а потом что-то засвистело в воздухе, обожгло мне щеку раскаленной плетью, и я нырнул в колодец, кувыркаясь, как в ярмарочном колесе, тщетно пытаясь ухватить ускользающий проблеск сознания, шепчущего что-то знакомое, далекое, безумное.

ЧАСТЬ II

Глава 1

Острые обломки ракушек царапали мне ладони, пальцы саднили и немели от усилия – я разгребал песок неподалеку от воды, сев на колени и работая обеими руками. Когда начались влажные слои, дело пошло медленнее, на левой руке сломался ноготь, пришлось помогать себе каблуком, взрыхляя неподатливую поверхность полоса за полосой, пока не получилось требуемое – глубокая выемка квадратной формы. Морщась от боли, я занялся соединительным каналом – ровным желобом, по которому волны могли б добраться до искусственного бассейна, постепенно его наполняя. Песок летел во все стороны, соленая вода вспенивалась в западне, потакая азарту – давно уже мне не приходилось сознавать так остро осмысленность своих действий, их разумность и сосредоточенность на результате. Будто бы все сомнения и неудачи искуплялись теперь яростной жаждой завершить начатое, не позволяя себе ни минуты передышки. Наконец, через полчаса, воды набралось достаточно; я засыпал канал и уселся около, смахивая пот со лба и бездумно ожидая, пока осядет муть.

Океан мерно вздыхал, ожидание не тяготило – как всегда, когда знаешь, что ожидаемому от тебя не уйти. Мое миниатюрное озеро успокоилось, лишь изредка подергиваясь рябью, и вскоре стало прозрачным, поблескивая, как чайное блюдце или гладкая переливчатая слюда. Пора было приступать к самому главному. Я глубоко вздохнул несколько раз и, задержав дыхание, чтобы не всколыхнуть поверхность неосторожным выдохом, наклонился над водой, готовый к самому худшему, ловя зыбкий отблеск в неподвижном зеркале. Чужое лицо глянуло на меня бесцеремонно и грубо, и тут же мгновенная оторопь сковала все тело, хоть я и не ожидал иного. Нет, ничего ужасного не случилось, части его были целы и даже надежно пригнаны друг к другу, но все вместе изменилось до неузнаваемости, словно отрицая робкие попытки вновь прикинуться прежним собой. Пожалуй, никто другой не заметил бы разницы, и любой из моих приятелей без труда узнал бы меня, лишь наверное задержавшись взглядом на один лишний миг, но самому мне было куда виднее. Притворяясь бесстрастным, я глядел и глядел – пытаясь разложить по полочкам непрошеную новизну, строя в голове длинные ряды, сличая проекции и формы, путаясь в именах и списках. Хотелось осознать и привыкнуть поскорее, если уж не возмутиться и не изгнать, но привыкнуть не получалось – чистый лист словно таил в себе россыпь знаков, неразличимую до поры, смазанную мельчайшей рябью. Что это – твердость и упорство или одна лишь горечь? Мне не разобраться и не постичь, или здесь просто плохо видно?

Потом, утомившись, моргнув раз и еще раз, чтобы прогнать мутную пелену, я перевел дух и вгляделся вновь. Что-то все же было не так, что-то нарушало симметрию, и, повертев головой туда-сюда, я разобрал наконец – на левой щеке отпечатался след, хитроумное пятно на манер обезьяньей лапки, небольшое, но заметное даже и в этом, не слишком чувствительном отражении. Да, подумалось язвительно, пусть сам нашел ответы, на что не замедлили указать, но для других тоже оставили пометку – так оно, как видно, понадежнее. Чего казалось бы стараться, дело частное, ан нет – на всякий случай, для пущей ясности. Или это мне – чтобы я не забывал теперь? Но я бы и так не запамятовал, напрасный труд, озаботились бы лучше чем-нибудь другим. Или это таким же, как я – сколько их ходит еще, замеченных, не замеченных, помеченных, ускользнувших?.. Ясно одно – даже одним количеством, одной беспорядочной суетой можно добиться кое-чего, и мир рано или поздно обращает на тебя внимание. Но толку от этого – малая малость, все равно ничто вокруг не изменится ни на один штрих, лишь меняешься ты сам, чувствуя, что не успеваешь ничего доказать.

Я потрогал кожу на щеке – она была гладкой, лишь быть может воспаленной чуть-чуть. Тот, другой, смотревший на меня в ответ, вдруг ухмыльнулся и подмигнул обреченно, или это я подмигнул ему, трудно было отличить, да и к тому же этот кто-то вполне годился на то, чтобы оказаться мной – он был иным, но с ним можно было сжиться, особенно при отсутствии альтернатив. Вот альтернатив-то было по-настоящему жаль – я выругался в бессилии, а потом, вспомнив разом все, что случилось со мной накануне, стал хвататься беспорядочно за обрывки мстительных мыслей, замельтешившие вдруг в распухшей голове, порываясь тут же что-то оспорить и что-то решить, но признавая всякий раз, что все уже решено и так. Смысл решения непонятен, если уж начистоту – налицо лишь унижение, которым обескуражен до сих пор, высшая степень смятения, край отчаяния, к которому подвели вплотную. И уже не изменить, не прояснить, не добавить; «четырнадцать ступеней!» – резануло воспоминание, я застонал от ярости и ударил кулаком по зеркальной глади, разбивая ее на сотни осколков, крича что-то бессмысленное далекому горизонту, призывая кого-то и кого-то гоня, но уже через несколько минут успокоился окончательно и холодно усмехнулся обоим – себе и тому, кто опять отражался в моей импровизированной амальгаме, опрокинутой навзничь.

Всходило солнце, косые лучи резали берег на неравные части. Прошедшая ночь отзывалась ломотой во всем теле и звоном в ушах. Я помнил, хоть и не очень твердо, как упал вчера на песок после того, как улетели те, измучившие меня, к которым я не желал даже подбирать слов, как потом отполз подальше от воды, догадавшись стянуть мокрые ботинки, и проспал до утра под открытым небом, завернувшись в куртку, обмотав свитером ноги и подложив сумку под голову. Проснулся я от холода и все еще не мог согреться, несмотря на вырытый водоем. По всему телу пробегала дрожь, начинаясь снизу, от вновь надетых, но так и не просохших башмаков, а лицо горело, и испарина собиралась на лбу липкой пыльцой. Я вяло подумал, что заболеваю, но тут же и позабыл об этом, заглядевшись на горизонт, над которым поднимался яркий оранжевый диск, увлекшись невольно величественной картиной, в которой было все – и надежда, и простор, и вечность. Воспоминания померкли вдруг, сделались бесплотны и зыбки. Вчерашнее, от которого, казалось, не отделаться ни на миг, отступило и съежилось в дальнем пыльном углу. Меня охватило острое чувство жизни, захотелось сразу всего, как бывает в летучем сне, и я расхохотался во весь голос, даже и не думая о том, что вдали могут показаться точки, вырастающие в непрошеных судей, или и без них кто-то услышит и истолкует превратно – мне не было дела, самое страшное, убеждал я себя, осталось позади. Я повторял это про себя вновь и вновь, и слова затверживались в слепок, в прочный кристалл, который можно вертеть, побрасывать и ронять, не опасаясь повредить грани, и я понял, что нашел формулу, надежную и устойчивую, как заклинание, созданное целым поколением алхимиков, формулу, которая может объяснить необъяснимое и охранить от безумия, ежели таковое подкрадется неслышно. «Страшное – позади», – произносил я с удовольствием, облаченный в невидимые доспехи, а потом что-то еще запросилось на язык. У формулы существовала другая часть, и мои речевые органы, словно отдельно от меня, искали ее, производя на свет странные звуки. Наконец, будто мгновенный молниевидный сполох пронзил сознание насквозь, и я выговорил негромко: – «...но о главном – молчок!» – и это было именно то, что требовалось для окончательной победы – пусть недолгой и не видной никому другому. Я сидел на берегу и смеялся над всем остальным светом, поставившим мне ловушку и поймавшим в нее, но не погубившим до конца и, наверное, не знающим, что делать со мною дальше. Известно ли мне самому, что делать дальше с собой? Еще будет время разобраться, а пока – «о главном – молчок!»

Горизонт и встающее солнце, отблеск летучего сна и обезьянья лапка на щеке путали мысли, не давая покоя, с полчаса или около того, а затем я очнулся, разом вдруг осознав и озноб, и голод, и заброшенность мест вокруг, и необходимость делать что-то – пусть лишь назло расправившимся со мною прежним. Во всяком случае, нужно было выбираться из безлюдья – одному в дюнах у меня не было шансов выжить. Я не сомневался, что двинувшись в любую сторону, рано или поздно набреду на человеческое жилье, и, поколебавшись немного, решил идти дальше на юг – просто не желая возвращаться назад из упрямства. Мое искусственное озеро мелело, вода уходила куда-то вниз, унося с собой невостребованную тайну. Я усмехнулся, мысленно попрощавшись с ним, глянул еще раз на серо-голубые волны, теперь покатые и беспечные, глотнул воды из фляжки, счастливо оказавшейся в сумке, и размеренно зашагал по плотному песку, оставляя извилистую цепочку следов, быстро зализываемых прибоем.

Очень скоро навалилась усталость – наверное от голода и недомогания, что разыгрывалось не на шутку. Голова кружилась от слабости, мышцы предательски подрагивали, а сумка, висящая на плече, сделалась вдруг невыносимо тяжелой. Лишь изредка я позволял себе глоток воды, а потом снова брел вперед, отстраненно сознавая, что сил у меня не так много, и они убывают на глазах. Раскисать и жаловаться было нельзя – как естествоиспытатель, изучающий препарированный образец, я лишь следил за своим телом, на которое наваливалась болезнь. В голове стучали клавиши, немелодичные и отрывистые, изредка рассыпаясь кастаньетами или собираясь в гулкий гонг. Озноб сменялся жаром, и тогда я мгновенно покрывался потом, вскоре высыхавшем на ветру, от которого вдруг вновь становилось зябко. Сев передохнуть и отдавшись неподвижности, я обнаружил, что окружающий мир продолжает суетливое перемещение – все дрожало перед глазами, наплывали какие-то круги и цветные пятна. Я равнодушно подумал, что, наверное, скоро совсем свалюсь с ног, но тут же встал и пошел дальше, чуть пошатываясь и с удивлением отмечая, что понемногу продвигаюсь вперед.

Невдалеке вдруг возник мост, одним концом уходящий в воду, по которому прямо в волны сползали разноцветные автомобили. Я взволновался было, но вскоре с облегчением понял, что это всего лишь мираж, видимый наяву, жалкий рудимент вчерашнего дурмана, безобидный, как все объяснимое, а вовсе не сон и не безумный бред. Мост, впрочем, выглядел вполне реальным, и машины были как настоящие – я будто слышал шорох шин и рыканье моторов сквозь шум прибоя. Мне даже удалось прибавить шагу в нетерпеливом желании поскорее разоблачить обман или уж обмануться насовсем, но потом я стал задыхаться, остановился перевести дух, и тут же мост с бегущими автомобилями исчез в никуда, как бы разочаровавшись в моем упорстве.

Я огорчился было – узкая полоса песка и океанская гладь утомляли своей привычностью. Казалось, мое сознание и даже память сроднились с ними более, чем с любым из городских кварталов, в которых мне приходилось жить. Но вскоре другая компания безобидных призраков показалась вдали, и потом миражи набегали один за другим, словно вздохи затихающего пространства, милосердные своей отчужденностью, не неся в себе ни чьей-то злой воли, ни какого-либо следа моих собственных воображенческих потуг.

Я брел, запинаясь, с трудом переставляя ноги, навстречу то армаде всадников, наскакивающих на злобных конях, тычущих копьями и рассыпающихся в ничто, то маскарадному чучелу, висящему вниз головой и смешно пошевеливающему ступнями, а то стае маленьких синих птиц, в которых уже никто не хочет верить в одряхлевшем городе, что кичится своими странностями. Сомнений не возникало – это были пустышки, созданные из ничего и готовые тут же обратиться в ничто; игра была не взаправду, я знал это без всяких незваных голосов. Они развлекали – и ладно; они появлялись – и исчезали без следа, не тревожа ни сознание, ни память. Запомнилось лишь чучело, да еще – ярко-желтый цеппелин с соломенной корзиной под днищем, прилетевший неизвестно откуда и зависший над водяной кромкой. Из корзины выпала лестница, на несколько метров недостающая до земли, и я все ждал, кто же спустится по ней, но терпение иссякало, и никто не показывался наружу. А потом наконец хрупкая фигура полезла вниз спиной ко мне, суетливо перебирая руками и ногами – какой-то нелепый человечек, напоминающий известного комика, хоть ничего комического не было в его поспешном нисхождении. Он двигался с обреченной покорностью, будто устав убеждать в обратном, а добравшись до последней ступеньки, неловко скользнул в пустоту, словно не заметив, что лестница кончилась, и я хотел крикнуть предостерегающе, но крик застрял в пересохшем горле, да и вряд ли мог бы ему помочь. Нелепая фигура исчезла без всплеска, и тут же весь мираж стал пропадать, быстро рассеиваясь в воздухе – и корзина, и лестница, и, позже всех, сам цеппелин, похожий на яичный желток.

На смену явилось семейство грустных жирафов, вышагивающих от воды к дюнам, причем последний все время оглядывался назад, а потом берег заполонила целая колония кактусов, в которых я чуть не заблудился. Их было множество – разнообразнейших видов, высоких и совсем небольших, разлапистых, сочно-зеленых или костистых, ссохшихся в колючие прутья. На некоторых висели бледно-сиреневые цветы, и мне казалось даже, что я чувствую их мертвящий запах, другие изгибались причудливо, протягивая ко мне хищные листья или беззащитные молодые побеги, и я осторожно петлял, обходя растения, как хитро расставленные ловушки, стараясь не наступить на иной микроскопический образец и не уколоться о ствол следующего, внезапно возникающего на пути.

Кактусы так отвлекли, что когда их наконец не стало, я не вполне отчетливо помнил, где нахожусь и куда иду. Ноги подкашивались, океан гулко шумел слева от меня, а впереди, метрах в пятиста, темнело что-то – приглядевшись, я различил будку и полосатый столб. Еще один мираж, мелькнула раздраженная мысль, чужие фантазии стали утомлять, и глазам хотелось покоя. Но что-то подсказало вдруг, что нет, на этот раз на мираж не похоже. Я подошел ближе и присмотрелся. От океана тянулся проволочный забор, пропадавший в дюнах, а за ним уже отчетливо виднелись будка и столб, с которого свисала выцветшая тряпка. Заградительный пост, догадался я и сел на песок.

Пост мне не нравился. Во-первых, не очень было ясно, как меня встретят те, кто в этой будке сидит, если конечно там вообще есть кто-то, а во-вторых, я вспомнил о своем кольте и подумал с тревогой, что уж он-то наверняка не покажется безобидной игрушкой, как ни строй из себя рубаху-парня или заплутавшего недотепу, тем более, что никакого разрешения на оружие я не имел и вообще не знал, что тут разрешено и что запрещено по части обладания таковым, но подозревал, что здешние законы должны быть достаточно суровы. Мелькнула мысль, не двинуться ли в обход, но забор выглядел основательно и вполне мог оказаться слишком длинным для моих иссякающих сил. К тому же, подумалось отстраненно, меня наверное все равно уже заметили. Я вздохнул, сунул револьвер и документы на самое дно сумки, перепрятал деньги во внутренний карман и направился прямо к будке, чуть прихрамывая и волоча ноги.

Подойдя, я разглядел человеческую фигуру, а потом рядом с ней появилась собака, тут же учуявшая меня и залившаяся тупым лаем. Вскоре я стоял уже около самого забора, точнее – у проделанной в нем калитки, которая была заперта, и молча глядел на молоденького сержанта, который так же молча рассматривал меня. Он был худ и белобрыс, с хитрыми жуликоватыми глазами, полицейская форма морщинилась на нем и висела неловко, как на плохо сделанном манекене. Не отрывая от меня взгляда, он цыкнул на собаку, которая тут же замолчала и завиляла хвостом, потом будто нехотя повернул голову к будке и крикнул: – «Каспар!»

Сначала ничего не произошло, но через минуту оттуда выглянул хмурый заспанный мужчина в белой майке. «Чего орешь?» – поинтересовался он недовольно. «Человек пришел», – пояснил сержант, кивая в мою сторону. Мужчина глянул на меня с нарочитым равнодушием, буркнул сержанту: – «Пришел, так впускай», – и снова скрылся внутри, появившись через минуту уже в форменной куртке с нашивками лейтенанта.

Сержант отпер замок, и я вошел, толкнув калитку, легко распахнувшуюся настежь. Собака тут же подбежала ко мне, обнюхала и стала рядом, глядя недобро и подрагивая ушами. Тот, которого сержант называл Каспаром, широкоплечий и черноусый, с одутловатыми щеками, бесцеремонно разглядывал меня некоторое время, а потом процедил сквозь зубы: – «Закрой за собой». «Собаку уберите», – сказал я в пространство, не обращаясь ни к кому конкретно. Лейтенант свистнул, собака отбежала в сторону и легла на песок, расположив голову на передних лапах, и тогда я, повернувшись спиной ко всей группе, неторопливо затворил калитку, гоня прочь глупую мысль об отрезанном пути и сожженных мостах. Замок щелкнул, я для верности подергал ручку и задвинул ржавую задвижку, хоть об этом меня и не просили.

Повернувшись к ним опять, я увидел, что и сержант, и Каспар улыбаются чему-то. Я тоже осклабился в ответ. Ноги подгибались, хотелось сесть, но сесть было некуда. Я лишь поставил сумку на землю и сунул руки в карманы куртки с как можно более независимым видом.

«Ну что, будем оформлять?» – спросил сержант у Каспара, нарушая молчание и отворачиваясь от меня.

«Да придется», – неохотно ответил тот и сплюнул.

Сержант направился к будке, а меня захлестнула глухая тоска – вот сейчас начнется: непонимание, угрозы, их сытое самодовольство и моя беспомощность. Нужно было что-то делать, но что и как? «Нахамить что ли? – мелькнула мысль, – Так ведь побьют…» Молчать, однако, больше не представлялось возможным. «Чего тут оформлять-то, может так сговоримся? – подал я голос наудачу, стараясь растягивать гласные на провинциальный манер. – А то только волокиту разводить».

Лейтенант посмотрел на меня внимательно и пытливо. «О чем сговоримся?» – спросил он отрывисто, без тени недавней ухмылки.

«Ну, не оформлять, а так… Пойду я и все», – невнятно ответил я.

«А что, оформлять-то боишься?» – так же отрывисто поинтересовался лейтенант.

Я хмыкнул и промолчал, стараясь глядеть уверенно и твердо. «Боится, – доверительно сообщил тот сержанту, – ну, значит, дело серьезное может оказаться. Давай-ка, Фантик, протоколируй задержание и сумкой займись, а мы тут побеседуем…»

Опасения оправдывались – все становилось только хуже. Я вдруг разозлился безотчетной злостью, кровь бросилась в голову – то ли от болезни, то ли от отвращения к ним обоим. «Ослы, – хотелось крикнуть им в лица, – о чем мне беседовать с вами?» Руки чесались кинуться в бессмысленную драку, что конечно не привело бы ни к чему хорошему – следовало быть хитрее и расчетливее стократ. Я понимал, что все висит на волоске, и прямо сейчас, сию же секунду я должен опередить их хотя бы на один ход – иначе не поможет уже никакая хитрость. Отчаянным усилием я собрал в кулак остатки воли, чтобы унять дрожь в голосе и преодолеть слабость во всем теле. В голове завертелись лихорадочно комбинации и варианты, перемежаясь бессвязными образами из моего небогатого прошлого, я наспех проникался духом того чуждого мне круга, где правят волчьи законы, и в ход идут зубы с локтями, потом сощурился, представляя себя не вне, а внутри, и почувствовал, что нащупываю решение – вот оно, где-то тут готовенькое… В конце концов, чем другие способнее меня? Меня всегда коробило от них – это в их пользу, но должно же и мне что-то перепасть…

«Охолони-ка, Фантик», – развязно бросил я сержанту, сделавшему было шаг к сумке. Тот застыл на месте и в удивлении обернулся к напарнику, который в свою очередь воззрился на меня с новым интересом. «Счас мы с командиром обсудим что и как, а ты здесь пока побудь. Не возражаешь, Каспер?» – спросил я лейтенанта, намеренно переврав имя и стараясь не выбиться из вдруг найденного тона, столь естественно звучащего у многих, которых я помнил и уподобиться которым пытался теперь изо всех сил.

«Каспар, не Каспер, – автоматически поправил меня лейтенант, покручивая ус. – Вот как значит захотел – с командиром обсудить…» На губах его снова заиграла ухмылка, то ли насмешливая, то ли растерянная слегка – было не разобрать. Он сделал паузу, почесал под мышкой и сказал равнодушно, разворачиваясь к будке: – «Ну пойдем, покалякаем. Фантик, здесь подожди, позову если надо». Я вскинул сумку на плечо и поплелся за ним, втайне ожидая, что это коварный трюк, и Фантик сейчас накинется сзади.

Мы вошли в тесное помещение, и лейтенант развалился на единственном свободном стуле. Остальные поверхности были завалены бумагами и разным хламом, так что я остался стоять, прислонившись к дверному косяку. «Ну, что скажешь?» – лениво спросил Каспар, подавив зевок. Веки его были полуприкрыты, но я ощущал настороженность в тусклом блеске зрачков – настороженность и угрозу. Наверное, он очень опасен, – подумалось некстати, – почти так же, как Гиббс…

«Безлюдно тут у вас, – проговорил я вслух, – прямо жуть берет. Ты сам-то откуда?..» Каспар коротко назвал какое-то место, ничего мне не говорящее, и продолжал смотреть выжидательно. Пора было переходить к делу. «Нет, не слыхал… – покачал я головой, потом сообщил ему с показной открытостью: – Я ж из столицы, не здешний. За ребятами тут приглядываю…» – и снова замолчал, глядя на Каспара безучастным взглядом человека, знающего себе цену.

«Ну-ну», – сказал лейтенант и чуть заметно кивнул. Я хотел было пуститься в объяснения, но тот, кем я представлял себя сейчас, не стал бы ничего объяснять, он ждал бы и ждал, пока собеседник сам занервничает и выдаст себя. На это у любого из них хватило бы духу – мне почему-то представились те немногословные трое, что продали мне кольт – только у меня не получалось никогда, потому что я знал, что не умею так, как они. Но и зная, я все равно молчал, выжидая, вперившись в Каспара, как в крупную, хорошо очерченную мишень, полуприкрыв веки по его примеру и испытывая странное любопытство – что мол будет, если дойти до конца?

Лейтенант вдруг заерзал на стуле и отвернулся. «Что еще за ребята? – спросил он ворчливо. – Не слыхал я ни про каких ребят». В комнату влетела муха и стала метаться, назойливо жужжа. Он попытался схватить ее рукой, но не смог и длинно выругался.

«Ребята как ребята – нашенские, столичные, – чуть помедлив, откликнулся я. – Изучают тут что-то, в океане вашем. Ну а мы – приглядеть, чтоб не случилось чего», – я ухмыльнулся и подмигнул.

«Не слыхал я что-то», – тупо и упрямо повторил Каспар, с сомнением пожевав губами. Муха не унималась, и он недовольно провожал ее взглядом.

«Не слыхал – так услышишь», – пообещал я, стараясь глядеть ему в переносицу. Очень хотелось испепелить его взглядом, как разящим лучом, потом походя разделаться с Фантиком и уйти отсюда без помех. В комнате повисла мрачная пауза, даже муха притихла, забившись куда-то подальше от греха. Наконец Каспар опять задвигался суетливо, пожевал губами и спросил каким-то тонким голосом: – «А документик покажешь?»

Я вдруг понял, что он не уверен ни в чем почти так же, как я, и что-то тревожит его не меньше, чем меня. В другое время это могло б позабавить, но сейчас забавляться было недосуг. «Начальству вон звякни, оно небось в курсе, – сказал я, пожав плечами и отвернувшись к пыльному окну, – а в документиках моих ты не очень-то разберешься».

«Звякну, звякну, – тяжело пообещал Каспар, взял со стола блокнот и черкнул в нем что-то, – спрошу про твоих ребят, только это дела не меняет. Здесь-то ты как очутился, на заставе? Тут никаких ребят нет, место нехорошее, случайные люди не ходят. Или ты не случайный?» – испытующе посмотрел он на меня.

«Случайный, не случайный – это как посмотреть, – засмеялся я противным смешком, – как посмотреть и что увидеть…»

И что припомнить, – мелькнуло в голове, – припомнить и позабыть поскорее…

Происходящее стало надоедать – сцена явно затягивалась, и терпение иссякало. Я оборвал смех и вновь уставился лейтенанту в лицо, выговаривая раздельно и строго: – «Ты вот что… Ты лучше голову не напрягай понапрасну. Отбился я от своих, заплутал – ну так то наши дела, не здешние, а хлопоты мне ни к чему, и вам все равно никакого проку. Давай, чтобы по справедливости: тебе синенькую за внимание – и распрощаемся во взаимном удовольствии».

Я полез в карман куртки, достал несколько купюр и отделил самую крупную, подумав довольно-таки равнодушно, что, наверное, переборщил в притворстве, и сейчас меня раскусят. Но Каспар не выказал никакого беспокойства и поглядывал на деньги вполне благосклонно. «Нас тут, это, двое… – сказал он вдруг. – Добавить бы». Я отделил еще одну бумажку, а Каспар неожиданно вскочил с места и подошел вплотную. «А про ребят ты мне не заливай, понял?» – дохнул он в лицо луком и винным перегаром, затем быстрым движением выхватил купюры из моей руки и стал подталкивать меня к выходу. «Не заливай, – еще раз шепнул угрожающе перед тем, как мы оказались на улице, и крикнул, отвернувшись: – Фантик, проводи…»

Сержант подошел к нам, довольно ухмыляясь. «Вон туда пойдешь, – махнул он рукой на юг, – через пять километров деревня. Оттуда уже выберешься легко. Берега держись», – прибавил он, вздохнув. Я кивнул, глянул, чуть оскалившись, в направлении предполагаемой деревни и сказал им с той же развязной ленцой: – «Ладно, бывайте…» – все еще не веря, что меня отпустят. Полицейские молчали. Я повернулся и не спеша пошел к воде, забирая к югу.

«Что это у него на щеке?» – донесся до меня шепоток сержанта, и тут же раздался звук оплеухи. «Молчи, щенок!» – сердито прошипел лейтенант.

«Ты чего, Каспар?» – заныл Фантик, а тот все шептал яростно, матерясь через слово: – «Что да что – тебе какое дело? Учишь, учишь, а ты все как щенок какой… Осторожно надо… Здесь всякие… Было в прошлом году, а следы разные потом… На себя пеняй… Осторожно…» – и еще что-то, чего я уже не мог разобрать.

Солнце было в зените, силы оставляли меня, но я брел, стиснув зубы и не замедляя шага. Если дать себе волю и позволить отдых, то наверное уже не встану, – уверял я себя, – пять километров – нестрашный путь… Вода во фляжке кончилась, а чувствовал я себя все хуже. Возбуждение от встречи с полицейскими прошло, болезнь снова брала свое. Сердце колотилось, как бешеное, я знал, что у меня жар, но старался не думать об этом, намеренно возвращаясь мыслью к разговору с Каспаром – интересно, за кого он меня принял? А за кого мне считать его, если уж приходится вспоминать, чтобы время тянулось незаметнее? В голове было пусто, будто с доски стерли влажной губкой, лишь пройденные метры отсчитывались сами собой – шаг, еще шаг. Ступень, еще ступень – как это страшно, и боль невыносима…

Мне вдруг заново представился ход вещей – будто движется, поскрипывая, огромное колесо, только не раскрашенное в веселые цвета, как на ярмарке или в цирке, а мрачно темнеющее ржавым, коричневым, серым. Оно крутится в одну сторону, и темп его неизменен – даже если повиснуть на распорках и дергаться всем телом – неизменен, но и неуловим. Тебя поднимает над толпой и роняет вниз независимо от собственного усилия, а все, о чем ты просишь, сбывается не в срок, потому что скрытую суть движения не под силу осознать. Я чувствовал себя раздавленным и никчемным – как будто вчера у меня отобрали все, чем можно утешаться или гордиться втихомолку. Чужое лицо, подернутое рябью, вставало перед глазами, навевая уныние и страх, стоило лишь подумать о нем ненароком или потереть воспаленное место. Кого оно может обмануть? Разве что таких идиотов, как Каспар, а что делать мне самому всякий раз, когда не удастся сколь-нибудь складно себе солгать?..

Я клеймил судьбу последними словами, вновь отчаявшись и преисполнившись горечи, вопрошал с тоскою, что мешало мне повернуть назад, лечь в песок и не лезть на рожон, но тут же видел, словно воочию, огромное колесо, безучастно отмеряющее круги, и себя, ничтожного и бессильного, терпящего фиаско за разом раз, срываясь вниз, в песок и опилки, как и любой другой. После иных падений можно потом уж и не подняться, мелькнула отстраненная мысль и тут же отозвалась новым страхом – а может и мне после всего уже никогда не воспрять душой? Или – ладно о душе – может мне теперь и не выжить вовсе, и болезнь не случайна: унижение, горький итог, а за ними – смерть?

Это было ужасно, об этом нельзя было думать. Я хотел жить каждой клеткой своего тела, но чувствовал все острее, что идти становится невмоготу. Пот стекал по лицу, глаза отказывались видеть, измученные яркими бликами, я совсем уже было решил остановиться и отдохнуть, но тут впереди справа показались постройки, по виду походящие на жилье, уродливые и жалкие здесь, где стихии, казалось, навек утвердили свои правила и масштабы. Я попытался обрадоваться и не смог – лишь проглотил слюну, облизал пересохшие губы и повернул к ним, пошатываясь и загребая ногами песок. Дайте мне приют, я расплачусь сполна. Где ты, ясноглазая незнакомка с прохладной ладонью? У меня нет теперь рифм для тебя, остались лишь смирение и усталость, но я добрался – смотри, я уже тут…

Вскоре я подошел к первому из домов – осевшему в песок, с полуразвалившейся оградой и покосившейся крышей – и понял, что не могу идти дальше. Сердце готово было выпрыгнуть из груди, колени дрожали, и во рту отдавало железом. Я остановился, бросил сумку на песок и стал осматриваться, щурясь и часто мигая. К дюнам уходила едва заметная тропа, и там виднелись другие дома – тот, у которого я стоял, располагался на самом отшибе, образуя форпост или, напротив, безнадежный арьергард. Прямо передо мной из ограды был вынут пролет, так что получились ворота без дверей; за ними виднелось крыльцо и потемневший, но еще крепкий фасад, а на крыльце сидела худая старуха, молча поглядывая на меня и покуривая трубку. Я помахал было рукой, но не получил ответа и тогда, постояв немного и справившись с сердцебиением, просто поднял сумку и зашагал к ней, едва переставляя ноги. Она по-прежнему молчала и не шевелилась, лицо ее не выражало ни удивления, ни сочувствия, можно было подумать, что она слепа или совсем выжила из ума. Дойдя, я хотел сказать что-то, но язык не повиновался мне – я лишь кивнул головой, с трудом сел, привалившись к крыльцу, и забылся неспокойной дремотой.

Потом резкий звук ворвался в сознание, напоминая о чем-то неприятном и страшном, что было то ли во сне, то ли в иной действительности, полной тревог. Я открыл глаза и глянул вверх. Старуха исчезла, на крыльце было пусто. Снова раздался звук, грубый скрежет, и по спине пробежала дрожь, но напрасно – это входная дверь скрипела натужно, приотворяясь и вновь захлопываясь на сквозняке. Сколько я дремал? Быть может прошли годы, старуха умерла, а прочие оставили эти места? Почему меня опять не взяли?..

Тут дверь распахнулась от сильного толчка, хлопнув о стену и жалобно скрипнув в последний раз. Старуха вышла на крыльцо и остановилась передо мной, держа в руках потрепанную циновку. Я смотрел на нее снизу, неловко вывернув голову, и видел теперь, что она высока ростом и пряма как жердь, с иссохшимися руками и длинным морщинистым лицом. Она казалась неулыбчивой великаншей, суровой хозяйкой какого-нибудь неприступного края, но стоило моргнуть, как в облике ее, пусть столь же величественном, незаметно сдвигались какие-то черты, несколько ломаных замыкались друг на друга, составляя контур застарелого отчаяния, тщательно скрываемого или же столь давнего, что его сила успела иссякнуть впустую. Зрачки ее глядели неприветливо из-под кустистых бровей, а губы были плотно сжаты. С минуту мы молча рассматривали друг друга, потом она подошла ближе и положила циновку на ступени крыльца, там, где я сидел, прислонившись головой к нагретому солнцем дереву.

«Возьми это и уходи», – сказала она, почти не разжимая губ. Голос был колюч и сух, слова выходили раздельны, едва связаны одно с другим.

«Я болен, – проговорил я, стараясь не стучать зубами. Меня лихорадило, кровь стучала в висках болезненными толчками. – Я болен и не могу идти. Пусти меня в дом».

«Чего выдумал, – фыркнула старуха. – Дом мой, тебе там делать нечего. Тут много кто ходит, а мне к чему?»

С усилием я поднял руку и достал из куртки оставшиеся деньги, проговорив неловко: – «У меня, вот, есть… Я заплачу».

Старуха наклонила голову и, не произнося ни слова, долго глядела на мою руку с зажатыми в ней бумажками. Потом вздохнула и сказала хмуро: – «Ладно, давай-ка сюда. Все давай, а то растеряешь еще… – И добавила, видя мое сомнение: – Что останется, после отдам, сейчас-то тебе зачем?»

Я отдал ей все, даже мелочь из брючных карманов. «Тут погоди», – скомандовала она и скрылась в доме, но вскоре вернулась и повела меня полутемным коридором, шагая уверенно и твердо и не оглядываясь назад. Я медленно поплелся за ней, стараясь не отстать и не задеть ни одного предмета. Из гостиной блеснула крышка рояля, глаза сами собой подмечали углы старой мебели, торчащие отовсюду, и стертые дорожки на полу, но приглядываться не было сил, все наблюдения пришлось оставить на потом. Когда мы пришли в комнату с выцветшими обоями, не очень опрятную, но просторную вполне, у меня опять закружилась голова. Я сел на кровать, тупо глядя перед собой и не слушая старуху, бубнившую что-то так и не подобревшим голосом. Наконец она ушла, прикрыв за собой дверь, и я, с трудом сбросив обувь, вытянулся навзничь, не раздеваясь, благодаря беззвучно неведомых заступников, с облегчением отдаваясь болезни и зная, что спасен.

Глава 2

Я провалялся в постели около двух недель, почти не вставая, лишь изредка выбираясь на крыльцо погреться на дневном солнце. Острый кризис с горячечным бредом случился в первую же ночь, мой организм справился с ним сам собой, но потом выздоровление шло медленно, да мне и некуда было спешить. К вечеру ноги деревенели, начиналась лихорадка, за ней приходила вязкая дремота, полная нестрашных оборотней, и я, весь в поту, метался долгие часы на простынях, влажных не от страсти, но от немощи, прислушиваясь к борьбе собственного тела, но не запоминая ничего из фантазий, заполонявших черепную коробку и всю комнату до самого потолка, словно не желая внимать посторонним, заранее отрицая то ненужное, что мог бы нечаянно у них узнать. Лихорадка стихала под утро, и я лежал, вытянув руки по швам, обессиленно улыбаясь отсутствию мыслей и первым признакам рассвета, будто всякий раз рождаясь заново, в счастливом неведении, не имея ни памяти, ни предчувствий. Потом наконец приходил освежающий сон, и к полудню я просыпался с ясной головой, побаиваясь чуть-чуть, что поправился уже совсем, и больше нет причин отсиживаться взаперти, но первые же шаги к умывальнику, от которых комната начинала кружиться в такт мелодичному звону, подсказывали: нет, нет – болезнь начеку, я пока еще в ее власти.

Хозяйка, ее звали Мария, ухаживала за мной с сосредоточенным упорством, не упуская впрочем случая высказать неодобрение. Сначала я принимал его за чистую монету, полагая, что она досадует на мою навязчивость, прибавившую ей хлопот, и даже порывался перебраться к кому-нибудь погостеприимней, пусть и не очень представляя себе, как справиться с этим в таком состоянии. Однако, мои вялые демарши были пресечены с холодной категоричностью, Мария пообещала забрать одежду и запереть дверь с окнами, если я не перестану дурить, и мне не оставалось ничего, кроме как успокоиться и безропотно принимать происходящее. Она перестирала мои вещи и постригла мне волосы, ворча и приговаривая себе под нос, и без устали хлопотала на кухне, заваривая чай и травы для питья, колдуя над остро пахнущими растираниями и особой нюхательной солью. Если у меня пропадал аппетит, и что-то из ее незатейливых блюд – куриное мясо, тыквенная каша или бульон с гренками – оставалось несъеденным, то она замыкалась в оскорбленном молчании, уединяясь за кухонной дверью и сильнее обычного громыхая сковородками и кастрюлями, но я знал уже, что у нее доброе сердце, и вся суровость лишь напоказ, и даже иногда подтрунивал над ней беззлобно, всегда готовый выбросить белый флаг и пойти на попятный.

Наконец, силы стали возвращаться ко мне, я почувствовал, что болезнь отступает, и меня тут же потянуло прочь из тесной комнаты, к ветру и океану, к сыпучему крупному песку – как к старым знакомцам, от которых нечего скрывать, или былым подельникам, по которым скучаешь в неволе. Понемногу я стал выходить из дома, совершая небольшие прогулки на все еще подгибающихся ногах, потом окреп настолько, что мог уже гулять часами, и скоро освоился в деревне.

Она была небольшой – всего несколько десятков деревянных домов, разбросанных на значительном удалении друг от друга и перемежающихся песчаными холмами, от чего границы скрадывались, и расстояния казались солидней, чем они есть. Если мысленно провести прямые линии, кое где допуская небольшой изгиб, то дома выстраивались в шесть рядов, уходящих в дюны и отделенных от океана широкой полосой незастроенного берега. Иные из них смотрелись молодцевато, щеголяя резными ставнями и новыми черепичными крышами, другие явно приходили в упадок, кособочились и неловко прикрывались ветхими заборами. Вообще же, это место наводило на мысли о старости, но не о смерти, жизнь теплилась в нем нежарким, но упорным тлением, словно признавая отсутствие порывов, но не желая отдавать завоеванное, каким бы малым оно ни казалось со стороны.

На одном из домов был намалеван красный крест, а посреди поселения стояла единственная лавка, торгующая обычной всячиной, от хлеба до гвоздей и жестяных тазов, куда раз в неделю привозили из города продукты и все, что заказывали немногочисленные покупатели. Хозяином ее был старый турок, едва изъяснявшийся на обычном языке, с которым я установил контакт, угостив его своими хорошими сигаретами. Взамен он с видом заговорщика провел меня в заднюю комнату и предложил коллекцию потертых порнографических открыток, явно побывавших во многих руках, а встретив отказ, пришел в недоумение и долго лопотал мне вслед, наверное сетуя на людскую заносчивость.

Деревня жила ловлей рыбы и добычей океанского камня. На берегу, чуть в стороне, у небольшой бухты, окруженной скалами, лежали лодки, выволоченные на песок, словно стая ленивых морских животных, и стояло несколько приземистых бараков, запертых на висячие замки, куда сборщики камня сносили свою добычу. Набравшись сил, я стал вставать рано и любил приходить туда ближе к полудню, когда возвращались рыбаки, и свежей рыбой, переливающейся на солнце, пахло на всю округу. Улов сортировали тут же на берегу, наполняя большие самодельные корзины, свитые из побегов чаппараля, и я подолгу рассматривал всякие диковины, принесенные сетями – раковины и крабов, странных моллюсков и ядовитых морских ершей, перепутанные клубки водорослей, остро пахнущие йодом и похожие на русалочьи парики, и иногда – устричные домики, наверное полные настоящих жемчужин. Все это сваливалось в кучи, как в игрушечные курганы – захоронения лубочных сокровищ, хранящие короткую однодневную память. Вытащив лодки из воды, рыбаки втыкали колышки в песок и развешивали на просушку разноцветные перелатанные сети, а сами собирались в группы и покуривали, беседуя негромко, а потом брели в деревню, подвесив корзины с рыбой на длинные палки, которые несли на плечах по двое.

Сначала на меня косились с неодобрением, но вскоре привыкли и перестали обращать внимание. Я будто сделался неприметен, подладившись под окраску окружающего, оно внесло меня в свой список и забыло обо мне. В разговор однако никто не вступал, а если нужно было сказать мне что-то, то обращались неохотно, поглядывая в сторону. Так же и в самой деревне – попадаясь навстречу, люди едва отвечали на приветствие и спешили отвернуться, делая вид, что озабочены своими мыслями. В этом не было неприязни – несколько раз я задавал безобидные вопросы случайным встречным, как мог бы сделать любой приезжий, и тогда мне отвечали с охотой, подробно и обстоятельно, словно радуясь поводу почесать язык. Но никто не желал спросить у меня что-либо взамен, будто каждый из них, коренных жителей этих мест, полагал зазорным выказать интерес к пришельцу, похваляясь отсутствием эмоций, пресекая в зародыше зачатки любопытства – что мол может оказаться в нем нового, способного удивить или завести в тупик, заставляя глянуть на вещи с другой стороны? Даже и мою метку на щеке будто не замечали вовсе – или, стоит сказать, нарочито не замечали. Ни разу я не уловил ни вороватого подглядывания скошенным глазом, ни открытого рассматривания в упор. Можно было подумать, что у меня ничего там и нет особенного, так что иногда, возвращаясь к себе в комнату, я бросался к зеркалу чтобы проверить – вдруг и впрямь обезьянья лапка исчезла бесследно.

Нет, она никуда не исчезала, и я знал, что это уже навсегда, даже недоумевая порою с оттенком уязвленного самолюбия – неужели не видно другим? Это несколько задевало, как ни смешно было признаваться себе самому – задевало и удивляло чуть-чуть. Постепенно впрочем я привык и к этому, а потом передо мной стала выстраиваться картина, в которую хорошо ложились и знак на щеке, и упорное нежелание любопытствовать по его поводу, и много чего еще, в чем до поры я не хотел отдавать себе отчета, прикрываясь столь удачно найденными формулами, намеренно скользя по внешним граням абстракций и пока не стремясь вглубь.

Мир вокруг, кто он мне теперь, что я для него – это было первое, о чем хотелось задуматься, пусть и не изыскивая практической пользы. Я и задумывался по мере сил, не претендуя на обобщения – видел неслучайность зацепления частей, но не хотел знать ее подоплеки, угадывал горечь и веселье в масках за стеклом, но отворачивался поспешно, оставаясь в покойном неведении по поводу настоящих лиц. Да, соглашался я с упорным шепотом масок, мир и впрямь замечает тебя, если стараться как следует, если кривляться перед ним и строить рожи, а то и тыкать палкой или замахиваться, будто всерьез. Пусть он и знает, что на самом деле на «всерьез» не хватит силенок, но так уж это устроено – обязательно заметит рано или поздно и может даже подладиться под тебя на время, если захочет себя утруждать. Только податливость его обманчива – как обманчива мягкость или готовность принять другую форму – он не признает иных форм, кроме тех, в которых увековечила себя его косность, хоть отступи на многие сотни лет, да и на тысячи тоже: все очертания одни и те же, лишь подкрашено да подмазано кое-что. Потому, если уж заметили и надвигаются огромной тенью, то, хочешь, не хочешь, нужно искать подходящую выемку и вжиматься в нее, стараясь, чтобы конечности не слишком выступали, а не найдешь, так тут же и переделают тебя по-своему, переустроят в угоду моментальному капризу, вылепив наскоро какого-нибудь уродца наподобие твоего же соседа (чтобы далеко не ходить) или случайного приятеля с незавидной судьбой, над которою даже и некогда будет поразмыслить.

Однако – не спешите отчаиваться до поры, даже я, привыкший к отчаянию, вижу теперь, что не все так просто. И тут есть лазейка – раньше только догадывался, а теперь уже знаю наверняка. На переделки и моментальные капризы мирозданию еще надо сыскать кураж, а вот куража у него не так чтобы много – глядишь, то лень одолеет, то какой-то недуг из числа стариковских, да и не хватит на всех никакого запаса, если метаться да растрачивать почем зря. Ему подобает солидность и неторопливость, и даже слуги его проникаются таковыми до мозга костей, и даже слуги слуг привыкли делать вид, что спешить им некуда, потому как все они при деле и впутаны в общую упряжь. Что уж тут отвлекаться на каждого, кто скачет возле и строит фигуры, где уж всматриваться в них и пытаться распознать, что там такого есть – опасного ли, хитрого или давно разжеванного другими. Потому многих из замеченных и не трогают почти – если конечно не перегнуть палку – просто отправляют в запас на будущее, на самом деле желая лишь поскорее позабыть, а незнакомые фигуры наспех окидывают оценивающим глазом, торопясь объяснить их себе, чтобы тут же стало яснее. Копии, копии… – их можно напредставлять себе сколько угодно, опустив некоторые выпирающие детали, сгладив углы и подшлифовав шероховатые места. Пусть непонятное остается непонятным где-то внутри, куда не очень-то заберешься, это небольшая беда, ведь снаружи оно покажется очень даже привычным по существу – и слугам, и слугам слуг – если назвать его привычным словом, а потом еще и пометить для верности: названо.

О, дикая сила слов, страшная цепкость названий… Кажется – легкая паутинка, а опутает как наипрочнейшая сеть. Потом можно не обращать внимания и не брать в голову – по всем канонам, названный все равно уже проиграл. Пусть игра, в которую играют все, еще и не закончена вовсе, но он раскусил ее слишком поздно – его уже определили в статисты и только определив, соизволили известить о правилах. Их, правил, собственно и нет, есть только принцип – не замечать очевидного, если оно уже не таит загадки, а все, что таит, все несуразное и странное сводить к известному, пусть даже спрямляя углы и теряя из виду зыбкую суть. Потому что, в этом сила – и вместо «теряя из виду» следует сказать: «не позволяя себе отвлекаться на зыбкую суть», ибо так лишь и попадают в победители, а уповающие на многозначность форм не имеют ни единого шанса – только унижение доступно в разных формах, слуги слуг знают это наверняка.

Наверное, потому я и не вызываю интереса: видно издалека, что кто-то уже озаботился высчитать номерную цифру и подвести знаменатель из проверенного списка – и хоть ярлык может быть неточен, поди с ним теперь поспорь. Я-то знаю, что этот кто-то не разглядел даже и малой части, лишь скользнув по поверхности и выхватив фонарем два-три случайных силуэта в самом начале лабиринта, где на стенах видны еще отблески света с улицы, но – зачем усложнять подробностями, тем и силен вердикт. Тем более, что никто не сможет проверить, да и не озаботится проверять, а ярлык, точный или неточный, несмываем и точка. Слава богу, скажут все, что он есть, прямо гора с плеч, займемся теперь другими, до которых еще не дошли руки – где они там прячутся, не раскрытые до сих пор? А суть неизвестного, превращенного в понятное привычным словом, вовсе и не нужна им – тем, которые даже со словами не в ладах, что уж говорить о различиях сути – да и мне самому нужна теперь не очень – ха-ха-ха – рассматривая себя под лупой, я отчего-то предпочитаю не наводить точный фокус, уходя до поры в сторону от ответов. Какая разница, кем я был, и кем я стал, что изменилось, а что осталось, как прежде? «Страшное – позади», обратная сторона медали безусловно отсвечивает в мою пользу. Непонятное, на котором поставили знак, вроде как неприкосновенно в своей глубине – ввиду отсутствия желающих связываться, которым уже не снискать славы первопроходцев – а потому можно не опасаться за его сохранность и лелеять не нужно, и вздыхать над ним, и трепетать, оберегая от посторонних взглядов и жадных любопытных пальцев…

Так или примерно так размышлял я долгие дни, зная, что топчусь на месте и отсиживаюсь в невидимом укрытии. Очевидно, мне нужна была пауза – разум, воля и дух словно истощились до дна, сил хватало лишь на бесплодные рассуждения, тяготеющие к неискреннему сарказму – неискреннему оттого, что метка на щеке не девалась никуда, напоминая каждое утро о грезившемся и представшем наяву, о том, к чему стремился, и что получил в результате, о фантазиях и реалиях, подловивших в свой черед. Неумолимое колесо, лубочный символ бесконечности, более не поскрипывало в ушах, но песчаные вихри, пришедшие ему на смену и заслонившие горизонты непрозрачной мутью, или внезапные приступы тоски по вопросительным знакам, одолевавшие время от времени, также не располагали к действию или даже мыслям о нем. Стычка с полицейскими на заградительной заставе будто оказалась последней каплей, на которой закончился энергетический запас, и теперь я с мучительной медлительностью восстанавливал его атом за атомом. Я переводил дух, будто пловец, бросившийся в буруны стремительного потока и сражавшийся с течением долгие часы, изнемогая, но не желая сдаваться, и вдруг в результате вновь обнаруживший себя на той же отмели, с которой с такою решимостью стартовал. Яростные гребки, шум в ушах и брызги вокруг, за которыми не различить берега, ритмичное дыхание, сохраняемое с таким трудом, онемевшие мышцы и загнанный взгляд – это что, все было зря?..

Все же, я не позволял себе раскисать окончательно и, чтобы создать хотя бы видимость усилия, завел распорядок рутинных манипуляций, механическое исполнение которых позволяло не верить, что я сдался навсегда. Так, я взял за правило доставать каждый вечер фотографию Юлиана и рассматривать ее с пристальным интересом, говоря себе при этом что-то вроде: – «Это Юлиан, он твой недруг и свинья, каких мало. Ты хотел его убить. Это – секрет...» Намеренность отжившего «хотел» и искусственность неискреннего «убить», доказанная со всей очевидностью, всякий раз покалывали острыми булавками – но, чем дальше, тем слабее и слабее. В конце концов, есть и другие глаголы, просто еще не пришло время озаботиться их тщательным отбором, убеждал я себя, и это помогало – пусть голос мой никак не желал крепнуть и едва ли мог кого-то убедить.

Порой я брал лист бумаги и писал на нем имена недавних спутников, заманивших меня к океану и бросивших как ненужную вещь. «Кристоферы», – выводил кривыми буквами, смотрел в потолок и произносил вслух: – «Неучи, от которых нет житья». «Гиббс», – выписывал неторопливо и говорил с чувством: – «Мерсенарио-самоучка, кончит нехорошо». А потом быстро черкал: – «Стелла» – «Мелкая душонка с фальшивым фонарем», и «Сильвия» – «Заблудшая кошка», причем последнее всякий раз заставляло меня прищуриться. Написанные и скрепленные чернильной рамкой, они не оживали, но воспоминания о них и о нашем походе наплывали при этом, как череда забавных снов, никогда впрочем не доходящая до финального кошмара.

Порою, вид бумажного листа вызывал отвращение, да и имя Юлиана отказывалось звучать как должно, и тогда я ложился на спину, закрывал глаза и лепил из податливой темноты образы, имеющие цвет и объем, а потом помещал себя внутрь и смотрел на мир с другого ракурса, почти всегда более выигрышного, чем тот, что доступен в обыденной яви. Иногда я становился хищной птицей, парящей под облаками, и зорко следил за каждым движением внизу, что может сулить теплую кровь. Никто не мог сравниться со мной в широте обзора, но и никакая деталь не была слишком мелкой, чтобы ускользнуть от всевидящего зрачка. Я будто чувствовал мощь восходящих потоков, выдавливающих вверх, в стратосферу, ощущал горлом зарождение вертких вихрей, в которые можно нырнуть, словно в пропасть без дна, и помчаться вниз, закручиваясь в штопор, трепетал оперением и важно покачивал крыльями, задавая выверенную дугу одним скупым взмахом… Право, полет – нехитрая штука, но сколько удовольствия, если уметь, как нужно!

Скорость тоже неплоха – помимо птицы мне нравилось обращаться гоночными авто и выписывать круг за кругом по нагретому асфальту, а потом я и вовсе стал тяготеть к механизмам повышенной сложности, представляясь например бурильным снарядом, что запущен в земную толщу с достаточным запасом топлива и хитрейшей программой, способной предусмотреть все на свете. Я вибрировал вместе со стальным корпусом, слушал ровный шум двигателя, постукивание подшипников и скрежет резцов, вгрызающихся в неподатливый грунт. Меня переполняло осознание неизбежности: снаряд было не остановить, и никакая порода – ни базальт, ни гранит – не могла б замедлить движение или отклонить траекторию хоть на градус. А наверху никто и не подозревал, что где-то глубоко под ногами идет ожесточенная работа – всем было невдомек до того самого момента, когда из-под земли вырвутся вдруг с грохотом страшные лопасти в фонтане пыли и земляных комьев, словно подтверждая, что свершение неминуемо, согласны с этим прочие или нет.

Были и другие картинки – рысь, притаившаяся в ветвях, сонный электрический скат, умеющий стать вдруг стремительным и беспощадным, как смерть, спешащая на крыльях, или, к примеру, каменная маска, вырубленная в сплошной скале – что может быть лучше бесконечных дум, от которых способно отвлечь разве что землетрясение, случающееся раз в тысячу лет? Все это успокаивало и закаляло душу, а растерянность отступала сама собой, будто отвергнутая устойчивостью вещей и состояний, которым давно приписан неоспоримый смысл. Вскоре я обнаружил, что образы и формы, в которые я научился проникать, располагаясь в самом центре, понемногу меняют направленность моих раздумий, заставляя вольно или невольно концентрироваться на себе самом взамен каверз и фокусов мироздания. Внешние раздражители отодвигались на задний план, чужие намерения и лица стали вдруг малозначимы, как приевшиеся ландшафты, а смелость суждений возросла, будто развив нешуточную мускулатуру.

Я задавался вопросами о содержании себя, не считая их более бесполезной риторикой, перекраивал так и сяк хрупкие категории личностной анатомии, примеряя к ним разные «что» и «откуда», пока еще существенно преобладавшие над «почему». Оказалось, поразмыслить есть над чем, и хоть многое выходило весьма наивно, я уверился в уникальности целого ряда черт, соорудив из них новые точки опоры, устойчивость которых вполне устраивала на настоящий момент. Не обошлось конечно же и без досадных противоречий, но я не отчаивался, договорившись с самим собой, что делаю лишь первые шаги, отталкиваясь по сути от ничего, и процесс может длиться сколь угодно долго, хоть даже и всю жизнь.

Потом я осмелел настолько, что стал подбираться исподволь к тому столкновению с неведомой силой, что не так давно вывернуло наизнанку всю душу, тянуться к нему в осторожных реминисценциях и отдавать себе отчет, что оно и впрямь случилось со мной. Нет, я вовсе не был готов обращаться к деталям, переживая заново унижение и боль, я обходился с происшедшим, как с гремучей смесью, тщательно упакованной в непрозрачный пластик, думая о нем просто как о «событии», словно о свертке с неясным содержимым, что лежит себе в дальнем углу, ожидая, пока до него дойдут руки. Главный фокус состоял в том, чтобы избегать количественных категорий – любая из них могла явиться напоминанием, беспощадным чересчур. Сосредоточиться следовало на категориях качественных, закапываясь вглубь, а не обозревая с поверхности, и тогда явление приобретало вовсе иной масштаб, далеко выходя за границы – условные, голословные, неживые. Я научился произносить про себя «черный пеликан», не ощущая при этом тошнотной дурноты, и даже начал догадываться, что же именно происходило со мной тогда – будто находя твердые комки в аморфной взвеси, цепляясь за них и подбирая нужные слова – но все еще не решался формулировать связно, осторожничал и топтался на месте, тщательно пометив и оградив безопасные, проверенные островки. С них меня уже было не сдвинуть – никакие видения и гипнотические окрики не имели власти над территорией, завоеванной вновь, и я чувствовал, что теперь мои владения – навсегда, их природа независима до предела, и даже нет нужды искать оправдания прежней слепоте, как постыдным попыткам откреститься от главного, раствориться в серости, прибиться к другим. Все это был не я, я же оставался собою – теперь и всегда, хоть порой это было нелегко заметить.

Сейчас заметить легче, по крайней мере, мне самому, соглашался я наконец, связывая воедино следствия и посылки. Пусть мое естество разлетелось на множество частей, сброшенное с высоты на гладкий камень – почему бы не собрать мозаику заново, подобрав зазубрины, которые совпадают? В этом есть внятная цель, а под нею основа, непреложный факт: что-то ведь крикнуло непокорное «нет» в решающий миг, когда, казалось, можно лишь сдаться. Значит, есть ядро в ореховой скорлупе, есть сущность в сердцевине, живучая и живущая наперекор всему, а значит и секрет мой жив, потому что он – из самой сердцевины. Нужно лишь подумать еще немного, нужно переиначить и подобраться с другой стороны – где там мои чистые листки, а с ними Юлиан, Кристоферы и Гиббс, или, взамен, подземный снаряд и каменная маска? Я знаю теперь: можно справиться с чем угодно. Особенно, если тебя оставят в покое.

Глава 3

Дни проходили незаметно, похожие один на другой. Ничто не торопило меня, и я не спешил покидать деревню, не строя никаких планов. По осторожным подсчетам, денег, что я дал Марии, должно было хватить надолго, хоть она и отказывалась обсуждать вопросы такого толка, сразу становясь неприветливой и грубой. «Что останется, отдам – себе небось не оставлю», – ворчала она недовольно всякий раз, когда об этом заходил разговор, и я отступал, не солоно хлебавши, успокаиваясь на том, что если деньги и кончатся вдруг, то она едва ли выставит меня за дверь так сразу – правда, я не умею жить в долг, но всегда находится какой-то выход, о нем можно будет подумать после. Пока же, не заботясь ничем, я бродил по окрестностям, размышлял о разных вещах и отдыхал душой, отрядив в далекий тыл воинствующие замыслы, что когда-то тревожили и горячили кровь. Если же подступало смятение, как рецидив забытого нездоровья, то ноги сами несли меня на берег океана – я стоял, вдыхая морскую свежесть, и пересчитывал волны, а дойдя до определенного числа, загаданного заранее и неизвестного никому другому, оглядывался внезапно, будто пытаясь захватить окружающее врасплох, и убеждался с облегчением – мир остался прежним, устойчивость непоколебима, никто и ничто не интригует за спиной.

Мария привыкла ко мне, и по вечерам мы сидели вместе на крыльце, молча наблюдая, как солнце прячется в дюны, она – с неизменной трубкой, я – с сигаретой, запас которых уже подходил к концу. Мне не приходило в голову расспрашивать ее о чем-либо, да и навряд ли она стала бы отвечать, пускаясь в откровенность. Иногда я рассказывал ей, сколько рыбы поймали утром, и кто с кем повздорил из-за спутанной снасти, и она серьезно кивала, показывая с важностью, что принимает информацию к сведению. Не знаю, что вообще интересовало ее, и что могло бы тронуть, пробив крепкий панцирь отчужденности – мне было легко с ней и только, быть может оттого, что и она никогда не посягала на мою собственную оболочку.

После того, как я выздоровел, и жизнь в доме вошла в обычную колею, к нам стали заходить гости – семейная чета Паркеров, что всегда являлись со своей воспитанницей Шарлоттой и ученой белкой в ажурной клетке. Шарлотта, худощавая девочка-подросток семнадцати лет, была сиротой, и Паркеры взяли ее из детдома за два дня до отправки в специальный приют для душевнобольных, подписав множество бумаг, освобождающих власти от ответственности. Белка же была поймана где-то в Кордильерах, точнее не поймана, а подобрана в состоянии, близком к гибели, а затем выхожена и обучена всяким забавным штукам. Они никогда не говорили, что занесло их в Кордильеры два года назад, и вообще, по-моему, избегали этой темы, но на белку, которую звали Мэгги, смотрели с обожанием и относились к ней, как к полноценному члену семьи.

Шарлотта и Мэгги не любили друг друга, что впрочем ничуть не трогало их приемных родителей. Мэгги при этом отличалась куда более нетерпимым нравом и порою даже фыркала в сторону девочки, если та оказывалась поблизости. Шарлотта же лишь надменно поводила плечом и отворачивалась в сторону, когда к белке и ее фокусам проявляли интерес, и в глазах у нее не было злобы, а были лишь задумчивость и грусть. Паркеры уверяли, что девочка совершенно здорова, сетуя на некомпетентность врачей, хоть на мой взгляд любой сказал бы с уверенностью, что Шарлотта безнадежно больна или по крайней мере настолько ненормальна, что никакой компетентности не требуется, чтобы это определить. Нет, у нее не было припадков, она выглядела опрятной и умела читать, и речь ее была точна и связна, лишь пожалуй слишком горячечно-тороплива. Глядя на нее в профиль, можно было убедить себя, что все странности надуманы – порывистая мимика скрадывалась, смягчаясь, и только губы шевелились сами собой, проживая отдельную жизнь. Но стоило ей заговорить – а молчать Шарлотта не могла подолгу – как сомнения отпадали, и рука сама тянулась к лабораторному журналу, чтобы записать неутешительный диагноз, ибо слова ее, несмотря на внешнюю невинность, бередили сознание, как сигнал тревоги, терзая алогичностью или, скорее, какой-то своей неведомой логикой, к которой невосприимчив нормальный разум. При этом, бурный поток ее фраз нельзя было принять за бессмысленную чушь, отмахнувшись небрежно или разъяснив себе все многозначительным кивком. Нет, в словах были сила и стройность, которые она сама знала наверняка, и никто другой не расставил бы их так изощренно, не сцепил бы друг с другом в головоломки, нанизываемые одна на другую без всякого труда.

Паркеры рассказывали вполголоса, когда Шарлотта была отвлечена, что они не раз пытались перенести на бумагу то, что рождалось потоком звуков у хрупкой и странной девочки, заботу о которой они добровольно взяли на себя, но ничего не выходило – то ли не успевала рука, то ли написанное сразу вдруг бледнело в неволе, и волшебство пропадало, словно следы симпатических чернил. Даже и диктофонные записи не давали эффекта, отчего-то обращаясь набором бессмыслиц – может быть, не хватало блеска угольных зрачков, что не может зафиксировать никакая техника, или иных каких-то особенностей ее лица или голоса. Как бы то ни было, они обожали свою Шарлотту не меньше, чем белку Мэгги, считая ее самой здоровой из всех известных им детей – лишь ранимой чересчур и перенесшей слишком много обид. Насчет последнего я был с ними согласен – легко представить, сколько тычков выпало на ее долю от сверстников и воспитателей, наверное не раз испытавших ее недуг на себе и, конечно же, старавшихся ответить побольнее. Шарлотта и теперь смотрела куда-то внутрь, всегда готовая замкнуться в укрытии при первом же намеке на непонимание или враждебность. С ней было непросто, приходилось следить за собой – и мне, и даже Паркерам, несмотря на выработанную привычку – лишь Мария на удивление легко находила с ней общий язык, и они подолгу шушукались на крыльце, пока остальные пили чай, укрывшись в гостиной от москитов. Конечно, моя хозяйка больше молчала, из нее вообще трудно было вытянуть лишнее слово, зато Шарлотта расходилась вовсю, и до нас даже доносился ее смех, неуверенный, но искренний и звонкий, которому вторило глуховатое, отрывистое хихиканье Марии.

«Ну надо же, – всегда замечала на это миссис Паркер с заметным оттенком ревности, – Шарлотточка никогда не смеется дома», – на что ее муж неодобрительно кривился и замечал вполголоса, что Шарлотта терпеть не может, когда ее обзывают этим вульгарным уменьшительным. Тогда миссис Паркер замолкала виновато, лишь замечая иногда как бы в сторону: – «Ну, твое 'Шарли' она тоже не очень-то любит», – а мне всякий раз было неловко, будто передо мной приоткрыли непрошеную интимную деталь.

Мистер Паркер, седеющий и статный, с бакенбардами в полщеки и мясистым носом, был учителем по профессии и пробавлялся в деревне случайными уроками – тут не имелось ни школы, ни достаточного количества потенциальных школяров. Думаю, они перебрались в это место из-за Шарлотты, но это лишь предположение, могло быть и иначе, тем более что Паркер никак не представлялся мне стоящим у доски и получающим учительское жалованье всю свою жизнь. В целом они выглядели вполне довольными судьбой – и он, и его жена Ханна – а скорее сказать, я не знал, довольны они или нет, их лица, улыбки и выражения глаз всегда норовили ускользнуть из ракурса, словно остатки недосказанных фраз. Помню лишь, что они любили брать друг друга за руки, особенно Ханна, то и дело завладевавшая его большой ладонью и теребившая ее, будто не замечая, пока мистеру Паркеру не требовалась обратно его рука для какой-нибудь утилитарной цели, а еще они никогда не были грубы друг с другом и не выказывали взаимного раздражения – словно притершись один к другому раз и навсегда и давно затвердив наизусть все возможные претензии и упреки, потерявшие от этого смысл, как становится бессмысленным слово, повторенное несколько десятков раз подряд.

Ханна Паркер вносила свою лепту в семейный доход занятием, традиционным для супруги разночинца, волею обстоятельств очутившегося на краю света, если нашу деревню можно условно за таковой принять. Она расписывала деревянную посуду, которую с ожесточенным упорством производил их сосед Тодор, человек без возраста, много скитавшийся и попавший сюда, по слухам, прямо с Тибета. Я видел на кухне у Марии несколько плошек, вышедших из-под Ханниной кисточки, они не стоили ни похвалы, ни повторного взгляда, но, очевидно, этот приработок давал Паркерам возможность сводить концы с концами, хоть и с ним, думаю, их существование было близко к настоящей бедности, к которой они не привыкли, но не подавали вида. Ханна была говорлива, смешлива и миловидна, хоть и не отличалась тонкостью черт, любила варенье и сладкие плюшки, что не могло не отразиться на фигуре, излишняя пышность которой подчеркивалась маленьким ростом. Она впрочем была легка в движениях и ступала с плавной грацией, а быстрота ума и точность суждений, как бы нехотя выявлявшие себя посреди обычной женской болтовни, заставляли то и дело присматриваться к ней, словно подозревая двойную роль.

Так или иначе, им нельзя было отказать в бодрости духа, и Ханна Паркер, в дополнение к кустарному ремеслу, служила источником чуть экзальтированного восторга, исходившего от нее мягкими лучами в направлении воспитанницы, мужа и норовистой ученой белки. Посторонние объекты, требующие заботы, будь то люди, животные или что-то вовсе бездушное, казалось нужны были ей самой, чтобы наполнить собственные сокровенные сосуды – чуть ли не придать смысл дням и часам, восхищаясь чем-то в других и перенося на себя тайные отголоски этого восхищения. Иногда я ловил на себе ее взгляд и думал, что она и меня наверное хотела бы взрастить по своему вкусу, кровожадно присвоив себе еще одну бесхозную неприкаянность. Ханна не уставала нахваливать Паркера за образованность и гуманизм, а Шарлотту – за томящийся гений и особую беззащитность души, и это создавало невидимый ореол над всем семейством, порой вызывая улыбку, будто попытка замахнуться на большее, чем определено обстоятельствами, но и вместе с тем подкупая невольно, как всякая неиссякающая настойчивость.

Шарлотта едва ли нуждалась в этом так, как мистер Паркер, всегда цветущий в присутствии Ханны и становящийся заметно растерянным, как только она исчезала из его поля зрения. Он тоже любил поболтать, но был в меру скрытен и не имел привычки расспрашивать других, так что наши беседы отличались безличным пуританством, начинаясь как правило политикой – и он, и Ханна считали себя закоренелыми консерваторами – и быстро спускаясь по нисходящей к винам, сигарам и популярной литературе. Порою, когда разговор затухал, миссис Паркер предлагала во что-нибудь сыграть и не давала нам покоя, если мы ленились и пытались ускользнуть. Она без устали запасала антураж – рисовала таблицы и кроссворды, вырезала фигурки из плотной бумаги и писала на картонных прямоугольниках хитрые слова, а как-то раз сделала даже настоящую шахматную доску, за которой мы с Паркером увлеченно сражались – но не в шахматы, а в шашки и поддавки. По сравнению со мной он был слабоват в расчете многоходовых комбинаций, но играл цепко и даже брал у меня иногда партию или две.

Сама Ханна никогда не соглашалась посоперничать с нами, но смотрела при этом весьма лукаво, так что я подозревал ее в чем-то и сердился сам на себя, а однажды даже расставил бумажные фишки, заготовленные накануне, в классическую позицию игры Джан – конечно, в самом ее простом шестидесятичетырех-клеточном варианте – и, посматривая на обоих Паркеров, быстро разыграл несколько нападений и отскоков, повторяя давно известные построения, интересные разве для новичка. Мистер Паркер не выказал никаких эмоций, а Ханна, по-моему, глядела на доску чуть пристальнее, чем следовало, но когда я намеренно допустил неточность, и белые фишки рассыпались веером по углам вместо того, чтобы собраться в грозное разящее острие, на ее лице не отразилось ни удивления, ни досады – нельзя было подумать, что она якобы что-то скрывает. И все же я не поверил ей до конца, продолжая посматривать искоса и стараясь поймать на неосторожности, но всякий раз меня встречала лишь безмятежная улыбка, пока я не смешал фишки в кучу и не вышел из гостиной, весь в гневе на себя.

Словом, в Паркерах были свои загадки, оберегаемые довольно-таки тщательно, хоть быть может большинство из них я придумал сам на пустом месте, а если и не на пустом, то мне все равно не хватало куража, чтобы увлечься всерьез и вывести на чистую воду неприступно-корректную чету. Иной раз я подступал довольно близко, или они сами подбирались к опасной границе – хоть в том же случае с игрой Джан например или еще один раз, когда мы слушали по радио скрипичный концерт, боясь пошевелиться, чтобы не спугнуть очарование чудесных нот. Даже белка казалось притихла в своей клетке, и Шарлотта перестала возиться и бормотать, а мистер Паркер отводил в сторону красные глаза, а затем и вовсе повернулся к нам спиной. Когда наступила тишина, Ханна сказала, вздохнув: – «Да, эта музыка понятна любому. Слишком много печали, как жаль… Как если бы из города увели самых лучших женщин, потом половину оставшихся, а потом и всех остальных…» – Но Паркер вдруг сердито закашлялся и возразил запальчиво, что все это фантазии и бред, старая скука, из которой давно пора вырасти, а музыка вовсе не про то, она всего лишь о том, что ни до кого нельзя докричаться, хоть это само по себе ничуть не мало, если кто-то хочет знать. Он еще бормотал что-то раздраженно, а Ханна Паркер смотрела в его сторону странным взглядом, но тут Мария обратилась к Шарлотте и стала выговаривать ей за что-то с напускной строгостью, так что напряжение понемногу спало, и инцидент оказался исчерпан сам собой.

Так что, да, к Паркерам мне так и не довелось подобраться вплотную, но все же именно с ними я стал замечать, что душевная энергия возвращается, и что-то начинает подтачивать изнутри, требуя новых замыслов и действий. По крайней мере, во мне появилась задиристость, которую мистер Паркер провоцировал невольно своей мягкотелостью и неспособностью к конфликтам. Иногда мне хотелось подойти и спросить, пусть даже и с неприличной развязностью – послушайте мол, Паркер, а что у вас вообще за душой? Или: а есть ли у вас свой секрет? – или еще что-нибудь в том же духе. Меня раздражала его непрактичность и нежелание вырваться из каких-то пут, которые он сам на себя накинул, а что это были за путы, я хоть убей не мог распознать, и это тоже злило не на шутку. Словом, не разгадывая загадок, я стал понемногу различать их следы, как цветные нитки в серой ткани окружающего, что гораздо прикидываться удручающе опрощенным, только и ожидая случая, чтобы насмеяться за спиной. Это был немалый шаг вперед, который нельзя было не отметить, и даже след на щеке стал как будто выглядеть по-другому – во всяком случае, я уже не вздрагивал, вспоминая, откуда он взялся, быть может привыкнув к нему и желая поверить, что это вообще дело моих собственных рук. Несколько раз я подумывал даже, не рассказать ли Паркерам о Юлиане – то ли чтобы шокировать их зачем-то, то ли просто для поверки своего собственного «я» – но так и не рискнул, за что после искренне себя нахваливал. Все же момент был не слишком хорош – дело с Юлианом зашло в тупик, мой прежний план явно нуждался в пересмотре. Да и к тому же, кто их разберет, этих Паркеров, а секрет на то и секрет, чтобы о нем никто не знал. Достаточно того, что я выболтал все Стелле, а она может разнести дальше и наверное уже разнесла. Обидно, досадно – и хватит, не будем повторять одну и ту же глупость.

И все-таки однажды деликатность нашего общения дала сбой – конечно же, по моей вине. Это случилось через пару недель после знакомства: мы стояли с Паркером одни у края ограды, рассматривали звезды и обсуждали погоду на утро, и он, замолчав внезапно, осмотревшись кругом и покрутив головой, будто вызволяя себя из беспочвенных раздумий, вдруг заговорил о деревне, какой она когда-то была, и рассказал мне всю ее историю, с которой был хорошо знаком. Я узнал, что здесь давно обосновались старообрядцы, колонисты из какой-то малочисленной секты, гонимой отовсюду – им было не до предрассудков, и «нехорошее» место не пугало их ничуть. Они быстро обжились и научились обеспечивать себя, смастерив лодки и занявшись рыбной ловлей, долгое время их никто не трогал, даже не подозревая о поселении, а потом, когда океанский камень вошел в моду, деревню как бы заново открыли, но к тому времени гонения уже закончились, и на смену им пришла коммерция. Коренные сектанты однако снялись вместе со своими лодками, погрузили разобранные до бревнышка дома на самодельные плоты и потянулись дальше на юг, а здесь остались прибившиеся к ним, и время от времени подселяются новые, приходящие то из города, а то и вовсе из непонятных мест.

«Всяких мы здесь повидали...» – сказал Паркер задумчиво, и вот тогда-то, раззадоренный его чуть покровительственным тоном (подумаешь, местный житель – а может просто любитель заговаривать зубы?), повинуясь какому-то озорству и чувствуя, как по рукам ползет щекотка, я вдруг показал на свою щеку – а насчет этого как? Видели, мол, знали? Не трогает, не пугает? Конечно, это было мальчишество, я наверное раззадорился чересчур, начиная обретать почву под ногами – хотелось то и дело пробовать себя на податливость, доказывая что-то и себе, и другим, не подозревающим ничего. Я был очень доволен собой – оттого, что могу не только размышлять за закрытой дверью, но и говорить так свободно о вещах, еще недавно бывших под строжайшим запретом – но мистер Паркер сразу погрустнел, и мне стало неловко, захотелось перевести разговор на другое или вообще разойтись, не продолжая. Он мягко взял меня за локоть и сказал тихо, что, да, это видели тут не раз, но видеть – это одно, а задуматься – совсем другое, и напрасно я пытаюсь его смутить, он все понимает и не обижается вовсе, считая себя не имеющим права безоглядно порицать. Я сделал нетерпеливый жест, но он прибавил тут же, словно торопясь договорить, пока его не прервали: – «Да, да, порицать ни к чему – тем более, что бывают неординарные, смелые, лучшие… А бывают и так себе, поплоше, чем в среднем, простите меня за невольный снобизм. Я никогда не пытался быть судьей – и никогда не хотел. Вообще же, это случается с теми, у кого ни во что нет веры – и, заметьте, я вовсе не хочу делать допущений о вас лично, но ведь понятно, что тем, кто уверен и ждет – даже зная, что может и не дождаться – тем таковые отметины не нужны. Им вообще нужно немногое – они хоть и разные, и клянутся разными клятвами, но в чем-то таком едины наверняка и едва ли делают опрометчивые шаги…» «Ну да, зачем им многое и отметины тоже – они и так спеленуты по рукам и ногам», – откликнулся я со вздорной склочностью, отчего-то задетый за живое, но Паркер только развел ладони, сказал примиряюще, будто намекая на недосказанное: – «Может так, а может и нет…» – и увлек меня в дом.

Его слова запомнились мне, остро перекликнувшись с мучительным воспоминанием, и я потом размышлял над ними не раз. В общем, ничего из этих размышлений не вышло, кроме очевидного вывода, что верить можно лишь себе самому, и слушать стоит только себя, вместо того, чтобы оглядываться вокруг и, добавлял я в сердцах, собирать по окрестностям чужих детей и покалеченных белок. Последнее было несправедливо, но я будто бравировал несправедливостью, чтобы не возвращаться впредь к этой теме, обходя ее за несколько миль, словно зараженную территорию, и впоследствии наши с Паркерами разговоры не выходили за рамки приличий. Я чувствовал себя все увереннее с каждым днем и даже стал замечать в себе оттенок снисхождения к ним, таким интеллигентным и гуманным, таким бесполезным и неспособным даже на самые безобидные безумства. Теперь уж я никак не мог рассказать им о Юлиане и черном револьвере – чужеродность наших душ вставала неодолимым барьером. Но и все же я привык к ним, и Ханна привыкла ко мне, поглядывая иногда с оттенком зрелого всезнания, которое, надо признать, ее не обманывало, а Паркер, думаю, вскоре стал воспринимать меня, как еще одно слагаемое в несложном уравнении его жизни, которое берется с положительным знаком и учитывается наряду с другими, хоть все и знают, что ему никак не изменить результат. С Шарлоттой же я так и не научился держаться свободно – ее слова, проникая внутрь, обращались чем-то разрушительным и противоречащим неукротимо – себе, мне, всему миру. Но мы, все же, сделались с ней друзьями, обучившись искусству перемигивания и тайной жестикуляции, изредка подавая знаки один другому, чтобы убедиться во взаимном присутствии, иной раз согласно прыская со смеху или фыркая возмущенно от одной и той же мысли, одновременно пришедшей нам в головы.

Незаметно наступила глубокая осень – оказалось, я пробыл в деревне уже больше месяца. Воздух не стал холоднее, лишь океан посуровел, будто в нем заблестели льдинки, да еще ветер, если дул с севера, приносил запахи далеких снегов. Все это время чета Паркеров наряду с моей суровой хозяйкой составляли замкнутый круг, вне которого я ни с кем не знался, и это не тяготило ничуть, воспринимаясь как привычная данность. Однако, стоило случиться новому знакомству, как Паркеры и Мария сразу отодвинулись на второй план, и я даже недоумевал порою, что могло привлекать меня в этих тягучих вечерах, отдающих явственным душком ущербности. О целительном действе всегда забываешь быстро, особенно когда лекарство невзрачно на вид и не имеет запаха, как физиологический раствор, а оскомина, бывает, долго не проходит. Так и Паркерами я вдруг оказался сыт по горло, хоть они, право, не сделали мне ничего плохого.

Так или иначе, все изменила моя встреча с Арчибальдом Белым, после которой деревенская жизнь заиграла иными красками. Случилось это само собой, без всякого усилия с моей стороны, будто в ознаменование нового времени года, пришедшего на побережье, как лукавый знак тех, ответственных за всеобщую очередность, кто расставляет события по старшинству, подгоняя порою и смешивая в одно. В первый раз я увидел его на берегу, когда помогал рыбакам чинить сети. Те совсем уже свыклись с моим присутствием – я бывал среди них каждый день, и они не хмурились больше, когда я наблюдал, как выгружают рыбу из лодок, или перебирал вместе с другими океанский камень, откладывая редкие сорта. В то утро, ползая по песку, мы втыкали ровными рядами заостренные колышки, чтобы закрепить в расправленном виде участок старой и ветхой снасти, поврежденной накануне, и я был увлечен работой, гордый оттого, что мне доверили непростое дело. Океан волновался, прибой ропотал рассерженно, и никаких мыслей не было в моей голове. Я молча работал, сосредоточенный лишь на том, чтобы не перепутать ячейки, вылинявшие и почти совсем потерявшие окраску, как вдруг оглушительный свист взрезал воздух, перекрывая остальные звуки.

Я вздрогнул, оторопев, будто вырванный из глубокого сна, и медленно поднял глаза. На скале неподалеку стоял человек в плаще, развевающемся на ветру, и кричал на непонятном языке, глядя в океан, в волны – или дальше, за кромку неба, за горизонт. Крикнув еще и подождав, словно прислушиваясь к ответу, он снова свистнул громче прежнего и захохотал, а потом еще долго смотрел в одну точку, запахнув плащ и обхватив себя руками. Я разглядывал его, не в силах оторваться, он не походил ни на кого и был чужд берегу и рыбацким лодкам, но в то же время его фигура на скале с такою естественностью вписывалась в пейзаж и брызги, в порывы ветра и рокот волн, придавая обыденной гармонии утонченность и трагизм, возвеличивая ее небрежными штрихами, что когда он отвернулся прочь и стал спускаться, с трудом удерживая равновесие, я остро пожалел о невозвратимости картины, лишь на несколько мгновений возникшей из случайных частей.

«Кто это?» – спросил я у пожилого рыбака, возившегося с колышками рядом со мной. Тот будто не хотел отвечать, недовольно кривясь и бурча что-то в сторону, но увидев, что я не отвожу взгляда, сказал хмуро: – «Колдун это. Малюет там у себя…» – и сплюнул в песок. Я хотел расспросить еще, но понял, что ничего от него не добьюсь. Человек в плаще, тем временем, почти уже добрался до подножия скалы и готовился спрыгнуть вниз, чтобы скрыться из глаз – и тогда я вскочил, наскоро отряхнул колени и поспешил к нему.

Спрыгнув, он не торопился исчезать или растворяться в воздухе, непринужденно поджидая меня и посвистывая – теперь уже негромко. Я подошел и представился, улыбнувшись по возможности приветливо, и он ответил чуть торжественно: – «Арчибальд Белый, художник. Местный художник, так сказать», – сделав ударение на слове «местный» и глядя мне прямо в глаза, будто пытая о произведенном впечатлении. Арчибальд был высок ростом, выше меня на полголовы, длинные волосы спадали ему на плечи, узкое морщинистое лицо с острым подбородком не выдавало возраста, но я не сомневался, что он заметно старше, чем я. Шея его была обмотана темным шарфом, под плащом виднелся шерстяной свитер грубой вязки с рисунком, почти не различимым из-за свалявшегося ворса. По плащу, свитеру и шарфу местного художника можно было принять за бродягу, но добротные брюки и новые щегольские башмаки явно стоили недешево, указывая на достаток и привычку к хорошим вещам.

«Рад познакомиться», – сказал я, подавая руку, и замолчал, как обычно застряв на первых фразах, так легко дающихся другим.

«Рад, рад, – проговорил Арчибальд с едва заметной улыбкой, – наслышан о вас, как же. Вы у Марии? Она чудесная женщина, хоть меня и терпеть не может, сказать по правде. Ну да не она одна…»

Он скорчил смешную гримасу и махнул рукой. Я промямлил что-то в ответ, не зная, как оживить разговор, который никак не складывался, но Арчибальд сам тут же пришел на помощь. «Мне говорили, что вы не здешний – не из города М., я имею в виду…» – начал он, чуть склонив голову и демонстрируя живой интерес.

«Да-да, – воспользовался я удобной темой, – не из города вовсе. То есть из города, но из другого – я из столицы, не из М., а здесь случайно оказался, да вот и задержался, так уж вышло… А вы ведь, наверное, тоже?..»

«В некотором смысле, – небрежно кивнул Арчибальд. – Долгая история». Он поправил шарф, покрутил рукой в воздухе, словно отгоняя какую-то мысль, и сказал деловито, посмотрев на часы: – «Знаете, по-моему мы все делаем глупо. Знакомиться так уж знакомиться, а сейчас у меня кипит работа, все-таки середина дня, да и вы заняты, не иначе. Все равно побеседовать не удастся, так что не стоит и пробовать – комкая, поспешничая – неловкость одна. Лучше уж приглашаю вечером ко мне – от лавки третий дом к дюнам, а где лавка, вы уж осведомлены конечно, ну а если и ошибетесь, не беда, вам любой подскажет. Только с собаками осторожней, тут во дворах очень злые собаки… Как, не возражаете?» – и не дослушав моего согласия, он покивал, сунул мне вялую ладонь и пошел прочь стремительной, чуть семенящей походкой.

Должен признаться, после весь день я с нетерпением ждал вечера. Будто какое-то новое беспокойство, а скорее беспокойство старое, позабытое на время, проснулось внутри и теребило, не отпуская. Я подозревал еще одну загадку – не бессильную шараду, как в Паркерах, хоть может к Паркерам я был и несправедлив, но настоящий клубок из многих нитей, каковых не попадалось уже давно, пусть я сам оградил себя от них, сознательно отдавшись покойной жизни.

Было и еще что-то, заставляющее лихорадочно потирать руки. Не знаю даже, как назвать – чужая уверенность или чужая воля, некий вектор, устремленный к незримой точке, находящейся дальше, чем может разглядеть обычный глаз. Я и сам могу засматриваться в дальние дали, но теперь все мои точки поблекли и не отличаются друг от друга – может хоть чья-то заставит зрение напрячься снова? Нет, я не ждал прямых подсказок, но, право, местный художник Арчибальд Белый, буравящий взглядом горизонт и оглушительно высвистывающий своих демонов – это окрыляло, слов нет, да и что здесь в деревне могло окрылить еще? И это наводило на раздумья – совсем новые раздумья, которых раньше тут у меня не случалось, а случалось ли в прежней жизни я не помню и не хочу помнить, гораздо приятнее замазать пробелами и начать с листа, по крайней мере, в данном конкретном случае.

Даже достав фотографию Юлиана и повторяя привычно: – «Это Юлиан, твой враг и настоящая свинья...» – я почувствовал вдруг нешуточную твердость в голосе. Блеснула сталь, как мгновенный сполох – впервые за эту осень я поверил, что угрожаю взаправду. Захотелось даже пойти к Паркерам и сообщить, что их жизнь проходит впустую, но это было лишнее, к тому же они и сами могли судить об этом ничуть не хуже.

Как только стемнело, я стал собираться, и Мария насторожилась, увидев меня у зеркала, сосредоточенного и целеустремленного, с безопасной бритвой и намыленным лицом. «Куда это ты?» – спросила она ревностно, пройдясь перед этим туда и сюда по коридору и всякий раз угрюмо заглядывая ко мне в спальню через неплотно прикрытую дверь. «К Арчибальду», – ответил я беспечно, надув щеку и соскребая с нее щетину затупившейся бритвой, которую давно уже пора было менять, и Мария остановилась в проеме, глядя в пол, будто мой ответ заставил ее задуматься о чем-то. «Тьфу ты, – сказала она наконец, неодобрительно покачав головой, и добавила в сердцах: – Споит он тебя», – но я лишь помахал рукой, ухмыляясь ее отражению, чувствуя себя моложе ее на сотни лет и даже не желая этого скрывать.

Глава 4

Художник Арчибальд Белый жил в просторном доме на вершине одного из песчаных холмов. Внутри почти не было стен – большую часть помещения занимала студия, служившая одновременно спальней, в которую он сразу и провел меня, встретив снаружи, у самых ворот. Ее планировка и антураж утверждали недвусмысленно: тут пишут картины, и я не ожидал увидеть ничего другого, сразу поверив, что Арчибальд – именно тот, за кого себя выдает, но какая-то мелочь упорно резала глаз, рассеивая впечатление, так что я озирался украдкой несколько минут, пока меня не осенило: как раз картин-то в студии и не было. То есть холстов наблюдалось множество – больших и малых, на треножниках и без, в окантовке, в рамах и без рам – но все они были повернуты к стенам либо накрыты непрозрачной тканью, так что оставалось только гадать, что же такое на них изображено, закончены ли работы, и что вообще представляет собой Арчибальд Белый в смысле изобразительного таланта.

Лишь одна картина была на виду – женский портрет, выставленный на мольберте в дальнем углу, что притягивал взгляд, как магнитом, но мы пока не подходили туда, и я не мог рассмотреть его как следует. Арчибальд возился у входа, где располагался бар с напитками, смешивая мне мартини и готовя для себя странную смесь из джина, водки и зеленой шипучей воды, а я стоял рядом и с трудом отвечал на его вопросы, что были наверное лишь данью вежливости, но вызывали у меня лично понятные затруднения. Что по-вашему я мог рассказать о своем пребывании здесь или о том, что привело меня сюда изначально, или же, отступя дальше, о пресной инженерной службе, которую почти не помню? Просто невозможно связать факты воедино, не упоминая о Юлиане и моем секрете, о Пиолине, ресторанной драке и бесплодных поисках в городе, всецело равнодушном ко мне, и уж конечно никак нельзя оставить в стороне Гиббса и компанию недавних попутчиков, да и все путешествие в целом, до самого финала, о котором вообще не расскажешь, как ни старайся. Так что факты выходили бессвязны, и наспех выдуманные небылицы оказывались шиты белыми нитками еще до того, как слетали с языка, но Арчибальда это не смущало ничуть, он старательно проявлял интерес, будто и впрямь принимая все за чистую монету.

«Это замечательно, что вы решили уединиться здесь на время, – говорил он с энтузиазмом, утвердительно покачивая в такт словам своей крупной головой. – Это всегда помогает, я могу утверждать с уверенностью, даже еще и не зная вас коротко – ведь что-то такое проглядывает, что-то порывистое, творческое, которое не скроешь, я заметил еще на берегу. Так что, да, уединение, а еще и океан, понимаете – мощь, бесконечность, как ни затаскано, но правда. Должен признаться, я был большим скептиком, когда и сам, лет семь назад... И привыкнуть не мог, суеты мне не хватало, и вообще... Ах, вот познакомьтесь, это Мария – но не ваша Мария, а моя – она как бы хозяйка, а я жилец», – и Арчибальд издал короткий смешок, кивая на тихую женщину лет сорока пяти с неприметным лицом, что зашла в студию с подносом и стала составлять с него вымытые стаканы, явно стесняясь обращенного на нее внимания. Я поздоровался, и Мария, быстро глянув на меня острым, но слегка испуганным взглядом, пробормотала ответное приветствие и поспешила оставить нас одних.

«Стеснительна она, это да, – сказал Арчибальд с досадой, – но женщина хорошая и готовит прекрасно. Зовут ее кстати не Мария, а Карла, но я называю по-своему, Мария мне нравится куда больше. Опять же, что это за имя – Карла...» Он взял напитки, и мы пошли вглубь комнаты к стоящим посередине дивану и креслам.

«Вы покажете мне ваши картины?» – спросил я, желая перевести разговор на другое – хорошо еще, что метка на щеке не вызывала у местного художника никаких эмоций. В ответ Арчибальд наморщил лоб и угрюмо заглянул в свой стакан. «Картины, – протянул он, помолчав, с легким оттенком недовольства, – покажу, отчего ж... Только сразу должен предупредить – картина картине рознь. Часто, знаете, бывает, что ждут одного, а увидят – и готовы охаять потому лишь, что названо по-другому или же нарисовано, как они говорят, в вызывающем стиле, хоть так говорить и глупо. Вы вообще знаток? То есть, считаете себя знатоком? Ведь вы же явно не профессионал...»

На этих словах он покончил с аперитивом, вскочил и устремился к бару. Я успел отпить лишь пару глотков и тут же вспомнил пророчество Марии – «моей» Марии, подумалось словами Арчибальда. Тот скоро вернулся с новой порцией алкоголя в руке и вопросительно уставился сначала на мой мартини, а потом на меня. «Нет, нет, я еще и половины не выпил, – поспешил я его успокоить. – И нет, нет, что вы, какой я знаток, так, обыкновенный любитель. Вот рифмы приходят в голову – это, да, бывает...» – добавил я вдруг, почувствовал, что густо краснею, грубо выругал себя за несдержанность и заговорил быстро и чуть развязно, желая поскорее отдалиться от щекотливой темы.

«Почему я спросил, так оттого лишь, что у вас работы не развешаны по стенам, как у других, – объяснял я Арчибальду, глядящему на меня с несколько озадаченным выражением. – Отчего это, может вы их прячете и вовсе не хотите на обозрение? Я могу себе представить – я был знаком с такими художниками – а впрочем я вру, не знаю наверняка, может они и не художники вовсе. А у вас – да, у вас все выглядит взаправду, только без картин... Так что я бы с удовольствием взглянул, если можно конечно, хоть знаток из меня никакой, но вообще люблю всем сердцем...»

На этом я решил остановиться и отпил большой глоток, словно в награду себе за непростую речь. «Н-да, все понятно, но почему ж вы говорите, что у меня не развешаны? – удивился Арчибальд. – Вон, стоят везде, не развешаны, да, но зато расставлены», – он обвел помещение глазами.

«Но они же... Их же не видно», – пробормотал я, чувствуя себя очень глупо.

«Вон там видно, – кивнул он на портрет в дальнем углу, – там и посмотрим», – после чего мы встали с дивана и пошли к портрету.

«Картина картине рознь, – вещал Арчибальд по пути, – бывает ждут, ждут, а потом увидят – и морщатся. Вообще, зритель неблагодарен донельзя – неблагодарен и неблагороден – но так уж устроено и поделать ничего нельзя. Я понял это, когда создал свой первый шедевр – и было очень горько, но и к такому привыкаешь, нужно только много времени, а иногда – совсем немного времени и малая толика внутреннего усилия…»

Мы подошли к портрету, но не успел я взглянуть на него, как Арчибальд быстро прыгнул вперед и повернул холст лицом к стене. «Подождет, – сказал он небрежно, – я все-таки доскажу вам о первом шедевре», – и уселся прямо на пол, глотнув из стакана и поставив его рядом. Мне ничего не оставалось, как поддернуть брюки и последовать его примеру.

«Так вот, – заговорил Арчибальд, жестикулируя и поблескивая зрачками, – о шедевре и всеобщем свинстве. Это вообще поучительно, хоть конечно удивительного мало, если поглядеть со стороны – на той картине был изображен попугай с одним глазом, что чрезвычайно раздражало неподготовленную публику. Быть может и название еще подбавило – 'Автопортрет' – но все равно восприняли уж слишком в штыки, нисколько – ну ни вот настолько – не желая взглянуть пошире…»

Арчибальд раскраснелся и в голосе его появилась обволакивающая бархатистость. «Сейчас-то работа в частной коллекции, – рассказывал он, не забывая отхлебывать бледно-зеленую смесь. – У какого-то жулика – дверь из стали, сейфовый замок и все стекла бронированные – а тогда никто не предлагал ломаного гроша. Каждый репортеришка норовил ткнуть, и карикатуристы тоже поживились. Все усмотрели одну только покалеченную птицу, а ведь даже смешно насколько было больше и шире…»

«Попугай – это, наверное, символ какой-то, нужно только разгадать?» – решил я встрять с вопросом, желая подчеркнуть активный интерес.

«Ну да, символ… – буркнул Арчибальд, глянув на меня с

подозрением. – Да нет, какой там символ, что вы такое говорите, это было сжатие – сжатый мир, и я сам в его центре, лишь чуть-чуть требовалось присмотреться… Вообразите, – воскликнул он, взмахнув руками, – вообразите, я молод, вокруг все еще так ново, столько красок, сюжетов – бушует стихия. Но и в то же время я мудр – да, да, молод, но мудр – с иными случается чуть не с самого рождения, и я не хвастаюсь тут перед вами – просто не хочу понапрасну лукавить. Многое мне подвластно, могу, если не изменить, то захватить, налететь и превратить в свое – этакая флибустьерская романтика, и как еще видеть себя, если не флибустьером, капитаном-пиратом, которому и море по колено, и бочка рома тут же, и мушкет, и черная повязка на одном глазу – все черты узнаваемого образа – ну и попугай на плече, непременно с Ямайки, куда ж без него. Так вот это и родилось – автопортрет – но если все выписывать от начала до конца, то выходит слишком длинно и – детали, детали – внимание рассеивается, устаешь на полпути. Даже и выговорить громоздко чересчур – мушкет, бочка рома, попугай на плече пирата с одним глазом… – я сразу это понял, после первых набросков, ну и стал искать, как бы вывернуть покороче, от начала к концу одним махом, а промежуточное обозначить только, чтобы не отвлекало – не в нем собственно дело. В конце концов, это мой мир, я его увидел и замкнул на себя, потому – что хочу, то и творю, разве нет? Усилий не жалко, ибо чувствую: назревает серьезное. Сутками за мольбертом, осунулся весь, и понемногу, верите ли, лишнее стало отлетать, испаряться, остались символы, как вы говорите, но это и не символы вовсе, то есть не поверхности, а самые что ни на есть сердцевины вещей. Остались-то они остались, но все никак не ложились в нужные места, а потом наконец вижу: пришло. В центре – тот самый попугай одноглазый, глядит как флибустьер, к чему загромождать пространство еще одной фигурой, а вокруг, еле видно, вся прочая атрибутика – в углах, мелко-мелко, в общем ее и не замечали вовсе. Рассмотрели только птицу и раскудахтались громогласно, выхватили фразу из страницы и ну удивляться, что она виснет беспомощной плетью, а все напряжение, звенящие тросы, ту самую струну, соединяющую начало с концом, когда они рвутся прочь друг от друга – все это даже и не попытались схватить, да и где им полуслепым…» – Арчибальд покачал головой и вдруг захихикал.

Я подумал, что он уже пьян и с трудом соображает, что говорит, но это было вовсе не так – глаза смотрели задорно и ясно, и смеялся он следующей своей мысли, а не отражениям, искаженным алкоголем. «Я все же их провел, – сообщил он мне, усевшись по-турецки и обмахнувшись несколько раз концом своего шарфа, – провел, как сборище несмышленышей, да они таковые на самом деле и есть», – и внезапно стал серьезным, заглянув задумчиво в свой пустой стакан. «Знаете, сколько я писал автопортрет с одноглазым попугаем? – спросил он вкрадчиво и ответил сам себе: – Два месяца и четыре дня. Писал бы может и дольше, но нужно было успеть – зал арендован, фуршет, событие. А потом – да, потом еще за неделю, когда стало ясно, что этим олухам так просто не вдолбишь, я намалевал шесть картин, по одной в день плюс воскресенье на отдых – не надо, не ищите сравнений, я не страдаю манией величия. Шесть картин, шесть среднего размера полотен – им с трудом нашли место, стен не хватало, потому что не рассчитывали заранее, но устроитель – тот уже понял, что грозит провал, и расстарался, хватаясь, так сказать, за соломинку. Так вот, шесть картин, последовательный стриптиз моего 'я' – то есть, это прочие так думали, я-то знал, что просто подделка – и на каждой из шести – исчезновение ненужных элементов. Ну, представьте, на первой вся группа: пират, как полагается, очень лихой, повязка на глазу, попугай и бутылка, восседает он на бочке с порохом, этакий, понимаете, флибустьер. Потом на следующей пропадает мушкет из угла, и рука хватает пустое место, попугай перевернут вверх ногами, а в бочке уже ром. И далее, далее, вы конечно ухватили идею… Все венчает изначальная одноглазая птичка, как восклицательный знак, седьмой круг – и уже каждому видно, что последний – а мне самому хоть и стыдно, но любопытство съедает живьем. Устроитель только почесал в затылке, неужто, говорит, так просто, но я ответил ему – не дрейфь – и это было единственное, что он мог сделать. И что б вы думали – лед тронулся: поначалу пораскрывали рты, а дня через два нашелся умник и предложил концепцию – в смысле, что же такое хотел поведать нам художник. Всякая там чушь о трансформации образа, последовательном упрощении и сведению к единой центральной сфере – ну пусть не чушь, но мне-то самому было смешно, хоть и приходилось соответствовать и что-то там лепетать, поддакивая, а что шесть картин дерьмо, так никто и не отметил. Хотели купить все разом, но тут уж я говорю: нет, дудки, продается только восклицательный знак. Я-то знал, что шедевр, но все равно заплатили мало, все-таки делили в уме на семь, а те шесть я после сжег – туда им и дорога, не жаль ни чуть-чуть… А вы, я вижу, совсем не пьете – обижаете, нехорошо…» – и Арчибальд легко вскочил на ноги, явно намереваясь вновь наполнить стаканы, а я, застыдившись, поспешил докончить мартини и поднялся вслед за ним.

«Так что, картина картине рознь», – приговаривал он, поспешая к бару. Я усмехнулся про себя, семеня позади, и спросил ему в спину: – «И все же – здесь-то почему? Почему здесь у вас все холсты повернуты изнанкой?» Он, не отвечая, лишь обернулся и глянул на меня хитрыми глазами, так что стало ясно, что ответа не будет, пока мы не разживемся новой порцией спиртного.

«Что вы спросили?» – обратился он ко мне с невинным видом, закончив манипуляции с бутылками.

«Все холсты – изнанкой, – терпеливо повторил я. – Почему? И к тому же, кроме одного. Уж не хотите ли вы сказать, что?..»

«Ничуть, – категорически перебил меня Арчибальд. – Впрочем, не знаю, что вы имели в виду. В любом случае, вы не угадали, поскольку причина моя – глубоко личная, и вам на нее не наткнуться в потемках. Случайно лишь можете угадать, но это не считается». Арчибальд отдал мне мой стакан, и мы не торопясь побрели прочь от бара. «А если вы решили, что я всех их стыжусь, – вдруг добавил он с некоторой обидой, – то, право, зря – они хороши. По-настоящему, я хочу сказать, хороши. Причем все».

Он остановился посреди комнаты и стал осматриваться, а потом предложил: – «Выбирайте любую».

«То есть как?» – не понял я.

«Ткните в любую, – пояснил Арчибальд, – ткните, и я вам ее открою. Если плохая – дарю, можете сжечь. Если не закончена – переходим к следующей…»

«Ну, не знаю…» – протянул я, подумав, что хитрость слабовата – я конечно же никак не возьму на себя смелость обречь на уничтожение чей-то труд и буду вынужден расточать комплименты, еще и стараясь звучать поубедительнее. Перспектива радовала не очень, но улизнуть не удавалось – разобиженный художник, заметив мои колебания, повторил настойчиво: – «Нет, вы выбирайте, выбирайте», – и я, пожав плечами, ткнул наугад – «Вот эта», – в небольшой холст, прислоненный к стене прямо перед нами.

Арчибальд проворно схватил его в руки и повернул ко мне. На сером фоне была проведена малиновая линия, обреченно и беспомощно обрывающаяся у края. Над линией повис ломкий силуэт – я сразу вспомнил мои миражи на берегу и фигурку, что карабкалась из соломенной корзины, и хотел было подойти поближе, чтобы присмотреться, но Арчибальд сказал коротко: – «Не закончена, – и поставил картину назад к стене. – Попытка номер два».

Я осмотрелся и указал на полотно побольше, висящее неподалеку от первого и накрытое тканью. Арчибальд сдернул покрывало, и у меня зарябило в глазах – краски рванулись наружу, словно опьяненные свободой. Там были то ли солнечные блики на воде, то ли цветущая поляна под яркими лучами – но я ощущал написанное просто как вакханалию оттенков или ликующий вихрь безумства. «Не закончена, – весело объявил Арчибальд Белый, возвращая покрывало не место и будто вновь погружая студию в полумрак, – хоть и близится к завершению, почти угадали. Дальше, дальше», – добавил он нетерпеливо, подходя ко мне и глотая из стакана на ходу.

Я снова осматривался, пребывая в некоторой растерянности. Стало казаться, что стены вокруг полны закрытых окон в другие миры, куда не очень-то подобает рваться напропалую. Бродить по незнакомой планете, протаптывая свои тропинки, оставлять следы и пугать громким хохотом странные создания на ветвях вокруг не очень прилично без приглашения хозяев. Меня, правда, вроде бы приглашали. А может быть и нет.

«Эта», – направил я палец на женский портрет в дальнем углу, что висел к нам лицом, когда мы только вошли в студию. Арчибальд рассмеялся и покачал головой. «Как вы легко и быстро сдались! – выкрикнул он торжествующе. – Как скоро утомила вас неопределенность! Совсем немного потребовалось, чтобы зажмуриться и стать на единственный знакомый путь… – он поднял стакан вверх, словно салютуя сам себе, и повел меня к портрету. – Вспомните, вы удивлялись, что прочих картин не видно, а если бы было видно – как, легче бы вам пришлось?»

«Вот уж не знаю, может и легче», – пробормотал я, несколько сбитый с толку.

«Вот именно, не знаете, – поддакнул мне Арчибальд. – А я знаю! Знаю и потому всегда хочу пощадить. Но нет – все сами стремятся в поводыри, все хотят выбрать хорошее из хорошего, а потом – лучшее из лучшего, наконец оставляя лишь одно самое-самое… Всем жаль драгоценного времени и своих не менее драгоценных сил, но драгоценностей-то там – фальшивки по большей части. Однако же, непременно хотят самого-самого и сразу – на все другое мол не стоит и смотреть. Оно может лучшее и есть, не всегда тычут пальцем в небо, бывают признаки и очевидные факты, но как же не задуматься, что все другое ведь теперь – в сторону навек, больше уж к нему не вернутся? Как не насторожиться, не заскрипеть зубами?.. В этом – зло!» – веско закончил он, подошел к холсту и повернул его к нам вместе с мольбертом, при этом чуть не уронив всю конструкцию на пол. «Он пьян», – подумал я, осушил свой мартини и стал разглядывать картину.

Это действительно был женский портрет, но, глядя вблизи, я ловил себя на мысли, что даже при небольшом старании могу принять его за пейзаж, исполненный чувственности, или скромный натюрморт из нескольких вещей, или просто колоритную гамму красок, положенных на холст ради них самих. И все же, это была женщина, вобравшая в себя многие пейзажи и вдоволь наигравшаяся с вещами, переставляя их так и эдак; она смотрела в пол-оборота, внимательно и строго, будто выслушивая собеседника, наконец добравшегося до главного после долгого предисловия. Ее волосы были убраны в тяжелую прическу-шлем, написанную фиолетовым с темным обводом, словно подчеркивающим незыблемость, фиолетовым же были выведены брови и зрачки, а сами глаза – коричневым с траурно-черным отливом. Правильные, чуть не классические линии скул контрастировали с вызывающе-яркими волосами, плотно сжатые губы выдавали решимость, несмотря на розоватую бледность, а еще – через все лицо проходила широкая зеленая полоса, начинаясь сразу под прической-шлемом и обрываясь у губ, но после вновь неожиданно возникая на открытой шее у ворота распахнутой блузки. Она могла быть и случайной тенью, невидимой в обычном свете, и морщиной задумчивости, которую тщетно пытаются скрыть, на ней невольно концентрировался взгляд к удивлению самого смотрящего, размышляющего совсем о другом, и при том она странно гармонировала и с овальным лицом, и с непривычно многоцветным фоном, разбивающим картину на оранжевые, желтые и лиловые осколки.

Я глядел не отрываясь – никогда я не желал так сильно обратить фантазию в явь и оказаться с женщиной наедине, чтобы проникнуть хотя бы в часть ее тайн, прикоснуться к жизни, полной страстей, надежд и обманов, готовых зазвучать в полный голос, известных любому и все же незнакомых никому, исполненных странной неги и ранящих наперед чуть надменным «нет». «Ну как? – спросил Арчибальд Белый, о котором я успел позабыть, – Не нравится, в огонь?» Он смотрел на меня с лукавой улыбкой, но я уловил напряжение во всей его позе, и слова, произнесенные шутливо, не могли обмануть – Арчибальд нервничал, ожидая моего ответа, как ни смешно было это признать. «Ну что вы, – воскликнул я с искренним пылом, по-настоящему страдая за его тревогу, – что вы, картина замечательна, вы ж и сами знаете. Да, замечательна, безупречна… Я хочу спросить о многом – кто эта женщина и вообще – но это вовсе не чтобы умалить… Просто – столько сразу всего, даже и не подобрать вопроса, так что я еще немного постою, если не возражаете, а потом пожалуй спрошу».

Арчибальд сдержанно покивал и отвернулся, а затем покинул меня и пошел к бару. «Мария!» – раздался его зычный окрик. Тут же дверь открылась со скрипом, и они о чем-то пошептались с хозяйкой, а я все рассматривал портрет, надеясь запомнить и сохранить в памяти резкие чуть не до грубости штрихи, скупую сдержанность и угловатые черты необъяснимо живого лица. Через несколько минут я вновь услышал скрип двери и обернулся. Мария вкатила в студию небольшой столик на колесах, заставленный тарелками и подносами, и тут же скрылась, прошмыгнув, словно мышь, назад в дверную щель, а столик оказался в руках Арчибальда, который поставил на него новые стаканы и покатил ко мне, чуть заметно виляя из стороны в сторону.

«Я предлагаю покончить с коктейлями, – крикнул он еще с середины комнаты, – и перейти наконец к серьезной выпивке и закуске…» – и поднял над головой, показывая мне, бутылку с характерной наклейкой. Вскоре мы уже сидели на полу со стаканами чуть разбавленного джина, с жадностью хватая с тарелок ветчину и маслины, и Арчибальд витийствовал вовсю, умудряясь говорить разборчиво даже и с набитым ртом. «Вопросы… – заявлял он в пространство. – Всегда вопросы. Зачем спрашивать о том, чего нет? Кто эта женщина? Я отвечу, но это ничего вам не даст. Почему фиолетовое и зеленое? Отвечу с радостью, но вы не поймете вовсе. Или, что там еще – в чем скрытый смысл? Игра красок, как смена настроений?.. Полно – могу рассказывать целую вечность, но вы заскучаете через четверть часа, как заскучает любой, потому что приближения беспомощны, и словами не выразить, иначе писали бы словами, а не красками и кистью…»

«Но! – он поднял вверх стакан. – Но: давайте выпьем, не все так безнадежно. Я не стану утомлять разъяснениями, не дождетесь, но я расскажу вам то, что можно рассказывать словами: историю или просто зарисовку без претензии на сюжет – и это уже кое-что, это куда лучше, чем вообще без. История интересна хотя бы ради себя самой, даже и не беря женщину на портрете, она может потребовать разъяснений не меньше, чем любая игра красок, тут они равны и не слишком-то помогают друг другу, но все равно нет лучшего способа объяснить, чем просто-напросто сменить ракурс и направление луча – две точки лучше, чем одна, много, много лучше. Потому что – и это очень важно, слушайте внимательно – потому что, история запомнится так же, как и картина, и ваша память сможет потрудиться над ней всерьез, отметая лишние детали и собирая сущности в одно целое, подобно попугаю с хитрым глазом, а любые разъяснения, в которых, говоря по правде, не за что ухватиться, рассеются бесследно, как облако или туман, и это как раз и есть напустить туману – понимаете, не для того чтоб скрыть, а чтобы долго не жил. А если пробовать по-честному, то туман лишь отвлекает, и хочется чего-то будто бы навсегда…»

«Потому-то в книжках бывают картинки, – грозил он мне пальцем, – уж эти писаки, они знают как извернуться… Две точки – это гораздо лучше, чем одна, жаль вот, что в отличие от книг на обратной стороне холста может не хватить места, чтобы записать подходящий сюжет – там, где иные записывают долги, складывая их в столбик – это большое упущение и неравенство профессий. Кое-кто к тому же даже не желает слушать – записывай, не записывай, хоть у себя на лбу – но что взять с дураков, не подлаживаться же под них в самом деле, пусть и бессчетное множество, а вам я конечно расскажу. Передам так сказать изустно, как в старые добрые…» – и Арчибальд вдруг застыл в явном напряжении, так что я испугался, не подавился ли он косточкой от маслины, но все обошлось, и после очередного глотка начался его рассказ.

Лорена выросла в баскской деревне, – говорил Арчибальд Белый, глядя куда-то в сторону, – там, где Бискай врезается в берег, как в кусок сантандерского сыра с зеленоватой плесенью, отвоевывая излучины у скал и оттеняя синью поросшие лесом горы, по которым поселения взбираются вверх волнистыми террасами хижин и виноградников. Ее семья владела овечьими стадами, самыми большими в округе, и круглый год нанимала пастухов и работников для выделки шкур, но Лорену воспитывали в строгости и неизбывном трудолюбии, несмотря на достаток, которым немногие могли похвастать. Мать обучила ее грамоте, а отец – прочим наукам, могущим пригодиться в жизни, к пятнадцати годам ей подобрали жениха, сына пасечника из соседнего селения, но свадьбу отложили на два года, пока Лорене не стукнет семнадцать.

Порывистая и полудикая, она любила убегать в горы и плутать по еле видным тропам, прячась от погонщиков и случайных путников, или забираться в расщелины, застывать там неподвижно и наблюдать за охотой ширококрылых орлов, пока не опустятся сумерки, и холод не погонит назад к дому. У нее не было подруг, но ей хватало окрестных ландшафтов и красок, изменчивых как прибрежная погода, чтобы выговорить им то немногое, что копилось на сердце, не знавшем страстей, и выслушать в ответ невнятное бормотание – ропот ветра в сосновых ветвях или плеск волн далеко внизу, под обрывом, на которые можно глядеть, пока не закружится голова, а потом лечь на спину, широко раскрыть глаза и раствориться в глубокой синеве с ватными проплешинами, всегда готовой предоставить убежище тем, кто по-настоящему ищет. Лет до двенадцати или около того никто не предъявлял на Лорену никаких прав, и казалось, что так может продолжаться вечно, но потом ее стали вовлекать понемногу в большое, сложное хозяйство, в котором для всех находилось место, и нельзя было ослушаться мать, изобретавшую множество поручений. Порою ей снились странные сны, и дыхание стеснялось в груди – тогда, просыпаясь, она плакала без слез, словно тоскуя по детской свободе, что улетучивалась, как запах цветка, начиная осознавать безжалостность мира, в который ей готовили путь, чтобы когда-то подтолкнуть в спину и сказать: иди.

Как-то, незадолго до свадьбы, намеченной на август, отец взял ее на французскую ярмарку продавать шерсть и кожи, и там жизнь раскололась надвое, словно хрупкое стекло от удара грома. Лорена увидела в толпе молодого лейтенанта пограничной стражи, улыбнулась в ответ на его победительную улыбку, и в ту же ночь они бежали в Марсель, куда лейтенанту вышел перевод накануне, бросив Лорениного отца, выделанные кожи и мягкую шерсть, горы с зеленоватой плесенью лугов, туманы над заливом и безутешного отпрыска пасечника, так и не успевшего сказать ни слова своей неверной нареченной. Лорену не пришлось уговаривать долго. Что-то подсказало ей, что этот шанс – один из последних, прочих может и не быть, да и смуглый красавец нравился ей куда больше, чем все деревенские женихи, взятые вместе, так что, поколебавшись всего несколько минут, она шепнула лейтенанту решительное «да» прямо на ярмарке, окруженная земляками, глазевшими на них, но так и не заметивших ничего. После, ночью, привыкшая к лошадям, молодая и полная сил, она летела стрелой на поджарой корсиканской кобыле, одолженной у одного из лейтенантских товарищей, вслед за едва различимым черным силуэтом, изредка поглядывавшим на нее через плечо, уверенная в том, что победила всех, ускользнув из клетки, готовой захлопнуться навечно, и это была вершина ее счастья, равного которому ей никогда более не приходилось испытать.

Побег был успешным, и последующая жизнь выдалась удачливой вполне, вместив в себя множество переездов и скитаний, трудности быта и страстные ночи, пару-тройку финансовых взлетов, когда они разживались скромным капиталом, а потом так же легко расставались с ним, и даже одну небольшую войну, после которой у мужа Лорены развилось стойкое отвращение к насилию. У них родился сын, Пьер, вскоре умерший от пневмонии, а затем две дочери – Анна-Мария и Жаклин, обучавшиеся в не самом дорогом, но вполне приличном пансионе. В целом, Лорена была довольна судьбой, хоть и впадая по временам в необъяснимую меланхолию, и до сих пор любила черноусого лейтенанта, дослужившегося уже до полковника дворцовой охраны и получившего в столице казенную квартирку, весьма просторную по парижским меркам.

Как-то раз, лет через двадцать после стремительной ночной скачки, Лорена и ее муж, полковник Жан-Луи Пиньоль, прибыли из Парижа в Биарриц для двухнедельного отдыха на море. Лорена чувствовала себя неважно – от плохой дороги у нее сделалась мигрень – а Жан-Луи, вновь проигравший в карты два дня назад и еще не признавшийся в этом жене, и вовсе был не в духе. Едва войдя в номер, он растянулся на диване, объявив, что намерен отдыхать до вечера, а Лорена пошла прогуляться, радуясь случаю побыть в одиночестве. Она пересекла площадь и вышла к набережной, привычно удивляясь пестрой безвкусице курортных лавок после торговых рядов Парижа, вдыхая запах моря, моментально изгнавший головную боль, разглядывая разодетых прохожих и поспешно отводя взгляд, если кто-то норовил встретиться с ней глазами. Через полчаса она дошла до южного края променада, постояла несколько минут, облокотившись о перила и вглядываясь с неуловимой горечью в размытые контуры страны басков, едва проступающие в туманной дымке, словно пытаясь разглядеть изрезанную морем линию скал, неприступные рельефы и тучные овечьи стада, звенящие колокольчиками в прозрачном воздухе, а потом повернула назад и пошла к гостинице, бездумно напевая на ходу.

Внезапно до нее донеслась незнакомая речь, и она отметила, удивившись, что понимает чужие слова, а потом ее осенило:

трое молодых мужчин, стоявшие у телег, образующих маленький импровизированный рынок, говорили на баскском наречии, которое она не слышала много лет. Лорена побледнела и в волнении закусила губу – ей показалось вдруг, что детство возвращается, еще чуть-чуть и можно будет убежать по горной тропе в места, которые знает она одна, спрятаться среди деревьев и камней, спуститься к морю и ловить языком соленые брызги… Что с того, что мужчины замолчали и смотрят на нее недоуменно? Она невидима, никто не учует ее следов, кроме хищных птиц, но и те не принесут ей вреда – они давно поделили пространство и не мешают друг другу… Парижский дом, каменные бульвары, Жан-Луи в гостиничном номере – какая чушь, там же некуда ступить, там так тесно!..

«Желаете что-то купить, мадам?» – спросил наконец один из мужчин, приподняв шляпу. «Нет, нет, спасибо», – рассеянно ответила Лорена по-баскски и мужчины переглянулись в удивлении, но она не замечала ничьих взглядов. Ей хотелось остаться с ними, продавать шерсть и мед редким покупателям, болтать на странном языке, похожем на птичий, смеяться и грызть дикие орехи, не заботясь ни о чем другом. Потом она почувствовала и другое желание – подойти к любому из них и уткнуться лицом в грудь, чтобы он бросил ее на телегу и победил больно и властно, заставив дрожать от стыда и от страха, а не от наслаждения, как галантный Жан-Луи, единственный мужчина, которого она знала в своей жизни. Ноздри ее раздувались, и голова кружилась – ее манил, словно наяву, запах свалявшейся овечьей шерсти и выделанных кож, запах тела, разгоряченного работой, запах дерева и дегтя, травы и скал. И она знала, что этого не будет никогда – ни беспечных дней и пастушьих разговоров по вечерам, ни стыдной дрожи на дне телеги, ни гортанных приказов, ни грубых ласк. Она отвергнута, ее стражи не простят ее, и не простят эти мужчины, они злопамятны и твердолобы, как злопамятен ее отец, не ответивший ни на одно из покаянных писем, и ее любимые скалы, походящие на сантандерский сыр, превратившиеся в безучастный контур у горизонта, и ее тропы, и цветы-однодневки, растущие чуть ли не на голом камне, и ручьи, чарующие как музыка, и все, все, все, до чего больше не дотянуться ни во сне, ни в мечтах.

«Отвергнута», – шептала она неслышно, откуда-то из глубины подступало рыдание и возвращалась мигрень, на глаза навернулись слезы – растерянные и злые. «Что с вами, мадам, – участливо спросил один из мужчин на плохом французском, – вам плохо? Вас проводить?» Добряк, подумала Лорена, все они добряки, пока не доходит до главного, до мольб и стонов души, но стоит разоткровенничаться и выказать слабость, как тут же – неприступный холод и глухота. Неписанные правила главнее всего, свод приличий – самая надежная твердь… Будь вы прокляты все, вскричала она про себя, а вслух проговорила лишь: – «Спасибо, мне уже лучше», – и пошла прочь, желая больше всего на свете сию же минуту оказаться в Париже…

«Да, в Париже, – рассеянно закончил Арчибальд, – Париж всеобемлющ, ей там самое место – прийти ко мне в студию, сесть у окна вполоборота, позировать терпеливо, часы и часы, не меняя наклона головы… Впрочем, в Париже я не написал почти ни одной картины», – он схватил ломоть ветчины и запихал его в рот.

«Но эта женщина… Портрет… Она и есть Лорена?» – спросил я с жаром, быть может лишь чуть неискренним, но Арчибальд тут же почуял подвох, сморщился и замахал руками. «Бросьте, – сказал он сердито, – не старайтесь казаться непонятливей, чем вы есть, я не поверю все равно. Лорена, Нина, какая разница, она вполне может оказаться Ниной, а это совсем другое дело и другая история…»

В это время вновь заскрипела дверь, прерывая его на полуслове, что-то упало и стукнуло в прихожей, и послышалось испуганное лопотание Марии. Затем высокий голос спросил: – «Позволите? Я там, правда, разбил уже что-то…»

«О, – вскричал Арчибальд, – вот и Немо! Умеет быть удивительно неловким, но вовсе не всегда, как кто-то мог бы подумать. Пойдемте, пойдемте знакомиться», – и ринулся ко входу в студию, увлекая меня за собой. У дверей стоял невысокий круглоголовый человек лет сорока в очках с массивными линзами и застенчиво улыбался. Он был небрит и наполовину лыс, производя впечатление несколько опустившегося интеллигента, привыкшего к насмешкам. Он и сейчас, казалось, терпеливо ждал, какую шутку отмочит над ним общество, готовый не защищаться, но скорее посмеяться над собой вместе со всеми, и я решил было, что это постоянная мишень для Арчибальдовского злословия, но в этот миг из-под толстых стекол блеснули снизу-вверх острые зрачки – несколько наискось, наугад прощупывая пространство, как язык ящерицы – и сразу стало ясно, что я ошибся или по крайней мере несколько поспешил с выводом.

Арчибальд представил меня с нарочитым пафосом, и вошедший тут же принялся мять мне руку потной ладонью, приговаривая: – «Польщен, польщен...» Я пытался заглянуть ему в глаза, но линзы нещадно аберрировали, и цель ускользала, так что, не зная на чем сфокусироваться, я стал смотреть на его широкий гладкий лоб, в котором можно было отразиться, как в зеркале. Арчибальд дождался, пока новый гость окончательно сконфузится от собственного горячего радушия, и сказал вздохнув: – «Ну а это – Немо. Прошу, как говорится, любить и жаловать», – и пошел обратно к портрету и столику с едой. Мы с Немо смущенно потоптались на месте и поплелись за ним, сделав несколько безуспешных попыток пропустить друг друга вперед.

«Ну что ж, – разглагольствовал Арчибальд, разливая джин по стаканам, причем третий стакан, как по волшебству, объявился среди тарелок незаметно для меня, – что ж, теперь, как выразился музыкальный классик, их стало трое. Событие это исключительное, и недооценивать его не стоит, тем более, что трое – это традиционный состав просвещенной верхушки всех забытых богом мест. Вспомните, 'в деревне было три образованных человека – врач, священник и учитель', и это в общем почти про нас, потому что Немо – не кто иной как врач. Вам, Витус, я предлагаю самостоятельно решить, кто из оставшихся подходит на роль священника. Я к ней не стремлюсь и настаивать не буду, хоть бесспорно в чем-то она представляется более лестной – наместник так сказать и вообще...» – он поднял стакан и мы, преисполненные торжественности, сделали то же самое. Немо одним духом осушил едва ли не треть, после чего закашлялся и стал вытирать выступившие слезы. «Ваш джин, Арчи, чертовски хорош, но я никак не могу привыкнуть к крепким напиткам, – сказал он виновато, – а что до священника, то решать конечно не мне, но вы, должен заметить, никак не годитесь в учителя – уж слишком нетерпеливы. Так что, думаю, выбора нет...» – он взял маслину и аккуратно ее сжевал.

«Скажите пожалуйста, – обиделся Арчибальд, – нетерпелив и не гожусь… Годитесь ли вы во врачи, Немо? Признайтесь-ка нам как на духу, тем более что вы уже признавались – годитесь? Ведь Немо не всегда был врачом, – обратился он ко мне, – начинал он с этих, окаменелостей и прочего, или как их там?..»

«Физика и химия минералов, почетный магистр, – отрекомендовался Немо, покраснев, – но на врача я в самом деле учился, право не понимаю, что вы хотите сказать».

«Ах, да ничего я не хочу сказать, – откликнулся Арчибальд раздраженно, – отчего вы всегда так занудны? Мы вообще говорили не о вас, а о портрете – вот портрет, посмотрите».

Немо послушно встал, подошел к картине и рассматривал ее несколько минут, причем на лице у Арчибальда, отвернувшегося в сторону, я подглядел всю ту же судорогу нетерпеливого ожидания, а потом вернулся к нам и сказал, чуть заикаясь: – «Да, да, портрет превосходен. Мне очень нравится, очень… Только я хотел бы спросить – если можно, конечно, а то к вам все вопросы получаются невпопад – я хочу спросить, кто эта женщина, откуда она, ну и прочее – о чем это, понимаете?»

Арчибальд захохотал пьяным смехом и победительно посмотрел на меня. «Ну что еще тут прибавишь?» – читалось в его взгляде, и я смешался отчего-то, в первый раз за вечер почувствовав себя неловко. «Эта женщина, – сказал он с расстановкой, – про нее есть история, я как раз рассказывал тут до вас. Эта женщина – ее могли бы звать Нина…»

«Это очень интересно, – перебил Немо, заметно волнуясь, – вы знаете, у меня была женщина, которую звали Нина…»

«Вы смешны, Немо! – обвинительно загрохотал Арчибальд. – Кто поверит вам про ваших женщин, кто вообще примет вас всерьез? Посмотрите на себя – вы нескладное создание, не умеющее к себе расположить, у вас тут же задрожали руки, чуть речь зашла о противоположном поле, да и к тому же все знают, что вы живете с медсестрой, которая хрома и весит целый центнер… Слушайте и не встревайте, а то я не буду рассказывать, я почти уже передумал».

Я решил, что сейчас вспыхнет ссора, и приготовился мирить

противные стороны, но Немо оставался вполне спокоен, и на губах его поигрывала довольная усмешечка. «Я мог бы обидеться, Арчи, но я не буду, – проговорил он миролюбиво. – Тем более, что я действительно вас перебил, это невежливо, да и потом все точно так же знают, что вы живете с Марией – что уж нам тут тягаться. Но историю давайте, я весь внимание, то есть мы оба все внимание, я хотел сказать», – и он потянулся к почти опустевшей бутылке.

«Историю я уж позабыл, – хмуро сказал Арчибальд, – я пьян, со мной это бывает часто. Насчет Марии – вы скверный лжец, и все остальные тоже, хоть она меня и боготворит, но это, видите ли, еще не повод, а с историями на сегодня покончено, уж не взыщите. Расскажите-ка лучше Витусу про себя – развлеките гостя – а мне необходимо отлучиться на минуту».

Арчибальд встал и пошел к выходу нетвердой походкой, а Немо вздохнул и уставился в свой стакан. «Нет историй – нет смысла, все – мазня и скука, – пробормотал он брюзгливо, но так, чтобы Арчибальд не услышал. – Вы не находите?» – поднял он вдруг на меня свои линзы. Что-то обволакивающе-властное посверкивало в них голубоватыми искрами, и самого Немо в комнате стало вдруг больше, будто он выбрался из улиточной раковины, а я ощутил неясную угрозу сквозь хмельной туман, которая впрочем рассеялась, как дуновение, стоило слегка тряхнуть головой.

«На мой взгляд, картина действительно хороша, – сказал я суховато, задрав вверх подбородок, словно высокомерный эксперт. – Уж никак не мазня, и скукой тоже не пахнет...»

«Да нет же, нет, – Немо старательно замахал руками. – Картина талантлива, весь Арчи талантлив, никто не спорит. Но если кто-то решит об этом заговорить – о том, что на картине и вообще... Ведь содержанья не будет, только напрасные старания – все содержание осталось на холсте, а словеса критиков и самих живописцев – пустое, пустое...» Немо отхлебнул из стакана с видимым удовольствием. Он теперь уже не кашлял и не вытирал слезы, а мне, напротив, джин перестал лезть в горло, так что я отставил свой стакан подальше, решив, что больше к нему не притронусь.

«Арчи не понимал этого, – заявил Немо безапелляционно, – и

я открыл ему глаза – я, а не кто другой. Потому что, кто он, Арчи? Правильно, он художник, его удел – сомневаться и страдать, мучиться невосприятием и неприятием, подавлять в себе искательность и все равно заискивать вновь и вновь. И я мог бы просто смотреть, посмеиваясь втихомолку, но я не стал, хоть он платит мне черной неблагодарностью на каждом шагу. Я сказал ему: Арчи, найди новое содержание для каждого полотна, все равно какое, пусть не связанное с полотном ничуть, придумай что-то, что отвлечет и заставит отвернуться в сторону, сбивая с толку, и ты увидишь, как тебе станет проще. Выдуй статуэтку из стекла или придумай рассказ с заковыркой – каждый сам отыщет несуществующую связь и понастроит ассоциаций. И будет смысл! – Немо ударил себя кулаком по коленке. – Да, будет смысл и будет предмет для разговора! Я сказал ему: Арчи, так становятся знаменитыми и выныривают из безвестия, и он не поверил мне, но смотрите – у него теперь всегда есть история наготове, хоть он и считает, что это его собственная идея. Но я-то знаю и потому никогда не забываю спросить – про каждую картину в отдельности, чем-то мол прикроется на этот раз – и он всегда выдумывает что-нибудь, я уже и не сомневаюсь почти, а мои вопросы – это так для проверки, ну и поддразнить немного, на правах так сказать непризнанного вдохновителя…»

Немо смотрел на меня выжидательно-серьезно, а мне вдруг очень захотелось оскорбить его или уколоть насмешкой. Это было недостойно, тем более, что он наверняка был искренен со мной, и я попытался взять себя в руки. Пожевав какой-то зеленый листок и поулыбавшись в пространство, я ответил Немо таким же внимательным взглядом и заметил вежливо: – «Да, но разве недостаточно того содержания, что уже на холсте?»

Немо вздрогнул, как гончая, учуявшая след, и впился в меня глазами. «Вот! – воскликнул он. – Вот оно главное заблуждения любого создателя! И видно оно мне, поскольку я не создатель, – добавил он, смешно моргнул и спросил с подозрением: – Вы что, создатель, Витус?»

«Н-не думаю», – неуверенно признался я, но Немо уже не слушал. «Это заключено в моей теории двух точек, и пусть другие оговаривают и хулят, я чувствую в ней истину всем своим нутром, – говорил он быстро, чуть-чуть шепелявя. – Меня научили ей окаменелости – о, в окаменелостях столько мудрости, что вам и не снилось – а после я стал применять ее, где только можно, и скоро убедился, что в мире нет ничего верней…»

Я послушно кивал, думая, что и он достоин жалости не меньше чем Арчибальд, а Немо успокоился немного, сел поудобнее и говорил уже раздельно и не торопясь. «Вы встретили женщину и сделали глупость, – внушал он мне, – почувствуете ли вы суть? Нет, никогда, пока все не повторится еще раз, то есть не все, а лишь отдаленное что-то – имя или завиток волос, или, скажем, ямочка на щеке – и оттого ваша глупость неуловимым отдаленным чем-то окажется похожа на прежнюю. Или: поставьте одинокую часовню на пустой равнине – и сердце ваше не дрогнет при взгляде на нее, но окружите ее серым цветом жилищ, рыночной суетой и постройками бедняков – и вдруг ее прелесть, чуждая обыденному убожеству, так и заиграет, так и бросится в глаза, вызывая скупую слезу. Так и любая мудрость, Витус, есть ничто без скудоумного последователя, что пачкает бумагу тысячью разъяснений, так и картина бедна без сюжета, пришпиленного к ней канцелярской скрепкой, а гениальная музыка не звучит без городского шума, отделенного стенами, как раз и построенными для того, чтоб его не было слышно… Две точки, Витус, две точки – они много, много лучше, чем одна!» – и Немо, увлекшийся и зашепелявивший вновь, остановился, чтобы перевести дыхание.

«Но…» – начал было я и уперся следующим словом в категорически выставленную ладонь. «Не спорьте, – посоветовал Немо, – я спорил со спорщиками много раз. Я знаю все, что вы скажете, и знаю, что вы скажете правильные вещи. Беда лишь в том, что они – о другом. Вы замкнуты на себя, Витус, и все примеряете к себе без разбору, даже и не посмотрев на бирку с размером, а стоит ли вообще упоминать о таких, как вы или я, или хоть к примеру наш пьяный Арчибальд? Стоит ли говорить о горстке людей, настолько восприимчивых к гармонии или совершенству мысли, что им не нужны подсказки? Какой смысл брать их в расчет, если они, будучи растворены в океане человеческой массы, даже не меняют его химической формулы? Вы пристрастны и неуловимо слепы, а потому и исключаетесь из списка достойных оппонентов. Возьмите Арчи – Арчи творец, он талантлив и смел, и уверен в себе, насколько возможно в его уединенном положении, но скажите ему: Арчи, твои картины любимы всеми, кроме всего человечества – любимы Витусом, почитаемы мною, Немо, уважаемы теми из твоих однокашников, что еще про тебя помнят, и боготворимы твоей Марией, которая не понимает в них ни черта. Прочее человечество, правда, знать их не хочет, ему подавай что-нибудь попроще и позабористее на вид, разжеванное в кашицу и с большим количеством обнаженной натуры, но что мол тебе за дело, истинные ценители – вот они, тут… Да, скажите это Арчи, и он может плюнуть вам в лицо от обиды – Арчи очень воспитанный человек, но это и для него окажется слишком. И вот, смотрите, он готовит истории на каждый случай, обкладывается ими про запас, хоть я ничего такого ему и не говорил – он чувствует, чувствует что-то, и не есть ли это свидетельство, что гордость его сломлена? И не лучший ли это критерий для любой теории – превзойти, победить гордость тех, кто считает себя выше прочих и творит свое, не желая отвлекаться на теории вовсе? О, вы не знаете многого, Витус…» – покачал он головой, но в этот момент Арчибальд Белый вошел в студию, сильно хлопнув дверью, и Немо сразу замолчал, нагнувшись к столику и принявшись разливать по стаканам остатки джина, на глазах вбираясь назад, внутрь, как рогатая улитка, и прячась за спасительными очками.

Мне было, что ему ответить, и в глубине души я понимал, что он не так уж не прав, пусть Арчибальд вызывал симпатию, а Немо был отвратителен и изворотлив. Мне хотелось рассказать ему об игре Джан и стремительных комбинациях, вся каверза которых становится видна только при случайном ходе где-нибудь в другой части доски, открывающем простую ловушку, обойти которую казалось бы – пара пустяков. Это ли не городской шум, шорох шин и рев полицейских сирен, подтверждающие невольно, что где-то звучат гениальные ноты? Это ли не пресный речитатив, что вдруг открывает подлинную глубину пространства на холсте? Любомир Любомиров мог бы яростно поспорить, но кто стал бы слушать его, неисправимого прагматика, озабоченного лишь достижением выигрыша и воспринимающего правила игры как одни только средства, не задумываясь об их собственных неприметных смыслах. И стоит ли слушать, к примеру, Арчибальда или вообще всех тех, кто творит – прагматиков своего рода, всецело занятых вещами, от которых на простых смертных нападает зевота? Я мог бы соглашаться и мог бы возражать, но вместо этого глотнул спиртного и надменно отвернулся в сторону, будто уличенный в грязных мыслях.

«Я стал гораздо трезвее, – объявил Арчибальд, подходя к нам, – потому, думаю, еще одна бутылка не помешает». Он засунул руку за ящик с красками, стоящий неподалеку, и вытащил оттуда новую бутыль джина, невзирая на жалостливый взгляд Немо, после чего мы стали пить и пьянеть, не умствуя более и не вспоминая ни о картинах, ни об историях, ни о доморощенных концепциях, объясняющих необъяснимое, и если это и подпадало под теорию о двух точках, то каким-то слишком сложным для меня образом. Шутки Арчибальда становились все злее, он раз за разом нападал на притихшего доктора, а тот сносил все терпеливо, по-видимому давно привыкнув к такому характеру их застолий.

«Посмотрите на Немо, – язвил Арчибальд, набычившись и спрятав подбородок в шарф, – как вам кажется, он не родственник тому Немо, о котором все знают – а может его двойник? Можете представить нашего приятеля забравшимся в железную банку и еще укрывшимся для верности под толщей воды – и так годы напролет, годы, годы? Я бы представил в смысле сходства мизантропий, но у него все-таки тонковата кишка…»

Немо отмалчивался, покачивая головой, и приговаривал лишь: – «Арчи, Арчи, это старая песня, придумайте что-нибудь посвежее», – а Арчибальд сверлил его глазами и возмущенно фыркал. «Вы возражаете, но я не слышу возражений – вы немы, Немо, – утверждал он, размахивая стаканом, как жезлом. – За вас говорит переученный медик, вы тычете скальпелем и грозно нацеливаете стетоскоп, но этого недостаточно, чтобы преодолеть гравитацию, проткнуть плотные слои и пробиться вверх, в стратосферу, а уж оттуда обрушиться таким громовым раскатом, что прислушаются все, пусть даже сами того не желая. Смотрите: я затыкаю пальцами уши – и я вас не слышу, вы в изоляции, вы отрезаны. Да у вас даже и нет костюма с кислородной маской – куда вам в стратосферу, Немо?..»

Немо пил, морщился, заедал ветчиной и спрашивал кротко: – «Ну что вы так кипятитесь, Арчи? Пусть стратосфера не для меня – но мне ведь и не нужно. Вы считаете, что вам нужно, так и считайте себе ради бога».

«Да! – кричал Арчибальд. – Да, мне нужно. Да, я уже там – кто не верит, того прочь с трибуны. Оставляем лишь единомышленников, поочередно избирая друг друга на трон. Остальных – за пределы сознания и вообще изгнать. Только так, а иначе – слишком много объяснений: прочие непонятливы, все растолковать не хватит ничьей жизни…»

«Бросьте Арчи, – ласково улыбался Немо, и я видел железный блеск в выпуклых стеклах, – так уж и изгнать? Небось не выйдет. Да и куда вы без них?»

«У меня не выйдет? – грозно вопрошал Арчибальд. – У меня все выйдет, даже если смотреть пристрастно, как вы смотрите все. О, этот вечный, вечный внимательный глаз… Но не тот – невидимый, а ваш – невидящий…» – и он всхлипывал и замолкал, прижимая к себе бутылку, а потом вскидывался, будто просыпаясь, и вновь разражался тирадами – гневными и взволнованными, отрывистыми и малопонятными – и так продолжалось глубоко заполночь, пока мы не разошлись по домам, оставив Арчибальда спать прямо на полу и перепоручив его заботам многотерпеливой Марии.

Глава 5

Наутро после первого посещения Арчибальда Белого, мучимый похмельем и воспоминанием о чем-то постыдном, я, лежа в постели, восстанавливал по памяти разговоры минувшего вечера, но достиг немногого – все значимое ускользало, оставляя лишь мишуру восклицаний, да пару-тройку броских словечек. Немо виноват, решил я с обидой и подумал при том, что Арчибальд, будь он занят тем же и так же терпя неудачу, тоже обвинил бы во всем близорукого доктора. Чушь конечно, Арчибальд скорее всего работает, не покладая рук, сказал мне кто-то другой, исполненный понятного презрения к лентяю, разлегшемуся в кровати, но вскоре мои обличия примирились, и я вышел к позднему завтраку во вполне благодушном состоянии духа. Мария – «моя» Мария – была подчеркнуто строга и посматривала с осуждением, но меня было не пронять, я лишь подмигивал ей и грубовато шутил. День прошел в праздном шатании по берегу, даже к рыбакам идти не хотелось, тем более что ветер посвежел и пробирал до костей. Ближе к вечеру пришли Паркеры, но я, почувствовав вдруг непонятное раздражение, сослался на занятость и скрылся у себя, чем наверное весьма их удивил.

В спальне, посидев бездумно какое-то время, я достал было фото Юлиана, но тут же засунул его обратно в сумку – отчего-то смотреть на него показалось глупым. И впрямь – моему «секрету» все равно ни жарко, ни холодно. Кто то пишет картины, а кто-то прозябает бесцельно – закономерность, как ни крути. В потрепанной карточке все знакомо, нового не прибавишь: захочу – помилую, захочу – «казню», пусть лишь в воображении и, теперь, вовсе непонятно как. Захочу – вообще забуду и не вспомню никогда, хоть это и вряд ли – по крайней мере, пока не найдется что-нибудь взамен... Как там мой бесполезный кольт, подумалось с ленцой – оружие давно уже лежало нечищеным, так что я устыдился, достал его, разобрал и стал старательно протирать тускло поблескивающие части. Когда с этим было покончено, и револьвер, завернутый в тряпку, вновь оказался на дне под толстым свитером, я взял лист бумаги, чтобы приступить к привычному записыванию имен, но не написал ничего, лишь начертил маленькую пирамидку и аккуратно ее заштриховал. Потом произнес вслух – Сильвия, – подождал немного и рассмеялся петушиным смехом, затем подумал еще, принял решение немедленно начать новую жизнь, но вдруг собрался, вылез в окно и опять отправился к Арчибальду.

С тех пор я стал бывать у него чуть не каждый вечер. Многое коробило меня, и моя Мария ворчала неодобрительно, но неуловимый дух, что витал в студии, дразня невозможным, открывая возможное там, где его не ждешь, манил, как запретный плод. Внутри, особенно когда спускались сумерки, казалось просторнее, чем снаружи, пространство вмещало в себя отголоски жизней и обрывки судеб самого причудливого свойства. Мир словно освобождался от пут, распрямляясь, как пружина, легко было поверить, что он вовсе не тесен, хоть потом, на другой день, меня все же тянуло на океанский берег, чтобы вдохнуть иного простора – более привычного, чем грезился ночью накануне. Арчибальд был неизменно приветлив и не тяготился мною – по крайней мере, ничего такого не бросалось в глаза. Я почувствовал в нем близкую душу еще с первого визита, и он, думаю, дорожил моим обществом по той же причине, хоть, конечно, не обходилось без колкостей и взаимных обид. Его нельзя было отнести к людям, приятным в общении или, на худой конец, просто к уживчивым и беззлобным – талант требовал жертв, как ненасытный молох, и с окружающих сбиралась соответствующая дань. Мириться с его странностями было порой нелегко, но протестовать не получалось, да Арчибальд наверное и не понял бы меня.

Его индивидуальность соперничала с моей – то есть это мне так казалось, сам же он явно считал, что конкурентов нет. Ее котировки ползли вверх, а все оттого, что ему-то было в чем самовыразиться, выставляя себя на всеобщий суд. Вся студия уставлена холстами, пусть и повернутыми к стене до поры, разверни любой, всмотрись – и провалишься в иное измерение, в новый мир, полный своей гармонии, создать которую прикосновением или мазком не можешь ни ты, ни любой другой, кроме него, Арчибальда Белого, художника и властелина. Этакие амбразуры, чтоб каждый мог заглянуть в свои тайники – хитро придумано, ничего не скажешь. И повелевает ими он один: захочет – создаст еще, не захочет – будешь обходиться уже знакомыми, в которых впрочем достанет скрытых черт на любое количество повторных взглядов. Так что исключительность налицо – налицо и власть, ей присущая, но тут же – и неизбежное сомнение, прокрадывающееся с каждым холстом (а ну как волшебство ослабло), и другой ядовитый подвох, о котором не задумываешься, пока вдруг не иссякнут замыслы или силы. Потом-то можно гневаться и бушевать бесплодно, но поздно – счет подведен, и любой из тех, что восхищались, искренне или нет, скажут, призадумавшись – а смотрите-ка, вот оно и все. Немало, слов нет, но – все, больше не будет. Исключительность, оказывается, всегда измеряется конечным числом на сторонний взгляд, пусть значительным иногда, и, раз так, обязательно отыщутся охотники посчитать. Десять картин, сто, триста… Пятьсот сорок две – больше нет? Целый мир в каждой – это да, но все же, разрешите спросить, эта последняя?

Арчибальд, конечно, знал все это ничуть не хуже меня. У каждого свои увертки, и себя в общем нетрудно успокоить, но любого разозлит, если он уже начал, и счет пошел, а другой лишь претендует, ничего не вынося на обозрение и не предлагая счетных единиц для оценки своего «я». Причем претендует вовсю, хоть я и старался держать себя по возможности скромно, ибо тоже понимал: право голоса у меня сомнительное, еще, уже или всегда, но привычка – вторая натура, не слишком-то скроешь. Конечно, если бы кто-нибудь проболтался ему про дурманный кошмар, падения под зловещий хохот и четырнадцать ступеней, как итог, подведенный столь безжалостно, то от раздражения, наверное, не осталось бы следа, но проболтаться было некому – уж я-то не собирался ни в коем случае, а больше никто и не знал. К тому же, единицы единицам рознь – поди сопоставь и соизмерь – и любые счеты выходят напрасны, когда задумаешься о грубости инструмента или, к примеру, о слишком лживой природе всех чисел вообще.

Как бы то ни было, Арчибальд Белый часто вскидывался по пустякам и пытался даже (но ни разу не смог) подвигнуть меня на публичную демонстрацию моих творений после того, как я обмолвился невзначай о рифмах, мельтешащих в голове. С моей стороны это было ребячество – и потом я устал его убеждать, что рифмы, увы, не всерьез, но Арчибальд не верил и надувал губы. Мне же нечего было добавить – мое содержание и мой удел и впрямь заключались в чем-то другом. Название не приходило на ум, но живучая сущность росла во мне и поддерживала, как талисман, она взрастила мой «секрет», как плод собственной зрелости, и даже метка на щеке странным образом сочеталась с ней, словно билет, в котором совпали контрольные суммы – я понял это внезапно, и мне сразу стало куда уютнее с самим собой. Пусть я не один такой, можно вспомнить хотя бы Гиббса, но у него – грубо, в поллица, а у меня – обезьянья лапка, трогательная в своей нелепости. Наверное, должно быть обидно, но, с другой стороны, пусть нелепо – да тем и ценно, по крайней мере отлично от других, а там – как знать, чей опыт окажется дороже.

В целом, несмотря на соперничество, условия которого так и не были оглашены, мы с Арчибальдом не уставали друг от друга, и я засиживался у него в студии до поздней ночи. Заходил и доктор Немо, с которым у художника были свои счеты – более давние и исполненные немалого антагонизма. Немо представлял собой весьма двуличное существо – в целом безвредное и лишенное откровенных амбиций, но полное амбиций тайных и обладающее при том изрядной мировоззренческой спесью. Арчибальд нуждался в нем более, чем во мне, и отвергал его раздраженнее, чем меня, узнавая в переученном докторе всю презренную массу ценителей-дилетантов, не способных создать ничего своего, воспринимающих гармонию опосредованно донельзя, знающих, что она никогда не дастся им в руки, но готовых удовлетвориться даже и одной тенью ее усмешки, предназначенной вовсе не им. «Публика, публика», – вздыхал Арчибальд, и в этом было многое – одиночество перед пустым холстом, осознание тщетности усилия и гордость, непонятная другим, когда знаешь, что скупой пейзаж или скромная черно-белая миниатюра вдруг обращаются не только лишь амбразурами, но и створками незапертых дверей. Можно отворить и шагнуть, но для них, для доктора Немо и подобных ему – нет, не выйдет, не смогут разглядеть. Примут за оконца, не более, будут пялиться, наступая друг другу на ноги, заглядывая в собственные душонки сквозь чистейший кристалл, а самое смешное, что душонки эти интересуют их много больше, чем незапертые двери, ведущие непонятно куда. Своя рубашка, как говорится, ничего не попишешь, но как не разозлиться создателю тончайшего инструмента, а разозлившись, как не уязвить-таки терпеливых зрителей, не проникнуть иной отравленной стрелой сквозь их толстенную броню, попав в случайное чувствительное местечко, так что и доктор Немо, признавая талант и преклоняясь перед ним по-своему, способен осерчать на свой манер и прошипеть что-нибудь в ответ или просто затаить мыслишку-другую – вот мол, талантлив, но черств и мелочен, да и мизантроп порядочный, не иначе мол от излишней желчи да неуверенности в себе. И к тому же, отметит любой, не одними картинами жив мир, и тем более – не одними картинами Арчибальда Белого. Что уж так горячиться, не взглянуть ли, в самом деле, пошире?..

Так или иначе, раздоров между ними хватало. Немо, как правило, отступал первый, хоть и был ничуть не глупее, а кое в чем быть может еще и поострее на язык. Однако, толстые очки и вся маска безобидного врача-провинциала так подходила к его рыхлой фигуре и всему согбенному облику, что он будто и сам, понимая это, не хотел нарушать целостность образа и поспешно забивался в нору, не скрывая однако, что это образ, не более, и на самом деле в нем есть второе дно, до которого не очень-то доберешься. Иногда я даже думал, что именно стремление к законченности роли заставило его когда-то сменить профессию и перебраться сюда в деревенскую глушь, быть может отказавшись от немалой толики удовольствий. Если так, то, право, был повод присмотреться внимательнее к доктору Немо, творящему столь смело на полотне своей судьбы, достигая одному ему видного совершенства, но расспрашивать я посчитал бестактным, да и к тому же его шедевр мог быть еще и не доведен до конца.

Размышляя над этим и вспоминая невольно, как и почему я сам оказался в той же глуши, я вновь стал ловить себя на мыслях, связанных так или иначе с пережитым на океанском берегу. Теперь меня и подавно не трогали замыслы мироздания – то ли я считал их разгаданными, то ли просто свыкся с собой и утратил большую часть бдительности. Главным было отрешиться от поражения – и это удавалось понемногу, верная формула и тут пришла на помощь. «Страшное – позади», – отмахивался я с нарочитой небрежностью, не желая предвидеть ничьих зловредных козней. Напротив, я рассматривал окружающее, как объект применения собственных замыслов – если не сейчас, то в каком-то обозримом будущем – ограничиваясь малым пространством и не выходя за рамки отдельно взятой деревни со своим набором событий и лиц.

«Рассмотрим внимательнее траекторию одной капли…» – повторял я за неизвестным автором, терпеливо осваиваясь в небольшом, легко обозримом мире. Даже в его пределах хватало разнообразия типажей – взять хоть Немо с Арчибальдом да соотнести с Паркерами и ученой белкой, а можно еще припомнить и Марию, и даже лавочника-турка. Не сказать, что набор безупречен, иной профессионал-этнограф счел бы пожалуй за профанацию, но мне хватало на настоящий момент. Я вел с ними воображаемые диалоги, договаривал фразы, которые они никогда не высказали бы вслух, представлял себе их лица и потайные мыслишки и убеждался все больше, что у меня очень даже наметанный глаз, хоть они, наблюдаемые, покрыты каждый своей шелухой с головы до пят, сквозь которую не всякий может всмотреться. Но я и был не всякий, а они – они тоже разнились очень даже заметно, иногда стесняясь этого, но не предпринимая усилий подстроиться под общий знаменатель, будто давно разочаровавшись в идее всякого единения. Или все это только потому, что деревня слишком мала?

Арчибальд конечно внес весомый вклад – я готов был признать и даже поблагодарить при случае. Случая, правда, не представлялось, но это и к лучшему – одной неловкостью меньше, а он и так знал свою силу, чувствуя, как энергия распирает изнутри, в чем и признавался мне не раз, выбирая подходящие иносказания. «Когда бегаешь, как заведенный, окружающие только помеха – кому охота все время перемещать взгляд, все ленивы, как на подбор», – бурчал он горделиво, и я тут же понимал, как глупо лезть к нему с откровениями или, к примеру, с ненужной похвалой. Как бы то ни было, с чьей-то помощью или без, я уверился вновь в значимости себя и собственного «я» среди прочих, явных или не очень. Хорошо, когда больше нечего бояться – сразу перестаешь петлять и оглядываться, а в движениях появляется некоторая солидность. Я перебирал воспоминания и отодвигался взглядом в сторону, складывал достоинства и вычитал слабости, которые теперь не было смысла прятать. Что ж до других, тяготеющих к сокрытию несовершенств, то мне хотелось поведать им снисходительно: нет мол на вас страшного клюва и голоса, скребущего по стеклу! И тут же я одергивал себя – мало ли что у кого случалось в прошлом, а отметины, они тоже не всегда на виду.

Затем, от плюсов и изъянов, я опять возвращался мыслью к намерениям, прерванным на середине, то есть к моему «секрету», который если и не шедевр по замыслу – это камешек Арчибальду и Немо – то по крайней мере единственное, чем я располагаю в смысле цели и точки приложения сил. Чем дальше, тем стыднее мне становилось за мою праздность, но прежний порыв не оживал, и на смену ему пока не приходило ничего конкретного. Я продолжал ежедневные манипуляции с фотографией Юлиана, хоть, честно сказать, усматривал в них все меньше смысла – даже пытаясь внести посильное разнообразие: например, рисуя на листке план какого-нибудь здания и помечая крестиком то место, где Юлиана настигнет заслуженная кара, или прикидывая интерьер комнаты, в которой это случится – мысленно расставляя мебель, помечая разными значками кровать, секретер, опрокинутый стул… В общем и целом, план мне не давался, а углубляясь в детали, чтобы разбудить эмоции и вновь загореться идеей, я приходил в раздражение оттого, что деталей слишком много, и за ними не видно чистых линий основного замысла. Конечно же, это Арчибальд со своим одноглазым попугаем повлиял на меня некстати, и я проклинал его временами, признаваясь себе по трезвом размышлении, что он прав. Даже произнося привычно:

это Юлиан, заклятый недруг и прочее, я понимал, что все чересчур многословно и потому теряет ясность, требуя упрощений. Да еще и атрибутика явно утеряла смысл: револьвер, отчужденно пахнущий смазкой, патроны и клоунский грим – все это относилось к прежней жизни, полной заблуждений и надуманных подоплек.

Я хотел даже выкинуть кольт, но вовремя передумал – это всегда успеется, а легкомыслию в таких вопросах не место. Фотографию Юлиана тоже следовало сберечь на будущее, что я и сделал, почти перестав доставать ее на свет. Вместо этого я садился за стол и размышлял вольным образом то про Арчибальда и Немо, то про свою метку на щеке, или просто рисовал на бумаге смешных чертиков, залихватски задирающих ноги. Потом чертики приелись, но появилось новое занятие, которое захватило на время, давая, по крайней мере, видимость результата. Я чертил ось времени, уходящую в прошлое, дальнее или не очень, затем – другую ось, перпендикулярную первой, и откладывал на ней условные цифры, измеряя себя самого или всех других, объединенных в целое, по придуманным тут же шкалам. Бумага покрывалась точками взлетов и падений – от интервала к интервалу, от промежутка к промежутку – выписывающих затейливые траектории, то изрезанные и полные судорожных скачков, а то плавные и спокойные, будто не знающие сомнений. Сначала я не решался подступиться к делениям, на которых произошла памятная схватка, а иллюзии отправились в корзину вслед за прочим никчемным багажом, но затем осмелел и стал включать их в рассмотрение наравне с прочими – лишь масштаб пришлось уменьшить, чтобы соотнести амплитуды и не выпрыгнуть за край листа. К Юлиану и тому, что же делать с ним, это, понятно, не приближало, но будто открывало что-то, чтобы оттолкнуться и двигаться дальше – сверля насквозь разные пласты моей жизни и накладывая их один на другой так, чтобы отверстия совпадали. Потом я разнообразил игру и ввел Арчибальда с Немо в виде дополнительных своенравных кривых, так что теперь, после каждого разговора с ними, можно было отложить наши позиции выше или ниже друг друга, в зависимости от ощущений, не обязательно оправданных логикой, и я порой бессовестно завышал положения своих точек – даже когда для этого не было оснований – будто дергая себя за волосы вверх и используя окружающих в качестве лестницы или трамплина. Жаль, что Любомиру Любомирову нельзя было показать – небось пришлось бы ему устыдиться своих насмешек, хоть, наверное, он спорил бы до хрипоты, как всегда не желая сознаваться в очевидном.

Конечно, к Арчибальду в студию меня тянуло независимо от графиков и временных осей – в немалой степени потому, что он с завидной регулярностью баловал меня и Немо шедеврами, которые были куда нагляднее наших. Приходя, я почти всегда наталкивался взглядом на новое полотно, выставленное в том же углу, где при первом моем визите стоял женский портрет с зеленой полосой. Остальные холсты, опять же как и тогда, были повернуты к стенам или прикрыты плотной тканью, но я больше не задавал вопросов и удовлетворялся тем единственным, что предлагалось в этот день.

Чаще это были пейзажи – всклокоченные, бешеные, или мертвенно-плоские и сочащиеся тьмой, или вовсе нездешние, с пятнами несимметричных теней, будто разделяющих картину на части, враждующие меж собой – но попадались и портреты, неизменно женские, к каждому из которых обязательно прилагалась своя история. С нее тогда и начинался вечер, но перед тем мы проходили обязательный ритуал вдумчивого рассматривания и скупо-восхищенной похвалы, причем могу поклясться, что Арчибальд, прикрываясь ухмылками, всякий раз ожидал моих слов с болезненным нетерпением. Я хвалил – мне и в самом деле нравилось все – и он тут же вновь становился самим собой, выпуская самоуверенность из-под краткого ареста и готовясь распихать по сторонам все прочие эго бесцеремонным и величественным своим.

Истории, как и портреты, были на любой вкус. Я ждал их с нетерпением – и любил не меньше, чем сами картины, вызвавшие их к жизни. Впрочем, о первенстве происхождения судить было трудно – я лукавил сам с собой, прикидываясь, что понимаю следствия и посылки, но на самом деле лишь искал аналогии с собственными экзерсисами, подобными недавнему опыту с «Хроникером». С тем и равнял – больше было не с чем – и даже раз признался Арчибальду, но тот разозлился вдруг и отмел мои притязания на фантазерскую схожесть, наговорив обидных вещей. «Сами не знаете, о чем ведете речь!» – буркнул он в конце, и я не стал возражать – тем более, что никак не мог уловить, что же объединяет его рассказы, и есть ли в них порядок и логический строй, скрытый от меня до поры. В любом случае, мне нравилось слушать Арчибальда, рассматривая воссозданных им женщин одновременно с разных сторон, соотнося их, сталкивая в воображении, чтобы додумать за него, но вовремя останавливаясь и не позволяя себе вторгаться на чужую территорию.

Сильнее всего запомнилось «стальное полотно», как он сам горделиво его называл – серебристая незнакомка на коричневом фоне – и та история тоже была хороша, хоть и несколько длинна, так что Арчибальд успел напиться пьян, еще не добравшись до конца. Женщина на портрете вся состояла из полуколец, будто тайных пружин с закрепленными концами, ее руки, сложенные на коленях, были неподвижны, как у литой статуэтки, а лицо могло бы быть вырезано из латунной пластины с прорезями для рта и глаз. Что-то в нижней его половине свидетельствовало о мягкости и лукавстве (и тогда вместо латуни на ум приходила красная медь), что-то в блестящих волосах, струящихся легко и плавно, намекало на иной металл, драгоценный и благородный, но по общему духу картина все равно оставалась «стальною» – хотя бы по устойчивости ракурса и непреклонной уверенности мазков, если даже и усомниться на минуту в цветах и оттенках.

Глаза женщины были посажены широко и притягивали собою, как две пещеры в вековой толще – в них скрыто слишком многое, чтобы гадать наспех, а погрузиться и узнать доподлинно – нет, не всякий рискнет. Быть может, все возможные формы уже воссозданы там известковыми наслоениями, вода начертала любое из слов, и других уже не открыть, но – никто не увидит обратную сторону зрачка, можно и дальше выдумывать свое, не беспокоясь о бесцельности потуг. Брови, как две черные стрелы, разлетались в стороны, спеша прочь друг от друга, прямой нос выдавал значительность и знатность фамилии, но верхняя губа, накрывающая нижнюю треугольным домиком, говорила скорей о склонности к тихой грусти, чем о своеволии и гордости.

Незнакомка знала многое – и умела хранить тайны – но излишнее знание не огрубило ей душу, готовую открыться кому-то – кто, наверное, никогда не придет. Скрытые пружины копили свою силу, но она была невостребована слишком долго – быть может поколения, века – так что нельзя было сказать с уверенностью, насколько мощным окажется механизм, если вдруг привести его в действие, отомкнув подходящим ключом. А где-то внутри стального полотна билось живое сердце – отнюдь не из стали – и краски казалось передавали его ритм – порывистой дрожью, волнением, трепетом…

Герцогиня Паола де Грасиа была похищена в первое воскресенье октября в день своего тридцатитрехлетия, – рассказывал Арчибальд, прихлебывая обычную свою зеленую смесь. – С утра шел дождь, но к полудню прояснилось, герцогиня потребовала любимую лошадь и выехала на прогулку в пустынный парк в окрестностях Гента. Она уже возвращалась назад и через четверть мили должна была свернуть к своей пригородной резиденции, как вдруг рядом возникли две фигуры в плащах и одинаковых шляпах, схватили поводья и принудили ее остановиться.

«Это похищение, мадам, – спокойно сказал один из них, – вы ведь не будете кричать, верно? Громкий крик противен приличиям, да и к тому же у меня в саквояже бомба, а под плащом – револьвер. Мне нечего терять, и я не оставлю вас в живых, если вы сделаете глупость».

Герцогиня смогла лишь кивнуть, у нее перехватило дыхание, и случился легкий шок, только после, в тесном автомобиле с занавешенными окнами она овладела собой настолько, что решилась разлепить непослушные губы. «Кто вы? Что вам нужно?» – спросила она, чувствуя со стыдом, что голос выдает ее страх, и не получила ответа. Похитители молчали до самого конца пути, лишь когда авто остановилось, один из них сказал другому: – «Иди теперь. Ты все запомнил?» Тот кивнул, отворил дверь и исчез, а оставшийся злодей сдавил герцогине руку, и увлек ее за собой наружу.

Паола де Грасиа никогда не бывала в этих местах. Скорее всего, ее привезли в рабочие кварталы за ткацкой фабрикой или в один из нищих поселков на другой стороне реки – неприглядные окрестности будто еще подчеркивали всю дикость случившегося с ней. Прямо перед ними стояла каменная башня – остаток старинной крепости, как она узнала потом, восстановленной лет сорок назад для складских нужд, но вновь заброшенной, когда вся местность стала приходить в упадок. В одно мгновение похититель и герцогиня оказались у двери, которую ловко отпер подскочивший шофер автомобиля, а затем поднялись по винтовой лестнице в верхнюю половину, где незнакомец с мрачным наслаждением и видимым физическим усилием затворил за ними массивную крышку люка, отрезав единственный путь назад. Люк закрывался хорошо смазанным засовом, в петлю которого был вставлен амбарный замок – злодей запер его и сунул ключ за пазуху, после чего сел прямо на пол, привалившись к стене, и расхохотался. «Ну вот мы и дома», – весело сказал он герцогине и расхохотался вновь, очевидно весьма довольный собой.

«Что вам нужно? – вновь спросила Паола де Грасиа, обхватив плечи руками и стараясь унять нервную дрожь. – Мой муж богат, он заплатит выкуп, только, прошу вас, давайте уедем отсюда поскорей…»

«О да, – воскликнул похититель со странными нотками в голосе, – да, ваш муж богат и вы не сомневаетесь, что его богатство даст вам свободу. Вы не знаете, что такое свобода, но вы верите, что ее можно купить. Вы не знаете, что такое темница, но инстинктивно стремитесь покинуть ее поскорее. Да, поскорее… Еще, подозреваю, вы не знаете, что такое страсть».

«Послушайте, – сказала Паола громко и внятно, и в голосе ее больше не было страха. – Я вижу, что я в вашей власти, но я не желаю выслушивать пошлости от вас…»

«Да, да, да… – незнакомец поднял руку вверх. – Вы видите, что вы в моей власти, но понимаете уже, что я не маньяк и не сумасшедший, а я вижу, что вы пришли в себя настолько, чтобы можно было разъяснить вам, что же такое с вами произошло. Ибо неведение есть пытка, – погрозил он пальцем, – а пытать женщину бесчестно, хоть герцогиню, хоть прачку…»

И он рассказал Паоле де Грасия об истинном смысле события, что случилось в несчастливый день ее тридцатитрехлетия. Она угодила в неприятную историю, признал похититель, но у нее не было выбора, ибо выбор был сделан ранее совершенно другими людьми.

Это произошло на съезде актива радикальной партии социалистов, состоявшемся в Брюсселе два четверга назад. Собственно и активу не из чего было выбирать – все понимали, что нужна срочная акция, вопрос был только в том, что и кого избрать мишенью, и в конце концов они утвердили семью де Грасиа в качестве жертвы, а его самого (меня зовут Пьер, – поклонился похититель) избрали главным и единовластным палачом. Цель акции была вполне обычной – освободить соратников из европейских тюрем, да еще заменить смертный приговор, вынесенный одному из активистов, на повторный процесс с публичным слушанием – а ее скоропостижность объяснялась недовольством рядовых членов партии некоторой медлительностью верхушки в реакциях на произвол властей.

«Тут вам не повезло, – признал Пьер покачав головой, – акция должна стать демонстративно-жесткой, и, если требования не будут удовлетворены, я вынужден буду вас убить. Что, между нами, вполне вероятно, – рассмеялся он, – скоро выборы, и власти вряд ли захотят проявлять слабость. Впрочем, не будем отчаиваться – у них есть девяносто шесть часов на размышление, а у нас – около получаса на то, чтобы обустроиться, скоро здесь начнется кутерьма...»

Помещение состояло из двух комнат – большой, куда они попали с лестницы, и совсем крохотной, темной и узкой, которую, как объявил Пьер к ужасу герцогини, они будут использовать в качестве отхожего места. В главной комнате стояли бутыли с водой и корзины с запасом провизии, и валялись одеяла, два из которых похититель вручил Паоле де Грасиа с церемонным кивком, после чего просунул руки в лямки рюкзака, стоящего у стены, и закинул его себе за спину. «Динамит, – подмигнул он, несколько паясничая, – а это взрыватель, – и показал на пестрый шнурок, торчащий из правой лямки. – На случай штурма, хоть штурма вероятнее всего не будет». Потом он попинал ногой замок на люке и обошел комнату кругом, выглядывая в окна без стекол – скорее не окна, а узкие бойницы – и удовлетворенно хмыкая. Герцогиня не могла не отметить, даже не очень-то в этом понимая, что башня выбрана не зря и является почти идеальным укрытием: запертый люк и узкие оконца не позволяют надеяться на побег или на внезапных спасителей, вооруженных до зубов. Конечно же, их не решатся штурмовать – кому захочется брать на себя ответственность за жизнь Паолы де Грасиа – а если и решатся, то Пьер, при всей его картинности, вполне способен потянуть за пестрый шнурок. А потом, через четверо суток… Откуда-то из живота вновь подобрался страх, и герцогиня опустилась на пол, завернувшись в одеяло и невидяще глядя перед собой.

Вскоре, как и предрекал Пьер, вокруг башни началась суматоха. Приехала полиция, почти сразу за ними подоспели газетчики, и стали собираться любопытные, а после из двух приземистых машин выбрались какие-то одинаковые люди и споро рассеялись в толпе. Пьер схватил мегафон, прикрытый в углу грудой тряпья, и начались переговоры – длинные и весьма бестолковые, как показалось Паоле де Грасиа, начавшей отсчитывать последние девяносто шесть часов своей жизни.

В целом, переговариваться было не о чем. Требования похитителей, равно как и угрозы, леденящие кровь, были подробно изложены в послании, которое товарищ Пьера, похищавший герцогиню вместе с ним, доставил в канцелярию полицмейстера. Товарища, кстати, скоро схватили по ребяческой его неосторожности, но это никак не изменило ситуацию с точки зрения всех прочих действующих лиц. В том же послании были описаны и меры, включая рюкзак с динамитом, которые Пьер предпринял на случай возможной атаки и вообще любых неожиданностей. Поэтому многословная перепалка между ним и полицейскими чинами была пустым сотрясанием воздуха, рассчитанным разве на то, что социалист оробеет и сдастся, но в это, как понимала Паола де Грасия, никто особенно не верил.

Через пару часов у башни появились представители мэрии, а с ними – герцог Руан де Грасиа, выглядевший нелепо и одиноко среди многочисленных людей в форме. Пьер подозвал герцогиню к окну, и она несколько минут смотрела на мужа, который стоял неподвижно с огромным биноклем, и даже попыталась улыбнуться ему и кивнуть ободряюще, хоть, по правде, он вызывал одно лишь раздражение – тем, что он, мужчина, на свободе, а она заточена, и дни ее сочтены, тем, что он выглядел удручающе беспомощно на фоне энергичных службистов, а также тем, что это его титул и его деньги спровоцировали выбор заговорщиков, и ей выпало расплачиваться за все блага, которыми они (вместе! вместе!) пользовались в свое удовольствие, никогда не задумываясь о цене.

Потом Паола отошла от окна и снова села около стены, охрипший Пьер объявил в мегафон, что на сегодня переговоры закончены, и еще раз напомнил про динамит, и они остались одни в мрачной полукруглой комнате, будто в камере приговоренных к смерти, невидимые никем и отрезанные от мира, несмотря на автомобильные гудки, крики и команды, доносящиеся снаружи и, понимали они оба, не имевшие никакого смысла. Пьер подвинул к ней пакет с какой-то снедью и поставил рядом ковшик с водой, она не чувствовала аппетита, но потом отломила-таки кусочек и нехотя прожевала, запив теплой влагой с привкусом ржавчины, он спрашивал ее о чем-то, она не отвечала, потом она сама вдруг обращалась к нему с вопросами, и он рассказывал незначимые вещи с обычной своей самоуверенной усмешкой. Понемногу сгущались сумерки, потом в комнате стало совсем темно, и Пьер объявил, что скоро отбой, сообщив при этом, что Паола де Грасиа будет прикована к железной скобе, торчащей из стены, и показав маленькие блестящие наручники. Это разъярило ее, она вскинулась как фурия, но Пьер лишь пожал плечами, и она вновь сделалась безучастной и вялой. Труднее всего было заставить себя воспользоваться импровизированной уборной, но, волей-неволей, пришлось преодолеть и этот барьер, размышляя с горькой усмешкой, что напишут по этому поводу газеты.

Так прошли три дня и три ночи. Они говорили мало, но порой вступали в яростные споры, довольно скоро впрочем понимая их бесцельность и теряя задор. Пьер становился все мрачнее, и глаза его горели все беспощаднее, а герцогиня замыкалась в себе, равнодушно отмечая, что чувства ее притупляются, и даже ужас перед тем, что приближается неотвратимо, становится привычен и уже не бьется внутри немым криком. Она мало спала по ночам, прислушиваясь к шорохам и ожидая каждую минуту какой-нибудь счастливой развязки, и потом при дневном свете пребывала в вязкой полудреме, будто оберегала свой разум от осознания происходящего с ней.

Все, что грезилось Паоле де Грасиа в эти дни и часы, представая размытыми картинами или сбивчивыми мыслями, не дающими покоя, неизменно сводилось к одному слову – «свобода» – начинаясь и заканчиваясь им, возвращаясь к нему снова и снова из каждого закоулка и тупика. Это не ограничивалось мечтами о побеге, о внезапном исчезновении тесной комнаты, сырых стен и радикального социалиста Пьера с рюкзаком взрывчатки за спиной. Паола де Грасиа понимала теперь, что несвобода везде, ее не избежать, как не избегнуть старости и смерти, и если даже ей удастся спастись в этот раз, она все равно останется связанной по рукам и ногам. С ненавистью думала она о том, о чем быть может не задумалась бы никогда, если бы ее не приковывали наручником на ночь и не томили в неволе безгласной узницей, не распоряжающейся своей судьбой. Она вспоминала мужа и девять лет тусклого брака, ни один день которого не отличался от другого, свод неисчислимых правил и запретов, налагаемых обществом, которое она презирала, любовников, которых она не любила. В ночных фантазиях и дневных грезах она разрывала обеими руками бесчисленные нити паутины, наброшенной на нее кем-то коварным и безжалостным, и убеждалась в смятении, что они непосильно прочны, хоть и податливы на первый взгляд, а распутать их нельзя, ибо никто уже не помнит, как были завязаны узлы.

Но более всего приводила ее в отчаяние главная ловушка и самая хитрая западня. Казалось, в ней сосредоточилась вся суть несвободы, и имя ей было – Паола де Грасиа, точнее – тело Паолы де Грасиа, ее собственное тело, хрупкий сосуд, беспрестанно предъявляющий владельцу претензии и требования безотлагательной природы, о большинстве которых даже и не задумываешься в обстановке привычного комфорта. Теперь она знала, чьим пленником была всю жизнь и чьим покорным слугой ей предстоит остаться до самого конца. Весь ее дух, все ее стремления и надежды не значат ничего перед стонами самозваного сатрапа, у которого отняли удобства, подсунув вместо них грубую пищу, запахи, нечистоту и липкий страх перед смертью. И она не может отрешиться от них, не замечать их и оставаться прежней гордячкой, она ощущает, как ее тело мстит ей, и это наполняет ее жарким стыдом. А грядущая участь? А взрывчатка или пистолет, ждущие своего часа? Память ее могла бы быть бессмертна, чувства ее, мысли, ребяческий лепет и утонченные восторги могли бы жить вечно, сочетаясь и переплетаясь с прочими, с другими достойными, сохраненными в тысячелетиях, но эта жалкая оболочка – что сделать с ней, как освободиться? – она тянет за собой в пучину. Если не сейчас, то когда-нибудь после, если не завтра днем, то через каких-то пятьдесят лет – все равно срок смехотворен, разве этого заслуживают она и все остальные, у которых есть хоть капля разума? Телесная смерть – для животных, для бесчувственных тварей, не имеющих ни гордости, ни воспоминаний; почему ее уравняли с ними столь бесцеремонно?..

Пьер осунулся и оброс щетиной. Его тело тоже мстит ему, думала она язвительно, ненавидя похитителя всеми силами души, но ему плевать, он не замечает мести, он-то как раз и есть грубое животное, одержимое навязанной ему идеей. Все мужчины таковы – им нужно представлять из себя что-то, а ум и воля есть у считанных единиц, в сети к которым так или иначе попадаются остальные… Мы не мылись уже три дня, тут же думала она в отчаянии, в этом невозможно признаться даже себе самой, а ему, наверное, хоть бы хны…

За это время у них под окнами перебывало множество чиновников всех мастей и пошибов, пытавшихся склонить Пьера к добровольной сдаче. Вокруг башни круглосуточно дежурил вооруженный кордон, а по ночам Паоле де Грасиа несколько раз слышались шорохи и осторожное постукивание – то ли внизу, то ли по бокам – и тогда Пьер, спавший на удивление чутко или не спавший вовсе, кричал диким голосом: – «Взорву! Назад! Прочь!» – и вновь наступала тишина. Все кончилось к вечеру третьих суток – быстро и страшно. Пьер сидел на полу, грызя ногти и глядя в одну точку, а герцогиня дремала у стены напротив. Вдруг снаружи раздался мегафонный голос, принадлежащий кому-то, кого они не слышали раньше. «Пьер Руффо, – грохотал голос, – мы удовлетворили ваши требования! Вы слышите, Пьер Руффо? У нас есть доказательства, ваши требования удовлетворены!»

Пьер встрепенулся и подошел к одному из окошек-бойниц, потом осторожно выглянул наружу и крикнул: – «Покажите знак! У вас должен быть знак!»

«Ваши требования удовлетворены, Пьер Руффо, – не унимался голос, – немедленно освободите заложницу!»

Пьер стоял у окошка и пристально вглядывался куда-то. «Поверните...» – крикнул было он, но вдруг осел на землю и опрокинулся навзничь. Руки его разметались безжизненно, и страшный шнурок сполз на пол пестрой змейкой, не успев превратить комнату в огненный клубок. Лишь через несколько секунд оторопевшая Паола де Грасиа заметила на лбу у Пьера маленькую черную дырочку и закричала пронзительно и тонко, оглушая сама себя и зажимая уши ладонями, крепче и крепче зажмуривая глаза, в которых никак не исчезал ее похититель, распростертый на грязном камне с подбородком, смешно задранным вверх.

Вызволить герцогиню из заточения, даже после блестящей ликвидации злоумышленника, оказалось не так-то просто. На нее напала странная апатия, и ничто не могло заставить ее подойти к мертвому Пьеру и забрать ключи от замка, запирающего засов люка. Наконец, люк просто взломали снизу, хоть и не без труда, и герцогиня, закутанная в одеяла, со стучащими зубами и безумным взглядом, была сопровождена в экипаж, который повез ее домой в компании мужа и начальника полиции Гента. Мужчины были очень возбуждены и, после изъявлений заботы и сочувствия, сделанных с максимальным тактом, стали наперебой рассказывать о трудной осаде и ее счастливой концовке. Особенно старался герцог де Грасиа – она никогда не видела его таким разговорчивым. Он размахивал руками и в подробностях описывал свою собственную идею расположить снайпера за листвой чахлого дерева, на котором не мог бы удержаться человек, но которое – вот в чем штука! – вполне могло человека скрыть от не очень внимательного глаза, особенно если добавить ему немного камуфляжных веток. Это и было проделано ночью, когда стало ясно, что переговоры никуда не ведут, и нужно принимать мужские решения, пусть и сопряженные с некоторым риском, но степень риска также просчитал он сам, найдя ее весьма небольшой ввиду психологических факторов и прочих особенностей текущего момента. А еще по личному чертежу герцога был изготовлен ажурный деревянный помост, на котором и расположился снайпер, причем изготовлен так, что из-за дерева почти ничего нельзя было заметить…

На этом месте с Паолой де Грасиа сделалась истерика, и герцогу пришлось замолчать. Они кое-как добрались до поместья, и там истерика перешла в опасную горячку, сопровождавшуюся бредом. «Уберите прочь мое тело… Избавьте меня от него…» – кричала Паола де Грасиа и порывалась расцарапать себе лицо, так что пришлось замотать ей кисти рук плотным бинтом и оставить сиделку на ночь. Через два дня больной стало лучше, и газетам было объявлено о скором выздоровлении, а еще через день герцог с герцогиней спешно уехали в Рим и более никогда не появлялись в Генте, причем прошел нелепый слух, что Паоле де Грасиа удалось-таки нанести себе увечья, навсегда обезобразившие ее классические черты, и что будто бы она пыталась выброситься из окна и сильно разрезала ногу. Но слух этот никто не мог ни подтвердить, ни опровергнуть, и о нем скоро забыли, как позабыли и о самом герцоге и его несчастной супруге.

Глава 6

Другая история, врезавшаяся мне в память, была рассказана Арчибальдом не вечером, а днем, на совершенно трезвую голову, и случилось это не в студии, а на берегу океана, на одной из пологих скал, отшлифованных ветром и песком. Он пригласил меня на прогулку, встретив в лавке у турка, куда я забрел случайно, задумавшись о чем-то другом. На Арчибальде были его плащ и непременный шарф, хоть воздух в тот день и прогрелся сильнее обыкновенного, а в руках он держал плоский предмет, замотанный в кусок ткани, по виду походящий на небольшую картину.

Предмет действительно оказался картиной, очередным женским портретом, выполненным в мягких палевых тонах. Уже на скале Арчибальд размотал материю и поставил портрет вертикально, подперев его камнями, долго прилаживая и будто не замечая моего вопросительного взгляда. Наконец он буркнул, не поворачивая головы, будто смущенный чем-то: – «Ну, что смотрите? Это София, я вынес ее на прогулку… И не вздумайте смеяться или притворяться, что видите здесь неестественность».

«Нет, отчего же, – не очень уверенно откликнулся я, – мне только казалось, что морской воздух должен быть вреден для холста».

«Вреден для холста… – передразнил Арчибальд. – Ну и бог с ним, с холстом. Морской воздух полезен для меня, и этого довольно. Почему я должен думать о холсте? Я хочу думать о Софии – и это для нее уже порядочная честь, тем более, что я сам ее создал и имею вроде бы полное право!»

Он надулся было, но через минуту оттаял и сказал доверительно: – «Знаете, Витус, не сочтите меня сумасшедшим, но это куда лучше, чем гулять одному, тем более, что я вовсе не ожидал встретить вас в этом дрянном магазинчике. Да и по правде, это все равно лучше – втроем я имею в виду – чем просто прогуливаться мужской парочкой. Надеюсь вы не обидитесь, я это без намеков и вообще от чистого сердца».

«Да нет, какие уж тут обиды, – произнес я, все еще несколько сбитый с толку. – И часто вы так?.. В такой компании?»

«Нет, не часто! – ответил Арчибальд с вызовом, и я понял, что он все еще смущен. – Совсем не часто и весьма даже редко, ибо, если проделывать часто, то все как один примут за сумасшедшего, а это мне вовсе ни к чему – сам про себя тогда не будешь знать, что и думать. Так что нет – редко, но иногда – да, не скрою, и, скажите, почему бы и нет? Ведь должна быть и мне награда – не все ж только им, которым всучиваешь чуть не насильно, а они чураются и недовольны потом. А у меня ведь и прав побольше – у меня вообще все права, если разобраться, что захочу, то и сделаю. Захочу – вообще сожгу или продырявлю вот сейчас камнем – но я не буду, не бойтесь. Я только беру иногда с собой, так веселее, а более – ничего, ни-ни, я ж к ним с нежностью и грустью, как можно причинить вред?.. Но, впрочем, речь не том, хотите смотреть – смотрите, а я пока что спущусь на одну минуту», – и он осторожно полез вниз, оставляя меня наедине с портретом.

Та, которую Арчибальд называл Софией, глядела прямо на меня, не смущаясь, будто распахивая во всю ширь створки ставен, за которыми жила стыдливая грация, и отдавая на сторонний суд непостоянство широкого лица с крупными, но правильными чертами. Портрет был реалистичен, как чуть размытое фото, но в тысячу раз шероховатее и теплее, мягкий фон создавал впечатление глубины – наверное ложное, как любое впечатление, которому слишком хочется верить – и в этой глубине будто не было ничего – только лицо, чуть приоткрытые губы, узкие и бледные, но оттого не менее чувственные, и глаза, полные упрямой решимости, за которой угадывалась всегдашняя готовность прощать. На самом деле, там были еще и посторонние предметы, и драпировки за спиной Софии, и ласковый бархат кресла, на подлокотнике которого она сидела, навалившись локтем на спинку, но глаза и губы завладевали вниманием, отодвигая прочь все остальное, и лишь потом наблюдатель отмечал с удивлением, что и вся комната выписана весьма тщательно, и кресло не висит в воздухе, а стоит, как следует, на пушистом ковре. Густые медно-рыжие волосы, волнами спадающие к плечам, довершали полноту ее очарования, наверное доступного не любому – кое-кто увидел бы в ней лишь женщину простых занятий и слишком явных желаний, намеренно закрывая глаза на внутреннюю силу, скрытую до поры, словно секрет, хранимый малочисленной кастой. Хотелось признаваться ей в чем-нибудь сокровенном, хотелось делиться порывами, идущими от души, с нею, не приемлющей неискренних слов, защитницей гонимых и не находящих места. Мы глядели друг на друга и понимали друг друга как никто, даже не удивляясь, что столкнулись внезапно в месте, о котором не слыхали раньше – рано или поздно это должно было случиться, так почему бы не сейчас и не здесь?..

«Насмотрелись?» – раздался голос у меня за спиной, и я вздрогнул от неожиданности, вновь, как и много раз до того, позабыв об окружающем, завороженный потоком нереального, хоть казалось уже давно пора было привыкнуть к силе воздействия Арчибальдовских полотен. Сам Арчибальд сидел позади, сцепив руки на коленях – за шумом волн я не слышал, как он взобрался на скалу – и посвистывал неслышно, смешно выпятив губы. «Я мог бы смотреть целую вечность, – признался я с чувством, – эта женщина удивительна. Как, вы сказали, ее зовут – София? Расскажите про нее, у вас наверняка есть история в запасе».

«Про Софию нет историй, – буркнул Арчибальд. – София – это София, не нужно никаких фантазий. Она была со мной в моей молодости – то есть не со мной, но неподалеку, а со мной были другие женщины, и лучше бы их не было – почти, почти всех. Однако я не собираюсь рассказывать вам про молодость или про Софию, если на то пошло – вы слишком мимолетны в моей жизни и все равно не составите ясной картины. Нет толка, бестолк, бестолк...» – он дернул щекой и засвистел бессмысленно.

«Знаете, когда я гуляю с ней один – я имею в виду только я и ее портрет – мне очень хочется завязать разговор, но я сдерживаюсь и почти всегда справляюсь с собой, – вдруг снова обернулся он ко мне. – Потому что, знаете, разговаривать с портретом – это уже слишком... То есть, конечно, ничего в этом особенного нет, и чем портрет хуже любого остолопа – я не про вас, не обижайтесь – с которым приходится перемалывать давно изжеванное? Но признаюсь: я раб чужого мнения. Одна мысль, что прочие сочтут меня чудаком или, того хуже, помешанным – и я весь в испарине. Наверное, Немо вам уже разболтал... Он, между нами, вообще сплетник и гадкий червяк!»

Арчибальд поплотнее замотался шарфом и замер, уставившись вдаль, не шевелясь и не обращая на меня внимания. Посидев так с четверть часа, он вздохнул, покрутил головой, осматриваясь вокруг, и с чувством потянулся. Я наблюдал за ним исподтишка, думая, что теперь смогу отложить много новых точек на моих кривых – кривых, загибающихся вверх, даже и притворяться не нужно перед самим собой. «Однако, мы приуныли, – констатировал вдруг Арчибальд и уставился на портрет Софии. – Знаете, я расскажу-таки вам кое-что – я вижу, вам хочется – но не про Софию, а совсем про другое. При некотором старании впрочем... Или когда есть чуть-чуть наблюдательности... Ну, не буду, не буду – а то далеко занесет», – он встал, расправил измятый плащ, снова уселся поудобнее и стал рассказывать, изредка поглядывая на холст.

Русскую женщину Настасью Владимировну Дулсе с завидным постоянством посещали видения, – разносилось звучным баритоном над скалами и мокрым песком. – Она не говорила об этом ни своей шестидесятилетней тетке, ни подругам по карточному клубу, ни даже старшему клерку писчебумажного магазина поляку Бжигошу Малковскому, который заходил к ней два раза в неделю, и под невзрачной внешностью которого томился незаурядный любовный пыл. Обыкновенно, она переживала их в тихие предполуденные часы, сидя у окна в гостиной комнате или в покойном кресле у себя в кабинете, и потом пыталась вернуть увиденное и раствориться в нем снова, лежа в темноте с открытыми глазами, когда весь дом уже спал. Иногда ей это удавалось, но чаще всего настойчивость оказывалась безуспешной, и вместо цветной жизни приходил пресный, унылый сон.

Настасья Владимировна жила в Ганновере уже третий год, перебравшись туда из Греции после скоропостижной смерти мужа-ювелира. Скоропостижность эта весьма осложнила имущественные дела, касательство к которым оспаривало куда больше людей, чем Настасье Владимировне казалось разумным. К тому же, вскоре всплыли кое-какие грешки покойного, на которые она в обычных обстоятельствах посмотрела бы сквозь пальцы, но теперь принуждена была вести затяжную борьбу с вульгарными модистками и певичками, не стоившими и трети тех камешков, что завещал им пылкий ювелир. Все завершилось вполне успешно, но изрядно потрепало нервы, и Настасья Владимировна с радостью приняла приглашение позабытой тетки пожить какое-то время вдали от жаркой страны, где, будем откровенны, у нее осталось немало недругов. В Ганновере ей понравилось, и она приобрела в собственность солидный домик неподалеку от центральной площади, немедленно сдав нижний этаж одному предприимчивому немцу и обеспечив себе тем самым достаточно комфортную жизнь.

Ее видения, однако, никак не давали комфорту утвердиться в полной мере. От них у Настасьи Владимировны временами потухал взгляд, и делалось злое лицо поутру, а иногда – разыгрывался румянец во всю щеку, и глаза блестели, как у пьяной. Тетка ее давно привыкла к метаморфозам и не спрашивала ни о чем, а востроносый приятель-поляк наверное и вовсе их не замечал, будучи предельно сосредоточен на механистическом любовном действе. Настасья Владимировна пробовала говорить со своим доктором, бодрым стариком с мясистой нижней челюстью, но тот, послушав немного, спросил напрямик, не собирается ли она замуж, есть ли у нее любовник и хорош ли он, отчего Настасья Владимировна вспыхнула и потеряла к разговору интерес.

Видения были безобидны по большей части. Лишь однажды явился покойный супруг, почему-то с отрубленной рукой – она плыла отдельно и шевелила пальцами с укоризной или досадой – а в остальном преобладали бессловесные создания: птицы ярких расцветок, деревянные фигурки зверей или невиданных размеров одуванчики с пышными головками. Сами по себе они не представляли ни интереса, ни загадки, но в них, за ними, под ними или где-то еще, в измерениях, не описываемых словами, дрожала и пульсировала какая-то густая субстанция, создавались и распадались целые вселенные, в которые никак не удавалось пробиться ни взглядом, ни ощущением. Настасья Владимировна осознавала вполне всю пустоту и пошлость обычной жизни в сравнении с тем удивительным миром, почти закрытым для нее, ибо она была неглупой женщиной, не привыкшей обманывать себя без крайней на то нужды. Все ее существо рвалось навстречу очередным вестникам запредельного, возникающим неспешно на фоне бледных сиреневых занавесок, но будто крепчайшая стена восставала между ними и ею – можно было толкать ладонью или молотить кулаками без малейшего шанса на проникновение внутрь.

Так продолжалось до того мартовского дня, когда Настасья Владимировна увидела розовый шар. Это случилось в неурочный час, перед самыми сумерками; ее только что покинул остроносый клерк, и она по обыкновению развалилась в креслах полуодетой, потягивая холодный лимонад. Голова ее была пуста, взгляд лениво скользил от предмета к предмету, но вдруг тело напряглось, как струна, получив от мозговых клеток яростный сигнал, пальцы судорожно сжали полу пеньюара, а глаза, как два прожектора, запылали отраженным розовым светом. Прямо за окном висел безупречный шар чистого, ничем не замутненного оттенка, не похожий ни на что и не маскирующий себя известными формами или вещами. Он не двигался и не производил звуков, но он был там, и этого хватало, чтобы понять: все изменилось и как раньше уже не будет. Шар висел, словно утверждая: вы видите, пора пришла, я не скрываюсь более. Я такой, какой есть на самом деле – пусть я странен и необычен для любого, но я совершенен, и это извиняет все. Ясно ли вам теперь?..

Да, кивнула себе Настасья Владимировна, да, теперь ясно. Она сидела, боясь пошевелиться, боясь опустить ресницы и спугнуть долгожданный миг, и шар не шевелился ни единой своей частицей, и весь мир будто застыл в оцепенении. Так продолжалось целую вечность, но вдруг сердце ее скакнуло тревожно, потом еще и еще – сомнений не было, шар сдвинулся с места и стал медленно удаляться прочь от окна.

Настасья Владимировна вскочила с кресла и в панике заметалась по комнате. Каждая секунда подтверждала ужасное подозрение: шар был там, за окном, но оказывался дальше и дальше, будто дразня, будто пообещав все на свете и тут же позабыв обещание, поспешая к новым страждущим и новым легковерным. «Нет, нет!» – вскричала Настасья Владимировна, бросилась вниз, в прихожую, накинула пальто прямо на пеньюар и, как была простоволосая, в домашних туфлях, кинулась прочь из дома, надеясь непонятно на что, почти уверенная уже, что розовый шар, как любой неверный признак, покинул ее и исчез навсегда.

Но шар был на месте. Он висел, чуть подрагивая, на высоте второго этажа перед окнами ее спальни – именно там, где она в первый раз увидала его – и он удалялся, быстрее и быстрее, уводя и увлекая за собой. Никто казалось не замечал его – горожане разглядывали витрины, праздно прогуливались или сосредоточенно шагали по своим делам – а может им, прочим, он стал уже привычен настолько, что не стоило лишний раз поднимать голову, убеждаясь в его присутствии? В любом случае, теперь Настасью Владимировну совершенно не интересовали другие люди. Она медленно брела по тротуару, изредка поднимая глаза, чтобы удостовериться, что шар тут над нею и движется все туда же на юг, к старым городским воротам, а затем опускала голову, не желая ни с кем встречаться взглядом, и делала мелкие шажки, вовсе не думая о несуразности своего вида и о том, что многие оборачиваются на нее, явно полагая, что с ней что-то не так.

На самом деле все с ней было так и даже, более того, все было куда лучше, чем прежде – совершеннее, загадочнее, полнее. Ей навстречу выбежала из подворотни кошка, отпрянула и метнулась в сторону, и Настасья Владимировна подумала, что эта кошка наверное умеет летать или складывать числа в уме, хоть кошка была самая обычная и весьма сомнительной породы. Газовый фонарь, только что зажженный и шипевший заунывно из-за неисправной горелки, показался ей волшебным светильником, специально подвешенным здесь, чтобы освещать ей путь. Витрины лавок и магазинов были входами в сказочные пещеры, полные драгоценных сокровищ, мощеная мостовая под ногами – старой дорогой из сказаний или продолжением Млечного Пояса, и даже люди, обычные горожане, угрюмые и скучные до одурения, несли в себе какие-то тайны, каждый свою, докопаться до которых было бы настоящим счастьем.

Потом шар поплыл быстрее, и Настасья Владимировна ускорила шаг, временами переходя на семенящую трусцу, задыхаясь и жадно хватая воздух. Они уже добрались до самой городской границы, где почти не было прохожих, а те, что все же попадались на пути, спешили отойти в сторону, поглядывая на нее с испугом. Настасье Владимировне было жарко, она распахнула пальто, не думая о том, что под ним лишь кружевной пеньюар, и из последних сил перебирала ногами, даже и не заметив, что город остался позади, и шар уже плывет над пустым бескрайним полем, освещаемым лишь звездами и луной, а потом они оказались у кромки леса, и шар вдруг исчез, пропал без всякого следа, так что Настасья Владимировна, сделав по инерции еще несколько шагов, закружилась беспомощно на месте и остановилась, осматриваясь по сторонам и удивляясь незнакомой местности вокруг.

Было темно и мрачно, но невдалеке виднелся отсвет какого-то огня, и она пошла к нему, осторожно ступая по неровной почве ставшими вдруг очень неудобными ночными туфлями. Душа ее радовалась и пела, сил теперь снова было в избытке, ей хотелось любить кого-то и куда-то стремиться, хоть она и не могла бы сказать, кого и куда. Исчезновение шара не огорчило ее, она знала с самого начала, что он с ней ненадолго, достаточно уже и того, что он был тут, рядом, она видела его наяву и брела за ним многие версты – невиданная удача, везение, выпадающее единицам, если вообще кому-то еще. Тьма кругом была словно насыщена электричеством, как после грозы, воздух казался чистым озоном, кровь бежала по венам быстро и легко, как когда-то в ранней юности. Настасья Владимировна понимала отчего-то, что эта минута не повторится никогда, и никогда больше перед нею не появится безупречный розовый шар, увлекая за собой по брусчатке городских улиц или глухому бездорожью, но она теперь жила этой минутой и ощущала с невыразимой уверенностью, что может жить воспоминаниями еще многие годы, до самого конца, даже если окажется, что жизнь вечна, и конца в общем и не бывает вовсе.

Вскоре она подошла к костру, вокруг которого сидели на бревнах какие-то люди, по виду бездомные или бродяги. Настасья Владимировна присела на одно из бревен, не заговаривая ни с кем и ни на кого не глядя, даже и не думая о том, что ей могут причинить вред. На лице ее играла полуулыбка, она вся была погружена в себя, как сомнамбула, и ничто, ни шум, ни окрик, ни даже боль не могли бы казалось вывести ее из добровольного транса.

Ее появление заставило всю компанию замолчать. Бродяги долго рассматривали ночные туфли, пеньюар, торчащий из-под пальто, и непокрытые растрепанные волосы, но потом пришли в себя и стали задирать Настасью Владимировну и осыпать ее насмешками. Они отпускали скабрезные шутки и выкрикивали обидные слова, некоторые из них вскакивали на ноги и кривлялись у нее перед глазами, хохоча и улюлюкая, а девчонка с болячками на щеках даже разрисовала ей лицо черным углем, но Настасья Владимировна лишь легко улыбалась каждому, не шевелясь и не отвечая на грубости. Тогда бродяги отстали от нее, решив, что она всего лишь сумасшедшая, сбежавшая из лечебницы, а потом костер догорел, и они ушли куда-то в темноту, оставив Настасью Владимировну в полном одиночестве на краю лесной чащи.

Там ее и нашли жандармы ранним утром – дрожащую от холода, но совершенно спокойную и не выказывающую признаков умственного расстройства. Она признала, что у нее случилось кратковременное помрачение рассудка, но сейчас уже все прошло, она устала и очень хочет спать. Жандармы с облегчением сдали Настасью Владимировну на руки ее тетке, и та все же вызвала доктора-психиатра, рекомендованного соседями, который, осмотрев больную, был вынужден признать, что она вовсе не больна, а напротив очень даже здорова и находится в настолько устойчивом состоянии духа, что он может ей только позавидовать. При этом доктор добавил, что он все же хотел бы понаблюдать пациентку какое-то время – больше из научного интереса чем из медицинской необходимости – и стал захаживать к ней раз в два-три дня, а потом и каждый день, тем более, что в поведении Настасьи Владимировны появились-таки некоторые странности.

Во-первых, она прогнала крысоподобного поляка, причем сделала это весьма энергичным образом, просто-напросто запустив в него кофейником, как только тот переступил порог гостиной. Бедный Гжигош едва успел увернуться, а потом был вынужден бежать, гонимый ее криками и гневом, так ничего и не поняв и лишь буркнув оторопевшей горничной, что хозяйка явно тронулась рассудком, что бы там ни заявляли врачи. Во-вторых, Настасья Владимировна все чаще стала замыкаться в молчании и вскоре вовсе перестала говорить, лишь изредка кивая собеседнику или отрицательно мотая головой, а по большей части – просто глядя тому в лицо своими внимательными светло-серыми глазами. Тогда-то пресловутый доктор и участил свои визиты, сделав их ежедневным ритуалом, и, к его чести, твердо заявлял всякий раз, когда кто-нибудь удосуживался спросить, что Настасья Владимировна отнюдь не больна, и в его посещениях нет никакой нужды. А после он и вовсе шокировал все общество, оставив практику и переехав к ней самым частным образом, за что конечно же подвергся всеобщему осуждению.

Про них судачили какое-то время, но потом пересуды стали стихать и, наверное, вскоре сошли бы на нет, если бы не случилась трагедия, потрясшая весь Ганновер. Как-то утром город был разбужен ужасным взрывом, от которого во многих зданиях повылетали стекла, и взорвалось не что иное, как дом Настасьи Владимировны вместе с нею самой, бывшим доктором и престарелой теткой. Конечно, власти быстро установили причину катастрофы, списав ее на неполадки в конструкции газовых труб, но столь прозаическому объяснению верили с неохотой – каждый считал своим долгом выразить сомнение и многозначительно пожать плечами. Однако, разрушенный дом похоронил все тайны, и в конце концов даже самые заядлые говоруны обнаружили, что более нечего обсуждать. Тогда жестокая молва сошлась на том, что Настасья Владимировна и доктор нашли хоть и страшный, но по-своему справедливый конец, вот только тетка, глупая, но вполне уважаемая женщина, пострадала совершенно зря, как впрочем бывает часто – куда чаще, чем наоборот.

Арчибальд Белый закончил, отвернулся от океана и глянул на меня, победительно вскинув подбородок. «Н-да… – произнес я глубокомысленно, посмотрел еще раз на портрет Софии и спросил: – Признайтесь, Арчибальд, вы сами выдумываете эти ваши сюжеты?»

Тот сощурил глаза и поинтересовался задиристо: – «А какое вам дело – сам, не сам? Собираетесь что-либо оспорить, так пожалуйста, оспаривайте».

«Да нет, я лишь из любопытства, – ответил я мирно, размышляя о том, куда попадает сегодняшний рассказ в свете моих графических упражнений. – Любопытствую и только – сам-то придумать не могу так длинно, вот и интересуюсь, как у других. А больше – ни-ни, и спорить мне не о чем».

«Как так – не о чем спорить? – желчно спросил Арчибальд. – Вы столь беззубы, что не способны оспорить мысль? Не поверю, не поверю… Или вы считаете, что там вовсе и нет никакой мысли?.. Вообще, Витус, – сказал он задумчиво, склонив голову набок, – вообще, я замечаю, что вы потихоньку посмеиваетесь надо мной – вы и Немо. Все-таки вы с ним спелись – а чего еще было ожидать? Ну ладно, я не обидчив, – добавил он, видя мои жесты протеста, – и конечно же я никак не буду мстить!»

Арчибальд поднял портрет Софии и стал бережно закутывать его в мягкую ткань, бормоча еле слышно какие-то рифмованные строчки. «Я прохожу сквозь тесные ряды /иных, кто скуп, кому делиться нечем – /они стоят, беспечны и горды, /они смеются – смех бесчеловечен…» – слышалось мне сквозь океанский шум. «Экий тяжеловесный стих, – миролюбиво добавил он, выпрямляясь. – Что же до историй – думайте, что хотите. Скажу вам только: как бы ни показалось, это не моя вина. Я ведь… – он замолчал и замер, глядя на меня в упор. – Я ведь не могу рассказать неправды, в этом все дело – могу лишь прислушаться и после передать, а добавить – нет, и намеренно переврать – едва ли, едва ли».

Он взял картину под мышку, и мы стали спускаться, стараясь не оступиться на гладких камнях. «Кстати, – вновь повернулся ко мне Арчибальд, когда мы оказались на песке, – кстати, теперь мне становится не до историй – несколько вечеров я буду занят по горло. Приглашаю вас через три дня, в четверг – у меня состоится ежегодная встреча, и это бывает забавно, знаете ли… Немо я уже сказал, и он ждет с нетерпением, а в этот раз и вы еще будете – очень, очень удачно. Только мне нужно закончить кое-что, оттого через три дня, не взыщите, а тогда уж – обязательно, никаких отговорок, потому и приглашаю так вот, заранее».

«Хорошо, хорошо, – поспешил я его успокоить, – но – встреча, вы сказали, эта встреча – с кем?»

«Ах, да, – спохватился Арчибальд с кривой усмешкой, – это с моим коллегой, его зовут Арнольд, Арнольд Остракер, такой типичный курчавый иудей. Мы вместе учились, и нас было не разлить водой – все так и говорили, два А, Арчибальд и Арнольд. Теперь вот встречаемся иногда… Ну, вы увидите», – он топтался, поглядывая вбок, и явно хотел распрощаться.

«Да, да, замечательно, – сказал я рассеянно, – бывший сокурсник, два А – я вам завидую… Знаете, я, пожалуй, прогуляюсь к рыбакам, вы не желаете?»

«Нет-нет, я домой, домой», – зачастил Арчибальд и вдруг замер, уставившись на меня. «Слушайте, Витус, – произнес он проникновенно, – у меня к вам просьба: напишите мне стихотворение».

«Какое стихотворение?» – не понял я и поглядел на художника с некоторой опаской. Наверное, у меня на лице появилась гримаса, так что Арчибальд смутился и сморщился от досады.

«Ну любое, любое стихотворение, – стал он торопливо объяснять, – это ж больше для вас самого, а я – так, поддержать… А вы уже невесть что подумали, – добавил он с упреком, – и вовсе напрасно, в этом смысле я ни-ни, давно уже и прочно ориентирован на женщин – даже и не знаю, к лучшему это или нет…»

Я ухмыльнулся, будто бы извиняясь, и развел руками. «Ну да, ну да… А стихотворение – обязательно, – закончил Арчибальд неожиданно твердо. – И запишите, чтоб не забыть, знаю я вас».

Опять! – подумал я, но покивал согласительно, и мы расстались, направившись в разные стороны, однако через несколько шагов я услышал его оклик: – «Витус!» – и обернулся. «Помните, вы пообещали», – крикнул Арчибальд с ребяческим задором и погрозил мне пальцем, и я рассмеялся невольно, настолько нелепо-грозно выглядели его фигура в темном плаще и развевающаяся шевелюра на фоне безучастных скал, молчаливых как любой, погнавшийся когда-то за розовым шаром, а потом махнул рукой ему в ответ и пошел дальше, прикидывая, застану ли кого-нибудь у лодок, или все уже вернулись в деревню, оставив на берегу только мокрые сети.

Глава 7

Арнольд Остракер, несмотря на нордическое имя, и впрямь выглядел типичным иудеем – с курчавыми волосами угольно-черного цвета, чуть тронутыми первой сединой, крупным носом и глазами, в глубине которых мерцал отсвет не то тщательно скрываемых страстей, не то привычного презрения к человечеству. Он казался моложе Арчибальда и вместе с тем крепче и увереннее в себе, будто представитель нового племени, пришедшего, чтобы вывести заблудших и всколыхнуть застаревшую рутину. Лишь что-то, какая-то малость выдавала в нем склонность скорее к созерцанию, нежели к действию. При внимательном взгляде становилось ясно, что и он едва ли метит в поводыри, но если Арчибальд, при всей заносчивости и острословии, так и не научился скрывать свою ранимость, то его близнец по первой букве, второе А их юношеского союза, гордо демонстрировал изрядной толщины панцирь, словно предупреждая: с ходу не возьмешь, придется повозиться – так что у нападающих, особенно не слишком ретивых, возникал повод поразмыслить: а стоит ли вообще ломать копья?

Знакомясь, он сразу глянул на мою отметину и чуть заметно улыбнулся всем круглым, чистым, холеным лицом, едва не спровоцировав меня на грубость. В отместку я стал посматривать на него подолгу с тяжелой задумчивостью, словно прикидывая про себя, на что вообще он годен, но Арнольда было не смутить такой ерундой, так что вскоре развлечение мне надоело. Он же был весьма учтив со мной, равно как и с Немо, и вполне равнодушен к нам обоим – очевидно, во всей компании интересовал его один Арчибальд, а остальные представляли собой лишь не слишком обязательный фон.

Надо признаться, утром того же дня я столкнулся с доктором Немо на океанском берегу и, не утерпев, стал расспрашивать про Остракера и про ежегодные встречи двух А, одну из которых нам вскоре предстояло лицезреть. Немо, как всегда по утрам (а я встречал его в это время неоднократно), был куда более неловок в разговоре, чем во время наших сборищ в студии. Однако, тема Арнольда Остракера быстро пробудила в нем красноречие, и он, поблескивая белками в красных прожилках, поведал мне многословно и сбивчиво, что это злодей каких мало, кровопивец и жестокосердый оборотень, и что, будь его, Немо, воля, он бы засадил его в клетку и не выпускал оттуда никогда. Я стал настаивать на разъяснении, пораженный пылкостью изложения, и Немо понемногу остыл и взял назад почти все свои эпитеты, настаивая однако, пусть уже и не так красочно, что Остракер и в самом деле злодей и злой гений, источник страданий нашего Арчибальда и наверное многих других невинных жертв, хоть конечно они оба, и Арчибальд и Арнольд, безобидны как насекомые, если не принимать их всерьез по пустякам. Тем не менее, Остракер – это как больная совесть, привязчивое видение, которое не изгнать, и наш Арчи, впечатлительная душа, переживает подолгу, чуть что взбредет ему в голову по поводу своего юношеского дружка – подаст ли тот весточку или, вот как сегодня, объявится самолично, чтобы потрепать языком.

«Очень забавна следующая вещь, – говорил Немо, вновь оживляясь и жестикулируя пухлыми руками, – они оба до сих пор жить не могут друг без друга. Знаю, знаю – многие утверждают без особых на то причин, что противоположности притягиваются неудержимо, но, во-первых, эти двое не так уж противоположны, а во-вторых, само правило слишком расплывчато, его не запатентуешь как диагноз. Я бы рассудил, что тут тоже есть явный признак теории двух точек – точнее, ее конкретизации в, так сказать, теории двух зеркал», – и Немо посмотрел на меня искоса с несколько настороженным видом.

Я старательно покивал, и он продолжил, воодушевляясь на глазах: – «Два зеркала – это геометрическая аллегория, не более, но вполне наглядна, по крайней мере на мой вкус. Согласитесь: отражение – это хорошо, но надоест, а ничего другого не добьешься. То ли дело, если глянуть будто с затылка – все по-другому, непривычно и свежо, но главное – это не один ведь новый ракурс. Нужно же, чтобы одно зеркало отразилось в другом, иначе не извернешься и с затылка не углядишь, а то, первое, оно отражается во втором, а потом в себе, и то в себе – и так далее, до бесконечности. Согласитесь, это нечто другое, чем просто две точки – взять хоть картину и историю для нее, чтобы далеко не ходить – там круг замыкается сам собой, а тут так легко не замкнешь, так и прыгаешь туда-сюда словно шарик от пинг-понга, порою и сам не зная, как остановиться. Можно очень далеко зайти, знаете ли, это световой луч затухает сам собой, да и то очень уж не сразу, а когда еще и огонь бушует внутри – или хотя бы тлеет на худой конец – то можно наотражаться до одурения и всякий счет этим отражениям потерять. Сдвинуться с катушек, иначе говоря, это я вам как врач подытоживаю – опасно, да, но затягивает, не оторваться!» – Немо сделал рукой энергичный отрицающий жест.

«Хорошо, – сказал я, тоже размахивая руками, будто помогая поймать ускользающую мысль, – хорошо, но такие, как вы выражаетесь, зеркала должны быть разбросаны вокруг во множестве – вы и я например, та же Мария, быть может… Почему эти двое между собой? Как-то искусственно чересчур».

«Нет! – с досадой крикнул Немо. – Нет, вы не поняли ничего. Надо же отразиться не раз и не два, надо же чтобы огонь… Я же объяснял. Прыгающий мячик, одна и та же сущность из стороны в сторону разным боком… У вас с Арчи и сущностей-то общих нет, а я ленив и трусоват – каждый знает», – Немо нехорошо усмехнулся.

«Нужно же, чтобы что-то совпадало, – говорил он мне терпеливо, взяв за локоть и увлекая вдоль берега, – ну там, общая юность или одно и тоже безумие в зрачках, как у этих двух, увидите сами, а иначе – полное затухание, отражения нет, ты будто в пустыне… Только уцепившись, поймав зубчиком зубчик, можно раскрутить колесики с обеих сторон, и пойдет картинка – от одного к другому. Одна амальгама искривлена: короткие ножки и плоская голова, животики надорвешь от смеха, но и вторая не промах: туловище вытянуто иглой, да еще и прогнется посередине… Так они и лезут друг на друга за разом раз – забавные вещи могут получиться… Если конечно не злоупотреблять», – загадочно добавил он и подмигнул.

Теперь, в студии у Арчибальда, я приглядывался к обоим А, словно опытный зритель на сеансе у фокусника, но, как ни крути, не мог распознать до поры ни обмена тайными отражениями, ни даже пресловутой искры безумия в зрачках у Арнольда Остракера. Его ухоженные черты светились чуть высокомерным радушием, наигранным, не иначе, и все мы сидели как-то чересчур чинно, принарядившись и вспомнив вдруг об изяществе манер. Даже Мария, прислуживающая с обычной своей пугливой церемонностью, надела новый фартук, а Немо так вообще щеголял в двубортном пиджаке песочного цвета. Странным казалось и то, что на столе не было алкоголя, и это удивляло не только меня – Немо тоже посматривал с неудовольствием на бутылки минеральной, уныло выстроившиеся среди салатов, и Арчибальд нетерпеливо ерзал на стуле, будто дожидаясь чего-то, один лишь Остракер сохранял свою иудейскую невозмутимость, что может сравниться только с невозмутимостью восточной, но уходит корнями еще поглубже, получая тем самым некоторое право на первенство.

Разговор не клеился, и никто не изъявлял готовности оживить обстановку. Немо сидел с видом провинциального скромника, подоткнув салфетку под подбородок, и аккуратно отламывал крошечные кусочки пшеничного хлебца; Остракер со сдержанным аппетитом поглощал вяленую камбалу и столь же сдержанно соглашался с Арчибальдом, который рассуждал о каких-то совсем неинтересных вещах. Перед этим он представил нас друг другу: – «Знакомьтесь, Арнольд, это Немо, наш доктор – а, ну да, вы ж знакомы, я и позабыл – ну а это у нас новенький, столичный так сказать поэт…» – и с удовольствием потом наблюдал, как я, покрывшись испариной, бросился в дебри косноязычных опровержений, но вскоре все про это позабыли, и Арчибальд увял.

Теперь он говорил о возрастных порогах нильских аллигаторов, утверждая, что самые крупные из них живут до ста двадцати лет, но только в неволе, а в условиях естественного рациона не дотягивают и до девяноста. Немо время от времени замечал на это, что Арчибальдовские данные устарели и годятся только для посетителей зоопарков, а Арнольд

Остракер, напротив, подтверждал цифры, ссылаясь на ежегодный естественнонаучный альманах, да еще и ударился потом в нудное разъяснение разницы между аллигатором и куда более известным нильским крокодилом. Все втроем они были скучны до безобразия, и я хотел уже выкинуть какой-нибудь трюк – швырнуть вилкой в стену, позадираться к Арнольду или, скажем, неприлично пошутить – но тут Мария появилась в студии со столиком на колесах, на котором – и тут мне все стало ясно – на котором громоздились бутылки со сдержанно-классическими этикетками, и Арчибальд, прояснев лицом, захлопал в ладоши.

«Ура! – крикнул он громко. – Вот и долгожданный сюрприз! Прошу меня простить, я отнюдь не намеревался томить вас ожиданием, но что-то доставка запоздала – провинция, понимаете ли, глушь. Однако, подождать стоило – это двадцатилетний Макаллан, лучший скотч, который можно достать в наших местах...» – и он, схватив одну из бутылок, стал любовно рассматривать наклейку. Я конечно же испытал приступ дежа вю, вспомнив Гиббса и последний вечер в доме на берегу. Как и тогда, виски пришлось очень кстати – никто не стал отказываться, в том числе и Арнольд Остракер, который, налив себе полстакана, тут же и вытянул их одним богатырским глотком, так что я посмотрел на него с уважением – по-видимому, оба А прошли неплохую школу в совместно проведенной юности. Остальные, включая меня, тоже не теряли времени даром, отдавая Макаллану заслуженную дань, и обстановка за столом сразу же изменилась самым волшебным образом.

Арчибальд, впрочем, крепко держал инициативу в своих руках. «Я расскажу вам про Арнольда, – обращался он к нам с Немо, – про Арнольда, что есть художник в смысле именно этого слова, и к которому никак не прилепишь понятие поплоше, поскромнее и полукавее – живописец, например, или что там еще напридумывали для самооправданий. Я, помнится, уже рассказывал про него Немо в прошлом году, но прошлый год был давно, а Немо наверняка позабыл...» – Арчибальд небрежно глянул на доктора и отхлебнул из стакана. Немо поморщился, но ничего не сказал. «Так вот, – продолжал Арчибальд, – про Арнольда, да, но прежде необходимо затронуть общие вопросы, иначе значительная часть так и останется в тумане. Общий же вопрос собственно один, и мы зададим себе его сейчас – да, да, вот так: Что есть искусство? – не больше и не меньше, и, конечно, я не безмерно самонадеян, так что на всеобъемлемость не претендую, но хотел бы дать хоть иллюстрацию, желая, так сказать, очертить границы…» – он снова сделал глоток, и Немо тут же воспользовался паузой.

«Я могу тоже поделиться об искусстве, – начал он чуть сбивчиво. – С точки зрения теории двух точек…»

«Немо! – рявкнул Арчибальд. – Прошу вас, не перебивайте старших, – и доктор послушно смолк. – Пусть мы родились с вами в один год, но в искусстве я старше вас на целые века. Так вот, я продолжаю…»

Арчибальд говорил, а я потихоньку наблюдал за Арнольдом, в котором произошла заметная перемена. Не знаю, был ли тому причиной шотландский напиток, или Арчибальд стряхнул с него оцепенение своим красноречием, но господин Остракер, «художник, а не живописец», теперь явно был начеку и сидел, напрягшись неуловимо, хоть и оставаясь в той же позе, а в глазах у него я заметил следы тревоги сродни той самой тревоге, что являлась во взгляде Арчибальда всякий раз, когда он подводил меня к новому своему холсту.

«Если лгать, то всегда попахивает мистикой, но если смириться и следовать истине, то очень даже рискуешь быть осмеянным, – вещал тем временем Арчибальд, размахивая стаканом. – Потому, я все же буду волен в интерпретациях – просто чтобы не навлекать ненужный риск. Итак, искусство – поговорим об искусстве, да, но при этом нельзя не упомянуть о времени в первейшую же очередь, ведь именно время всегда главенствует в разговоре, будучи и главным для него поводом, и двигателем, и, простите за вульгаризм, горючим. Мы наливаем виски в стаканы – и это есть тема времени, мы скучаем – и время уходит, мы говорим о чем угодно – о скачках, о погоде, о женщинах – и время тут как тут, напоминает о себе чуть не в каждой фразе, от него не скрыться, из него не выпасть так, чтобы потом вернуться обратно, а главное – его не остановить. О, конечно, на это многие сетовали до меня, и теорий у всех хоть отбавляй, вот и Немо туда же – убежден, ему найдется в чем признаться, и его две точки окажутся тут как тут – и целое скопище других, лучше и хуже Немо, тоже готовы воздвигнуть свои замки, стройные до поры – пока не дунет ураган или, к слову, мгновенье не прошелестит поблизости, выражаясь высокопарно. И я туда же, я с ними, не судите строго, но и все же – честнее многих, ибо не отрицаю главного малодушия. А главное, оно вот в чем: суть тех теорий не в понимании и не в толковании, как подобало бы мнящим себя мыслителями – забудьте про бескорыстное осмысление и ищите меркантильный интерес. Ищите и, уверяю вас, найдете – в сущности, все теоретики озабочены одним лишь насквозь практическим смыслом: поймать, ухватить, удержать неумолимый поток, чтобы, понятно, задержаться в нем самим подольше; проще говоря, не сдохнуть в свое, извините, время, как прочие неразумные тупицы, а напротив, устроить с ним игру в салочки с ненулевым шансом на выигрыш. Догнать и хлопнуть по спине, ухватиться за рукоятку и запрыгнуть в вагон – глядишь, путешествие продлиться еще, и там, на пути – что кому нравится: горы устриц и литры коньяка, женщины, все на выбор, или же с другого боку – слава, почет, бессмертие… Слов, впрочем, удачных пока не нашли, но и не в них суть – все равно в салочки не получается, потому что, старайся, не старайся, расставляй, не расставляй ловушки, все напрасно: ловишь, ловишь, а оно – сквозь пальцы. Один пытается, другой, целые мильоны пыжатся почем зря, а в результате – сквозь пальцы, и на пальцах ни следа. Обидно, впору отчаяться – и я тоже хотел отчаяться, но вместо этого стал ждать озарения, и оно пришло: я придумал Сеть!»

Арчибальд замолчал, оглядел свой пустой стакан, плеснул туда скотча и вдруг сказал обиженно: – «Но, конечно, если это неинтересно, то я могу и не продолжать…»

«Нет, нет, Арчи, продолжайте пожалуйста», – тут же с жаром откликнулся Немо, и Арнольд Остракер энергично закивал в смысле одобрения, а я лишь бросил взгляд исподлобья, вспомнив тут же свои собственные потуги с временными осями и мельком подумав, не насмехается ли он и надо мной вкупе с остальными. Если насмехается, то кругом неправ, и нечего всех валить в одну кучу; все-таки я не как они: кто в салочки, а мне бы разобраться с уже ушедшим, которое останавливать не нужно, и так уже не движется вовсе. Кому продолжать наслаждаться жизнью, пока не осточертеет до икоты, а иным искать и искать, в чем оно, наслаждение. У них теории, они ловят что-то там в сети и переживают, что не попадается ничего, у них озарения и открытия, а у меня – лишь смешная цель: договориться с самим собой, а после я заброшу все грезы, ибо в них нет толка. Но зато я себе не лгу – вон они измышляют хитрости и изворачиваются, чтобы не попасться, а я лишь борюсь с собственной ленью и со своею тенью, зная, что путь – не вширь, а вглубь, и нечего гоняться за разбегающимся в стороны, достаточно и того, что давно уже лежит себе недвижимо, мертвым грузом, дожидаясь, пока кто-то обратит взор. И заглянет вглубь, и найдет – но другим ни слова, «о главном – молчок»…

Я фыркнул презрительно, но тут же извинился жестом – продолжай мол, Арчибальд, это я не тебе. Тот еще раз нас оглядел, задержавшись на мне скошенным зрачком, и, вздохнув, заговорил вновь.

«Итак, Сеть, – произнес он важно, – само собой, чтобы поймать или, хотя бы, стеснить в передвижении. Любой обстоятельный философ, любой профессионал рассмеется в лицо, но – оставим гордыню и стерпим. А стерпев, продолжим и увидим: Сеть, переставим букву, Есть – Сеть-то она есть, просто незаметна на невнимательный взгляд, а не заметив Сети, можно проглядеть и пойманную рыбку. Тогда всем философам позор, а мне – те самые почет и слава, потому что я-то не боюсь показаться смешным и оттого не прохожу мимо очевидного, гордо задрав нос…» – Арчибальд посмотрел на нас назидательно и строго, и Немо вдруг прыснул коротким смешком, но тут же захлопал ресницами и покраснел.

«Вот-вот, – сказал Арчибальд с горечью, – но ладно, шутки в сторону, я знаю, что Сеть существует и глупо это отрицать. Ее строят уже тысячи лет – те несколько тысяч лет, на протяжении которых человек разумный, пусть и творя в основном неразумные поступки, с удивительным постоянством продуцирует особей, что, вопреки казалось бы всякой логике, создают вещи, бесполезные в быту. Ну да, вы поняли конечно, я просто не хочу громких словес – вещи, не применимые в обиходе, но украшающие мир, вещи, при взгляде на которые, при обонянии, осязании которых, при восприятии их на вкус или на слух, или посредством букв и знаков, человеческий разум ‘задумывается’, если можно так сказать о разуме, разум ‘оторопевает’, если опять-таки можно так про него сказать, разум наконец просто отдает должное – и в этом есть связь индивидуумов покрепче любой другой, а мгновение при этом – мгновение неподвижно, время уловлено на краткую секунду, безжалостная бессмысленность его бега перечеркнута осмыслением найденной кем-то гармонии, потому что нить, протянутая от одной мысли к другой – не светом, не лучом, не даже наимоднейшим нейроном – находится вне часов, дней, лет. От древнегреческой статуи к симфонии девятнадцатого века – мгновенно! От папируса к современным томам – в миг! Где время, покажите мне? Его нет, оно бессильно. Стоит на месте – это ли не чудо?»

На щеках Арчибальда пылали красные пятна, руки дрожали, расплескивая скотч. «А Сеть – она растет! – продолжал он, блестя зрачками. – Еще мало узлов, так что годы просачиваются легко, но – дайте срок, ничто не пропадет даром. Картина – новый узел; затейливый мотив, пусть сентиментальный донельзя – тоже можно взять, почему бы и нет; рукопись или статуя – берем в долю, все сгодится, все заставит замереть и поразмыслить… Сеть растет, и времени все труднее – когда-нибудь оно перестанет струиться столь привольно, будет, знаете, сочиться по капельке, а потом и вовсе – стоп, приехали. Над временем возобладает дух, соткав паутину из миллионов ячеек – где при этом окажемся мы, я не знаю, предупреждаю сразу, да и не суть. Суть же в том, что ячейки эти – они не одинаковы, нет, и узлы тоже не похожи один на другой – иные можно проскочить, почти не заметив, а у других – целые водовороты с бурунами. И вот тут-то – тут-то я и перехожу к моему Арнольду и его художествам, а если он встрянет, то держите его за руки, чтобы не помешал!»

Я посмотрел на Остракера. По его лицу пробежала судорога неудовольствия, и та неуловимая тревога, что появилась, как только Арчибальд завел свой монолог, еще усилилась быть может, но он сидел в спокойной, чуть небрежной позе и показывал всем видом, что вовсе не собирается вмешиваться. Немо тоже переводил взгляд с одного А на другое и чуть покачивался на стуле, очевидно пребывая в нетерпении. Арчибальд выдержал легкую паузу, обвел нас лихорадочными глазами и вдруг рассмеялся – беззащитно и беззлобно.

«Ну да, впрочем, что ему беспокоиться, он же знает: от меня – одни похвалы, – признался он со смехом и потянулся за бутылкой. – Потому что: не завидуя, признаю правоту. И, кстати, не я один», – подытожил Арчибальд неожиданно угрюмо, долил себе еще виски и задумчиво его понюхал.

«Рассмотрим природу узла с точки зрения его привычности разуму или слуху, или хотя бы глазу, чтобы не ходить далеко, – заговорил он снова, отставив стакан в сторону и взяв педантично-профессорский тон. – Вот, например, пейзаж со скалами – привычен и мил, даже простояв около него достаточно долго, все равно можно удержаться мыслью и не сбиться на другое, но – мал и слабосилен, так что долго-то и не простоишь. Портрет посложнее – бывает, возникает сомнение или внутри начинает щекотать; какие-нибудь странно-желтые птицы на невозможно красном – еще сложнее, но все еще обозримо-просто. И вдруг – живопись Арнольда Остракера и прочих таких же, но мы сейчас говорим именно про него. Ничего привычного и ничего знакомого – да и дело-то в общем не в привычности, это я так, для простоты. Дело в другом, и я не возьмусь формулировать тут наспех, потакая вашему любопытству, но только представьте: одна черта, разделяющая две полосы, и фон – темно-зеленый, а потом еще чуть более темный. Или сполохи на белом – кажется, что просто наляпано, ан нет… И еще в том же духе – несколько сот. Арнольд у нас – абстракциони-ист, – протянул Арчибальд с нежностью и сделал пальцами неопределенный жест. – Большой почет и извечные споры – взаправду или нет? Есть там что-то, или один обман? Ну да вы сами можете представить – ведь стоит-то недешево…»

Он сделал паузу, неторопливо поднес к губам свой стакан, отпил немного скотча и сказал важно: – «Свойство узла абстракционистской природы чрезвычайно превосходит свойство любого узла природы конкретной. Так считаю я, Арчибальд Белый, экспериментирующий кстати с любой конкретикой, но никогда не залезавший в голую абстракцию. Потому что боюсь – не скрою, и еще кое-почему – не скажу. А скажу вот что: подойдите к картине Арнольда Остракера, подойдите и прислушайтесь, если уж не можете приглядеться – там шумят водовороты, пороги гудят, бушует пена. Ибо: такая высь, так оторвано и унесено вверх, что видно на многие мили вокруг, и ко всему тянутся нити, а если не тянутся, то – обман, фальсификация, жалкая мазня. Вот так, и другого не дано – или поверх всех, и все завидуйте, или профанация и освистание с галерки. Это узел так узел, это сеть так сеть, отловленное время может и не уместиться в обычные рамки, а если даже и уместится, то все равно впечатляет. Это смелость так смелость… – а впрочем я закругляюсь, сколько можно раздавать похвалы, тем более что и в похвалах моих много желчи, чует каждый, и все же Арнольд Остракер – художник из художников, даром что абстракционист!» – закончил Арчибальд, сделал в сторону Арнольда шутовской жест стаканом и осушил его одним глотком.

Некоторое время все молчали, а я еще и глядел в пол, чувствуя себя неловко, а потом Немо поцокал языком и спросил: – «Почему же это вы так – хвалили, хвалили, а в конце – 'даром что'? Вы Арчи прямо-таки назойливо противоречите себе сами. Буруны, водовороты, а затем – пожалуйста. Даже странно…»

«Вот! – закричал Арчибальд, уткнув Немо палец в грудь. – Вот, так я и знал! Стоит лишь проявить немного образности и скакнуть разок с одного на другое, не разжевывая, как тут же окажешься не понят. А вы, Немо, вы видели хоть одну картину Арнольда Остракера?»

«Ну, хватит, – вмешался Арнольд. – Угомонись, Арчибальд, это уже становится как-то лично чересчур».

«Вот и не лично, – заупрямился Арчибальд, как капризный ребенок. – Вовсе не лично, и ты сам это знаешь. Что, ваши другие, они не томятся тем же, помалкивая в тряпочку и спиваясь поодиночке? Да, абстракция, выход на вершину, где лишь льды и снега, нет ни смога, ни выхлопных газов, даже облака – и те ниже. Но признайся, Арнольд, те, что тебя смотрят, они воспарят туда же? А если да, то откуда у них растут крылышки? Вот то-то… Сам понимаешь, они копошатся внизу, как и копошились, они возьмут твою картину, пошарят по ней длинным носом, исследуют каждый сантиметр тысячами фотокамер, и что? Краски им понравятся – как кожура от апельсина – и необычность форм – конус там какой или ромб – что-то быть может неосознанное тронет душу, но тронув тут же и ускользнет – уж больно недостойная душонка. Для них-то мгновение не остановится, нет, их мысли не всколыхнутся вдруг и не уйдут с проторенных троп – и что с того? Это, конечно, уже не про Сеть – Сеть, она для иных, это про другое – да тебе другое-то и поважнее будет. И вот, – Арчибальд перевел свой устрашающий палец на Арнольда, – говоря про другое, заметим в скобках: ты-то, им потакая, не мазнешь ли лишний раз приятной красочкой, да и формой не подыграешь ли невзначай?.. Искушение велико, тем более, что никто и не осудит», – Арчибальд снова мелко захихикал, но тут же оборвал себя.

«К тому же, – сказал он серьезно, – я сознательно умолчал, не скрою, еще об одной вещи, которая выявляет некоторый корень, и сразу многое встает на места. Умолчал до поры, но теперь молчать не буду – раз вы все норовите сомневаться и перечить. Потому что, одно дело – писать себе, мазюкать краскою или карандашом, все новое и новое добавлять, класть штрих за штрихом, проясняя формы, а другое – отойти и сказать: все, готово. Где-то ведь всегда нужно остановиться – да, остановиться и смириться: закончено, лучше не будет, полнее не скажешь. О, это непросто – закончить и более не трогать, ни-ни, ни мазочка. Страшно бросать, от себя отрывая – если, конечно, еще не опротивело окончательно, до того, что и подходить больше не хочется. Твердый нужен глаз, чтобы признать: все, совершеннее не станет, или уж, опять же, опротиветь должно совсем. Потом-то, понятно, опять полезешь – подправить да подчистить кое-что – но поздно, застыло уже и затвердело, живет само по себе, ты лишний. А пока еще не застыло? Что ж так и ждать, пока и сам уже взглянуть не захочешь?..»

«В общем, вещь тяжелая, – продолжил он, поскучнев и нахмурясь, – но когда что-то знакомое на холсте – опять же пейзаж или портрет – то оно полегче: и по частям можно судить, и вообще яснее – бывает, дорисуешь и сотрешь – видно, что мешает – тогда уже скоро и заканчивать себе с богом. А в твоих, Арнольд, линиях да разводах – когда одним меньше, одним больше – что, видно? Возьми любого за бороду, ухвати в кулак да подведи поближе – вот хоть тебя, мой приятель. Небось признаешься, если уж на духу: ни черта там не видно!»

«Но… – сказал Арнольд встревоженно, – Но – не совсем уж так. Ты кое-что тут уловил, да, но не так уж…»

«Брось, – скривился Арчибальд. – Не юли, здесь все свои. Знаю я, ты можешь подойти к любому из полотен и добавить детальку или две – никто, тебя включая, не скажет наверняка, лучше стало или хуже, дальше от финала или ближе, точнее или только лукавее слегка… Как же тогда отличить? – возопил он, хватаясь за голову. – Что же тогда шедевры, если можно черкнуть поперек и выйдет так же? Ты, Арнольд, поднимаешься ввысь, к снегам и делаешь хирургический срез, но рука твоя дрожит, и плоскость трепещет неровной гранью – а выдаешь-то ты за совершенство… Значит, узел не взаправдашний? – вопросил Арчибальд горестно и посмотрел на Арнольда, склонив голову. – Как же так? Кто ты есть?»

«Совершенство… – вздохнул тот, заерзав на стуле. – Совершенство – избитое слово. За ним прячутся злопыхатели и завистники, а трусливые от него бегут. Узел не взаправдашний – ну, извини…»

«И извиню, – легко согласился Арчибальд. – Отчего же не извинить, когда покаются… Ну не зыркай, не зыркай, это я шучу. Совершенство – слово избитое, но все его боятся, да».

«Вообще-то, – обратился он к нам с Немо, – я это не про Арнольда, не поймите превратно. Для примера просто, не показывая пальцем. К тому же, Арнольд не из боязливых, он у нас как раз борец за чистоту рядов. Но для при-ме-ра, – сказал он веско и раздельно, – для примера, кто решится объявить меня неправым? Кто скажет, что я передергиваю по привычке, когда уже давно пора сдаться и вывернуть карманы? Разве только Арнольд, второе мое А, мой друг милейший, но он – другое дело, он завсегда готов меня обвинить, мне не привыкать. А прочие? А Витус? – Арчибальд глянул на меня с вызовом. – А вы, Немо, несчастный трус, которого не любят женщины, что вы скажете?»

«Ну ладно, Арчибальд, хватит паясничать, – вмешался Остракер, пришедший в себя и вновь развалившийся вальяжно. – Ты производишь впечатление нелепости, прямо-таки нелепой буквы, а это, согласись, негостеприимно. И твои инсинуации мне знакомы – ничего нового ты не скажешь… Вообще, отчего мы прицепились к живописи? – спросил он, обводя нас всех тяжелым взглядом. – Есть ведь сколько угодно других тем. Не так давно, например, я размышлял о толковании снов, как способе защиты от внутренней пустоты – почему бы нам не поговорить о толковании снов? Или, если уж непременно об искусстве, то есть и другие формы – словесность или скульптура, или, скажем, танец… Я вообще считаю, что танец – это самый доступный вид выражения себя, доступный так сказать и для созидания, и для потребления. Даже музыка, и та опосредована сильнее, а танец, где разговор от тела к телу, и может пробовать любой, и любому понятно – танец непосредственен как дыхание, как запах, как вкус пищи. Но и в нем можно подняться в самую высь по твоей, Арчибальд, метафоре – подняться и провести все нити, только вот живет он слишком мало, будучи скоротечен и неуловим, как тот же вздох. Это его трагедия расплаты, трагедия истинная и глубокая. Не хотим ли поговорить о танце – или о музыке, на худой конец? О лошадях, об особенностях океанских течений – о чем угодно, но только соблюдая нейтралитет?»

«Вот-вот, – откликнулся Арчибальд угрюмо, – нейтралитет ему подавай. Сперва заведут меня, а потом – на попятный… Говорите про танец или про сны, черт с вами, но прежде я закончу мысль, которая проста. Да, я художник реального, пусть его в моей интерпретации не всегда легко узнать, да, я боюсь абстракционистской чистоты и бегу от нее, как последний ретроград, но не нужно обвинять меня в потакании расхожим вкусам, не нужно! – он медленно и сурово погрозил нам пальцем. – Удаляясь от конкретного в свои абстрактные дали, тоже можно подмахивать толпе, очень даже можно, и недоумки будут довольны, а прочие даже и в голову не возьмут. И, как говорится, исцелися прежде сам…» – Арчибальд вновь уткнул палец в сторону Арнольда, и тот с досадой поморщился и встал.

«Я – проветриться на минуту, – сообщил он нам брюзгливо, – а этот пусть разглагольствует, все равно все по кругу, я уже это слышал не раз…» – и пошел к выходу из студии, а Арчибальд обиженно молчал, провожая его взглядом. «Вот так всегда, – сообщил он нам со вздохом, когда за Остракером закрылась дверь, – всегда ускользает, весь в масле, как ярмарочный борец…» – и больше не проронил ни слова, только покряхтывал, сгорбившись, крутя в руках стакан и внимательно рассматривая его содержимое.

Арнольд вскоре вернулся, заметно повеселевший. Он жизнерадостно схватил что-то со стола и обратился к Арчибальду, все так же угрюмо молчавшему. «Я тебе таки отвечу, – сказал Арнольд, – но отвечу я не на упреки, не заслуживающие ничьего слова. Ты хочешь сразу о главном, не ходя вокруг да около – хорошо, давай о главном. Давай насупимся и глянем пристально, согласившись сразу, ибо спорить с этим глупо, что со временем шутки плохи и жалости там не знают ни к кому. Однако, послушай, при чем тут твоя Сеть? Это, простите, наивно и попахивает галиматьей. Ничего нельзя остановить, как ни вяжи узлы, и если они начнут сходиться – это иллюзия, каждый будет далек от остальных, как от других планет. Меж ними простирается бездна, и бездна эта всегда останется таковой, а лучшее тому подтверждение – это ты и я. И нет никакой общности – каждый дух витает сам по себе, и время у каждого тоже свое!»

Арнольд закурил тонкую сигару и выпустил дым в потолок. Мы с Немо молчали, изредка поглядывая друг на друга, а Арчибальд Белый все вертел свой стакан, задумчивый и далекий от нас, не собираясь как видно ни соглашаться, ни возражать. «Каждый сам по себе, – уверенно повторил Арнольд. – Свои картины я пишу для себя. Для своей и только своей радости я захожу все дальше, отбрасываю и собираю по крохам, обобщаю и переношу на холст. Чем абстрактней, тем чище – ты прав конечно – чем чище, тем лучше видно, и додумывать можно все больше и больше, но есть ли мне дело, что будут додумывать другие? Я сдохну все равно, как ты изящно выразился, Арчибальд, и другие мне не помогут, так что только и радости, что успеть насладиться самому – создать и посмотреть со стороны, восхититься и ужаснуться... Даже и расплакаться иногда, – добавил он, грустно качая головой. – Чем абстрактней, тем короче путь, а детали, от которых зачастую наслажденья не меньше – деталями приходиться жертвовать в угоду своему ненасытному божку, что только и твердит: вперед, вперед, вперед... А время не ждет – мы скоро будем стареть, Арчибальд, мы будем дряхлеть и терять силы, а потом – ты сам знаешь, что случится потом. Если тебе вольно успокаивать себя попусту, то дерзай, запирайся в глуши, изобретай свою Сеть и наворачивай узлов, чтобы сдержать годы – портрет за портретом... Какая разница, чему потакать, собственным бредням или настроениям толпы – и то, и другое одинаково ущербно. Ты злишься на меня за то, что я не вижу смысла в твоем затворничестве, ты подсовываешь мне этот смысл грубо, навязчиво, как низкопробный конферансье, но я не беру – у меня есть свой, не так-то просто было, знаешь, найти и смириться, чтобы теперь разбрасываться по пустякам и отвлекаться на чужие…»

Он, наверное, продолжал бы еще долго, но его вдруг перебил громкий голос Немо. «Не верю!» – выкрикнул наш доктор, и все воззрились на него с удивлением. Немо немедленно заморгал и покраснел как девица, но повторил упрямо, хоть и гораздо тише: – «Не верю и все тут. Голову дурите – а напрасно, не на тех напали, милостивый государь…»

Арнольд надул щеки, а Арчибальд сморщился страдальчески, но Немо продолжал, не обращая ни на кого внимания: – «Тут, между прочим, каждому найдется что сказать, и я не к тому, чтобы затыкать рот, но вас, Арнольд, мы знаем плохо, а с Арчи мы дружны, я по крайней мере, и его разглагольствования мне близки – как бы кто ни хулил и ни считал галиматьей. А вы… У вас тоже галиматья, и у меня галиматья – знаете, про две точки… Я еще не успел вам… Но не важно – и у меня все равно галиматья, как у Арчи, потому что мы с ним вместе тут засели, то есть не вместе, а по отдельности, но встретились тут, и все. Отсюда, знаете, тоже видно – а отрицать и любой может, только зачем? Для вас невозможно – и пусть, но я имею объяснение для себя, и оно кое-кому понятно, Арчи например – что еще мне нужно от окружающего? Если же на него напасть, то и на меня напасть, хоть мы и отдельно, и принцип двух точек – это вовсе не про его Сеть… Но вы, вы, Арнольд, вы приходите – и так огульно… С такой убежденностью… Убежденность ненавижу!» – закончил Немо сердито и стал молча теребить манжету, ни на кого не глядя.

«Глас младенца! – воскликнул Арчибальд, плеснул себе виски и пролил половину на скатерть. – Великий немой заговорил! Ну, кто еще вступится за несчастных? Ваша очередь, Витус…»

«Нет уж! – вскричал Арнольд. – Позвольте уж я отвечу, раз меня обвиняют незнамо в чем. Обвиняют, понимаете ли, а сами – сами-то смыслят хоть на йоту? Вы, простите – Немо? Я не ошибся? – Вы смыслите на йоту?»

«Я смыслю на йоту!» – твердо сказал Немо, занимаясь манжетой.

«Очень хорошо, – согласился Арнольд. – Тогда вы должны бы заметить, что если я не прав, то и вам вовсе нечем гордиться. Вы тут кости перетираете друг другу, все играете в одни и те же слова, а вокруг между прочим все катится и катится само собой, вас не замечая. Кто про Сеть, кто про свое, а мир-то оказывается ни при чем?.. Скрываетесь и ждете – так вот, сообщу вам, ждете напрасно, так и знайте. И чего ждать-то вообще? Жизнь уходит, нужно спешить и гнуть свое. Оно кругом неповоротливо, да, но сдвинуть можно – или хоть к себе развернуть, а то ведь никакого толку. Нужно только схватить за поручни – это уж у кого какие – и тащить за собой, а не отворачиваться уныло, руки сложив, как на больничной койке. А еще про убежденность рассуждают… Как же без убежденности? Нет, вам не понять – вы вообще все злые люди!» – вдруг неожиданно добавил он и замолчал.

«Сам и хватайся за поручни, – буркнул Арчибальд в наступившей тишине. – Ты всегда получаешься умный да смелый, пока другие боятся и думают, что и кого развернет – ты его или оно тебя».

«Я и хватаюсь, – мрачно откликнулся Арнольд. – Я-то хватаюсь, о себе позаботился бы».

«Ну да, хватаешься, – сказал Арчибальд язвительно, – натурщиц ты за задницы хватаешь. Думаешь я не помню, как ты их краской мажешь, а потом – задницей по холсту?.. Новый метод, новый метод – а и не такой уж новый, его гениальный первопроходец, классик ваш один спившийся уже до тебя изобрел. А ты конечно, хватай теперь за поручни – и за что другое можешь схватить…»

«Метод, он метод и есть, какой хочу, такой и пользую, – ответил Арнольд запальчиво, – ты за свои методы бойся. Все про убежденность да про совершенство толкуете, а сам-то, помнишь, вылепишь бывало фигурку, а потом пристроишь ее где-то на холсте эдак трусливо, в каком-нибудь натюрморте, в углу неприметном, а там опять лепишь, уже с холста – не я один за тобой замечал. Все думаешь, что если лишнее сбрасывать не как я, одним махом, а постепенно, шкурка за шкуркой, то тут тебе и откроется желанный компромисс – и поймут тебя, и полюбят, и волки с овцами целы будут? Небось не открылось еще – фигурок что-то я у тебя теперь не вижу», – Арнольд снова надулся и смолк.

«Да ладно, фигурок, – махнул рукой Арчибальд, – как будто дело в фигурках… А дискуссия наша получается на славу», – прибавил он угрюмо. «Ну что, Витус, – вновь обратился он ко мне со вздохом, – давайте и вы, что ли, поучаствуйте. Поддержите компанию, а то сидите себе как сыч».

Я поднял голову и оглядел их всех. Странные мысли метались в моем мозгу, обгоняя одна другую. Отчего все картины на свете являют порою столь нежданное сходство? Как выходит, что самые разные люди и слова, если застать врасплох, напоминают внезапно о вовсе им незнакомых, о далеких и чуждых? Так и теперь – рассуждения Арчибальда с Арнольдом, фигурки на холсте, узлы несуществующей Сети, как бы ни были непривычны мне, как бы ни стояли отдельно, вдруг с чрезвычайной яркостью обратились совсем другими вещами. Я словно заново видел себя самого – как я отбивался от призраков и размахивал бесполезным оружием, бормотал проклятия и скатывался со ступени на ступень, гадая исступленно, есть ли им конец, или все это навсегда, и мне больше не вернут мою собственную волю. Воспоминание, которого я страшился и которое гнал, чуть оно подавало голос, накатило мощной волной, и я не противился, не отпихивал его прочь и не забивался в угол. За одну секунду я будто бы пережил вновь все, что произошло со мной наедине с грозной силой, не имеющей названия – пережил и не содрогнулся вовсе, почувствовав вдруг, что владею этой памятью, как своею собственной грозной силой, название которой знают лишь те, у которых его не выпытать непосвященным.

Непосвященные... Я снова огляделся кругом. В голове бродили алкогольные пары, скотч брал свое, и может быть поэтому с действительностью происходили занятные вещи. Арнольд, поднявшийся было в воздух, как воздушный шар, вдруг спустился назад, на пол, зашипев и сдувшись в одну минуту, Арчибальд обратился в старого гнома с трясущейся головой, а тихий доктор Немо вырос внезапно над ними обоими, словно сказочный великан, выпятив грудь и раздавшись в плечах. Все это выглядело очень потешно, и мне хотелось смеяться над ними, но это вышло бы невежливо, да никто к тому же меня бы и не понял, потому что, если потереть виски ладонями и присмотреться как следует, то станет ясно что превращения лишь чудятся, и на самом деле Арнольд Остракер пыхает себе сигарой обиженно и сердито, опершись локтем о колено и развернувшись в сторону, Арчибальд безучастно прихлебывает из стакана, а Немо все никак не может оторваться от своей манжеты. Но мне не хотелось присматриваться и трезветь, я и так был трезвей и независимее всех, отчего-то чувствуя себя теперь способным повелевать ими, пусть лишь в собственной фантазии, могущим отложить их, как точки на оси, вспомнив вначале лишь прошедший месяц, но затем продолжив кривую на годы вперед – и едва ли пунктирная линия и реальный след разойдутся так уж сильно. Да что там точки – я, казалось, мог смотреть с высоты Арнольдовых абстракций, следя за людишками внизу, примеряя их на какое-то безразмерное полотно, каковое даже Арчибальду вышло бы не под силу, соотнося куцые траектории их порывов и страстей с линией океанского берега и изломами остроконечных скал.

«Моя очередь? – переспросил я, – Ну да, сейчас, сейчас…» Мне все еще было не до них, не до пустой болтовни и выискивания эфемерных истин, что-то вдруг сверкнуло в мозгу, я тронул рукой свою обезьянью лапку и изумился себе самому, своей глупости и слепоте. Мысли внезапно совершили кувырок и понеслись в другую сторону, преодолев одним махом целые версты, перечеркивая безжалостно многое из передуманного до того. Все будто стало на свои места, и меня так и тянуло поделиться с остальными новым прозрением, но нельзя было хвастаться так в открытую, хоть я, признаться, не сомневался уже, что мне есть чем похвастаться по-настоящему – свободой, пусть недалекой от отчаяния, тайной, которую я еще не успел разболтать, наконец неприкаянностью, от которой они бежали, каждый в свои теории, оправдания, в свои схемы существующего вокруг и не дающегося им в руки без упрощения, без умертвления…

Ну да, вот оно – как же раньше я не мог видеть? Вот же они – Арчибальд и Арнольд, примеры, ярче которых не сыскать, два А, два двойника, две противоположности непримиримейшего толка. Это вам не Паркеры, вялые как искусственные цветы – нечего меня дурить, да на Паркеров я бы и не клюнул. Нет, это чистейший случай, случай сродни моему Юлиану, только сравнивать смешно. Отдельно взятая деревня, малый мир – все это ни к чему, ненужная робость и школярство, уныние перестраховщика. Проговорим-ка лучше еще раз: два А кидаются в стороны одно от другого и вдруг оказываются в одной колее, противоречат друг другу, но замечают нежданно, что поют чуть ли не хором, а потом пробуют согласиться на чем ни возьми и уносятся в разные вселенные, недоумевая и бессильно друг на друга сердясь. Все потому, что у них разные глаза, а в глазах – разное безумство, а вовсе не одно и тоже, тут Немо сплоховал, недобросовестный эскулап, лекарь-недоучка. У каждого свое безумство, или свое разумение, как хотите, в этом вся штука, а если даже и толпа, то и там тоже – или же вовсе никакого разумения нет. А потому – ничего нельзя упростить, все принимается вплоть до последнего знака, любое обобщение только наворачивает сложностей, упрощение есть ложь, а потому и общих истин не бывает ни одной. Есть только свои у каждого – если совпадут, то случайно – и нечего стесняться их разниц, а если разницами трусливо пренебречь, то заблуждение – вот оно, тут как тут, и потом только и остается, что барахтаться в его плену, втискивая все новые и новые факты, что не подходят по форме, застревают и цепляются углами…

Да, очень легко запутаться окончательно. Тут надо быть осторожным и не сбиться на порочный круг. Очень медленно, переводя кадры по одному, я припомнил свои графики и упражнения с записыванием имен, сморщился от стыда и выкинул их вон из сознания все разом, поклявшись себе никогда больше не обращаться к помощи химер, чарующих души дешевым колдовством, той самой легкостью, как мелкой монетой, на которую разменивают терпкий жар, подменяя скупой формулой, не способной ничего объяснить. Эти вокруг, они, наверное, не привыкли к разнообразию, они лишь испугались его когда-то и тут же смирились со своим испугом, а теперь оглядываются всякий раз. Нет, это просто смешно – убеждать и оправдываться, оправдываться и убеждать. Оправдываться, объясните-ка, перед кем? Кто призывает к ответу?..

«Сейчас, сейчас», – повторил я, помедлив, и достал из заднего кармана смятый листок. Это было стихотворение, которое выпросил у меня Арчибальд – я решил сдержать слово и записал его на бумагу вопреки своим правилам. Теперь оно оказалось кстати – что еще я мог предложить этим троим? Нас разделяют невидимые стены, что прочнее любого бетона, но стихотворение – ему все равно. Не знаю, как там со временем, приостановится или нет – тут Арчибальд мастак, ему и слово

– но про стены знаю доподлинно, меня не собьешь. Могу эти строчки, которых получилось до обидного мало, могу и историю: хоть про Веру, хоть про Гретчен, хоть, например, про Любомира Любомирова – про любого из тех, кого я давно перерос.

Мне вдруг вспомнилось, как я искал связь между историями Арчибальда, откладывая их все на тех же графиках, с которыми теперь покончено, вычерчивая диаграммы наспех подобранных сущностей – протест-неволя-безумие или обида-побег-смерть… Напрасные старания, сущности не растекались вширь, содержания историй не сдвигались ни на миллиметр с первого же деления, взятого в качестве начала, а по одному делению не построить пути. Это – как карта, бесполезная в дюнах, только на иной лад: картина-история-картина… Кажется, что углубляешься, но выходит чересчур уж робко, все успевает поменяться не один раз. Но не сдаемся – рисуем, представляем, рисуем представленное, вновь представляем по нарисованному…

Вот и Арнольд о том же – фигурка-картина-фигурка… Лезем вглубь, но расставляем вешки в лабиринте, чтобы не заблудиться и всегда иметь обратную дорогу под рукой. Заглядываем в себя по дозированному шагу – чтобы всякий раз осмотреться и поправить, если что не так. Картина-фигурка-история… Рано или поздно приходится признавать: контур есть, но теряется жизнь. Натура должна быть живой, иначе – бесцелье и бессилье. Потому и прячемся где-нибудь в заброшенном углу, чтобы никто не смущал преждевременными суждениями. А суждения своевременные – они случатся когда-нибудь? Слава богу, мне теперь любые не помеха: судей нет – все лгут. Никого не убедить, ничего не объяснить – значит не надо убеждать и объяснять, а Арчибальда жаль – да, жаль…

Я расправил листок и откашлялся, но тут хлопнула дверь, и мы увидели Марию – «мою» Марию, стоящую на пороге студии и в упор глядящую на меня. «Пришли к тебе, – сказала она громко, – иди, ждет там…»

«Кто пришел? Кто ждет?» – спросил я ее, но она повторила только: – «Пришли к тебе», – и продолжала стоять, сложив руки на животе.

«Ну так пусть подождет, я занят, – сказал я с досадой, подумав о Паркере, потому что больше мне некого было ожидать, хоть Паркер конечно считался бы скорее гостем Марии, а не моим. – Иди, Мария, спасибо, я попозже приду», – но она не двигалась с места и все так же сверлила меня взглядом. Мне стало неуютно, я поежился, и Арчибальд, молча наблюдавший за сценой, вдруг тоже сказал: – «Иди, в самом деле, посмотри, Витус…» Тут до меня дошло, что моя Мария не зашла бы в его студию без крайней нужды и уж тем более не стала бы настаивать на чем-то, будучи особой независимой и самолюбивой, так что к ее призывам и впрямь следовало отнестись всерьез. «Иди, ждет», – еще раз повторила она, я со вздохом поднялся и распрощался с подвыпившей компанией, думая, что, наверное, никогда больше не встречу Арнольда Остракера, но нимало об этом не сожалея. Жаль было лишь остающегося скотча и прокуренного уюта, из которого нужно выходить в ночную темень, но делать было нечего, и я поплелся за Марией, изредка спотыкаясь и ругаясь негромко. Пару раз нас облаивали собаки, но мы добрались до дома без приключений, и я сразу же сунулся в гостиную, где, однако, никого не было.

Я вопросительно глянул на Марию. «Иди, иди», – хмуро сказала она, показывая на мою спальню. Пожав плечами, я распахнул дверь, вошел и оторопел, мгновенно протрезвев: на кровати сидел Гиббс. Комната будто раздалась, высвободив простор для нас двоих, я стоял и молча смотрел на него, а у меня в голове, взявшись непонятно откуда, звучали строчки, которые я так и не прочитал в студии, хоть тут им было вовсе не место, да и сам Арчибальд, наверное, не обрадовался бы им так уж сильно. Но это было теперь мое любимое стихотворение, и отказываться от него я не собирался, что бы кто ни говорил и ни думал. Вот только листок, запасенный по чужой подсказке, казался и был совершенно лишним, и я смял его в кармане, как шелуху, как последнюю подозрительную улику, вновь освобождаясь от чего-то – в тайне от всех, словно научившись наконец скрываться и скрывать.

Глава 8

«Выглядите неплохо, – констатировал Гиббс после того, как мы вдоволь насмотрелись друг на друга: он – со спокойной уверенностью, я – с удивлением и настороженным прищуром. – Умеете устраиваться – вон, по-моему, и сыты, и пьяны…»

«Послушайте, – сказал я тихо, – какое вам дело до моего устройства? Мне не о чем беседовать с вами, говорите за чем пожаловали и ступайте прочь. Я не держу на вас такого зла, как раньше, и не стану лезть в драку, но видеть вас не хочу, ей-богу».

«Да, в драку лезть не стоит, – согласился Гиббс, – и я сейчас уйду, не кипятитесь. Присаживайтесь где-нибудь, сейчас дело закончим и разбежимся».

«Дело? Ну нет…» – вскинулся было я, но Гиббс поднял руку вверх и будто заслонился ладонью от моего негодования. «Не глупите, – поморщился он с досадой, – я вам деньги принес – вашу долю, всю до цента», – и более не тратя слов стал выкладывать на кровать радужные купюры, извлекая их из карманов своего просторного плаща. Я молча смотрел, вновь сбитый с толку, а Гиббс, закончив, собрал купюры в аккуратную пачку и протянул мне. Я продолжал стоять без движения, и тогда он, пожав плечами, положил пачку на кровать и прикрыл подушкой. «Не стоит держать на виду, – пояснил он мне, – там немало. Хоть конечно и не бог весть как много – я ж не знаю ваших аппетитов».

«Но…» – начал я опять и остановился. Доля так доля, мне было все равно, тем более что деньги всегда оказываются кстати.

«Не волнуйтесь, они не пахнут, – усмехнулся Гиббс, – и никаких пятен на них нет. И если уж о пятнах – я приношу свои извинения за то, что пришлось… Ну, в общем, применить силу. Выхода не было», – пояснил он и встал. Я понял, что он сейчас уйдет, и почувствовал внезапно, что хочу спросить его об очень многом, но сказал только: – «Ну да, я понимаю».

«Легко с понятливыми иметь дело», – пробормотал Гиббс и сделал шаг к двери, но вдруг остановился, обернулся ко мне и пригляделся повнимательнее. «Что это у вас на щеке? – спросил он равнодушным голосом. – Никак отметка какая-то?»

У меня зашумело в голове от непонятной злобы. Наверное, что-то отразилось и снаружи, потому что Гиббс сразу посерьезнел и подобрался. «Что это у вас с лицом? – спросил я вкрадчиво, сжимая кулаки. – Не иначе, памятка или чья-то шутка?» Он тоже выпялился на меня угрожающе, и так мы стояли, глядя в упор, глаза в глаза, а потом Гиббс вдруг фыркнул неловко и стал сдержанно смеяться, ухая как филин, и я сам неожиданно расхохотался нервным смехом, а когда смех утих, то и злоба исчезла, а мысли завертелись вокруг всяких глупостей – например, не уйти ли с ним, если конечно возьмет.

«У меня есть вопрос, – сказал я ему, – почему вы отдали мне столько? Ведь не договаривались, а если бы и да, то я все равно стребовать бы не мог – не нашел бы вас, да и вообще…»

«Вы заработали, – ответил Гиббс сухо, – а заработанное надо отдавать. К тому же вы не ныли, а это уже много».

«Не ныл? – переспросил я. – Когда не ныл?»

«Какая разница? – отмахнулся Гиббс. – Вы вот что, хотите травяного чаю?»

Через минуту мы сидели с ним рядом на кровати и потягивали терпкий напиток из походной фляги, обтянутой брезентом. «Он может малость крепковат, – предупредил Гиббс, прежде чем я сделал первый глоток, – но гадости никакой в нем нет, не бойтесь». У меня действительно зазвенело в ушах, и сразу прошли все следы опьянения. В спальне было тихо, лишь в углу билось какое-то насекомое. Гиббс сосредоточенно глядел в стену перед собой.

«Расскажите, что ли, про здешнее обитание, – вдруг обратился он ко мне, – как тут девочки, бомонд?»

«Девочки? Какие тут девочки… – ответил я рассеянно, прислушиваясь к зудящей ноте. – Одни старухи. Да я, наверное, скоро уеду… А что до бомонда, так только художники, да еще местный доктор. Я сейчас как раз оттуда – говорили об искусстве, как всегда».

«Об искусстве должно быть интересно – для тех, кто понимает, – сказал Гиббс с легкой насмешкой. – Я тут слыхал про одного – который все время в шарфе ходит. Непонятно, что у него под шарфом… Хотя, если поразмыслить, то можно и догадаться. А можно и ошибиться», – он с хрустом потянулся.

«Вот-вот, – поддержал я с неожиданной горячностью, – он все время в шарфе, его зовут Арчибальд, и еще у него есть приятель – тоже на А, Арнольд – они очень талантливые люди, то есть про Арчибальда я знаю наверняка, а про Арнольда подозреваю только – он держится так, будто взаправду… И еще есть доктор Немо, но он не в счет – всего боится, хоть и не заматывается шарфом – однако тоже умен по-своему, наверное умнее меня. Мы говорили про абстрактное сегодня – им всем очень подходит абстрактное, пусть они и не понимают до конца – лишь Немо, я думаю, понимает неплохо, но из него иной раз слова не вытянешь. Вам-то, Гиббс, это неинтересно – пятна на холсте, линии, которые ничего не обводят, всякие там аляповатые формы – но в этом вообще многое есть, можно и спрятаться, и заблудиться, что кому по вкусу. Они и прячутся, один больше, другой меньше, а может и наоборот, не разберешь, а Немо видит, но помалкивает, а мне грустно… Да, собственно, что грустно? Все так и должно быть, но все-таки обидно замечать, как из пустого в порожнее. Все равно что, знаете, поставить живой предмет – ребенка там или зверушку живую – и рисовать с натуры, а потом предмет в сторону, и рисовать с нарисованного, а потом еще и еще… Это не моя мысль, это они так делают порой, сегодня проговорились, но им не зазорно, а я-то вижу противоречие, от которого никуда не деться. С одной стороны устремляешься будто вдаль, а с другой – бежишь, не оглядываясь, желая, чтоб не поймали. Конечно, чем от натуры дальше, тем труднее за руку схватить… Я только вот чего не понимаю – а от кого зависит, чтобы так скрываться, будто в бегах, и в деревне этой сидеть, и все холсты – к стене?»

Гиббс шумно вздохнул и сказал сердито: – «Ладно, чего уж вы, небось привираете слегка. Тот, что в шарфе – он трус, понятно, и остальные тоже, раз меряются с ним, пыжась из всех сил, хоть я про них и не знаю. До кулаков-то небось не доходит, нет? Ну да, слабаки… – он пожевал губами и прибавил: – Шучу я, не кривитесь».

Мы помолчали, передавая друг другу флягу. «Вообще, – проговорил Гиббс, словно нехотя, – вообще-то любой почти за труса сойдет, когда впереди незнамо что, это вы вон кинулись браво, в штаны не наложив, хоть вас и предупреждали. А другие – поосторожнее, им за каждым кустом мнится, потому и глаза у них зажмурены, а в башке одни фантазии или эти, как там у вас – абстракции… Вам-то положим тоже мнилось, но вы не ныли – на том спасибо – а теперь вон и вовсе бояться нечего, это пусть другие побаиваются, сами не зная чего. Они голову сунут в песок – и готова крепость, или собьются в стадо – пыльно, но уютно. Тесновато конечно, но приятнее, чем снаружи да в одиночку – уж лучше по песочным ходам. Вот они и скучают там от скуки, а вы – вы поверху бродите, там не скучно, грустно только – вы и тоскуете от тоски. Но это беда небольшая, можно пережить…»

Гиббс замолчал и как-то странно прищурился нормальной частью своего лица. От глаза к виску протянулась паутина, и рот слегка съехал набок, как у сатира, задумавшего некое коварство. «На них кстати – на тех, кто с зажмуренными глазами – на них можно и отыграться, если есть охота. У меня-то уж нет, я свое вернул, а кому другому может и захочется, – проговорил он значительно, искоса поглядывая на меня. – Затея конечно пустая, но кровь разгоняет, с тоски-то…»

«Бросьте, Гиббс, я не из воителей», – отмахнулся я беспечно, а в голове мелькнуло – что это он, неужели про револьвер вспомнил? Может еще и про Юлиана догадался? С него станется, с хитрой лисы.

«Ха, а кто говорит, что из воителей? – усмехнулся Гиббс. – Не про вас речь, у вас там свои секреты… Это не подначка, я для подначек стар. Это о том, что нас пометили, да, что уж от себя таить, можно и сказать в открытую, но пометив, тут же и забыли – отложив в долгий ящик, не опасны мол. А сами бродят, не скрываясь – стадами, стадами

– и на них самих будто печати: 'слепой' или 'глухой', или чаще просто 'дурак'. Я-то не злобствую, но тем, кто злобствует – самая выгода, а никто и не подозревает до поры… Главное – не выпячиваться, – добавил он, поглядев на меня с непонятным выражением, – можно и шарфом замотаться для верности, потому что с теми, кто выпятился, уже конечно разговор покороче. Хоть про шарф я точно не знаю – так, к слову пришлось».

«Про шарф я тоже не знаю, – сказал я осторожно, не понимая, куда он клонит. – Пока не знаю, хоть и интересно конечно. И я ведь тоже не злобствую. Но вообще… Знаете, то, о чем вы говорите, я об этом думал и думал тут целые дни. И согласен со многим – почти со всем, можно сказать, согласен – будто у меня с глаз спала какая-то пелена…»

«Пелена? – переспросил Гиббс угрюмо, оборвав меня на полуфразе. – Не сочиняйте, ничего у вас не спало. Пелена никогда не спадет, а если вдруг спадет, то тогда и жить незачем будет. Молоды вы еще…» Он вздохнул и, как-то поскучнев, вновь уставился в стену напротив.

«А у вас? – спросил я, несколько задетый. – У вас тоже есть – пелена или что там еще?» Гиббс медленно повернулся и уставился мне в лицо тяжелым взглядом. «А вот про это не спрашивают, – сказал он холодно и внятно. – Вам что, непонятно объяснили, что у каждого свои счеты? Или вы недопоняли чего? Так второй-то раз не объясняют. Тут уж так – или признать, или со стадом вместе тыкаться по углам – там не так страшно и задумываться некогда».

Вся его дружелюбность исчезла в один миг, от голоса веяло чем-то зловещим, и я почувствовал, что он прав, и упрямиться нет смысла. «Приношу извинения, – сказал я сдержанно. – Признаю, сморозил явную чушь…» Что-то в его словах зацепило меня и никак не хотело отпускать. Я снова вдруг вспомнил, как это жутко, когда со всех сторон одно лишь презрение и насмешка, и почва предательски уходит из-под ног. Но даже и тогда внутри находится кто-то, не желающий сдаваться и расписываться в бессилии… Странно все, странно и слишком сложно. «Да, я согласен, – добавил я со вздохом, – просто называл по-другому. Нужно было, конечно, сразу договориться о терминах».

«Будем считать, что договорились, – пробурчал Гиббс. – Значит и говорить больше не о чем». Он завинтил крышкой полупустую флягу и одним движением оказался на ногах.

«Подождите, подождите, – заспешил я, – я еще хотел спросить – а вы-то, вы что, против всех?»

«Я? Да нет, я – за себя, – откликнулся Гиббс с ленцой. – Что мне все? Какой со всех спрос? – и повернулся к двери, сообщив деловито: – Пора мне. Что-то заболтались мы, а время позднее...» Потом глянул через плечо и добавил: – «Будете в городе – советую в 'Аркаде' остановиться. Спросите Джереми, он там приказчиком, скажете, что от меня. За деньги он вам что угодно сообразит».

«Гиббс, – попросил я, – возьмите меня с собой. Я мешаться под ногами не буду и с Кристоферами полажу, вот увидите».

«Придумали тоже, – ответил Гиббс недовольно, – у нас там не богадельня. Деньжат заработать и в другом месте можно, а с нами – зачем вы нам? Толку с вас...» Он постоял немного, о чем-то размышляя, потом осклабился и добавил: – «Помните – не надо лезть... Вот то-то».

Я тоже ухмыльнулся в ответ – в общем и не ожидая ничего другого. Гиббс кивнул мне и направился к выходу, но у порога остановился и сказал вдруг: – «У вас же есть свои дела, вы ж оттого и не ныли. Вот ими и займитесь, самое время теперь, страшное – позади», – и исчез, не прощаясь. Насчет своих дел – это он прав, – подумал я про себя, – и еще, как там – у каждого свои счеты? Подходит, нечего сказать, нужно бы занести в копилку... Почему вообще с ним всегда приходится соглашаться? На этот вопрос у меня не было ответа, но я долго еще сидел, глядя в ту же стену, что и Гиббс перед тем, размышляя непонятно о чем.

Наутро я проснулся с ощущением, что больше не могу оставаться здесь – нужно ехать немедля, все равно куда. Собственно, цель была под рукой – город М. с Юлианом ожидали все это время тут же неподалеку. Довольно бездельничать, сказал я себе, плеская в лицо холодной водой. Гиббс прав – хоть конечно я б пришел к той же мысли и сам, но когда кто-то стыдит со стороны, это подталкивает в спину. Я пересчитал деньги, полученные накануне – там действительно оказалось порядочно – потом сговорился с Марией о полном расчете и узнал в лавке у турка, что грузовик из города ожидается через сутки, и на единственное пассажирское место никто пока еще не претендовал. Мария восприняла известие о моем отъезде вполне равнодушно, но видимо тут же разболтала об этом кому-то еще, потому что вскоре к нам заявились Паркеры для прощального чаепития, которое я перенес стоически, стараясь не раздражаться на вопросы о моих дальнейших планах. Впрочем, Ханна Паркер тактично старалась перевести разговор на другое, предложив кстати за меня очень удобную версию, объясняющую внезапный отъезд, с которой я поспешил согласиться, а сам мистер Паркер был вял и выглядел удрученным чем-то, так что мне не досаждали избытком внимания. Лишь Шарлотта растрогала, отозвав в сторону нетерпеливыми жестами и поспешно сунув в ладонь подарок на память – обточенную волнами раковину, походящую на маленький кораблик. Я тут же вспомнил Стеллу, и у меня отчего-то защемило сердце, но Шарлотта улыбалась совсем другой улыбкой, так что память быстро успокоилась, и я вновь повеселел, поцеловав хрупкой девочке руку, как взрослой, так что она прыснула со смеху и кинулась со всех ног на кухню к Марии.

Потом Паркеры ушли, и я пошел слоняться по берегу, изнывая от бесконечности дня, а когда стемнело, попросил Марию почистить кое-что из одежды и отправился в последний раз к местному художнику Арчибальду Белому, гадая, в каком настроении он пребывает после вчерашнего и расположен ли принимать гостей.

Арчибальд сидел на крыльце, в свитере, шарфе и, почему-то, домашних шлепанцах, что вовсе не было на него похоже, и строгал какую-то высохшую ветвь, посвистывая сквозь зубы. Был он хмур и небрит, с синяками под глазами и заострившимися скулами. «Я ждал вас, – сообщил он недовольно, – мне уже донесли. Значит, покидаете нас? Бежите, спешите – навстречу или просто прочь?..»

«Дела у меня», – откликнулся я сухо, подумав, что не стоило к нему приходить.

«Дела, дела», – проговорил Арчибальд рассеянно, и мы прошли в студию, прибранную и аскетически аккуратную, без малейших следов вчерашнего застолья. «Мария постаралась, – буркнул он, поводя взглядом вокруг, – мы тут после вашего ухода еще долго чудили. Золотая женщина, цены ей нет. Только больно скромна…»

Арчибальд подошел к бару и вернулся с двумя бутылками минеральной воды. «Прекращаю пить, – сообщил он в ответ на мой недоуменный взгляд. – Не навсегда конечно, но хоть сиюминутно. И вам не предлагаю, а то мне будет завидно и невтерпеж. Так о чем мы говорили?»

«Да в общем ни о чем», – пожал я плечами.

«А, да-да, – согласился Арчибальд, – тогда пройдемте сюда, я хочу показать вам кое-что как обычно…»

В углу висел очередной портрет, на этот раз выполненный углем на картоне. Лицо, миловидное и печальное, словно проступало на фотобумаге под действием проявителя, щедро разлитого в центре и почти не добравшегося до краев. Густые ресницы игриво изгибались кверху, но в складке рта угадывалась неприступность недотроги, нос был изящен и строг, губы в меру полны, а брови выгнуты тонкими нитями, что придавало всему облику удивленное выражение, резко контрастирующее с прямым и упрямым взглядом миндалевидных глаз. С этой женщиной невозможно было заговорить, не будучи представленным должным образом, ей нельзя было бы нагрубить, не испытав при этом глубокого презрения к себе, но все же чего-то недоставало, чтобы причислить ее к истинным аристократкам, какая-то ущербность пробивалась сквозь холеные черты, какое-то чрезмерное жизнелюбие – казалось даже, что художник милосердно уменьшил количество деталей, чтобы не выдавать несовершенство слишком явно. Насмотревшись, я даже подмигнул портрету, но это было уже чересчур, и женщина будто нахмурилась чуть заметно на такую фривольность, так что я отвернулся поскорее, опасаясь, что начну краснеть.

«Ну как?» – спросил Арчибальд равнодушно. Я поглядел на него, вспомнив вдруг вчерашнее застолье, споры, заводящие в тупик, и горячность, за которую потом бывает неловко. Он представился мне лилипутом, бродящим понуро среди колоссов – своих полотен, возвышающихся надменно и гордо, пусть у некоторых из них – глиняные ноги или плечи разной высоты. Он обращается к ним – они не отвечают, он пытается напомнить о себе – они не желают его знать. Воистину, он мал перед тем, что создал, мал и неинтересен – никто не полюбит его, даже и воспылав страстью к какому-нибудь из многочисленных холстов…

Арчибальд все ждал моего ответа, и я сказал, вздохнув: – «Да-да, замечательно, как всегда, и я не разу вам не соврал. Скажите, вы верите в это? И как насчет истории – или когда без красок, то истории нет?»

«Какая разница, с красками или без, и история есть, куда же без нее, – рассердился Арчибальд. – Вы вон графики чертите, мне Немо разболтал, а мне вычерчивать да откладывать нечего – фантазирую, как умею, только и остается… И восторгам вашим я верю, не сомневайтесь, почему бы и нет?»

Он по своему обыкновению уселся прямо на пол и сосредоточенно уставился в горлышко полупустой бутылки с водой, держа ее под наклоном наподобие микроскопа, а потом сказал вдруг, будто очнувшись: – «Ну да, история – на этот раз они совпадают, история и портрет, потому что на портрете – не кто иной как Николь Труа, в просторечии Коко, женщина, никогда в жизни не говорившая неправды».

Арчибальд устроился поудобнее и стал рассказывать монотонным бесцветным голосом. Собственно, сюжета-то и нет, ни начала, ни конца, – говорил он, скривившись будто от головной боли. – Так, несколько черточек и черт, не выпадающих из основной темы. Коко действительно не умела лгать, что, как можно догадаться, приносило ей до поры немало неудобств. Но настоящие проблемы начались со взрослением, ибо, повзрослев и достигнув двадцати трех, она закончила актерскую школу и была приглашена в один из профессиональных парижских театров, хоть, признаться, актриса из нее была так себе – недоставало тонкости черт и настоящего сценического голоса. Она, однако, была влюблена в искусство по-настоящему и самоотдачу проявляла соответствующую, за что ее и оценили я думаю, но театр – это еще полбеды, а хуже всего, что почти в это же время Николь стала замужней женщиной, хоть и не поменяла фамилии, и вот это сочетание – лицедейство и замужество – образовало прямо-таки огнеопасную смесь, которая полыхала не раз, к счастью так и не произведя взрыва, но частенько рассыпаясь пренеприятными искрами.

Он снова принялся изучать горлышко бутылки, а я отхлебнул из своей теплую воду и потихоньку отставил ее в сторону. «Кривитесь, кривитесь, – усмехнулся Арчибальд, – не все грешить, приходит и расплата. Ничего, для печени полезно. Это я себе, не вам, вы лишь, так сказать, живая иллюстрация», – уточнил он и, вздохнув, тоже сделал глоток.

Так вот, замужество Коко явно было опрометчивым шагом, – продолжил Арчибальд, несколько оживившись. – Конфликт понятен, он на поверхности – игра и жизнь, принципы и пороки, притворство и природная правдивость. Право, бедняжке стоило посочувствовать: вживаясь в образ, она перевоплощалась взаправду, со всем вытекающим отсюда – любовь так любовь, интрига так интрига. Представьте: Коко является домой глубоко заполночь, пьяная и растрепанная, как шлюха, смотрит, словно падший ангел, не до конца вышедший из транса, пока ей не надают по щекам, чтобы привести в чувство. Супруг естественно интересуется, где ж это она была, и Коко честно отвечает – в кабаке. Вот как, думает супруг и, потоптавшись на месте, делает следующий шаг – а с кем же она пила там, в кабаке – и Коко, ничего не скрывая, называет пару актеришек из своей же труппы и еще каких-то их друзей и подружек. Супругу, понятно, все это нравится меньше и меньше, он делает глубокий вдох, чтобы успокоить расходившийся пульс, и очень осторожно спрашивает, как бы между прочим – а там, в кабаке, со всеми эти людишками весьма сомнительного сорта, все ли там было безупречно нравственно? То есть, не было ли каких-то поползновений или намеков, и она, Коко, не делала ли она чего-нибудь предосудительного с пьяных, простите, глаз? Тут Коко уже не Коко, а Николь Труа, у нее раздуваются ноздри и почти выветривается хмель – не иначе, намек на предосудительность вдруг меняет ее неузнаваемо. Что за чушь, оскорбленно заявляет она и уходит в ванную, еще чуть покачиваясь, но уже обретая на глазах привычный ореол добродетели, и супругу стыдно, так что он особенно нежен с Николь этой ночью. Вскоре она засыпает, утомленная вином и тяжелым днем, он же еще долго лежит без сна, а наутро – шепоток за спиной и дурные намеки: кажется, весь огромный город держит его за рогоносца. Так оно и продолжается – кристально честное супружество и перевоплощения с полной отдачей. Ему рассказывают про скандалы с полицией в ночных клубах Монмартра и откровенное распутство в самых дешевых из них, а то он узнает про некий романтический экивок Коко с отставным генералом из правительства, полный старомодного жеманства и платонической страсти, что не помешало генеральской супруге закатить в театре безобразную сцену. Он давно уже бросил ревновать – тем более, что Николь возмущается вполне искренне, ведь она не лжет ему, она не может лгать: вот ее будуар, она не выбрасывает ни единой записки, вот ее счета, он может проверить все до единого франка, вот записная книжка, белье, духи… Как насчет театральной программы, интересуется он как бы невзначай, движимый уже не ревностью, а любопытством, можно ли глянуть на список ее ролей? По крайней мере, нужно знать, что ожидает впереди, оправдывает он сам себя, читая перечень пьес и героинь, увлекающих его Николь в мутные дебри чужих страстей, становящихся вдруг реальными донельзя не только для зрителей, наблюдающих из партера, и даже куда более, чем для них. Увы, утешиться нечем – Коко, наверное по причине средних актерских данных, занята все больше в характерных образах: дамы полусвета, записные интриганки, камеристки и сплетницы, не упускающие случая, чтобы и самим дать повод для сплетен. Никакой чистоты, с возмущением думает супруг, никакой нравственности – боже, чему учит наша драматургия, что за вкусы она формирует, какой пошлости он потакает! И ведь не задумаешься об этом, пока не коснется тебя самого. И Николь – какая женщина, просто находка, создана для того, чтобы приносить счастье, но принадлежит этому театру, кривлянию, обману… Искренна до самых глубин, но и вся погрязла в притворстве… Чем чище порыв, тем беспросветней кажется ложь, которая пользует его – и ничего не сделать. Ах, как он возмущался и как страдал – супруг Николь, я имею в виду…

Арчибальд покачал головой, повернулся к портрету и рассматривал его минуту или две, потом тяжело вздохнул и снова перевел взгляд на горлышко бутылки с минеральной водой. «И что же дальше? – поторопил я его. – Он продолжал с ней жить, или терпение лопнуло, и они расстались? Или может какая-нибудь страшная роль – Дездемона например?»

«Дальше ничего, – недовольно буркнул Арчибальд, – я предупреждал вас – ни сюжета, ни развязки. Они конечно расстались в конце концов – сколько можно терпеть. А насчет Дездемоны – это вы загнули, так не бывает».

«Все говорили, – признался он помолчав, – все утверждали в один голос, что Николь Труа не должна становиться женой Арчибальда Белого – не должна и все тут. И были правы, – он назидательно поднял вверх палец, – хоть и не знали ее ни на вот столько, – Арчибальд старательно отмерил на поднятом пальце крохотную часть ногтя. – А если бы и знали, то у них не хватило бы мозгов сказать хоть что-нибудь разумное», – закончил он совсем сердито, стремительно вскочил на ноги и со словами «хватит, насмотрелись» стал занавешивать портрет серой материей.

Странная мысль пришла вдруг мне в голову. «Арчибальд, – тихо спросил я его, – скажите, а почему вы все время в шарфе?»

Арчибальд вздрогнул от неожиданности и несколько растерянно глянул на меня. «А-а что?» – хрипло спросил он в ответ и прокашлялся, прочищая горло.

«Да нет, ничего, – сказал я серьезно, – а может и что-то, я пока не знаю, но, право, что у вас под шарфом?»

Я сделал шаг в его сторону, и Арчибальд попятился. В глазах его мелькнул испуг, и тогда я шагнул еще и еще, удивляясь в глубине души своему напору, но не желая останавливаться. Арчибальд медленно отступал, а я так же медленно надвигался на него, не сводя глаз с мятого перекрученного шарфа. «Очень, знаете, непривычно ощущать себя жертвой, находясь с вами, Витус, – пытался усмехнуться Арчибальд Белый, но это у него выходило плохо. – Как-то вы изменились вдруг, и мне непонятно, чего вы собственно хотите?»

«Нет, правда, Арчибальд, – говорил я негромко, – вы строите из себя вальяжного творца, знающего за других, вы пичкаете меня картинами и историями на свой выбор и требуете искренности в ответ, а сами вот скрываете что-то – где ж тут справедливость? Давайте уж играть в честную игру – вопрос за вопрос, ответ за ответ. Нельзя все время отмерять откровенность аптекарскими стаканчиками, а то ведь я начинаю ощущать себя подопытным животным, которым манипулируют с какой-то целью. Запираться – так запираться, начистоту – так начистоту…» Я бубнил и бубнил, будто гипнотизируя его и прижимая к стене, и наконец он действительно оказался у стены, прислонясь к ней спиной и глядя мне под ноги. «Снимите шарф, Арчибальд», – попросил я строго, но он не шевельнулся и не поднял глаз, и тогда я сам протянул руку, схватил один из свисающих концов и стал разматывать виток за витком. Арчибальд не сопротивлялся, на губах его застыла кривая усмешка, и все лицо было неподвижно, как маска, вылепленная из бесцветной глины.

Наконец шарф упал на пол, обнажив бледную шею, резко контрастирующую с загорелыми щеками и лбом, а на ней не было ничего – только острый кадык, покрытый щетиной, смешно прыгнувший вверх-вниз, когда Арчибальд нервно сглотнул, после чего поднял голову, уставился мне в зрачки и спросил враждебно: – «Ну что, довольны?»

«Вполне, – ответил я, поднял его шарф и отряхнул от пыли. – Держите, равновесие восстановлено, облачайтесь обратно, если хотите. Я даже не буду спрашивать, почему и зачем, и, поверьте, никому не расскажу».

Арчибальд неторопливо обмотал шарф вокруг шеи и поинтересовался с вызовом: – «Вам чем-нибудь помогло?»

«Не знаю, – пожал я плечами, – наверное, да. Я уезжаю, прощайте». Он прищурился и подал мне руку. «Скажите, – спросил я еще после вялого рукопожатия, – почему вы все-таки окопались в этой дыре? Ведь талант, выставки, и вообще… А тут никто и не видит».

«А некому показывать, – откликнулся Арчибальд беспечно. – Вы не поверите конечно, но факт – как на духу. Некому, хоть кричи караул – так лучше уж подальше с глаз. Арнольд вон приезжает раз в год, или, глядишь, кого-то вроде вас случай занесет… Нет ни одного че-ло-ве-ка, – шепнул он хрипло, наклонившись мне к уху. – Ни одного не нашел, чтоб была причина осесть в людном месте и прочих терпеть, не замечая. А если кто и попадается, так у них свои мытарства, не прицепишься. Впрочем, я привык, – признался он, ухмыльнувшись,

– идите, идите, попрощались уже…» – и я ушел, кивнув ему напоследок и помахав рукой «его» Марии, попавшейся мне в прихожей и тут же испуганно шмыгнувшей в какой-то чулан.

Вернувшись домой, я первым делом собрал все бумажки с диаграммами, которыми развлекался целый месяц, все страницы со списками бесполезных имен, что валялись в ящике стола, сваленные в кучу, и без сожаления выкинул их прочь, старательно разорвав перед этим на мелкие клочки. Затем туда же отправилось и еще кое-что – обрывки разных мыслей, наспех записанные где придется, наползающие друг на друга и внезапно ныряющие за край листа. Их было уж и вовсе не жаль – они теперь не вызывали ничего, кроме зевоты. Потом я бросился в постель и заснул безмятежным сном, а на следующий день покинул деревню – без провожатых и напутственных речей.

Шофер грузовика, огромный мужчина с одутловатым лицом, коротко оглядел меня, поинтересовался, куда я направляюсь, вяло кивнув на название гостиницы, подсказанной мне Гиббсом, и сообщил, что его можно называть просто Бен. Он был угрюм и неряшлив, а в кабине ощутимо попахивало потом, бензином и дешевым куревом. Едва водрузив на руль непомерные ручищи и вырулив на шоссе, Бен потерял к дороге всякий интерес и стал занимать меня беседой, по-видимому входящей в стоимость поездки.

«Кто ты?» – спросил он сразу, едва узнав мое имя.

«В каком смысле?» – не понял я.

«Ну, промышляешь чем? – пояснил Бен, покрутив в воздухе ладонью. – В смысле, на что харчишки имеешь и прочее».

«А… Я художник», – вновь, как и в гостинице у Пиолина, соврал я непонятно зачем и тут же пожалел об этом, но было поздно, не оговариваться же сразу, признаваясь в глупой шутке. Сейчас меня будут ловить на слове, мелькнула тоскливая мысль. Где же мои холсты и мольберты, куда это я направился без снаряжения или, если еду домой, почему не брал его с собой на океан? Настоящие художники, наверное, шагу не ступают без кистей с красками, а я разгуливаю налегке, как явный бездельник…

Нашел, кем назваться, посетовал я про себя, но Бен не удивился услышанному. «Художник – это да... – протянул он, – Это почет так почет и заработки на славу...»

«Ну, как посмотреть...» – начал было я возражать, но Бена не интересовало мое мнение. «...А я, брат, простой шофер», – закончил он мысль, удрученно покачав головой, и без промедления принялся излагать подробную хронологию своей тридцатипятилетней жизни.

Далеко он, впрочем, зайти не успел – я перебил его вопросом не к месту, а потом притворился спящим. Шофер обиженно замолчал и не произнес ни слова в течение следующих двух часов. Деревня осталась далеко позади; мы петляли среди холмов, ничем не напоминающих ни дюны, ни болота, через которые пробирался когда-то наш маленький отряд с Гиббсом во главе. Было пасмурно, и чахлые деревья вокруг казались погруженными в грязно-серую морось.

Внезапно Бен зашелся яростным кашлем, а откашлявшись и сплюнув в окно, покосился на меня и продолжил беседу. «Вот ты художник, – начал он с простоватой хитрецой, – а что ты рисуешь – так, вообще?»

Дернула же меня нелегкая, вновь выругал я себя, а вслух ответил неохотно: – «Разное рисую – людей, пейзажи... – и добавил: – Я вообще ближе к абстракционистам», – надеясь, что незнакомое слово отобьет у Бена охоту к дискуссии, но его было не сбить так легко. «Людей, значит, – ухватился он за слабое звено. – Это правильно, хоть большинство людишек, прямо скажем, дрянь. Особенно баб... – он засопел было, явно отвлекшись мыслью, но тут же вернулся к главной теме: – Ты как, баб рисуешь?»

«Довольно-таки редко...» – осторожно ответил я, не зная, куда он клонит, и Бен оживился. «Вот-вот, – поддержал он, – я считаю, что в них одна ересь и суета, а нормальному человеку, особенно невезучему, так просто прямая опасность. Поэтому... Поэтому, вот что – нарисуй-ка ты мой портрет, – брякнул он вдруг к полной моей растерянности и победительно уставился мне в лицо, ожидая реакции и позабыв про дорогу. – Нарисуй и подари мне, я с тебя денег за поездку не возьму!»

Мне тут же вспомнились Кристоферы и их самоуверенная бравада. Еще один в компанию, подумал я неприязненно, потом усмехнулся сам себе, принял надменный вид и лениво ответил: – «Ты, друг, скажешь тоже. Мои картины тыщи стоят, а ты – за поездку не возьму».

Бен, ничуть не обескураженный, продолжал пялиться в мою сторону. «Тыщи не тыщи, а может сочтемся? – пророкотал он уверенно. – Я ж тоже не простак, опыт жизненный, все дела. Столько могу порассказать – на десяток картин хватит. Тебе, художник, прямая польза!»

«Ха, порассказать, если б ты еще и нарисовать мог…» – ответил я ему в тон, думая при этом, что не хватает тут Арчибальда Белого – небось порадовался бы коллега. «Смотри, куда едем-то», – добавил я еще, не желая угодить в кювет. Бен надулся и отвернулся к дороге. «Не трусь, доедем, – буркнул он хмуро и повел могучими плечами, словно утверждая свое превосходство. – Не таких возил, как ты, художников, никто в претензии не был…»

Разговор оборвался, и оставшуюся часть пути мы сидели, глядя прямо перед собой, недовольные друг другом. Шофер порой принимался бормотать себе под нос, но уже без всякой надежды на сочувствие. «Тыщи стоят… – доносилось до меня. – Дураки тыщи платят, а если не платят, то все деньги – бабам. От них, от баб все неприятности потом. Набросятся, как собаки, и тявкают почем зря, а может не собаки, а гиены – тявкают и смеются… Каждой твари дали по дереву – отчего ж гиенам баобаб достался? Только зазря перевели. От них – одна глупость, они его посадили вверх ногами, да и потешаются с тех пор, а он живет тыщи лет…»

Я понемногу погружался в дремоту. Бормотание Бена и мои собственные мысли путались друг с другом, будто от дорожной тряски; обленившееся сознание не задерживалось ни на чем, скользя по верхам, переворачивая листы без всякой попытки вчитаться в малознакомые буквы. Засосало болото, подумал я про себя и вдруг почувствовал, что хочу приехать поскорее, очутиться среди суеты и городских шумов, вырвавшись наконец из деревенской заброшенности, не приемлющей никакой новизны. Любой город, даже провинциальный город М., представлялся спасением от чего-то, подстерегавшего меня и чуть было не ухватившего в свои щупальца – от чего-то, что я преодолел, обхитрив, и обвел вокруг пальца, почти не солгав, пусть и поступившись чем-то иным, о чем уже и не вспомню. Я представлял себе улицы и подворотни, темные фасады и потоки автомобилей, тут же ощущая уколы тоски по моему собственному Альфа-Ромео, что дожидался меня где-то с терпением покинутого ручного зверя. Воображение, будто просыпаясь от спячки, ворочалось беспокойно в потаенном углу, куда я сам загнал его как в бессрочную ссылку. Чередование светлых и темных плиток на мостовой, трещины на асфальте и извивы узких переулков вновь вставали перед глазами, сочетаясь в комбинации то ли строчек, то ли ходов на ста сорока четырех полях, обращаясь в россыпи неказистых фигур или даже намекая невнятно на росчерки черной туши у горизонта.

Я потрогал пальцами след на щеке и глубоко вдохнул душный воздух кабины. Каменные ступени возникли где-то в глубине памяти, но, как и два дня назад, не откликнулись внутри ни робостью, ни растерянной дрожью. «Страшное – позади», – неслышно шепнул я себе, но не стал добавлять продолжение – в продолжении была слабость, пусть и скрытая настолько, что никто кроме меня не сумел бы ее распознать. А в воспоминании теперь жила упругая мощь – я чувствовал ее и знал ее сам, даже если бы Гиббс не подтвердил догадки: если держать глаза открытыми, то можно и отыграться. На ком и за что? Разница небольшая, к чему называть имена. Перебирая, можно растечься мыслью, а на самом деле подойдет любое… И зачем я прозябал в глуши, потеряв столько времени – неужели всегда нужно, чтобы поторопили извне?

Дорога стала ровнее, тряска прекратилась, грузовик мерно урчал, а я дремал, свесив голову на грудь, и следил в полудреме, как мой секрет возрождается из руин, обновленный и исполненный новой жизни. Да, это было так наивно – разрушение, выстрелы и кровь, лубочная романтика убийства, как романтика влюбленности, позаимствованная из плохих книг. И смешна была попытка возвеличить себя, уничтожив кого-то другого, перечеркнув его сознание, его память и мысли – в этом не было глубины, лишь жалкий плагиат, и в этом не было смысла – своего наперекор чужому. Лишенный сознания и памяти равнодушен к смыслу, он не спорит с ним, он глух и слеп – и это ли не величайшая насмешка, ожидавшая тебя, неумного мстителя: то, за что ты хотел мстить, обернулось бы к тебе неприкрытым ликом и заявило, не заслоняясь более ни условностями, ни приличиями – ха-ха-ха, ты мне невидим, я не внемлю тебе и не хочу тебя знать. И не можешь, прибавил бы ты, но это было бы слабое утешение, бессильное перед осознанием упущенного шанса, усилия, растраченного впустую. Нет, идея в другом – чем уничтожать и сжигать мосты, куда занятнее завести в тупик и подтолкнуть к осознанию тупика, к осознанию иллюзорности собственных фантазий, если чужие им не по нутру, к осознанию поражения, крушения оплотов, о котором они, бродящие с завязанными глазами, вовсе не желают ни знать, ни думать. Это – контригра на славу, это созидание, в конце концов – пусть лишь единицы посчитают за шедевр, но и у меня есть козырь, припрятанный в рукаве, не будем лишний раз вытаскивать на свет и повторять вслух. Это – обращение слабости в силу, маленький шажок сапогами-скороходами, за которыми не угнаться иным, ретивым: от отметки, будто бы выдающей тебя с головой, до странноватого ореола, позволяющего ладить с неизвестностью. Странноватого и страшноватого – это для тебя кое-что уже позади, а они, прочие, злорадствующие издалека, даже еще и не подступались и, наверное, побаиваются подступиться.

Все в моих руках, вдруг понял я, и ничто не будет лишним – ни револьвер, ни поход через дюны, ни даже Паркеры или Арчибальдовские портреты, пусть не всему сразу найдется место. Главное – не останавливаться, а там – там все может случиться, и многое случится по-твоему…

Тут у меня перед глазами отчего-то снова возникла расчерченная доска, и по ней задвигались черно-белые фишки. Давно, давно я не сражался ни с кем, намеренно уйдя в сторону и в тень, раз и навсегда отступившись от того, что умею делать лучше всего. Где вы, мои соперники, изнывающие от собственной кровожадности? Мне не деться от вас никуда, то, что умеешь делать лучше прочих, не отпускает и через годы, имея над тобою невидимую власть, да и где как не в вечной игре Джан твоя слабость так отчетливо способна обратиться в силу внезапного броска, если не отвлекаться и идти до конца? Пусть это и нечестно – сводить все к хитроумным комбинациям на ограниченном пространстве, но что я могу поделать, если по-другому не разъяснишь

– ведь графики мертвы и мертвы все схемы, ведь каждый сам за себя, а в действительности все куда сложнее любых объяснений.

Прости, сказал я Любомиру Любомирову, высунувшему голову откуда-то из-за угла, и он скорчил рожу, мерзкий задира, который один мог бы меня понять. Я хотел еще добавить что-то или просто подать ему любой из условных знаков той азбуки, которую мы разработали сами, чтобы не выдавать за доской замыслов и намерений, но в этот миг грузовик чихнул и встал, так что моя голова чуть не ткнулась в лобовое стекло. «Приехали, – донесся до меня хриплый голос Бена, – давай свои деньги, художник». Я потянулся, кивнул, не желая отвечать, и полез за бумажником, набитым купюрами, не имевшими, как утверждал Гиббс, ни запаха, ни посторонних пятен.

Глава 9

Фасад гостиницы «Аркада» светился неоном и мерцал загадочно, но холл выглядел обыденно, так же как и скучный клерк за стойкой, покрытой черным стеклом с трещиной наискось. Больше всего это походило на приют для небогатых рантье, куда еще могли бы угодить, да и то случайно, иной коммивояжер или парочка молодоженов, обманутая турагенством. Захотелось даже недовольно брюзжать – будто это меня, а не их, заманили невесть куда картинками в яркой брошюре – но отведенная мне комната оказалась просторной, ванная призывно сверкала никелем и зеркалами, а телевизор в углу выглядел шикарнее, чем сам отель и весь город М. в придачу. Мысленно поблагодарив Гиббса за хороший совет, я разделся и отправился в душ.

С хитрыми кранами пришлось повозиться, а когда я, вдоволь наплескавшись, вернулся в комнату с полотенцем на бедрах, там орудовала горничная, не обратившая на меня внимания. Я окликнул ее, сообщив, что только въехал, и в комнате чисто, но она лишь коротко поздоровалась, не поворачивая головы, и снова стала махать тряпкой, обходя поверхность за поверхностью. Тогда я лег на неразобранную постель и стал глядеть в потолок, раздосадованный непрошеным вторжением. Горничная была сухощава и подвижна, лет двадцати трех или около того, на лице ее застыло выражение скорбного упрямства, и у меня она не вызывала никакого интереса.

Когда уборка завершилась, и горничная, по-прежнему не поднимая на меня глаз, направилась к выходу, я окликнул ее еще раз, вежливо спросив, не знает ли она Джереми, здешнего приказчика. Девица остановилась в дверях и глянула на меня с подозрением. «Его все знают», – ответила она недовольно и взялась за дверную ручку. Ей хотелось уйти, и мне хотелось, чтобы она исчезла поскорее, но я все же сказал ей, поправив полотенце: – «Подожди, не спеши, я не кусаюсь. Мне бы с этим вашим Джереми потолковать. Позвать его можешь?»

«Сами и зовите, – буркнула горничная, отпустив однако ручку, – я вам не нанялась», – но тут я показал ей мелкую купюру, она зыркнула на нее с жадностью и тут же сменила тон. «Ну, если так, то отчего же – позову, – протянула она тонким голосом, делая шаг к кровати, ко мне и к купюре. – Вам сейчас или попозже желаете?»

«Сейчас, сейчас, – кивнул я, протягивая ей деньги и чувствуя себя неуютно в одном полотенце под ее взглядом. – Вот, возьми, спасибо…»

Горничная взяла купюру, улыбнулась неумело и быстрым движением спрятала ее где-то в одежде. «Вам спасибо», – сказала она, продолжая глядеть на меня и будто прикидывая что-то. Потом, решившись, подбоченилась и заявила все с той же неискренней улыбкой: – «У меня кстати сестра есть».

«Ну и что?» – не понял я.

«Ничего, вообще-то, – она замялась и потупила глаза. – Вам лучше знать, что и как. Я говорю только, что у меня есть сестричка – повыше немного и вот тут пошире, и тут – а сама-то я девушка скромная, и жених у меня имеется…»

«Мне-то что, – буркнул я, думая, что она просит еще денег. – Есть жених так и женитесь на здоровье».

«Ну а сестра? – не отставала горничная. – У нее-то жениха нет, и вообще она любезная и все такое… Любит с мужчинами полюбезничать и все такое… Особенно если мужчина интересный, – добавила она кокетливо, заговорщически понизив голос и чуть ли не подмигнув, – вы как насчет сестры?»

«Нет, нет, никак, – сморщился я и замахал рукой, поняв наконец, в чем дело. – Мне Джереми нужен, а не твоя сестра, иди уж…»

«Ну, как знаете», – разочарованно протянула горничная и вышла, виляя худыми бедрами, а я поспешил одеться, представляя при этом ее разбитную сестрицу с отчетливой неприязнью.

Джереми не заставил долго себя ждать и появился уже через четверть часа. Он был невысок ростом и кругл как мячик, даже и двигался, будто подпрыгивая на коротких толстых ножках – казалось, его можно бросить в стену, и он отлетит, спружинив, откатится в угол, перевернувшись через голову несколько раз, и вновь окажется на ногах, ухмыляясь все так же любезно. В комнате тут же запахло дешевым бриолином, которым были сдобрены его волосы, уложенные в безупречный пробор, а в глазах зарябило от поддельного блеска запонок и галстучной булавки. «Чем могу оказаться полезен?» – произнес он вкрадчиво, и я подумал, что уже слышал где-то этот бархатистый баритон, но не мог вспомнить, где и когда. Несмотря на слащавость облика, Джереми производил впечатление весьма тертого субъекта, а его маленькие глазки смотрели остро и цепко, так что я, понаблюдав за ним чуть дольше, чем позволяли приличия, пришел к выводу, что рекомендация была хороша.

«Мне посоветовал вас человек по имени Гиббс, – сказал я наконец. – У меня есть дело в городе, и мне нужна помощь. За помощь я, разумеется, заплачу».

Джереми чуть наклонил голову при упоминании Гиббса и и из нагрудного кармана маленький блокнот с огрызком карандаша. «Слушаю», – произнес он, выказывая почтительное внимание. Я порылся в сумке, извлек фотографию Юлиана и положил на стол. Джереми подошел, вежливо стал рядом и посмотрел на нее, не говоря ни слова. «Мне нужно найти этого человека, – сказал я с неудовольствием, утомленный его манерностью. – Зовут Юлиан, по крайней мере так раньше звали, прибыл из столицы несколько месяцев назад. Живет… Не знаю, где живет».

Я замолчал, осознав вдруг, что мне больше нечего добавить, и просьба выглядит до невозможности беспомощно. Принеси то-не-знаю-что, вертелось в голове, и за это тебя похвалят. Этот Джереми будет прав, если тут же распрощается со мной, посмеявшись после за дверью. Я бы на его месте так и сделал, наверное, лишь подивившись про себя наивности постояльцев, выдумывающих поручения одно нелепей другого.

Приказчик, однако, ничуть не выглядел обескураженным.

«Позвольте узнать некоторые детали, – проговорил он, раскрывая блокнот и усаживаясь за стол. – Вы, кстати, с этим человеком по имени Гиббс где познакомились?»

«В дюнах познакомился, – буркнул я с раздражением. – Я ищу не Гиббса, а вот этого, Юлиана, вы не поняли, наверное?»

«О нет, я понял, понял, – зачастил Джереми, – именно Юлиана, так и запишем». Он написал вверху чистой странички «Юлиан», полюбовался на заголовок и сказал, чуть заметно вздохнув: – «Ну, начнем с привычек…»

В течение следующего часа Джереми, как опытный дознаватель, вытягивал из меня все, что я помнил о предмете своих поисков, умело фильтруя и раскладывая по полочкам скудные, а зачастую и весьма бессвязные сведения. «Карты, выпивка, – бормотал он, заглядывая мне в лицо, – вы видели его пьяным? Что он – плачется, бахвалится или драчлив?.. Далее – сигареты: сорт, как держит, как стряхивает пепел? Окурок, кстати, очень важен – до фильтра или оставляет без жадности? Сминает или бросает тлеть?..» Поначалу все это казалось мне детской игрой, но вскоре я проникся серьезностью вопросов и старательно напрягал память, то и дело обнаруживая вопиющие свидетельства своей ненаблюдательности. Покончив с сигаретами, мы снова вернулись к спиртному и азартным играм, оттуда перекинулись на скользкую тему откровенного вранья с выгодой или без, а потом затронули слегка спортивные упражнения разного рода, в которых я и сам не силен, а о пристрастиях к ним Юлиана уж и вовсе мог лишь гадать.

Джереми был невозмутим и не пытался торопить меня или оказывать нажим, даже когда я пускался в сомнительные допущения, пытаясь облегчить себе жизнь. «Теперь, если позволите, к другому», – говорил он просто, когда на каком-либо из вопросов мы заходили в тупик, постукивал карандашом по краю стола, задумавшись на секунду, и спрашивал что-нибудь, вовсе не связанное с предыдущим.

«Что почитывать любит? – интересовался он своим бархатным баритоном. – Газеты там, журнальчики разные или книжки тоже в руки берет? И еще про картинки с дамочками – частенько разглядывает или как?» Я морщил лоб и честно пытался ответить на все, подмечая с удивлением, что Юлиан, которого я должен знать как облупленного, открывается для меня заново – и не таким уж знакомым образом. Будто поворачивали стеклянную пластинку, и в ней, как голограмма, проступал облик, становясь покорнее в сети узаконенных признаков, но и в то же время сложнее, недоступнее и своевольней, ибо признаки эти, разрастаясь числом, вносили сумятицу и расплывчатость. Мой давний враг, изученный донельзя, превращался на глазах в загадочный экспонат непредсказуемого толка, не то что внутренность, но даже и оболочку которого я не удосужился рассмотреть, когда он был поблизости. Каждый слеп, каждый, каждый, думал я сердито, но сердился уже не на Джереми, а на себя самого, понимая прекрасно: ничто не мешало мне оснаститься серьезнее, выходя на охоту, следовало всего лишь пораскинуть мозгами о практических вещах вместо того, чтобы углубляться в самопознание, если не сказать самоедство, без всякой очевидной выгоды.

«Теперь одежда, – монотонно продолжал Джереми, – бывают осенние привычки, а бывают привычки общие. Сначала поговорим об осенних…» Я напрягал память и представлял себе Юлиана каким увидел его в первый раз, розовощеким и пышущим здоровьем, но при этом зябко кутающимся в куртку, слишком теплую для середины сентября. «Любит куртки и плащи, – отвечал я уверенно, – спортивный стиль, никакой нарочитой солидности…» – но потом сомнение одолевало, я поправлял сам себя, добавляя, что в одну из последних наших встреч Юлиан почему-то был в стильном пальто нараспашку, а после вспоминал и другие подробности, наверное не относящиеся к делу, и начинал нервничать, путая себя и приказчика. Что-то во всем этом было не так, словно какие-то мелочи противоречили друг другу, и даже вопросы, выстраивающие прошлое в стройные ряды, не могли выявить всех заблуждений и ложных открытий. Наверное их и не выманить из потайных мест, они прячутся в предметах, позах и тенях, оставляя в сетчатке лишь отражения формы сродни механическим оттискам на медной пластине, сокращая свою сущность до набора линий и небогатых цветовых оттенков. Они оберегают свои тайны, подначивая и дразня, и каждая попытка разобраться с ними по существу, без поблажек, показывает, что укрытий всегда больше, чем подозреваешь вначале.

Конечно же, Джереми это не волновало ничуть, у него были свои методы, которым он верил, будто показывая скептикам вроде меня, что даже из негодных частей можно собрать неплохое целое, как из детского конструктора, в коем потеряна половина деталей. Надо только вооружиться правильной системой и не отступать ни на шаг – глядишь, пустышки заполнятся сами собой или перестанут бросаться в глаза. При этом, система сама отвергает лишнее: к примеру, меня не спрашивали о Юлиановских настроениях и чувствах, потайных мыслях, сомнениях и страхах – обо всем том, что составляет его истинное существо и отличает, по сути, от прочих, пусть даже очень похожих внешне. Я б мог вволю пофантазировать на эту тему и даже придумать историю не хуже историй Арчибальда, но, очевидно, это относилось бы совсем к другой головоломке. Тем не менее, нужно было признать, что воссоздаваемое Джереми не несло в себе ущербности поверхностного суждения и смотрелось куда солиднее, будто имея объем и отбрасывая свою собственную тень.

Приказчик бубнил и бубнил, не останавливаясь, словно автомат, заряженный монетами. «Хорошо, хорошо, – говорил он, кивая и быстро строча карандашом, – теперь немного о женщинах. Он с ними нахален и нагл или все больше лебезит? Любит официанток? Секретарш? Библотекарш?..» Тут-то я мог бы кое-что порассказать, но не сообщать же первому встречному, как у Юлиана получилось с Верой, тем более, что и не опишешь, что там у них на самом деле получилось, и как все вышло бы, не будь меня, недостающей вершины устойчивого треугольника. И вообще, вдруг все это всего лишь частный случай – изнутри не видно, а сейчас, снаружи, все равно видно плохо, почти как изнутри.

Видно плохо, но приходится присматриваться, думал я, присматриваться и выносить на обозрение другим, по-настоящему в общем почти ничего и не скроешь – ну а Джереми все не отставал, не давая передышки. «Теперь о еде, – напирал он, – потерпите, уже немного осталось, почти закончили...» – и я видел, что да, почти все уже собрано вместе, Юлиан представал передо мной законченным нагромождением конструкций, видимых по-своему, каждая со своего ракурса, напоминая скульптуру стиля модерн, о которой можно много спорить, и все споры будут ни о чем. Его не свести было, как раньше, к череде плоских отпечатков, будто к стопке фотографий, на которую только и оказались способны воображение и память, не вооруженные системой. Но и все же он – среднее из средних, воплощение обыденности и приземленная величина, говорил я себе, выискивая ненужные оправдания, и это конечно же было так и оставалось прежним – никто не отменял тех обвинений, что были вынесены мною ему и всем, подобным ему, или точнее ему КАК всем подобным. Однако новое содержание, полученное из собранных вместе фактов, рассредоточивало зрение и размывало мысль, все время норовя увести в сторону от упрощенностей, заготовленных когда-то мною и занесенных в картотеку подобно библиографической карточке, подменяющей толстенный том. Не иначе, мой изначальный план был в любом случае обречен на провал. Картонку из картотеки легко выбросить или сжечь, но поднимется ли рука уничтожить сотни страниц?..

«Ну, вот и славно, – удовлетворенно сказал Джереми, осматривая две странички, исписанные бисерным почерком. – Вот у нас и есть с чем поработать. Этот ваш Юлиан – он для меня теперь человек как все, а человека найти не трудно и сделать с ним можно все, что угодно, если есть к тому нужда. Но сделать – это уж потом вы сами, я правильно понял?»

Последняя фраза не понравилась мне, покоробив фамильярностью, на которую у приказчика не было прав. «Ищите, ищите, остальное – не ваша забота, – ответил я холодно. – И вот еще что, попросите кого-нибудь пригнать мою машину, она стоит в отеле, где я жил раньше», – я взял листок бумаги со стола и написал на нем марку и номерной знак моего Альфа-Ромео.

«Сделаем, – согласился Джереми и зевнул. – Какой, вы говорите, отель?»

Тут до меня дошло, что название гостиницы, в которой я познакомился с Гиббсом, напрочь вылетело из памяти, да и местонахождение ее я помнил лишь зрительно, не имея при себе точного адреса. «Отель… – замялся я. – Трехэтажный такой отель, недалеко от рынка. Я, право, забыл… Там стеклянные двери, и что бы еще?.. Да, там настоятелем некий Пиолин, они с Гиббсом приятели – может и вы его знаете?»

Джереми вдруг вскочил со стула, заложил руки за спину и прошелся-прокатился к противоположной стене, там резко развернулся и вновь подошел ко мне, глядя исподлобья. На его безупречно-круглом лице образовалась морщина, проходящая от пробора до подбородка, а один глаз превратился в узкую щель. «Ну что вы, – сказал он учтиво, сияя улыбкой и скалясь морщиной, – конечно же, я не знаю никакого Пиолина, и никто тут у нас никогда о нем не слышал». Он пожал плечами, будто дивясь на небольшое недоразумение, снова прошелся туда-сюда и добавил: – «Я уверен даже, что и другие, например человек по имени Гиббс, о котором вы упомянули невзначай, тоже знать не знают никакого Пиолина, а если какого-нибудь и знают, то вовсе не того, кого вы имеете в виду. И более того, – Джереми склонил голову вбок и напустил на себя лукавый вид, будто готовясь сделать сюрприз, – более того, я понимаю, что это вообще была шутка: вы ведь, я полагаю, тоже не знаете никакого Пиолина – например, если бы к вам подошел кто-то и спросил напрямоту, то вы-то уж отбрили бы наглеца с возмущением и с возмущением оправданным, ибо – зачем вам вообще какого-то Пиолина знать? Вовсе, уверяю вас, вовсе ни к чему – уверяю на случай, если кто-нибудь все же подойдет и спросит…» Он покивал сам себе, а потом, очевидно считая вопрос исчерпанным, взял со стола свой блокнот и сунул в нагрудный карман. Я вздохнул и выругался про себя – вечно с этим Пиолином одни неувязки. Тот вообще-то сам со мной познакомился, я не напрашивался и не лез в чужие тайны, а теперь все время выходит, что лезу. Но каждому, понятно, не объяснишь…

«Значит, машину вы найти не можете?» – спросил я Джереми с нарочито-удрученным видом.

«Ну что вы, что вы, – замахал он руками, – машину мы вам привезем, не сомневайтесь. И машину разыщем, и отель у рынка – вам когда нужно? Побыстрее? Так сегодня и сделаем. Прямо немедленно и займемся».

Он сложил руки на животе и стал смотреть на меня все с той же лукавой улыбкой. Морщина исчезла с его лица, и я почувствовал облегчение, будто самое трудное было пройдено, и ничто больше не угрожало взаимной симпатии.

«Заплатите вперед или после предпочитаете?» – осторожно осведомился Джереми, переступив с ноги на ногу.

«Вперед, вперед, – успокоил я его, – сколько с меня за услуги?»

«Сколько не жалко, – сказал он с видом светского скромника и облизнул губы. – Расходы будут, не без того, но лишнего я не беру, так что вы уж сами решите».

Я кивнул, достал бумажник и вынул из него три крупных купюры, потом подумал и добавил еще одну, поинтересовавшись небрежно: – «Этого хватит?» Джереми аккуратно взял деньги, сунул их в карман брюк и сказал чуть развязно: – «Вполне хватит, чего уж там. Дело-то дня три займет, а авто сегодня же пригонят, в лучшем виде». Он еще раз обвел глазами комнату, будто проверяя, не осталось ли чего позабытого, и почтительно поклонился, пятясь к двери, но тут я хлопнул себя по лбу и кинулся к сумке.

«Ключи от машины, – воскликнул я в ответ на вопросительный взгляд, – вот, чуть не забыл», – и бросил ему увесистую связку.

«Ключи? – переспросил Джереми чуть растерянно. – Так у вас и ключи есть? Ну тогда это все легче, легче…» Он постоял, подумав, и сказал неуверенно: – «Да, тогда это легче и стоит подешевле. Вам может еще что-нибудь? Девочку например, у меня много есть на примете – ведь дня три займет, скучно ждать-то. Или что похитрее можно организовать – это на ваш вкус».

«Да нет, спасибо, – ответил я несколько смутившись. – Впрочем, я подумаю».

«Подумайте, подумайте», – Джереми в последний раз состроил почтительное лицо, тускло сверкнул фальшивой булавкой и скрылся за дверью, беззвучно ее затворив.

Потом я просто валялся на кровати, ожидая свой Альфа-Ромео и размышляя обо всем понемногу. В голову настойчиво лез Юлиан, но я гнал его прочь – он был не нужен теперь, запущенный механизм мерно тикал без его участия, если конечно ему не вздумалось покинуть город М. до того, как мой нынешний план вступил в действие. Тогда ребята Джереми вернутся со своих поисков не солоно хлебавши, и все разрушится, подумал я лениво, но в этой мысли не было ни горечи, ни даже существенной толики сожаления, словно кто-то невидимый нашептывал тут же, что мол тужить не стоит, глядишь и подвернется какой-нибудь новый ход.

В целом, я пребывал во вполне приподнятом состоянии духа. Первый шаг дался легко – и очень кстати: мне удалось наконец сдвинуться с нуля, который еще накануне представлялся довольно-таки омертвелой точкой. Размышлять о предстоящем свершении – отбросив на время всякие там «если» и «но» – было теперь куда приятнее, чем, скажем, сразу после приезда в город М., когда любое из задуманных действий заранее отпугивало множеством неопределенностей. Я больше не мучился сомнениями и не боялся сглупить или дрогнуть, да и сам Юлиан как-то измельчал в моих настойчивых видениях – сжался и стал занимать куда более скромную часть пространства, так что его фигурку ничего не стоило обозреть с разных сторон с некоторой даже снисходительной веселостью.

В самом плане, однако, все еще хватало белых пятен, и я стал прикидывать так и сяк всяческие варианты действий, наспех оценивая за и против. Труднее всего было с револьвером – я никак не мог решить, куда бы его приткнуть, раз уж в Юлиана стрелять не придется, и даже вновь стал подумывать, не отказаться ли от него вообще – например подарить Джереми или забыть под скамейкой в парке. Расстаться с ним было легче легкого – и план сразу становился куда стройнее – но благоразумие опять взяло вверх, да и без всякого благоразумия револьвер было откровенно жаль, он обладал такой убедительной тяжестью и скрытой мощью, что просто радовалась рука. Даже представляя его зрительно, мне тут же хотелось пальнуть куда-нибудь – хоть в небо, если уж не в мишень или живую цель – так что вопрос пришлось отложить на потом, благо у меня еще было немало времени в запасе.

Вскоре в дверь постучали, и прыщавый подросток, шмыгая носом, вручил мне ключи от машины, сообщив гнусаво, что сам автомобиль находится во дворе, в двадцати метрах от входа. «Там табличка висит – ну в смысле не трогать, – пояснил он невнятно, – так вы табличку-то снимите, а как вернетесь, так опять повесьте – спокойней будет. У нас вообще спокойно тут…» – уверил он меня, получил монетку и исчез, а я быстро оделся и поехал кататься по городу.

Город М. был тот же и при этом совсем другой, я узнавал и не узнавал его, ожидая быть может большего, чем следовало, и дивясь своей нетерпимости ко всему, что мелькало за окном машины, противореча ожиданиям. Здания будто обветшали за недели, что я провел у океана, улицы стали уже и грязнее, на тротуарах вместо загадочного рисунка и хрупкой паутины трещин, что грезилась еще недавно, я видел лишь выбоины и заплаты, как явные следы запустения. То же и люди кругом – их лица словно стерлись и плечи опустились в унынии, каждый брел торопливо, укрывшись за призрачной тенью воротника, и нельзя было отличить одного от другого. Индивидуальности пропали, обратившись элементами толпы – аморфной субстанции, упраздняющей различия и имена, живущей единым организмом, руководимым самыми простыми инстинктами.

Я петлял от переулка к переулку, сворачивал наугад, упираясь в глухие подворотни, и вновь возвращался на один из проспектов. Везде было в общем одно и тоже, но при этом множество мелочей отделяли одно место от другого – улицу от улицы, сквер от соседнего сквера, перекресток с мигающим светофором от следующего за ним – будто город сумел-таки отыскать в себе зачатки неоднородности в отличие от бесформенной людской массы, породившей его, но сделал при этом лишь один слишком робкий шаг, не имея сил на что-либо еще. Впрочем и этого должно хватить, думал я угрюмо, крохи разнообразия – это уже немало для тех, кто не способен сбросить с глаз пелену и глянуть дальше соседского балкона, несколько капель новизны – это уже достаточно вполне, чтобы добавить пряности в их пресные жизни и дать повод для суеты, не оставляющей места ни для одной лишней мысли.

Смотри, смотри, говорил я себе, тут и живут те, в угоду которым на тебе поставили знак, отложив затем в долгий ящик – распознан мол и потому не опасен. Они питаются пыльной травой и смотрят на мир сквозь удушливый смог, они кичатся своими обычаями, ни один из которых не отличает их от четвероногих, и презирают чужаков, не задаваясь вопросом о естестве чужеродности. Они умеют быть вместе и давать отпор всем миром – и у них нет метки на щеке или чего-нибудь еще похуже, хоть, как утверждает Гиббс, на каждом приклеен свой ярлык, если присмотреться – просто ярлыки уж очень схожи. Когда-то ты хотел быть с ними, пристраивался в шеренгу, готовый терпеть подначки и тычки, маскировался неумелым хамелеоном и всерьез переживал неумение – сколько тысячелетий назад? Небось теперь уже и не сосчитать... Хоть бы Юлиан оказался в городе, подумал я еще и вдруг почувствовал острый голод, вспомнив тут же, что почти весь день ничего не ел.

Приличного ресторана долго не попадалось – я заехал куда-то на окраину и плутал среди одинаковых серых построек, освещенных редкими фонарями. Лишь через полчаса, когда стало совсем уже темно, мне удалось-таки выбраться на центральную площадь, полную людей – я с трудом приткнул машину у здания почты и зашел в первое же кафе с яркой вывеской. Внутри было как обычно – накурено и тепло. По мне скользили безразличными глазами, тут же отворачиваясь и забывая, и официант все никак не подходил, занятый большой компанией за соседним столом. По крайней мере, тут никто не обращал внимания на обезьяню лапку, и, думаю, если бы я был вообще без лица и смотрел вперед затылком, то и это едва ли вызвало бы заметный интерес. В долгий ящик, в долгий ящик, повторил я беззвучно, усмехаясь про себя, и расслабился – догадки подтверждались, и это было мне на руку.

Ужин, когда его наконец принесли, оказался неплох, и, завершив его кофе с коньяком, я вышел на улицу в весьма благодушном расположении духа. Мелькнула мысль, не познакомиться ли с женщиной, что было бы весьма кстати после добровольного заточения в деревне у океана, и я стал поглядывать вокруг с любопытством вполне определенного толка, но среди проходящих мимо не встречалось ни одной, с которой стоило бы заговорить. Тогда я побрел вперед, остановился возле своей машины, закурил сигарету и стал ждать, прикидывая, не купить ли цветок в качестве вспомогательного инструмента или же действовать как есть, полагаясь лишь на свое обаяние, а то – не послать ли затею ко всем чертям и не отправиться ли назад в гостиницу без лишних хлопот. Все же тяга к приключению пересилила, и я продолжал стоять с небрежным видом, поигрывая сигаретой и посматривая независимо по всем правилам не самой сложной науки, пока вдруг прямо передо мной не вынырнула из толпы очаровательная мордашка с челкой и неприступно поджатыми губками.

Сердце подпрыгнуло, я сделал короткий шаг навстречу и сказал, улыбаясь радушно: – «Ну не забавная ли неожиданность – как я рад! А ты пропала, негодница – не звонишь, не заходишь…» Избитый трюк, но действует на многих, да и вообще, часто бывает, что чем избитее, тем лучше, и теперь получилось именно так – девушка опешила и впилась в меня взглядом вместо того, чтобы пройти мимо, будто бы не заметив.

«Я что, вас знаю?» – удивленно произнесла она, поморгав и состроив соответствующую гримаску. Я отметил, что она слишком молода и без сомнения глуповата, но размышлять было поздно, следовало без промедления закреплять успех.

«Ну да! – заявил я уверенно, добавив в голос мягкой хрипотцы. – Конечно знаешь уже некоторое время… Я – Витус», – и приготовился взять ее под локоток, чтобы сразу перевести знакомство в нужное русло, привычно изумляясь про себя, как глупо это все и какую неразумную цену – время, время и много-много слов – полагается платить за соблазнение вовсе даже не невинных, но тут за спиной раздался сильный треск и звон разбитого стекла, и я обернулся, как ужаленный, почувствовав еще раньше, чем увидев, что с моим автомобилем, столь любимым после долгой разлуки, случилась беда.

Так и оказалось. Прямо передо мной улицу перегородил громоздкий Крайслер, очевидно пытавшийся припарковаться рядом и в результате маневра снесший моему Альфа-Ромео заднюю фару с правой стороны. Теперь он пыхтел выхлопной трубой, став поперек и не давая проехать другим; прохожие, спешившие по своим делам, приостановились, жадно вертя головами, а я, сжав кулаки и позабыв о полузнакомой красотке, шагнул на проезжую часть, раздосадованный донельзя. У Крайслера распахнулись обе передние двери, и из них одновременно выбрались водитель – средних лет мужчина со спутанными волосами и лицом, изрытым оспой – и его вертлявая спутница, остроносая блондинка в голубом джинсовом костюме.

Едва ступив на мостовую, блондинка закричала на весь квартал: – «Джо, Джо, посмотри на наш бампер – что ты наделал!» Широколицый Джо цыкнул на нее, так что она будто проглотила язык и только всплескивала руками, размахивая лошадиным хвостом, и обернулся ко мне, набычившись угрожающе.

«Эй, придурок, – начал он, – ты что, не соображаешь, где ставить?..» – но тут же осекся, наткнувшись на мой взгляд. Наверное, от меня и впрямь исходил нешуточный заряд ненависти, по крайней мере, внутри все так и кипело – не столько от разбитой фары, сколько от «придурка» и самоуверенных манер этих двух – и я был готов кинуться на него первый, хоть он и смотрел на меня сверху вниз, будучи выше ростом и шире в плечах.

«Виноватых ищешь? Не будет тебе виноватых. Свою тупость вини, а за придурка извинись, ты, осел, – проговорил я голосом, осипшим от ярости, потом сделал шаг ему навстречу и добавил, откашлявшись наспех: – Да, и глаза протри – смотреть надо, куда едешь!» Хвостатая блондинка что-то взвизгнула возмущенно, но Джо не обратил на нее внимания. Он стоял напротив и поглядывал, прищурившись, явно оценивая, на что я способен и можно ли безнаказанно полезть в драку. Ему не повезло – в этот момент я был способен на многое. Хорошо еще, что револьвер остался в гостиничном номере – незнакомая прежде злоба давила изнутри, мешая дышать, и сердце колотилось яростно, словно перед прыжком через пропасть. Мое привычное «я», чуждое агрессии, оказалось отодвинутым в сторону и лишь наблюдало оттуда, вопрошая в изумлении: что случилось, отчего такие страсти, неужели так жалко машину? А в ответ ему шептали беззвучно и свирепо, чтобы оно смолкло сию же минуту и лучше бы исчезло навсегда. Что-то новое поселилось во мне и показывало зубы, не обладая как видно ни единой крупицей терпимости, что-то, готовое вскинуться на окружающее, чуть оно, окружающее, само полезет на рожон – и, да, мне жалко было мой беззащитный автомобиль, открытый всеми своими блестящими частями неловким, неуклюжим чужакам, бездушной силе, способной лишь на разрушение и грубость. Я был неуязвим для них – и знал это теперь, видя, как в прищуре косолапого Джо стремительно тает решимость – мне не нужен был никто, заботящийся обо мне, но он, мой Альфа-Ромео, на котором нет несмываемой метки, кто кроме меня позаботится о нем?

«Джо! – снова завизжала блондинка. – Ну что ты стоишь, сделай же что-нибудь…»

«Вмажь ему, Джо», – крикнул кто-то из толпы и загоготал дурным смехом, но Джо шагнул назад, коротко хмыкнув, и сказал в пространство: – «Да что с него взять – он пьяный, не видите? Поехали, Микки…» Он направился было к своему Крайслеру, но вдруг развернулся и пнул ногой осколки на мостовой – очевидно остатки разбитой фары – так что они полетели на тротуар, на меня и на отпрянувших зевак. Я почувствовал, что не могу больше сдерживать бешенство. Хотелось броситься на самодовольного громилу, так трусливо увиливающего от возмездия, рвать его на части и кусать зубами. Страха не было вовсе, лишь брезгливость мешала мне устроить тут же безобразную свалку – что-то внутри противилось контакту с чужеродной плотью, как с заразной, нечистой материей. Я молча огляделся, шагнул в сторону и схватил металлическую урну, к счастью оказавшуюся пустой. Кто-то в толпе ойкнул, раздался вопль Микки, а я размахнулся, с усилием подняв увесистое орудие над головой, и запустил его в капот Крайслера, вкладывая в бросок всю свою злость. Урна поразила цель с оглушительным грохотом, на капоте образовалась вмятина и что-то отскочило сбоку, а Джо метнулся к белохвостой Микки, беззвучно открывавшей и закрывавшей рот, одним толчком впихнул ее в машину и сам прыгнул за руль, успев крикнуть в никуда: – «Пьянь! Пьянь! Идиот!..» Крайслер взвизгнул шинами и умчался, задев по пути еще один ни в чем не повинный автомобиль, а я остался стоять на мостовой, бешено озираясь, будто выискивая следующую цель.

Кто-то тронул меня за рукав. Девушка с челкой, испуганная и несчастная, смотрела с пытливой робостью. Губки ее приоткрылись, утратив свою неприступность, ресницы подергивались, и глаза, по-моему, были на мокром месте.

«Вы целы? – спросила она участливо. – Я Ирма… Кто вы? Я вас знаю или нет?»

Мне вдруг стало зябко, удручающая бессмысленность

происходящего будто окатила меня с головы до ног, я обхватил плечи руками и отрицательно помотал головой. Девушка не отводила глаз, и мне было ее жаль. «Нет, Ирма, не знаешь, – ответил я со вздохом. – Обознался, прости». Ее кукольное личико будто подернулось вуалью, глаза потухли и губы вновь сжались в линию. «Ты красивей, чем та, на которую я подумал», – сказал я ей еще, не найдя лучшего утешения, потом пожал плечами и сел за руль, больше не глядя ни на Ирму, ни на прочих, все еще стоявших вокруг.

Двигатель урчал успокаивающе, городские шумы остались вне, за закрытыми стеклами, не посягая более на мою территорию. Я медленно ехал к «Аркаде», уступая дорогу всем, кто хотел вырваться вперед, не реагируя ни на отдельных наглецов, ни на всю какофонию раздраженных гудков, наполняющих вечерние улицы. Мне нечего больше с вами делить, будто говорил я им, разочарованный и уставший, у вас свое, у меня свое. Стычка с Джо и его истеричной подругой, случившаяся совсем недавно, вспоминалась как эпизод из далекого прошлого, у которого стерлись детали, оставив лишь ощущение общей бессмысленности, как когда пытаешься доказать что-то тем, кто давно разучился слушать.

Что ж, думал я отрешенно, поступим как учили – пометим и забудем. А еще лучше – добавим в общую кучу, а потом уже, на досуге, разложим все на отдельные элементы и отсортируем как должно. Главное – не переборщить с критериями, чтобы не запутаться и не нагородить лишнего, лишнее отвлекает. Когда знаешь, чего хочешь, отвлекаться ни к чему, а критерий позволительно иметь лишь один – назовем его, к примеру, степенью усредненной полезности. Полезности, понятно, в применении к задуманному предприятию, в данном случае – к моей контригре. Впрочем, контригра – это слово Гиббса, ни к чему употреблять чужие слова, у меня ж есть свое название, вот его и выставим в заглавную часть.

Я представил белоснежный титульный лист, на котором начертано жирным углем: «мой секрет», и стал размышлять о нем спокойно и чуть лениво, понимая, что окружающее едва ли удастся удивить, а если и получится, то оно все равно не сознается нипочем. Потому – не надо крайностей вроде оглушительных взрывов или отравленных стрел, фокусы зачастую удаются самым нечаянным образом, а если птичка даже и вылетит не оттуда, то фокусника едва ли сразу смогут уличить в плутовстве. Глупая утка легко попадается на муляж – вон и Джо отступил, не распознав, что внутри я, признаемся, не так уж грозен и обычно вызываю у таких, как он, насмешку, а не страх. Надо только не перемудрить с приманкой – должно быть похоже, как ни крути.

Не будем напрягаться чересчур, подумал я флегматично, притормозив перед выскочившим сбоку Фольксвагеном, мир, право, того не стоит. Да и получается, как правило, не очень, когда пыжишься сверх меры, стараясь выступить с невиданным ранее – небось во все времена хватало оригиналов, все, что можно, уже навыдумывали по многу раз. К тому же каждый сюжет силен именно частностями, даже если канва и совпадет тютелька в тютельку – еще и лучше для стороннего глаза, а то ведь не разберутся впопыхах, что зачем, кто за кого – запутаются и смутятся… Нет уж, не станем зря ломать голову, даже и обратимся почти к очевидному, такому, что само просится на язык… – и, словно ободренное поддержкой, сознание послушно переключилось на мой новый план, тут же начавший обрастать деталями. За полчаса кружения по переулкам я успел продумать все или почти все недостающее и вошел в вестибюль гостиницы полностью уверенный в том, что и как я хочу сделать с Юлианом, если конечно его разыщут. Картина стояла у меня перед глазами, лишь несколько последних штрихов еще предстояло дорисовать, но за ними, я знал, дело не станет.

Кивнув швейцару, я поднялся в номер, улегся на кровать, не раздеваясь, и почувствовал, что вполне доволен собой. Замкнутое пространство гостиничной комнаты, очередное временное убежище, казалось уже обжитой цитаделью, населенной привычным обществом моих привычек, к которым так приятно возвращаться из внешней враждебной среды. Чего-то, правда, не хватало для полного примирения с жизнью, какой-то зуд не давал покоя, толкая к телефону, стоявшему тут же на столике у кровати, и, поборовшись с ним некоторое время, я сдался, поднял трубку и спросил портье, нельзя ли сейчас же разыскать приказчика.

«Сделаем», – невозмутимо откликнулась трубка, и вскоре

Джереми уже стоял на пороге моего номера. «Машина-то, а? – начал он, едва войдя, и покрутив головой, на которой красовался все тот же набриолиненный пробор. – Видел, видел… Желаете починить?»

«Ах, да, машина, – вспомнил я, – если можно, почините, я заплачу, вот ключи… И еще, Джереми, вы спрашивали… То есть, вы говорили, а я отказался…»

«Девочку? – пришел он мне на помощь. – Сейчас доставим, не вопрос. Вы каких предпочитаете?»

Я промямлил что-то невнятное, Джереми утвердительно кивнул и исчез, а еще через полчаса в дверь снова постучали, мелодичный голос произнес вопросительное «Хелло?», и в комнате появилась Миа.

Глава 10

Увидев ее, я несколько оторопел – она казалась самой высокой женщиной из всех, что я знал когда-то; даже среди тех, с кем случалось перекинуться хоть словом, не было ни одной, способной посмотреть на Мию сверху вниз. После, когда были сброшены туфли и бархатная беретка, а светлым волосам позволили рассыпаться по плечам, картина утратила большую часть загадочности, и мне уже не грезилось, что передо мною объявилась гренадерша или местная баскетбольная звезда, а потом я и вовсе привык к ней и перестал прикидывать так и сяк, считать ли недостатком то, что она выше меня чуть не на голову, тем более, что ее тело волновало меня даже издали, и мысли о недостатках исчезли сами собой.

Миа, заметив, что я молчу и лишь поглядываю на нее настороженно, не смутилась ничуть. Она бросила на кресло свой рюкзачок, сшитый из разноцветных лоскутов, неторопливо осмотрелась и приветливо мне кивнула, сообщив свое имя и поинтересовавшись моим, которое она повторила вслух несколько раз, будто попробовав языком и губами и приладив к нему несколько подходящих интонаций. Потом начался обход незнакомого места, похожий на пантомиму или маленькое театральное представление. Миа двигалась от предмета к предмету, ведя бессловесный диалог со мной и с ними – гримасками, забавными ужимками, всплесками рук. Некоторые вещи она лишь оглядывала со всех сторон, к другим наклонялась или трогала их руками, пробуя на ощупь – выключила торшер в углу, погрузив комнату во тьму, и тут же снова включила, изогнув брови в наигранном испуге, заглянула в ванную и одобрительно покивала, высунулась в полуоткрытое окно и недоуменно пожала плечами… Я постепенно познавал ее – походка и жесты говорили мне больше, чем слова – и она раскрывалась, не таясь: встряхивала волосами, широко раскрывала глаза и морщила изящный нос, словно приспосабливаясь к невидимому собеседнику и легко угадывая нужный тон. Через несколько минут мы будто были уже неплохо знакомы – с подтекстом чего-то более пряного, чем обычная симпатия. Это «что-то» поддразнивало и будило желания, которые и без того давно были начеку – так что, когда Миа в очередной раз приблизилась к кровати, я попытался, не вставая, обнять ее и притянуть к себе, но она ловко вывернулась и скрылась в ванной.

Ожидание показалось бесконечным, хоть и было совсем недолгим. Она вышла через несколько минут, совершенно нагая, повернулась несколько раз, чтобы я рассмотрел ее как следует, а потом обвила меня руками, и мы приступили к длительной любовной гимнастике, по окончании которой вся кровать оказалась перевернутой вверх дном, будто по ней пронесся злобный тайфун. Вынырнув на поверхность из бурных вод, я обнаружил себя лежащим на спине, бессильным и безвольным. Моя голова покоилась на заботливо взбитой подушке, а прямо напротив мерцали глаза неизвестного существа с другой планеты, в котором, наведя фокус, я вновь узнал свою неутомимую партнершу, наблюдавшую за мной с нежностью и легким любопытством.

«Ну вот, теперь мы друг друга знаем получше, – констатировала она, – можно познакомиться еще раз. Меня зовут Миа», – и поцеловала мой лоб скользящим прикосновением, напомнившим детские поцелуи Гретчен. Говорить все еще не хотелось, я молча изучал ее лицо, приближенное вплотную, а потом приподнялся на локтях и стал рассматривать ее всю, покорную, словно пленница, добровольно избравшая плен и не помышляющая о побеге. Миа потягивалась и посмеивалась, терлась об меня и изгибалась игриво. Длинное тело манило как бесконечная река; быть может ему недоставало плавности линий, но все было ладно пригнано, как в хорошо сделанной большой игрушке. «Миа, Миа», – проговорил я наконец чужим хриплым голосом, а она посмеялась, повозилась со мной еще немного, а потом встала с постели и взяла с кресла свой разноцветный рюкзачок.

«Произведем осмотр, – сказала она бодро, потом покосилась на меня и приподняла брови. – Ты, наверное, думаешь, что он слишком мал для такой большой девочки, как я, – произнесла она строго, – но так не нужно думать, потому что, пока он закрыт, ты не знаешь, что внутри, и можешь легко ошибиться – вдруг он куда вместительнее, чем кажется со стороны. Делать ошибки – плохая привычка, от нее нужно избавляться…»

Миа порылась в рюкзачке и достала матерчатый мешочек, а оттуда вынула потертый термос с плоской крышкой. «Мы можем выпить чаю, – предложила она, – это очень хороший чай, я сама заварила с побегами дикой мяты – и тогда это будет как будто мы давно знакомы, может даже жили вместе когда-то, а теперь встретились после долгой разлуки. Или же у меня тут есть еще вот что – на случай, если у тебя нет, – на свет появилась бутылка джина, – и даже тоник к нему, так что мы можем выпить алкоголя – словно только встретили друг друга и до сих пор еще не можем привыкнуть. Ты выбираешь… – Миа ловко повернулась на одной ноге, сделав танцевальное па, и устремила на меня вопросительный взгляд, склонив голову как большая птица. – Только учти, я много алкоголя не пью», – добавила она вдруг и покивала мне с серьезным видом.

Меня забавляло, как она произносила «алкоголь» – чуть спотыкаясь на среднем «о», будто от излишней старательности. Так было у нее еще с несколькими словечками – они словно застывали в верхней точке сальто, примериваясь один лишний миг к завершающему пируэту, и потом, после моментального контроля, кувыркались дальше, мягко и с некоторым облегчением планируя вниз. Иностранка, решил я, но сразу не распознаешь. Акцент присутствовал без сомнения, но в целом не слишком выдавал себя, усиливаясь лишь на некоторых согласных, произносимых тверже, чем нужно.

«Откуда ты родом?» – спросил я ее, выбрав из предложенного не «алкоголь», а чай, и суеверно загадав про себя маленькую южную страну.

«Из одной деревни в Норвегии, – легко откликнулась Миа, подавая мне дымящийся стаканчик, – ты ее знать не знаешь». Хитрость не сработала, и воображению пришлось смириться с копеечным проигрышем. Я осторожно глянул на нее в профиль. Правильные черты, здоровый румянец, быть может губы немного пухловаты… Да, никогда не угадаешь наверняка, а тут я ошибся чуть не на целый континент. Норвежцам, однако, повезло с подругами…

«Скучаешь по дому?» – поинтересовался я, устраиваясь поудобнее.

«Ничуть, – Миа категорически помотала головой. – Ничуть не скучаю и пока не намерена. Я и сама уже не знаю того места, – добавила она, будто оправдываясь, – все было так давно, лет шесть назад или семь… Как когда смотришь на картинку и подмечаешь: вот этот мост и пруд, и потрепанный штакетник я уже видела когда-то, только не помню где. Так же и я не помню – но не 'где', а 'как' – не помню ни запахов, ни звуков, ни даже цветов. Я могу хорошо рассказать – если не 'как', а 'что' – но это не значит, что от меня туда тянется ниточка. Если бы я очутилась там, то просто не знала бы, как себя держать… А если бы кто-то из них увидел меня *здесь*… – Миа сделала большие глаза. – Если бы кто и в самом деле меня увидел, то прошел бы мимо и даже не взглянул – надувшись, будто не замечая. Потому что, не-прилично, – пояснила она назидательно, – а мне все прилично, потому что нравится».

Она раскраснелась и разговорилась после любви и чая, и мы долго болтали, трогая друг друга под одеялом. Я вновь рассматривал ее вблизи – в ней не было утонченности, казалось, как и у других высоких женщин, будто навели линзу и увеличили все детали, но лицо все равно радовало глаз какой-то доверительной живостью, каковую даже Арчибальд Белый быть может не передал бы как должно своей изобретательной кистью. Мне было покойно с ней, Миа будто заполнила пустоты и залечила все ссадины, бередящие там и тут, от нее вместе с запахом и живым теплом исходило уверенное приятие действительности, и этой уверенностью она делилась со мною, не скупясь. Я знал конечно, что под внешним покровом может таиться всякое, но в данную минуту это не волновало ничуть – нам не было смысла ни лгать друг другу, ни ловить на лжи, ни вытаскивать на свет оставленное за кадром. Мы были свободны, как случайные попутчики в ночном поезде, способные ошеломить откровенностью или одарить бескорыстной лаской, не примериваясь к последствиям, которые не настигнут – к счастью или увы.

Я закрыл глаза и построил себе убежище из ее шепота и прикосновений. Возведенное наспех, оно не впечатляло красотою форм, но в крепости его не приходилось сомневаться – стены были достаточно высоки, а деревянные балки под крышей не скрипели и не проседали от времени. Миа была молода – я вдруг ощутил, что она куда моложе меня. Ощущение не понравилось мне, но тем уютнее казалось внутри призрачного здания, где числа складывались по своим законам, а посторонние мнения не имели власти. Хотелось расположиться там надолго и закрыть все двери – даже и зная, что выйти все равно придется. Хотелось размягчиться душой и бродить без всякой цели с этажа на этаж, пусть даже и помня, что твои же собственные намерения, от которых никуда не деться, поджидают нетерпеливо где-то снаружи. Они не отпустят сами собой, они уже вновь готовы есть поедом и зловредничать напропалую, но в этом и благо – иначе пустот было бы куда больше, черпай не хочу, и любое постороннее участие могло бы оказаться бессильным.

Меня потянуло в сон, и Миа тоже затихла и прикрыла веки. Я заметил, что ее ресницы куда темнее светло-серых волос, и это почему-то рассмешило меня, чуть растрогав, как знак беззащитности, подсмотренный ненароком. Я повел рукой по ее плечу. Миа тут же распахнула глаза и широко улыбнулась.

«Спать хочешь? – поинтересовалась она и сама ответила: – Ну да, хочешь конечно, от меня не скроешь. Подожди, я быстро…» Выскользнув из-под одеяла, она ушла в ванную, а я сел на кровати и закурил сигарету, гадая про себя, что за договор был у них с Джереми, и когда ей придет пора меня покинуть. Расставаться не хотелось, но и навязываться тоже. Спрошу напрямую, решил я со вздохом, как только выйдет, так сразу и спрошу, – чувствуя отчего-то, что грубоватость вопроса меня заранее коробит.

«Миа», – обратился я к ней, когда она показалась в дверях.

«Что, дорогой?» – беспечно откликнулась та, напевая вполголоса.

«Скажи-ка, красавица, – начал я несколько развязно, потом

устыдился и сменил тон. – Скажи-ка, Миа, ты остаешься или уже уходишь? То есть, как ты хочешь?.. То есть, как вы договорились?..» – вопросы звучали глупо, и я, недовольный собой, надулся и замолчал.

«Куда это я ухожу? – удивленно протянула Миа. – Никуда я не ухожу...» Она тряхнула волосами, подошла к зеркалу над письменным столом и стала что-то рассматривать у себя на лице. Потом повернулась ко мне и стала выговаривать укоризненно за нелепые подозрения.

Конечно, бывают такие, кто обещает три дня и берет плату за три дня, а потом норовит сбежать побыстрее, выдумывая нелепые истории и бесстыдно привирая, говорила Миа с показной обидой, но нет, она не из таковых. У нее тоже есть своя гордость, и лгать понапрасну она терпеть не может. Она не стала бы приплетать престарелую маму, что волнуется и не спит, или больных детей, которых нужно проведать, даже если бы ей со мной и не понравилось, а ей со мной нравится, и даже очень, тем более, что никаких детей у нее нет, детей она вообще не любит, а мама осталась в далекой Норвегии. У нее есть только подруга, и подруга, да, будет недоумевать, куда это она запропастилась – обычно, если нужно исчезнуть, то она всегда предупреждает свою Виви, которая потом заходит на квартирку и поливает там цветы. А тут все так неожиданно, и Джереми был так настойчив... Ну да он позаботится, она его попросила позвонить подружке, чтобы та не очень переживала, хоть конечно она и сама могла бы позвонить отсюда, но не в ее привычках вводить других в лишние расходы, пусть и пустяковые на первый взгляд. Так что пусть Джереми сделает это сам, ему можно верить в таких вещах, а она – нет, уходить она не собирается, если конечно я сам не хочу ее прогнать. Но я конечно же не хочу, она видит, потому что если бы хотел, то просто взял бы и прогнал.

«Миа, – признался я ей, – ты удивительно мила. Учти только, что я плохо сплю, когда с кем-то – нет привычки и вообще со сном у меня неважно». Миа тут же закивала деловито и уверила, что все ей понятно, можно и не объяснять так подробно, это бывает, да, когда с кем-то – и ворочаешься всю ночь, и могут сниться плохие сны. Но волноваться не нужно, она все умеет, в том числе и помочь с засыпанием, когда в голову лезет всякая чушь, а если не получится, и я-таки проснусь, то нужно просто ее разбудить – сразу все станет как надо. Я не поверил конечно, но она вся обернулась вокруг меня, обвив своим телом, как душистым плющом, зашептала что-то, щекоча дыханием, и я тут же уснул и проспал всю ночь, не мучимый ни кошмарами, ни дурными мыслями.

Следующие три дня мы не выбирались из номера. Город М., в который я стремился когда-то и куда так хотел вернуться побыстрее, проскучав в глуши несколько недель, вдруг утратил всякую привлекательность, а ореол загадочности и вовсе исчез бесследно, будто никаких загадок тут и не таилось никогда, а все легенды были придуманы теми, кто хотел на них нажиться. Конечно же, я лукавил слегка и намеренно спрямлял извилистые линии, но поверхностные суждения и прямые углы вполне устраивали на настоящий момент – главная загадка была уже и не загадка вовсе, о чем всегда готово было напомнить любое зеркало, а что до остальных, то нет, не сейчас – сейчас я занят. Юлиан и мой новый план главнее чужих загадок, а ласковая Миа притягательнее заоконных разнообразий. Разнообразиями я теперь сыт вполне, тем более, что городу, как видно, особо и нечего предложить.

Моя временная подруга развлекала меня вдумчиво и старательно, опекая как умелый доктор, привыкший излечивать без церемоний. Большую часть времени мы проводили в постели, Миа щедро предлагала всю себя, возрождая раз за разом мой интерес к изгибам и закруглениям податливого тела, которым она, в отличие от многих женщин, не прикрывалась, как щитом, и не щеголяла, как модным платьем. Ее движения и жесты, ее объятия и жаркие слова были неотделимы от чего-то главного, затаенного внутри, чему нет и не бывает замены. Вся она будто была воплощением цельности – в шепоте, в гримасках, в плавных жестах – наверное даже и притворяясь, она отдавала бы притворству все свое существо, так что никто бы не сумел отличить от правды. Любое из привычных удовольствий можно было переживать с нею заново каждый раз, а иногда и вовсе не замечать повторения – тем более, что Миа была лишена стыдливости и весьма одобряла разнообразие. Случайный зритель мог бы и оторопеть, глянув краем глаза на наши упражнения – оторопеть и отвернуться поспешно – но зрителям тут неоткуда было взяться, а нам самим все представлялось естественным вполне.

Когда мы утомлялись, Миа, лишь чуть-чуть переведя дух, переключалась на заботу о моем отдыхе – поила чаем и джином, мыла меня в ванной, решительно отклоняя всякие попытки ей в этом помочь, пела мне песни вполголоса, опершись локтем о подушку и серьезно глядя в глаза. За три дня я будто прожил с нею полжизни, впитав в себя больше, чем с иными за несколько лет – и в этом была лишь ее заслуга, моя собственная роль оставалась пассивной. Вначале я даже не знал, как держаться с нею – коммерческая сторона отношений, при их завидной пылкости, смущала меня и делала непривычно скованным. Все было не так, как должно было быть, то есть как я представлял бы себе заранее, приглашая в номер доступную красотку и сговариваясь с нею о предложении и цене – пусть даже и флиртуя по привычке, но зная, что покупаю ее тело, и не строя никаких иллюзий. Иные вещи, однако, купить не так просто, даже и речь о сделке не заведешь, предвидя холодное изумление, а Миа, чуждая всякой холодности, предлагала без жеманства заглянуть в самые потаенные кладовые, будто зная, что уж я-то смогу оценить по достоинству запрятанное до лучших времен, или даже уверив себя на миг, что лучшие времена – вот они, уже тут, и можно извлекать сокровища на свет. Я гадал иногда, мучимый неуместной ревностью, какова она с другими и что достается им, недостойным. Наверное, совсем иная, убеждал я себя; наверное, она замкнута и безлично-деловита, иначе не хватит сил и душа истреплется понапрасну. Но что-то прокрадывалось свербящим сомнением – что если ее внутренний ресурс и впрямь беспределен, так что за несколько дней любому может достаться столько, что хватит на годы и все равно еще останется вволю на остальных?

Потом, для простоты, я сошелся-таки с собою на непреложном факте денежного расчета, который, как ни крути, должен быть принят за главный базис, а все прочее, чудится оно или нет, нужно рассматривать как везение и пользоваться, пока есть шанс. Никто не виноват в конце концов, что Миа добросовестна на редкость и исполняет свои обязанности, не изыскивая легких путей. От слова «обязанности», даже и произносимого про себя, оставался неприятный привкус, и я морщился, как от фальшивой ноты, понимая однако, что нет ничего глупее, чем напридумывать ложной глубины, от которой тут же появятся проблемы – а проблем нам не надо, очень хорошо и без них. Пусть Миа будет мне наградой – весьма своевременной, надо признаться – хоть и не знаю за что, но чувствую: заслужил. Всякий раз, когда это решение, будто охолаживающий оклик, заставляло смолкнуть робкие голоса, на душе становилось тревожно, и непрошеный призрак юношеских сожалений шептал, отползая вглубь: смотри, пробросаешься. Но я делал вид, что не замечаю и не слышу, у меня затычки в ушах и один лишь Юлиан в растрепанных мыслях, и призрак исчезал, а наше с Мией кратковременное сожительство обретало прежнюю гармонию, свободную от серьезностей.

Она не расспрашивала меня о прошлом, возможно из соображений профессиональной этики, но охотно рассказывала про себя, не смущаясь моими настойчивыми вопросами. Мне и впрямь хотелось узнать про нее побольше – словно отложить про запас, чтобы потом заделать неизбежную брешь и выдавать по кусочку жадным воспоминаниям, всегда падким до деталей. Потому, я часто прерывал ее и просил вернуться назад или донимал перекрестными уточнениями, будто стараясь сбить с толку или вывести на чистую воду. Мию, однако, было не смутить занудством, которое она наверное принимала за искренний интерес, пусть и несколько своенравного толка, что в общем так примерно и было, а в тонких нюансах его корыстности не было нужды разбираться даже мне самому. Она терпеливо предлагала к обозрению подзабытые события и лица, отряхивала пыль и подновляла антураж, а потом готова была возвращаться к ним вновь и вновь, порою удивляясь вместе со мной тому, что герои несколько меняли позы или говорили другими голосами. Иногда же я оставлял ее в покое и просто слушал мелодичную речь со старательно выговариваемыми гласными, представляя места, где она бывала или жила, и следя любопытствующим зрачком за нею такой, какою она сама видела себя без подсказки.

Миа выросла в торговом поселке на севере Норвегии, почти все население которого состояло из ее ближних и дальних родственников, владевших землей и постройками, а также батраков с прислугой, помогавших вести хозяйство. Жили там и еще несколько небольших семей, промышляющих рыбной ловлей, но к ним относились с заметным снисхождением, поскольку их суденышки и жалкие лачуги явно проигрывали как собственность солидной недвижимости ее семейства, а сами они строили из себя гордецов совершенно на пустом месте, не желая признать собственной ущербности. Мие разрешали играть с рыбацкими детьми, но частенько подчеркивали, что они ей не ровня, а самих рыбаков она видела только по воскресеньям в местной церкви, исправно посещаемой поселковым населением.

Главным в их жизни считалось преуспевание в делах и приумножение семейного состояния, что было непростым делом ввиду суровости климата, частой непогоды и прочих северных каверз. Чего стоят одни только зимние ночи, когда рассветает лишь на несколько часов, а все остальное время – тьма и тьма; или бураны и штормы поздней осенью, из-за которых местечко становится отрезанным от остального мира – нельзя ни проплыть по морю, ни пробраться по горным дорогам, в скалистых фьордах замирает всякая жизнь, лишь ухают волны и свистит ветер, и кажется, что земля мертва уже многие тысячи лет, а их селение – последнее из оставшихся по ошибке. От этого становится тяжело на душе, любая мысль шарахается от себя самой, и всегда нужно иметь что-то, чем отвлечь растерянный разум – потому живущие там не хнычут по пустякам и твердо знают, о чем можно думать и говорить, а чего следует избегать, изгоняя прочь как опасную блажь. Хозяйственные же заботы были самой надежной почвой для единения умов, и отношение к хозяйству давно утвердилось как главное мерило человеческих достоинств. Все умели работать хорошо и много, все могли делать все или почти все, так что чуть ли не каждый мог заменить другого, возникни в том необходимость. Мию тоже приучали с детства к разнообразным ремеслам, а добросовестность и почти религиозное почтение к трудолюбию были впитаны ею с материнским молоком так же, как и всеми прочими обитателями поселка, кроме быть может одного-двух отщепенцев, которые пользовались всеобщим презрением. Особенно удачно она управлялась с домашними животными, ценившимися там не меньше человеческих рук, и ее даже звали, когда нужно было успокоить иную расшалившуюся корову или лошадь, с которыми она странным образом находила общий язык. С людьми же Миа ладила хуже, и многие не любили ее, считая выскочкой и зазнайкой, хоть она вовсе не зазнавалась – хотя бы потому, что не видела к этому причины, искренне считая себя ничем не отличимой от остальных. Все же, многие шептались у нее за спиной, а когда Миа подросла, пересуды стали еще откровеннее и злее. Теперь уже ее подозревали в самых разных грехах и наклонностях, про некоторые из которых она даже никогда и не слыхала в своей тогдашней наивности. Наконец, кто-то открыто назвал ее ведьмой или чем-то вроде, слово стало разноситься по поселку, и тогда отец усадил Мию в сани и увез в ближайший город, поместив в частный колледж-пансион, стоивший немало, но по-видимому казавшийся ему меньшим злом, чем грядущие потери из-за волнения бесхитростных поселковых душ. «Бесхитростных – это он так считал, – говорила она мне, лукаво усмехаясь, – сказать по правде, многие там были себе на уме, только вида не подавали. Но он знать не хотел – и бог с ним. А мне он заявил, что я раскольница, потому что мол вношу раскол, а хуже раскола нет ничего, и что моя работа теперь – научиться разным вещам из тех, которым в нашем селении не учат, а потом уж он подумает, как меня использовать, чтобы затраченное на меня вернуть. С тем и укатил, а я осталась – боялась конечно, но не так чтобы очень…»

В городе Мие понравилось, но больше всего понравилось в колледже, где у нее тут же завелись подружки, не чаявшие в ней души. Ее научили завивать волосы и выбирать одежду, а она развлекала всех из вечера в вечер рассказами про жизнь в прибрежных фьордах, выдумывая множество небылиц и перемешивая действительность с персонажами из детских книг, доставшихся ей когда-то по наследству от старших братьев и сестер. Не прочь она была и пошушукаться с какой-нибудь из соседок, если у той заводились сердечные тайны, и никто не подозревал ее больше в порочных странностях, так что вскоре Миа расцвела и совершенно воспряла духом. Учиться ей правда не нравилось, но, привыкшая все делать как следует, она и тут не желала отступать, перейдя с горем пополам на второй курс, на котором у нее вдруг обнаружились склонности к иноземным языкам, после чего дело пошло на лад.

Родственники вспоминали про нее все реже, а она, хоть и скучала первое время по северной земле, в которой прошло ее детство, вскоре настолько прижилась на новом месте, что и думать забыла об угрюмых нравах и скучных лицах своих сородичей. О будущем она не задумывалась, полагая, как и ее подружки, что оно устроится само собой, что в общем и случилось, хоть и вышло несколько иначе, чем кто-либо мог предположить.

Заминка в плавном течении событий, а после – крутой этого течения поворот, наступили, когда Миа заканчивала третий год обучения – предпоследний из положенных четырех. Одновременно с дождливой весной в их город прибыли чины из Осло, изыскивающие в норвежской глубинке кандидаток на звание самой привлекательной норвежки – не путать с вульгарными смотринами полуголых красавиц с нарисованными лицами. Нет, привлекательные норвежки не щеголяли перед публикой в бикини, выставляя себя напоказ, напротив, истинная скромность приветствовалась весьма, а еще ценились обаяние и живость, насколько таковыми могли обладать девушки из скучных провинций, а также бытовые умения и общий дух национальной самобытности. Компанейскую Мию случайно затащили на пробы две ее лучшие подруги, которые потом кусали себе локти от зависти – неожиданно для всех она в одночасье сделалась настоящей местной примой, намного опередив остальных претенденток и на предварительных просмотрах, и на главном отборочном туре, удостоившемся заметки с плохим фото в одном из разделов городской газеты. Успех очень удивил саму Мию, но столичные знатоки были очарованы не на шутку – не иначе, она выражала пресловутую национальную самобытность наиудачнейшим образом. Конечно, сыграла свою роль и ее хозяйственная сноровка, но одним этим судей было не удивить – город не испытывал недостатка в статных розовощеких девушках, умеющих делать все, что нужно в быту. Миа же несла в себе что-то большее, проявляющееся тотчас, стоило ей произнести любую фразу, улыбнуться или просто пройтись по сцене, и ни у кого не возникало сомнений по поводу ее полновесной победы.

Вскоре Мию увезли в Осло готовиться к решающему первенству, и там все было уже не так гладко – по крайней мере, ее рассказ стал в этом месте слегка невнятен. Что ей безусловно понравилось и даже пригодилось впоследствии, так это классы хореографии и танца-модерн, на которые девушек водили каждый день, пытаясь придать им побольше шарма. Потом занятия закончились, приближался заветный день, но, подойдя почти вплотную, так все же и не наступил – в организации конкурса вскрылись непорядки, началась шумиха, а вокруг привлекательных норвежек, воспользовавшись паузой, тут же стали виться какие-то прыткие люди, сулившие богатство и завидную работу в разных концах света.

Миа согласилась на одно из предложений чуть ли не первой – вихрь перемен, завертев собою, опьянял, словно музыка или вино, и останавливаться на полпути не хотелось. В результате, она оказалась в другой стране с продюсером-итальянцем, который как-то нечаянно лишил ее невинности, что не произвело на Мию особого впечатления, показал ей несколько дорогих отелей, которые удивляли своей роскошью лишь поначалу, и долго пытался пристроить ее в какое-нибудь из агентств или помпезных шоу, но удача им так и не улыбнулась. Постепенно итальянец становился нетерпеливее, раздражался по пустякам и укорял Мию в неумении подать себя, а потом заявил, что дальнейшие попытки бесполезны, потому что у нее слишком толстые щиколотки, а это нельзя исправить, как например грудь или бедра, так что ни на подиуме, ни на сцене ей, увы, ничего не светит. Она приняла это как должное, вихрь перемен явно подвыдохся к тому времени и уже не так кружил голову. Они еще поскитались вместе какое-то время и расстались, устав друг от друга, у Мии завелся новый продюсер, также не снискавший успеха, и тогда она решила, что мужчины, предлагающие помощь и твердое плечо, изрядно ей надоели, и стала рассчитывать на себя саму.

Домой возвращаться не хотелось – Миа привыкла к более теплым странам, и мысль о полярной ночи приводила ее в ужас. Она перебивалась случайными заработками, главным образом танцуя в клубах и барах, пока в одном из них ей не сделал откровенное предложение пожилой завсегдатай. Быстрые деньги пришлись по вкусу, особенно, подчеркивала Миа, за такую незначительную вещь, от которой бывает даже приятно, и с тех пор она легко находила возможность сводить концы с концами, сменив за два последующих года еще несколько стран и мест проживания и осев наконец здесь, в городе М., где ей куда комфортнее, чем в столицах, жизнь в которых так стремительна и жестока, и все хотят друг от друга куда больше, чем сами способны дать. К тому же, тут есть океан, она часто ездит туда и бродит по берегу часами – он хмур и силен, и нежен, и похож на необъятное северное море. И цены здесь ниже, обстоятельно перечисляла Миа, и туристов хоть отбавляй – она пользуется популярностью и даже подумывает, не завести ли себе постоянного друга из местных – Джереми, например, очень, очень мил – но все никак не может решиться и откладывает на потом. Ну, спешить некуда, всегда успеется, да и шаг серьезный, знает она этих мужчин, так что лучше не торопиться и скопить для начала побольше денег…

На этом она как-то сразу оборвала рассказ, и у меня снова мелькнула мысль, так ли все просто в нашем уединении, и не мерещатся ли и ей самой некие невидимые путы, а Джереми лишь взят наспех для отвода глаз. Но Миа глядела безмятежно, ее едва ли можно было заподозрить в двуличии, так что я успокоился на том, что никто кроме меня не видит двойного дна – успокоился и использовал наступившее молчание как повод для поцелуя, на который Миа, как всегда, откликнулась с непосредственной охотой.

Все это время окружающий мир проявлял к нам не больше интереса, чем мы к нему – то есть, никакого интереса вовсе. Нас почти не беспокоили, лишь однажды зашел тот же шмыгающий носом подросток и промямлил гнусаво, застыв в дверях и стараясь не смотреть на Мию, что мою машину починили, на ней вновь висит табличка, как в прошлый раз, и что лучше бы сейчас заплатить, а сколько стоит ремонт мне мол видней самому. Вздохнув, я полез в шкаф, где была спрятана сумка, а Миа, одетая лишь в небрежно запахнутый халат, подошла к посыльному, который, глядя снизу, вжался в стену и одеревенел, и стала выспрашивать строгим голосом, почему это платить надо сейчас, и как это он не знает точной суммы. Я сказал недовольно, чтобы она оставила мальчишку в покое, всерьез опасаясь, что с ним приключится нервный шок, отдал ему деньги и вежливо поблагодарил, но тот, даже не взглянув на достоинство купюр, лишь лихорадочно облизнул губы и выскользнул из комнаты, а Миа потом долго смеялась, передразнивая его затравленный взгляд.

Кроме подростка, в номере появлялся лишь пожилой официант, приносивший еду и забиравший пустые тарелки. Миа, отнюдь не страдавшая отсутствием аппетита, сама выбирала блюда для нас обоих, долго объясняла в телефонную трубку, что именно и как нужно нам приготовить, и потом изучала принесенное, не отпуская официанта, пока осмотр не завершался. «Я ем много фруктов, – говорила она мне, когда мы, изголодавшись, увлеченно орудовали ножами и вилками. – Фрукты – это полезно, от них улучшается кожа. А ты – ты мужчина, тебе нужно мясо и иногда рыбу, но рыбу не всякую, есть рыба, которая не очень хороша для мужчин…» – и читала мне целую лекцию о рыбных кушаньях и их разнообразных свойствах. «От трески улучшается зрение, но может разболеться голова, а свежий тунец очень полезен для желудка. Лосось хорош всем, но приедается очень уж быстро, и тогда нужно съесть немного форели – она отбивает память о лососине. И никогда не ешь омаров – они только для обжор, от них растет живот и разлениваются мозги», – говорила Миа наставительно, и я серьезно кивал, с отвлеченным интересом наблюдая при этом, как она слизывает с пальцев джем или вгрызается в зеленое твердое яблоко.

«Посмотри на этот апельсин! – восклицала она, призывая меня в свидетели перед покорно ожидающим официантом. – Он правильной формы и очень красив, у него толстая кожура, чтобы сохранить весь сок, но могу поспорить, что сока в нем как раз и недостает, а мякоть, наверное, жестковата от залежалости. Унесите его пожалуйста, – кротко, но непреклонно просила Миа, – и принесите нам другой, получше, а если нет другого или все они, как и этот, годятся лишь для обмана, то лучше принесите бананов и кусочек дыни», – и официант послушно уходил, шаркая опухшими ногами, отмеривая раз за разом свой привычный круг неудачника, а потом возвращался с заменой и вновь терпеливо ждал вердикта. «Куриная ножка очень хороша, – сообщала Миа, когда мы наконец оставались одни и накидывались на еду. – Моя бабушка говорила в детстве, что если есть много куриных ног, то у девушек вырастает цыплячий пух – это потому, что я все время просила курицу, а меня пичкали чем-нибудь подешевле. А вот к свиным отбивным я так и осталась равнодушной, хоть там у нас они считались первейшим лакомством, и их подавали на праздник с морошкой и брусникой, и с настойкой из можжевельника. Кстати о настойке – налей мне еще джина, я хочу быть немного пьяной и чуть-чуть развратной после обеда... Тебе вкусно, дорогой?»

Где-то на вторые сутки я потерял счет времени. Казалось, мы были заперты в этой комнате уже многие дни, не умея расколдовать стены и выбраться наружу. У нас однако имелась цель, придающая уверенности, и заточение не казалось бессмыслицей – мы ждали Джереми, каждый по-своему, зная, что его появление положит конец колдовству. К тому же, пребывание вместе, даже и в самом тесном пространстве, не тяготило ни меня, ни Мию, и ожидание тянулось незаметно, как долгожданный беспечный отпуск.

День начинался, бледнел и исчезал. Мы ели, дремали, занимались любовью и говорили о всякой всячине. Я рассказывал о столичных склоках и скучных конторских буднях, о Любомире Любомирове и его насмешливой тоске, от которой не скрыться, как ни щурь глаза в сигаретном дыму, а то – о рифмах и строчках, что лезут в голову кстати и некстати, будоража неизведанным, о котором шепчет кто-то невидимый, и к нему никогда не прислушаешься как следует. Миа в ответ развлекала меня описаниями ледников и скалистых откосов, блестящих, как слюда, и острых, как бритвенное лезвие, примерами рыбацких хитростей и жестокосердия тех, кто вынужден бороться с бессердечием природы, заставляющей всегда быть начеку и не прощающей человеческих слабостей. Иногда мы сражались в карты, и я проигрывал по большей части – Миа и тут проявляла редкостную целеустремленность, тягаться с которой мне было лень. За каждый проигрыш, впрочем, она вознаграждала меня ласками и интересовалась участливо, не расстроился ли я ненароком и не корю ли себя в тайне от нее, и лишь убедившись, что со мной все в порядке, начинала следующую партию, немедленно вцепляясь стальной хваткой в каждый мой промах.

Как-то раз Миа заговорила обо мне, сообщив, что я ей нравлюсь, что бывает довольно редко, и что я хороший любовник, что встречается чаще, но тоже далеко не всегда. «Я даже могла бы полюбить тебя, – рассуждала она серьезно, – если бы конечно нам случилось встретиться по-другому, а теперь – теперь уже не получится, и это плохо, хоть мне, наверное, обижаться не стоит – в каждой выгоде есть свой подвох и в каждом занятии тоже, как ни старайся, и обо всех своих я давно осведомлена. А вот тебе может стать досадно, а может уже досадно и есть – ты ведь меня не выбирал, а значит заранее знать не мог, как мы столкнемся и прочее, а теперь знаешь, да поздно. К тому же, если б я тебя полюбила, то и ты бы не остался в долгу – не смейся, я говорю правду, от любого можно добиться чего захочешь, если знать нужные слова. Жаль конечно, что для каждого они свои, но для тебя я нашла бы без труда – тебе их и нужно-то немного. Вот мне понадобилась бы целая книга – и то я все искала бы скрытый смысл между строчек, перепроверяя и прикидывая так и этак, и раскачивая каждую взад-вперед. Все потому, что я-то твердо стою обеими ногами, а ты – ты на цыпочках и тянешься к чему-то, чего даже и не видишь; но зато ты большой, а я – так себе, малявка, хоть конечно я высокая, а ты нет…»

Я внимательно слушал, перебирая ее волосы, а Миа все перечисляла, за что можно было бы меня полюбить, если встретить случайно или не иметь в занятиях подвохов – ровные зубы, густые волосы, ироничная складка у рта… «А еще ты ходишь, чуть подпрыгивая», – добавила она со смешком и замолчала, задумавшись о чем-то. Я глядел на нее и признавался сам себе, что у меня никогда не было такой женщины и едва ли будет когда-то еще, и что я, наверное, мечтал о ней, даже и не желая, чтобы мечта обратилась явью. Мне и послали Мию, как фантазию, что не сбудется, на короткие три дня – хотел мол, желал, так теперь не взыщи – сразу предупредив, что продолжения не случится, и это было милосердно вдвойне: мечтать можно, говорили мне, мечтать – это приятно, а потом успокаивали – не бойся, у тебя не хватит времени, чтобы убедиться в обратном. Но Миа глядела на меня так невинно, что и тут повеяло холодком – не забраться бы дальше, чем следует, не привыкнуть бы чересчур – так, что химерическая материя неприметно начнет перерождаться во что-то вязкое и прочное, разорвать которое потом как ножом по сердцу, а винить придется только себя – потому как предупредили и не раз. Пришлось изобразить фальшивую улыбку, чтобы стряхнуть наваждение, и сказать что-то чужим голосом, подыгрывая ей, коварной куртизанке, слишком безупречной и близкой, как никто.

«Интересно, – спросил я беспечно, – можно ли придумать что-то еще, кроме походки и ироничных складок? Ну там, особенность из особенностей, которых не бывает у других, что-то, пусть и не лезущее в глаза, но отличающее неоспоримо? Это бы тоже зачлось, или исключения отбрасываются и считаются лишь правила?»

«Не бывает у других… – мягко повторила Миа и потрогала мою обезьянью лапку. – Что случается такого, чего не может быть у других?» Она легла на спину и закинула руки за голову. Что-то застучало в оконное стекло – пошел дождь, и комната сразу стала еще неприступнее для любого врага, таящегося снаружи, как крепость, проверенная на прочность.

«Исключения… – задумчиво проговорила Миа. – Исключения хороши, но они ненадолго. Разве можно полюбить за то, что ненадолго?»

«Не знаю, – ответил я, поглаживая ее, как большую кошку. – Про исключения не знаю, но ладно, бог с ними. Пусть не исключения, пусть какой-то секрет, так что ли назовем. А иначе ведь полюбить вовсе не за что – все лишь случайности тогда и еще чуть-чуть здравого смысла… Впрочем, не слушай меня, я в этом не очень, я теперь вот стараюсь любить хотя бы себя самого, и то получается не всегда».

Миа зажмурилась, почти мурлыча, потом улыбнулась, не открывая глаз, и покачала головой. «Ну уж нет, – протянула она, – секрет тут не поможет, от него в любви никакого прока. Пока он в тебе, то его и не видно почти – раз не говоришь, значит он незрел и не просится наружу. Если кто-то и вытянет, то сам и пожалеет, а ты пожалеешь еще больше – сам понимаешь, потому и молчишь. А когда молчать станет невмоготу, и ты-таки выскажешь все кому-то, мне например, то тогда и секрет перестанет быть секретом, и о нем как о секрете уже и не будет речи. И снова все окажется, как у других – исключения ненадолго, я предупреждала – пока конечно внутри не зародится что-то новенькое… У многих – никогда или один раз и все, а у иных – не раз и не два, они без этого не могут, всегда тлеет какой-то фитилек.

Они не умеют любить – фитилек отвлекает – и их тоже полюбить страшно. У меня так почти случилось когда-то, и лучше бы, наверное, не случалось, но я не забыла и еще хочу. Но это не об исключениях, это правило, только надо применять умеючи и не бросаться на что попало. Фитилек – правило, а из секретов не наделаешь правил, они только себе и сгодятся, чтобы ходить со скучным лицом или смотреть свысока. Но про это мне тоже судить несподручно, у меня ведь ничего такого нет, хоть со стороны я могу отличить – и одно, и другое, и если вообще без…»

Потом наступили вечер и ночь, Миа быстро уснула, а я лежал, глядя в темноту, и размышлял о Юлиане и о том, как любая тайна перестает быть тайной, утрачивая нимбы, но обретая взамен кратковременную жизнь. Затем я и сам незаметно погрузился в сон, а утром за завтраком, неожиданно для себя самого, вдруг заговорил о Джереми и о моем поручении к нему, потом перешел к Юлиану и не остановился, пока не выболтал до конца все детали своего нового плана, уныло вспоминая при этом, как когда-то вот так же рассказал обо всем Стелле, и как из этого не вышло ничего хорошего. Обо всем, однако, да не обо всем – теперь я был осмотрительнее и не обмолвился ни словом ни про револьвер, ни про Веру, ни даже про давние карьерные интриги, и уж конечно не выставлял Юлиана средоточием пороков, которые на расхожий взгляд вовсе и не пороки, а самые что ни на есть верные средства преуспевания. К чему объяснять, отчего мне нужен именно он, и рисовать в воздухе абстрактные картины – достаточно одной лишь верхушки айсберга, а прочее – это то исключение, которое ненадолго, и потому о нем молчок, как в той формуле, которую не стоит повторять лишний раз.

Так что нет, не обо всем, да и к тому же Миа – это не Стелла, это не обычная женщина со своим клубком намерений и забот, к которым она примеривает тебя вольно или невольно, а химера, мечта – растворится, и больше ее нет, напоминал я себе, гоня прочь нерешительность. С ней можно представить любое будущее, потому что на деле не будет никакого, можно поместить ее рядом с собой, там, где всем прочим не усидеть, ибо неуютно, да и незачем вовсе. Можно принять как есть, что барьеры повержены, и кто-то понимает с полуслова, следуя за тобой в самую середину лабиринта, не скучая в тупиках и не ропща, когда хитрые ходы вновь приводят в исходную точку. Все равно не случится – ни так, ни как-либо еще – но вот я имею ее перед собой, беззаветную жрицу оплаченной близости, и с нею не страшно делиться ничем, потому что она такая, как я хочу, как я придумал, и как мне нужно сейчас.

«Я хотел прихлопнуть его, – говорил я угрюмо, – но, знаешь ли, эта идея была дурна. Хорошо, что мне дали время подумать, а то – не сумел бы и стыдился б потом себя, размазни. Да и к тому же я понял – это ничего не решает, счет не изменится в мою пользу, потому что никто не станет считать – вычеркнут из списка, да и махнут рукой. Ну это я образно, не подумай, что мистика, просто не знаю, как объяснить, но не суть: я понял, что изначальная мысль – детская затея, и стал придумывать другое, но все, что перебирал, оказывалось пустым местом – даже и самому было видно без посторонних глаз. Тогда я придумывать бросил и просто стал отбрасывать одно за другим, вычеркивая и больше не возвращаясь, пока не осталось лишь одно – то, чего он знать не знает, а я уже прошел, хоть и не по своей воле и вспоминать об этом не хочу… Так я потом и решил – а больше решать-то и нечего было: я его – обманом, а потом поздно… Да ладно, что мы все недомолвками, – сморщился я, нервно отхлебывая кофе, – назовем все как есть: уведу я его к черным пеликанам, куда же еще, заманю хитростью и там брошу, чтобы значит он с ними, один на один. А потом все, потом он мне неинтересен, да и я ему тоже, дальше у нас свои дорожки, и знать я больше не желаю ни про него, ни про этот город, хоть про город наверное зарекаюсь зря – не обращай внимания, беру назад».

Я побарабанил пальцами по столу и добавил: – «Он конечно может и не пойти. Тогда весь план – адью, провалился. Но скорее всего пойдет – только хитрость нужно придумать получше…»

Тут я несколько лукавил, хитрость хитростью, но и револьверу отводилась кое-какая роль, но об этом Мие, даже в образе химеры, знать было ни к чему. «Не пойдет – его счастье, – продолжал я со вздохом, – а пойдет – моя взяла, счет отыгран. Я на виду теперь, не скрываюсь, но и ему прикрыться больше будет нечем – останется наг и гол, переродится сам в себя, но в себя уже такого, которого за другого не выдашь. Вот и посмотрим тогда, у кого какая метка – то есть я-то смотреть не буду, мне все равно…»

Я говорил пространно и сбивчиво, стараясь не горячиться и сердясь на себя за недостаток терпения, и, наверное, белые пятна на карте моих намерений назойливо лезли в глаза, но Миа слушала спокойно и не торопила меня, а потом заставила рассказать все еще раз и подтвердила, что мой план очень хорош, и ему больше нельзя быть секретом, нужно выполнять его немедля, хоть она и не знает, что такое черные пеликаны и почему их стоит бояться. Но мне конечно виднее, добавила она тут же, и мы проболтали еще несколько часов, обсуждая некоторые детали, в которых и Мие нашлось подходящее место, что чрезвычайно ее воодушевило, так что она даже станцевала для меня немного, чего ни разу не делала до того. Танец незаметно перешел в пылкие ласки, и мы не выбирались из кровати до сумерек, а потом просто лежали в полудреме, переговариваясь негромко, как давние сообщники, и ждали Джереми – последний день из затребованных им на поиски неумолимо подходил к концу.

Глава 11

Джереми появился ближе к вечеру, часов около пяти. Он постучал и ждал за дверью, пока я торопливо натягивал брюки и выпроваживал Мию в ванную с грудой одежды в руках, а войдя, сразу уселся за стол, не забыв стрельнуть лукавым глазом на развороошенную кровать. «Ну как? – спросил я нетерпеливо, украдкой глянув на себя в зеркало и пригладив волосы ладонью. – Как у вас? Нашли что-нибудь?»

Джереми пожал плечами, будто выказывая недоумение. «Не извольте беспокоиться, – ответил он учтиво, но с некоторым холодком, – все нашли, как же иначе. А то бы и не брались – мы ведь, знаете, свое время тоже ценим, а когда клиент недоволен, то и время зазря – такая уж работа. К тому же и клиенты разные бывают… – Джереми задумчиво пожевал губами. – Так что, если бы не нашли или, скажем, искать было б некого, то сразу деньги назад и никаких обид».

Он достал из кармана сложенный листок и расправил его на столе. Я протянул было руку, но натолкнулся на упреждающий жест. «Минутку, – сказал Джереми, – сначала, если позволите, краткий обзор вольным текстом. Тут – все, – он показал на листок, – все, что вам понадобится потом, но и выслушать подробности тоже не повредит. Так что, не обессудьте…» Он прикрыл бумагу рукой, откинулся на спинку стула и стал рассказывать своим бархатным голосом. Я сначала стоял возле, поглядывая сверху на его пробор, а потом отошел и сел на кровать, уперев локти в колени.

«Приятель ваш, скажем прямо, особой осторожностью не

отличается. Как, впрочем, и оригинальностью – мы вычислили его в два счета, ну и понаблюдали еще пару деньков для полноты картины, – журчал Джереми, распространяя по комнате знакомый запах дешевой парфюмерии. – Нашли мы его в Желтой Стреле – известное местечко для приезжих, желающих пропустить стаканчик-другой после службы, – да так там вместе с ним и торчали все время. Сидел он себе, скромник, со своим дешевым пивом и сидел – ни в бильярд по маленькой, ни в картишки с ребятами, ни даже с девчонками перемигнуться. Мои пинкертоны заскучали даже – совсем, говорят, неинтересный тип, за вороной на столбе и то мол присматривать занимательнее. Ну, я на них цыкнул конечно для порядка, но вам-то уж признаюсь: типчик и в самом деле блеклый, никакой живости, хоть глядит, не скрою, орлом и что-то там наверное размышляет про себя. Но что размышляет, о том молчит, так иногда потрепется с соседями о ерунде и снова стихает, как озерная гладь, а уж какие там в омутах чертенята – поди разгадай. И как только женщина его с ним живет, не понимаю я…»

Он вздохнул, потом прокашлялся и со словами «ну ладно, оставим лирику» перешел к изложению голых фактов. Юлиан, по его сведениям, бывает в вышеупомянутом кафе почти каждый день – с шести до восьми. В восемь уходит строго и отправляется прямо домой («Адрес тут», – небрежно похлопал Джереми по заветному листку). Дома его ждет особа женского пола, которую скучающие сыщики «не сопровождали», так как об этом их никто не просил, но мельком углядели-таки пару раз и представили краткий словесный отчет: брюнетка, не высокая и не низкая, миловидна, но не вызывающе привлекательна, смотрит высокомерно, наверняка не местная… Я прищурился – описание вполне могло указывать на Веру, и это вносило в ситуацию дополнительный твист. Сознание, насторожившись, послало было моментальный сигнал с давно позабытым вопросительным знаком в конце, но тут же сникло, не получив ничего в ответ. Даже и никакое воспоминание не шевельнулось в душе, будто это и не я трепетал когда-то пред властью призраков горячечной страсти, повсеместно угадывая их черты. Что-то ушло, не оставив замены, и это встревожило на какой-то миг, отодвинув даже Юлиана на второй план. Ладно, после разберемся, решил я с некоторой досадой, главного это не меняет, а отвлекаться нет резона.

«На работу уходит рано, – бесстрастно продолжал Джереми, – но там не усердствует – не то чтобы ковыряет в носу, но может отлучиться аж на полдня, и никто не возражает – нет его и нет. Работает кстати в … – туда особо не подберешься, так что многого узнать не удалось. Есть одна знакомая дамочка, по канцелярии там преуспевает, но она глуповата малость, и ничего вразумительного от нее не добились. Сказала только, что он там недавно, вроде как залетная пташка, по обмену опытом или что-то вроде, а в остальном – только глазки строила, да заливалась – хи-хи-хи… Будто ее щекочут – дура. Так что со службой получилось бедновато, а вот насчет обедов – пожалуйста, подробностей сколько хотите. И рестораны можем назвать, и что заказывать предпочитает – вплоть до полного меню в любой отдельно взятый день. Только заикнитесь – тут же представим в лучшем виде…»

Джереми распространялся еще с четверть часа, подробно описав между прочим, какую Юлиан носит одежду, и снабдив меня его вчерашним фото, сделанным с помощью длиннофокусного объектива. Юлиан сидел за столиком, вяло глядя куда-то в сторону и чуть надув губы. Я с удивлением отметил, что он начал отращивать бородку, которая совсем ему не шла, а в остальном внешность его не претерпела заметных изменений – лишь появилась в чертах чуть заметная одутловатость, но это, наверное, было следствием неторопливой провинциальной жизни.

«Ну вот, – сказал Джереми, закончив монолог, – чем смогли, так сказать. Ну и листочек пожалуйте – с сухим бездушным матерьялом». Он чуть торжественно вручил мне «матерьял», и я чуть торжественно его поблагодарил, поинтересовавшись как бы между прочим, не следует ли подбросить премиальных ретивым детективам. «Премиальных не нужно – разбалуются, – ответил Джереми с ухмылкой, – а в целом сейчас прикинем. Розыски значит, потом машину мы вам чинили… Да еще и девочка – вы как, кстати, девочкой довольны?» Я сухо кивнул и зыркнул на него исподлобья, ощутив внутри внезапный укол. «Хорошо, хорошо, – проговорил Джереми, испытующе глянув в ответ, потом поднял глаза к потолку, пожевал губами и подытожил: – Нет, по-моему, все сходится. Если конечно, сами вы претензий не имеете…»

Я понял, что заплатил ему слишком много, но торговаться задним числом было глупо, да и не стоило жалеть легких нечаянных денег. «Претензий не имею», – сказал я коротко, Джереми вновь бросил на меня чуть насмешливый взгляд, но тут же нацепил привычную маску, и мы распрощались, пожав друг другу руки. Запах бриолина витал в комнате, как навязчивый вестник, вытесняя молекулы уюта, накопленные тут за три последних дня. На смену приходило ощущение конторской казенности, будто кто-то листал скучный формуляр – пришлось открыть окно, впустив в обжитое пространство прохладу и звуки улицы. Потом я посидел еще немного на кровати, бормоча бессмысленные фразы, убрал полученный от Джереми листок на дно сумки и отправился в ванную к Мие.

Та плескалась в мыльной воде и напевала что-то, беззаботная и прекрасная, словно сошедшая с рекламного ролика. «О, – воскликнула она, увидев меня, – мужчины закончили дела и вернулись к покинутым подругам. Хочешь ко мне?» Я помотал головой, но Миа протянула руку и попыталась-таки затащить меня в теплую воду. Поняв, что это ей не удастся, она глубоко вздохнула и сказала с притворной грустью: – «Вот – так и поступают с теми, кто сам вешается на шею… – и тут же добавила, расхохотавшись в ответ на мою кислую физиономию: – Ну-ну, не куксись, я шучу!»

«Шутки в сторону, – скомандовал я, подмигнув и стараясь выглядеть пободрее, – начинаются настоящие дела. Предлагается закончить помывку и приступить к контрольному построению. Есть возражения?»

«Нет, босс!» – браво отрапортовала Миа и отдала мне честь, а потом с удивленным «у-упс» погрузилась в воду с головой, зажав пальцами нос.

«Вольно», – пробормотал я уныло и побрел в комнату, прикрыв за собой дверь.

Миа появилась в номере уже полностью одетой и сразу стала собирать остатки вещей. Ее волосы были заплетены в косичку, напоминая изящный бутон, глаза и губы аккуратно подведены, вся она казалась старше и куда отчужденнее, чем какой-нибудь час назад. Я в двух словах рассказал ей про Желтую Стрелу и Юлиановские привычки, добавив, что если она поспешит, то успеет застать его там уже этим вечером. «Гонят меня, гонят прочь...» – жаловалась Миа в пространство, но я знал, что она дурачится и не обращал внимания. «А твое фото?» – спросила она вдруг, и я в сердцах хлопнул по столу ладонью, сетуя на забывчивость. Пришлось снова звонить вниз, искать Джереми и объяснять ситуацию. К его чести, он проникся ощущением срочности и самолично примчался через четверть часа со старым поляроидом в руках. Фото тут же было сотворено, Джереми отбыл, вновь попрощавшись со мной за руку и заглянув в глаза, и мы с Мией остались наедине, зная, что пришла пора расставаться.

«Ну, – начала она бодро и смешалась, – нет, я хотела совсем другое, сейчас, сейчас...» Я ободрил ее шутовским кивком. Миа потерла пальцами виски, потом подняла голову, улыбнулась и приосанилась. «Вторая попытка, – сообщила она в сторону невидимым зрителям. – Ну, ты меня пожалуйста вспоминай...» Мы посмотрели друг на друга и, как по команде, расхохотались горьковатым смехом, а после Миа бросилась мне на шею, и я обнял ее что было сил. Так мы простояли минуту или две, а потом она высвободилась осторожно, чмокнула меня в щеку, потерла ладонью след от помады, как когда-то обезьяньи лапку, и быстро выскользнула из номера, оставив после себя запах терпких духов и пустую бутылку из-под джина.

Больше я никогда ее не видел. Унылый город поглотил Мию, превратив в историю, известную мне одному, затеряв в себе, как в бесконечной вселенной, все части которой стремительно летят прочь друг от друга, если верить астрономам, гораздым на подобные выдумки. На душе саднило, но перечить не было смысла: вселенские масштабы угнетали, да и наших с нею занятий никто не отменял, равно как и связанных с ними подвохов. Если поставил на какую-то карту, то уж не тоскуй об остатке колоды, говорил я себе сурово, поглядывая, не намерены ли взбунтоваться мысли, полные сожалений; если ставишь на то, что внутри, не жди, что снаружи протянут дружескую руку. А если протянут, не бери, к каждой дружеской руке прилагается ворох чужих забот – тебе не до них, иначе размоется перспектива, фокус собьется, и цель неминуемо ускользнет: то, что внутри, не прощает неточностей в фокусировке.

Все было справедливо, все было больно и трудно. Я выругался вполголоса, достал из сумки листок, исписанный бисерным почерком Джереми, и стал запоминать адреса и цифры, номера телефонов и названия мест, словно напоминая себе, что должно волновать теперь в первую очередь. Эти упражнения, вполне бесполезные, отвлекли от тоскливых раздумий и настроили на деятельную волну, тем более, что ниточка, соединяющая нас с Мией все еще не была разорвана до конца. Стрелки часов приближались к восьми – если ее миссия развивается успешно, то вскоре должен раздаться телефонный звонок. Я поставил телефон поближе к изголовью кровати, лег на спину и закрыл глаза.

Миа позвонила лишь через час. «Все в порядке, дорогой, – сразу же прощебетала она, – извини, что заставила ждать. Чуть-чуть перестаралась и никак не могла отделаться, – в трубке раздался короткий смешок, по которому я понял, что моя сообщница не вполне трезва. – Занимай удобную позицию, сейчас буду докладывать по порядку…»

По нашему плану, именно Миа должна была инициировать действие – подвигнув Юлиана на первый активный ход. Почему-то мне хотелось, чтобы он сам искал со мной встречи, и я даже загадал про себя, что если выйдет именно так, то маленькая победа задаст тон всему остальному. Вообще, мой секрет, перестав быть секретом, обратился весьма хитроумными переплетениями комбинаций, состоящих из множества «а что, если…» и имеющих свои сюжеты для каждой из второстепенных линий. Все они – и линии, и сюжеты – обросли постепенно своими приметами успеха, хорошими и дурными знаками, символами удач и неудач, что еще более усложняли картину, создавая свое мифическое пространство в дополнение к, а где-то даже и в пику, пространству реальному, от которого не оторваться конечно, даже если изрядно взбрыкнуть, но вот подменить его на время улучшенной копией – бывает, что и выходит. «Улучшенной» – это для кого как, не спорю, и многие сказали бы, что в этом случае не стоило так стараться и наворачивать лишнего, борясь заранее с ветряными мельницами, многие из которых не встретятся на пути. Однако, мой план тем и был дорог, что чужие слова не играли роли, а сам себе я выносил снисходительную оценку – годится – хоть и видел, что некоторые палубы летучей конструкции поскрипывают от перегрузки.

В том, что Миа достигнет цели, сомневаться не приходилось – я знал, что ее решимости, чуть таковая возникнет, нелегко противиться, даже и подозревая скрытую опасность. Юлиан же едва ли имел почву для подозрений, тем более, что раздумывать понапрасну было вовсе не в его привычках. Так и получилось – словно в расписанном заранее сценарии, с некоторой долей импровизации, как всегда пришедшейся кстати.

«Я сразу его узнала, – быстро говорила Миа, – он сидел в углу и выглядел точь-в-точь – и бородка, и все остальное – так что даже не понадобилось бродить там кругами и устраивать углубленный осмотр. Интересный мужчина, нечего сказать, я бы сразу обратила внимание – видно, что не отсюда и себе на уме. И, знаешь, симпатичный, но задание есть задание – меня его симпатичность не трогала никак, и думала я только об одном – чтобы сделать все, как нужно. Он сидел и потягивал свое пиво, скучающе так поглядывая по сторонам, ну а я подошла к соседнему столику и попросила зажигалку у двоих прощелыг, что сразу стали глазеть на мои ноги и переглядываться глумливо. Отвратнейшие типы – прямо-таки доставило удовольствие швырнуть им назад их ронсон, заявив, что он не работает и наверняка поддельный, так что у них вытянулись лица и открылись рты. У одного кстати был золотой зуб – занесите в отчет», – добавила она и хихикнула.

«Так вот, – продолжала Миа, вновь сделавшись деловито-серьезной, – мы с ними повздорили немного, пока все вокруг не начали смотреть в нашу сторону, а потом я повернулась к твоему Юлианчику и сделала невинную гримаску, и сказала ему таким голоском – ну а у вас мол не найдется, чем зажечь сигарету одинокой девушке – что тут никак нельзя было не растаять и не отдать мне все, что угодно, в краткосрочное пользование, тем более зажигалку, от которой я так неумело прикурила и за которую поблагодарила так тепло… В общем он смотрел на меня во все глаза, а я ни-ни – только одна скромная улыбка и ухожу, ухожу. Но вот ведь незадача – в руке у меня рюкзачок, я им помахиваю этак небрежно и вдруг, уходя, задеваю пивную бутылку, от чего та падает, и пиво льется на стол. Неловкая я, что и говорить – переполох в королевстве, дружок твой вскакивает с завидной шустростью, чтобы не попало на брюки, я тоже прыгаю в сторону от испуга и случайно наталкиваюсь прямо на него – это уже так, перестраховка на всякий случай, для закрепления эффекта. Ну, тут конечно ахи и охи, мои извинения и его причитания, не ушиблась ли я – об него что ли? – и все такое, сам можешь себе представить, а когда все немного стихает, я этак скромно говорю, потупив глазки – мол пока тут у вас уберут да вытрут, не желаете ли пройти со мной к барной стойке? Я мол хочу угостить вас чем-нибудь горячительным взамен того дерьмового пива, что сейчас капает на пол и совершенно непригодно к употреблению. Ах, он конечно желает пройти и угостить меня тоже желает, а о его пиве, добавляет великодушно, я чтобы даже и не беспокоилась – подумаешь, мелочь, безделица. Так мы и фланируем прочь, а те двое с ронсоном глядят вслед, все еще не закрыв рты, и сгорают от черной зависти – ну и поделом, везет, как говорится, не всем».

Дальше все развивалось в точности по оговоренной нами схеме. Миа, едва усевшись рядом с Юлианом на высокий стул, стала выспрашивать у того, что да как, откуда он родом, если не здешний, чем зарабатывает на жизнь и далее, развязывая ему язык беззастенчивой грубой лестью. «Он говорит довольно-таки скромненько, я мол из столицы тут, – рассказывала она мне, очень похоже передразнивая Юлиановский голос, – а я как воскликну – из сто-ли-цы!? Ах! И давай ему выкладывать, что это конечно не чета, что я бывала там однажды и знаю, что столичные мужчины – это… Ах! Не то что здешние мужланы. Ну и глазки закатываю чуть-чуть – эмоциональный окрас, если в меру, никогда не вредит – так что он, бедный, даже покраснел немного и засмущался. Тогда я делаю следующий шаг – вы знаете, говорю серьезно, что у вас очень выразительное лицо? Он отвечает, что мол понятия не имеет, и смотрит чуть тревожно – наверное гадает, не дура ли я или чокнутая какая – так что я его разуверяю тут же с самой что ни на есть открытой улыбкой и приветливым взглядом. Никакая я не чокнутая, а просто специалист – самый настоящий фотограф-ретушер, делаю сказку из яви, а всем кажется, что взаправду. Ну и просветила его немного, что за штука, навешав деталей, от которых у него голова кругом…»

Про ретушерскую фотографию Миа знала немало – хоть и исключительно в теории – наслушавшись рассуждений одного из постоянных клиентов. Старичок любил поболтать и часами втолковывал развратнице, как его профессия улучшает мир, используя при этом во множестве специальный жаргон, по которому дотошная Миа требовала разъяснений и в конце концов нахваталась достаточно для того, чтобы при случае пустить пыль в глаза кому-нибудь несведущему. Старичок-фотограф искренне считал, что лишь он один и несколько его собратьев открыли наконец рецепт омоложения, пусть и иллюзорного, достигая чудес в улучшении исходного материала при сохранении очевидного сходства. Иллюзорная молодость, по его мнению, хоть кое в чем и уступала действительной, была однако неплохой альтернативой, особенно при отсутствии выбора, а в некоторых аспектах имела даже и заметные преимущества. Заметные да не очень, вздыхала Миа, вспоминая, что оптимистический ретушер скончался год назад от редкой болезни сердца, а все его имущество было распродано с молотка, чтобы покрыть внезапно всплывшие долги. К ретушерской фотографии, однако, она с тех пор относилась с уважением и любила блеснуть образованностью, когда выдавался случай.

«Юлианчик мне сразу поверил, – докладывала Миа, очень довольная собой. – Поверил и вопросы разные задавал – в смысле, проявлял интерес. Он вообще оказался довольно милый», – опять хихикнула она, и я прокашлялся сурово, призывая ее не отвлекаться. «Ну ладно, ладно, не ревнуй, – протянула Миа, – ты все равно милее всех других. А твой Юлиан, хоть и любезней, не скрою, но со скользкими глазами и напыщен весь внутри – прямо-таки раздут как шар, я таких не люблю… В общем, с ретушированием он купился – кивал так увлеченно и все такое – а я тоже скромница – он было меня за ручку от избытка чувств, но я ручку прочь, никаких глупостей, сплошная неприступность. Потом вижу – момент подходящий, пора продвигаться к цели, и только я открыла рот, чтобы попросить его совета по поводу столичной клиентуры, как тут же он сам, не давая мне и слова сказать, лезет в мышеловку и дверцу за собой аккуратно так прикрывает. Не могли бы вы, говорит мне – а мы все еще на вы, без вольностей, – не могли бы вы щелкнуть этак профессионально мою собственную жену – с последующим обязательным ретушированием. Я ему отвечаю серьезно – это мол можно, отчего бы и нет, – и интересуюсь невзначай, с легким сочувствием – а она у вас что, настолько стара? Тут он засуетился, засмущался еще больше и давай лопотать, что нет, совсем даже не стара, да она ему впрочем и не жена, просто живут они вместе, так уж получилось – но раз живут, то это все же серьезно, а фотографии хорошей у него нет. Хочу, говорит, ее фото в бумажнике носить, изредка поглядывать и любоваться – так что, чем лучше получится, тем чаще захочется вынуть и порадоваться. И другим показать, чтобы порадовались, добавляю я ему в тон. Ну да, ну да, и другим тоже, соглашается Юлианчик. Очень хорошо, говорю я, это как раз то, что я умею, диктуйте мне ваш телефон, я мол позвоню и договоримся. И тут же, не медля, перехожу к главному номеру программы – лезу в свой замечательный рюкзачок, достаю оттуда изящную такую книжечку, из которой торчит еще много разных бумажек – ну я же натура творческая, мне положен небольшой беспорядок – и тут делаю неловкое движение, книжечка раскрывается, бумажки падают на стойку, а поверх всего твоя карточка – прямо перед ним. Рюкзачок при этом тоже падает – на пол, очень негигиенично, но что ж поделать. Я естественно всплескиваю руками, сползаю со стула, поднимаю его и обдуваю со всех сторон, а когда вновь усаживаюсь и поднимаю глаза – замочек-то уже и щелкнул: уставился твой дружок прямо на фото, глядит и не отводит взора. Готово, думаю, узнал, и осторожно так обращаю на себя внимание – ну я и растяпа, говорю, опять все из рук, давайте мол телефончик, готова записывать. Да, да, отвечает, пожалуйста, пожалуйста, а кстати, что это у вас – вы его тоже ретушировали? Это? – спрашиваю, – ну нет, это совсем другое… И делаю задумчивое лицо, и карточку забираю, и отворачиваюсь прочь, оберегая как бы – то ли тайну, то ли свою чуткую душу».

Миа вздохнула и сказала грустно: – «Аж расчувствовалась. Погоди-ка, я закурю».

«Ты не устала? – спросил я, – Прямо целая пьеса».

«Ничуть, – отрезала она, – слушай дальше, тут самое интересное. Отворачиваюсь я значит прочь…»

Дальнейший ход событий Миа пересказала так же подробно, не скрывая собственной гордости за успех содеянного. Юлиан сразу сознался, что знает человека на фото еще со стародавних времен. «Какое совпадение!» – воскликнула она, потом понизила голос и сообщила под страшным секретом, что нас с нею связывает вовсе не профессиональный интерес, а некий романтический эпизод, недавно завершившийся, но оставивший в ее сердце столь заметный след, что она никак не отважится изъять фотографию с видного места и засунуть ее куда-нибудь в дальний угол. В соответствии с инструкциями, Миа изобразила себя жертвой мужской бесчувственности, несправедливо забытой в угоду непонятным «делам», что для мужчин, увы, так часто оказываются первостепеннее чистых душевных порывов. Упомянула она и о каких-то «серьезных связях», о которых я как-то обмолвился вскользь, и, не смущаясь эпитетами, намекнула на перспективы, что вот-вот должны передо мной открыться, если только уже не открылись.

«Он очень внимательно слушал, – говорила Миа, – слушал, и глазки у него делались все острее. А я гадала – хватит или нет, вдруг сорвется с крючка – но потом наконец решила: хватит, переиграю – и замолчала, только ресницами поморгала, будто от избытка чувств. Сижу, молчу, коктейль свой потягиваю отрешенно и думаю про себя – а вдруг сейчас расплатится и уйдет, а все мои старания – даром. Но нет, Юлианчик твой покашлял, покряхтел неловко и выдает – да мол, совпадение презабавное, кто бы мог подумать… А потом наклоняется ко мне поближе и спрашивает тихо, чуть не шепчет – а он, то есть ты, все еще в городе или нет, извиняюсь мол за нескромный вопрос? В городе, в городе, отвечаю я, пригорюнившись, но для меня бедной уже все равно что и нет. Понятно, понятно, говорит он тогда, а потом интересуется кстати, не знаю ли я случайно, где б он мог своего старого приятеля, тебя то есть, разыскать на досуге? Ну там поболтать, потрепаться – о прошлом, о том, о сем… Не знаю, пожимаю я плечами с гордым таким, равнодушным видом, раньше в «Аркаде» жил, наверное и теперь там живет, хочешь мол – а мы уже на ты перешли – позвони спроси. Только пожалуйста, хватаю его за рукав, по-жа-луй-ста, ни за что на свете про меня не упоминай – обещай прямо тут и сейчас, а то не отпущу…

Ну, в общем договорились. Я тут же разговор на другое, но смотрю – Юлианчик заскучал и на часы поглядывать начал. Мне тоже пора – ты, думаю, уже ждешь там, волнуешься – только интересно, клеиться-то будет ко мне или нет? Записываю я его телефон, у тебя он кстати есть в той бумажке, я запомнила и по памяти сверила, а потом говорю, невинно склонив головку – ну что, пока, спасибо за приятную компанию? Пока, пока, отвечает рассеянно, даже и глазом не сверкнув, рад был познакомиться, звоните мол, если надумаете взять заказ на ретушировку. Фу, думаю, тюфяк, а не мужчина, хоть мне он конечно нужен, как позавчерашний снег – и все, упорхнула я оттуда и скорее к телефону, тебе звонить, дорогой, доложить, что сделала все возможное…»

Она оборвала фразу на середине, и та повисла, беспомощно раскачиваясь, как цирковая трапеция. Вот и ниточка рвется, подумал я. Пусть самая тонкая, но это еще жальче – ее податливость пугает, как пугает намек на бренность. Так или иначе, номер был закончен, летучие тени спустились из-под купола на арену и выстроились у барьера, ожидая аплодисмента.

«Не расстраивайся, Миа, твоя притягательность не вызывает сомнений, – сказал я ей угрюмо. – Просто Юлиан стесняется высоких женщин. Тут мы с ним непохожи, как впрочем и во всем другом… В общем, – я задумался на секунду, – в общем, ты героическая личность. Тебе – благодарности, тебе – поцелуи…»

«Ах, брось ты», – засмущалась Миа, потом вдруг замолчала, и в телефонной трубке вновь повисла тишина. Лишь потрескивали электрические разряды, да слышалось наше дыхание, не попадающее в такт. Оба понимали, что больше говорить не о чем, и что это уже навсегда – вселенная расширяется, и расстояние растет с каждой секундой, а через несколько дней уже пролягут тысячи миль, даже память сдастся, перевирая некоторые из подробностей, и лицо, увиденное в толпе, покажется чужим за вуалью неизвестных тебе забот.

«Прощай, Миа», – сказал я хрипло и быстро положил трубку на

рычаг. Чего уж, в конце концов – лучше дернуть, и все. Оторвать сразу, а не отдирать по миллиметру. Мысль о том, что меня подло обманули, что мир подстроил пакость и показал истинную гримасу, побаловав, подразнив и тут же отобрав назад, была невыносима, но ее приходилось выносить, и я знал, что сживусь с ней, как и со всеми прочими мыслями. «Юлиан, Юлиан», – пробормотал я вслух обычное свое заклинание, торопясь почувствовать почву под ногами – единственный фундамент, неподвижный и прочный, встав на который можно воспринимать окружающее с точки зрения наблюдателя, вооруженного мощной оптикой, а не беспомощной щепки, болтающейся в потоке. Сейчас это помогало не очень – любая формула не всесильна – но было лучше, чем ничего, и вскоре я успокоился, примирившись, и думал о Мие, что была тут со мной еще несколько часов назад, без сжимающей сердце тоски, но с привычною грустью путника, знающего цену потерям. А потом мысли смешались вовсе, и я уснул, отрекаясь от сновидений, стоявших наготове с мягкими опахалами, словно хитрые слуги, которых всегда подозреваешь во лжи.

Глава 12

Юлиан позвонил на следующий день, вскоре после полудня. Я знал, что это он, еще до того, как услышал голос – почуяв врага посредством невидимого магнетизма, вздыбив шерсть и послав в кровь мощную дозу адреналина. Все утро, валяясь в постели, я настраивал себя на нужный тон, то и дело сбиваясь при этом на воспоминание о Мие или еще на что-нибудь притягательное и вовсе не относящееся к делу. Потом пристыженные мысли строились во фрунт и маршировали шеренгами по исхоженному плацу, но через минуту снова разбредались кто куда – до следующей грозной команды.

Впрочем, я знал, что не ударю лицом в грязь, хоть, конечно, бдительность терять не стоило – первое впечатление никак не дозволялось смазать. Отчего-то, меня не покидала уверенность, что звонок будет непременно и не далее как сегодня, хоть разум и пытался встрять с возможными мотивами задержки, словно готовясь заранее к любому развитию событий, чтобы потом не переживать понапрасну, если ничего так и не произойдет. Чуть продребезжал телефонный зуммер, и по телу прошла горячая волна, сигнализируя, что мишень вышла на связь, я разом выбросил из головы сторонние раздумья, перечеркнув и стерев с листа, а прежде чем прервать заливающуюся трель, остановился на секунду посреди комнаты и представил себя большим тигром, устремившим немигающий взгляд на жертву, застывшую неподалеку – ощутив мгновенно солоноватый вкус во рту и будто даже узнав торжествующую щекотку звериного рыка, поднимающегося от живота. «Слушаю», – сказал я равнодушно и остался доволен собой: ситуация была под контролем, мой секрет выбирался из полумрака на свет мягкой поступью хищника, привыкшего к победам.

Юлиан, не подозревавший ни о чем, представлял собою радушие и открытость. «Узнал? – вопросил он с ходу, предвкушая нечаянный сюрприз, и тут же затараторил напористо, утверждая догадку: – Ну да, ну да – мир, как видишь, тесен, что ни город, то очередное доказательство. Я и сам, признаться, опешил, услыхав тут про тебя, и звонить решил тут же, не медля – пусть, думаю, старый приятель опешит со мной на пару… Где услыхал? Ну, не все ж тебе так прямо и расскажи, у каждого, знаешь, свои каналы – и я тоже не сижу на месте, не имею такой привычки. По случаю упомянули, обронили имя… Сказать не могу, но поверь, про тебя судачат серьезные люди – это приятно, я порадовался искренне, хоть конечно по-другому быть и не могло, мы с тобой все же птицы столичные, не частые гости в этой дыре…»

Он и дальше распинался в таком же духе, неся какую-то чушь про старые времена и несколько навязчиво напирая на сомнительное «мы». Его доброжелательность не угасала, сдабривая каждую фразу, и только мой опытный слух мог уловить в ней едва различимый автоматизм повадки, отсутствие реальной вовлеченности, словно в металлическом смехе. «Да, это он», – убедился я про себя и успокоился совсем, как в конце трудного пути, когда за поворотом вдруг открывается привычный вид, и понимаешь – почти пришли, теперь с дороги не сбиться.

Я отвечал ему, не усердствуя чересчур и не выказывая особого удивления. Да мол, всегда приятно услышать знакомый голос – и здесь, вдали от благ просвещенности, когда звонит кто-то из старых знакомых, это не может не радовать, как любое разнообразие. Да, я тут уже несколько месяцев, чуть одичал, но не слишком, а про него – нет, не знал, как-то закрутился, и было недосуг спросить. А все же, если не секрет, как он меня разыскал? Ну, если секрет, то тогда оставим, забудем – просто я имею дело с разными людьми, и хотелось бы знать, где пересекаются наши сферы. Ну, ладно, ладно, не хочешь – не отвечай, скажи-ка лучше – сам-то ты здесь надолго?..

И в том же ключе, понемногу будто бы теряя интерес к разговору, несмотря на горячительное воздействие Юлиановских сантиментов, запас которых, впрочем, тоже был ограничен и вскоре подошел к концу. Я даже позволил себе зевнуть слегка, демонстрируя пресыщенность прелюдией и ожидание дальнейшего развития действа. Конечно была опасность, что он просто закруглит беседу и даст отбой, после чего придется звонить самому, изобретая предлоги и заходя в позицию, полную изначальных слабостей, но уверенность немигающего хищника не покидала меня – я будто знал, что он знает, что у меня есть что-то за душой, большее, чем у него, и оно действительно было, как же иначе, и не только было, но и крепло с каждой секундой. Я словно двигался по кругу, наматывая виток за витком – от тайного плана к живому собеседнику, от него обратно к плану – усиливая с каждым разом ощущение того и другого, находя все больше подтверждений их принадлежности чему-то весомому, крупному, грозному. А в центре этого чего-то располагался я сам – чем не хищник, терпеливо ожидающий удобного момента – и даже радушия не требовалось, чтобы Юлиан сам тянулся ко мне и не желал ускользнуть. Невидимый магнетизм действовал в обе стороны – его силовые линии преодолевали пространство без помех и опутывали паутиной манящего любопытства, с которой трудно тягаться прочностью и в которую всегда так и норовишь попасться по собственной воле.

«Ну что, – сказал он наконец со смешком, – признавайся, делись – ты-то здесь какою судьбой? От нас тебя послать не могли – я сам все списки видел, да и потом я уж знаю, что ты, так сказать, выпал из рядов – заявленьеце черкнул, исчез и никому ни слова. Признаюсь, сразу подумал – что-то не так, что-то задумал наш Витус, таинственная душа, но – никто ни слухом, ни духом, пришлось даже как-то и подзабыть. А теперь вот вижу – не так все просто, прав я был. Признавайся – прав, да?»

«Прав, не прав – это категории относительные, – откликнулся я с легкой иронией. Бахвалиться раньше времени не стоило, но и занижать себе цену тоже было не с руки. – Относительные в том смысле, что зависят от твоего к ним отношения. Какое у тебя к ним отношение, Юлиан? Небось предвзятое, как и раньше? Тогда ты по всем статьям получаешься прав, и вовсе нечего тебе возразить… Ну ладно, ладно, – добавил я, услышав, что он обиженно засопел, – шучу. В духе старого приятельства, как ты сам обозначил минуту назад. По сути же вопроса имею сказать лишь одно: да, у меня многое на уме, можешь считать это фактом, не подлежащим сомнению. И на уме, и уже почти что в руках – даже может в руках чуть больше. Не скажу, что я сбросил старую кожу, но вот новой-то точно оброс в здешнем благодатном воздухе, чему премного рад и чем сдержанно, но твердо горжусь. А насчет таинственной души – это ты зря, это ты, Юлиан, начитался книжек. Не таинственная душа имеет место быть, а новая шкура – понимаешь?»

«Ну да, ну да», – поддакнул мне Юлиан. Не понимаешь, подумал я с удовольствием, и не поймешь. «Ну да, – снова сказал он, потом кашлянул и спросил бодро, как ни в чем ни бывало: – Так ты здесь что – выходит, не от наших? Просто сам по себе?»

«Именно так, – спокойно ответил я, – зачем мне наши, то есть ваши? Мешают только».

Юлиан довольно хмыкнул, будто разгадав трудную загадку и брякнул напрямик: – «Если наши тебе мешают, то значит здесь какие-то помогают. Признавайся – что-то интересное есть? Денежное? С перспективой?»

Вот-вот, сказал я себе, можно и признаться, но тебе вряд ли покажется занятным. Хоть и с перспективой. Ничего, узнаешь – но только в свое время. И приманку мы тебе подсунем, раз сам напрашиваешься – но тоже не сейчас… Все, что требовалось, было у меня заготовлено, но я не собирался вываливать это на Юлиана в первом же телефонном разговоре. И вообще по телефону не хотелось – следовало по крайней мере глянуть на него теперешнего и соотнести свое намерение с теми токами и флюидами, что потекут между нами нынче. Они должны оказаться не чета прежним – сейчас-то мне нет резона задираться понапрасну. Да и убеждать, если придется, куда сподручнее с глазу на глаз, нежели посредством колебаний холодной механической мембраны. К тому же, я давно наметил себе последовательность действий, а там за пунктом один, «звонок», следовало вторым номером не что иное как «встреча» и только потом, а никак не до, решительное «обман», и мне не хотелось отступать от задуманного, даже и при том, что всегда надо быть готовым на некоторую гибкость.

«Интересное, Юлиан, есть везде, – сказал я назидательно, вспоминая Арчибальда и его поднятый вверх указательный палец. – Только видно оно не всем и не всегда».

«Это точно, – радостно согласился Юлиан, – это я и сам всегда говорил. Так значит ты тут раскопал-таки кое-что – даже и со столицей расстался, и словом никому не обмолвился. Ну хитер, хитер…»

Я хохотнул вместе с ним и спросил в тон: – «Ну а если и раскопал, то что? Почему ты думаешь, что тебе-то обмолвлюсь?»

«Как почему? – удивился Юлиан. – Полагаю, я спросил первый – из старых знакомых, имеется в виду. Первый спросил – мне и ответ, нельзя ж так – никогда и никому… Ну и потом, ты ведь неплохо меня знаешь, – спешил он, развивая успех. – Я лишнего не болтаю, и осмотрительности мне не занимать. А вот подсказать кое-что могу – я тут к твоему сведению тоже не просто так – и помочь могу, если что, у меня, как ты должен помнить, очень крепкая хватка».

Сам лезет, подумал я, еще и за язык не тянули как следует, а он уже тут как тут – что-то это мне напоминает… Чистейший образчик, ничего не скажешь – что и требовалось доказать. То есть нет, доказано давно, хватит уже с доказательствами – надо делать решительный шаг и не медлить на полпути. Я вздохнул и сказал протяжно, будто понемногу сдаваясь: – «Ну… Подсказки мне положим не нужны, но одну картинку я тебе, пожалуй, показал бы. И историей бы поделился – к картинкам, знаешь, часто прилагаются истории. Но все это, учти, довольно длинно и конечно не телефонный разговор».

«Безусловно, не телефонный, – с жаром воскликнул Юлиан, – даже и не беря в расчет твою картинку. Вон не виделись сколько, а ты к тому же еще и с новой кожей – или в новой шкуре… Категорически нужно посмотреть друг на друга, я и сам уже порывался сказать. Посмотреть и побеседовать – без всякой спешки и, я полагаю, без жен. Забыл, кстати, спросить, ты как обустроен по части семейного быта?»

Ну вот, этого еще не хватало, поморщился я про себя и ответил спокойно, игнорируя вопрос о быте: – «Что ж, побеседовать, так побеседовать – давай планировать встречу. Тем более, что сейчас и не разберешь, где дела, а где дружеская пьянка – почему бы и нам не совместить одно с другим... Согласен? Ну вот мы и совместим. Значит так, – вдруг снова перешел я в наступление, перехватывая инициативу, – дай-ка я гляну. Вот: завтра могу, потом не могу, потом через неделю два вечера свободны, потом... У тебя вообще как с расписанием?»

«Да в общем неплохо, не знаю даже... – засуетился Юлиан. – У меня не очень-то занято. Давай завтра что ли?» Я быстро согласился, предложив с некоторым напором ресторан в «Аркаде», для того лишь, чтобы последнее решение осталось за мной, и распрощался с ним по-деловому, не вспоминая более о совместном прошлом и даже не скрывая, что уже несколько спешу.

Спешить мне конечно было некуда, тем более, что протокол предстоящей встречи был готов и не нуждался в корректировке. Положив трубку, я перевел дух и ухмыльнулся молчащему телефону. Все складывалось неплохо – хищник выдвигался в позицию для решающего прыжка, сфокусировав желтый глаз на беспечной жертве. Только не нужно резких движений, напомнил я себе, спугнуть легко, а потом уж и не нагонишь... Резкие движения, надо признать, были слабым местом, быть может слабейшим из всех, но сетовать на слабости сейчас не стоило – куда лучше было проникнуться осознанием успеха и признать, что в первом разговоре я добился, чего хотел.

Теперь предстояло сделать следующий важный шаг. Подсунув Юлиану тряпичную наживку, я пробудил его интерес, но интерес этот нужно было углубить и обратить в неодолимую силу – так, чтобы он сам сунулся в мои сети, чтобы попался на крючок, не распознав, что на нем – лишь блестки и мишура. Необходимые средства были мною припасены – и пресловутая картинка, и какая-никакая история, а с ними – самодовольство, болтовня и обман, фальшивые миры и дутая латунь там, где должно блестеть настоящее золото. Все, как в том самом сообществе, из которого имярек происходит родом, целый ворох придуманных обстоятельств, выстроенных так, чтобы направить объект прямиком в нужную точку, ограничив свободу перемещения и, в идеале, исключив внезапное ренегатство. Наворотить предстояло немало, но результат оправдывал средства, а если кто и усомнился бы в целесообразности столь громоздкого усилия, то мне до этих сомнений не было никакого дела. Конечно, можно придумать пути попроще – пригласить, скажем, Юлиана на совместную прогулку к океану, или что-то вроде того – но все простые методы предполагают наличие у него доброй воли, а то и ответной инициативы, что в данном случае не подходит никак. Во-первых, доброй воли может и не оказаться в достатке, а во-вторых, решение должно принадлежать мне, а не ему, это я должен заставить, убедить, склонить, не оставив выбора. Это мой секрет и мой план, и я хочу выступать ведущим, а не ведомым, тем более, что ведомым мне уже приходилось бывать, и не раз…

Хватит, хватит, сказал я себе, сделав несколько глубоких выдохов и вдохов. Адреналин все еще не растворился до конца, лицо пылало, и сознание требовало действий. Сейчас бы в Джан партию-другую, подумалось с грустью, хоть я и знал, что это невозможно – нет ни партнеров, ни даже подходящей доски. Я попробовал было разыграть в уме нехитрую позицию, но скоро потерял нить и загнал сам себя в совершенно бесперспективное построение, развивать которое дальше не имело смысла. Тогда, чтобы отвлечься, я принялся размышлять о Мие и ее разноцветном рюкзачке, затем перекинулся на Джереми и представил их двоих в качестве семейной пары, признавая против воли, что полученная картинка не лишена гармонии. Откуда-то сбоку взялся еще и Арнольд Остракер, да и доктор Немо тоже казалось вплетал свой голосок, то и дело сбиваясь на тонкий дискант, и не было сил отвязаться от них от всех, даже призвав на помощь каких-нибудь эфемерных стражей. Так и прошел остаток дня – в безделии и фантазиях, переплетенных вместе и не оставляющих следа, как вязкое воспоминание, к которому не подберешь названья.

Утром я спустился к киоску неподалеку и притащил целую кипу свежих газет – с банальною целью как-нибудь занять время. Они быстро набили оскомину – все фразы были похожи друг на друга, а преувеличенная бодрость слов смешила, как чья-то глупость, неловко выставленная напоказ. К тому же, мысли мои витали где-то в ином месте – я сам был себе сейчас и новостью, и занимательным сюжетом; то, что происходило со всеми прочими, волновало меня не слишком.

Но часы, оставшиеся до вечера, нужно было как-то убить, и я рассеянно просматривал сводки происшествий и курсы далеких бирж, занудные политические дискуссии и прогнозы погоды на предстоящий сезон, отнюдь не блещущие оптимизмом. По всему выходило, что городу М. не стоит надеяться на улучшение климата, а как следствие и на обретение статуса настоящего курорта, на что сетовали многочисленные авторы, упорно замалчивая тот факт, что сюда и без того валят толпы туристов, привлеченных совсем другими вещами. Забавно, что это пересекалось в каком-то смысле с содержанием обмана, заготовленного мной, но газеты смотрели на проблему будто бы с совершенно противоположной стороны. Я только посмеивался над журналистской склонностью закрывать глаза на главное, упорно пережевывая второстепенные темы, как вдруг что-то сверкнуло, как яркая вспышка, и я впился в небольшую статью, жадно вчитываясь и возвращаясь к некоторым абзацам по нескольку раз.

Какой-то интеллектуал полемизировал по поводу маленьких синих птиц, и этого я никак не мог пропустить, хоть чуть было и не пропустил поначалу. Конечно, подобная заметка не представляла чего-то особенного по здешним меркам и могла даже быть отнесена к проявлениям дурных манер. «Миф о маленьких синих птицах, занимая особое место в ряду легенд города М., почему-то неохотно вспоминается коренными жителями», – писал автор, сразу задавая брюзжащий тон, и это брюзжание вызывало охоту нагрубить в ответ, что я и сделал бы непременно, попадись он мне где-нибудь на улице. «Но, право, что вы хотите от этих наших жителей?» – вопрошала следующая фраза, и с нею я не мог не согласиться, а дальше следовало упрощенное изложение самого мифа, известного любому, пусть и в интерпретациях, весьма далеких друг от друга.

Пусть для кого-то дурные манеры, но для меня приятный сюрприз – я будто переживал заново давние времена, когда мои сверстники еще казались способными на многое, и все мы пестовали в воображении какие-то особенные судьбы, ждущие нас за ближайшим углом. Маленькие синие птицы наряду с прочими символами, измышленными или вычитанными где-то, служили нам тогда свидетельством романтической сущности мироздания – в противовес сущности прагматической, от которой наши незрелые умы и особенно души почитали за правило откреститься при каждом удобном случае. Свидетельство, признаем, было не очень веским, но молодость предпочитает закрывать глаза на изъяны логики в угоду благородным порывам – и мы старательно обходили стороной скучные въедливые вопросы конкретоманов, вызывающие один за другим все больше и больше сомнений вплоть до отрицания всего явления целиком. Те, кто не верил, не допускались в эфемерный круг – круг беспечных и бесстрашных, от которого теперь не осталось ровным счетом ничего – допущенные же знали цену вещам, непонятным прочим и пробуждающим смутные подозрения, что мир все же не так сер, как его хотят видеть претендующие на правоту. Конечно же потом многие и многие из нас примыкали к той самой правоте, становясь хулителями былой наивности, указывая обличительным перстом в слабые места прежних заблуждений – их и впрямь было предостаточно, но в них ли суть? Нет, суть лишь в том, что очень скоро к правоте перебежали практически все, а оставшиеся единицы ошеломленно вертели головами, чувствуя, что пространство вокруг стало разреженным настолько, что и друг до друга уже не докричаться. Суть лишь только в том, что это произошло в мгновение ока, и все особенные судьбы обратились одинаковыми записями в толстенном томе, который можно даже и не листать – ничего нового там не сыщешь. И еще в том, что от этого на душе глухая тоска, но – «о главном – молчок», а вот Юлиан ответит за все, пусть и не понимая толком, в чем заключается вина.

Что ни говори, а есть знак в упоминании о символе дальней юности, посланном мне случайно накануне решающих действий, думал я про себя, ухмыляясь чему-то и вглядываясь в изложение, будто пытаясь различить в нем чьи-то лица. Если кто-то думает о них, то уже не отмести и не махнуть рукой, и куда труднее закрыть глаза, а мироздание оказывается-таки хоть чуть-чуть загадочнее, чем его пытаются представить те, кому загадочное не по нутру. Приятно, пусть даже и помогает не слишком – имея в виду, что соратников все равно не прибавится. Вот примкнувших к правоте объединяет многое, там соратников хоть отбавляй – а в загадки каждый верит по-своему, еще и зачастую презирая один другого. Но и то, я ищу не помощи, а любого сигнала – подскажите мне, что я все же не один в пустыне – и лишь обмениваюсь сам с собой кривоватой ухмылкой, когда вдруг улавливаю его негаданно, порою в самых неподходящих для этого местах…

Версия брюзгливого интеллектуала почти дословно совпадала с той, которую и я слышал когда-то, еще проживая в столице и не помышляя ни о каких секретах. В соответствии с нею, около двух веков назад неприметный город М., прозябавший в нищете и открытый грозным океанским ветрам, посетила болотная лихорадка неизвестной ранее формы. Вначале к ней отнеслись беспечно, как это бывает с предвестиями крупных бед. Лишь сумасшедшие на папертях лопотали порою что-то о конце света, но их никто не принимал всерьез, а первые случаи заболевания, пришедшиеся на ремесленные окраины, остались незамеченными на фоне постоянных россказней о странностях одна страшнее другой, что подстерегают любого достопочтенного горожанина в пустошах за чертой города и даже на тех же окраинах, вплотную прилегающих к ним. Эпидемия, однако, распространялась быстро, и вскоре лекари забили тревогу, сбиваясь с ног и ожесточаясь от бессилия, а вслед за ними и общественность подхватила слух о подступившем бедствии, с готовностью поддаваясь панике, которую тщетно пытались обуздать призывы и увещевания властей.

Властям не верили, и с полными на то основаниями – по всему было видно, что они владеют ситуацией не лучше, чем любой лавочник или скорняк, а загнутые кверху усы и толстые животы жандармов не свидетельствуют более о твердости градоначальнической руки – все знали, что господин градоначальник устроил безобразную сцену одному из уважаемых докторов, топая ногами и заикаясь от страха, а в его доме будто бы тоже есть один или даже двое заболевших. Затем и жандармы стали исчезать с улиц, и листки официальных указов, расклеиваемые в переулках каждую среду, все чаще появлялись на стенах с опозданием, а потом и вовсе перестали сменяться, а те, что уже были вывешены, скоро покрылись непристойными надписями и гнусными стишками.

В конце концов, город понял, что надвигается настоящая катастрофа. На заставе вывесили черный флаг для предупреждения неосторожных путников, а горожане старались не выходить из домов без нужды, затаившись в себе и ожидая страшных симптомов. В церкви то и дело служили молебны, но первоначальный энтузиазм ощутимо поиссяк и там ввиду отсутствия каких-либо сдвигов к лучшему. Один фармацевт объявил было во всеуслышание, что он-де нашел чудесное средство, превозмогающее напасть, и у аптеки тут же образовалась чудовищная давка. Но уже через два дня со всех сторон поползли слухи, порочащие шарлатанское снадобье, а еще через сутки возмущенная толпа разнесла вдребезги аптекарскую лавку, а ее хозяина, успевшего удрать через черный ход, нашли-таки в доме у родственников, вытащили на свет и затоптали ногами прямо перед крыльцом.

Свою лепту в состояние общей растерянности вносила и необычность признаков болезни. У страждущих наблюдался озноб и желудочный зуд – и это было знакомо, никого не удивляя – их бросало в жар и в холод, они обливались горячим потом, а через минуту покрывались ледяной испариной – и этому согласно кивали врачи и старухи-сиделки, повидавшие немало случаев лихорадки на своем веку. Но наряду с привычным на этот раз творилось и нечто нелепое: больные будто подвигались рассудком во время частых приступов – в безумии шарили зрачками по лицам близких, не признавая их и пугаясь любого голоса, выказывали непонимание человеческой речи и сами не могли связать двух слов, лишь невнятно бормоча что-то про синий цвет, что мерещился им в предметах и людях, запахах и звуках. Синие губы, кричали они в ужасе и отчаянии, синие стены, синий воздух – уберите, перекрасьте, занавесьте… Люди сбивались с ног и пугались друг друга, кое-где даже и здоровым стали мерещиться странные видения, и трудно было распознать, кто уже попал под власть непонятной болезни, а кто еще только ждет своего часа. Казалось, весь город мало-помалу сходит с ума; запертые здания будто готовы были вот-вот рассыпаться в прах, на улицах жалобно выли собаки, и в каждом знаке чудилось что-то необъяснимо зловещее. Мучения больных не ослабевали, а лишь усиливались день ото дня, но при этом лихорадка уносила совсем немного жизней, от чего тоже веяло жутковатой необычностью. Умирали лишь совсем уж старые и слабые, число больных неумолимо росло, и все чаще раздавались голоса, что напасти нет и не будет конца, раз даже и смерти не под силу совладать с нею.

Вскоре все окончательно потеряли покой, на каждой улице из открытых окон слышались крики несчастных, клянущих ненавидимый цвет, на окраине случился стихийный бунт, направленный не то на врачей, будто бы разносящих заразу, не то на служителей церкви, бессильных объяснить происходящее. Все понимали, что еще чуть-чуть, и бунт повторится с большей силой, обращаясь уже в настоящий хаос, в который выплеснется весь ужас перед неведомым, по какой-то причине избравшим М. для своих чудовищных шалостей. Тогда-то, в шаткий и трагичный миг, в городе появились маленькие синие птицы.

Вначале казалось, что с востока надвигаются низкие облака, но потом стало ясно, что это огромные стаи пернатых неизвестного вида, мельтешащих в воздухе подобно быстрым мазкам ультрамариновой кисти. Они влетали в город со всех сторон, кружили над центральной площадью и пустырем перед ратушей, а потом разлетались кто куда, облюбовывая места для временного пристанища. Их было множество, чуть ли не больше, чем жителей, оцепенело задиравших головы и бормотавших проклятия, и к вечеру вся округа стихла, охваченная новым страхом – будто к каждому прилетел его собственный ангел синей смерти, и ни бежать, ни протестовать уже не имело смысла. Люди не говорили ни слова, даже больные умолкли и только беззвучно тряслись под пропотевшими одеялами, а нежданные посланцы щебетали беспечно, рассевшись на кустах и деревьях. Никто не чаял дожить до утра, не говоря уже про следующий долгий день, но ночь прошла, не принеся ни одного смертельного исхода, а с восходом солнца вся крылатая армия снялась с гостеприимных ветвей, сделала над городом несколько кругов и унеслась прочь в направлении океанского берега.

Больше никто никогда их не видел. Эпидемия болотной лихорадки пошла на убыль, страшный синий цвет уже не мерещился более в бредовых кошмарах, а горожане пришли понемногу в себя, предпочитая впрочем всячески избегать упоминаний о случившемся, как о тайном позоре, который к счастью остался позади. Миф однако же передавался шепотом из поколения в поколение, да и не только шепотом – однажды неизвестные сожгли мастерскую живописца, изобразившего маслом что-то похожее на синюю птичку, а в кабаках не раз избивали болтунов, позволявших себе двусмысленные намеки на прошлые дела. Понемногу история обрастала разноречивыми деталями, становясь все более и более безобидной, пока наконец не приобрела форму забавной небылицы, не представляющей угрозы состоянию общественной морали. Тогда ее растиражировали в виде легенды и стали считать достаточно благопристойной, а потом и вовсе выделили в особую статью, вознамерясь возвести безобидных пернатых, или скорее предание о них, в ранг одного из городских символов. Это привело к появлению уродливого монумента на подъезде к городу, на чем пыл сам собою сошел на нет и вскоре уступил место прежней настороженности, так что о маленьких синих птицах до сих пор весьма неохотно заводят речь, особенно в общественных местах, и это легко проверить на собственном опыте, рискуя правда нарваться на неприятности.

Почему? – вопрошал автор-интеллектуал и пускался затем в многословные мудрствования, которые я читал уже по инерции, подавляя зсвоту. Право жс, коммснтарии на полях почти всcгда бывают излишни, а зачастую – смешны и жалки, как попытки отставшего пассажира запрыгнуть в давно ушедший поезд. Мне захотелось даже поделиться возмущением с кем-нибудь – например с Любомиром Любомировым, который конечно не упустил бы лакомого кусочка и приложил бы умника по всем статьям, но Любомир Любомиров был далеко, и все были далеко – один лишь Джереми обретался под боком, но с ним, боюсь, не получилось бы достойного разговора.

«Наша социальная среда подспудно отторгает историческую память о вмешательстве со стороны, пусть даже и с благими целями, подозревая к тому же, что мотивы и средства вмешательства не были осознанны должным образом. Попытки же осознать их заново отчего-то не удаются», – витийствовал автор, явно завороженный собственным красноречием. Не в силах более сдерживать раздражение, я громко фыркнул и швырнул газету в угол. Да, усложнения разъединяют, сразу думаешь, что дураки – это редкостная напасть, почище болотной лихорадки. И никто ведь не прилетит, чтоб от них избавить – попытки избавиться «отчего-то не удаются», как некоторые тут уже выражались выше. А маленьких синих птиц я люблю всей душой, и какая мне разница, были ли они на самом деле, и кто и почему боится упоминания о них.

Жаль конечно, что каждый, кому не лень, лезет туда же со своим мнением, думал я, успокаиваясь понемногу, но все же и от них можно отгородиться – вот и я обособился кирпичными стенами, арендовав их у «Аркады» по доступной цене. Лежу и размышляю, о чем хочу – хоть о старых мифах, хоть о Юлиане, наворачивая загадочностей и усложнений сколько угодно душе и готовясь палить изо всех своих пушек по кустам, безобидным для прочих. Быть может, кое-что достойно лучшего применения, но кто осудит за то, что разбазариваю зря? Никто, ибо никто не знает, знает только Миа, но она не выдаст, потому что она за меня. Кивнув сам себе, я тяжело вздохнул, глянул с неприязнью на газетные листы в углу и поплелся в душ, чтобы освежить пылающую голову и сосредоточиться на встрече с Юлианом, до которой оставалось не так уж много времени.

Глава 13

Ресторан гостиницы «Аркада» ничуть не походил на внушительное заведение, в котором я ужинал с Пиолином и Гиббсом. Юлиан пришел первым – войдя, я увидел его сидящим за неудобным столиком у центральной колонны. Он стал серьезнее, и бородка придавала ему ненатуральный облик, но не узнать его было нельзя – фото, предоставленное Джереми, оказалось ни к чему. Юлиан же глянул на меня с некоторым замешательством – то ли мои недавние скитания наложили какой-то след, то ли достигла своей цели маленькая шалость с одеждой: незадолго до встречи я, осененный внезапной идеей, бросился в магазин готового платья и приобрел щегольской костюм из тонкой английской шерсти, севший очень даже неплохо. Наверное, до того он не видел меня ни в чем, кроме простецких брюк со свитерами, и перемена явно произвела на него впечатление. Я довольно ухмыльнулся про себя и тут же, подозвав метрдотеля, устроил тому небольшой выговор, утверждая, что заказывал стол у окна в углу зала, куда нас в конце концов и препроводили, извиняясь за непонятливость.

«Н-да, – сказал Юлиан, глядя на меня задумчиво и покачивая головой, и прибавил бодро: – А ты совсем не изменился», – не желая как видно признавать обратное.

«Вот видишь, – легко откликнулся я, – время идет, а мы не стареем. Хоть ты, прямо скажем, какой-то стал другой. И эта бородка… Или мне кажется только?»

Ничего «другого» в нем, право, не просматривалось. Тот же взгляд, исполненный добропорядочного нахальства, те же правильные черты с несколько полноватыми щеками и волевым подбородком, наверняка привлекающим женщин, та же всегдашняя улыбчивость, что, помнится, вызывала у меня желание нагрубить без всякого повода. Только морщины наметились чуть резче, и слегка опустились углы губ – но это можно было и не заметить, а заметив, списать на усталость или недостаток сна.

Мы спокойно разглядывали друг друга, обмениваясь фразами, не значащими ничего, потом долго обсуждали скудное меню и несколько раз посылали официанта на кухню для уточнения деталей. Наконец, со всей предварительной суетой было покончено, и над столом повисло неловкое молчание. Наступало время переходить к чему-то существенному, но оба медлили с этим, предоставляя собеседнику право начать первым.

Первым начал Юлиан и сделал это довольно-таки неожиданным для меня образом. «Что ж, – проговорил он, едва заметно вздохнув, – не знаю, какие до тебя доходили сплетни, но нужно сразу сказать, чтобы покончить и забыть: да, мы живем вместе, и здесь я тоже с ней, хоть, признаться, происходит это нелегко – работу она найти не может и скучает ужасно». Он сложил руки на груди и посмотрел на меня с важным видом, готовый будто проявить и твердость, и выдержку, какое бы впечатление ни произвело на меня это известие.

«С кем это, с ней?» – спросил я рассеянно, словно размышляя о чем-то постороннем, хоть конечно же сразу понял, что речь идет о Вере и ни о ком другом. Я даже чуть было не расхохотался, вновь, как и в разговоре с Джереми, удивляясь про себя полному своему равнодушию по поводу ожившего фантома, еще недавно казавшегося столь грозным.

«Ну как, с кем, – протянул Юлиан чуть разочарованно, – Вера Гуттенбергер, неужели не помнишь?»

«Ах Гуттенбергер...» – я выпятил губы и направил взгляд куда-то в туманную даль с выражением мрачной задумчивости, наполовину ожидая, что внутри и впрямь всколыхнется что-то и обожжет, как хлыстом. Ничего не произошло, даже ни одной картинки не мелькнуло перед глазами, и я вяло закончил, разочарованный не меньше его: – «Да, теперь вспоминаю. Был у нас с ней эмоциональный эпизод. Эмоциональный, но весьма уже давний...» Тут нам очень кстати принесли вино, и мы занялись дегустацией, а когда официант ушел, я спросил Юлиана как ни в чем не бывало: – «Так она теперь с тобой? Вот умора – а как же муж?»

Юлиан, взглянув на меня недоверчиво, стал рассказывать про себя и Веру, а я лишь посматривал в ответ весело и открыто и пошучивал порой, искренне забавляясь ситуацией. Вот еще бы и ее сюда, фрау урожденную Гуттенбергер, теперь по-видимому снова ставшую фряйлин, то-то был бы полный комплект для пошловатого анекдота, а то и романа. Трое из треугольника (многоугольника, стоило бы сказать по правде) встретились в изгнании и поминают минувшие дни. Впрочем, она бы конечно же перетянула внимание на себя, нарушая хрупкий баланс, и все кончилось бы заурядной ссорой. Экая скука. А Юлиан хорош – и разглагольствует будто всерьез. Или все же притворяется?

«Да, это было тяжело – и для нее, и, признаюсь, для меня, – говорил тем временем Юлиан, доверительно подавшись вперед, – но муж исчез – то есть это она исчезла, потому что он, между нами говоря, оказался редкостной свиньей. Конечно, понять его можно: в такой-то ситуации – кому понравится? Сначала она ему про тебя – неожиданный взрыв страстей, ослепление чувством и т.п., ты и сам помнишь наверное – он и терпел себе втихомолку, а потом оказалось, что еще и одно кончиться не успело, как другое началось, – Юлиан смущенно хихикнул, – не в обиду будет сказано – дело прошлое, как ты сам заметил, что уж теперь обижаться. Тогда-то он терпение потерял и стал по-своему так бузить – то сцены ей устраивать по вечерам, обзываться там и прочее, то на разговор вызывать серьезный, в смысле значит определиться на будущее. Надоел ужасно. Ну а Вера наша...»

«Твоя, – заметил я ему аккуратно, – твоя, не наша». Фантом фантомом, но чрезмерная вольность манипуляций, даже и с его тенью, все одно коробит, как ни крути. «Ну да, – неохотно согласился Юлиан, – извиняюсь за неточность». Он отпил вина и повертел бокал в руках, будто раздумывая, стоит ли продолжать. Я ободрил его кивком, и он снова заговорил, теперь уже старательно избегая местоимений.

«Так вот, Вера, она тоже, знаешь, не железная. Как-то раз случилась у них беседа по душам, и он все ей объяснил: и кто она была, и кем он ее сделал – в общество ввел и платьев накупил, и отличать научил настоящие вещи от всякой дешевки – и на чьи деньги она живет припеваючи, позволяя себе неожиданные взрывы один за другим. Тоже прав в каком-то смысле, – Юлиан покривился, – но слушать такое никому не по душе, так что она взбрыкнула, как норовистая лошадка, и заявилась ко мне на ночь глядя, вся в слезах – все, говорит, не могу больше, что он себе позволяет, жалкий писака детских книжонок, что он может понять про чужую жизнь и чужие страсти? Да, соглашаюсь, ничего, а сам чувствую – тут-то моей свободе и конец, но не выгонять же ее назад, некрасиво как-то. Таким вот толком все и разрешилось – на другой день она перевезла вещи, и стали мы жить вместе, по обоюдному как бы решению, хоть я и не понимаю, в какой момент меня об этом спросили. Я все ждал, что супруг образумится и затребует ее назад, а там глядишь опять пойдет по-старому, но он ни в какую – ни звонков, ни писем – напереживался наверное крепко, так и не отошел. А потом вскоре завертелась эта история с командировкой – очень все хитро, с этим стажем, знаешь, новая должность может светить, а без него трудновато – ну и конечно желающих набилось больше, чем нужно, пришлось покрутиться, не упускать же, а за всем этим на личные дела и сил не осталось – пусть, думаю, идет как идет. В результате и в командировку поехал, и Веру с собой потащил – она так вцепилась, что не очень-то и оторвешь, а теперь вот на стенку лезет от скуки, потому что заняться нечем. Но это ничего – еще пару месяцев и назад, а там-то мы посмотрим, как дальше… Но ты не подумай, – воскликнул он вдруг встревоженно, – я на самом деле не жалею. Вера – она знаешь какая? Красавица и вообще… Ого-го. Ну ты сам должен помнить, чего я тебе буду…»

«Помню, помню», – поддакнул я ему великодушно, прикидывая про себя, насколько меня самого обрадовало бы внезапное вторжение любовницы, неверной моей Веры, предмета страсти истинной и жаркой. Сейчас по крайней мере я не испытывал к Юлиану никакой зависти, даже и непонятное сочувствие шевельнулось внутри, но я тут же изгнал его прочь, прикрикнув грозно – не до сочувствий, перед тобой враг. В любом случае, нужно отметить как плюс будничное окончание драмы – всегда приятно знать развязку, тем более что я вовсе не считал себя оставшимся в дураках. Интересно, как было бы раньше, если бы слухи дошли еще в столице? Впрочем, все равно, а чтобы разобраться до конца, нужно бы глянуть на фрау-фряйлин Гуттенбергер нынешними глазами. Жаль, что этого нет в моем плане.

Словно читая мои мысли, Юлиан спросил сердито: – «Ты может хочешь увидеться с ней? Так, потолковать о житье-бытье?» Я лишь покачал головой, глядя на него без улыбки. «Ну да, ну да», – покивал он понимающе и, будто удрученный собственным монологом, сморщил лоб и стал торопливо поглощать закуску. Я последовал его примеру, и какое-то время мы молчали, раздумывая каждый о своем. Юлиан, впрочем, быстро пришел в себя и стал расспрашивать теперь уже о моей личной жизни с простоватой настойчивостью друга детства, каковым он мне вовсе не являлся, и я, чтобы закрыть эту тему, сообщил ему небрежно, что конечно встречаюсь тут с весьма привлекательной девицей – с одной и той же, и уже довольно долго – но не стал вдаваться в детали, так что ему пришлось от меня отстать.

Вскоре все было съедено, и мы откинулись на спинки стульев. На улице сделалось совсем темно, наши профили отражались в оконном стекле, обесцвеченные тусклым электричеством фонарей. С кухни потянуло горелым, и пожилая дама за соседним столом тут же фыркнула возмущенно, оглядываясь по сторонам в поисках кого-нибудь из прислуги. Мы встретились с ней глазами и обменялись сочувственными гримасами.

«Что с карьерой? – поинтересовался я, вновь разворачиваясь к Юлиану, – Ты, как всегда, удачлив и перспективен?» Тот ухмыльнулся с показной скромностью и начал обстоятельный рассказ о служебных делах, нити которого я скоро потерял, даже и не пытаясь вникать в их вязкие хитросплетения. Потом нам принесли горячее – острый венгерский гуляш, приготовленный без всякой изюминки – и Юлиан ощутимо сник, словно почуяв мое пренебрежение к событиям далекой жизни, которую я оставил без сожалений, явно отыскав что-то иное взамен. Я знал, что рано или поздно он сам проявит интерес к этому иному – за тем и пришел, и не уйдет, пока не выпытает все что сможет – и ждал терпеливо, настраивая себя на трудную роль обманщика, чей обман не должен быть раскрыт. Главное было не в словах, словам всегда поверят, если произнести их как нужно, но вот именно к этому «как нужно» следовало отнестись со всей серьезностью, ибо во лжи, правдоподобной до слез, выстрел дается только один, и цель должна быть поражена в самую середину.

Покончив с гуляшом и основательно запив его вином, чтобы охладить горящие рты, мы закурили и вновь уставились друг на друга. Я видел, как Юлиан борется с любопытством, изо всех сил скрывая нетерпение. «Знаешь… – сказал я ему с нажимом, просто из желания немного подразнить, и наклонился вперед по его же примеру, будто подчеркивая важность предстоящего признания. – Знаешь, моя подруга отправила бы это блюдо в помойку после первой же пробы. Удивительно небрежно приготовлено, ты не находишь? Она вообще у меня славянка, а они знают толк, если что-нибудь из мяса…»

«А, да-да», – откликнулся насторожившийся было Юлиан, отвернулся в сторону разочарованно и стал ковырять во рту зубочисткой, прикрыв ладонью нижнюю половину лица. Я заметил, что его бородка подстрижена с одной стороны чуть неровно и удивился про себя – раньше за ним такого не водилось, уж к чему, к чему, а к собственной внешности он относился с чрезвычайным вниманием. То ли провинция так действует, то ли постоянное проживание с Верой Гуттенбергер, подумал я, но дальше гадать не стал – к делу это не относилось. По крайней мере, до поры.

«Так что вот, трудимся помаленьку, – скучно произнес Юлиан и зевнул, – растем, так сказать, а для того и лишения терпим – навроде этой дыры. Тут, как ты правильно заметил, и накормить не могут по-человечески, а про остальное – что уж говорить…» Он поерзал на стуле, взял новую зубочистку и стал вдруг жаловаться на город М., расписывая с неприкрытой горечью, как ему тут неуютно, и с какою радостью он убрался бы отсюда при первой возможности.

«Нет, ты скажи, – спрашивал он меня, злобно поблескивая глазами, – скажи, чего они тут пыжатся, все как на подбор? Им бы сидеть и помалкивать – дыра, она и есть дыра – но они не молчат, а если молчат, то хорохорятся и явно что-то такое думают про себя. Незаметно так, тихой сапой, этаким неслышным шепотком – но потешаются, ропщут, осуждают за спиной – а с чего? Чем у них тут намазано? Я никак не пойму».

Юлиан закурил сигарету и посмотрел на меня, наверное ожидая поддержки. Никто однако не собирался ему поддакивать, тем более, что такие настроения вовсе не входили в мой план и даже в чем-то ему перечили. Поэтому я лишь усмехнулся многозначительно и спросил будто в полушутку: – «Ну и чем же тебя обидели? Обозвали как-нибудь или еще что?»

«Скажешь тоже, – хмыкнул Юлиан, – если бы обозвали, я бы ответил. Нет, со мной все вежливы и смотрят с почтением – ну я же разбираюсь кое в чем, не просто так, – он непроизвольно выпятил грудь. – Но как-то чувствую, все себе на уме. Не схожусь я с ними, нет у меня подхода, хоть я всегда умею найти подход. Почему каждое усилие зря? Мне непонятно… Непонятно мне!» – повторил он, упрямо надув губы, и уставился в пространство.

Я все так же, с полуухмылкой, глядел ему в лицо. Забытая сигарета тлела в пепельнице, дым поднимался вверх, разделяя нас двоих, словно невесомый занавес. «И еще ведь в столице все уши прожужжали, – продолжил Юлиан, вновь не дождавшись от меня сочувствия. – Одни-то прямо говорили – завянешь ты там, а другие будто даже и завидовали – ах, чудеса, ах, легенды… Ну, почитал я в книжках про легенды – занятно, да, хоть и глупость по-моему – а где чудеса, так я не заметил что-то, наверное придумано все. И еще – ах, дюны, дюны… А этих дюн я и в глаза не видел, все как-то недосуг, да и потом, что там такого может быть в дюнах, о чем вразумительно написать нельзя? Вот и я думаю, что ничего не может, – кивнул он, заметив, как я неопределенно пожал плечами, – а тут-то все такое из себя строят, будто и впрямь что-то есть. Но спроси кого – так, в открытую – ничего тебе не скажут, только посмотрят, как на слабоумного, и будто улыбнутся про себя, а ты гадай… Или взять хотя бы это, про синих птиц – им памятник стоит, а за что памятник, знает хоть кто-то? Думаю, никто не знает – я пару раз интересовался, так от меня отвернулись просто, словно я неприличное что сделал – ну не дикари? Ничего ведь не сделал, просто спросил, что уж и ответить нельзя?..»

Он продолжал обиженно бубнить, пока к нам не подошли с вопросом о десерте, и говорил еще что-то после того, словно поддерживая разговор на холостом ходу и не имея представления, куда двигаться дальше. Пора действовать, решил я, жертва раскрылась и выказала слабость. Я опять представил себя тигром, сужающим круги, и еще потрогал метку на щеке, чтобы настроиться на нужный тон. А Юлиан хорош… Все же он изменился за эти полгода – терпения поубавилось, а когда любопытство гложет, то готов наверное смотреть снизу вверх. Зазорно ему, не зазорно – даже и не разберешь.

«Послушай-ка, – сказал я твердо, и он тут же встрепенулся и навострил уши. – Ты вот жалуешься и сетуешь, но все это пустое, эмоции одни – даже странно, что ты им так подвержен… К тому же, если хочешь знать, не так тут все и плохо, просто ты чувствителен чересчур и недостаточно настойчив».

«Я чувствителен? Я не настойчив? – изумился Юлиан, и я с удовольствием глянул в его озадаченное лицо, понимая, как непривычно ему слышать такое от меня. – Ну ты скажешь…» Он покрутил головой, а я лишь подтвердил спокойно: – «Ну разумеется», – и тут же заговорил убедительно и горячо, будто пришла моя очередь делиться откровениями, рвущимися на язык.

«Город М. не так уж и мал, – повторял я то же, что слышал когда-то от Пиолина, – его не обозреть так просто и быстро в нем не разобраться. Зная тебя немного, полагаю, что ты и тут тороплив в суждениях, но иногда никак нельзя без пауз – чтобы созерцать неспешно, будто ничто тебя не гонит. Иначе, поверь, тебе не откроется многое, то, что не бросается в глаза и ускользает прочь, хоть и кажется через месяц, что весь город – вот он, как на ладони. Даже если изучить карту – а у меня есть очень хорошие карты – то нельзя не отметить хотя бы одно-два странных места, в которые так и тянет забрести или заехать на досуге, потакая какому-то неясному зуду. А есть еще и другие странности, что даже и на картах не обозначены никак – к ним так легко не подберешься, надо постараться и поискать ходы или встретить нужных людей, которые быть может поначалу даже и не захотят с тобой говорить…»

Юлиан глядел с недоверием, но я твердо гнул свое. «Понятно, ты не из тех, кто падок на странности и доверчив, как дитя, – внушал я ему, старательно выговаривая каждое слово, – но и тебе придется признать, глянув попристальнее, что тут идут свои игры, которым не навяжешь правила извне, и в которые тебя не берут, потому что здешние правила ты боишься даже и пробовать. А зря, скажу я тебе, очень зря – они конечно не многим по нраву, но зато те, кто решаются, в накладе не остаются… Торопливость применима не всегда, поспешность выводов порою заводит в тупик и выставляет на смех – ты ж, наверное, не хочешь, чтобы над тобой смеялись, чуть не показывая пальцем? Так не спеши выводить следствия, Юлиан – хоть даже про тех же, как ты выражаешься, синих птиц. Я слышал о них куда больше твоего и могу, если хочешь, рассказать при случае, но и то не берусь судить о монументе, который ты так легко обзываешь памятником – да и то, ведь и памятники понапрасну не ставят, нам вот с тобой никто не удосужился изваять даже по завалящему камешку. А ты – дикари, дикари… У любых дикарей, знаешь ли, может водиться свое языческое золотишко, которым не разбрасываются попусту, если можно наложить руку…»

Я покачал головой, глянул на молчащего Юлиана с упреком и сказал с некоторой даже обидой: «А про дюны – это уж и вовсе зря, если в них не был, то лучше не молоть языком. Дюны – это особая песня, поверь, я был и в них самих, и в деревнях у южного края; чудеса, не чудеса, но там своя жизнь и власть тоже своя. Не очень-то и померяешься. Многие, между прочим, на этом сломали зубы – потому и вслух про дюны говорить не любят, редко-редко кто-нибудь упомянет, но и то лишь намеком – попробуй пойми».

«Вообще, если приглядеться – непочатый край, – добавил я задумчиво. – Ты думаешь, тебе это не нужно – может и не нужно, если преуспеешь в чем-то другом, но ты, я гляжу, не очень-то пока преуспел – да, не очень-то, не кривись, будем уж откровенны – так стоит ли проходить мимо, как и многие из тех, что так хотят сюда, а потом сдаются, даже и не попытавшись как следует? Не мне тебе советовать, но я скажу, даже и не советуя: мимо пройти легко – но ведь потом ни в какую уже не вернуться назад. Столица, карьера… Знаешь, что тут творится сейчас с океанским камнем? Вот, а есть люди, которые знают доподлинно и используют себе во благо. Есть и другие, что расчерчивают пресловутые дюны на равные куски, квадрат за квадратом, а потом проходят один за другим и заклеивают на схеме липкой бумагой. Думаешь, бессмыслица? Ан нет, каждый квадратик стоит звонкой монеты. Есть еще северные женщины поразительной красоты, стосковавшиеся по теплым странам и ни за что не желающие отсюда прочь – это тебе не Вера Гуттенбегер, что сама не может себя занять. И наконец… – я сделал короткую паузу и набрал в грудь воздуха, вновь тронув для верности обезьянью лапку. – Наконец тут есть то, что ждет тебя на обещанной мною картинке – перспективная стратегическая магистраль, не больше и не меньше – и она одна быть может стоит остального, о чем я тебе наговорил, но – всему свой черед, сейчас и до нее дойдем без спешки».

Главные слова были произнесены, следовало теперь дать время на их осмысление. Я отвернулся, подозвал официанта и попросил любезно: – «Принесите-ка нам еще бутылочку, да и фруктов каких-нибудь посвежее». Потом побарабанил пальцами по подлокотнику, взял хлебную палочку из корзины посреди стола и одарил Юлиана открытой улыбкой. Тот все еще был настороже и пощипывал свою бородку, но глаза у него поблескивали, да и поза выдавала безусловный интерес. Вялость его исчезла без следа, и он больше не походил на легкую мишень, придавленную обстоятельствами и готовую раскрыть свои слабости. Жалобы были забыты и сомнения отброшены в сторону – он будто тоже теперь караулил добычу, которую боялся спугнуть. На секунду я задумался об этом – как мы оба выступаем ловцами, а не жертвами в наших собственных мирах, и кто же тогда жертва на самом деле – но вновь одернул себя, отвлеченные размышления были неуместны. Не терять концентрации, приказал я мысленно, разливая вино, и подмигнул Юлиану, подняв свой бокал.

«Еще раз за встречу», – я сделал глоток и тут же, не медля, полез во внутренний карман своего новенького костюма, достал лист бумаги, сложенный вчетверо, развернул и положил перед Юлианом. Тот немедленно уставился в него, не меняя при этом позы и лишь скосив острый прищур. «Вот и картинка, – объявил я торжественно, – а на ней – все, что нужно для дальнейшего понимания. Конечно, так сразу не разберешь, но картинка не одинока. К ней еще прилагается рассказ, как ко всякой стоящей вещи, особенно нарисованной или вылепленной с натуры. Эта не с натуры, хотя кое-что можно и узнать – пусть лишь схематично, как на чертеже, но и голая схема зачастую чрезвычайно помогает делу, хотя бы просто фиксируя на предмете блуждающий глаз. А за ним и блуждающий ум, блуждающую мысль – ибо нет ничего опаснее для любого дела, чем заплутать мыслью и очутиться внезапно вовсе не там. Вот смотри…» – и я стал водить пальцем по листку, разъясняя несколько оторопевшему Юлиану, как на нем представлена местность: город М. неровным пятном, океанский берег волнистым контуром, между ними – сыпучее месиво мелких точек, обозначающее дюны, и над точками – широкое полотно, бетон и сталь, гордость моей фантазии, бесстрашно выпущенной на волю.

«Вот она, магистраль, – говорил я с некоторым даже восторгом, – магистраль стратегической важности и стоимости соответствующей, а я – ее главный магистр и стратег, а возможно еще и тактик, но это – впереди. Пока же обойдемся сугубо предварительными допущениями – вот дюны и берег, вот город, окруженный болотами, вот ровная полоса, соединяющая две точки – и от них пойдем дальше – посредством истории, что была обещана в том же наборе. Обещана, заметим, неизбежно, иначе и быть не могло – история и картинка тоже как две точки, два отстоящих ракурса, и от них идут отдельные лучи, в перекрестьях которых и восседают те, кто способен понять ситуацию на все сто. Например, я, – я скромно потупился, подумав мельком, что доктор Немо мог бы и обидеться на неприкрытый плагиат, – но и не только я, и не один, и вот с тобой хочу поделиться тоже, кое-что предполагая впереди… Но – потом, потом, сначала выпьем», – я вновь схватил бокал, отхлебнул торопливо и, глядя теперь на Юлиана в упор, стал выкладывать заготовленный сюжет, которому и сам уже верил, настолько он стал для меня привычен и похож на правду.

«Представь себе скитальца, что въезжает в город М., не имея ни планов, ни отчетливых целей, – говорил я, постукивая пальцами в такт словам. – Он бездомен, он безработен, мосты сожжены, и связи обрублены одним махом. Почему так случилось? Не будем углубляться в незначимое, согласимся на том, что захотелось стать другим, и некому было остановить, так что – порыв, смятение, побег. Заявление на стол, как напомнил сегодня ты сам, прощание наспех, и ничьих безутешных слез. Таким вот образом объявляется он в этом городе, о котором знает исключительно понаслышке и не имеет в знакомцах ни одной живой души, и начинает обживаться, не представляя пока что, для чего ему город, и для чего городу он. Весьма безрадостное начало, впереди маячат тупики и безденежье, и надежды никакой. Того и гляди, все кончится бесславным возвращением и новым витком неудач, но вдруг скитальцу улыбается судьба – той самой своей нечаянной улыбкой, которую все ждут денно и нощно – улыбается очень скоро, чуть ли не на следующий же день, и самым к тому же неожиданным образом!»

«Представь себе: вечер, людное кафе, – продолжал я вальяжно. – Я сижу и потягиваю коньяк, наслаждаясь одиночеством, которое вот-вот уже, чувствую, начнет приедаться. Все вокруг спокойно и мирно, провинциально и скучно, но вдруг – нате вам, безобразная сцена. Откуда-то появляются молодчики в черных куртках – трое или четверо, я даже не разобрал – столик рядом со мной опрокидывается в момент, двое мужчин пятятся к стене, ну и – крики, ругательства, первая кровь… Как-то все завертелось, и я чуть ли не в самой гуще, а потом – вижу, как в замедленной съемке: кто-то в черном тащит из кармана железную цепь, а перед ним, спиной, один из тех, на которых собственно нападают, занятый кем-то другим и не замечающий, что вот-вот может стать трупом. Тут что-то меня подбросило, как пружина – очень, наверное, было эффектно со стороны: я вскакиваю, хватаю свой стул, швыряю его в черную куртку, что-то ору… Ну, меня тут же пинают в бок, потом гаснет свет, в темноте уже вовсе ничего не разобрать, а кончилось все очень даже прозаично: явилась полиция, молодчиков увели, а меня те двое чуть не насильно усадили с собой за вновь накрытый стол для вынесения благодарностей и распития успокоительного. Тут-то все и началось…»

Я отпил из бокала и поискал глазами сигареты. Руки у меня слегка дрожали – драка в ресторане Пиолина будто вновь пронеслась перед глазами вся до последнего кадра, как ускоренное кино. Юлиан протянул мне открытую пачку с некоторой поспешностью, что было хорошим знаком, я закурил и повторил, покачав головой: – «Да, все и началось».

«Один из них оказался королем здешних архитекторов, и мы с ним нашли общий язык, – вещал я дальше, наблюдая, как растет его нетерпение. – Мне конечно же пришлось приврать, чтобы несколько изменить свой профиль, но все сошло с рук и подозрений не вызвало. Так я и не понял, кто на них нападал и за что, по-моему, все из-за его спутника, который кстати тоже был непрост, хоть и по другому ведомству, но это не суть – главное, что на следующее утро я очутился у архитектора в гостях, а там – планы, макеты, и понятно, что меня приглашают влезть со своим мнением, что я и сделал и очень удачно. Это была случайность, но именно из случайностей слагается успех, по крайней мере, начинается точно с них – ко мне тогда пригляделись уже всерьез и предложили поучаствовать кое в чем, так, развлечения ради, пока отдыхаю от столичных трудов. Еще у нового знакомого оказалась дочка – очень интересная особа, она хоть и уехала теперь куда-то, но тоже сыграла свою роль, понравился я ей, не скрою – и в общем довольно скоро стали меня водить по кабинетам здешних шишек для разъяснений им всяческих «что к чему», а потом тропа вдруг сама собой привела и к совсем уж солидным лицам – точнее к одному лицу и только один раз, но и этого шанса хватило – потому что я совершенно твердо вознамерился его не упустить. До того все было как игра, а тут уж нет, думаю, не игрушки – и подготовился со всей тщательностью, оделся как подобает, подделал рекомендательное письмо на всякий случай и заготовил одну фантазию, один странный-престранный проектик, который однако бил в самую точку, прямо в больное место – а о здешних больных местах я к тому времени очень даже был осведомлен».

Я помолчал, будто раздумывая, а потом признался доверительно: – «Я ведь, Юлиан, настоящий специалист, у меня, знаешь, очень наметанный глаз». Юлиан веско подтвердил, что да, специалист, известно всем, и предложил за это, то есть за меня, сию минуту выпить, что мы и проделали, чокнувшись дешевыми бокалами, после чего он тут же налил еще, причем мне досталось куда больше, чем ему самому. Уж не хочет ли он меня подпоить, мелькнула мысль и тут же вслед за ней – дурачливое решение: а почему бы и нет, отчего бы и не представиться подвыпившим для пущего правдоподобия? Нужды в этом не было никакой, но я хотел следовать всем порывам вдохновения, пусть лишь из чистого озорства, а потому быстро сделал еще один глоток и продолжил уже чуть заплетающимся языком.

«Большое лицо приняло меня один на один, – сообщил я и утвердительно кивнул сам себе. – Поначалу беседа не задалась, но потом я разошелся, и очень кстати оказалось, что из столицы и с письмом. В общем, довольно скоро мы были уже на дружеской ноге, и тут он заявляет этак небрежно, что мол все это, да, хорошо, но мелочи, не многого стоит, а если по-крупному говорить, то хочется ему меня использовать совсем в другом деле. И поведал, понизив голос, что затевается тут очень большое строительство с объектами по моей части, будто удивить хотел, но я не удивился, потому что знал об этом уже и до него. Но удивление разыграл конечно и тут же сунул ему свой проектик – тот, который в самую точку – сунул, но смотрю, реакция слабая или вовсе, можно сказать, никакой. Большое лицо только губами пожевало и говорит – это мол ничего себе, да, но как-то все-таки не то. Не подашь мол его как должно, так чтоб все облизнулись в порыве, да глазами захлопали оторопело – и уже, смотрю, на мою персону взирают с сомнением, но тут меня осенило в самый нужный момент. Знаю, кричу, понял – в точности знаю, как сделать, чтобы было то: назвать нужно по-другому, и сразу повернется другой стороной... Тут-то и выдал я ему про стратегическую свою магистраль, прямо там родилось, и нарисовал на бумажке, додумывая на лету – так что сразу лицо оживилось, и пошел у нас разговор всерьез. Пошел, пошел, на другой день продолжился – и завертелось. Конечно понабежали тут же и другие умники, каждому хотелось впрыгнуть на ходу, и архитекторский король оказался, между нами говоря, порядочной сволочью, да еще и эта его дочка путалась под ногами некстати, но мало-помалу все утряслось, остался я до поры в главных стратегах, если уж не в тактиках, и от всего пирога получил заранее вполне убедительную дольку – выделили мне здешние толстосумы солидный такой пакетик новеньких акций. Не за жалованье же стараться, в самом деле, за жалованье да почет я уже потрудился, покорно благодарим, а пакетик – это уже кое-что и даже может быть ого-го, что-то, но тут заранее не предскажешь, можно только скрестить пальцы и терпеливо ожидать».

Я старательно скрестил пальцы перед носом у Юлиана, тот посмотрел на меня цепким взглядом и немедленно налил мне полный бокал. Потом он извинился и отправился в уборную, а я развалился на стуле, пуская дым в потолок, и расслабился на минуту, отчего-то перекинувшись мыслями на Арчибальда Белого с доктором Немо и размышляя отстраненно, стали бы они мне верить, расскажи я им нечто подобное.

Поверить-то может и поверили бы, а вот стали бы слушать? – задался я следующим вопросом, но тут голос Юлиана, неслышно подошедшего сзади, вывел меня из раздумья. «Удивительно неуютный здесь сортир, – пожаловался он, усаживаясь на свое место, – выпьем?» Мы выпили и налили еще. Подошедший официант повертелся возле и исчез, словно почувствовав себя лишним. Нужно было продолжать игру, не тратя времени зря, и я сказал строго: – «Ну а теперь – к сути», – и снова подался вперед, опершись локтями о стол.

«Представь, – втолковывал я Юлиану, все теребившему свою бородку, – представь себе тех, что сидят на золотой жиле и не могут копнуть даже на метр оттого, что у них связаны руки. Или тех, у которых перед носом болтают морковкой, а они не сдвинутся никак – повозка увязла намертво в глубокой трясине… Что мешает городу М. стать вторым Акапулько, спрашивают себя здешние богачи, у которых давно раззявлены рты на туристские денежки, и отвечают себе: будто и ничего, но не становится, хоть убей. Уникальное место, а пропадает по большей части зря. Что климат здесь нехорош – вранье, климат в самый раз, это уж от отчаяния пытаются объяснить хоть чем-то; что океан беспокойный – так он беспокойный везде, за то и любят, а иначе – плескайся себе в озерце, бассейне или луже и горя не знай; а уж песок на всей береговой линии – высший сорт, первая категория качества, такого песка еще поискать – и вряд ли где найдешь. Так в чем же дело, спросит уже любой за богачами вслед, и получит ответ в два счета

– город М. вместе со своим океаном, рыбацкими деревнями и прочей атрибутикой может быть чем угодно, но не модным курортом, потому что в нем – иная суть. Нет в М. открытой светлой праздничности, он непрозрачен, как вещь в себе. Даже когда светит солнце, где-то вдали видна дымка – то ли болотные испарения, то ли невесть откуда взявшийся туман – и в голову вместо приятных мыслей лезет всякая чушь, так что любой праздник рискует быть безнадежно испорчен. Вот и навези сюда целыми семьями розовощеких идиотов, настроив для них отелей в сто этажей, ресторанов и клубов, дансингов и казино. Вот и предложи им здешнюю атмосферу как призыв расслабиться душой – мигом прогоришь и выставишь себя дураком. Сюда едут только те, что купились на загадочное да необычное, едут за тайной и за тайным смыслом. Да, и они не прочь искупаться и позагорать, и в сезон, говорят, тут бывает куда многолюднее, чем сейчас, а на океанском берегу есть и пляжи и несколько гостиниц попроще, но это ж не сравнить… На тайнах не делают денег, это ж просто курам на смех, а не туристический бум, это и близко не походит на паломничество розовощеких и толстозадых, каковое кстати можно наблюдать в каких-нибудь двухстах милях к северу, где и вода холоднее, и песчаные пляжи куда более убоги…»

Слова и фразы рождались легко, вдохновение влекло меня, как на крыльях. Казалось, я вижу перед собой наяву все, о чем говорю, и лишь срисовываю с натуры, не боясь потому ни солгать неумело, ни ошибиться подробностью. «Парадокс? – вопрошал я Юлиана и сам же отвечал: – Нет, не парадокс. Туманная сущность и непрозрачный покров, сквозь который не ткнешь пальцем, отпугивают, как сероводородный выхлоп, ибо несут в себе разъединяющее начало, дразнят непонятным и мешают организовать массу в сплоченную туристическую толпу. Не чувствуется, понимаешь, широкого русла, куда может хлынуть основной поток, чудятся все кривые тропы, по которым разбредется даже и многочисленный отряд – разбредется и заплутает по одному. Тревожно тут, говоря короче, тревожно и невнятно, неясно и сумрачно на душе. Так что розовощеким сразу становится не по себе, и они норовят сбежать прочь, увозя с собою свои кредитки, и индустрия, в отличие от более благополучных мест, не растет, словно гриб или пузырь, как ни прыскай вокруг колдовским зельем, как ни пришептывай и ни тряси амулетами…»

«Да, да, – встрял тут Юлиан, кивая мне серьезно, – я тоже что-то такое заметил, но вот объяснить не мог так гладко. Очень правильно излагаешь… Представь, – признался он вдруг, смущенно ухмыляясь, – я ведь и сам еще ни разу не был на океане…»

«Не был, так побываешь, не беда», – отмахнулся я. Не лезь мол, речь не о тебе. И Юлиан тут же послушно замолчал, а я, отпив очередной глоток, сказал со значением: – «Ну а теперь собственно о стратегической магистрали!»

Магистраль была основным номером и главным выигрышным призом. По всему выходило, что мы подошли к ней вплотную, и тянуть с разоблачением больше нельзя. «Вернемся к толстосумам, – начал я вкрадчиво. – Ты думаешь, они сидели сложа руки и наблюдали спокойно, как их денежки, так и не материализовавшись, уплывают в другие места? Нет, богатеи не так просты, они всему ищут причины, и тут причин тоже было найдено в избытке. Поработали над этим и местные головы, и привозные умы, и картина сложилась ясная, корень всех зол обнаружился сам собой. Избыток, не избыток, а куда не кинь, все упиралось в одно – в пресловутые дюны, куда и забредать страшно, и о которых слухи ходят один непонятнее другого – а прочее все, наверное, и всерьез принимать не стоит, пока дюны таковы, как есть, и о них главный разговор.

Дюны так дюны, решили городские тузы, значит были дюны и не будет дюн, но потом пыл-то поостыл. На это многие до них замахивалась, но ничего хорошего не вышло – нехорошее вышло, это да, и примеры не воодушевляли ничуть. Тем не менее, за шустрыми проектировщиками дело не стало, полезли изо всех щелей, чуть только пронюхали, куда дует ветер, и давай сочинять, кто во что горазд. На все находились умники – и подчистую засыпать дюны гранитным щебнем, и закатать асфальтом, словно гигантский плац, а то и аммонитом взорвать, а в котлован – опять же асфальт или бетон, чтобы от прежних глупостей не осталось и следа. Мельтешили они, изгалялись друг перед другом, норовя угодить в главнейшие советчики, но не угодили, потому как угодил-то я, а не кто иной, и не с какой-нибудь глупостью, а с самой что ни на есть реальной вещью».

Я покачал головой, разлил остатки вина по бокалам и сказал веско: – «Да, я придумал магистраль. Отошел, понимаешь, от стандартных схем, глянул с другой стороны, в архивах порылся, старые книжки почитал и понял – только в этом и выход, по-другому не получится никак. Необъяснимое не объяснить, и мистику так просто не изведешь. Не бороться нужно с ними, а оставить за бортом, не лезть напролом, а обойти стороной. Просто даже не обращать внимания – в этом суть и вся соль: пусть себе существуют отдельно, пусть копаются в них те, кому нужно и больше нечего делать, а основной поток – вокруг, поверх и, получится неизбежно, напрямую. К новой, так сказать жизни, мимо древних руин. Гениально по-моему, и я принимаю аплодисменты, хоть ты и не расположен аплодировать, потому что еще по-настоящему не вовлечен и прямых выгод само собой не видишь. Но те, кто вовлечены, те прониклись как надо, пусть и не сразу и не вдруг – но, опять же, идея была новехонькая и требовала некоторой привычки».

Я победительно посмотрел на Юлиана, и тот осклабился нарочито, будто радуясь за меня. Верит, мелькнула мысль, или притворяется, что верит – не суть важно. Скоро выясним доподлинно, уже немного осталось. Надо было что ли десерт заказать – а то я все треплюсь и треплюсь без перерыва…

«И что же было дальше? – поинтересовался Юлиан с напускной небрежностью, пригубив свой бокал и посмотрев искоса на мой, что давно уже был пуст. – Не заказать ли нам кстати еще вина? Или коньячку для разнообразия?»

«Давай коньячку, – махнул я рукой, показывая всем видом, что уже несколько набрался. – В хорошей компании легко пьется. А дальше было так…»

В течение следующего получаса я рассказывал ему в деталях, как идея мужала в суровой борьбе, как соперники расставляли мне ловушки и пытались опорочить почем зря, как приходилось изворачиваться и лгать там, где на первый взгляд следовало сказать правду, потому что нельзя было допустить, чтобы мои покровители заскучали, а правда смотрелась куда скучнее лжи. Я собрал вместе все, что знал об искусстве лавирования среди остроконечных рифов в тех водах, где водятся большие деньги – собрал и беззастенчиво присвоил себе умения и выдержку, изворотливость и хитрую сноровку, что взращиваются многие годы, чтобы потом, подобно современному Сезаму, ввести своих обладателей в узкий круг. Я представил себя одним из семейства акульих и щелкнул отточенными зубами не раз и не два, и Юлиан согласился со мной и поверил в такого меня, потому что, хотелось мне думать, ему ничто не резануло слух, и все, что нужно, было на местах. Я мог бы легко насторожить его, сфальшивив и сорвавшись от напряжения на фальцет, но я не сфальшивил и не сорвался, да и напрягся не очень – будто и впрямь перевоплотившись и поменяв обличье по счастливо найденному рецепту.

Он кивал и кивал, а мне становилось все свободнее и проще. В какой-то момент я вновь вернулся к своей картинке, словно предлагая представить воочию замысловатый конструкторский изыск, дорисовав мысленно усеченную синусоиду перекрытий и параболы оградительных тросов с обеих сторон, услышать шорох шин по всем восьми полосам и даже различить рокот прибоя, встречающий и провожающий юркие автомобили, что кажутся игрушечными с высоты птичьего полета. Не моргнув глазом, я фантазировал о будто бы проделанной уже топографической разметке чуть ли не по всей длине предполагаемого строительства, о почти готовой смете и нетерпеливых подрядчиках с экскаваторными ковшами наготове. Я сравнивал бетонную полосу то с механической рукой, протянутой от ратуши и хватающей океан за ворот, то с гигантской мышцей, стягивающей вместе город и стихию, укрощенный камень и далекий горизонт. Из расплывчатого и рассеянного мир становился обозримым и очерченным жирной линией, как границей, вне которой нет места никаким безумствам. Магистраль, что ни говори, имела конечную длину, и город прочно стоял на своем месте, а океанский берег вообще представлял собой незыблемый инвариант, точку отсчета, которую не сдвинет ничто кроме космической катастрофы. Итого, выходило, что на легенды и мифы отведена существенно конечная часть пространства, которую к тому же можно обозреть из окна неспешно едущего авто, превратив тем самым из грозной силы в достопримечательность, еще и способную приносить выгоду. Это ли не картина для желающих мыслить масштабно и по-крупному ворочать деньгами? – вопрошал я риторически, рассчитывая конечно, что Юлиану ничего не известно о прошлых попытках покорения дюн и возведения в них хоть даже обычных дорог. – Это ли не резвый жеребец, на котором можно въехать туда, где раздают жирные куски?..

Да, соглашался он, поглядывая на меня теперь с нескрываемой завистью, да, это картинка на загляденье, убедительна на редкость. Что ж, он может только порадоваться за меня по-товарищески – чужая удача тоже бывает приятна, хоть и не всегда. Ну а меня он ценил по достоинству – с самого что ни на есть начала, кто бы что ни говорил, потому что говоруны, они везде находятся во множестве, а дело могут делать немногие, которых не очень-то и распознаешь, если не иметь наметанного глаза. С этими словами он пригорюнился и напустил на себя довольно-таки кислый вид, а я посмотрел на него исподлобья, залихватски опрокинул рюмку коньяка и подпер локтем будто бы существенно отяжелевшую голову.

«Порадоваться по-товарищески – это спасибо, – сказал я нетрезвым голосом, – но что ж ты – порадоваться и только?» Я сфокусировал взгляд на его лице и с удовлетворением отметил, что Юлиан вновь посерьезнел и напрягся. «Есть предложения?» – спросил он негромко, осторожно пригубливая свой коньяк. «Е-есть пре-едложения! – подтвердил я, чуть запинаясь. – Ты что ж думаешь, я просто так разглагольствовал тут, похвастаться? Не-ет, брат, я не за просто так… Потому что, хоть все и хорошо, да не все еще хорошо; и хоть все уже и решилось как бы, но есть еще вещи, которые нужно дорешить».

Юлиан тут же превратился в одно большое ухо, а я вновь облокотился на стол и понизил голос почти до шепота. Со стороны каждый сказал бы, что мы замышляем что-то – сказал и был бы неправ, замышлял только один из нас, второй же пребывал в полном неведении. Общей картине, впрочем, это ничуть не мешало.

«Понимаешь ли, – бормотал я, нахмурив лоб и неотрывно глядя Юлиану в глаза, – можно все, понимаешь ли, сделать одному, но удача тогда должна быть непомерной – иначе, прав ты или виноват, ошибаешься или нет, но все равно сожрут и не подавятся. Пока мне везло, не жалуюсь, но сколько его, везения, еще в запасе – наперед не решишь. Потому я и рыщу вокруг – кого бы мол еще, чтобы в одной упряжке и счастливые звезды сложить в общую кучу – рыщу и не могу найти, да и выбор тут небогат, если уж напрямоту. Одни шустры, но не в меру глупы, другие уж больно себе на уме – с провинциальной хитрецой, нипочем не угадаешь, когда вильнут и решат переметнуться. Был человек на примете, но очень уж оказался идейным: от денег отказывается, не знает своей выгоды, а идея вещь хлипкая – как такому верить? Прочие же не годятся и не подходят, как ни крути и ни прикладывай одно к другому: чужеродная кость, своячники, туземцы. К тому же еще и хотят больно много, того не стоя – не иначе, подведут. Короче, сплошные крайности, никакой золотой середины, потому-то, как только ты позвонил, у меня в голове сразу возникла мысль, понимаешь какая – это, думаю, получается прямо как нарочно. Ты-то у нас везунчик известный, да и выгоды своей не упустишь, не говоря уже, что у тебя имеется предметная смекалка – вместе работали, мне ли не знать. Так что, грешен, я сразу замыслил тебя привлечь, если только ты сам еще куда-нибудь не влез с головой, но что-то говорит мне, что пока не влез – так, не так?»

«В общем, где-то так, – замялся Юлиан, – я здорово занят, не подумай, но все же не то чтобы с головой… И вообще, от подробностей зависит… Ты как, о подробностях думал уже?»

«Думал! – кивнул я отрывисто. – Думал и кое-что придумал. Могу поделиться, если желаешь, но прежде извини и позволь отлучиться…»

Я направился в туалет, с некоторым удивлением замечая, что меня и в самом деле пошатывает, а когда вернулся, застал Юлиана беседующим с хмуро глядящим официантом. «Закрываем скоро, – пробурчал тот, увидев меня, – все вон уже ушли, нам убирать нужно». Я сделал надменное лицо, достал из брюк бумажник, а из него – средней величины купюру, небрежно помахал ею и бросил на стол. Официант мгновенно сменил позу и выразил собою знак безупречного внимания. «На чаек хочешь получить? – спросил я вальяжно и сморщился: – Не мычи, не мычи, сам знаю, что хочешь. Так ты уж объясни там своим, что у нас тут с товарищем разговор. Давно не виделись мы с товарищем и не говорили давно – объясни потолковее, глядишь, они поймут и в положение войдут, как и ты. А нам кофейку сообрази…» Я отвернулся и стал усаживаться, шумно отодвигая стул и возясь с салфеткой, а официант исчез, но через секунду объявился вновь и, приговаривая: – «Салфеточку вот свежую пожалуйста», – сноровисто расстелил накрахмаленный прямоугольник у меня на коленях. Экий холуй, подумал я с отвращением, вздохнул и перевел взгляд на Юлиана.

Тот был серьезен, свеж и пребывал в предвкушении обещанных подробностей. «Так вот, – сказал я неторопливо, смахивая с пиджака невидимые пылинки, – раз уж столкнуло нас в самый подходящий момент, так грех, я считаю, не воспользоваться этим в полной мере. Ты у нас лицо независимое, а в столице числился еще и покрупнее меня, так лучше тебе таким и оставаться, тем более, что сейчас независимому лицу вовсе не трудно встрять в точности куда нужно». Я подмигнул ему, но он не улыбнулся, как делал это до того, прищурив веки и остро глядя мне в переносицу.

«Встрять не трудно, – продолжил я, – с людьми тебя сведем и трибуну для сольной речи предоставим, а кстати – и тема есть подходящая, на которую с той трибуны очень убедительно можно порассуждать. Убедительно и главное к месту, – погрозил я пальцем, – а еще главнее, что и мне это поможет, потому что я-то разорваться не могу и сам повсюду не успею, как какой-нибудь Фигаро или многоликий Янус. А успеть нужно, есть одна заковыка, чисто конструктивного плана, о которой никто почти не знает, но прознают обязательно, и никак ее кругом не обойти. Только можно в лоб разрешить – на место поехать и разрешить, что, по правде, не так уж сложно, но представь себе, за такой малостью и то послать некого. Все либо трусят по своему суеверию, либо не годны ни на что, как их не натаскивай. А ты у нас и не суеверен, раз, и тоже, как я, специалист, два, да еще к тому же именно по сыпучим субстанциям».

Я помолчал, покрутил головой будто в раздражении, потом закурил сигарету и сказал с чувством: – «Ну почему у любой магистрали всегда два конца?! Не может она в воздухе висеть, хоть ты убей. И каждому концу на что-то опираться надо… Здесь-то, в городе, уже и площадь подобрали, укрепим все честь по чести; для опор промежуточных тоже наметили более-менее, хоть и не все точки, лишь первых несколько, но и на том спасибо. А вот с тем концом, что у океана, пока дела плохи – то есть не плохи, а вовсе никакие дела: ни замеров нет, ни рельефных срезов, ничего… Руки не дошли, а в архивах пусто – будто там никогда и не строили ничего. Впрочем, может и не строили – место дикое, необжитое, да еще и древними слухами овеянное подобно заповеднику или гиблой пустоши, но ничего гиблого там нет, и заповедника тоже нет – это я выяснил сразу, а то бы ведь и копать ничего не дали, заботясь о чуде природы. Так что с разрешениями все чисто, но без замеров, сам понимаешь, аргументов маловато и звучит несерьезно, напоминая профанацию или откровенный блеф. Я бы на месте завистников первым делом в это ткнул, и они уже тыкали, не сомневайся, но я пока держу осаду. Из центрального бюро, говорю, скоро туда приедут и обмерят все как нужно, по моим мол старым связям. Вот и получается у нас само собой – и связи как бы, и центральное бюро…»

Юлиан все глядел неотрывно, вслушиваясь в каждое слово. «Всего-то и дел – разметить да померить, ну и – плотность, влажность как обычно, но не всю таблицу – так несколько образцов для пробы, – убеждал я его. – Некого послать, придурок на придурке, а сам не могу – дня три займет, отлучаться нельзя, да и странно смотреться будет – все что-то я сам да сам… Куда лучше, если независимый эксперт – на два голоса и споем… Сейчас-то только фотографии с вертолета, а как образцы представишь, да сложим все – никто носа не подточит, будь спокоен… – И наконец: – Так что повезло тебе, да, но если не хочешь или не уверен, то лучше сразу скажи, чтобы время не терять. Подумай конечно – пару дней, если нужно – и звони, не тяни. Мне медлить нельзя, отлагательства отнюдь не в мою пользу – не в нашу пользу, я бы сказал…»

Через час мы покончили с кофе и обговорили все, что можно было обговорить. Юлиан задал лишь два вопроса по существу – о деньгах и о географической точке своего экспертного участия – и получил два уклончивых ответа, также подготовленных заранее. Их, впрочем, было не отличить от ответов прямых, которым лишь чуть-чуть недостало деталей. «Бумаги мы тебе предоставим, не проблема, – пообещал я ему, когда мы уже направлялись к выходу. – Ну а потом, по возвращении – знакомство со старожилами, контракт и все, как положено – если конечно ты им придешься по душе...» Он поднял было на меня встревоженный взгляд, но я подмигнул ему ободряюще – не дрейфь мол, это я так, на всякий случай – и похлопал по спине, как старого друга, с которым позволена любая фамильярность.

Так или иначе, я сделал все, что мог, и чувствовал себя выжатым до последней капли – уже очень давно мне не доводилось так много работать языком. Юлиан же был бодр, но задумчив – я надеялся, что неспроста – и долго тряс мне руку у гостиничного крыльца прежде чем нырнуть в терпеливо ожидавшее такси. «До скорого», – бросил я ему на прощанье и отправился к себе мимо почтительно замершего швейцара, сделавшего стойку на мой парадный вид.

Поднявшись в номер, я, как был в костюме и ботинках, растянулся на кровати и закрыл глаза. В голове шумело, вкус плохого кофе все еще чувствовался во рту, а на душе было тоскливо и мерзко. Все, что я наплел Юлиану, представлялось теперь сомнительной фантазией или и вовсе очевидной чушью. Конечно, серьезные дела так не делаются, и он наверное должен это знать. Но, с другой стороны, поверить можно во что угодно, если захотеть самому, если глаза застит близкая выгода, а собеседник напирает без устали. На то и был расчет, ничего другого я все равно предложить не мог, оставалось лишь надеяться, что мой напор был достаточно красноречив, заполнив собою все логические пустоты или хотя бы их большую часть, а денег Юлиану хочется по-настоящему, денег и успеха, так что боязнь спугнуть крупный куш окажется сильнее разумных доводов. Все же, если он упрется и захочет прежде посмотреть на кого-нибудь из «толстосумов», мне нечем будет крыть, подумал я отстраненно. Весь план тогда насмарку, а другого нет. Ладно, не стоит теперь об этом, хватит уже Юлиана на сегодня...

Я неторопливо разделся, пошел в ванную и стал под холодный душ, потом резко сменил его горячим, таким, что едва были силы терпеть, и снова холодным – до дрожи и мурашек. Растершись полотенцем и облачившись в халат, я почувствовал себя гораздо бодрее. Было поздно, но спать не хотелось. Послонявшись по номеру, я остановился перед грудой прочитанных газет, поглядел на них задумчиво, а потом вдруг уселся за стол и схватил лист бумаги с гостиничным орнаментом вверху, приговаривая – сейчас, сейчас я вам… Все смешалось у меня в голове – мерзкий привкус от собственного вранья и возмущение чужим самодовольством, воспоминания и легенды, ночная явь и давние грезы. Хитроумный план с благою целью – с благой ли собственно, к чему, зачем?.. Как-то опять недоставало опоры, и не хотелось даже трогать обезьянью лапку на щеке – вдруг и она не взаправду? Я вывел крупно посреди листа: – «К вопросу о маленьких синих птицах, человеческой глупости и слепой душе», потом перевернул его и стал писать яростно, то и дело корябая безвинную бумагу, выплескивая неизвестно на кого всю досаду, что скопилась внутри, не имея выхода.

«Пусть до вас нельзя докричаться, – строчил я, закусив губу, – пусть вы слышите, но не желаете слышать, как сетовал бедный Паркер, хоть Паркер по сути ничем от вас не отличим, но это не значит, что вас оставят в покое и не будут, пусть нечасто, тыкать лицом во все то, чего, право, стоит стыдиться. Вы конечно не стыдитесь, хоть и подозреваете, что должно быть стыдно, но вас все равно – лицом и лицом, может когда-то что-то проснется. Да, каждая попытка – как звон разбитого стекла, а то и хрустального сосуда; да, у самых жарких порывов недостает сил на ничтожнейший сдвиг, но знайте, ваша твердолобость тоже не беспредельна, и что-то незваное проникает порою даже сквозь бряцающие латы, которыми так гордится любой, кто по-вашему повзрослел и влился. Влился в ряды: строен строй и бесшабашна песня, но в глубине все равно страх, ваше войско не имеет духа, способного победить самого ничтожного врага. Так говорил один мой знакомый, я вам его не выдам, так думаю и я сам – смешно не разглядеть: из страха вы сбиваетесь в кучу и цепляетесь друг за друга, не в силах отойти в сторону ни на шаг, из страха глядите все в одну точку, не умея повернуть головы или хотя бы чуть скосить зрачок. Веди нас, молите вы очередного вожака, что пролез вперед, лишь прыткостью отличаясь от прочих, и он ведет, послушный – но все отчего-то топчетесь вы на узком пятачке, словно и нет дорог, уводящих вширь, вдаль, прочь…»

«Но я не о том, – начинал я с новой строки уже на следующем листе. – Что толку жонглировать словами, определяя и переопределяя давно названное до меня. Я о жарких порывах и безразличии ледника, о частицах гармонии и ржавых прутьях темниц, об отчаянном крике и злорадном смехе. О, вы умеете отталкивать сердито протянутое от чистого сердца, не замечать бесценных приношений, отданных мнимым пастырям на суд, но зато и любите отнимать последнее, с бессловесной мольбой прижатое к груди. Творящие для вас презираемы вами за то, что они не такие, как вы; обирающие вас уважаемы премного, ибо в них ваш тайный идеал. Возведя лицемерие на трон, вы проливаете лицемерную слезу, когда уже поздно и ничего не вернуть, и довольствуетесь лишь крохами от щедрых даров, ленясь и скучая, боясь сомнений и оглядываясь один на другого. Что ж, крохи – это лучше, чем ничего, даже они способны разбудить в вас что-то, пусть и кратко, и трудно, но когда смотришь, как вы бродите по пыльным тропам, наступая подошвами на добытое кем-то со всем трепетом души и оброненное вами беспечно, то так хочется взять вас за ворот и – лицом, лицом, чтобы стало неловко, хоть я и знаю, что не станет».

Я схватил очередной чистый лист и продолжил, уже спокойнее: – «Не станет никогда. Но речь опять же не о том. Почему я сбиваюсь на вас, хоть вы и недостойны написанного слова, это вопрос из вопросов, но место ему не здесь. Лишь хочу спросить, обращались ли вы взглядом, затуманенным мишурой, хоть изредка к тем, у кого жаркие души и порывы бескорыстных страстей, задавались ли мыслью, каково им, неприкаянным и не имеющим ни пастырей, ни паствы? Что заставляет их выбирать пути, исполненные терний, и не бежать ни насмешек, ни бессонных мук, воссоздавая терпеливо, по ничтожным крупицам, линии и формы, близкие совершенству? Почему эта близость не дается им в руки? Что значит совершенство для них, и что значит для них остальное?.. О, вы ужаснулись бы даже и вопросам, если бы прониклись ими всерьез, а что до ответов, то они вам не грозят, не ждите. Знайте лишь, что те, на тернистых дорогах, они счастливее вас во многие сотни раз, как бы кому ни хотелось верить в обратное, и они сильнее, каждый своею силой, всех ваших силенок, сложенных в общий вектор, каким бы самодовольным смехом ни случалось вам смеяться над любым из них. И то – у них большие пространства, а у вас казематы и теснота, у них бесшумная вечность, а у вас хронометр, отсчитывающий секунды, и чем дальше, тем быстрей и быстрей. Вы хотите успеть, но успеть нельзя, потому что секрет не в том, а им в общем и некуда спешить, иные из них могут порхать беспечно в своих раскрашенных грезах, в мирах, видимых им вовсе не так, как пытаются представить в чертеже ваши злобные карандаши. Вам никогда не понять их и не дотянуться ни рукой, ни мыслью, даже если у вас и случится какая-нибудь нечаянная мысль. Так было и так будет дальше, вы не станете другими, даже если вас и ткнут носом в ваш собственный срам, во что я не верю, потому что это некому сделать – своим как бы и нет причин, а творящие и чужие, если и выдастся случай, отмахнутся в недоумении – что вы, недосуг. Я вот пытаюсь, но я слаб, пусть и чужой, а кто еще – даже и не пойму. Да, вам не повезло, вы никому не интересны – даже и друг другу, даже и прочим представителям вашего тучного семейства – вас можно рассмотреть лишь как явление, абстрагированное от частностей, не могу написать «от личностей» – понимаете, почему. И вот: явление, скопление естеств, усредненная материя, молекулярная протоплазма. Творящие и чужие, противные вам, могут взглянуть на нее попристальнее – ну как сверкнет что-то краткой вспышкой, натянется струной или забурчит, вспучится, лопнет… Вглядятся и создадут образ, что вберет в себя многое, и преподнесут вам же щедрым подаянием, а вы уроните в пыль, потом заметите случайно, отряхнете, посмотрите и ужаснетесь вдруг – аж волосы дыбом. Так-то будет, ваш собственный срам, не чей-то, но, впрочем, что вам с того, в общем и не привыкать – покрутите головой и побредете дальше, строен строй, бесшабашна песня, и я побреду поодаль пятой колонной, помеченный наспех вашими сторожами, весь озадаченный и неспокойный, весь встревоженный, весь в тягостном раздумье. Вот что беспокоит и не дает заснуть, вот что тревожит и теребит, мучит и не отпускает: а зачем вообще вам дали способность мыслить? И еще: а дали ли вам ее на самом деле, или это еще одно из заблуждений, что я ношу в себе, сам не зная того?»

Уф-ф… Я с удовольствием поставил жирный вопросительный знак и откинулся на спинку стула. Шутник ты однако, Витус, шутник и затейник. Исписанные листки лежали, радуя глаз, на душе было мирно и легко. В сортир что ли спустить, подумал я с ленцой, зная, что у сотворенного послания нет и не может быть адресата. Оно, впрочем, принесло свою пользу – я теперь чувствовал себя уставшим и опустошенным, а маленькие синие птицы были отомщены. Большего, согласимся, никто и не просил.

Я подошел к окну, раскрыл его и выглянул наружу. Город еще спал, но кое где уже лязгали засовы, и гудели моторы грузовиков. Ночная прохлада бодрила, я вдохнул полной грудью и шепнул в никуда еле слышный привет: знайте, я тут, если кому нужно. Потом постоял еще немного, ежась от холода и проникаясь ощущением выполненного долга, захлопнул ставни и неторопливо побрел к давно ожидавшей постели.

Глава 14

Утро началось плохо. За окном все было серо, и налетали порывы ветра, от которых жалобно дрожали двойные рамы; я переживал похмелье и страшный сон, случившийся незадолго до рассвета. Мне приснился Гиббс в обличье мертвеца, хоть и старавшийся казаться живым, и все кругом делали вид, будто ничего не происходит, но я-то видел, что жизни в нем больше нет, мне было жутко до испарины и озноба. Я знал, что все прочие злорадствуют про себя, радуясь, что ему уже не стать прежним – знал и ничего не мог поделать, потому что не понимал сути зловещего маскарада и этой последней гиббсовой затеи. Мог бы поделиться со мной, думал я сердито, в то же время холодея от страха, я ж небось заслужил хоть такой-то малости. Но ему явно было не до того, он быть может не замечал меня вовсе, занятый чем-то иным, если чем-то вообще, рассеянный в воздухе, но все еще при этом сохраняющий привычный силуэт, почти даже и непрозрачный, по крайней мере для всех прочих, и только я один замечал, что сквозь него уже начинают просвечивать другие предметы.

Сновидение оставило внутри зудящую пустоту, и о нем никак не получалось не думать, хоть я и старался сосредоточиться на чем-нибудь ином. Мир словно переполнился незнакомой тревогой, даже мой секрет представлялся теперь предприятием сомнительной значимости, каким он вероятно и был – суета с заманиванием Юлиана на океанский берег, равно как и я сам, нацепивший английский костюм и изображавший удачливого дельца, вспоминались с неловкостью и досадой. Тут же еще подвернулись и вчерашние исписанные листки, которые я терпеливо перечел, аккуратно порвал и выбросил в мусорную корзину. Что-то было не так во всей вселенной, что-то потеряло устойчивость, сдвинулось, поменялось. Я убеждал себя, как мог, что все это лишь результат излишней чувствительности, но мир никак не хотел становиться на место. С большим трудом я поборол искушение позвонить Джереми и попросить его немедленно разыскать Мию – она могла мне помочь, но это означало бы поддаться собственной слабости, а поддаваться мне было нельзя – несмотря на какие угодно сны.

Где-то после обеда я выбрался из отеля и долго бродил, не узнавая улиц, с удивлением заглядывая в витрины и, наверное, настораживая прохожих. Ветер то бил в лицо, то толкал в спину, кружил сор и листья на мостовой и поднимал их в воздух. Я не противился его силе и не роптал понапрасну, уйдя в себя и отключив органы чувств, словно создав воображаемый плотный буфер, сводящий на нет внешние наскоки и тычки. Беспомощный Гиббс в мертвой маске все не исчезал с задней части зрачка, возникая бесплотной тенью то на тротуаре слева, то впереди у перекрестка, прячась за фонарные столбы и перебегая проезжую часть перед автомобилями, не способными причинить ему вреда, оборачиваясь ко мне молча и вновь устремляясь от меня прочь легкой пружинистой походкой. Я знал, что гнаться за ним бесполезно, но все же следил исподтишка и преследовал, не признаваясь себе в этом, пока он не исчез вдруг, бросив меня посреди шумного проспекта в двух шагах от переулка, ведущего назад к гостинице.

Потом я шлялся еще где-то, заходил в закусочные и кафе, заговаривая там со случайными людьми, а вернувшись в номер, лежал на кровати без движения, уставившись в потолок. Трещины на нем не вели никуда, было ясно, что все лабиринты искусственны, и двигаться по ним, плутая и кружа, вовсе не имеет смысла. Мое тело требовало покоя, а голова сделалась пустой и гулкой, как бездонный колодец. Лишь ближе к вечеру я пришел в себя, лениво поковырялся в тарелке с ужином и заставил приунывшее сознание вернуться к насущным делам, главное из которых собственно заключалось лишь в ожидании, и ожидаемое никак нельзя было поторопить.

Утренняя безысходность отступила на шаг, и тоска несколько притупилась, но весь мой план все еще казался суетной бессмыслицей, никак не желая вновь наполниться содержанием, что вчера еще представлялось незыблемым и стойким. Быть может оно и оставалось таковым, только я не чувствовал его как должно, словно задавшись некстати трудным вопросом, который гнал от себя до того, несмотря на подошедший срок, а теперь застрял на нем, как на мели, не имея сил двинуться дальше. Я бродил по номеру, посматривая то в окно, то на старые газеты в углу, потом отыскал и перечел еще раз давешнюю статью, пытаясь вновь загореться, пусть хоть мщением, если уж не помогает ничто другое, но все это были полумеры, не годящиеся даже для самообмана. Я не ощущал себя мстителем и, даже вспоминая несуразное сновидение, не находил в нем повода подстегнуть собственную боевитость – тем более, что все страшное так и осталось грезой, а гиббсовы дела были несказанно далеки от моих. Да и потом, каждый сам расплачивается за свое – чем дальше, тем больше я проникался этой мыслью, еще и подчеркивая ее жирной линией, ограничивая круг действующих лиц лишь собственной драгоценной персоной. Это было нелегко – круг никак не желал сходиться в точку, обладая упругой твердостью, что быть может была мне и не по силам. Так ли легко отбросить и отрезать, утверждая браво единственность числа? Гиббсу-то небось легко, а мне, признаемся, все еще не очень, тем более, что своего у меня теперь – раз, два и обчелся. Может и раньше было не более, даже и с самого начала, но я во всяком случае об этом не знал. А потом – как лавина, открытие за открытием: дорогая Гретчен, ставшая чужой, ворох иллюзий, развеянный пеликаньим криком, Миа, которую отняли так скоро… Как там говаривал Арчибальд Белый – нет ни одного человека? С ударением на «человека», не просто так…

Я глядел в потолок и искал в нем подсказки, но подсказок не предлагали, и рассчитывать на них было глупо. Даже задремать не удавалось, минуты проходили в отвратительном бодрствовании, полном недовольства и сомнений. Наконец, я рассердился на себя всерьез, а рассердившись, вдруг вновь обрел утерянную решимость, отогнал подальше надоедливые «для чего» и «зачем», поманил пальцем оробевшее «как» и усадил его на почетное место, всучив в руки маршальский жезл. И то: хватит искать содержание в еще и не сделанном вовсе. События должны следовать друг за другом, и каждому свой черед – и действию, и смыслу. В этом милосердие времени, единственное быть может, все остальное – лишь злостные подвохи, так что ж ты ропщешь вместо того, чтобы ценить?

Простая мысль оказалась целительной на редкость, и я вцепился в нее крепко, как только мог. Забудем одновременность, возрадуемся последовательной природе Хроноса. Пусть смыслы объявятся позже – придут или откроются, а может и не откроются, и не придут – а сейчас: в состоянии ли ты действовать и осуществлять задуманное? Да, отвечал я себе, могу и действовать, и осуществлять, все наготове и ничто не держит, так что и мучиться нечего, и нечего проявлять застарелую рефлексию по поводу причин и следствий.

Это все сон, тут же пришло оправдание, это все сон и Гиббс... Вспомнив Гиббса, я опять как-то разволновался, поймав себя на невнятном желании поделиться с ним всем передуманным в одиночку – передуманным и, будем надеяться, переделанным, но только когда весь план будет уже завершен. Как-то он посмотрит на мои деяния со стороны – отмахнется, как от мелочи, усмехнется презрительно или оценит и одобрит, а то – может еще и позавидует в чем? Ну, насчет позавидует – это вряд ли, но все равно занятно, есть тут некая лихость, и, к тому же, все поворачивается новой стороной – на исполнении уготовленного Юлиану дело и не кончается вовсе...

Так, так, так, размышлял я быстро, Гиббс конечно с трудом уловим, но все возможно при известном старании, Джереми должен знать, как с ним связаться. Он мне скорее всего не обрадуется, но я ведь не напрашиваюсь в компанию, мне только поделиться и все. Найду и расскажу – без утайки и в деталях. Чуть навязчиво, конечно, и зазорно на первый взгляд, но, с другой стороны, кажется, что и не зазорно совсем, а где-то даже отважно и единственно верно, зависит от того, как посмотреть!

Ко мне понемногу возвращалась прежняя бодрость. Еще недавно на душе было так отвратно, и сил почти уже не было у души, но теперь мне снова не сиделось на месте, так что я даже вскочил с кровати и стал расхаживать по комнате взад-вперед. Все дело в ожидании – оно заставит нервничать кого угодно, убеждал и успокаивал я себя. Все глупости, важно лишь, что впереди вновь замаячила цель, конкретная и ясная как день, для достижения которой даже и не важно, в выигрыше или в проигрыше я в конце концов окажусь. Конечно, если план провалится, то поражение налицо, хоть я этого и не боюсь – да и что вообще может испугать, кроме смерти и мерзких снов, но об этом больше думать нельзя, нужно жить жизнью и в ней изыскивать сущности или их ростки, заставляя себя верить всякий раз заново, что и в самом деле что-то там прорастает. Верить не просто, ибо как прорастет, так и отцветет, и исчезнет своим чередом – взять хоть мой секрет, например. Поражение, не поражение, но все равно закончится и перестанет быть – придумывай тогда что-то другое, заполняй пустоты, сходи потихоньку с ума. Все философы подсмеивались над преходящим, хоть, прямо скажем, насмеяться заслуга невелика – сиди себе где-нибудь на камне, да знай подмечай сиюминутность событий. Всякий может, отрицать легко – а что взамен?

Я произнес вслух негромко: Юлиан, Юлиан, тщательно прислушавшись к себе – как звучит? В достатке ли куража, слышен ли звериный рык, не вплелось ли равнодушие сытой ноткой? Все вроде было в порядке, мне хотелось схватки, хоть пока еще и некому было поведать о ней, и мне хотелось победить, хоть я и доказывал себе только что, будто это ничего не изменит. Отчего каждому нужны победы – хорошо, пусть не каждому, пусть лишь тем, у кого что-то свербит внутри? В том числе и победы, за которые не гладят по головке и вообще ничего не дают? По крайней мере, вечность не усмехнется и скорей всего не отметит в регистре – наслышаны уже, ни для кого не откровение – так в чем же дело, кто объяснит? Загадка из загадок, и что интересно – ни одна победа не проясняет ни на чуть-чуть. Или может проясняет, а мне еще рановато судить?

Я плутал в бессвязных раздумьях половину ночи и большую часть следующего дня, метаясь от одного к другому, восклицая вслух и возражая сам себе, а потом, едва стемнело, раздался телефонный звонок, и Юлиан сообщил, что принимает предложение, решившись-таки поучаствовать в «затее с магистралью», как он сам выразился с некоторой небрежностью, подчеркнув еще, что от затеи мол немного попахивает авантюрой, но авантюра эта чертовски привлекательна на слух. Он вообще был заметно горд собой, горд и важен, явно ощущая значимость собственного решения и, не иначе, ожидая, чтобы и я проникся тоже. Все же человек слеп, вздохнул я про себя, и тут же запрятал свое раздражение глубоко внутрь, откликнувшись Юлиану приветливо и ровно. Тот еще попыхтел от важности и добавил, что взял уже недельный отпуск прямо-таки с послезавтрашнего дня и готов действовать немедля, а не тянуть резину и не откладывать в долгий ящик. Упоминание про долгий ящик рассмешило меня, и я даже хмыкнул, наверное удивив ничего не подозревающего подельника, но тут же взял себя в руки и перешел на деловой тон, соглашаясь как бы, что время конечно же терять нельзя.

Мы наскоро проговорили еще раз все детали похода, особенно той его части, в которой Юлиану предстояло странствовать одному. Это был непростой момент, и в свое время я изрядно поломал голову, размышляя, как бы обустроить все так, чтобы не запугать его чрезмерно с самого начала, но и не обнадежить чересчур, так что к реальным трудностям он окажется не готов. Гуманист, гуманист, ругал я себя, но никак не мог пообещать Юлиану комфортабельный приют или хотя бы крышу над головой, зная, что ему наверняка придется провести пару дней под открытым небом. Не сахарный конечно, не растает, успокаивал я себя, и это была правда, вот только насчет пары дней нельзя было судить наверняка – кто поручится за намерения и расстояния, как вообще угадать, что взбредет Юлиану в голову ПОСЛЕ? А расскажи я ему, что там можно заплутать не на шутку, так он, пожалуй, и вовсе откажется идти – к чему тогда весь гуманизм? Эти колебания изрядно походили на слюнтяйство, особенно если взять первоначальную версию секрета во всем ее недвусмысленном злодействе, но, отчего-то, приняв однажды, что идея уничтожения не по мне, я теперь твердо стоял на пацифистских позициях. В конце концов, два дня без крыши прочно утвердились в моем сознании, и я предупредил Юлиана именно о них, добавив также, что неподалеку будет полицейский пост, а еще в нескольких милях – вполне обжитой населенный пункт. Предстоящие лишения не вызвали у него никаких возражений, а я не стал прояснять истинную цену всякого «неподалеку» там, в дюнах, где пространство почему-то отличается норовистой кривизной, да и со временем понятно далеко не все…

Потом мы наскоро обсудили профессиональную рутину – что и где мерить, а также чем и как. Это было пустой тратой времени, но Юлиан, не подозревая ни о чем, выспрашивал подробности со всем тщанием. К счастью, приборов требовалось немного и особой сложностью они не отличались, так что не составляло труда раздобыть их в том самом заведении, куда он был прикомандирован в настоящий момент. Отметив с удовлетворением, что с научной экипировкой у нас все в порядке, я зачитал ему подробный перечень прочей необходимой поклажи, включая спальный мешок и всепогодный плащ, и мы обсудили некоторые пункты, даже и поспорив кое-где, что, впрочем, я быстро пресек, проявив изрядную авторитарность, которую Юлиан воспринял как должное, наверняка затаив при этом мысль, что все еще впереди, придет и его час. Я перечислял деловито – спички, фонарик, теплый свитер и т.д. – вспоминая, как когда-то слышал все это сам от Кристоферов, казавшихся такими комичными, с которыми, если подумать, все было вовсе не смешно. Не забудь консервы и галеты, и воду на пару дней, наставлял я Юлиана, и тот старательно скрипел карандашом, очевидно стараясь не упустить ни одной мелочи, выстраивая себе картину из этих мелочей и не имея понятия о ее несоответствии реалиям, столь трепетно им ценимым.

«Будем на связи, – закончил я разговор. – О документах не волнуйся, я все подготовлю».

«Так, а когда выезжаем? – засуетился Юлиан. – Ты не сказал, а мне нужно знать…»

«У тебя отпуск с послезавтра? – перебил я его грубовато. – Вот послезавтра и выезжаем. До скорого», – и повесил трубку, не желая затягивать изрядно поднадоевший разговор.

Оставалось теперь произвести последние приготовления, для чего мне вновь был нужен Джереми. Я позвонил портье, тот, как всегда, выразил немедленную готовность помочь, и вскоре приказчик уже стоял посреди номера, поглядывая внимательно и цепко, хоть и с привычной почтительностью.

«Джереми… – сказал я недовольно, отчего-то он вызывал у меня все большую неприязнь. – Джереми, мне нужно изготовить пару бумажек на солидных каких-нибудь бланках – вот макеты и текст. Посмотрите пожалуйста, как это – выполнимо?»

Тот повертел в руках заготовленные мною наброски, протянул разочарованно: – «А, ну так это просто письма...» – потом глянул на меня и спросил: – Или может вам подписи нужны взаправдашние?»

«Нет, нет, – замахал я руками, – никаких подписей, просто внешний вид. Сделаете?»

«Отчего ж не сделать, – буркнул Джереми, совершенно потеряв интерес, – завтра с утра вам занесут, в конвертике без опознавательных знаков», – он вдруг ухмыльнулся и панибратски подмигнул.

«Вот и прекрасно, – подытожил я и глянул в сторону. Положительно, видеть его становилось невыносимым. – И еще, вы не подскажете мне дорогу в деревню на океане – знаете, на юге, где дюны кончаются, там еще добывают камень и рыбу ловят с давних времен? Я не знаю, как называется, но она одна, наверное, такая... Я оттуда приехал на грузовике...»

Вопрос опять прозвучал глупо, но не глупее, чем все предыдущие, так что я даже не смутился ничуть, а Джереми пожевал губами и сказал в сомнении: – «На грузовике, говорите? А теперь, что же ехать туда собираетесь? Ну-ну...» Потом еще помялся и прибавил: – «Так может вам лучше на грузовике и назад? На вашей-то игрушке можно и подзастрять».

«Ничего, вытолкнем, – ответил я, вздохнув, – а грузовик тот мне не по нраву, да и бывает там слишком редко».

«Не по нраву... – повторил Джереми задумчиво. – Ну да, ну да...» Он прошелся по комнате, выглянул зачем-то в окно и сказал, вновь повернувшись ко мне: – «Ну тогда, по нраву вам это или нет, но придется взять проводника».

«Какого еще проводника? – спросил я настороженно. – Проводник мне не нужен. Вы мне дорогу нарисуйте – и дело с концом».

«Не могу, – пожал плечами Джереми, – не принято это у нас. Да и потом, нарисую я или нет, вы заблудитесь все равно, всего не нарисуешь».

«Так пусть тот, кто знает, нарисует, – начал я злиться, приказчик теперь уже раздражал меня непомерно. – Вы, если сами не знаете, то хоть знаете кого-нибудь, кто знает?» Джереми чуть заметно улыбнулся корявости фразы, и это разозлило меня еще больше. «А про то, что не принято, не надо мне заливать, – добавил я грубо. – Это не дюны, это другая территория, для нее небось все есть – и схемы, и карты».

Джереми глядел на меня молча с отвратительной ухмылкой. «Не принято – повторил он скучно, наулыбавшись вдоволь. – Спросите сами кого хотите. Проводника будете брать или так, наудачу отправитесь?»

Я прикинул свои шансы. До выезда оставался один день, ехать, не зная дороги, представлялось чересчур рискованным, а уверенности в том, что удастся разыскать другого подсказчика, было, прямо скажем, немного. «Ну что ж, давайте проводника, – вздохнул я, сдаваясь, – если конечно надежный и дорогу знает хорошо. Вы вообще уверены, что мы говорим про одну и ту же деревню?»

«А мы про деревню не говорим, – парировал Джереми, – мы о дороге говорим, о дороге и проводнике. Это вы с ним уже – про деревню… Да не бойтесь, – добавил он устало, видя, что я вновь готов вскинуться в возмущении, – приведет он вас в деревню, это ж та небось, что рядом с заставой?»

«Та, – подтвердил я, успокаиваясь и даже не желая думать, что могут существовать еще и другие заставы, и другие деревни рядом с ними. – Мы выступаем послезавтра, это ему подходит?»

«Подходит, подходит, – подтвердил Джереми со смешком, – он у меня служит, для поручений, что скажу, то и сделает. Заплатить только извольте вперед, Вы ведь, как я понимаю, съезжаете от нас?»

Съезжать я не собирался, но вдруг почувствовал, что не хочу возвращаться в «Аркаду» и просить Джереми о чем-то еще. В конце концов, разыскать Гиббса способен не он один, придумаю что-нибудь, решил я тут же, подтвердил кивком, что покидаю гостиницу навсегда, и коротко спросил: – «Сколько?»

«Недорого», – усмехнулся приказчик и назвал сумму, от которой у меня потемнело в глазах. Это составляло почти половину моих оставшихся денег, и я никак не ожидал, что цена окажется столь несуразна.

«Вы… Вы не шутите? – поинтересовался я осторожно. – Как-то многовато на мой взгляд».

Джереми пожал плечами с выражением полнейшего равнодушия, но в глазах его играли недобрые огоньки. «Сколько стоит, столько и стоит, – сказал он лениво. – Вам, может, где-то в другом месте дешевле предлагают? Так туда и обращайтесь, если многовато. А без проводника заплутаете – лучше и не суйтесь», – он повернулся ко мне спиной и направился к выходу.

«Подождите, – сказал я ему в затылок. – Хорошо, я согласен. Вот, пересчитайте…»

Джереми взял у меня купюры и небрежно сунул в карман. Потом поднял на меня глаза и сказал с прежней почтительностью, которая теперь еще больше походила на издевку: – «Послезавтра он будет вас ждать с самого утра. Как соберетесь, так вниз звоночек сделайте – он вам и с вещами поможет, если надо…» Затем, по своей привычке, огляделся кругом, словно проверяя, все ли на месте, и коротко поклонился: – «Счастливо доехать».

«Благодарю», – буркнул я, не предлагая ему руки. Джереми как мячик покатился к двери, но, прежде чем выскользнуть наружу, обернулся с кривой гримасой и спросил негромко: – «Вы в дюнах вообще бывали или шутите только? Так-то вот. А еще – многовато, многовато…» – и исчез прежде, чем я мог что-либо ответить. Тут же зазвонил телефон – это был Юлиан с множеством вопросов по поводу погоды, носильных вещей и прочих деталей предстоящего вояжа, потом, едва я разделался с ним, зашел какой-то тип, чтобы показать образцы официальных бланков для моих поддельных писем, и весь следующий день вокруг меня не прекращалась деятельная суета – будто мой план и впрямь ожил и развивался теперь сам собой, имея меня лишь одной из своих частей, вовлеченных в движение наряду с прочими.

Наконец наступило утро отъезда. Я плотно позавтракал, налил в термос горячего кофе и попросил завернуть в бумажный пакет бутерброды с сыром и вареной телятиной. Потом наскоро упаковал сумку, выкурил сигарету, сидя на кровати и бездумно глядя в открытое окно, подмигнул своему отражению в настенном зеркале и отправился вниз, привычно отгоняя прочь грустные мысли о еще одной обители, в которую больше не случится вернуться, и чувствуя легкий зуд столь же привычного предвкушения новых событий и новых мест. И новых лиц, хотелось бы прибавить, но лица были все те же – на диване в углу вестибюля разместился Юлиан, серьезный и даже хмурый до странности, а у стойки пошмыгивал носом знакомый уже прыщавый подросток, очевидно отряженный мне в проводники. Я вздохнул, но делать было нечего – наверное армия посыльных Джереми была не так уж велика. В любом случае, пока все развивалось без сбоев, механизм моей громоздкой затеи функционировал исправно, в чем конечно же была большая заслуга набриолиненного приказчика, думать о котором мне теперь хотелось меньше всего на свете. Вскоре мы уже направлялись гуськом к моей машине, причем подросток, назвавшийся Луисом, с натугой тащил вместительный рюкзак Юлиана, поверх которого был еще привязан спальный мешок на гагачьем пуху, а через пару минут, рассевшись и разместив вещи, проводили гостиницу «Аркада» последним взглядом: я с сожалением, а мои попутчики вовсе, наверное, без всяких эмоций.

«Езжайте до проспекта направо, а потом все прямо, – подал голос гнусавящий Луис и добавил: – Вот скоро из города выберемся, тогда уж побыстрей будет». Я молча выруливал по узкой улице, стараясь не задеть машины, припаркованные в два ряда. Погода испортилась, моросил дождь, и дворники противно скрипели по ветровому стеклу. Не повезло Юлиану, подумал я отстраненно и одернул себя по привычке – никаких сочувствий, только желтый глаз и холодный взгляд.

Через некоторое время мы действительно выехали на широкий проспект – я не бывал на нем до того и теперь с любопытством посматривал на новые девятиэтажные здания, выстроившиеся с обеих сторон. Город М. казался здесь чище и опрятней, несмотря на свинцово-серые тучи, но при этом не имел лица, будто открестившись без сожалений от всех своих тайн и чудачеств. Машин было мало, но я не спешил и не набирал скорость – все теперь казалось послушным и подвластным, хотелось растянуть это ощущение и насладиться им сполна. Юлиан, угодивший в сеть и практически повязанный по рукам и ногам, мирно молчал и смотрел прямо перед собой, проводник шмыгал вечно простуженным носом на заднем сиденье, а верный Альфа-Ромео гудел мотором, будто радуясь полному баку и вполне приличному асфальту. Что-то ждет впереди? – изредка думал я с некоторым беспокойством, вспоминая рытвины и ухабы, на которых нещадно болтало грузовик Бена, но помочь этому было никак нельзя, а потому не стоило и переживать заранее.

Потом проспект кончился, и мы въехали в какой-то окраинный район с кривыми улицами и домами, походящими на бараки, Луис оживился и стал подсказывать дорогу, многословно разъясняя, когда и куда следует свернуть. Я покосился на него с неодобрением, но он, по-видимому превратно истолковав мой взгляд, стал еще более разговорчив, шепеляво пытаясь рассказать что-то чуть ли не про каждый переулок, встречающийся на пути. Скоро это стало невыносимым, и его пришлось одернуть довольно-таки грубо, так что Юлиан даже глянул на меня, иронично подняв брови, а подросток замолчал испуганно и чуть не пропустил следующий поворот.

«Турист», – снисходительно подумал я про Юлиана, при этом ободряюще ему кивнув, а о подростке нечего даже было и думать, он был совсем еще мелок и глуп. Экая все же убогая компания… Тут же накатило воспоминание, непрошеное вполне, о том, как всего несколько недель назад я трясся в тяжелом лендровере навстречу тем же дюнам, только на север, а не на юг, и об улицах с особняками, а не бараками, что окружали тогда, и о Кристоферах, о Сильвии, походившей на цыганку, о холодноватой красотке Стелле… И, конечно, Гиббс… – меня снова обожгла мысль о недавнем сне, но потом я вспомнил, что впереди нас с ним ждет решительный разговор, лишь только я разделаюсь с текущими делами, и снова воспрял духом. Да, я найду его, пусть попробует оттолкнуть и не дослушать… Почему ж все-таки с теми мне хотелось побрататься, хоть и не звали, а эти теперь чужды, как посторонний биологический вид?

Я сердито моргнул несколько раз, словно отгоняя ненужные сантименты. Чужды, не чужды, выбирать не приходится. К тому же, одного из них уже выбрал не кто иной как ты сам, так что нечего жаловаться и размягчаться душой. «Там у знака – налево, по грунтовой; через полмили на трассу выскочим», – прогундосил сзади

Луис и чихнул. «Будь здоров, не кашляй», – тут же хохотнул Юлиан, и я согласно хохотнул вместе с ним – сам выбрал и точка, теперь идем до конца.

Дождь усилился, и на грунтовой дороге машину ощутимо вело из стороны в сторону. Я снизил скорость и сосредоточился на скользкой колее. К счастью, вскоре мы и впрямь попали на подобие автострады – разбитой и требующей ремонта, но с остатками твердого покрытия, которому ливень был не страшен.

Я приободрился, и спутники, казалось, тоже воспряли духом: подросток начал было насвистывать фальшивый мотив, моментально умолкнув, едва я бросил на него очередной строгий взгляд, а Юлиан повозился на сиденье, закурил и, очевидно утомленный молчанием, завел со мной нудноватую дорожную беседу. Я отвечал хоть и не очень охотно, но все же проявляя известную дружелюбность – не стоило становиться букой и оставлять его наедине с собственными мыслями, которые могут завести не туда. Впрочем, от меня не требовалось многого – говорить о делах не позволяло присутствие постороннего, на что я сразу же недвусмысленно намекнул. В результате, разговор свелся к юлиановским монологам о плохой погоде, дороге и проплывающих мимо однообразных пейзажах. Все это не заслуживало доброго слова, и он был несколько ворчлив, но в целом – благодушен и незлобив, пребывая, наверное, в энергическом предвкушении настоящих мужских свершений. Я поглядывал на него, молодого, сильного и уверенного в себе, и ощущал себя таким же уверенным, молодым и сильным, но все свершения, ждущие впереди, волновали мне кровь куда меньше, в том числе и то, к которому мы спешили сейчас, разбрызгивая грязь на обочины. Я даже позавидовал чужому неведению, но зависть скоро была изгнана, как недостойная меня, предводителя маленького отряда, послушного моей воле. Небось в неведении не предводительствуют, укорил я сам себя и тут же сострил что-то в ответ на неизбежный вопрос Юлиана: – «А это уже дюны?»

Нет, это были не дюны, а обычные торфяники, уходящие вправо и влево насколько хватало глаз, и даже Луис хмыкнул на такую нелепость. Дождь тем временем стал гуще и безнадежней, все вокруг казалось заброшенным донельзя и навевало тоску. Юлиан помолчал немного, потом вздохнул, покосился в зеркало на развалившегося сзади подростка и вдруг сказал мне негромко: – «Да, кстати, а Вере-то я про тебя умолчал, грешен. Она и так ходила вся разобиженная – в смысле, что я пропадаю куда-то, хоть и ненадолго. И ее мол бросаю там одну, и вообще непонятно, куда меня несет. Наверное, подозревает, что к девкам, – признался он, – хоть я – ни-ни…»

«Ну и правильно, что умолчал, – подбодрил я его. – А то началось бы, сам знаешь – вопросы, вопросы… А так – говори просто, партнер и партнер, ей про меня вовсе знать не обязательно».

«Ну да, – согласился Юлиан как-то вяло, – опять же, разобиделась вся… Она вообще была сильно против всей затеи, хоть я конечно же без подробностей – так только, в общих чертах обрисовал. Но и то – изнылась, понимаешь ли, испереживалась. Все это, говорит, непонятно и странно, как-то мол шатко и слишком уж ни с того, ни с сего. Я ей отвечаю, что да, неожиданно, слов нет, но почему уж так ни с сего – я сам-то не из последних, а случаи всегда бродят вокруг. А ей случай не нужен, случаи ее только пугают – лучше бы, говорит, помедленней, но чтобы никаких случайностей, случайностями она уже сыта. Вот закончится эта бодяга с командировкой, вернемся себе назад к магазинам, опере и театрам, и будет снова все как у людей, а меня еще глядишь и повысят – не зря ж страдали. А ты, замечает мне с этаким укором, вдруг стал за какими-то птицами гоняться. Я ей в шутку – ну да, вроде как за синими, им вон и памятник стоит, а она шутку не принимает, вся в обиду и даже в слезы. Приземленная женщина, что возьмешь, вообще-то все они такие…»

Юлиан посерьезнел и вдруг признался: – «Ты знаешь, я иногда ее боюсь. Нет, не в смысле, а вообще… У нее все известно наперед – поди с этим сладь…» Я чуть было не сказал ему, что бояться теперь следует меня, а не Веру, но это наверное была бы не слишком удачная шутка, тем более, что и принятое всерьез, утверждение вызывало немало сомнений. Так что я лишь поддакнул с сочувствием, вновь ощутив отдаленный сигнал солидарности, проскочивший между нами вопреки моему воинствующему настрою, и приказал себе не расслабляться и не поддаваться на провокации.

Дождь все не прекращался, и дорога ухудшилась; твердое покрытие уступило место вязкому размокшему грунту, на котором Альфа-Ромео вел себя не слишком уверенно. Впереди показалась развилка, но наш проводник молчал, даже перестав хлюпать носом. «Луис!» – окликнул я его, и он встрепенулся, покрутил головой и прогундосил: – «Налево». Я переспросил, надеясь, что это ошибка – влево уходила совсем уж разбитая колея, вся в рытвинах и широких лужах. «Налево, налево, – подтвердил подросток, – близко уже, скоро доберемся». Я ругнулся в пространство, нехотя свернул, и мы затряслись по ухабам, стараясь не стучать зубами. Машину то и дело заносило, и я пытался соблюдать максимум осторожности, но все же отвлекся один раз на какой-то силуэт, будто бы мелькнувший у обочины, неудачно дернул руль, въехав ведущими колесами в жидкую грязь, и мы тут же завязли глубоко и прочно, развернувшись почти поперек и лишь чудом не съехав в придорожную канаву.

Надо отдать должное моим спутникам – никто не роптал и не жаловался, несмотря на то, что это им, а не мне, истинному виновнику происшествия, пришлось вылезать из теплой кабины под дождь и толкать непослушный автомобиль, никак не желавший трогаться с места. В конце концов я разделил их участь, усадив за руль Луиса, как самого легкого из нас, и строго-настрого приказав ему быть поаккуратнее со сцеплением. Только тогда машина поддалась, и вскоре мы уже катили дальше, перемазанные в грязи с головы до пят, посмеиваясь над собой и ругая невозможную погоду.

Юлиан, будто взбодрившись на свежем воздухе, забыл про Веру и вновь повеселел. К тому же, дождь наконец прекратился, а слева показались песчаные холмы, очень похожие на настоящие дюны, о чем я и сообщил ему осторожно, опасаясь, что Луису придет в голову поправить меня в случае ошибки. Но проводник молчал, равнодушно уставившись в окно, а Юлиан прищурился победительно, не иначе ощущая себя отважным первопроходцем. Я не стал говорить ему, что по дороге вокруг – совсем не то, что пешком через; вполне могло быть и так, что вскоре он узнает это еще лучше меня. Сам же я не чувствовал ничего, глядя на пологие склоны, поросшие кустарником – ни воодушевления, ни горечи, лишь вспомнил мельком свой неудачный ночной побег, случившийся вечность тому назад, и не испугался воспоминания ничуть.

Мы проехали еще несколько миль без всяких приключений, а потом, посмотрев на циферблат, я увидел, что стрелки приближаются к двум часам пополудни, и скомандовал привал, тем более, что Луис давно уже ерзал на заднем сиденье и проявлял заметное беспокойство. «Далеко еще?» – спросил я его, аккуратно съехав на обочину и убедившись, что грунт под колесами достаточно плотен. «Да нет, рядом уже», – беспечно махнул он рукой и потрусил к ближайшему холму. Мы с Юлианом последовали его примеру, потом, вернувшись, достали термосы и еду, но подросток все не появлялся. Прождав его с полчаса, мы обеспокоились не на шутку и отправились на поиски, которые, как и следовало ожидать, оказались тщетными. По какой-то непонятной причине наш проводник бесследно исчез.

Это было отклонение от плана, отклонение непредвиденное и, отчего-то, крайне неприятное. Я вдруг ощутил всю суровость пейзажа, в котором мы были непрошеными чужаками, вспомнил разом прежние свои опыты, что казались теперь напрасным предупреждением: все равно заносит туда, где неуютно, а потом – оторопь и страх, и порою поспешное бегство. Мир вокруг стал внезапно куда больше и угрюмей, чем до того, а автомобиль сморщился и готов был будто смяться в лепешку от любого толчка на манер консервной банки.

Юлиан, тут же посерьезневший, почувствовал наверное мою неуверенность и спросил хрипло: – «Ну что? Заплутали, да? Ждать будем, может вернется?» У меня внутри шевельнулась невнятная злоба – на него, на Луиса, на дюны слева и грязную дорогу, на совершенно опостылевший дождь, что опять заморосил мелкой пылью, и на себя самого, готового раскиснуть, чуть только что-то пошло не по-моему. «Нет, ждать не будем, – ответил я холодно, стараясь, чтобы голос меня не выдал. – Некогда ждать, сам он виноват. Подберу на обратном пути…» С этими словами я схватил оба термоса и пошел к машине, словно не желая больше обсуждать очевидное. Юлиан молча уселся рядом, и мы покатили дальше, вглядываясь в серую морось и размышляя, наверное, об одном и том же.

Да, вертелось у меня в голове, именно этого и следовало ждать

– или еще чего-то вроде. Свяжись с ловчилами… А Джереми и есть таковой, кто же еще, и этот его посыльный тоже, даром что подросток придурковатый. Вообще, что угодно могло случиться, с такими никогда не знаешь наперед, к тому же он сразу небось что-то замышлял, а дорога – она вела к нужному ему месту, и значит деревня может быть совсем в другой стороне… Развернуться что ли? Сейчас развернуться или еще проехать немного?

Юлиан вдруг прокашлялся и вновь спросил: – «Куда ехать-то знаешь? А то, может, назад?»

Слюнтяй, подумал я в сердцах. Никакие сигналы не проносились между нами более, зачатки солидарности, возникшие было после разговора про Веру и совместного выталкивания машины, исчезли бесследно. Я смерил его презрительным взглядом и процедил сквозь зубы: – «Знаю, знаю, не сомневайся – ездил тут уже, и не раз. Через полчаса дотащимся». Он отвернулся с угрюмым видом, явно не поверив, но мне было плевать. Испугать решили, – злился я про себя, – мелочь, дешевка. И этот туда же – сразу задергался. Ничего, пусть дергается, деваться ему некуда, пешком отсюда не сбежишь. Так и будет ездить со мной бесправным пассажиром, а бензина у меня – две трети бака, да еще канистра в багажнике. Будем кататься, пока не кончится – по этой дороге до конца, а как упремся во что-нибудь, так назад к развилке и на следующую. Как это было у Гиббса в первом его замечательном плане – последовательно обходим квадрат за квадратом и заклеиваем каждый липкой бумагой? Гениально, нужно прямо признать. Шутник он все-таки, этот Гиббс.

Тут мы поднялись на очередной холм, и Юлиан сказал удивленно: – «Смотри, море», – указывая вперед. Я прищурился и действительно различил в пелене дождя серую полосу, почти не отличимую от затянутого тучами неба.

А он глазастый, отметил я про себя и откликнулся равнодушно: – «Какое ж это море, Юлиан? Океан – не море, вовсе, знаешь ли, другой масштаб. Ну, ты и сам потом поймешь…» Дорога, тем временем, явно приближала нас к берегу, и вскоре, к моему немалому удивлению, справа показались первые дома. Неужели и впрямь деревня, подумал я, еще не веря, а через несколько минут рассеялись и последние сомнения

– проехав по улицам, неприветливым и пустым, мы очутились у хорошо знакомой мне лавки, где дорога закончилась небольшой площадкой с лужей посередине.

«Прибыли, – бросил я Юлиану, – готовься к высадке». Тот завертел головой по сторонам, а я, осторожно припарковавшись с краю, отправился к турку договариваться насчет стоянки. Меньше всего мне хотелось встретить внутри кого-нибудь из знакомых – особенно Паркера или Арчибальда – но, по счастью, лавка была пуста, лишь хозяин, еще будто потолстевший, неподвижно сидел на табурете в углу. Отчего-то он сделал вид, что обижен на меня и зол, и даже не взял протянутую сигарету, но мне некогда было разбираться в его настроениях. Достав деньги и попросив приглядеть за машиной до завтра, я получил утвердительный кивок, положил на прилавок пару мелких бумажек и поспешил наружу.

Через пару минут мы уже шагали по улице, ведущей на север. За заборами редких домов лаяли собаки, словно свидетельствуя, что жизнь не покинула это место за время моего недельного отсутствия, но ни один человек так и не попался нам навстречу, что конечно же было мне на руку. Вскоре показался и дом Марии – последний из всех, чуть покосившийся и стоящий особняком. Мое сердце дрогнуло невольно, захотелось вдруг постучать и услышать голос хмурой хозяйки с самой доброй душой, но я лишь указал Юлиану на запертую калитку, сообщив коротко: – «Тут пускают на ночлег. На всякий случай, мало ли что…» – и согласился сам с собой, что уж теперь-то облегчил его будущую участь, как только мог. Быть может даже и чересчур.

Потом мы пошли по берегу, по плотному песку у самой воды, изредка уворачиваясь от особо ретивых волн. Дождь прекратился, а ветер напротив посвежел и усилился, но дул сбоку, от берега, не мешая ходьбе. Разговаривать было трудно, мы больше молчали, лишь изредка обмениваясь короткими фразами и вдыхая полной грудью океанскую свежесть.

Разные чувства обуревали меня. Я и верил, и не верил, что уже совсем скоро вся затея должна подойти к концу, желая будто, чтобы поскорей наступила развязка, и тут же гоня прочь всякую мысль о ней. Порой накатывало жаркое нетерпение, а потом голова вновь остывала, я зорко оглядывался по сторонам и наблюдал за Юлианом с каким-то отстраненным любопытством. Его лицо разгладилось, и даже плечи как-то раздались, он будто сделался открыт всему окружающему, не опасаясь внезапных козней. Громоздкий рюкзак не тяготил его пока, он ступал пружинисто и ловко, явно осознавая, что пыльный кабинет и Вера, изнывающая от скуки, остались позади, и никакие вериги не опутывают более и не сковывают движения. Он был симпатичен мне такой, как ни глупо было признаваться себе в этом, и я еще раз подумал, что в каждом намерении, включая и мое, уже осуществленное почти, всегда достанет противоречий, способных многое свести на нет. Свести на нет, но однако ж не изменить – и в этом благо недальновидности любого намеренья, а в том, что недальновидно именно любое, я и не сомневался уже совсем.

Впереди показалась застава. «Полицейский пост, – сообщил я Юлиану, указав на нее кивком. – Представители власти как бы, но черт их знает, что они тут делают. Ты про них помни, но слишком не откровенничай, если что. То есть вообще не откровенничай, только бумажкой махай».

«Понял, – осклабился Юлиан, разгоряченный и довольный, как молодой пес. – А где бумажка-то? У меня никакой бумажки и нет».

«Тут она, – сказал я твердо, показав на нагрудный карман. – Заставу пройдем – отдам», – и зашагал дальше, не собираясь вдаваться в разъяснения.

Подойдя к забору, я подергал запертую калитку и крикнул громко: – «Эй, кто тут?» Юлиан стал чуть поодаль, наблюдая за происходящим с вежливым интересом. Людей не было, не было даже собаки, и мне это нравилось не очень. Если что, перелезем и точка, подумал я недовольно, но тут из будки выбрался растрепанный и какой-то опухший Фантик.

«Что вам?» – осведомился он раздраженным фальцетом, стараясь звучать сурово и грозно.

«Не узнал что ли? – поинтересовался я. – Давай, открывай. Где Каспар?»

Фантик сунул руки в карманы и, шаркая подошвами, подошел к калитке с внутренней стороны, поглядывая на меня с нехорошей ухмылкой. «Узнал, не узнал – все вы на одно лицо, – пробурчал он.

– Вас тут много ходит, а я один! – Фантик вздохнул и почесал нос. – Нету Каспара, в городе он, в город начальство вызвало. Один я тут, а вы все – где да где...» Я видел, что он раздражен и напуган чем-то, и вовсе не склонен к приветливой встрече. Вот еще, препятствие тоже, подумалось с досадой. Впрочем, внимания обращать на него не стоило – невелика фигура, как ни крути.

«В городе так в городе, – сказал я равнодушно, – вернется, привет передашь. Открывай давай, нам дальше нужно».

«Документики представьте, – сказал Фантик злобно, скалясь недружелюбной гримасой, – без документов не положено».

Я пожал плечами, достал из кармана письма, изготовленные накануне, и сунул их полицейскому, прибавив с холодком: – «На, изучай. Только лапай поосторожнее, нам еще пригодятся».

Фантик повертел письма в руках, вздохнув, принялся читать одно из них, потом перевел взгляд на Юлиана и стал подозрительно рассматривать его рюкзак. Юлиан глядел в ответ без смущения и даже несколько вызывающе. Ну да, это он умеет, подумал я со странным удовлетворением, будто гордясь какой-то своей заслугой.

«Ну, не знаю... – протянул Фантик неуверенно. – Хотите – идите, мне-то что. Один я», – добавил он еще со злостью, отпирая калитку, и хмуро глядел в сторону, пока мы протискивались мимо него и ждали у противоположного выхода, также закрытого на замок. «Бывай», – бросил я ему напоследок, но он ничего не сказал в ответ.

Идти стало труднее – берег изгибался к западу, и ветер теперь дул почти навстречу. Юлиан сделался настороженн и все чаще оглядывался по сторонам. Тревога Фантика будто передалась и ему, оживление прошло, уступив место угрюмой задумчивости.

«Ты, я смотрю, бывал тут не раз? – то ли спросил, то ли отметил он, не глядя на меня. – Что ж сам-то не добрался туда, где померить нужно? Или дотуда еще далеко?»

Голос его звучал неспокойно и даже чуть сварливо. «Близко уже, – ответил я, тоже отвернувшись в сторону, – до темноты дойдешь». Все эмоции ушли куда-то, внутри у меня росло раздражение – на Фантика, на Юлиана, а заодно и на все остальное человечество. Почему не деться никуда от чужих желаний и сомнений, когда и со своими справиться непросто? Что ни задумай, всегда под ногами путаются посторонние – путаются и тянут на себя. У них права, они знают, что в одиночку многого не свершишь, вот и принимай их в компанию, склоняй, убеждай, заставляй, поддерживай…

Скорее бы все кончилось, подумал я в сердцах, терпенья нет, и сюжет почти уже исчерпан. Прямо тут его бросить что ли?

«А если близко, то чего ж ты со мной-то идешь? – не отставал Юлиан. – Тут уж я и сам могу дойти. И почему ты раньше все не померил, когда уже тут бывал? Непонятно что-то…»

«Руки не дошли, вот и не померил, – буркнул я в ответ. – А с тобой иду, чтобы сразу не возвращаться – не поймет полицейский», – потом посмотрел на него и увидел, что он основательно напуган. Что-то почуял, – безучастно отметило сознание, пока я спрашивал его о какой-то ерунде, – не иначе сейчас упрется и встанет.

«Может перекусим?» – спросил Юлиан с надеждой в голосе, словно подтверждая мои раздумья. Я сказал ему спокойно: – «После перекусишь», – и хотел добавить еще что-то ободряющее, но вдруг заметил вдали над водой две странные точки, не похожие на обычных чаек. Они как будто приближались к нам, но через мгновение заложили крутой вираж и пропали из вида. В горле у меня тут же пересохло, и все слова исчезли. Я остановился, пытаясь собраться с мыслями, поправил незастегнутую сумку на плече так, чтобы легко сунуть туда руку, если придется, и обернулся назад, к заставе, что давно уже скрылась за холмами. Юлиан стал чуть поодаль и сбросил на песок свой рюкзак.

«Так что, поедим все же? Или просто так – покурить?» – поинтересовался он, озираясь вокруг. «Ага, – откликнулся я, – перекурим и пойдешь себе, а мне возвращаться пора». Он неуверенно кивнул, и мы закурили, торопливо затягиваясь и избегая глядеть друг другу в глаза.

Я ощущал всей кожей, как в воздухе сгущается напряжение. Казалось, пространство между нами стремительно насыщается заряженными частицами, в нем закручиваются спирали и потрескивают микроскопические молнии, прорисовывая следы недосказанного, нарочитого, шитого белыми нитями. Все нестыковки торопливого обмана, все его слабые места вдруг стали видны мне с удивительной ясностью, и я почти уже чувствовал, как Юлиан тоже разглядывает их в упор, словно под увеличительным стеклом.

«Ну что, – сказал я со всем возможным безразличием, швырнув окурок в песок и гоня прочь ненужные картинки одним отчаянным усилием воли, – пора мне, пошел я пожалуй. Часа через три увидишь бетонную тумбу у самой воды – с вертолета ее сбросили – там и место. Приедешь – звони, насчет грузовика я сейчас в деревне договорюсь...»

Юлиан поднял на меня глаза и как-то затравленно усмехнулся. Я знал, что смотреть на него нельзя, что я не справлюсь и выдам себя, но и не смотреть тоже не выходило: несколько мгновений мы сверлили друг друга зрачками, не говоря ни слова. Стало понятно вдруг, что ничего нельзя скрыть – ничего и никогда. Меня переполняло нетерпение – и он видел мое нетерпение; мне была безразлична его судьба – и он видел безразличие ясно, как день, и еще наверное заметил, что я хочу отвести взгляд – отвести или спрятать. Сначала в глазах его мелькнул вопрос, потом явились неверие и обида, а потом и вовсе блеснуло нечто странное, чего я никак не мог распознать.

Удивительно, но уверенность не покидала меня, я будто чувствовал, что ему, даже и в мгновенном прозрении, не разобраться так быстро в том, что я лелеял многие месяцы, не освоиться, не разгадать, не отыскать верной защиты. Все перепутано, все слишком сложно, куда ни глянь – противоречия и ловушки, окольные пути и потайные ходы. Мой замысел не идеален, и план далек от совершенства, но в них столько сил и раздумий, что никак уже не свести к примитиву, не постичь и не отвергнуть одним махом.

«Иди, Юлиан, – сказал я твердо, подавив досадливый вздох. – Иди, поздно уже».

«Ну да, поздно...» – пробормотал он, глядя все с тем же непонятным блеском, потом встряхнулся, взял рюкзак и легко забросил его за плечи.

«Сколько значит до нужного места?» – спросил он рассеянно, будто совершенно не интересуясь ответом.

«Часа три, я ж сказал, а там тумба – увидишь», – повторил я, положив правую руку на расстегнутую сумку. Револьвер лежал сверху, чуть прикрытый одеждой. В Юлиана я твердо решил не стрелять, но пальнуть в воздух для острастки был очень даже готов.

Юлиан сделал было нерешительный шаг, потом опять обернулся и уставился на меня в упор. «Скажи, это взаправду правда – про магистраль, про замеры, про все-все?» – спросил он с каким-то звенящим напряжением, в котором были и надежда, и страх, и внезапное осознание того, что отступить теперь невозможно.

«Взаправду правда, – ответил я жестко. – Чего это ты задергался? Боишься?»

Нет, он не боялся – по крайней мере, не боялся меня. Я хорошо понимал его в ту минуту – лучше, чем кто-нибудь другой. Я знал теперь, что стрелять не придется – он сам загнал себя в угол, из которого нет другого выхода, кроме любезно приоткрытой двери. С собственным заблуждением не спорят по доброй воле и свою слепоту оберегают до последней капли. Пусть внутри кричат криком неведомые голоса, предупреждая и вразумляя каждый на свой лад, пусть неизвестность, приоткрывшись вдруг сполохом непроглядной тьмы, сбивает с толку и путает мысли, но в скопище химер, особенно с непривычки, не сыскать разумных доводов, способных объяснить хоть что-то себе и другим или оправдать нерешительность и сомненье. Конечно, если бы у него под рукой оказалась своя Стелла, то все могло б получиться по-иному, но Стеллы не было, была лишь Вера, оставшаяся далеко за скобками и не попадающая в расчет. Для отказа не было повода; для того, чтобы решиться и отступить, недоставало наивной прыти, хоть разглядывая меня, он наверняка представил многое и запутался в предчувствиях – но не станешь же выставлять себя на смех из-за прочитанного в глазах…

«Иди, Юлиан», – сказал я еще раз.

«Хорошо», – ответил он просто, кивнул мне с вымученной улыбкой и пошел прочь, не оглядываясь назад.

Я смотрел ему вслед, пока он не скрылся за очередным береговым изгибом – смотрел и видел, как покидает меня мой главный враг, давно наверное переставший быть врагом, если напрямоту, как он уходит, устремляясь навстречу неведомому, непонятному, сулящему быть может куда больше, чем он способен постичь. Я завидовал ему лютой завистью, готовый поменяться с ним местами сию же секунду, чувствуя себя старше и мудрее на века, бессильней и неприкаянней, опустошеннее и грубее. Вдали снова вдруг показались странные точки, теперь их было больше и двигались они быстрее. Я бросил в их сторону один лишь короткий взгляд и упал на песок, зарывшись в него поспешно руками и лицом. Это и есть победа, подумалось еще, а секрета больше нет, он отжил свое. Потом ветер швырнул горсть песка мне в волосы, я натянул на голову куртку, ограждаясь от света, и заставил все мысли исчезнуть враз, представив себя самого бесформенным сгустком пустоты с шероховатой мягкой оболочкой. «Иди, Юлиан», – шепнул напоследок кто-то внутри сгустка, прежде чем исчезнуть и умолкнуть, а потом уже не слышалось ничего совсем, и даже шум волн пропал в беззвучии вместе с завыванием ветра, лишь песок изредка шуршал по плотной ткани, словно фантазия, изгнанная на волю, которую больше не пускают обратно.

Глава 15

Когда я поднялся, отряхиваясь и озираясь, день уже клонился к вечеру. Юлиана пропал и след, ни точек, ни грозных знаков тоже не было в поле зрения. Ничто не нарушало безлюдья, волны мерно накатывали на берег, и ветер посвистывал заунывно, гоня мелкую рябь вдаль, к горизонту. Было холодно, я ощутимо промерз и, стараясь согреться, пошел по мокрому песку торопливым шагом, иногда даже переходя на бег.

Мысли мелькали обрывками и кружились беспорядочно, как клочки разорванных писем. Я не был рад и не был горд, знал, что «свершение» произошло, но понимал твердо, что это не меняет ничего – ни во мне, ни вокруг. Лишь в Юлиане могут быть перемены, и они будут, о да, но мне-то что до них, мне что за дело? Никакой выгоды, и даже не удастся подсмотреть продолжение – ни подсмотреть, ни расспросить кого-нибудь потом. На что я рассчитывал вообще?..

Тут же невидимые голоса шептали, ободряя: все еще впереди. Не напрасно? – спрашивал я их, но они замолкали, и я договаривал за них: нет-нет, отнюдь – но уже с какой-то вялостью, без напора. Может нет, а может и да – как же трудно в чем-то разобраться самому, разобраться одному. Я даже готов был выругать себя за этакую бестолковость, за неумение разложить все по полочкам в мгновение ока, но тут же чувствовал, что злости в душе нет ни капли, а есть там усталость и какая-то новая уязвимость, а еще – ощущение незавершенности, как бывает, когда точку пытаются ставить слишком рано или комкают финал, не исполнив требуемое до конца. Отчего это? – гадал я и морщился, не находя ответа, а потом даже повернулся к океану, достал из сумки свой верный, но так и не пригодившийся кольт и зашвырнул его далеко в волны, словно пытаясь воздвигнуть еще один барьер между собой и былым секретом, но и это не помогло – кольта сразу же стало жаль, а ощущение преждевременно поставленной точки так и бередило сознание, будто незаслуженная обида.

Назад в деревню я добрался уже в полной темноте. На заставе все прошло гладко, да я и не ждал от Фантика никаких неожиданностей – ему теперь явно было не до меня.

«Один? – спросил он с удивлением, вглядываясь мне в лицо и дальше, за меня, словно пытаясь рассмотреть какие-то ускользающие тени, потом скривил рот и открыл обе калитки, махнув рукой: – Ладно, проходи».

«Ясно, что пройду, – буркнул я для острастки, – ты тут начальника из себя не строй. Где собака-то?»

«Сбежала, – пожал Фантик плечами. – Как Каспар уехал, так и делась куда-то. А куда тут сбежишь? Так что оставили меня даже и без собаки…» – завел он прежнюю шарманку, и я поспешил прочь, равнодушный к его жалобам.

Дом Марии темнел угловатым силуэтом, сквозь ставни на кухне пробивался свет. Я потоптался около в некотором сомнении, но потом признал, что ехать ночью вдоль дюн по едва знакомой дороге у меня нет ни малейшей охоты, и решительно постучал.

Мария открыла не скоро и не обрадовалась мне ничуть. «Приехал, – констатировала она с неудовольствием и посторонилась, пропуская внутрь. – На ночь глядя приехал и стучит, будто все его только ждать и должны. То уедет, то приедет, никакого покоя…»

«Не ворчи, Мария, – попросил я. – Мне только переночевать, я заплачу конечно. Надеюсь, у тебя нет гостей – я никого сейчас не хочу видеть».

Мне и вправду была невыносима мысль о любом человеческом обществе. Почти любом – к Марии это не относилось, с ней было легко всегда, тем более, что она скоро оттаяла и накормила меня яичницей с картошкой и салом, рассказав, пока я ел, что Паркеры видно болеют или обиделись на нее за что-то и перестали заходить, а вот Арчибальд, которого она называла «твой пьяница горький», напротив забредал аж два раза и справлялся обо мне, на что ему, понятно, было строго указано, что обращается он не по адресу. Я слушал и кивал, изредка похмыкивая в ответ, но, право же, деревенские новости не трогали меня вовсе. Я думал о странных точках на фоне свинцовых туч и о недруге, все более невнятном, как фигурка, кочующая с холста на холст, пока ее не станет совсем уже невозможно узнать.

«Разбуди меня пораньше, Мария, мне нужно ехать чуть свет», – сказал я ей, поблагодарив за яичницу, и она повела меня, вздыхая, в ту самую комнату, где я прожил памятные недели. Я бросился в постель и мгновенно уснул, а утром с аппетитом съел груду горячих лепешек и уехал прочь из деревни, так и не повстречав никого к большому своему облегчению. Мария наотрез отказалась брать с меня деньги, но я успел незаметно сунуть одну из бумажек под старый подсвечник в гостиной.

Дорога к городу оказалась нетрудной – я уверенно сворачивал на развилках, размышляя о том, что запросто начертил бы подробную схему местности для любого, кто пожелает. Таковых, однако, не имелось в наличии – разве что Джереми мог бы проявить интерес, подумал я мстительно, тут же о нем позабыв. Алчный приказчик остался в прошлом, как случайный вспомогательный инструмент, а я не хотел ворошить никакое прошлое – мне не было теперь дела до потраченных денег или бесследно и необъяснимо исчезнувшего проводника, и я лишь посетовал мельком, что никогда уже больше не захочу остановиться в «Аркаде», в которой, что ни говори, мне было комфортно вполне.

Мысль об «Аркаде» вернула меня к Юлиану и нашему с ним последнему ужину, а потом и к прочим деталям исполненного замысла – вплоть до расставания с любимым револьвером. Я вдруг почувствовал еще острее, что план не доведен до конца, и никакие уговоры не помогают увериться в обратном. Я искал в себе освобождения и не находил, зная подспудно, что необходим еще один шаг, еще какое-то действо для того, чтобы содеянное оказалось наконец завершено. Раздумья эти не давали покоя, и я поддался было им и впал даже в некоторую растерянность, но потом в голове сверкнуло яркой вспышкой: ну конечно же – Гиббс! Как я мог позабыть, все ж было решено еще позавчера. Расскажу и тогда осмыслю, разделаюсь и с плеч долой, повторял я себе, не умея объяснить, почему это должно быть именно так, но и не испытывая сомнений, понимая отчего-то, что секрет должен перестать быть секретом, и тогда все прояснится каким-то своевольным образом.

На душе полегчало, сознание, словно устав от извечного бега по кругу, споткнулось и застыло на месте, осматриваясь несколько заполошно. Наверное, это было ненадолго, но что с того – едва ли надолго бывает хоть что-то, даже и отметина на щеке рано или поздно может обратиться подлогом, как бы кто ни пытался оценивать лишь по ней. Оценивать – и ошибаться; ошибаться – и попадать впросак; я-то знаю теперь, что попасть впросак может всякий, иные очень даже легко и с готовностью неодолимой. Знаю и готов не закрывать глаза, хоть и чувствую, что хочется покоя, и еще – хочется все бросить и заняться другим, может быть даже уехать отсюда прямо сейчас, как из давно осточертевшего места, но я не поддаюсь порыву и прислушиваюсь еще и еще, и заглядываю поглубже в непроглядную тьму – что там, кто там, о чем вы? Как это говорил Пиолин – вместо X находишь Y и только тогда понимаешь, что тебе был нужен Z... И еще он подмечал, помнится – думаешь, что ищешь Юлиана, а найдешь какого-нибудь Гиббса – и вот, так оно и получается, и тогда выходит, что этот самый Z и есть я сам. Что ж, оказаться таковым у меня вполне достанет сил – Z так Z, могу быть и ZZ, еще лучше звучит, и даже ZZZ, выглядит совсем уж солидно, и кстати, если о Пиолине, так ему и карты в руки, почему бы не заявиться к нему в гостиницу и не поискать Гиббса прямо там? Очень все сходится – и ресторан, и начало, и конец, вот только сам Пиолин, конечно, злодей из злодеев, но боюсь ли я его? – Пожалуй нет, не боюсь.

Поиграв с этой мыслью еще немного, я все же отложил решение на потом, несмотря на то, что за окном уже мелькали городские кварталы. Подождем с серьезностями – прежде всего мне хотелось заняться одним нечаянным капризом, забавной шарадой, мысль о которой посетила вдруг вчера на пустынном океанском берегу. Быть может, забавного в ней было не так уж много, но когда что-то свербит внутри, то куда легче поддаться бездумно, чем перебирать разумные доводы наперекор. Каприз так каприз, пусть и не слишком достойный былых высокопарных потуг – уступим наконец простым человеческим слабостям вроде желания покуражиться, посмаковать свое знание, когда другие не могут даже и предположить, веря всей душой, что ты все тот же прежний, и тебя не стоит принимать всерьез. Звучит по-ребячески, но – свербящий мотив, что поделать, к тому же и удовольствие можно выторговать нешуточное, особенно если чуть пофантазировать и дополнить.

Я направился прямиком к центральной площади, обратился к полицейскому, скучавшему у перекрестка, и вскоре уже выруливал на неприметную улицу в восточной части города. Дом, где жил Юлиан, ничем не отличался от прочих многоэтажек густо заселенного микрорайона. Я припарковался неподалеку у скромного кафе, зашел внутрь и попросил разрешения позвонить. Телефон долго не отвечал к изрядной моей досаде – торчать тут весь день вовсе не улыбалось – но потом трубку наконец сняли, и женский голос откликнулся чуть запыхавшимся и трогательно узнаваемым «алло».

Да, это было странно – позвонить Вере, вынырнув из незнакомой жизни, чтобы вторгнуться мимолетно в ее совершенно незнакомую жизнь. Она, наверное, чувствовала то же самое и не скрывала легкого раздражения, перемешанного с удивлением и неизбежным любопытством, на которое я только и делал ставку. Оно в конце концов победило, и Вера согласилась спуститься в кафе, предупредив, что ей нужно время на приведение себя в порядок – она валялась в постели все утро, и мой звонок вытащил ее из ванной.

На приведение в порядок ушло немало – я успел съездить на ближайшую заправку, вернуться, перекусить и основательно заскучать. Мелькнула даже мысль, не исчезнуть ли теперь, когда первая, самая будоражащая часть была позади, а продолжение вполне могло оказаться унылым разочарованием. Но тут Вера появилась-таки в дверях – по-прежнему порывистая, чуть надменная, но и все же изменившаяся неуловимо, словно панцирь ее стал более прочен и утерял прозрачность, а движениям недоставало прежней расточительной щедрости. «Привет, – легко произнесла она и уселась за мой столик, не снимая плаща. – Мне, пожалуйста, кофе без молока и какие-нибудь тосты...»

Я, нацепив на себя маску учтивого угодника, с интересом разглядывал ее вблизи. Она не подурнела, даже напротив, но на весьма миловидные, классические ее черты будто накинули тончайшую паутинку, выделившую чуть грубовато именно то, что лучше было бы скрыть. Возможно, я был пристрастен чересчур и несколько несправедлив, не стремясь к объективности, но и что с того – все равно ни грим, ни благосклонный взгляд не скроют той патины морщинок, в которой угадываются недоверие и упрямство, и следы обиды на весь мир. Я смотрел украдкой и отмечал про себя деловито, а потом бросил – все это было ни к чему.

По крайней мере, у меня в душе не шевельнулось ни былых чувств, ни воспоминаний, что и требовалось отметить перед тем, как окончательно позабыть. Не скажу, что это обрадовало или воодушевило, но и не удивило никак, так же как и на Веру не произвела впечатления моя обезьянья лапка. «Что это у тебя? Надо замазать», – сказала она вскользь – и только. Я начал было ерничать и пустился в путаные разъяснения, но она махнула рукой досадливо – «ах, перестань» – и тут же перескочила на что-то другое.

Вообще разговор не клеился, хоть Вера болтала довольно бойко. «Я сама не знаю, зачем я это делаю – то есть встречаюсь тут с тобой, – сразу сообщила она. – Что было, то прошло, ты и сам наверное понимаешь, ну а я понимаю это очень хорошо, и Юлика в этом убеждаю, когда он вдруг начинает нести всякие глупости – о прошлом там и вообще. Вы, мужчины, очень неумны в таких вещах, хотя, надо признать, теперь уже и он почти об этом не говорит. Как я выгляжу? Ах, спасибо, спасибо, ты мне льстишь, я тут подурнела вдали от общества, даже парикмахерской не найти приличной, просто какая-то дикость. Один раз я даже сказала Юлику – вот мол, увидел бы меня кто-нибудь из старых знакомых, хоть Витусик например, то-то поразился бы перемене и постыдил сатрапа, заточившего меня здесь в темнице, словно белокрылую лебедь. Очень ему не понравилось – но не из-за темницы, а, думаю, из-за Витусика, это тебе маленький комплимент».

Мне не понравилось тоже – и тоже из-за «Витусика», дурацкое, давно позабытое прозвище чувствительно резануло слух. «Меня зовут Витус, Вера, – не Витусик, а Витус, – сказал я ей довольно-таки холодно, отбросив учтивость за ненадобностью. Она так и замерла с чашкой в руке, а потом протянула удивленно: – «А-а, ну если так…» Да, так, хотелось мне сказать, а еще хотелось добавить, что она может звать меня ZZZ, если ей понравится больше, или обычный Витус чем-то не устроит, но не стал, ибо на понимание рассчитывать не приходилось, а объяснять было бы долго и лень. Этот эпизод явно сбил ее с толку, она никак не могла решить, какой же со мной взять тон, и все тискала свои длинные красивые пальцы, начиная фразы и тут же бросая, не закончив, спрашивая что-то и рассеянно отмахиваясь от ответов, хмурясь и беспричинно усмехаясь. Наконец она замолчала, задумалась, отвернувшись в сторону, а потом вдруг спросила требовательно и серьезно: – «Ну и зачем же ты меня сюда позвал?»

«В каком смысле?» – удивился я притворно.

«В смысле, чего ты хочешь? – деловито уточнила она. – Хватит ходить вокруг да около, что-то не верю я в твою невинную сентиментальность. И глаза у тебя странные, и какая-то гадость на щеке… Вообще, ты изменился, Витус», – добавила Вера с нарочитым ударением на последнем слове.

«Мы все меняемся», – согласно пробурчал я ей в тон. Хотеть мне от нее было нечего – даже если в забытом прошлом я и собирался стрелять в Юлиана, то касательно его женщины у меня не было никаких планов, пусть даже эта женщина когда-то принадлежала мне. Теперь-то она явно не моя – достаточно одного взгляда, чтобы убедиться – и пусть он разбирается с ней сам, если хочет, а мне уже довольно. Тем более, что и любопытство удовлетворено – вновь все тоже: «Витусик, Витусик» и цепкие лакированные коготки. Повадки пантеры, но может ли она быть хищницей? Это вопрос, все-таки несколько трусовата. Хотя, чего, казалось бы, ей страшиться?

«Веришь, не веришь, но как раз сентиментальность и есть, – признался я, вздохнув. – Именно невиннейшая – просто захотелось на тебя посмотреть. Воспользовавшись, так сказать, случаем и стечением обстоятельств. Так что вот потревожил, не обессудь».

Вера вскинула головку и надула было губки разочарованно,

но потом вдруг улыбнулась мне не без некоторой жеманности. «Воспользовавшись случаем… – повторила она за мной. – Это каким же таким случаем?»

«Да так, – ответил я небрежно, – телефон юлиановский под руку попался. По чистой случайности – не ломай голову. Вот и решил проверить…» – я еще раз вздохнул и сделал чуть удрученное лицо.

«Ну как, проверил? – насмешливо спросила Вера. – Не ври, ты и так все знал, зачем тебе проверять. И не кривляйся…» Она вынула зеркальце и стала поправлять волосы, а затем попросила с тем же неуловимым жеманством: – «Закажи мне пожалуйста еще кофе. Можно с коньяком».

«Коньяк – не рановато ли?» – поднял я брови.

«Плевать, – отрезала Вера и убрала зеркальце в сумочку, сердито ее защелкнув, – тут не до приличий. Все сгодится, лишь бы не сдохнуть от безделья». Я сделал жест официанту и подумал с некоторым уже раздражением, что она явно не собирается уходить.

Коньяк Вера выпила сразу, после чего раскраснелась и еще похорошела. «Вообще-то, я делаю это редко, – сообщила она мне, – вот это все – коньяк с утра или легкую травку – но иногда делаю и не стесняюсь. И что тут такого? – она посмотрела на меня с вызовом. – Я тоже личность, мне нужна свобода. У меня тоже порывы – и молодость, не забывай».

«Ну да, ну да», – поддакивал я ей, переживая, что зря теряю время, и продумывая сценарий скорого исчезновения, но Вера вдруг перегнулась через стол и взяла мою руку в свою.

«Мне нужна свобода, – повторила она тихо, но с нажимом. – Мне нужны эмоции и страсти. Я хочу парить, хочу летать – знаешь, как страшно, когда кажется, что крылья уже обрезаны навсегда. Отчего-то… – она чуть запнулась и заглянула мне в глаза. – Отчего-то я часто вспоминала о тебе в последний месяц. Что было, то прошло, я понимаю, не думай, но даже и старое оборачивается порой новыми красками. И вот – так неожиданно… Скажи, ты надолго в этом городе?»

«Нет, ненадолго…» – помотал я головой в некотором ошеломлении и замолчал, не зная, что сказать дальше. Вера кивнула ободряюще и погладила мне ладонь. Все это было уже слишком, обращалось абсурдом, гротеском. Я ожидал чего угодно, но только не намеков на банальную интрижку. Да, Юлиан, твоя Вера хочет спать с другими со скуки и готова даже вернуться к брошенному любовнику – повезло тебе, нечего сказать. Что ж весь мир и в самом деле достоин лишь презрения, вы не шутите со мной? Я был прав, или я был глуп?

Меня вдруг пронзило острое чувство обиды. Даже к забавным шарадам подходят оказывается только лишь примитивные ответы. Исчерканная бездумным штрихом, искаженная мелкой рябью, картина мироздания разочаровывала на глазах. Казалось, в ней вовсе пропадали очертания – линии и контуры, определяющие устойчивые формы. Везде профанация, думал я удрученно, все стоит копейки – особенно, если шляться по трущобам и разбазаривать среди неимущих…

«Нет, ненадолго», – сказал я снова и сжал ей руку в ответ, чувствуя, как мои губы кривятся в недоброй усмешке, и что-то щекочет в гортани. Просто удивительно, как Вера всегда была способна вывести меня из равновесия – качнув в любую сторону, какую ни возьми. Спокойнее, прикрикнул я на себя, отставить эмоции и усмешку прочь. Это – всего лишь курьез, экспонат в кунсткамере, ты сам купил билет за гроши. Отчего бы и тебе не пошутить в ответ – абсурд так абсурд, ты тоже горазд на курьезы.

Усилием воли я расслабил лицевые мускулы и попытался выдавить из себя обольстительную улыбку. Курьез сотворить легко, особенно на столь незатейливый вкус, который мне, признаться, претит. Но аудитория не жаждет большего – что ж, пусть будет как вам угодно, согласно духу и букве. Посмотрим еще, что выйдет подделкой, а что чистой монетой – и у кого.

Я набрал в грудь воздуха и вновь сжал ей пальцы. Они были податливы и подрагивали, как чуткие сенсоры. Какое-то время мы молча смотрели друг на друга, а потом я заговорил – чуть неловко, но проникновенно и горячо.

«Мне нельзя остаться надолго, – убеждал я ее, не отводя взгляда. – Я уеду скоро, но это ведь не препятствие, как раз напротив. Ты права тысячу раз: старое новыми красками – снова, снова… Я могу признаться теперь: мне хочется сказать тебе лишь одно – брось все, поехали со мной, это честнее, и в этом есть решение. Решайся, ты еще молода, еще искрометна и способна на безумства…»

Вера застыла в явной оторопи. Рука ее напряглась в моей и сделалась будто неживой, а ресницы и брови взлетели вверх, как испуганные стрекозы. «Это легче легкого, если не сомневаться понапрасну, сначала только боязно представить, – бормотал я, не давая ей вставить слово. – Я многое передумал за это время и вспоминал о тебе постоянно – да, впрочем, и не забывал никогда. Мысли путались, картины путались, но потом все стало на места: я понял, что готов на все ради женщины, остальное, право же, ничего не значит. Признаюсь тебе – я здесь для того лишь, чтобы освободить тебя, чтобы вызволить из темницы и увезти прочь».

Получалось чересчур по-книжному, и я был недоволен собой, но на Веру произвело впечатление, даже и несмотря на искусственность слога. «Но…» – нерешительно произнесла она, быстро моргнув несколько раз. «Подожди, подожди, – воскликнул я, перебивая, – я знаю, что ты скажешь, но поверь – я уже не такой, как прежде. Я изменился – да, изменился до неузнаваемости, узнав цену очень многим вещам. Я даже научился зарабатывать деньги – что еще требуют от мужчины, если прочее в нем есть и так? Теперь я знаю, что тебе нужно, может быть лучше тебя самой. Подумай, ты ведь губишь себя и увядаешь, и теряешь годы. Со мною ты обретешь и любовь, и страсть, я окружу тебя заботой и буду охранять твой сон. Я готов потакать капризам, когда ты будешь капризна, я стану сильнее всех, когда тебе захочется побыть слабой, обращусь гигантом, титаном, возвышусь каменной глыбой, на которую можно взгромоздить все…»

Вера глядела на меня, не отрываясь, чуть сузив глаза. Она явно была сбита с толку, я будто слышал пощелкивание счетных машинок в ее хорошенькой головке, которые трудились вовсю, сопоставляя, отбрасывая, пытаясь угадать наверняка. Их мощь была хорошо известна, отпущенная мне фора стремительно сокращалась, и где-то впереди уже маячило разоблачение.

«Я буду рядом, когда тебе будет плохо, – заспешил я скороговоркой, понизив голос и добавив в него мягкой хрипотцы. – Я буду ждать тебя, если ты захочешь исчезнуть – ждать долго, пусть даже и всю жизнь. Я не попрекну тебя ни словом и не оскорблю ни единой жалобой, я буду с тобой всегда и буду ласков с тобой всегда, какие бы кошки ни скребли у тебя на душе. Я огражу тебя надежной стеной от всех напастей и от всех обид, я…»

Голос мой дрогнул предательски, я кашлянул, и Вера сразу забрала руку, выпрямив спину и надменно подняв подбородок. Что-то изменилось в ее лице – наверное машинки сосчитали наконец и выдали ответ. «Мы будем всегда…» – начал было я снова, но тут же сбился и замолчал, будто разом вдруг потеряв все слова.

«Ну хватит! – резко сказала Вера. – Что ты из себя строишь, кто тебе поверит? Как был, так и остался пустомелей, только и горазд насмехаться над другими, – добавила она в сердцах, потом открыла сумочку, убрала сигареты и резко ее защелкнула. – Заплати пожалуйста за кофе, мне пора. И запомни… – ее голос еще похолодел, и в нем появилось что-то похожее на угрозу. – Запомни – развлекайся, как умеешь, но не трогай серьезных вещей, о которых попусту не говорят. Тебе самому отольется рано или поздно, хоть для тебя и нет ничего святого».

Ну вот, подумал я, еще только советов мне не хватало. Всезнающая Кассандра… Не трудись, я не из вашего курятника, чуть было не произнес я вслух, но вовремя прикусил язык – недоставало лишь ввязаться в препирательства, как в старые времена. И без того я злился на себя чрезвычайно – устроил бездарную демонстрацию и перед кем? Просто шутовство какое-то, шутовство и фарс.

Нужно было уходить немедля, но я сидел, будто приклеенный к стулу. Глупейшее упрямство заставляло огрызнуться в ответ, что-то доказать и козырнуть чем-то, оставляя за собой последнее слово. Обидно было уже не за Юлиана, бог с ним, с Юлианом, пусть сам разбирается, как хочет. Мне было жаль своего собственного воспоминания, светлого и щемящего, внезапного и грозного как тайфун, жаль той Веры, что бередила душу, возвращаясь в случайных женщинах, в незнакомых местах, а заодно – мансарды у стадиона, больших шмелей, прилетавших в мае, всей моей навсегда ушедшей юности. Ничто не вернется – одно это способно обидеть до слез, а теперь и память становилась отравлена новым ядом, от которого не уколоться никаким шприцем.

«Мы будем всегда вместе, – сказал я холодно, твердо глядя ей в глаза. – Вместе, не сомневаясь друг в друге и не помышляя о предательстве. Это с другими мы могли хитрить и ловчить, обманывать и замышлять измены. Нам было тоскливо с другими – мы искали разнообразия, а найдя его, страдали сами – не то, не то. Но теперь будет то – все то, о чем мы мечтали – и мы переменимся враз – не так ли? Мы очистимся душой и оставим мелкие помыслы, преисполнимся благородства и отринем ложь. Нам просто мешали негодные спутники, но мы избавились от спутников – посмотри, ради тебя я заманил в ловушку последнего из них. Он исчез на два дня, но два дня обратятся в вечность, стоит лишь захотеть. Нет преград желаниям – обстоятельства пасуют перед ними…»

Я хотел добавить еще что-то, даже и замечая, что меня заносит не туда, но у Веры вдруг расширились зрачки, и она вновь напряглась, стремительно додумывая что-то. «В ловушку… На два дня… – повторила она за мной, – Так это ты…» Я замолчал, поняв наконец, что сболтнул совсем уже лишнее, а она продолжала негромко: – «Так ведь и знала, чувствовала прямо. Говорила же – не езжай, не нужно… Как же я разрешила?»

«Брось, дело не во мне», – начал было я, но Вера не смотрела на меня и не слышала моих слов, всецело занятая своим каким-то собственным лихорадочным раздумьем. Я пожал плечами и отвернулся от нее, пытаясь привлечь внимание официанта, что кружил неподалеку. Недовольство собой достигло крайней степени, все получалось не так, вкривь и вкось, и поделать с этим ничего уже было нельзя.

Официант наконец кивнул и неторопливо направился к нам. Я положил деньги на край стола, поднял глаза и наткнулся на холодный ненавидящий взгляд. «Ты хоть понимаешь, что ты всегда все портишь? – спросила Вера с неприкрытой злобой. – Ты замечал хоть раз, что стоит тебе прикоснуться к чему-нибудь, как сразу оно становится изгажено – сначала чуть-чуть, почти незаметно, но потом все больше и больше? Ты просто болен, ты не находишь? Болен и может быть даже заразен – для тех дураков, что готовы пялить глаза и развешивать уши на всякую чушь… И чего тебя сюда занесло? Да и Юлик тоже хорош – уж он-то всегда был нормальным, не чета тебе!»

Она покачивала головой и говорила будто сама с собою, хоть и обращаясь ко мне, но явно не признавая моего присутствия. Лицо ее постарело вдруг, легчайшая паутинка обратилась тканью жесткой фактуры, и пальцы сплелись в тугой беспощадный узел. Я же не ощущал больше ничего, даже и стороннего любопытства, терпеливо дожидаясь развязки – будничной или по-театральному эффектной – и отмечая бесстрастно, что в душе остаются лишь мелкий сор и фаянсовые осколки, а секрета и океанского берега будто и не было никогда.

«Ведь прожила же спокойно почти целый год, – бормотала Вера, зло вглядываясь в невидимое. – Тоже ведь сбил с толку тогда и с мужем меня поссорил, но ничего отвязался, когда Юлик подоспел очень кстати. Все, думаю, отдохну теперь душой – и отдохнула, и успокоилась, и совсем уже поверила, что нашла наконец… Пусть не в полной мере, не как мечталось, но что поделать – жизнь есть жизнь, романтизмом девчоночьим прорех не залатаешь. И все складывалось одно к одному, только здесь бы отсидели, и стало б вовсе как надо – и женился бы он на мне, никуда б не делся, и вверх бы пошел, пора ему уже, и обстановку сменили бы на что-нибудь приличное. Скучно тут – ну да, скучно, и мне скучно, хоть вой, так ведь не повод, чтобы бросаться куда ни попадя. Как чувствовала, главное: чуть он заикнулся, так и поняла – что-то не то. Прямо всей кожей – и вот, здрасьте вам, оказывается и этот тут как тут, герой-одиночка. Теперь уж понятно – добром не кончится, уж с ним-то все не слава богу…»

Вера вдруг вновь сфокусировала на мне острые суженные зрачки. «Знай, – прошипела она, – Юлик мой, я его не отдам, кто бы ни сманивал и с толку ни сбивал. Не знаю, куда ты его спровадил, пусть даже и к шлюхе какой, но вернется он, никуда не денется – тут все вещи его и одежда… Вернется и будет обо мне заботиться – по-настоящему, не как ты тут форсил. Будет содержать и работать будет – как милый. Я и так потратила целый год… Спасибо за кофе!» – она вскочила порывисто, в последний раз пронзила меня жгучими лучами и развернулась было, чтобы уйти, но вдруг наклонилась и сказала тихо и грозно, показав влажные резцы: – «И ребенок… У меня будет ребенок. Он будет заботиться о моем ребенке!» – и зашагала прочь, уверенная и неприступная, с гордо поднятой головой, обращая на себя все взгляды.

Официант принес сдачу, я вежливо поблагодарил и сидел еще некоторое время, ухмыляясь задумчиво. Вот вам, воители за идею, вот вам идея, попытайтесь-ка сразиться. Особенно на противоположной стороне… Да, Юлиану не подфартило, но он ее выгонит однако ж. Не то чтоб я злобствую или желаю ей зла, но выгонит непременно – иначе, надеюсь, и быть не может. Хотя, впрочем, откуда мне знать, как вообще может быть? И кто теперь подметет у меня в душе осколки и мусор?

Казалось, настроение испорчено надолго, но через несколько минут я заметил вдруг, что и раздражение, и злость на себя развеиваются стремительно, и им на смену приходит даже какая-то озорная беспечность, как после трудного и опасного дела, что наконец-то осталось позади. Сама Вера в нынешнем ее обличье тоже как-то сразу стерлась из памяти, словно и не сидела тут передо мной еще совсем недавно. Сохранилось только ощущение чего-то вязкого и душного, сосредоточенного и упорного, прошелестевшего в метре от меня, но не задевшего по счастью и теперь благополучно удаляющегося прочь. Я понял вдруг, что моя жизнь могла быть другой – на время или навсегда – понял и ужаснулся запоздало, тут же и перестав об этом думать, как о нечаянной опасности, что миновала сама собой.

В кафе ввалилась большая компания, стало неуютно и шумно. Пора было ехать на поиски Гиббса – все прочее осталось позади, за окном темнело, а сам город М., никак не возбуждая более, уже ощутимо тяготил. Ничего, осталось немного, успокоил я себя, потер обезьянью лапку и побрел к машине, кивнув напоследок бармену, поглядывавшему на меня исподтишка с профессиональным интересом.

Найти гостиницу Пиолина оказалось непросто, но в конце концов удалось и это. Все тот же пожилой клерк скучал за стойкой, в гулком холле не было ни души. Он не узнал меня или сделал вид, что не узнал, и это отчего-то неприятно задело. Отели, отели, чужие дома, комнаты, в которых никто не ждет, шептал я угрюмо, поднимаясь в лифте. Хотелось брюзжать самому с собой, а говорить с кем-то еще, и с Пиолином в особенности, не хотелось вовсе. Передохну пожалуй, решил я про себя, войдя в номер, швырнул в угол сумку и плащ, щелкнул тумблером телевизора и расположился в кресле напротив.

Экран поморгал, потом засветился ровным светом, и на нем замелькали кадры боевика. Герой, обаятельный и отважный, влюбив в себя дочку гангстера, распутывал нити коварных замыслов. Ему хорошо – сценарий написан кем-то хитроумным, и все ловушки заранее помечены крестиками. Знай себе, порхай неслышной тенью, постреливая из-за угла – финал все равно предопределен. Кого-то осудят, иные, глядишь, пойдут под венец, а на большее не хватит пленки… Нет уж, переключим дальше, вот еще один фильм – старый, черно-белый. Может быть интересно – пожалуй, вернусь попозже, а вот – что-то из жизни больших кошек. Кошки красивы, слов нет, но мне они не по нраву…

Я рассеянно перепрыгивал с канала на канал, пока не набрел на выпуск городских новостей. Ведущий беседовал с важным типом в костюме-тройке, которого вскоре сменил полицейский чин с хроникой происшествий за истекшие сутки. Я слушал в полуха – угоны автомобилей, пьяная драка, пожар на пригородном складе; тут же мелькали фотоснимки каких-то трущоб, в которых, наверное, каждый день происходят страшные вещи. Жизнь, что ни говори, может быть весьма рискованной штукой, об этом следует помнить, думал я, потягиваясь и с удовольствием ощущая собственную безопасность здесь, за прочными гостиничными стенами. Я даже повертел головой и обозрел каждую из них в отдельности, задержавшись с надменной гримасой на окне, закрытом гардинами, сквозь которые не проникнуть ничьему любопытствующему взгляду.

«…операции, проведенной в рамках… захвачена группа дилеров… короткая перестрелка… главарь злоумышленников по всей видимости убит…» – бурчал монотонный голос. Я снова повернулся к телевизору и вдруг застыл, будто окаменев – весь экран занимало большое фото Гиббса. Это было как удар, которого не ждешь и не можешь отвести; воздух наполнился множеством острых иголок, что-то оборвалось внутри и рухнуло на бетонные плиты, разлетевшись на тысячу частей.

«…давно разыскиваемый по делу… под псевдонимами… двое

полицейских тяжело ранены…» – не смолкал голос. На экране быстро сменилось несколько новых кадров, а потом опять появился Гиббс, и бесстрастный комментатор провозгласил, не меняя тона: «…по свидетельству очевидцев, убит наповал… официального подтверждения… тело не обнаружено…» Я не хотел верить глазам, жмурился и тер их ладонью, но не верить было нельзя, как нельзя было спутать ни с каким другим лицо на фотоснимке, половина которого все еще ухмылялась чуть презрительно, очевидно не ведая, сколь скоротечна эта ухмылка. Потом фото убрали, и диктор перешел на другое, а я, не двигаясь с места, будто продолжал видеть перед собой все тот же мертвый взгляд, который, если не знать, можно было бы принять за живой. Но я будто знал уже – знал и не умел себя обмануть, постигая с каждой секундой, что случилось непоправимое, такое, что не сравнишь ни с чем, не отвергнешь и не отодвинешь прочь. И это было по-настоящему жутко – так, как не расскажешь никогда и никому – и давешний хищник, вытолкнутый за пределы сознания, наверное выл от ужаса, топорща шерсть и взрывая землю всеми четырьмя лапами, но вой его не был слышен здесь, в глухих стенах, еще мгновение назад радовавших своей прочностью, а теперь обступивших со всех сторон, надвинувшись вплотную, словно в темнице, из которой не вызволят, как ни молоти кулаками в дверь.

Глава 16

Прошли минуты, а может быть и часы. Я сидел, уставившись в грязно-серый экран и пытался осознать случившееся – собрать вместе растрепанные клочья и приглушить бессвязные крики. Фото Гиббса давно исчезло, и чин из полиции уступил место разбитной девице, щебечущей что-то о надвигающемся циклоне, а у меня по щекам текли слезы, и я не мог даже поднять руку, чтобы утереться, раздавленный, высушенный под мощной лампой и приколотый булавкой к листу картона вместе с тем, кого извлекли из долгого ящика, припомнив наконец и наскоро перечтя заслуги – извлекли, чтобы убедиться в собственной правоте, а убедившись, поставили последнюю печать, ярлык, что нельзя смыть, даже если он и не верен вовсе.

Что-то бессвязное трепетало в моем мозгу – словно живые картины в зыбучих песках. Гиббс и Кристоферы, два зловредных паяца, Гиббс и сумасшедший хозяин мотеля, Гиббс в моей комнате в доме у Марии… Образы не сменялись поочередно, они будто наплывали все сразу – накатывали мутными волнами, наскакивали друг на друга и смешивались в одно, так что уже было не разобрать ни очертаний, ни красок, а потом отступали, бледнели и покидали раскаленную камеру, не оставляя ничего, кроме пустоты – слепого вакуума, в котором не бывает ни света, ни звука, и ни одной мысли не под силу проникнуть туда, чтобы утвердить хоть слабый след присутствия – пусть не меня, но моего чуть видного отражения. А потом на зрачки, глядящие внутрь, вновь набегала фиолетовая муть, возобновляя мельтешение бесплотных силуэтов, пропадающих один в другом, и опять я видел Гиббса, заносчивого и хмурого, насмешливого и жесткого, как тугая пружина – видел и не видел, знал, что он тут, перед глазами, и помнил, что все враки – нельзя видеть не существующих более и нельзя уцепиться за то, чего больше нет.

Я мог признаться себе теперь, что он один мог бы стать моим другом – если бы захотел, хоть он бы, наверное, не захотел. Я мог признаться себе и в том, что он имел право судить меня и обо мне – но что толку в признаниях, даже когда их и выпускают на волю по бессрочным ордерам. Между нами высилась остроконечная тень, которую не смутишь потерянной половиной лица, не обманешь на на миг жалкой меткой, не собьешь с толку ни историями, цепляющимися друг за друга, ни торопливыми формулами зыбких слов, что силятся проникнуть за пределы обыденного, но пасуют на дальних подступах к главной тайне. Жаловаться некому и даже не стоит сожалеть, сожаления остаются глупцам; можно лишь цепенеть от отчаяния и покорно ждать, пока оно схлынет – и оно схлынет, не сомневайтесь, будучи недолгим, как недолго и все остальное, будучи обреченным на окончание, как и все прочее на него обречено.

На судьбу грешить негоже –
к вам бредет одно и тоже,
по тропе за пустырем
громыхая костылем.

В колпаке из черной сажи
к вам придет одна и та же,
сосчитав, как казначей,
палачей и рифмачей…

Я обращался неизвестно к кому, бормоча будто про себя, а может и вслух, выкрикивая неслышным криком смазливой девице с телеэкрана, никого кроме которой не было поблизости. Имя этим строчкам было бессилие, и по-другому не могло быть – я чувствовал себя бессильным сейчас, как самая ничтожная тварь. Но и ничтожной твари хочется делиться с кем-то, особенно в отчаянии, как будто его можно заболтать хриплой скороговоркой, и я торопливо составлял заклинания, рифмуя начерно и – шепча, шепча.

На судьбу не стоит злиться –
эта песня не продлится,
подпоем на посошок –
вот и кончился стишок.

Смейся, клоун-кукарача,
от толпы лица не пряча,
позабавься от души
и на плаху поспеши…

И тут я снова вспомнил Гиббса, взирающего на меня с безучастного экрана, и застонал негромко от прокравшейся-таки жалости к себе самому. Я был один теперь, и как наивны казались все прежние одиночества, цена которым –горстка иллюзий, оттеняющих истинный сумрак подобно радужным мыльным пузырям. Дунь и разлетится, разлетится и лопнет; метка на щеке – то, что выделяют в остаток, но и эта алгебра не способна утешить… Что еще остается, за что уцепиться мне, за что удержаться?

Я поднялся неловко и стал бродить по тесному номеру из конца в конец, от стены к стене. Губы мои шевелились – сначала беззвучно, потом – бормоча ругательства и проклятья, а потом – вышептывая хрипло беспорядочные строки, десятки строк, приходящих на ум и тут же исчезающих в безвестии – не запоминаясь, не излечивая страданий и не оставляя будто никакого следа. Никакого и не единого, так казалось сначала, но и это было не совсем верно – что-то все же накапливалось в пространстве, отпечатки неуловимых слов, пойманных мною, пусть хоть на мгновение, создавали свою материю, эфемерную и неощутимую, прочнейшую, бесконечную, простирающуюся туда, куда непосвященным не дотянуться не только взглядом, но и самой мыслью, если даже они и осмелятся на подобную мысль. Мир менялся, даже и не меняясь вовсе, его очертания облекались в цепочки знаков, в рифмы и ритмы, представлялись мне, воссоздавались мной, становились вещественны и реальны, и я знал, что все это есть где-то, даже если и не может быть на сторонний несведущий взгляд. Там жила гармония и жила красота – и попавший туда мог прикоснуться к ним душой, словно ощутить вечность. Там двигались фигурки в замысловатом танце на ста сорока четырех полях, утверждая немыслимые сочетания, которые еще предстоит разгадать добравшимся до них когда-то. Там же брали начало и росчерки черной туши над океанским прибоем, и лунные блики в зыбучих песках – все, чему только достанет простора, чтобы воплотиться наяву, на что достанет усилия, чтобы дотянуться, узнать, поверить...

В пику вам, не приемлющим усложнений, – обращался я к аудитории посторонних, чуждых мне и буквою, и убогим духом, для которых и сам я был непримиримо чужим. – В пику вам или просто не замечая вас, не принимая в расчет, потому что в формулах моего расчета существуют вещи, которые нельзя потрогать руками, на которые, если хотите, нельзя наложить вашу алчную руку – тут же ускользнет сквозь пальцы, растворится, как мираж, как призрак. Что это, ничего и не было вовсе? – спросит любой, и окружающие лишь пожмут плечами в недоумении, чувствуя однако ж, хоть и не желая признать: это было, и это есть. Как назвать? – не отстанут дотошные, немногие из них – и тут же самые ретивые станут соваться с прозвищами одно плоше другого, упорно подгоняя под свои мерки, но и это напрасный труд – не стоит даже и стараться зря.

Спросите хоть у тех, кто и без вас вопрошает сам себя денно и нощно, – продолжал я запальчиво. – Спросите хоть у Арчибальда Белого, если уж не верите мне, и он лишь усмехнется вам в лицо. Чтобы прикоснуться к тайне, нужно быть достойным ее, а вам, ленивым душой, увы, откажут у первой же двери. Но таинство от того не становится ущербней, оно не нуждается в вас – и это главная истина, до которой, право, так легко дойти, если иметь привычку размышлять хоть изредка – а вот вы, вы нуждаетесь в нем сильней, чем в чем-либо другом, сильней, чем во всех убогих правилах бытия, сотворенных с такой натугой за тысячи лет, сильней даже, чем в сытости и утехах, о которых вы только и способны сосредоточенно думать. Ютясь в малой части, не просто выглянуть за границы, лишь единицам это под силу – тем, к которым вы беспощадны – но границы от этого не пропадают, отнюдь, и то, что за ними, остается как было, видите вы его или нет. Оно есть, объемлющее больше, чем можно себе представить, и есть тот обман, которым вы успокаиваете сами себя, чтобы не трястись в ужасе каждый час, вспоминая о неизбежности смерти, и Гиббс есть где-то – тело не обнаружено, слышите вы, неверящие, он живее вас всех. У них, наверное, была лодка – и Стелла ведь что-то говорила про лодку – вот и разгадка, ищи-свищи, а те, кто не понимают, пусть качают головами. Долой траур, пусть даже и в моем только мире. Если найти хоть один намек, то и за него можно уцепиться железной хваткой – уцепиться и размотать весь клубок до последней нити…

Я застыл посреди номера и всплеснул руками – я глупец, я теряю время! Хватит шептать бессмысленно, нужно засучить рукава и исполнять, что хотел. У тебя есть план – вот и действуй по своему плану. Кое-что придется изменить на ходу – ничего, изменим, перестроим, подправим…

Я бросился к столу, схватил конверт и написал на нем крупно: «Пиолину для Гиббса. От Витуса. Просьба передать». Ничего, ничего, еще посмотрим. Убит наповал… Как бы не так. Официального подтверждения не было, сами признались. У них была лодка, любому ясно, кто понимает…

Я выгреб из ящика всю припасенную там бумагу и вывел вверху первого листа: «Уважаемый Гиббс!» Потом отступил немного, написал первую фразу: «Я и сейчас хорошо помню свое появление в городе М.» – подумал с минуту и стал строчить, не поднимая головы, описывая все, все, что я хотел и не хотел сказать ему, в чем мог и не мог, умел и не умел признаться. Это вам не в мусорную корзину, приговаривал я про себя, это я не порву. У меня есть адресат, и я отправлю адресату, я передам, и пусть оно ждет хоть целую вечность. Это дождется, я верю, что дождется, а те, кто не верят, они мне не указ.

Торопясь и чуть сбиваясь с одного на другое, я излагал хронологию своего секрета, ничего не приукрашивая и не стараясь казаться дальновиднее, чем я был, хоть сейчас, задним числом, многое выглядело до смешного наивно. Умолчал я лишь про Веру, все ж остальное – и карьера, и солнечное утро, и решение, принятое столь внезапно, и конечно черный кольт, с которым пришлось бесславно расстаться – все нашло свое место и свой черед. Упомянул я и про игру Джан, и даже Любомир Любомиров высунул нос из-за угла, а потом, когда повествование вновь перенеслось в город М., добравшись до нашего совместного похода, то я будто опять услыхал шорох ящериц в песке и крик океанской совы, представил воочию ландшафты ночных дюн и бесконечный угрюмый берег. События наплывали и строились в замкнутые ряды, образы и картины, краски и звуки были послушны мне теперь – я владел ими и направлял по местам властной рукой, будто глядя с той высоты, где ничто уже не мешает глазу.

Наконец, пришло время вспомнить о самом главном, если не сказать странном или страшном, и тут я помедлил минуту или две с нетерпеливо замершим в воздухе пером, но затем написал лишь: «...и вы, Гиббс, сами знаете, о чем я», – почему-то понимая твердо, что не только само название, не произносимое вслух, но даже и стыдливый эвфемизм выйдут здесь неуместны. Он и впрямь знал сам, и я знал сам; ни мне, ни ему не было дела до посторонних суждений, и не стоило об этом говорить, хоть я и добавил одну ненужную фразу в горячечном стремлении объяснить необъяснимое.

«Я знаю теперь – во мне есть нечто; я со всеми вместе гнал его прочь. Я был недостоин себя, но стал другим», – написал я и тут же тщательно зачеркнул написанное, и даже скомкал для верности весь лист, возвещавший об остатках слабости или скрытого позерства, о которых всегда свидетельствуют лишние слова. «Я добрел до деревни на юге и был болен, но потом оправился вполне», – сообщил я сухо на новой странице, избегая сантиментов, перечитал, остался доволен и поспешил дальше, вновь набирая и набирая темп, будто скатываясь с крутого холма. Перо скрипело и царапало бумагу, плечи и шея давно затекли и ныли, болела закушенная губа, но я писал, не замечая ничего, лишь следя, словно со стороны, как в цветном калейдоскопе мельтешат, сменяя друг друга, лица и ландшафты, человеческие фигурки и интерьеры замкнутых пространств. Там мелькали и менялись местами Паркеры и доктор Немо, две Марии и картины Аричибальда, Миа, Джереми, круглый, как мячик... Это было забавно, я играл в них, как в игрушки, а потом вновь объявился Юлиан, уже воочию, а не за кадром, и я поведал о нем скупо, как и подобало, намекнув лишь, а не выпалив напрямую, что, где и как с ним сталось. «Я не знаю, что сделалось с ним, – признавался я, – и не узнаю никогда. В том быть может и прелесть, в том быть может и секрет. А вы, Гиббс…»

Я задумался над последней фразой, потом ухмыльнулся и оставил ее как есть, оборвав на многоточии – милосердном символе всех возможных окончаний. Их, всевозможные, лучше додумать после – не раз и не два, переиначивая и представляя по-иному – а он, если захочет, сам разыщет меня, чтобы договориться о самом верном.

Я потянулся и протер слезящиеся глаза, потом аккуратно собрал листки, разбросанные по столу, с трудом засунул их в конверт и заклеил, не перечитывая. На улице уже светало – ночь подходила к концу. Что-то погрохатывало невдалеке, и в самом здании зарождались предутренние звуки – изредка шумели трубы, доносились торопливые шаги горничных, какие-то позвякиванья и скрипы. Я сидел, размышляя, не уехать ли прямо сейчас, до рассвета, потом решил прилечь на минуту, не раздеваясь, и мгновенно уснул крепчайшим сном, в котором не было ничего – ни образов, ни мыслей.

Разбудили меня солнечные лучи – было поздно, я проспал все утро. Конверт белел на столе, плащ и неразобранная сумка так и валялись в углу со вчерашнего вечера. «Ехать! Ехать!» – скомандовал я, вскакивая поспешно и чувствуя себя бодрым, как никогда. Ничто не держало здесь больше, мне нечего было делать в этом городе, дорога и верная машина манили и торопили в путь. Я спустился вниз, быстро расправился с обильным завтраком и вскоре уже стоял у регистрационной стойки с ключами и конвертом в руках.

«Это для Пиолина, – холодно сказал я портье, протягивая конверт. – Он ведь по-прежнему заведует тут у вас?»

«Да, да», – проговорил тот, скользнул взглядом по крупным печатным буквам и поднял на меня глаза. «Новости полицейские изволили слышать?» – осведомился он негромко, помолчав секунду или две, и неуверенно моргнул.

«Слышал, слышал, – сказал я еще суше. – Вы конверт передайте, как там указано, а о прочем не беспокойтесь».

«Будет сделано», – наклонил голову портье, и я кивнул ему в ответ, потом расплатился и через минуту уже катил по полупустому проспекту в направлении единственной асфальтированной дороги, уводящей из города М. вглубь материка.

Было легко, хоть и была печаль. Здания неаккуратной архитектуры, провожая меня прочь, поглядывали всеми своими окнами без интереса, но с ответной грустью. Мы знали, что больше не увидим друг друга, но сохраняли вполне беспечный вид, будто следуя правилу или привычке. Я добился здесь всего, чего хотел, и город оставил в себе все, что не желал отдавать, упрятав под надежный замок. Мы были квиты, и все же печаль не отпускала – быть может оттого лишь, что дни ушли безвозвратно, я стал старше, хоть и на ничтожный миг, и каждый фасад обветшал еще на малость, добавив потертостей и трещин. «Держитесь», – шептал я порой, обращаясь к молчаливым домам, и дергал рычаг скоростей чуть резче, чем нужно, но в остальном не отличался от сотен других приезжих, завершивших недолгий визит и спешащих прочь.

Спешить, правда, мне было некуда, и дальнейший маршрут все еще представлял собой загадку. Пока я просто ехал наугад, имея в виду не «куда», но лишь «откуда», не желая задаваться никакими целями. Осознание отказа от стремлений уже есть немалое стремление само по себе – мне хватало на настоящий момент. Что-то блеснуло сбоку – ну да, позолоченная арка, памятник сами знаем кому – значит город уже позади. Немного жаль, но, впрочем, уже почти и нет. Вот громада недостроенного Мемориала, из которой торчат железные прутья, а сразу за нею – покосившийся щит с традиционным пожеланием. Что ж, и вам того же, хоть вы и не едете никуда.

Краем глаза я заметил человеческую фигуру на обочине справа, сразу за дорожным щитом. Пожилой уже мужчина стоял, приподняв руку и голосуя мчащимся мимо машинам. Повинуясь внезапному импульсу, я резко затормозил, съехал с дорожной полосы и дал задний ход, подскакивая на обочинных рытвинах и ругаясь сквозь зубы на себя самого за необъяснимую блажь.

Голосующий, казалось, был удивлен до чрезвычайности. Он нерешительно подошел, помедлил, прежде чем заглянуть в кабину, а потом проговорил резким высоким голосом с некоторым даже вызовом: – «Мне далеко – миль двадцать отсюда, если не больше, хоть и прямо по этой дороге. И мне нечем платить, у меня украли бумажник». Закончив фразу, которая удалась ему с трудом, он тут же отвел взгляд и не увидел, как я кивком пригласил его внутрь. «Ох, простите, добрый день, я с этого должен был начать», – добавил он вдруг, спохватившись и снова глянув на меня своими странными круглыми глазами без ресниц.

«Садитесь, садитесь, – сказал я ему, стараясь звучать приветливо и сдерживая ухмылку, – мне по пути».

Незнакомец еще поглядел недоверчиво, потом повторил: – «Но мне нечем платить», – и, видя, что я не реагирую, пожал плечами и уселся наконец на пассажирское сиденье. Я заметил, что у него не было поклажи, и одет он был слишком легко для этого времени года.

«Вы не подумайте, – сказал он сердито через несколько минут, отвернувшись от меня и глядя в окно. – Я бы с удовольствием заплатил вам или, скорее, просто воспользовался автобусом, но у меня действительно украли и нет просто ни гроша».

«Да я и не думаю», – откликнулся я равнодушно.

«Я не проходимец какой-нибудь, и у меня нет привычки врать, – продолжал он. – Просто здесь странная история, я угодил, и там, куда мы едем, я тоже на птичьих правах. А вообще, у меня степень по астрофизике, но вы не верите конечно и конечно правы…»

«Нет, почему же, – я поглядел на него с интересом, – верю и даже очень охотно. Скажите, можно спросить?.. Дело в том… В общем, я давно хотел узнать у кого-то – это правда, что все летит прочь друг от друга – прочь и с огромными скоростями? Я имею в виду – расширяющаяся вселенная и подобное тому, или же это все враки? Вы извините, что я так, по-дилетантски, но очень интересно, а сам я далек…»

Незнакомец подумал секунду, глядя вперед на дорогу, потом сказал все тем же своим резковатым дискантом: – «Нет, отчего же, это вполне правомерный вопрос…» – и принялся рассуждать о гипотезе большого взрыва и спорах, бушующих вокруг. Глаза его разгорелись, лицо собралось мягкими складками, а руки сновали в воздухе туда-сюда, вычерчивая стремительные кривые, будто дирижируя сотнями одновременных мыслей.

«Взрыв был, и все прочь – да, похоже, – говорил он, поблескивая зрачками, – но был ли только один? В этом наиважнейший смысл, и никто пока не дал ответа. Потому, стоит допустить, и тогда – вовсе не только от, должно быть и к, в, а там – столкновение, толчок, новый катаклизм. Хороши принципы, если видно лишь на малую малость, а что если в бесконечность – почему обязана быть только одна? Представьте – много, или нет, пусть только два для простоты – два больших взрыва, и когда-нибудь осколки долетят, смешаются, встретятся – это что, расширение? Нет и еще раз нет, нужно не лениться, глядеть с каждой стороны, только тогда – вся картина. Быть может есть кластеры, фрагменты, разрозненные пятна, и мы – лишь внутри одного, принимая за полноту по слепоте. А вы говорите – довод…»

Он оборачивался ко мне, будто искал моей поддержки, жестикулировал и волновался, повторял некоторые вещи по нескольку раз, спрашивал сам себя и соглашался сам с собой. Я же, вслушиваясь напряженно и боясь пропустить хоть слово, был полон сочувствия к какой-то его тревожной страсти, что была отстраненней и неизбежней всех, известных мне, но знал, что никогда не смогу облечь ни в образы, ни в звуки даже и часть этого сочувствия, даже и крупицу понимания, легчайший намек на собственную тревогу, которую ни выразить, ни объяснить. Пусть и кластеры, пусть сгустки материи, но даже и внутри все разнесено на безмерные дали, как же решиться и охватить взглядом? – думал я, отвечая попутчику невнятными междометиями и стараясь запомнить хоть часть сказанного, чтобы потом поразмыслить без помех. – Так и должно быть, раз нигде не бывает по-другому, но ведь и нет средств, чтобы доподлинно убедиться. Или нужно принять как есть и не удивляться более?..

«Вообще, скажу я вам, – продолжал незнакомец, усмехаясь доверительно, – вообще все устроено по-своему, и нет причин гордиться излишней гипотезой – или стыдиться ее, если на то пошло. Мироздание не знает устали в разнообразии – у каждого явления своя суть, у каждого предмета, у каждой души. Возьмите хоть нейтринные потоки – вечное дыхание вселенной, задающее ритм и размер, а вот циклично ли оно – это вопрос, и вообще, есть ли у него начало и конец? Или например большие звезды – вы знаете, что у любой своя особая судьба? О, это интересно и поучительно в каком-то смысле. Одни медленно гаснут, хоть и притягивая на себя все, что вокруг, догорают долгие миллиарды лет, пожирают свои планеты, холодно меркнут. А другие взрываются, не выдержав собственной мощи – и это совсем другое дело, представляете, какое безумство, сколько динамики и движения, энергии и обломков, какие разные формы… Вот тогда-то все летит прочь, это да, пусть нам отсюда заметно не слишком. Мы и говорим с академической скукой – ну вот, еще одна туманность, несколько десятков галактик, плевое дело по вселенским меркам – но ведь если отступить на те же миллиарды лет, то какая же яркая была вспышка!.. Нет, нам слишком часто не хватает страсти, – прибавил он. – Я думал об этом весь прошедший год – и дома, и в больнице. Я вообще много болел весь прошедший год… Стойте, – воскликнул он вдруг, – мы проехали поворот. Это я виноват – заговорился и пропустил. Я дойду пешком…»

Мы развернулись, хоть незнакомец и пытался возражать, и я высадил его у непроезжей колеи, почти тропы, теряющейся в придорожном кустарнике. «Спасибо вам», – сказал он мне. «Спасибо вам», – откликнулся я послушным эхом и, отъехав, увидел в боковом зеркале, что он стоит и смотрит мне вслед.

Я не спросил его имени, но не корил себя за это. Он ответил на мой вопрос, и это было больше, чем следовало ждать. Что мне имя – оно забудется, как любое слово, как человек, соприкоснувшийся с тобой ненадолго. Траектории пересекутся в точке, будут близки потом в окрестности, незначимой и малой – или хотя бы покажутся близки. Даже мысли найдут моментальную общность, но отдаления не избежать, как не угадать, когда разомкнутся взгляды – почти все кривые слишком сложны даже для вдумчивых предсказаний, что уж говорить о предсказаниях скороспелых, которыми и пробавляются чаще всего. Разойдутся желания, или импульсы переживаний попадут не в такт – какая разница, когда все на одну мельницу. Надо лишь отдавать себе отчет и не хитрить понапрасну, а что никто не утруждается и не отдает – так мало ли вообще несовершенств

Пока же отклик какого-то созвучья – ощущение невысказываемого свойства – все еще жил внутри, умиротворяя сознание аккордом фантомных клавиш. Я чувствовал, как что-то отступило прочь, а что-то другое, звенящее, невесомое, напротив вернулось на свое место, покинутое некогда в оторопи и смятении. Звезды, звезды, у каждой своя судьба. Пусть и они не бессмертны, но к чему еще тянуться душой?

Я понял, что жизнь длинна, что я не перешел еще и за половину, хоть печаль осталась во мне, замерев где-то в углу сводчатого зала согбенной фигурой на скамье у колонны. Ей было, о чем напомнить при случае, но я видел теперь, что сводчатый зал огромен, и множество звуков витает под потолком, отражаясь от стен и мозаичного пола, перемешиваясь друг с другом, противореча, рассыпаясь, сливаясь в одно. Мир расширился вдруг – да, соглашался я послушно, он не так уж мал, быть может и вовсе не имеет границ. Бдительные сигналы-разведчики, рассылаемые во все стороны, не возвращаются обратно – очевидно, не встречая преград. Они несутся, мчатся, не замедляя хода, подобно сгусткам материи, освобожденной взрывом, перекликаясь все тише и тише, а потом и вовсе теряясь каждый в своем пространстве…

Или в своем измерении, прикидывал я тут же, будто вертя перед глазами многогранный кристалл – сколько их, измерений, неужто все неправы, ограничиваясь расхожими числами? Это завораживало, я будто вновь переживал позабытые предвкушения, и вопросительные знаки почти уже мерещились там и тут. Ни желания, ни сожаления, ни сомнения, ни надежды не замыкались более в ограниченный круг вещей, не стягивались обреченно к слову, человеку или месту, выбранным почти наугад. Юлиан исчез, отодвинувшись в прошедшее, исчезли и прочие лица – растворившись, отмерев, освободив во мне больше, чем было. Я понял, что такой и приходит победа – когда больше не на что пенять, а еще – что свобода моя абсолютна, и пусть доброхоты прикладывают ладонь ко лбу, замечая сочувственно: ты нездоров. Я лишь рассмеюсь – что вы, что вы, это у вас горячка – и мы останемся при своих, но я-то буду точно знать, где припрятаны богатства, а им, прочим, так и будет невдомек до самого конца.

Асфальт негромко шуршал под колесами, дворники смахивали со стекол заморосивший дождь, все было размеренно, упорядоченно и строго. Нечастый миг, я запомню его и отложу в долгий ящик – время покоя, грубоватое приближение безупречности. Жаль, что не разделишь ни с кем – слишком много деталей, и для каждого хоть чуть-чуть, но свои. Упростив, выхолостишь суть и сведешь к банальному, которое удручает и без того. Почему и книги полны банальностей? Что это – слабость духа и извечный страх?

«Я за себя», – проговорил я вслух. В этом было множество сущностей, так утверждал Гиббс, и так теперь говорю я, но никто не обвинит, что повторяю за ним. Пусть звучит похоже, но доподлинно не знаешь никогда, и в этом благо, а иначе, право, так легко заскучать. Мне же не до скуки – я раскрыл было рот, чтобы пояснить, почему, но тут же одернул расшалившееся сознание: нет-нет, не нужно болтать лишнего, высказался и хватит. Прикуси язык, помни: о главном – молчок!

Впереди показалась развилка, и я, не размышляя, повернул направо, к выезду на столичную автостраду. Герой возвращается, пусть никто и не встречает героя. Как вы посвежели, просто другой человек. Что это у вас на щеке? Ничего не говорит…

Потому что больше нечего добавить, признаюсь я с простодушной ухмылкой и тут же поправляюсь – добавить такого, чтобы другие стали слушать. Слова имеют страшную силу, но и равнодушие непробиваемо на редкость – достойная схватка, подтвердит любой, а я не воюю сейчас, мне не нужно сломанных копий. Даже если сбросить шоры или очистить от шелухи, то интересно будет не многим – может быть, лишь мне одному.

Но иногда бывает довольно и единственного собеседника, потому – шелуху прочь:

День долог, говорю я, день долог, и моя машина послушна, как резвый зверь.

Каменные ступени ведут вниз, и скатиться с них – невеликое счастье, но и оно не каждому под силу.

Гиббс не умер – у него была лодка.

Я знаю, у меня теперь нет секрета, но я больше не стыжусь себя.

Другие книги Вадима Бабенко:

Семмант
Простая Душа

Семмант

Глава 1

Я пишу это за неудобным столом, у белой стены, по которой движется моя тень. Она ползет, как в солнечном хронометре без цифр, отсчитывая время, понятное только мне. Мои дни расписаны строго, по часам и даже минутам, но спешки нет ни в чем, и тень движется едва-едва – постепенно теряя четкость и расплываясь к краю.

Только что закончились процедуры, и от меня ушла Сара. Это не настоящее имя, она взяла его у какой-то из порнозвезд. Все наши медсестры носят такие имена – из коллекции забытых DVD, которую они набрали по палатам. Это их любимая игра, у нас есть еще Эстер, Лаура, Вероника. Ни с одной из них у меня пока не было секса.

Сара, как правило, весела и смешлива. Вот и сегодня: я рассказал ей шутку про попугая – она хохотала до слез. У нее оливковая кожа, полные губы и розовый язычок. Еще у нее – искусственная грудь, которой она гордится. Грудь большая и слишком твердая – по крайней мере, на вид. Вообще, наверное, ее тело обещает больше, чем может дать.

Несмотря на это, меня влечет к Саре, но все же не так, как к Веронике. Вероника родилась в Рио, у нее самба в узких бедрах и взгляд, проникающий глубоко внутрь. И колени, эманирующие бесстыдство. И длинные, тонкие, сильные пальцы. Умелые пальцы, предполагаю я и гляжу на нее с прищуром, но глаза ее полны всезнания, смутить Веронику невозможно. Мне кажется, она ко мне чересчур холодна…

Простая Душа

Глава 1

Июльским утром жаркого високосного лета Елизавета Андреевна Бестужева вышла из дома на улице Солянка, где жил ее последний любовник, замешкалась на мгновение, щурясь на солнце, потом расправила плечи, гордо подняла голову и зашагала по тротуару. Было около десяти часов, но утренняя суета еще не пошла на убыль – Москва готовилась к долгому дню. Елизавета Андреевна шла быстро и смотрела прямо перед собой, стараясь ни с кем не встречаться взглядом. Все же, у поворота на Солянский проезд, на нее надвинулся настырный зрачок, но тут же обратился витринным муляжом в виде огромного зеленого глаза, в который она с удивлением заглянула и отметила лишь, что он безнадежно мертв.

Потом она повернула налево, мрачный дом скрылся из вида. Елизавета с облегчением почувствовала наконец, что предоставлена самой себе, гоня прочь мысли о минувшей ночи и необходимости что-то решать. От любовника она устала, и быть может поэтому их встречи становились все бесстыдней. Утром ей хотелось смотреть в сторону и расставаться поскорее, даже без прощального поцелуя. Но он был настойчив, ритуал его прощаний обволакивал, как вязкий туман, и после она всегда сбегала по лестнице бегом, не доверяя лифту. А потом – спешила прочь от серого здания, как от мышеловки, из которой удалось счастливо ускользнуть.

Елизавета Андреевна глянула на часы, покачала головой и прибавила шагу. Тротуар был узок и запружен людьми, но она шла легко, не замечая помех – встречных прохожих, ухабов и рытвин, луж, оставшихся от ночного дождя. Неустроенность города не смущала ее, но какое-то новое беспокойство шевельнулось вдруг внутри и поползло по спине холодной щекоткой. Почему-то казалось, что тот самый глаз наблюдает за ней, полуприкрыв веки. Чудилось, что она не одна, а будто связана с кем–то тончайшей нитью – она даже дернула плечами, отгоняя наваждение, но тут же укорила себя за глупость и вновь погрузилась в собственные мысли…

www.ingramcontent.com/pod-product-compliance
Lightning Source LLC
Chambersburg PA
CBHW020931310726
48980CB00007B/721/J

* 9 7 8 9 9 9 5 7 4 2 2 6 3 *